Alexandre Dumas

基督山伯爵 下卷

[法国] 大仲马 著　周克希 译

译林出版社

图书在版编目（CIP）数据

　　基督山伯爵／（法）大仲马著；周克希译. —南京：
译林出版社，2018.10（2023.8重印）
　　（名家名译）
　　ISBN 978-7-5447-7472-7

　　Ⅰ.①基… 　Ⅱ.①大…②周… 　Ⅲ.①长篇小说－法
国－近代 　Ⅳ.①I565.44

　　中国版本图书馆 CIP 数据核字（2018）第 176183 号

基督山伯爵（下） 　［法国］大仲马　╱　著 　周克希　╱　译

责任编辑　鲍迎迎　赵　奕
特约编辑　孙　峰
责任校对　孙　萍
责任印制　颜　亮

出版发行　译林出版社
地　　址　南京市湖南路 1 号 A 楼
邮　　箱　yilin@yilin.com
网　　址　www.yilin.com
市场热线　025-86633278
排　　版　南京展望文化发展有限公司
印　　刷　徐州绪权印刷有限公司
开　　本　718 毫米 × 1000 毫米　1/16
印　　张　83
版　　次　2018 年 10 月第 1 版
印　　次　2023 年 8 月第 24 次印刷
书　　号　ISBN 978-7-5447-7472-7
定　　价　138.00 元（上、下册）

下　巻

第60章
急报

德·维尔福夫妇回到住处，得知基督山伯爵来访，正在客厅里等候他们。德·维尔福夫人情绪过于激动，不便马上见客，先回卧室休息，检察官先生比较能自制，所以径直去了客厅。

不过，德·维尔福先生虽说控制情绪的功夫十分了得，控制脸部表情的本领也堪称不错，他还是没能把额头的愁云完全驱散。笑容可掬的伯爵一见面，就看出了他神情忧郁、心事重重。

"哦！天哪！"寒暄过后，基督山说道，"您这是怎么了，德·维尔福先生？莫非是我来得不凑巧，您正好在起草一份相当棘手的起诉书？"

维尔福勉强挤出一点笑容。

"不是的，伯爵先生，"他说。"这会儿只有我是倒运的人。败诉的是我，胜诉的是意外、迂执和癫狂。"

"您这是什么意思？"基督山关切地问，这种神情他装得像极了，"当真出了事，问题很严重吗？"

"喔！伯爵先生，"维尔福语气很平静，但其中满含苦涩，"这事不值得再提了。其实也没什么事，无非就是损失了一笔钱罢了。"

"可不是，"基督山回答说，"损失一点钱，对于您这样一位家底丰厚，又有哲学家雅量的人来说，算得了什么呢！"

"所以，"维尔福回答说，"让我感到忧心忡忡的，倒并不是钱的问题。虽然不管怎么说，九十万法郎毕竟是挺叫人感到懊恼，或者至少是感到扫兴的；可我更恼恨的还是阴错阳差的命运，气数，劫难——我都不知道该把这种力量叫作什么了。它通过一个变得像孩子似的老人的任性，给予我迎头一击，使一大笔财产变成了泡影，说不定还就此毁掉了我女儿的前途。"

"哟！主啊！这是怎么回事？"伯爵大声说道，"九十万法郎，您是这么说的？嗬，您说得一点不错，这可真是一笔值得让人懊丧的数额，即便哲学家也不能例外。这种不幸是谁造成的？"

"家父。我对您说起过他。"

"诺瓦蒂埃先生！真的吗！可我好像记得您说过，他是全身瘫痪，身体机能已经完全丧失了。"

"不错，他的身体机能是完全丧失了，既不能动弹，也不会说话。可是尽管如此，他还有思想，还有意愿，还有他的影响——这一点您现在看见了。我五分钟前刚从他那儿来，这会儿他正在授意两个公证人写一份遗嘱呢。"

"敢情他能说话了？"

"他有更绝的办法，能让别人懂得他的意思。"

"此话怎讲？"

"靠眼睛。他的眼睛还能转动，您这不也看见了，它们还能置人于死地呢！"

"亲爱的，"德·维尔福夫人这会儿刚好进来，她接口说，"您这恐怕是夸大其词了吧？"

"夫人……"伯爵欠身致意。

德·维尔福夫人也带着最殷勤的笑容向他致意。

"德·维尔福先生刚才说的，究竟是怎么回事？"基督山问，"这种无妄之灾……"

"无妄之灾，给您说对了！"王室检察官耸耸肩膀，接口说，"全是由于老人的任性！"

"难道就没法让他改变主意吗？"

"有呀，"德·维尔福夫人说，"只要我丈夫愿意，就有办法让这份不利于瓦朗蒂娜的遗嘱，反过来变得对她有利。"

伯爵看到这对夫妇开始在转弯抹角地说话，就做出对他俩的谈话并不在意的样子，带着明显的赞许的神情，专心致志地望着爱德华往鸟笼的水池里倒墨水。

"亲爱的，"维尔福回答妻子说，"您知道，我一向不喜欢在家里摆出一家之主的架势，我也从来不认为全家的命运是可以由我点个头或摇个头就决定的。但在我的家里，我的决定必须受到尊重，绝不能听凭一个老人的疯癫和一个孩子的任性，来毁掉我反复酝酿了多年的计划。德·埃皮奈男爵是我的朋友，这您是知道的，我们两家联姻，是最合适的。"

"您说，"德·维尔福夫人说，"瓦朗蒂娜会不会是跟他事先串通好的呢？……可不是吗……她本来就反对这桩婚事，假如说我们看到、听到的所有这一切，全是他俩在实行一项预先定下的计划，我才不会感到奇怪呢。"

"夫人，"维尔福说，"请相信我，一笔九十万法郎的财产，谁也不会愿意就这样放弃的。"

"先生，她连这个世界都肯放弃呢，一年前她不是决意要进修道院吗？"

"无论如何，"德·维尔福说，"我说了，这桩婚事一定得办，夫人！"

"不顾您父亲的心意？"德·维尔福夫人说，她这是在拨另一根弦，"那事态可就严重喽！"

基督山看上去似乎没有在听，其实一字不漏地全都听得清清楚楚。

"夫人，"维尔福接着说，"我可以说我对父亲向来是很敬重的，因为除了血缘关系的天然感情以外，我还敬佩他高尚的道德操守。一个父亲，在两种名义上永远是神圣的，其一是生育了我们，其二是教养了我们。但是今天我必须承认，我已无法信任他的智力。这个老人居然因为无法忘怀他对另一个父亲的旧恨，而迁怒于他的儿子；我要是放纵老人的任性，那就太可笑了。我对诺瓦蒂埃先生仍然保持崇高的敬意。我将毫无怨言地承受他在经济上给予我的惩罚；但是我的决心是不可动摇的。是非黑白，自有公论。我要把女儿嫁给弗朗兹·德·埃皮奈男爵，就是因为我认为这桩婚事是合适的、体面的，就因为我要把女儿嫁给一个我中意的人。"

"怎么！"伯爵说，刚才王室检察官不时在用目光期求他的赞许，"怎么！您的意思是说，诺瓦蒂埃先生不让瓦朗蒂娜小姐继承遗产，原因就是她要嫁给弗朗兹·德·埃皮奈男爵先生？"

"哎，我的天主！是这样，先生；就是这个原因。"维尔福耸耸肩膀说。

"至少表面上是这个原因。"德·维尔福夫人加上一句。

"实际上就是这个原因，夫人。请相信我，我了解我的父亲。"

"这能叫人相信吗？"少妇回答说，"我倒要请问，德·埃皮奈先生有哪点比不上别人，惹得诺瓦蒂埃先生不喜欢啦？"

"说起来，"伯爵说，"我也认识弗朗兹·德·埃皮奈先生，他的父亲不就是查理十世册封的德·埃皮奈男爵，也就是德·盖斯内尔将军吗？”

“正是他。”维尔福说。

“嗯！我觉得他是位挺可爱的年轻人哦！”

“所以我敢肯定，这只不过是个借口，”德·维尔福夫人说，“老人的心理，就是生怕自己心爱的东西让人夺走。诺瓦蒂埃先生就是不肯让他的孙女结婚罢了。”

“那么，”基督山对检察官说，“您不知道这种仇恨原因何在？”

“哎！我的天主！那谁知道呢？”

“也许是政治上的某种敌对情绪？”

“要说这个嘛，家父和德·埃皮奈先生的父亲，都是大革命时期的人物。这个时期，我只经历了最后那段日子。”维尔福说。

“令尊不是拥护拿破仑的吗？”基督山问，“我记得，您好像对我提起过这一点。”

“家父是不折不扣的雅各宾派，”维尔福说得激动起来，不知不觉地越过了审慎的界限，“拿破仑披在他肩头的参议员长袍，只不过让他老人家看上去变了模样，而实际上，他丝毫没变。他搞密谋，并不是为了皇帝，而是为了反对波旁王朝。家父有个很了不起的特点，就是从不为不切实际的乌托邦理想卖命，而只为有可能实现的目标奋斗。为了促成这个有可能实现的目标，他随时遵循山岳派激进原则，那就是一往无前，决不后退。”

“您瞧！”基督山说，“这不就对啦，诺瓦蒂埃先生和德·埃皮奈先生是在政治上结的怨。德·埃皮奈将军虽说在拿破仑手下当过差，可骨子里还是个保王党人。有天晚上，人家把他带去参加一次拿破仑党人的聚会，他们原以为他是自己人，后来发觉不对，就把他暗杀了。好像是有这么回事吧？”

维尔福以近乎恐怖的眼神望着伯爵。

“难道我说错了？”基督山说。

“没错，先生，”德·维尔福夫人说，“是这样，一点不错。正是由于您说的这个原因，德·维尔福先生才出了这么个主意，想把旧日的怨仇一笔勾销，让冤家对头的一双儿女彼此相爱。”

“好主意！”基督山说，“真是个充满博爱精神的主意，大家应该为它喝彩叫好。可不是，眼看瓦朗蒂娜·德·维尔福小姐就要变成弗朗兹·德·埃皮奈夫人，叫人怎么能不高兴呢。"

维尔福打了个寒战。他盯着基督山看，好像要看出他说这番话，心里到底在想些什么。

而伯爵的唇边，始终挂着那丝亲切的笑容。尽管检察官的目光盯在伯爵的脸上，可他还是没能看出对方到底在想什么。

"所以，"维尔福说，"虽然对瓦朗蒂娜来说，失去祖父的财产是极其不幸的，但我认为，婚事并不会因此而取消。我认为，德·埃皮奈先生是不会在金钱的损失面前退缩的。他想必会看到，我这个人或许比那笔钱更值得珍视，因为，我甘愿为信守诺言而不惜损失巨款。而且，他想必也会考虑到，瓦朗蒂娜就凭她母亲的遗赠，也已经相当富有。这笔遗产目前由她的外公外婆德·圣梅朗先生和德·圣梅朗夫人监管，他俩也是把瓦朗蒂娜当作掌上明珠，疼爱有加的。"

"其实她的外公外婆，倒是真值得她像对诺瓦蒂埃先生那样去爱护、去照料的，"德·维尔福夫人说，"再说，不出一个月，他俩就要到巴黎来。瓦朗蒂娜在蒙受了这场羞辱以后，可不用再把自己像幽禁似的，成天拴在诺瓦蒂埃先生身边了。"

伯爵心满意足地听着这个因自尊心受挫和利益受损而变了调门的声音。

"不过在我看来，"片刻静默过后，他开口说，"我说这话先要请您原谅；在我看来，假如说诺瓦蒂埃先生取消瓦朗蒂娜小姐的财产继承权，原因就是她想跟一位让她爷爷讨厌的人的儿子结婚，那么对我们可爱的爱德华，并没有理由这样责备啊。"

"可不是吗，先生？"德·维尔福夫人以一种无法形容的语调说道，"这有多不公平，有多骇人听闻哪？可怜的爱德华，他也是诺瓦蒂埃先生的孙子，他不也和瓦朗蒂娜一样吗，可是瓦朗蒂娜要不是得嫁给弗朗兹先生，诺瓦蒂埃先生就会把全部财产都留给她。何况，虽说爱德华承袭了家族的姓氏，可是瓦朗蒂娜即使得不到祖父的那份遗产，她名下的财产也还是比爱德华多三倍哪。"

眼看这一击奏了效，伯爵就光听不说了。

"噢，"维尔福说，"噢，伯爵先生，请您原谅，我们不该只顾对您诉说家庭的不幸。是的，没错，我的财产有一天会流进穷人的腰包，其实他们才是如今真正的富人。是的，家父执意要让我受到法律保护的希望彻底破灭，而且是毫无理由地这样做。可是我，我是一个有理性、有良知的人，我会做我该做的事。我答应过德·埃皮奈先生，我会把那笔款项的利息给他的。我说到做到，即使因此倾家荡产也在所不惜。"

"我说，"德·维尔福夫人心心念念想着的，就是那一个念头，这会儿她又把话头扯到这上面来了，"也许最好有人能给德·埃皮奈先生透个信儿，把这个不幸的消息告诉他，让他能收回自己的求婚。"

"喔，那就糟了！"维尔福大声说。

"糟了？"基督山应声问道。

"当然啰，"维尔福把口气放得缓和了些，"取消一桩婚事，即便是出于经济方面的原因，对一位年轻姑娘的名声也总是不利的。何况，我本想让它们就此销声匿迹的那些流言蜚语，这下子就越发会像真的一样了。不行，绝对不行。德·埃皮奈先生，如果他是个上流社会有教养的青年，瓦朗蒂娜丧失遗产继承权一定会使他更加看重自己对婚姻的承诺。倘若不是这样，就说明他满心想的是一个贪婪的目的：不，那是不可能的。"

"我的想法和德·维尔福先生一样，"基督山凝视着德·维尔福夫人说，"既然德·埃皮奈先生近日要回巴黎——至少我是这么听说的，那么，要是我和他的交情已经够得上这么做的话，我就要劝他把这桩婚事斩钉截铁地敲定，以免节外生枝。总之，我要打的这副牌，结果是会对德·维尔福先生非常有利的。"

这位先生喜形于色地立起身来。而他妻子的脸色，却微微有些变白。

"嘿，"维尔福说，"这我可是求之不得喽。承蒙指教，真是不胜感激，"说着他朝基督山伸出手去，"那么，今天发生的事，我们大家就当它没发生过吧。原先的计划，丝毫没有改变。"

"先生，"伯爵说，"虽说世道不公，但我向您保证，对您的决定，世人是会心怀感激的。您的朋友更会为此感到骄傲。而德·埃皮奈先生，即使瓦朗蒂娜小姐嫁过去时一点嫁妆也没有——这当然是不可能的——他也会为自己进入这样一个家庭而高兴，因为，这个家庭的成员是操守高洁，不惜做出牺牲也要信守诺言、履行职责的。"

说完这几句话，伯爵就起身准备告辞。

"您这就要走了吗，伯爵先生？"德·维尔福夫人说。

"我还有点事，这就得告辞了。夫人，我今天来是给二位提个醒儿：我们星期六有个约会。"

"您怕我们会忘记？"

"您怎么会忘记呢，夫人。不过，德·维尔福先生公务在身，有时候公事还很紧急……"

"我丈夫答应了去的，先生，"德·维尔福夫人说，"您刚才也看到了，他答应过的事，即使会让他有所损失，他也绝不会食言，何况现在是让他有所得益的事呢。"

"噢，"维尔福问，"您是在香榭丽舍大街的府邸请客吗？"

"不是，"基督山说，"所以这就更显得您赏脸了：是在乡下。"

"乡下？"

"对。"

"在哪儿？离巴黎挺近？"

"没多远，出城半小时路程，在奥特伊。"

"奥特伊！"维尔福失声喊道，"噢！对，夫人告诉过我，您在奥特伊有座宅邸，她就是在尊府门前被救的。那么，在奥特伊的哪条街上？"

"拉封丹街！"

"拉封丹街！"维尔福声音发哽地说，"几号？"

"二十八号。"

"怎么？"维尔福大声说，"德·圣梅朗先生的别墅原来是您买下的？"

"德·圣梅朗先生？"基督山问，"原来这别墅是德·圣梅朗先生的？"

"是的，"德·维尔福夫人接口说，"有件事不知您信不信，伯爵先生？"

"什么事？"

"这座别墅挺漂亮，是吗？"

"漂亮极了。"

"好！可我丈夫从不愿意上那儿去。"

"噢！"基督山说，"说实话，先生，我没想到您会有这种偏见。"

"我不喜欢奥特伊那地方，先生。"检察官尽量控制住自己，回答说。

"但我希望，您不会因为有这种反感而不肯赏光吧，"基督山显得很担心地说，"要真是那样，我可太伤心了。"

"不，伯爵先生……我希望……请相信我会尽力设法来的。"维尔福语无伦次地说。

"噢！"基督山回答说，"我可是不听任何借口的啊。星期六，准六点，我恭候大驾光临。要是您不来，我可就要想，想什么呢，我？噢，我就要想，这座二十多年没人居住的别墅，准是有什么悲惨的往事或阴森可怕的传说。"

"我去，伯爵先生，我去。"维尔福赶紧说。

"谢谢，"基督山说，"现在，务请二位允许我告辞了。"

"哎，您刚才说您有事，伯爵先生，"德·维尔福夫人说，"而且我想，要不是后来给岔开了，您大概还会告诉我们您要去干什么的。"

"说实话，夫人，"基督山说，"我都不知道我有没有勇气告诉您我去哪儿。"

"哦！请只管说吧。"

"我这个无所事事的闲人，是想去参观一样东西，平日里我只要远远望见它，就会做白日梦似的想上几个钟头。"

"什么东西？"

"急报站。哎哟，您瞧，我还是不当心给说出来了。"

"急报站！"德·维尔福夫人重说了一遍。

"哦，我的主啊，没错，急报站。有时候在大路一头，我登上小山丘，望着远处那几条乌黑的折臂，犹如一只大甲虫的细肢，在明媚的阳光下高高举起，这时我总是，我得向您承认，心情很激动，因为我想，这些奇怪的讯号，凭着一个无所不能的大人物的意志力量，那么准确地划破长空，掠过灰暗的云层或湛蓝的晴空，把坐在办公桌跟前的这位大人物的意愿，传送到三百里外线路的另一头，让另一位坐在办公桌前的大人物知晓，这有多奇妙啊。想到这儿，我总会联想起守护神，联想起天地间的神祇，总之，联想起种种神秘的力量。想到后来，我会哑然失笑，但我却从没想过要跑近去瞧瞧这些白肚皮、细黑脚的大昆虫，因为我怕在它们硬邦邦的翼翅下面，会见到一个煞有介事、故弄玄虚，满脑袋科学、魔法和巫术的小人儿。可是有天早上我听人说，急报站的主管都是些年俸才一千二百法郎的可怜巴巴的公务员，他们成天价瞧呀瞧呀，但不像天文学家那样瞧的是天空，也不像渔夫那样瞧的是河水，更不像优哉游哉的闲人那样，瞧的是风景。他们瞧的是四五里[1]路开外跟他联络的那只白肚皮、细黑脚的大虫子。这时我突然萌生出一种好奇心，想走近这只活生生的蚕蛹去瞧瞧，看它是怎样从茧壳里抽出一根又一根的丝，来跟另一只蚕蛹联络的。"

"您要去瞧瞧？"

"我要去瞧瞧。"

"去哪座急报站？内务部的还是气象台的？"

"噢！都不是。去了那儿，人家就会硬要让我弄懂一些我并不想弄懂的事情，就会不由分说地对我解说一些他们自己都还没弄明白的奥秘。哦！对这些昆虫还存有的那点幻想，我可是想要保存下去的——对人类失去幻想，也就已经够了。所以，我不去内务部的急报站，也不去气象台的急报站。我得找个设在旷野之中的急报站，但愿在那儿能碰上一个整天待在他的塔楼里的好好先生。"

"您真是位与众不同的人物。"维尔福说。

"您看，我往哪条线路去好呢？"

"这会儿最忙的线路呗。"

"噢！您是说西班牙的线路？"

"正是。要不要部长出封信，好让他们对您解释一下……"

"完全用不着，"基督山说，"我不是说了吗，我什么也不想弄明白。哪天我弄明白了，急报站对我就算完了。到了那一天，我脑子里就只有迪夏泰尔[2]先生或德·蒙塔利韦[3]先生发给巴荣讷[4]军事长官的讯息，只有那两个希腊词儿 τήλη,γράφειν[5] 了。我想保存在脑子里的，是这个长着黑色细脚的虫子，是这几个令人生畏的字眼，是它纯正的神秘感，以及我对它的全部崇拜。"

"那您可得赶紧走了。再过两个小时天就黑了，到那时可就什么也看不见了。"

1　指法国古里。1里约合4公里。
2　迪夏泰尔（1803—1867）：曾在七月王朝数度出任内阁大臣。
3　蒙塔利韦伯爵（1801—1880）：曾数度出任内务部长（1830，1832，1836—1839）。
4　巴荣讷：法国西南部大西洋比利牛斯省城镇。
5　希腊文，意为"发自远方"。

"哟！给您这么一说，我可真有点着慌了。哪座急报站最近呀？"

"您是说去巴荣讷的路上？"

"对，去巴荣讷的那条路。"

"夏蒂荣[1]的那座。"

"夏蒂荣的那座再往下呢？"

"我想是蒙莱里[2]塔楼的那座了。"

"多谢了，再见！星期六我再对二位报告我的观感。"

　　走到大门口，伯爵遇上那两个公证人也在往外走。他们刚办妥取消瓦朗蒂娜遗产继承权的手续，正为公证了一份想必会使自己声名大振的文件，感到心里乐滋滋的。

1　夏蒂荣：巴黎南郊城镇。
2　蒙莱里：巴黎附近小镇，位于巴黎往南的埃松省内。镇上有建于 14 世纪的圆形塔楼。

第61章
帮园艺师摆脱偷吃桃子的睡鼠的办法

基督山伯爵并没像他所说的那样在当天晚上，而是在第二天早上，从地狱街的城门出关，沿着去奥尔良的大路，直抵蒙莱里塔楼。读者想必都知道，这座塔楼位于同名平原的一座小山丘上。半路上驶过利纳郊外的村庄时，一座急报站刚好在摆动它那两根又长又细的胳臂，但伯爵并未稍加停留。

他在山脚下车，沿一条盘旋曲折、仅十八寸[1]宽的山路拾级而上。到得山丘顶上，只见前面拦着一道树篱，一丛丛探出树篱的嫣红粉白的花朵中间，已经结出了青青的果子。

基督山找寻小园的门，不一会儿就找到了。那是一扇小小的木栅门，用柳条做的铰链，一头用绳子和钉子做了个搭扣。这个装置对伯爵来说，真是太简单了；一转眼的工夫，门就打开了。

一座二十尺[2]长、十二尺宽的小花园展现在伯爵眼前。花园的这一头就以树篱围边，树篱里嵌着我们刚才称作门的那个灵巧的装置。另一头就是那座古塔楼，塔身攀附着常春藤，还点缀着桂竹香和紫罗兰。

这座塔楼，犹如节日里迎接孙儿女们前来的一位满脸皱纹、身穿盛装的老祖母。瞧着它这模样，谁也不会想到，假如隔墙有耳的那句古老谚语真能应验，而它又真能有副堪与耳朵媲美的嗓门，这座塔楼原本也是颇能讲一些悲惨的故事的。

只见花园里有条铺着红沙的曲径，掩映在两旁枝叶茂盛的老黄杨树中间，此种情调倘若让德拉克洛瓦、咱们这位当代的鲁本斯[3]见了，他准会赞赏不已。小径呈8字形，所以在一座只有二十尺长的花园里，居然曲曲弯弯地辟出了一条六十尺长的走道。拉丁人园丁的那位女神，明媚娇艳的福罗拉[4]在这座小园

---

1 指古长度单位法寸（pouce）。1 法寸约合 27 毫米，所以 18 法寸约合 48 厘米。
2 指古长度单位法尺（pied）。1 法尺合 325 毫米，所以 20 法尺约合 6.5 米。
3 鲁本斯（1577—1640）：佛兰德斯画家。作品气势宏伟，色彩富丽。
4 福罗拉：罗马神话中的花神，司花期。

里受到如此无微不至、如此真诚感人的尊崇，她在别处享有的荣耀想必都会相形见绌了。

这不，簇拥在花圃里的那二十棵玫瑰，叶瓣上见不到一个斑点，茎干上也见不到专对生长在湿润土壤上的植物大加蹂躏、无情啃啮的绿色蚜虫。这可并不是说花园里的土壤不湿润：泥土黑得像煤炱，树叶又那么浓密，这些都足以说明问题。何况，花园一角还埋着个木桶，里面贮满腐水，以便人工供给的水量及时补充天然的水量。圆桶里有一只青蛙和一只癞蛤蟆，想必是意气不投的缘故，背对背地各自栖息在绿绿的叶片上。

小径上没有一茎杂草，花圃里没有一根冗枝。即便是一个挑剔的少妇修剪阳台花坛上天竺葵、仙人掌、杜鹃花的芜枝蔓叶，也未必能有小园至今没有露面的主人这般的尽心。

基督山把绳子上那枚钉子重新扣住，关上木栅门后，一览无余地看清了眼前的这一切。

"看来，"他暗自思忖，"这位急报员要不是雇着花匠，就准是个热心的园艺家。"

正在这时，他脚下突然碰着了装满枝叶的独轮车后面的一样东西。这样东西直起身来，发出一声表示惊讶的喊叫，于是基督山看清了面前站着一个五十岁左右的男人，他刚才正在把摘下的草莓一颗颗放到葡萄叶上去。

地上铺着十二张葡萄叶。草莓的颗数，也差不多有这些。

那人站起来时，差点儿要扔下草莓、葡萄叶和盘子，撒腿就跑。

"您在摘草莓哪，先生？"基督山笑吟吟地说。

"对不起，先生，"那人把手举到帽檐上敬了个礼，回答说，"我这会儿没摘，是的，可我刚才是在摘呢。"

"希望我没打扰您摘草莓，朋友，"伯爵说，"如果还有些得摘的话，请继续摘吧。"

"还有十颗没摘，"那人说，"这儿是十一颗，可我总共有二十一颗，比去年多了五颗。这没什么奇怪的，今年春上挺暖和不是，而草莓这东西，您知道，先生，就要这暖和。就这么着，去年总共才十六颗，可今年，这不，我已经摘了十一颗了，十二，十三，十四，十五，十六，十七，十八。咦！天哪！少了三颗，昨天还在哪，先生，昨天还在哪，没错儿，我数过的。准是西蒙家那小子偷的，我瞧见他今儿一大早在这儿转悠来着。嘿！这个小鬼，偷到花园里来了！难道不知道这是要吃官司的吗！"

"确实，"基督山说，"事情是挺严重。可您也得考虑到当事人的年轻嘴馋才是。"

"您说得在理，"花园的主人说，"可我心里还是有气哪。哦，再一次对不起，先生：我没准是耽误了一位长官的时间吧？"

说着他怯生生地瞟了一眼伯爵的蓝色上装。

"请尽管放心，朋友，"伯爵脸带笑容说，他可以随心所欲地把自己的笑容变得阴森怕人或和蔼可亲，这会儿的笑容是和蔼可亲的，"我并不是来巡视的长官，而是一个被好奇心引来的普通游人。而且这会儿我都开始在责备自己，不该来这么浪费您的时间了。"

"咳！我的时间是不值钱的，"那人苦笑一下说，"当然，那是公家的时间，我不该浪费，不过我刚接到讯号，告诉我可以休息一个小时（他瞥了一眼日晷仪，在蒙莱里塔楼的这个园子里什么都有，连日晷仪也有），这不，您瞧，我还有十分钟没用完呢。再说我的草莓都熟了，再过一天……顺便问一下，先生，依您看睡鼠会不会偷吃这些草莓呢？"

"噢，不，我想不会，"基督山一本正经地回答，"咱们跟这些睡鼠之间，先生，关系算不得怎么密切，因为咱们不像罗马人那样把它们用蜜渍起来吃。"

"嗬！罗马人吃这玩意儿！"园丁说，"他们真吃睡鼠？"

"我是在佩特罗尼乌斯[1]的书上看到的。"伯爵说。

"真的吗？它们不见得会好吃吧，尽管我们常爱说'肥得像睡鼠'。说来也难怪，这些睡鼠怎么会不肥呢，先生，您想哪，它们整天都睡觉，直到晚上才醒过来到处乱啃。喏，去年我有四只杏子；它们啃掉了一只。我还有一只油桃，就一只，这种果子是挺稀罕的；嘿！先生，它们把朝墙的半边全给啃光了。这只油桃可真漂亮，棒极了；我从来没尝过这么好的东西。"

"您把它吃了？"基督山问。

---

1 佩特罗尼乌斯（？—66）：古罗马作家，罗马皇帝尼禄的密友。他用史诗形式写的《萨蒂利孔》是欧洲的第一部小说，其中详尽而忠实地记录了当时流行的享乐生活。

"当然是剩下的那半只，不说您也明白。味道好极了，先生。嘿！次一点的果子，那些坏家伙还不肯碰呢。跟西蒙大妈家那小子一个样，呸，差点的草莓他还不捡呢！不过您放心，"园艺家接着说，"今年它们可没门儿，到果子快熟的那会儿，我哪怕通宵待在园子里，也得守住这些果子。"

基督山心里已经有底了。每个人都有个撩拨得他心痒痒的癖好，就如每个果子都有它的虫子一样。这个急报员的癖好，就是种花莳草。伯爵蹲下身来，帮着摘除遮住葡萄串儿阳光的叶蔓。这一下，他跟花园主人越来越近乎了。

"先生是来看发报的吗？"花园主人问。

"是的，先生，要是条令并不禁止的话。"

"哦！没有这个禁令，"那人说，"再说这也不会有什么危险，反正谁也看不懂，没人能看懂我们在说些什么。"

"我听人说过，"伯爵说，"你们虽说成天发这些讯号，可是你们自己并不懂其中的意思。"

"一点不错，先生，但我宁可这样。"急报员乐呵呵地说。

"为什么宁可这样？"

"因为这样我就没有责任了。我呀，就是架机器，仅此而已，只要我在照常工作，别人就不会多管我的闲事。"

"哟！"基督山心想，"敢情我遇上个知足常乐的主儿了？糟糕！这下可就难弄了。"

"先生，"那人瞥了一眼日晷仪说，"十分钟快到了，我得回去工作了。您愿意和我一块儿上去吗？"

"好呀。"

基督山跟着他走进上下分成三层的塔楼。底下的那层，放着些铲子、钉耙、喷水壶之类的用具，全都靠墙搁着；此外没有别的物件。

第二层是个普通居室，更确切地说，是这个公务员晚上睡觉的窝儿。里面放着几件样子寒碜的家具：一张床，一张桌子，两把椅子，一只粗陶水罐，天花板上还吊着些晾干的草本植物，伯爵认得出那是香豌豆和红花菜豆，这位老兄让它们的种子保存在豆荚里。他把这些植物都仔仔细细分了类，认真的程度绝不亚于植物园里的植物学家。

"学会发急报得花很长时间吗，先生？"基督山问。

"学的时间倒不长，可见习期够长的。"

"年俸有多少呢？"

"一千法郎，先生。"

"够少的。"

"是啊；可是管住，这您也看见了。"

基督山又瞧了一眼房间。

"但愿他对这住处别太留恋。"他在心里说。

两人走上三楼：这儿就是急报房。基督山逐一观看了那两个铁把手，急报员就是靠它们来发报的。

"很有意思，"他说，"不过，日子久了，您大概也会觉得这种生活有点乏味吧。"

"是啊，刚开头那会儿，看呀看呀，看得脖子直发酸。可过一两年就习惯了。好在我们还有休息时间和放假的日子。"

"放假的日子？"

"对啊。"

"什么时候？"

"有雾的日子呗。"

"噢！可不是么。"

"在我呀，这就是节日喽。逢到这种日子，我就到园子里去下种、整枝、剪接、除虫。反正闲不着。"

"您在这儿多久了？"

"十年，外加五年见习期。有十五个年头了。"

"您今年……"

"五十五岁啦。"

"您得干满几年才可以拿到退休金？"

"噢！先生，得干满二十五年。"

"退休金有多少？"

"一百埃居。"

"可怜的人！"基督山喃喃地说。

"您说什么，先生？"那人问。

"我说这些东西挺有趣的。"

"什么东西？"

"您给我看的这些东西……那么，您对自己发的讯号真的一点都不懂吗？"

"一点不懂。"

"您没想过要弄懂？"

"没有。干吗要弄懂呢？"

"不过，也会有些讯号，是专门发给您的吧？"

"没错。"

"这些讯号您总懂的喽？"

"说来说去就这几句呗。"

"说些什么意思？"

"没有消息……可以休息一小时……要不就是明儿见……"

"倒真是没什么意思，"伯爵说，"您瞧，对面急报站的同事是不是在给您发讯号了？"

"啊！没错。谢谢您啦，先生。"

"他在对您说什么？您能看懂吧？"

"对。他问我有没有准备好。"

"您怎么回答他？"

"我发一个讯号，告诉右边那座急报站我已经做好准备，同时也通知左边那座急报站做好准备。"

"太妙了。"伯爵说。

"您瞧着吧，"那人骄傲地说，"再过五分钟他就要发报了。"

"那么我还有五分钟，"基督山暗自在心里说，"行，这点时间尽够了。"

"亲爱的先生，"他对急报员说，"请允许我向您提个问题。"

"请问吧。"

"您平时喜欢摆弄花草？"

"喜欢极了。"

"要是您有一座，不是这块二十尺长的地坪，而是一座占地两亩的大花园，您想必会很高兴吧？"

"先生，我会把它掇弄得像座人间天堂。"

"您靠这一千法郎，日子过得挺清苦吧？"

"挺清苦。可好歹也能过吧。"

"没错。可是您只能有一个寒碜的花园。"

"喔！您说得不错，这花园是不大。"

"非但不大，而且还有那么多睡鼠到处乱啃乱咬。"

"那可真是祸害。"

"请告诉我，假如您右边那位同事发报的当口，您碰巧把脸转开了，那会怎么样？"

"我就看不到他的讯号了。"

"那又会怎么样呢？"

"我就没法重复他的讯号了。"

"还有呢？"

"我会由于玩忽职守、漏发急报，被课以罚款。"

"罚多少？"

"一百法郎。"

"年俸的十分之一。够厉害的！"

"哎！"那人说。

"您有过这种情况吗？"基督山问。

"有过一回，先生，那回我正在给一棵浅褐色蔷薇嫁接。"

"好。那么，假如您擅自改动讯号内容，或者干脆另行发报，又会怎么样呢？"

"喔，那情况可就不同了，我会被革职，也甭想有退休金了。"

"那三百法郎？"

"对，那一百埃居，先生。所以您该明白，我是不会干那种事的。"

"哪怕能一下子到手十五年的薪俸，也不干吗？怎么，这可得好好想想吧？"

“一下子到手一万五千法郎？”

“对。”

“先生，您别吓唬我。”

“瞧您说的！”

“先生，您这是在引诱我？”

“正是！一万五千法郎，您明白吗？”

“先生，请让我看看右边的同事在说什么！”

“不，别去看他。看这儿。”

“这是什么？”

“怎么！您连这东西都不认识了？”

“钞票！”

“四方票[1]，一共十五张。”

“给谁？”

“给您，只要您肯要。”

“给我！”公务员大声说，几乎连气都透不过来了。

“哦！主啊，是的！给您，全都给您。”

“先生，右边那位同事这会儿在发报哪。”

“让他去发吧。”

“先生，您让我岔了神，我要给扣罚金了。”

“那不过是区区一百法郎。您想想，您拿了这十五张钞票，赚头有多大。”

“先生，右边那个同事不耐烦了。他在发第二遍了。”

“别管他，把这收下。”

伯爵把那叠钱放在急报员手里。

“听着，”他说，“我还会另外给你的：光靠这一万五千法郎，您还是不够过日子的。”

“我不是还有这份差事吗？”

“不，这差事丢了。因为，您要发的讯号，跟您那位同事发的讯号，完全是两码事。”

1　当时面额为一千法郎的大钞。

"哦！先生，您这是要干什么哪？"

"开个小小的玩笑。"

"先生，除非有人强迫我……"

"我是想要强迫您呢。"

说着，基督山从衣袋里掏出另外一叠钱。

"这儿还有十张一千法郎，"他说，"加上您袋里的十五张，一共是两万五千法郎。有五千法郎，您就可以买一幢漂亮的小别墅、一座两亩地的大花园。剩下的两万法郎，能让您每年到手一千法郎利息。"

"两亩地的大花园？"

"还有一千法郎年金。"

"我的天主哪！我的天主哪！"

"拿着吧！"

基督山硬把这一万法郎塞在急报员手里。

"您要让我干什么？"

"小事一桩。"

"到底什么事？"

"把这些讯号发出去。"

基督山从口袋里掏出一张纸，上面有三组讯号，还用数字标明了发送的顺序。

"您瞧，用不了多少时间。"

"是的，可是……"

"这样的话，您油桃就有了，其他东西也都有了。"

这一下奏了效。那人激动得满脸通红，黄豆般的汗珠顺着脸颊往下淌，可他还是把伯爵的这三组讯号逐一发了出去，直把右边那个同事看得目瞪口呆，简直不明白这是怎么回事，心想这位种油桃的老兄准是疯了。

而左边的那个同事，却认真地重复着这些讯号，于是这些讯号一路向着内务部传送了过去。

"现在您有钱了。"基督山说。

"是啊，"公务员回答说，"可代价也真够大的！"

"您听我说，朋友，"基督山说，"我不想让您受到良心的谴责。所以请您相信我，我发誓，您没有伤害任何人，您只是做了天主要您做的事情。"

那人望着钞票，摩挲了几下，点数了一遍，脸上一阵白一阵红的。最后，他跌跌撞撞地朝楼下跑去，想进屋去喝杯水。但他还没走到水罐跟前，就晕倒在晾干的豆荚那儿了。

五分钟后，急报专讯送到了内务部。德布雷吩咐套马备车，直奔唐格拉尔府邸而来。

"您丈夫手上有西班牙公债券吗？"他问男爵夫人。

"有啊！有六百万。"

"让他不管行情怎样，赶快脱手。"

"为什么？"

"因为唐·卡洛斯已经从布尔日逃出来，回到西班牙了。"

"您是怎么知道的？"

"这还用问？"德布雷耸耸肩膀说，"我是管新闻的嘛。"

男爵夫人不等他再说第二遍了。她立即赶到丈夫那儿，然后那位又赶到自己的证券经纪人那儿，吩咐他不惜任何代价，把公债悉数抛出。

一见唐格拉尔先生抛出，市面上的西班牙公债立即行情猛跌。唐格拉尔在这中间损失了五十万法郎，但他毕竟把全部公债券都脱手了。

当晚《信使报》上刊载了一条消息：

急报快讯。日前被监禁在布尔日的唐·卡洛斯国王，现已逃越加泰罗尼亚边境返回西班牙。巴塞罗那民众揭竿响应。

整个晚上，人人都在议论唐格拉尔抛出全部公债券的先见之明，以及这位公债投机老手的好运气——他在这次风潮中只损失了五十万。

那些没有把手里的公债券抛出，或者吃进了唐格拉尔的公债券的人，觉得自己这下惹了大祸，整夜睡不安稳。

第二天早晨，《箴言报》上刊载了另一条消息：

据悉，昨日《信使报》刊载的唐·卡洛斯逃脱及巴塞罗那举叛的报道，纯属无稽之谈。唐·卡洛斯国王并未离开布尔日，半岛局势亦殊为平静。

此种谬传，系由雾天急报传送失误所致。

顿时公债行情暴涨，涨幅超过跌幅一倍。

这样一进一出，把赔掉的本钱和亏掉的赚头加在一起，唐格拉尔损失了一百万。

"好！"基督山对莫雷尔说，当交易所行情突变、唐格拉尔沦为牺牲品的消息传来时，基督山正在莫雷尔家里，"我刚花两万五千法郎，买到了一个我愿意出价十万法郎的发现。"

"您发现什么了？"马克西米利安问。

"我发现了帮助一个园艺师摆脱偷吃桃子的睡鼠的办法。"

第62章
幽灵

奥特伊这幢别墅的外表，一眼看上去并无富丽堂皇之处，叫人很难想到这就是富有传奇色彩的基督山伯爵的府邸。但这种不加装饰的外貌，是依照主人的心意特地保留的，他明确地吩咐过不许对外貌做任何改动。对这一点，只消看一眼别墅里面，就可以深信不疑了。原来，大门刚一打开，景观就完全变样了。

就布置陈设的趣味和执行命令的迅捷而言，贝尔图乔先生是比前人有过之而无不及的：当年德·昂坦公爵[1]让人在一夜之间，把有碍路易十四视线的整条小径两旁的树木全部砍光，而现在，贝尔图乔先生在三天之内，就让人把一片光秃秃的庭院栽满了花草树木。高大挺拔的杨树，以及连同硕大根部一起运来的埃及无花果树，用它们的浓荫遮蔽了屋子的正面，屋前原先的那条杂草丛生的石砌路面，被代之以一片宽阔的绿茵茵的草坪。早晨才连缀成片的草皮上刚洒过水，还沾着亮晶晶的小水珠儿呢。

不过，实施前的决定，完全是由伯爵本人做出的。他亲自画了一张平面图交给贝尔图乔，上面不但注明种植树木的数量和位置，还标明了取代石板路的那块草坪的形状和大小。

经过这番装饰以后，整座别墅变得让人认不出来了。就连贝尔图乔也说，围在四周的这片密密匝匝的青葱翠绿，让他都认不出这幢屋子了。

要说这位总管，他巴不得能趁这会儿连花园也去拾掇一番。可是伯爵关照得很清楚，花园不准去碰。贝尔图乔只能把功夫搁到前厅、楼梯和壁炉架上，把那些地方全都摆满了鲜花。

最能表明总管的绝顶机敏、办事得力，以及主人的博大精深、指挥有方的，还是这幢屋子内部的陈设布置。这幢已有二十年没人居住的屋子，头天还是那么阴暗、凄清，整个儿有一股难闻的腌臜味儿，一夜之间却变得有了生气，散

---

1 德·昂坦公爵（1665—1736）：路易十四的宫廷总管，深得国王宠信。

发着新主人喜欢的香味儿——淡幽幽的恰好合乎他的心意。伯爵一进屋，随手就可以拿到他的书和武器，抬眼就可以看到他心爱的油画；前厅里有他爱摩挲逗弄的狗儿，还有他爱听它们鸣啭的鸟儿。整个这座屋子，犹如森林里的睡美人，在沉睡多年后苏醒过来，恢复了生命，唱着欢悦的歌儿，显得那么容光焕发。这也好比我们重又回到了多年来一直萦绕心头的亲爱的故居，当年我们遭到不幸离开它时，曾是不得不把我们的心的一半留在了那儿的呀。

仆人们喜滋滋地穿梭来往于这座华丽的宫殿：有的端着精美的菜肴，沿头天晚上刚修复的楼梯轻快地上上下下，仿佛他们一向就住这屋里似的，有的熙熙攘攘地在车库里忙乎。一溜儿排开的编好号的豪华车辆，倒像已经在那儿停了五十年似的。马厩里正在嚼草的骏马，不时用嘶鸣来回答照料它们的马夫，这些马夫对它们谈起话来，口气比许多仆人对待自己的主人还要恭敬得多。

沿着同一堵墙有两间书房，里面藏有将近两千册图书。其中一间专收新近的传奇小说，前天晚上刚出版的新书，已然整齐地安插在书架上，红色或金色的书脊看上去神气极了。

屋子另一头跟书房对称的位置，是一个温室，盛开的珍奇花木种植在一排排日本瓷盆里。在这间赏心悦目、花香宜人的温室的正中央，摆着一张台球桌，绿绒的桌面上停着一些台球，像是一个小时前刚有人玩过。

上上下下只有一个房间，是咱们出色的贝尔图乔先生敬而远之的。这个房间位于二楼的左角上，从当中的大楼梯可以上到那儿；而那儿还有道暗梯可以下楼。仆人们从房间门口经过时，满心都是好奇，贝尔图乔经过时却觉得毛骨悚然。

五点整，伯爵带着阿里来到奥特伊别墅。贝尔图乔迎候主人到来时，心情既急切又不安；他巴望能听到伯爵的称赞，又生怕看到主人皱一下眉头。

基督山下车走进庭院，进屋上上下下走了一圈，然后到后面的花园里去转了转。一路上他默不作声，没有任何赞许或不悦的表示。

只有在走进那个紧闭的房间正对面的卧室时，他伸手指了指一个巴西香木小柜的抽屉，说了一句话。这个小柜是他头次来时就注意到的。

"这儿放放手套还差不多。"他说。

"可不是，大人，"喜出望外的贝尔图乔应声说，"请打开看看，里面是放着手套呢。"

在别的家具里，伯爵也都找到了他想找的东西：香水瓶啦，雪茄啦，精致的小玩意儿啦。

"很好！"他说。

于是贝尔图乔先生心花怒放地退了出去，伯爵对周围的人影响之大，之深，之实在，由此可见一斑。

六点整，大门外传来一阵马蹄声。咱们的北非军团骑兵上尉骑着那匹美狄亚来了。

基督山笑容可掬地站在台阶上迎候。

"是我第一个到，我早就料准了！"莫雷尔大声对伯爵说，"我有意想早到，好让您有点时间先单独跟我待一会儿。朱丽和埃马纽埃尔有好多话要我告诉您。嗨！您知道吗，您这儿可真太美了！请告诉我，伯爵，您的手下人会照料好我的马吗？"

"放心吧，亲爱的马克西米利安，他们内行着呢。"

"得先用草把给它擦擦身子。您知道它跑得有多快哟！简直像阵风！"

"那当然，我完全相信，一匹值到五千法郎的好马嘛！"基督山说这话时的口吻，就像父亲在对儿子说话。

"您懊悔输掉的钱啦？"莫雷尔嘴角挂着他那坦然的微笑说。

"我！天主不容让我懊悔！"伯爵回答说，"不。除非这匹马不行，否则我是不会懊悔的。"

"它棒极了，亲爱的伯爵，德·夏托-勒诺先生，法兰西顶尖的行家，还有德布雷先生，他骑的是部里的阿拉伯名马，他俩刚才在我后面拼命赶我，结果还是落下了一段距离，我这不是先到了吗？他们后面还跟着唐格拉尔男爵夫人的马车，驾车的那几匹马跑得正欢，每小时也要跑到六里呢。"

"这么说，他们随后就到？"基督山问。

"瞧，他们来了。"

果然就在这时，一辆由浑身直冒热气的辕马拉着的双座四轮马车，以及两匹气喘吁吁的坐骑，来到了正在打开的铁门跟前。一转眼工夫，马车驶过弯道，停在屋子的台阶跟前。两位骑手也跟在后面同时到达。

德布雷利索地跳下马鞍，来到车门跟前。他把手伸给男爵夫人，男爵夫人扶着他的手下车的当口，做了一个旁人难以觉察的小动作，除了基督山，确实谁也没有觉察到。

但伯爵的眼睛是不会漏过任何事情的。他看到有张如同这动作本身一样难以觉察的白色小纸条闪了一下，从唐格拉尔夫人手里塞进大臣秘书的手里，其手法的娴熟，表明她对此门道已是驾轻就熟。

跟在妻子后面下车的是那位银行家。他脸色苍白，不像是从马车里，而像是从坟墓里走出来。

唐格拉尔夫人朝四下里扫了一眼，只有基督山一人懂得这道目光的含意。这道迅捷的、探询的目光，刹那间就把庭院、柱廊和整幢建筑尽收眼底。她克制住心头波澜的起伏，不让脸色转白，以免被人识破内心的激动。她一边走上台阶，一边对莫雷尔说：

"先生，要是您是我的朋友，我真想请问一下您的马卖不卖。"

莫雷尔感到为难地笑了笑，朝基督山转过脸去，仿佛央求他把自己从这尴尬的困境中解救出来。

伯爵明白莫雷尔的意思。

"喔！夫人，"他说，"干吗您不向我提出这个要求呢？"

"对您，先生，"男爵夫人说，"我们是没有权利要求什么的，因为我们事先就知道您是有求必应的。所以我就向莫雷尔先生提了。"

"非常遗憾，"伯爵说，"我知道莫雷尔先生是不会把他的马卖掉的。马的去留，在他是名誉攸关的。这一点我可以做证。"

"此话怎讲？"

"他跟人打了赌，说要在六个月内驯服美狄亚。现在您明白了吧，男爵夫人，要是他在打赌规定的限期之前，卖掉了这匹马，那他就不光输掉了那笔赌注，而且得让人说他是害怕了。一位北非军团的骑兵上尉，是绝对无法容忍这种物议的，哪怕他是为了满足一位漂亮女人的任性——尽管在我看来，这实在是世上一桩最神圣的事情。"

"您瞧，夫人……"莫雷尔说着，感激地向基督山笑了笑。

"再说，"唐格拉尔说，笨拙的笑容掩饰不了语气的粗鲁，"我看您的马也已经够多了。"

听到这种话居然不予回击，唐格拉尔夫人平时可没这习惯。然而，使身边的几个年轻人大为惊异的是，这回她装作没听见似的，什么话也没说。

基督山看到这种不比寻常的忍气吞声的缄默，不由得微微一笑。他指给男爵夫人看两只硕大无朋的中国瓷缸，瓷缸外面覆盖着一层层虬结的海生植物，构成种种美妙绝伦的图案。只有大自然才能有这般的瑰丽多彩，也只有大自然才能有这般的鬼斧神工。

男爵夫人不由得连连惊叹。

"哦！杜伊勒里宫整棵的七叶树，这里面都种得下呢！"她说，"这么个大家伙，当初是怎么烧出来的呀？"

"噢！夫人，"基督山说，"这个问题不该问我们，我们这一代人已经只会烧些小玩意儿和精细的玻璃器皿了。这是另一个时代的作品，是大地和海洋的精灵的杰作。"

"究竟是哪个时代呀？"

"我也说不上来。我只是听说，有一个中国皇帝特地让人造了一座大窑，窑工们在窑里接连烧出了十二只这样的瓷缸。其中有两只，由于窑里火头太猛，烧裂了。其余十只，出窑后就沉下了三百寻深的海底。大海知道人们对它的期望，于是用海草掩覆它们，拿珊瑚缠绕它们，把贝壳黏附在它们身上。这些瓷缸，在幽深的海底一直躺了两百年，因为一场革命早已把那个做这番试验的皇帝赶下了龙位。只有一张尚留人世的御诏，记录了当年造窑烧缸、沉缸海底的故事。过了两百年，这张御诏被人找到了。有人想把这些瓷缸打捞上来。潜水员穿着特制的潜水服下了海，在当年沉缸的海湾找到了它们。但是十只缸里只剩下三只，余下的那些都被海浪卷走冲碎了。我很喜欢这些瓷缸，我有时会想象，缸底下藏着些丑陋可怕的神秘怪物，就像潜水员见过的那些海底怪物一样，它们呆滞而冷漠地定睛看着这些庞然大物。我还会想象这些瓷缸里沉睡着数不清的小鱼，它们都是为了逃避追击，而躲进缸里去的。"

这当口，唐格拉尔由于对奇闻趣事不感兴趣，站立一旁，心不在焉地从一株漂亮的柑橘树上扯花儿，一朵一朵地直到都扯完了，才又去扯仙人掌。但这仙人掌可不像柑橘树那么好欺侮，他手上给狠狠刺了一下。

他打个哆嗦，揉揉眼睛，仿佛是从梦中醒来。

"先生，"基督山笑吟吟地对他说，"您是油画收藏家，有的是珍品，我可不想在您面前夸口我的藏画。不过，这儿有两幅霍贝玛[1]，一幅保罗·波特[2]，一幅米里斯[3]，两幅热拉尔·道[4]，一幅拉斐尔，一幅凡·戴克，一幅苏巴朗，还有两三幅牟利罗[5]，倒是值得给您一看的。"

"嚯！"德布雷说，"这幅霍贝玛我可是见过的。"

"噢！是吗！"

"没错。有人拿来想卖给博物馆。"

"我想，博物馆里没有这幅画吧？"基督山很随便地说。

"没有，但还是没买下。"

"那为什么？"夏托－勒诺问。

"您可真逗。因为政府缺钱呗。"

"哦！对不起！"夏托－勒诺说，"我天天听说政府缺钱，都听了八年啦，可我到现在还是弄不明白这道理。"

"慢慢会明白的。"德布雷说。

"不见得吧。"夏托－勒诺回答说。

"巴尔托洛梅奥·卡瓦尔坎蒂少校先生到！安德烈亚·卡瓦尔坎蒂子爵先生到！"巴蒂斯坦大声通禀。

一条刚从裁缝手里交出来的黑缎绉领，一部刚修剪整齐的胡子，灰白的唇髭，坚定的目光，佩着三枚勋章和五枚十字章的少校制服，总之，一副无可指摘的老军人模样；巴尔托洛梅奥·卡瓦尔坎蒂少校，我们已经认识的这位慈祥的父亲，就是这样出现在伯爵府邸的。在他身旁，穿着簇新的衣服，笑容可掬地走上前来的，是安德烈亚·卡瓦尔坎蒂子爵，那位我们也已经认识的恭顺的儿子。

三位年轻人正在一起聊天；他们的目光从父亲移到儿子，而且很自然地

1　霍贝玛 (1638—1709)：荷兰风景画家。

2　保罗·波特 (1625—1654)：荷兰画家，以风景画和动物画著称。

3　米里斯 (1635—1681)：荷兰风俗画家。

4　热拉尔·道 (1613—1675)：荷兰画家，米里斯的老师。

5　苏巴朗 (1598—1664)、牟利罗 (1617—1682) 都是西班牙画家。

在后者身上停留得更长一些，对他细细打量了一番。

"卡瓦尔坎蒂！"德布雷说。

"哟，挺好听的名字！"莫雷尔说。

"对，"夏托-勒诺说，"没错，这些意大利人名字都挺不错，可是穿得却不行。"

"您太挑剔了吧，夏托-勒诺，"德布雷说，"这套衣服做工很讲究，而且是新的。"

"坏就坏在这上头。这位先生像是这辈子第一次穿好衣服。"

"那两位先生是谁？"唐格拉尔问基督山伯爵。

"您不也听见了吗？卡瓦尔坎蒂。"

"我只是听见了个姓氏而已。"

"噢！对了，您还不大熟悉意大利的贵族世家。说到卡瓦尔坎蒂，就等于说亲王的宗族。"

"很有钱？"银行家问。

"富比王侯。"

"他们来干吗？"

"来把那用不完的财富挥霍掉一点呗。他们还要在您的银行里立个户头，前天他们来看我的时候，提起过这事儿。今天我其实还是为您才请他们来的呢。一会儿我就把他俩介绍给您。"

"可我觉得他俩说的法语挺地道的。"唐格拉尔说。

"那儿子是在法国南方的大学受的教育，好像是马赛还是那附近的一个什么地方。您会看到他这人是充满热情的。"

"对什么呀？"男爵夫人问。

"对法国女人，夫人。他打定主意要在巴黎娶个妻子。"

"这主意倒挺妙！"唐格拉尔耸耸肩膀说。

唐格拉尔夫人瞟了丈夫一眼，换在别的时候，这样的一道目光无异于一场风波的前兆；可是今天，她又一次忍住了没作声。

"男爵今天好像有点郁郁寡欢，"基督山对唐格拉尔夫人说，"会不会是人家要举荐他入阁了？"

"不是，还没呢，这我清楚。我想哪，多半是因为在交易所下了注，赔了钱，可又不知道冲谁去发火的缘故。"

"德·维尔福先生和夫人到！"巴蒂斯坦大声通禀。

通报的这二位步入客厅。德·维尔福先生虽说极力自制，神色依然很不自在。基督山跟他握手时，发觉这只手在发颤。

"的确，只有女人才知道怎么装佯。"基督山在心里说，一边瞟了一眼唐格拉尔夫人，那位夫人又是向检察官微笑，又是同他的妻子拥抱。

寒暄过后，伯爵瞥见贝尔图乔悄悄走进跟这个大客厅毗连的小厅。在这以前，他一直在配膳室那边忙碌着。

伯爵向贝尔图乔走去。

"有什么事吗，贝尔图乔先生？"伯爵问他。

"大人还没告诉我一共有几位客人。"

"噢！可也是。"

"一共是几位？"

"您自己数吧。"

"人到齐了，大人？"

"到齐了。"

贝尔图乔从微开着的房门悄悄往外瞧。基督山的目光盯住他的脸。

"喔！我的天主！"他失声喊道。

"怎么啦？"伯爵问。

"那个女人！……那个女人！……"

"哪个女人？"

"穿白裙子、戴着好几枚钻戒的那个！……金头发的！……"

"是唐格拉尔夫人？"

"我不知道她叫什么。可那就是她，先生，就是她！"

"是谁呀？"

"花园里的那个女人！那个怀孕的女人！就是一边散步一边在等……在等……"

贝尔图乔张着嘴，呆住不动了。他脸色惨白，头发根都竖了起来。

"在等谁呀？"

贝尔图乔说不出话，只是用手指着维尔福，就像麦克白[1]指着班柯的姿势。

"呵！……呵！……"他终于嗫嚅着说，"您瞧见了吗？"

"瞧见什么？瞧见谁？"

"他！"

"他！……是德·维尔福检察官先生吗？当然，我瞧见他了。"

"那么我没把他杀死？"

"嘿！我瞧您准是疯了，我的贝尔图乔老弟。"伯爵说。

"那么他没死？"

"可不！他没死，这您看得挺清楚；您的老乡刺人，总是刺在左边第六和第七根肋骨中间，您一准不是刺高就是刺低了。这帮吃法律饭的，偏又都是命大的主儿。要不就是您告诉我的那些话，全都不能当真，只不过是一场梦，是您脑子里的幻觉。您一准是转着复仇的念头睡着了，那些念头堵在了您的胸口。您只是做了场噩梦罢了。来，定定神，好好数一数：德·维尔福先生和夫人，两个；唐格拉尔先生和夫人，四个；德·夏托-勒诺先生，德布雷先生，莫雷尔先生，七个；巴尔托洛梅奥·卡瓦尔坎蒂少校先生，八个。"

"八个！"贝尔图乔应声说。

"等一下！别忙！您干吗这么急着要走开哪！有一位客人您忘了数了。您往左边来一点……喏……安德烈亚·卡瓦尔坎蒂先生，那位正在看牟利罗《圣母像》的穿黑衣服的年轻人，他转过脸来了。"

这一回，要不是基督山用目光止住他，贝尔图乔差点儿就叫出声来了。

"贝内代托！"他嗫嚅着说，"真是天数呀！"

"敲六点半了，贝尔图乔先生，"伯爵厉声说道，"我吩咐过这时候要开宴；您知道我是不喜欢多等的。"

说着，基督山回进宾客等候着他的客厅。贝尔图乔扶着墙壁，好不容易才算回到了餐厅里。

---

1 莎士比亚同名剧作中的主人公，苏格兰大将，由于野心的驱使，杀死了慈祥的国王和另一员大将班柯。后因见到班柯的鬼魂，惊恐万状。

五分钟后，客厅的两扇门扉大开，贝尔图乔出现在门口，就像瓦泰尔[1]在尚蒂伊那样，鼓足最后一点勇气说道：

"伯爵先生，宴席已经备好。"

基督山把手伸给德·维尔福夫人。

"德·维尔福先生，"他说，"请您挽唐格拉尔男爵夫人入席好吗？"

维尔福从命，一行人鱼贯步入餐厅。

1　瓦泰尔（？—1671）：孔代亲王在尚蒂伊的府邸的膳食总管，因一次宴席中海鲜未能及时送上而羞愧自杀。德·塞维涅夫人和圣西蒙都曾在他们的作品中提及此事。

第63章
晚宴

　　显而易见，来客们进入餐厅时，心里都在转着同样的念头。他们在忖量，究竟是一种什么神奇的力量把他们都带到这座别墅里来了。不过，尽管他们感到有些惊奇，有几位甚至感到颇为不安，却没人愿意就此退出。

　　他们与伯爵交往不久，他的怪僻、离群的生活方式，还有他那没人能知晓确切数目的匪夷所思的财富，使男士们感到自己有审慎行事的责任，女士们则感到，进入这座见不到一个女人来接待她们的屋子似应有所顾忌。然而，这会儿男士抛开了审慎，女士也顾不得礼仪了；好奇心完全占了上风，它的刺激是他们无法抗拒的。

　　就连卡瓦尔坎蒂父子俩，尽管一个迂阔古板，一个脱略不羁，似乎也都忐忑不安地在暗自猜度，不明白干吗要让他们到这位叫人摸不透用意的伯爵的府上赴宴，跟初次见面的这么些人一起用餐。

　　唐格拉尔夫人瞧见德·维尔福先生应基督山之请，走到她的跟前伸臂给她时，不由得身子颤动了一下，而德·维尔福在男爵夫人把手搁在他臂上的刹那间，也觉着自己的目光在金丝边眼镜后面慌乱地抖动。

　　他俩的神情举止都没能逃过伯爵的眼睛，这两人这么刚一接触，就已经使我们的这位旁观者很感兴趣。

　　德·维尔福先生的左首是唐格拉尔夫人，右首是莫雷尔。

　　伯爵坐在德·维尔福夫人和唐格拉尔中间。

　　其余的座位上，德布雷坐在老卡瓦尔坎蒂和小卡瓦尔坎蒂中间，夏托-勒诺坐在德·维尔福夫人和莫雷尔中间。

　　宴席极为丰盛。基督山完全打破巴黎平日宴请的格局，不仅要吊起宾客的胃口，满足他们的口腹之欲，而且要吊起他们的好奇心，撩拨得他们心痒痒地等着看个究竟。摆在宾客面前的是一桌东方式的盛宴，但这种东方式的盛宴也只是在阿拉伯神话故事里才有的。

来自天南地北的新鲜甘美的水果，像一座座金字塔似的，堆在中国瓷盘和日本果盆上。亮闪闪的大银盘里装的，是连着色泽鲜艳的羽毛装盆的珍奇飞禽，或体型肥硕的河鲜海鱼。盛在形状奇巧的细颈瓶里、看上去宛如琼浆玉液的，是爱琴海、小亚细亚和开普敦的美酒，它们就像阿皮西乌斯[1]向他的宾客展示的奇珍异馔那般，齐崭崭排列在十位来客面前。这些巴黎人心里明白，要说用一千路易来款待十位宾客，固然并非不可想象；但总得要像克莱奥帕特拉那样吃珍珠[2]，或是像洛伦佐·美第奇那样喝金水，才花得掉这一大笔钱啊。

基督山看到众人的惊愕神情，哈哈一笑，用调侃的语气大声说：

"先生们，我想你们一定会同意，家产多到一定程度，就只有并非必要的东西才是必要的了。正如夫人们想必也会同意，狂热激奋到了一定程度，就唯有可望而不可即的理想，才显得最实际了吧？依此类推，最奇妙的东西是什么呢？是我们无法懂得的东西。我们内心所向往的，又是什么东西呢？是我们无法拥有的东西。所以对我说来，见到我无法懂得的东西，得到无法拥有的东西，就是我毕生追求的目标。我靠两样东西来实现这个目标：金钱和意志。你们都有自己的追求，譬如说您，唐格拉尔先生，想造一条铁路；您，德·维尔福先生，想把一个犯人判成死罪；您，德布雷先生，想去平定一个王国；您，夏托-勒诺先生，想讨得一个女人的欢心；您，莫雷尔，想驯服一匹没人驾驭得了的烈马。而我对一个任性的念头的执着追求，其实是不亚于你们中间的任何一位的。譬如说吧，各位见到的这两条鱼，一条来自圣彼得堡五十里开外的地方，另一条来自离那不勒斯只有五里路的地方，现在它们并排放在桌上，各位不觉得挺有趣吗？"

"这两条是什么鱼？"唐格拉尔问。

"夏托-勒诺先生在俄国待过，他可以告诉您这条鱼的名称，"基督山回答说，"卡瓦尔坎蒂少校先生是意大利人，他可以告诉您另一条鱼的名称。"

"这条鱼，"夏托-勒诺说，"我想是叫小体鲟。"

"好极了。"

1　阿皮西乌斯：古罗马（公元前1世纪）著名的美食家。他撰写的菜谱，保存在《烹饪十书》中流传到了后世。

2　西方人有克莱奥帕特拉吃珍珠（而不是珠粉）之说，以极言这位埃及女王的奢靡。洛伦佐·美第奇喝金水云云，当亦为极言这位佛罗伦萨共和国僭主、绰号"豪华者"的美第奇家族代表人物的豪富。

"那条鱼，"卡瓦尔坎蒂说，"要是我没认错的话，是七鳃鳗吧。"

"一点不错。现在，唐格拉尔先生，请您问问这两位先生，哪儿能捕到这两种鱼。"

"噢，"夏托-勒诺说，"只有在伏尔加河才捕得到鲟鱼。"

"啊，"卡瓦尔坎蒂说，"我看只有富扎罗湖里才会有这么肥的七鳃鳗。"

"嗯！正是这样，一条是从伏尔加河钓到的，另一条是从富扎罗湖网到的。"

"怎么可能！"在座的宾客一起喊出声来。

"嗯！我觉得有趣就有趣在这上面，"基督山说，"我就像尼禄一样：cupitor impossibilium[1]。其实你们也一样啊，这会儿各位不也觉得挺有趣吗？这两条鱼，其实并不见得比鲈鱼和鲑鱼好吃，待会儿你们之所以会觉得鲜美无比，是因为你们原以为不可能吃到它们，现在却居然吃到了。"

"那它们是怎么运到巴黎来的呢？"

"哦！我的天主！再简单不过了。这两条鱼，分头装在两只大木桶里，一只放满芦竹和河里的水草，另一只放满灯芯草和湖里的浮萍。然后分头装上特制的货车；这样，小体鲟就可以活十二天，七鳃鳗也可以活一个星期。临到我的厨师捞起这两条鱼，要把一条用牛奶闷死，另一条用红酒醉死的当口，它们都还是鲜蹦活跳的呢。您不相信，唐格拉尔先生？"

"我不能不有点怀疑。"唐格拉尔傻呵呵地笑着回答。

"巴蒂斯坦！"基督山说，"请把另外那两条鲟鱼和七鳃鳗拿来。您知道的，就是另外装桶运来，还活着的那两条。"

唐格拉尔惊讶地圆睁双眼；其他的宾客拍起手来。

四个仆人抬着两只浮着萍藻水草的木桶进来。每只桶里各有一条跟餐桌上珍馐同类的鱼，在泼剌泼剌跳动。

"为什么要每样两条呢？"唐格拉尔问。

"一条说不定会死掉。"伯爵轻描淡写地回答说。

"您真是位神奇人物，"唐格拉尔说，"甭管哲学家怎么说，有钱真是妙不可言。"

"尤其是要有绝妙的主意。"唐格拉尔夫人说。

---

1 拉丁文：就爱做不可能之事。

"哦！请别这么夸我，夫人。对罗马人来说，这算不了什么；普林尼[1]的书里就说到过，他们让奴隶把鱼桶顶在头上，从奥斯蒂亚[2]接力跑到罗马。普林尼把那种鱼叫作 mulus，而照他画的图来看，大概就是鲷鱼。所以看见面前放着一条活的鲷鱼，算得上是一种奢侈的享受。瞧着它死去，也是一件很有趣的事：它在临死前会变换三四种颜色，彩虹似的颜色一层层地由浓变淡。这时主人才把它交给厨师去烹烧。它的临终变色，成了它的价值的一部分。不过，要是没见过活着的鲷鱼，也就不会把它的死当回事了。"

"说得对，"德布雷说，"可是从奥斯蒂亚到罗马只有七八里路程呀。"

"哦！没错，"基督山说，"可要是在卢库卢斯[3]去世一千八百年以后的今天，还不能做得比他们好些，那我们岂不是一无可取之处了？"

两个卡瓦尔坎蒂都把眼睛睁得大大的：但他俩还算懂事，一句话也没说。

"所有这些都很有意思，"夏托-勒诺说，"不过说实话，最令我赞叹的还是，您的意愿竟能如此神速地得以实现。伯爵先生，您这幢别墅是五六天前才买下的吧？"

"对，至多如此。"基督山说。

"那好！我可以肯定地说，一星期来这儿兜底变了个样。因为，要是我没记错的话，这座别墅原先的大门并不在这儿，院子里空荡荡的，铺的是石板路，而今天呢，庭院里是一片如此可爱的草坪，四周的大树都像已经长了一百年似的。"

"这有什么呢？我喜欢绿草和树荫呗。"基督山说。

"对啊，"德·维尔福夫人说，"以前的大门是沿街的。上次我奇迹般脱险的那会儿，记得您是把我从街上接进别墅的。"

"噢，夫人，"基督山说，"可打那以后，我觉着还是从大门望得见布洛涅森林更好些。"

"才四天工夫，"莫雷尔说，"真是奇迹！"

"可不是，"夏托-勒诺说，"把一座旧别墅从里到外修葺一新，这真是一

1　普林尼（23—79）：古罗马作家，著有百科全书式的《博物志》，共 37 卷。

2　奥斯蒂亚：意大利城市。

3　卢库卢斯（公元前 117—前 56）：古罗马大将，公元前 74 年任执政官，曾远征东方，扩大罗马疆界至黑海沿岸一带。

件了不起的事情。这座别墅原先已经破旧不堪，甚至可以说非常荒凉。我记得当年家母曾让我来看过房子，那还是两三年前德·圣梅朗先生要出售这座别墅的那会儿。"

"德·圣梅朗先生？"德·维尔福夫人说，"这么说，您买下这座别墅以前，它是德·圣梅朗先生的？"

"好像是吧。"基督山回答说。

"怎么，好像是！敢情您都不知道上家是谁？"

"不知道，所有的事都是管家经手的。"

"这座别墅至少已经有十年没住人了，"夏托-勒诺说，"瞧着那些关得严严实实的百叶窗、紧锁的房门和庭院的杂草，那景象真是凄凉得很。说实话，要不是业主是位检察官的老岳父，人家真会以为这是座发生过谋杀案的凶宅哩。"

直到现在，维尔福没有碰过一下面前斟着的那三四杯美酒。这会儿他随手拿起一杯，一饮而尽。

夏托-勒诺说毕，餐桌上一片静默。这时，基督山开口了：

"说来也奇怪，男爵先生，我第一次走进这座别墅时，也有这样的想法；我觉得这地方过于凄清，要不是管家已经代我做主订了契约，我是不会买它的。大概这家伙是收了地产经纪人的好处费。"

"大概是的，"维尔福讷讷地说，想挤出一个笑容来，"不过请您相信，我跟这件行贿案毫无牵连。这座别墅原是德·圣梅朗先生给外孙女的嫁妆的一部分，他想把它卖掉，是因为这座别墅这么空关着没人照料，再过三四年说不定就会倒坍的。"

这回是莫雷尔的脸色变白了。

"其中，"基督山接着说，"特别有个房间，啊！我的天主！它看上去挺普通，跟别的房间没有什么两样，挂着红缎的窗幔，可不知道为什么，我总觉得房间里有一种悲剧的氛围。"

"此话怎讲？"德布雷问，"什么叫悲剧的氛围？"

"一个人的直觉，难道能说得清楚吗？"基督山说，"有些场合不是有那么一种气氛，叫人不由自主地感到很凄凉吗？为什么？没人知道。或许是由于触发了一连串的回忆，或许是因为我们想起了说不定跟此时此地并不相干的某个时间、某个场合。总之，这个房间里有一种东西，让我自然地想起了德·冈日侯爵夫人[1]和苔丝德蒙娜[2]。嗳！可也是，既然各位都已用毕晚餐，我何不陪各位去看看呢？随后我们可以到花园里去喝咖啡。就算餐后的余兴节目吧。"

基督山做了个邀请的手势。德·维尔福夫人立起身来，基督山自己也立起身来。其余的客人也陆续站了起来。

维尔福和唐格拉尔夫人，仿佛被钉在了座位上，兀自待了一小会儿。两人用冰冷无声的目光，探询地对望了一眼。

"听到没有？"唐格拉尔夫人说。

"我们得去。"维尔福边说边起身，递过手臂去让她挽着。

宾客们在好奇心的驱使下，早已三三两两往前走去。他们心想，去的地方想必不会限于那个房间，何不趁机参观一下这座被基督山装修成宫殿的旧宅呢。因此，众人都走出了敞开着的客厅大门。基督山瞧着那一对落在后面的男女，眼看他俩也出去了，他才面带笑容最后一个走出门去。他的这个笑容，客人们倘若懂得其中的含义，一定会觉得比他们要去看的那个房间更加怕人。

说话间，大家走过了一个个房间。这些房间都充满东方的情调，可以靠卧的长沙发和靠垫代替了床，烟管和武器代替了家具。一间间大小客厅里，挂着古典大师最名贵的油画杰作，精美绝伦的中国刺绣随处可见，那诡谲奇丽的色彩、匪夷所思的构图，着实令人叹为观止。最后，一行人来到了那个房间。

这个房间并没有什么特别之处。只不过，别的房间都已修饰一新，这个房间却仍然保留着旧貌，而且虽然天色已晚，房间里还没点上蜡烛。

仅仅这两个原因，已经让人感到一种阴森的气氛。

"嗬！"德·维尔福夫人大声说，"果然挺吓人的。"

唐格拉尔夫人也勉强说了一两句话，但没人能听清她说的是什么。

大家你一言我一语地交换意见，得出的结论是这个挂红窗帘的房间确实有股肃杀之气。

"可不是？"基督山说，"你们瞧瞧这张大床放得有多怪，那顶血红色的

---

1 德·冈日侯爵夫人 (1637—1667)：法国历史上以美貌著称的贵妇人，被丈夫三兄弟谋杀。
2 苔丝德蒙娜：莎士比亚名剧《奥赛罗》中的女主人公，被听信谗言、妒火中烧的丈夫奥赛罗掐死。

床幔有多吓人！还有这两幅受潮褪色水粉肖像画，画中人苍白的嘴唇和惊慌的眼神，可不是就像在说：'我看到了！'"

维尔福变得面无血色；唐格拉尔夫人倒在壁炉边的一张长椅上。

"哦！"德·维尔福夫人笑着说，"您就不怕吗，谋杀案说不定正好就发生在这张椅子上呢！"

唐格拉尔夫人倏然而起。

"噢，"基督山说，"还没完呢。"

"还有什么？"德布雷问，他注意到了唐格拉尔夫人的失态。

"哎！是啊，还有什么呢？"唐格拉尔问，"到目前为止，我想说我还没看出有什么特别的地方。您说呢，卡瓦尔坎蒂先生？"

"噢！"那一位回答说，"我们在比萨有乌哥利诺[1]塔，在费拉拉有囚禁塔索[2]的监狱，在里米尼有弗兰采斯加和保禄[3]死于非命的卧室。"

"对。可是你们没有这道暗梯，"基督山说着，打开一扇遮蔽在床幔后面的小门，"请各位都来瞧瞧，然后谈谈自己的想法好吗？"

"这弯弯绕绕的梯子倒真是挺吓人的！"夏托-勒诺笑嘻嘻地说。

"说实话，"德布雷说，"我不知道自己是不是因为喝了希俄斯[4]的酒才变得这么忧郁，不过这会儿我确实感到，这整座屋子都阴沉沉的。"

至于莫雷尔，听到维尔福提起瓦朗蒂娜的嫁妆之后，他就一直愁容满面，没有说过一句话。

"请各位想象一下，"基督山说，"有那么个奥赛罗或是德·冈日神甫[5]，在一个风雨交加的漆黑的夜晚，抱着一具可怕的尸体，一步一步地走下这道梯子，他急于把尸体埋掉，因为，即使瞒不过天主的眼睛，他至少还想瞒过世人的眼睛！"

唐格拉尔夫人一阵眩晕，倒在了维尔福的臂弯里，而维尔福也得把背靠

---

1 乌哥利诺：比萨暴君，后被政敌囚于塔中饿毙。

2 塔索（1544—1595）：意大利诗人，曾精神失常并遭监禁。

3 弗兰采斯加是意大利里米尼城贵族祈安启托的妻子，身患残疾的祈安启托发现妻子与他弟弟保禄的私情后，用刀杀死两人，但丁在《神曲·地狱篇》中描写过弗兰采斯加的形象。

4 希俄斯：爱琴海中属土耳其的一座小岛，风景优美，盛产各种水果，尤以所产葡萄酒著名。

5 德·冈日神甫：德·冈日侯爵夫人的小叔，谋害德·冈日侯爵夫人的主谋。

在墙上，才能勉强支撑住自己。

"哦！天哪！夫人，"德布雷喊道，"您怎么啦？您的脸色这么苍白！"

"她还能怎么呢！"德·维尔福夫人说，"这还不简单？不就是因为基督山先生尽对我们说些吓人的故事吗？！想必他想把我们都吓死哟。"

"是啊，"维尔福说，"您瞧，伯爵，您把夫人们吓着了。"

"您怎么了？"德布雷低声问唐格拉尔夫人。

"没什么，没事儿，"她强打起精神说，"我只想透透空气，没事儿。"

"我陪您到花园里去好吗？"德布雷边说，边把手臂伸给唐格拉尔夫人挽住，向暗梯走去。

"不，"她说，"不。还是待在这儿好。"

"说真的，夫人，"基督山说，"您刚才受惊了，要不要紧啊？"

"不要紧，先生，"唐格拉尔夫人说，"不过您可真会讲故事。想象出来的事情，说得就像真的一样。"

"噢！我的主啊，您说得对，"基督山笑吟吟地说，"这只不过是个想象力的问题罢了。对呀，我们为什么不能设想这个房间是位刚做母亲的少妇的卧室呢？这张围着红色帷幔的床，就是卢喀那女神[1]光临过的那张产床，而这道暗梯，是为了方便医生或奶妈悄没声息地上上下下，不至于打扰产妇的休息，说不定做父亲的也抱着熟睡的孩子从这儿下去呢……"

伯爵描绘的这幅宁馨的场景，并没能让唐格拉尔夫人安下神来。她发出一声呻吟，这回当真是晕过去了。

"唐格拉尔夫人不舒服，"维尔福结结巴巴地说，"或许还是把她送上马车吧。"

"噢！主啊！"基督山说，"我忘了带嗅瓶了！"

"我这儿有。"德·维尔福夫人说。

说着，她把一只嗅瓶递给基督山，里面装的红色液体，就是伯爵上次给爱德华试过，效果非常灵验的那种药剂。

"啊！……"基督山从德·维尔福夫人手里接过瓶子。

"是的，"德·维尔福夫人轻轻地说，"我照您说的试过了。"

---

1 罗马神话中司生育的女神。

"成功了？"

"我想是的。"

唐格拉尔夫人已经给抬进隔壁的房间。基督山往她嘴唇上滴了一滴红色液体，她苏醒过来。

"哦！"她说，"多可怕的梦啊！"

维尔福在她的手腕上用力捏了一把，让她知道她这不是在做梦。

大家在找唐格拉尔先生。原来，他向来对想入非非的事情不感兴趣，所以刚才那会儿已经下得楼来，到花园里跟老卡瓦尔坎蒂先生谈论从里窝那到佛罗伦萨修建一条铁路的计划了。

基督山好像很失望似的。他挽住唐格拉尔夫人的胳膊，陪她走进花园。只见唐格拉尔先生坐在卡瓦尔坎蒂父子俩中间，正喝着咖啡。

"说真的，夫人，"基督山对她说，"我没有把您吓坏吧？"

"没有，先生，不过您也知道，周围事物给人的印象，是跟我们所处的心境相关的。"

维尔福挤出一个笑容，说道：

"所以您得明白，有的东西只是一种假设，一个幻象……"

"哦，"基督山说，"信不信由您，可我确信在那个房间里，真的发生过一桩谋杀案。"

"您可得当心，"德·维尔福夫人说，"咱们有位王室检察官在场哦。"

"好呀，"基督山回答说，"既然如此，我就趁这个机会做一下陈述吧。"

"陈述？"维尔福说。

"是的，当着证人的面。"

"这一切都有趣极了，"德布雷说，"要是真有桩谋杀案，我们就有事可做，不愁消化不良喽。"

"真有谋杀案，"基督山说，"请从这儿走，各位。来啊，德·维尔福先生；只有向有关司法官员所做的陈述，才能有效呢。"

基督山一手挽着唐格拉尔夫人，一手抓住维尔福的手臂，把王室检察官一路拽到了树荫最浓的那棵梧桐下面。

其余的宾客也跟了过来。

"瞧，"基督山说，"这儿，就在这个位置（说着他用脚踩了踩地面），我吩咐手下人挖坑培些松软的沃土，好让老树重新有个生机。他们挖着挖着，碰到一只箱子，确切地说是碰到了一只箱子的铁皮，打开箱子一看，里面是一副新生婴儿的骨架。我想这总不是幻影吧？"

基督山感觉得到唐格拉尔夫人的手臂变得僵硬起来，而维尔福的手腕则在发抖。

"新生婴儿？"德布雷说，"哟！我看这一来问题严重喽。"

"嗳，"夏托-勒诺说，"我刚才没说错吧，屋子跟人一样，也有心有脸，它们内心的东西也会反映在脸相上。这座别墅这样阴沉沉的，是因为它在受到自己良心的谴责。它受到良心的谴责，是因为它包藏了一桩谋杀案。"

"喔！谁说这是一桩谋杀案？"维尔福说，他还想做最后的挣扎。

"怎么！把一个婴儿活埋在花园里，还不是谋杀案？"基督山大声说，"那您把这叫作什么呢，王室检察官先生？"

"谁说是活埋的？"

"如果是死婴，为什么要埋在这里？花园绝不是墓地。"

"杀害婴儿，在法国要判什么罪？"卡瓦尔坎蒂少校随口问道。

"喔！我的天主！要杀头的。"唐格拉尔回答说。

"噢！要杀头啊。"卡瓦尔坎蒂说。

"我想是的……对不对，德·维尔福先生？"基督山问。

"对，伯爵先生。"检察官回答说，这嗓音简直已经不像人的声音。

基督山看出自己安排的这幕场景，已经使这对男女快要崩溃了。他不想穷追到底。

"还有咖啡呢，各位，"他说，"我看我们是把咖啡给忘记了。"

说着，他把客人们带到草坪中央的一张桌子旁边。

"说实话，伯爵先生，"唐格拉尔夫人说，"我居然这么经受不住，说起来怪难为情的。不过您那些可怕的故事，确实让我心里很不好受。我想请您允许我先坐下。"

说完她瘫坐在一把椅子上。

基督山对她欠了欠身，然后走到德·维尔福夫人旁边。

"我想唐格拉尔夫人还需要用一下您的嗅瓶。"他说。

但趁德·维尔福夫人还没走到女友身边的当口，检察官已经凑在唐格拉尔夫人耳边轻声说：

"我得和您谈一次。"

"什么时候？"

"明天。"

"哪儿？"

"在我办公室……到检察院吧，那儿最安全。"

"我会去的。"

这时，德·维尔福夫人过来了。

"谢谢您，亲爱的朋友，"唐格拉尔夫人说，勉强笑了笑，"没事儿，我觉得好多了。"

第64章

乞丐

夜色渐渐变浓。德·维尔福夫人表示了想回巴黎城里去的意思，这正是唐格拉尔夫人想表示而不敢表示的——她心里其实一直在七上八下的。

德·维尔福先生见妻子这么表示，当即提出他俩先告辞。他请唐格拉尔夫人乘坐他的马车回城，以便他的妻子可以在路上照顾她。至于唐格拉尔先生，他跟卡瓦尔坎蒂先生谈兴正浓，刚说到办实业的节骨眼上，对周围发生的事情全然不加注意。

基督山刚才对德·维尔福夫人说起嗅瓶的时候，已经注意到德·维尔福先生凑近唐格拉尔夫人在说话。尽管维尔福把声音压得很低，就连唐格拉尔夫人也只能勉强听清，但鉴于检察官目前的处境，伯爵猜到了他对她说话的内容。

伯爵没有挽留客人。于是莫雷尔、德布雷和夏托-勒诺也起身告辞，各自上马而去。两位夫人登上德·维尔福先生的双篷马车。唐格拉尔呢，他对老卡瓦尔坎蒂愈来愈着迷，邀他坐自己的轿式马车同回巴黎。

至于安德烈亚·卡瓦尔坎蒂，他朝停在门口等他的那辆双轮轻便马车走去。一个穿制服的年轻仆人，模样就像漫画上的英国人那样逗人发笑，正踮起脚牵住高大的铁灰色辕马。

安德烈亚在饭桌上很少说话。他是个机灵的小伙子，生怕自己会在这些有钱有势的宾客面前说些蠢话，何况，在这些宾客中间，还有一位让他睁得大大的眼睛睃上一眼就觉得心里发怵的王室检察官呢。

后来他又让唐格拉尔先生给缠住了，那位银行家瞧着威风凛凛的老少校和有几分腼腆的儿子，眼见基督山对他俩异常客气、殷勤备至，心想自己准是碰上了带儿子到巴黎社交界来增添阅历的一位大富豪。

于是他带着难以形容的欣羡的神情，出神地望着那颗在少校小指头上闪闪发亮的大钻石——咱们这位少校可是个老谋深算的人，他怕留着那笔钱会有不测，所以已经把现金换成了值钱的东西。饭后，唐格拉尔先生仍以谈实业、

711

旅游为由，设法把话头拉到父子俩的生活境况上来。而这对父子，事先知道他们的进账得靠唐格拉尔的银行支付，一个是那笔一次付清的四万八千法郎，另一个是那笔五万利弗尔的年金，所以两人都对这位银行家笑脸相迎、曲意奉承——他们感激涕零的心情得有个地方吐露才行，要不是尽力克制，他们会跑去跟银行家的仆人握手的。

有件事，尤其令唐格拉尔对卡瓦尔坎蒂刮目相看，甚至不妨说肃然起敬。卡瓦尔坎蒂恪守贺拉斯的格言：nil admirari[1]，所以我们看到，他在席间只是说了在哪个湖里可以捉到最肥的七鳃鳗，稍稍显露了一下知识的渊博，随后在吃自己面前那盆七鳃鳗时，他始终没开金口。唐格拉尔因此认定，这种珍馐佳肴，对这位显赫的卡瓦尔坎蒂家族成员来说，想必是家常便饭，大概他们平日在卢卡家中就常吃瑞士运去的鳟鱼和布列塔尼[2]运去的龙虾，正像伯爵的七鳃鳗从富扎罗湖运来，鲟鱼从伏尔加河运来一样。所以，他极为热忱地回应了卡瓦尔坎蒂的下述表示：

"明天，先生，我想登门拜访，和您谈些业务上的事情。"

"先生，"唐格拉尔说，"我不胜荣幸，恭候驾临。"

接着，他向卡瓦尔坎蒂建议，如果少校先生舍得跟儿子分开一会儿的话，他想用自己的马车送少校先生回王子饭店。

卡瓦尔坎蒂回答说，儿子早已习惯于独立生活，有自己的马和车子，何况他俩来的时候就不是一起来的，所以他认为完全不妨分头回去。

于是少校登上了唐格拉尔的轿式马车。银行家坐在他的身边，心里对此人有条不紊的经济头脑佩服不已，要知道，他每年给儿子五万法郎，这就是说他的财产每年能有五六十万利弗尔的定期利息哪。

至于安德烈亚，他有意显摆，在那儿呵责仆人，理由是那年轻仆人没把车子停在台阶前面，而是停在了别墅大门口，他得走上三十来步路才上得了车。

年轻仆人顺从地听他呵责，左手抓紧频频倒脚的辕马的嚼环，右手把缰绳递给安德烈亚。安德烈亚接过缰绳，轻捷地把一只擦得锃亮的皮靴踩在马车踏板上。

1　拉丁文：遇事勿大惊小怪。
2　法国西北部突出在大西洋上的半岛。

这当口，一只手搭到了他的肩头。年轻人转过脸来，心想大概是唐格拉尔或者基督山有话忘了说，要赶在他离去前告诉他。

但来人既不是银行家，也不是伯爵。只见眼前是一张陌生的脸，肤色晒得很黑，满脸都是胡子，两只眼睛红宝石似的炯炯发光，嘴角挂着嘲讽的笑容，一口白牙长得很整齐，三十二颗牙一颗不缺，锐利得如同豺狼的牙齿。

头发灰白的脑袋上，包着一块红格子头巾；一件又脏又破的粗帆布罩衣，裹在又高又瘦、骨节突出的躯干上，这副骨头架子，让人觉得一走路就会喀喇喀喇作响似的。安德烈亚第一眼望见的那只搭在肩头的手，相对于这人的身躯来说大得出奇。究竟是年轻人凭借车灯的亮光认出了这张脸，还是对方怕人的模样把他给吓着了，我们不得而知。我们只知道，他打了个哆嗦，倏地向后缩去。

"您要干什么？"他问。

"对不起！爷们，"那人把手举到红头巾上说，"没准我惊吓了您，可我有话跟您说哪。"

"晚上还讨什么饭。"年轻仆人说着做了个手势，想帮主人赶走这个讨厌家伙。

"我可不是讨饭，漂亮小伙子，"陌生人讪笑着对仆人说，那仆人见了这笑容吓得躲了开去，"我只要跟您的爷们说两句话，约莫半个月前，他差我去办事来着。"

"喂，"安德烈亚故作镇静地说，不想让仆人看出他的惊慌，"您要怎么样，朋友？有话快说。"

"我要……"包红头帕的人低声说，"要你发发善心，别让我走回巴黎去。我又困又乏，又没像你那样美美地吃过一顿，我快要撑不住啦。"

这种奇特的亲热劲儿[1]使年轻人打了个寒战。

"喂，"他对那人说，"您到底要怎么样？"

"呃！我要你让我坐上这漂亮的车子，送我回去。"

安德烈亚脸色变白，但没作声。

"喔！我的天主，一点没错，"包红头帕的人把手插进衣袋，用挑衅的眼光看着年轻人，"我就是这么个主意，你听见了吗，我的小贝内代托？"

---

1 指此人对安德烈亚改用昵称"你"。

这个名字看来触动了年轻人，只见他俯身过去对仆人说：

"我确实差这个人去办过点事，这会儿他来向我报告情况。您先走一程，到了城门口就雇辆马车回去，别弄得太晚了。"

那仆人满腹狐疑地走了。

"您得让我先找个隐蔽的地方吧。"安德烈亚说。

"喔！这还不容易？我这就送你去个好地方；你等着。"包红头帕的人说。

说着他牵住辕马的嚼环，把双轮轻便马车往前拉到一个地方。那果然是个谁也看不见安德烈亚屈尊跟一个乞丐说话的地儿。

"喔！我呀，"他对安德烈亚说，"坐这漂亮车子，可不是为了显摆。不，我只是因为累了，再说，也还有点事儿，得跟你谈一谈。"

"喂，您上车来。"年轻人说。

真可惜那会儿光线太暗，要不然，瞧着这个无赖大大咧咧地往绣花软垫上一靠，坐在年轻文雅的赶车人身旁，可真是妙不可言。

安德烈亚驾着马车驶过了小区里的最后一座房舍，一路上没对身旁的同伴说一句话。而那人呢，笑嘻嘻地一声不吭，仿佛坐在这么漂亮的一辆马车上兜风，感到满心欢喜似的。

出了奥特伊，安德烈亚四下里张望一下，确信没人能看见或听见了，就停住马车，叉起双臂对包红头帕的人说：

"嘿！您干吗要来搅得我不安宁呢？"

"可你，我的孩子，干吗要骗我呢？"

"我怎么骗您了？"

"怎么骗我？亏你还问？咱俩在瓦尔桥分手那会儿，你对我说要去皮埃蒙和托斯卡纳，可根本没那回事，你是上巴黎来了。"

"这碍您什么事了？"

"没碍我什么事。这不，我还巴不得能沾点光呢。"

"哼！"安德烈亚说，"这么说，您是在打我的主意啰。"

"瞧你！这话说得有多难听。"

"您打错主意了，卡德鲁斯师傅，我警告您。"

"哎！我的天主！你别发火嘛，孩子。你该知道倒霉背时是怎么个滋味吧。

呃！倒霉背时的人是要眼红的。我以为你跑到皮埃蒙和托斯卡纳去当 faccino[1]或 cicerone[2] 混饭吃了。我打心眼里头怜惜你，就像怜惜自己的孩子一样。你知道我以前是一直叫你'我的孩子'的。"

"说下去，说下去。"

"别不耐烦嘛，瞧你这火暴性子！"

"我是耐着性子呢。快，把话讲完。"

"后来我冷不丁瞥见你带着仆人，坐着马车，穿着簇新的衣服打蓬佐姆城门出来。嗨！敢情你是发现了一座矿，还是弄到了个证券经纪人的差事？"

"所以，您就像刚才说的那样，眼红啦？"

"没这事，我挺高兴，高兴得真想对你表示一下祝贺，孩子！可我没件像模像样的衣服，所以我挺识相，没让自己来连累你。"

"还识相呢！"安德烈亚说，"您居然当着我仆人的面来跟我说话。"

"唉！没办法呀，我的孩子！我什么时候能逮住你，就什么时候跟你说话呗。你有好马，有好车，当然就滑得像条鳗鱼了。要是我今晚上碰不着你，只怕就再也碰不着你喽。"

"您这不也看见，我没躲起来。"

"你是挺快活的，我也巴不得能这样。可现在，我老是东躲西藏的：我还得担惊受怕，生怕你不认我呢。不过，你还是认了我，"卡德鲁斯带着阴鸷的笑容说，"嗯，你还挺够朋友。"

"说吧，"安德烈亚说，"您想要怎么样？"

"你不肯对我说'你'，这可不好啊，贝内代托，我的老伙计。当心哪，你可别把我惹急了。"

这恫吓把年轻人的火气按捺了下去：火气被一阵凉风刮跑了。

他放开缰绳，让辕马一路小跑前进。

"你对一个，就像你刚才说的，一个老伙计这么干，卡德鲁斯，"他说，"对你没什么好处；你是马赛人，我是……"

"敢情你现在知道自己是哪儿人啦？"

---

1 意大利文：脚夫。

2 意大利文：导游。

"没有。可我是在科西嘉长大的。你又老又倔；我年轻，但也是犟脾气。在咱们这样的人中间，靠恫吓是没用的，有事得心平气和地解决。如果说你老是背运，而我却总是交好运，这难道能怪我吗？"

"你真的交好运了？敢情仆人不是雇来的，马车不是租来的，你身上衣服也不是借来的？好呀，太棒了！"卡德鲁斯说，眼睛里闪烁着贪婪的光芒。

"喔！既然你能找到我，你当然早就都看到，都知道了，"安德烈亚说，他的情绪愈来愈激动，"要是我也像你这样，头上包着块布头，肩上披件脏兮兮的衣服，脚上穿双破鞋子，你就不会来认我了。"

"你瞧，你这不是小看人吗？孩子，这就不对啦。既然我找到了你，我凭什么就不能像别人一样弄件埃尔伯夫[1]花呢外套穿穿呢。我知道，你心肠好，你要是有两件衣服，准会给我一件。从前我也总把我那份汤和豆子分给你，不是吗？那会儿你可真饿。"

"没错。"安德烈亚说。

"瞧你那胃口哟。现在你的胃口还这么好？"

"可不是。"安德烈亚笑呵呵地说。

"那你刚才在那位亲王家里准是大吃大喝来着！"

"他不是亲王，是伯爵。"

"伯爵？挺有钱，呃？"

"对，可你别想打这主意。这位先生看上去可不是好惹的。"

"喔！我的天主！你放心吧！没人想要对你的伯爵怎么样，他就留给你一个人去受用吧。不过，"卡德鲁斯的嘴边又浮上了刚才那种阴鸷的笑容，"这得付点代价，你明白吧？"

"行，你要多少？"

"我看每个月有一百法郎……"

"嗯？"

"我的日子……"

"一百法郎？"

"还不行，这你也明白。不过要是有……"

---

1 法国城市，以纺织业著称。

"有多少？"

"有一百五十法郎，我就很快活了。"

"这是两百。"安德烈亚说。

说着他往卡德鲁斯手里放了十枚金路易。

"好嘞。"卡德鲁斯说。

"每个月，你在月头上去找看门人，照样拿这么多。"

"嗐！你又在小看人了！"

"怎么了？"

"你让我去跟那些用人打交道。不，你得知道，我可只跟你打交道。"

"好吧！那就这样，你来找我，每个月只要我拿到我的钱，你也就少不了你那份。"

"哎哟！我看我是没看错人哪，你真是个有良心的好孩子。好运气让你这样的人给碰上，真是老天有眼。来，给我讲讲你是怎么交上好运的。"

"你干吗要知道这个呢？"卡瓦尔坎蒂问。

"怎么！又瞧不起人啦！"

"不是。好吧！我找到了我爸爸。"

"真爸爸？"

"管他呢！只要他给钱让我花……"

"你就认他喊他；这没错。你爸爸是谁？"

"卡瓦尔坎蒂少校。"

"他对你满意不满意？"

"到现在为止，看上去还挺满意。"

"谁帮你找到这个爸爸的？"

"基督山伯爵。"

"就是你刚才去他家的那个人？"

"对。"

"喂，想法子让他给我弄个爷爷当当，既然他在干这档子买卖。"

"好吧，我会跟他说起你的。可你眼下打算干什么行当呢？"

"我？"

"对，你。"

"你心眼可真好，还替我操这份心。"卡德鲁斯说。

"我想，既然你对我这么关心，"安德烈亚说，"我也总该听听你的打算呀。"

"说得有理……我要找幢像样的房子租个房间，穿一身体面的衣服，每天让人刮一次胡子，再上咖啡馆去看看报纸。晚上，跟哪个捧角儿的一块儿去看看歌舞表演。我要看上去像个退休的面包铺老板，我一直盼着有这么一天。"

"行，很好！要是你想实现这个计划，安安分分地过日子，那就再好不过了。"

"您就像波舒哀先生[1]！……你呢，你打算当什么人？……贵族院议员？"

"哦！"安德烈亚说，"谁知道呢？"

"卡瓦尔坎蒂少校先生没准就是这么个议员……可是遗憾哪，世袭制废除了。"

"就别谈政治了，卡德鲁斯！……现在你要有的东西已经有了，我们也到地儿了，你快下车，跑得远远的吧。"

"不行，亲爱的朋友！"

"什么，不行？"

"你想想看哪，孩子。头上裹着块红头帕，脚上差不多连鞋都没穿，口袋里什么身份证明也没有，却有十个金路易，还不说原来就剩下一些，加在一块儿就有两百法郎哪。人家准会把我在城门口给扣住！到那时候我要辩白，就只能告诉他们这十枚金币是你给我的。这一来，就会又是调查，又是传讯，一旦他们知道我是没请假就离开土伦的，就会把我押回地中海岸边。我又得变成那个一〇六号，甭想再做退休面包铺老板的美梦啦！不行，我的孩子；我得体体面面地待在京城里。"

安德烈亚皱紧眉头。卡瓦尔坎蒂先生的这个叫名儿子，就像他自己说的，发起犟劲来可不是好惹的。他停了一会儿，朝四下里很快地扫了一眼。目光刚扫完这道探视的弧线，一只手就仿佛在无意间伸进了背心口袋，在里面扣住一把小手枪的扳机。

而就在这时，眼睛一直没离开同伴的卡德鲁斯，也把双手放到背后，缓

1　波舒哀（1627—1704）：法国作家，曾任主教和宫廷教师。

缓地抽出一把西班牙长匕首。这把匕首是他平时带着防身的。

这两个朋友，正如我们看到的，确实称得上臭味相投，彼此都摸透了对方的心思。安德烈亚像没事人似的，把手从口袋里缩回来，放到红棕色的唇髭上摩挲一阵。

"好，卡德鲁斯，"他说，"你准会把日子过得挺滋润。"

"过起来看呗。"加尔桥客栈的老板回答说，一边把刀插回袖管。

"那好呀，咱们进城去吧。不过，你要过城门，怎样才能不让人起疑心呢？我看你这身打扮，坐车比步行更危险。"

"别急，"卡德鲁斯说，"会有办法的。"

他摘下安德烈亚的帽子，戴在自己头上，捡起被赶下车的仆人留在车座上没带走的大翻领宽袖长外套，披在自己身上。然后，他装出大户人家仆人赌气的神态，仿佛他是看着主人亲自驾车心里憋屈似的。

"那我呢，"安德烈亚说，"就这么光着头？"

"啐！"卡德鲁斯说，"风这么大，你的帽子给吹掉了嘛。"

"行，"安德烈亚说，"那就赶路吧。"

"谁让你停下的？"卡德鲁斯说，"可不是我吧？"

"嘘，别作声！"卡瓦尔坎蒂说。

两人顺顺当当地过了城关。

到第一个岔路口，安德烈亚停住，卡德鲁斯跳下车去。

"哎！"安德烈亚说，"仆人的外套，还有我的帽子！"

"噢！"卡德鲁斯说，"你不想让我感冒吧？"

"那我呢？"

"你还年轻，可我呀，已经开始老喽。再见了，贝内代托！"

说着，他一头钻进小路，消失得无影无踪。

"唉！"安德烈亚长叹一声，"在这世上谁也甭想永远幸运哦！"

第65章

夫妻间的一幕

三个年轻人在路易十五广场分了手，也就是说，莫雷尔走林荫大道，夏托-勒诺过大革命桥，而德布雷沿河堤往前，各自策马而去。

莫雷尔和夏托-勒诺，想必是回自己的安乐窝——眼下议员在议院讲台上演讲时还这么说，在黎塞留剧院上演的剧本也还这么写。但德布雷则不然；到了卢浮宫的边门，他就往左拐，纵马穿过竞技广场，跑过圣罗克街，折进米肖迪埃尔街，跟德·维尔福先生的双篷马车同时到达唐格拉尔先生府邸门前。那辆马车因为要先把德·维尔福先生和夫人送到圣奥诺雷区府上，然后再送男爵夫人回家，所以也才刚到。

德布雷是府上的常客，所以径自骑马先进庭院，下马把缰绳甩给一个仆人后，回到马车跟前去接唐格拉尔夫人，让她扶着他的手臂步入府内。

大门关上，男爵夫人和德布雷踏进庭院。

"您怎么啦，艾米娜？"德布雷说，"伯爵说的故事，那个随口瞎编的故事，怎么会把您吓成这样？"

"因为今儿晚上我本来心情就不好，我的朋友。"男爵夫人回答说。

"不，艾米娜，"德布雷说，"您这话我可不信。刚到伯爵府上那会儿，您精神好极了。唐格拉尔先生的脾气是有点让人受不了，这没错；不过我知道您有办法对付他的坏脾气。准是有人冒犯了您。告诉我吧；您当然知道，我决不允许有人对您放肆无礼。"

"您想错了，吕西安。我不骗您，"唐格拉尔夫人说，"就是我对您说的这个原因，当然，他的坏脾气您也看见了，可我觉得那是不值得跟您说的。"

显而易见，唐格拉尔夫人处于一种神经质的烦躁不安的状态，而这种烦躁的情绪，往往是连她们自己也说不清楚的。或者说，正如德布雷所猜想的，她在精神上受到了某种刺激，但她不愿意把它告诉任何人。德布雷熟知气郁头晕是女人的一个生活内容，所以他就此打住，等待一个更适当的时机，或是进一步发问，或是让她 proprio motu[1] 做出解释。

男爵夫人在卧室门前遇到科尔奈丽小姐。

科尔奈丽小姐是男爵夫人的心腹侍女。

"欧仁妮小姐在做什么？"唐格拉尔夫人问道。

"她练了一晚上琴，"侍女回答说，"后来就睡了。"

"可我好像听见还有琴声？"

"那是路易丝·德·阿尔米依小姐，欧仁妮小姐在床上听她弹琴。"

"好，"唐格拉尔夫人说，"进来帮我换装吧。"

三人都进了卧室。德布雷侧身靠在一张宽宽的长沙发上，唐格拉尔夫人带着科尔奈丽小姐走进盥洗室。

"亲爱的吕西安先生，"唐格拉尔夫人隔着门帘说，"您不是老在抱怨欧仁妮不肯跟您说话吗？"

"夫人，"吕西安抚弄着男爵夫人的小狗说,这只小狗知道他是夫人的熟客，所以惯于对他撒娇，"说这话的可不止我一个人。我记得莫尔塞夫先生有一天就向您抱怨过，说他从未婚妻嘴里简直引不出一句话来。"

"这倒是真的，"唐格拉尔夫人说，"但我想，最近说不定哪天上午，情况会有所变化，您会看见欧仁妮走进您的办公室呢。"

"我的办公室？"

"我的意思是说大臣的办公室。"

"干吗？"

"请您给她弄份歌剧院的聘约！说真的，我从没见到一个人，居然会对音乐这么痴迷。对一个上流社会的小姐来说，这太出格了！"

德布雷微微一笑。

"嗯！"他说，"只要她来是得到男爵和您的同意的，我们就会给她办妥这份聘约，而且尽量使这份聘约跟她的身价相称。虽说我们实在没有钱，恐怕难以给一位像她这样的天才支付酬金。"

"行了，科尔奈丽，"唐格拉尔夫人说，"这儿没您的事了。"

科尔奈丽退了出去。稍过一会儿，唐格拉尔夫人穿着一件迷人的宽松长

---

1 拉丁文：主动地。

裙出来，走过去坐在吕西安身旁。

然后，她若有所思地摩挲起西班牙小狗来。

吕西安默默地望着她，稍过片刻才开口说：

"哎，艾米娜，请对我实话实说：是不是有什么事，让您感到心烦？"

"没有。"男爵夫人回答说。

然而，她觉得透不过气，于是立起身来，吸了一口气，对镜子里望去。

"今晚上我的样子挺怕人。"她说。

德布雷笑吟吟地立起身来，想安慰一下男爵夫人。正在这时，房门突然打开了。

唐格拉尔先生出现在门口；德布雷又坐了下来。

听见开门的声音，唐格拉尔夫人转过身去，用一种她甚至不屑于掩饰的惊讶的神情看着丈夫。

"晚上好，夫人，"银行家说，"晚上好，德布雷先生。"

男爵夫人想必以为，他这么突如其来地闯进来，其用意不外乎弥补一下适才晚宴上出言不逊的过错。

她摆出一副凛然的姿态，回过脸对着吕西安，不去搭理丈夫。

"那就请给我读点什么吧，德布雷先生。"她说。

德布雷见唐格拉尔突然进来，略微有些不安，但看到男爵夫人这么镇定，他也镇定下来，伸手拿过一本书来，书里夹着一把螺钿嵌金的裁纸刀。

"对不起，"银行家说，"不过您待得这么晚会累着的，男爵夫人。已经十一点了，德布雷先生又住得挺远。"

德布雷一下子愣住了。倒不是因为唐格拉尔的口气居然这么镇静和彬彬有礼，而且因为在这镇静和彬彬有礼后面，他听出了唐格拉尔今晚一反常态地准备不按妻子心意行事的决心。

男爵夫人也吃了一惊，并且以一道目光表现出了这种惊愕。做丈夫的要不是正在看报上的公债收盘价格，这道目光想必是会让他有所反应的。

结果这道如此傲慢的目光白费了劲，全然没有收效。

"吕西安先生，"男爵夫人说，"请您听着，我没有半点想睡觉的意思，而且我今儿晚上有一大堆话要对您说，所以您得通宵听着，哪怕您站着打瞌睡我也不管。”

“悉听您的吩咐，夫人。”吕西安冷冷地回答说。

“亲爱的德布雷先生，”这回是银行家开口了，“我劝您别跟自己过不去，非要在今天晚上听唐格拉尔夫人说这些蠢话，因为您明天再听也不迟。而今天晚上得归我，要是您不介意的话，我想趁今天晚上跟我妻子谈件很重要的事情。”

这一击又准又狠，吕西安和男爵夫人都有些不知所措了。两人对望一眼，像要从对方那儿得到一点帮助，来抵御这种攻击似的。但是一家之主不可抗拒的权威得胜了，做丈夫的占了上风。

“请别以为我是要赶您走，亲爱的德布雷先生，”唐格拉尔接着说，“不，完全不是。只不过有个意想不到的情况，使我感到非得在今晚跟男爵夫人谈一谈不可：这种事在我是极其难得的，所以我想您不至于会因此生我的气吧。”

德布雷讷讷地说了几句什么话，欠了下身子，就拔脚往外走，慌乱中竟撞在墙角上，就像《阿达莉》[1] 里的拿单一样。

“真叫人难以置信，”带上房门后，他暗自心想，“平日里我们总是嗤笑这些做丈夫的，可他们要占我们上风，竟这么不费吹灰之力！”

吕西安走后，唐格拉尔就座在他刚才坐的那张长沙发上，合拢那本摊开的书，摆出一副自鸣得意的样子，也去抚弄那只小狗。但小狗对他不像对德布雷那么友好，居然想咬他的手；他拎起它的颈脖，把它往房间另一边的长椅上甩去。

小东西在半空中发出一声惨叫。但落到长椅上以后，它蜷缩在软垫后面，被这种不寻常的待遇吓得既不敢吱声，也不敢动弹。

“您知道吗，先生，”男爵夫人泰然自若地说，“您可是大有长进了。往常您只不过是粗俗；今天晚上您可是粗暴了。”

“这是因为今天晚上我的脾气比往常更坏。”唐格拉尔回答说。

艾米娜鄙夷地望着银行家。平日里，这样的目光会激怒倨傲的唐格拉尔；但今晚他却好像视而不见。

“您脾气坏，关我什么事？”男爵夫人说，丈夫的不动声色惹恼了她，“它跟我有什么关系？您只管自己留在肚子里生闷气就行，要不带到您的办公室去

1　法国剧作家拉辛以《圣经》故事为题材的悲剧。

也行。既然您付钱给那些职员，您的坏脾气就冲他们去发吧！"

"此言差矣，夫人，"唐格拉尔回答说，"恕我无法从命。我的职员是我的帕克托勒斯河[1]，这话我记得是德莫斯迪埃[2]先生说的吧，我可不想把水搅浑，妨碍它静静地流淌。他们都是些诚实可靠的人，他们在为我挣钱，我付给他们的钱，跟他们为我出的力相比，是微乎其微的。所以我不会冲他们发脾气；我要冲着发脾气的，是吃了我的饭，骑了我的马，还要抽掉我的银根的人。"

"谁抽您的银根了？请您说说清楚，先生。"

"哦！请尽管放心，就算我在跟您打哑谜，我想要不了一会儿，您也就能猜出谜底的，"唐格拉尔说，"抽我银根的，就是让我在一个小时里亏掉七十万法郎的人。"

"我不明白您在说些什么，先生。"男爵夫人说，她想掩饰自己的激动，也想掩饰脸上的红晕。

"不，您应该非常明白，"唐格拉尔说，"不过，如果您硬要说不明白，那我可以告诉您，我刚在西班牙公债上损失了七十万法郎。"

"咦！这就怪了，"男爵夫人冷笑一声说，"难道您的损失要我来承担责任？"

"您说呢？"

"您损失七十万法郎，怎么是我的错呢？"

"反正不是我的错。"

"我可早就有言在先，先生，"男爵夫人尖刻地说，"您别跟我说什么银根不银根的。这种话，我在父母家也好，在前夫家也好，都是从来不会听见的。"

"这我当然相信啰，"唐格拉尔说，"他们全都连大子儿也没有一个。"

"那又怎么样？我在他们那儿听不见银行的行话，可我在这儿，从早到晚听得耳朵发胀。攥着埃居点来点去的声音，叫我听了就腻烦，而您这副嗓门，比那更讨厌。"

"说真的，"唐格拉尔说，"这可太奇怪了！我还以为您对我的业务非常感

---

1 据希腊神话，佛律癸亚王弥达斯贪恋财富，求神赐予点物成金术。酒神狄俄尼索斯教他点金术后，他触摸到的食物都变成黄金，以至于无法进食。他再次向神祈祷，狄俄尼索斯授以解脱之法，即为在帕克托勒斯河中沐浴。
2 德莫斯迪埃（1760—1801）：法国作家，拉辛（1639—1699）的后代。

兴趣呢！"

"我！谁让您想到这么个傻念头的？"

"您呀。"

"嘿！这可真怪了！"

"可不是。"

"我倒要请问一下，究竟是怎么回事。"

"噢！我的天主！事情很简单。二月里，您主动对我提起海地公债的事儿。您说您梦见一条大船驶进勒阿弗尔港，船上捎来的消息说，大家原以为要到希腊历的朔日[1]才能还本的公债马上就要兑现了。我是知道您睡着时有多清醒的。所以我差人暗地里买下了所有能吃进的海地公债，结果赚了四十万法郎，其中十万法郎一个子儿不少地给了您。这笔钱您按自己的心意派了用场，那不关我的事。

"三月里就是铁路承筑权的事了。三家公司同时投标，提出的担保数额全都一样。您对我说您的直觉，嗯，虽然您总是说自己不懂生意经，我却注意到您的直觉在有些事情上是很灵验的，您对我说您的直觉使您相信，那家叫南方公司的会揽到承筑权。

"我当即买下这家公司三分之二的股份。果然，这家公司得到了承筑权，跟您预料的一样。股票价格涨了三倍，我进账一百万法郎，其中二十五万给了您当私房钱。这二十五万法郎您是怎么用的？"

"您到底有完没完，先生？"男爵夫人喊道，气恼和焦躁使她浑身打战。

"稍安毋躁，夫人，我就要说到正题了。"

"谢天谢地！"

"四月里，您去大臣府上吃饭。席间谈起西班牙局势，您听到一段很机密的对话，说的是放逐唐·卡洛斯的事情。于是，我就买进了西班牙公债。后来唐·卡洛斯果然被流放了，我在查理五世重渡比达索亚河的那天赚了六十万法郎。这六十万法郎里，您得了五万埃居。那些钱是归您的，您爱怎么用就怎么用，我并不想过问。不过，您今年拿进了五十万利弗尔，这可不假吧。"

"唔，后来呢，先生？"

1　罗马古历中每月第一天为朔日，而希腊历本中取消了朔日这一名称，故称"希腊历的朔日"，类似于说"猴年马月"。

"啊！对，后来！后来事情就惨喽。"

"您说话兜什么圈子……其实……"

"我是怎么想就怎么说，这就够了……后来后来，这个后来才不过是三天以前呢。得，三天以前，您跟德布雷先生谈论政治，您从他的口风里听出唐·卡洛斯已经逃回西班牙了。于是我抛出公债，消息一传开，弄得人心惶惶，我简直不是卖出，而是送出了。第二天才发现那消息是假的，可是这个假消息已经让我赔掉了七十万法郎！"

"那又怎么样？"

"怎么样！既然我赚进的时候，分您四分之一，那么我亏本的时候，您也该赔我四分之一。七十万法郎，四分之一就是十七万五千法郎。"

"您这话说得太离谱了。说真的，我不明白您干吗要把德布雷先生的名字搅和进去。"

"因为，要是您手头没有我要的这十七万五千法郎，您就得向您的朋友去借，而德布雷先生就是您的朋友。"

"呸！"男爵夫人喊道。

"喔！请别激动，别嚷嚷，也别演戏，夫人，否则您就要逼得我说这话了：我在这件事里看到的，是德布雷先生在您今年给他的这五十万利弗尔旁边暗自冷笑，心想这下子总算找到了一个连最精明的赌棍也找不到的办法，那可是个赢了不必下赌本、输了不必赔钱的好赌法。"

男爵夫人想要发作。

"无耻！"她说，"您敢说您不知道，现在您在对我说些什么混账话吗？"

"我不说我知道，也不说我不知道，我只对您说一点：您且好好想想，自从实际上您已不是我妻子，我也不是您丈夫的这四年以来，我做得怎么样，称不称得上始终如一。就在关系破裂前不久，您说想跟那位刚在意大利剧院走红的男中音学声乐。我呢，也想跟那位载誉伦敦的女舞星学跳舞。这一来，我总共就付了将近十万法郎的学费。我一句话也没说：家庭生活，贵在相安无事嘛。十万法郎，换来你我精通声乐和舞蹈，也还划得来。可没过多久，您说您讨厌唱歌，又想跟一位大臣秘书学外交了。我就让您去学。您当然明白，既然您是用私房钱出学费，那就跟我不相干。但是现在，我发现您是在用我的钱，我一个月得花七十万法郎去付您的学费。够了！夫人，到此为止吧。要么这位外交官……免费授课，那我对他还可以容忍。要么他从此别再进我的门；您听明白了没有，夫人？"

"哦！这太过分了，先生！"惊愕的艾米娜大声说，"您简直太不要脸了。"

"喔，"唐格拉尔说，"我不胜欣慰地看到，您也不见得逊色，这正应了句老话：'嫁谁像谁。'"

"胡说！"

"没错，尽说这些没意思，咱们还是冷静地分析一下吧。我从来不插手您的事情，除非那样做是为了您好。所以，请您也像我一样。我的钱不关您的事，您是这么说的吧？那好。您的钱您自己去摆弄，不用把钱往我这儿塞，但也别把我的钱往外扒。何况，谁知道这是不是有人耍政治手腕，冲我来的'雅纳克的一击'[1]呢。说不定大臣瞧我持反对意见，本来就心里恼火，又见我深孚众望，更加急红了眼，于是就串通德布雷先生，想把我搞个破产完事呢？"

"哪会有这种事！"

"也说不定。事情是有点蹊跷……一份误传的急报！从没听说过这种事，真是叫人难以置信。最后两个急报站发送的讯号，居然是风马牛不相及的两码事！……这是为我设的套。"

"先生，"男爵夫人口气软了下来，"我想您大概还不知道，这个雇员已经被革职了，听说还要对他提出起诉，拘捕令也已经发了，但没等搜捕的人到，他就先溜了。这就表明，他不是发疯就是自知有罪……这是一次误传。"

"是啊，一次误传！它让一群傻瓜看笑话，让大臣一宵没睡觉，让内阁秘书先生涂掉好些纸头。而它对我，意味着七十万法郎的损失哪。"

"可是，先生，"艾米娜突然换了种口气说，"照您的说法，所有这一切都是德布雷先生造成的。既然如此，这些话您为什么不去直接对德布雷先生说，却来对我说呢？您指控一个男人，干吗冲着一个女人开腔呢？"

"我认得什么德布雷先生？"唐格拉尔说，"您以为我愿意去认识他？以

---

1 德·雅纳克男爵（1505—1572）是法国贵族。在一次当着亨利二世和众多朝臣的面进行的决斗中，他在快要落败时，突然向对手的膝弯刺去，这一击很出乎对手的意料。以后即以"雅纳克的一击"比喻出其不意的突然打击。

为我想知道他出些什么主意？以为我想乖乖地听他的话？以为是我愿意去赌一把吗？不，是您干的这一切，不是我！"

"可我想，既然您也赚进过……"

唐格拉尔耸耸肩膀。

"有的女人耍了一两次花招，没在全巴黎闹得满城风雨，就自以为是了不起的天才，其实这才是蠢货！您就想想您是怎么对丈夫隐瞒自己的放荡行为的吧，这只不过是些毛孩子玩的把戏，您那些场面上的女友，有一半都在玩这种把戏。一般来说，做丈夫的是宁可闭着眼睛不看的。您的所作所为，无非是对她们平庸的模仿而已。可我不一样：我什么都看在眼里，而且始终是睁着眼睛在看。这十六年来，纵使您能瞒住脑子转的念头，您的一举一动、一招一式却没法瞒过我的眼睛。您呢，暗地里还自以为得计，以为把我全然蒙在了鼓里。结果怎么样？结果，由于我装作什么都不知道，从德·维尔福先生直到德布雷先生，您的这些朋友，没有一个不是在我面前吓得发抖的。所以，没人胆敢藐视我一家之主的地位——这也正是我对您的唯一要求。他们谁也不敢在您面前，像我今天谈论他们这样地谈论我。我可以允许您让人觉得我可憎，但我不能容忍您让人觉得我可笑，尤其是，我绝对禁止您让人来弄得我破产。"

他把维尔福的名字说出口之前，男爵夫人还能挺住。但一听到这个名字，她脸色唰地一下变白了，整个人像安了弹簧，腾地立起身来，双手前伸，就像是要驱走一个幻影。她朝丈夫走上三步，仿佛要把那秘密从他身上连根刨出来似的，她不清楚丈夫究竟是否知道这个秘密，吃不准他是并不摸底呢，还是出于老谋深算，正像他唐格拉尔对什么事都得算计一番那样，不想一下子亮出底牌。

"德·维尔福先生！您这是什么意思！您究竟想说什么！"

"我是想说，夫人，您的前夫德·纳尔戈恩先生既不是哲学家，也不是银行家，或者他也许既是哲学家又是银行家，所以当他看到您在他离家九个月后竟然怀了六个月的身孕，而他面对一位王室检察官，又深感无能为力的时候，就含怨或者抱恨而死了。我是个粗人，这一点我不仅知道，而且还挺得意：我从事商业活动之所以成功，一半靠的也就是这一点。您的前夫，他为什么不去干掉维尔福，却自己郁闷而死呢？就因为他没有银根做后盾。可是我，我有我的银根做后盾。那位合伙人德布雷先生让我损失了七十万法郎，要是他承担他那份损失，我们就继续合伙干，要不然，他就得向我承认他已经破产，拿不出这十七万五千法郎了。那样一来，他就得像所有宣告破产的家伙一样，滚得远远的。哦，我的天主！我知道他是个挺可爱的年轻人，当他的消息准确时，他的确挺可爱，可是一旦他的消息不准，社交圈里比他出色的人，少说也有五十个。"

唐格拉尔夫人完全吓呆了。她兀自挣扎，还想回击一下，但终于力不从心地倒在了扶手椅上。她眼前浮现出维尔福的形象、晚宴的情景，以及近来一连串怪异的不幸事件。这个好端端的家，接二连三遭到打击，宁静舒适的气氛，让蜚短流长的议论给搅乱了。尽管她竭力做出昏厥的样子，但唐格拉尔连看也不看她一眼。他什么话也不说，打开房门回自己房间而去。结果，当唐格拉尔夫人从半昏厥的状态恢复过来时，不禁感到自己像是做了场噩梦。

第66章

婚姻计划

上面那幕场景过后的第二天。平日到了这时候，德布雷总会在去办公室的路上，顺道过来看一下唐格拉尔夫人。这会儿庭院里却不见他马车的影子。

这时差不多是中午十二点半，唐格拉尔夫人吩咐备车外出。

唐格拉尔藏身窗帘背后，窥视这次在他意料之中的外出。他吩咐仆人，唐格拉尔夫人一回家，就马上来告诉他。但直到两点，她还没回来。

两点钟唐格拉尔吩咐套马，驱车前往议院，登记就预算问题发言。

从正午到两点这段时间，他待在书房拆看信件，心情愈来愈坏，在纸上随手乱涂了一通数字。他也接待了几位客人的来访，其中包括卡瓦尔坎蒂少校。这位少校依然是一身蓝制服，依然是那么刻板、庄重，他在昨晚约定的时间准时到达，跟银行家谈妥了有关事宜。

唐格拉尔在议院发言时情绪非常激动，对内阁的抨击也比以往更为激烈。从议院出来，他吩咐驱车前往香榭丽舍大街三十号。

基督山在家；但他有客人，所以请唐格拉尔先生在客厅稍等片刻。

银行家等在客厅里，却见房门打开，一个神甫打扮的人走了进去。看来他跟伯爵非常熟悉，所以无须像他唐格拉尔这样等在外面——他向银行家稍一欠身，就走进房间去了。

过了一会儿，神甫刚才进去的那扇门又打开，基督山走了出来。

"对不起，"他说，"亲爱的男爵，我有位朋友布索尼神甫刚到巴黎，想必您刚才是看到他进去的。我们有很久没见面了，所以我不忍心马上就丢下他。希望这个理由，能让您原谅我劳您这么久等。"

"瞧您说的，"唐格拉尔说，"没事儿。是我来得不巧，我这就告辞。"

"哪儿的话？快请坐吧。喔，天哪！您这是怎么了？看上去愁容满面的。说实话，您这模样让我非常吃惊。一个愁眉苦脸的金融家，就像划过天空的彗星，是灾难降临世上的预兆。"

"亲爱的先生，"唐格拉尔说，"这些天来我运气很坏，尽碰上些倒霉事。"

"喔！我的天主！"基督山说，"您是指您在交易所栽了跟头？"

"不，那桩事我已经不觉得怎么样了，至少这几天是这样吧。特利雅斯特的一家银行倒闭，却把我搞得够呛。"

"是吗？您说的不会就是雅科波·曼弗雷迪的那家银行吧？"

"正是这家银行！您想想，这位先生跟我不知道打过多少年交道，我们每年的业务往来，少说也有八九十万法郎。从来没有出过差错，从来没有脱过期。这家伙出手就像亲王……付起款来干脆利索。这次我先垫了一百万给他，到头来这个见鬼的雅科波·曼弗雷迪却来了个止付！"

"真有这事？"

"这种倒霉事简直是闻所未闻。我向他支取六万利弗尔，结果钱没拿到，支票退了回来。我手里还有一张他签过字的四十万法郎汇票，这个月底到期，由他在巴黎的代理人承兑。今天是三十号，我派人去取钱。嘿！好家伙，那个代理人跑得连影子都不见了。再添上西班牙公债那档子事，我这个月底过得真够惨的。"

"西班牙公债您亏了一笔钱，此事当真？"

"一点不假。一下子损失七十万法郎，真惨。"

"您是个老到的高手，怎么会栽这样的跟头呢？"

"唉！这是我妻子的错。她梦见唐·卡洛斯逃回了西班牙。她很相信梦见的事情，按她的说法，这是磁性感应。所以她每次做梦，都相信梦见的事情早晚会发生。我信了她的话，同意她去做证券交易。她有自己的小金库和证券经纪人，可到头来，还是栽了跟斗。没错，那不是我的钱，是她自己的钱。可不管怎么说，您明白，做妻子的亏了七十万法郎，做丈夫的是不会毫无觉察的。哎！这件事您居然没听说？它早就闹得满城风雨喽。"

"对，我也有所耳闻，可是不知道详情。而且，对交易所这种事情，我是一窍不通的。"

"您从来不做证券交易？"

"我怎么做得了呢？我忙自己的进账都忙不过来，所以除了管家，我还雇了两个人，一个跑腿，一个管账。回头来说西班牙公债：我觉得男爵夫人不见得完全是做梦梦见的吧，唐·卡洛斯回国的消息，好像报上也登过？"

"这么说，报上的消息，您都是相信的啰？"

"绝非如此。不过，一向正派的《信使报》，我觉得是个例外。它刊登的都是急报传送的可靠消息。"

"嗯，怪就怪在这儿，"唐格拉尔说，"唐·卡洛斯逃回西班牙的消息，恰恰就是急报传送过来的。"

"那么，"基督山说，"这个月您就差不多损失了一百七十万法郎？"

"不是差不多，是确确实实这个数。"

"喔！对于一份三等的资产来说，"基督山用同情的口吻说，"这可够惨的。"

"三等！"唐格拉尔说，他觉得有点丢面子，"您这是什么意思？"

"大致上，"基督山说，"我把富人的资产分成三等：一等资产，二等资产和三等资产。拥有家产、土地、矿业，加上在法国、奥地利、英国这些国家的固定进款，折合下来总额在一亿左右的，我称为一等资产。拥有矿业开采或合股企业的股份、总督的辖地、亲王的采邑，还有不超过一百五十万法郎的年俸，合在一起总额有五千万的，我称为二等资产。最后一等是指靠复利盈利的财产，以及一份并不稳定的收益——这种收益会受他人意志或机遇好坏的影响，比如说，一家银行的倒闭，一条急报消息的误传，都会对这种收益有所影响；担着风险的投机生意，盈亏要碰运气，而这种运气相对于大自然博大无边的威力而言，只能说是微不足道的。总之，所有这些虚虚实实的资财加在一起，有一千五百万的，我称之为三等资产。您的情况大致上也就是这样，没错吧？"

"没错，没错！"唐格拉尔回答说。

"照这样下去，不出六个月，"基督山不慌不忙地接着说，"一份三等资产就玩儿完了。"

"哦！"唐格拉尔勉强笑着说，"这您也说得太快了点！"

"那么就算七个月吧，"基督山仍用刚才的语气说，"请告诉我，您有没有这样想过，一百七十万的七倍，就差不多是一千二百万……没有？嗯！您也有道理，因为要是这么一想，您就再也不敢投资了。金融家手里的资本，就好比文明人身上的那层皮嘛。我们穿着多少有点奢华的衣服，那就是我们的信用；但人一死，就只剩张皮了。同样，当您从交易所里退出来的时候，您也只剩下那份去掉虚头的资产，那顶多不过是五六百万吧；因为三等产业实际上就不过是表面总额的三分之一或四分之一而已，这就像行驶中的火车头，全因为有烟雾笼罩着，看上去才多少显得庞大些。嗯！在您这份五百万的实际资产中，您已经损失了差不多两百万，而且您的资产总数和信用也都相应地受了损失。这就是说，亲爱的唐格拉尔先生，您已经皮绽血流了，再这样折腾三四番，就该咽气了。嘿嘿！当心啊，亲爱的唐格拉尔先生。您需要钱吗？要不要我借给您一些？"

"听您这么算法，可真叫人心惊肉跳！"唐格拉尔大声说，极力掩饰自己的沮丧，装出一副豁达的样子，"可到那时候，其他几笔生意赚的钱，早已进了我的银箱。伤口流出去的血，可以靠营养补回来嘛。我在西班牙吃了败仗，在特利雅斯特也损了兵、折了将，可我在印度的船队会满载金银财宝而归，墨西哥的先遣队也会为我找到几座矿。"

"那太好了！不过，伤口还在，再有一笔损失，伤口就又会绽开的。"

"不会的，我做事向来万无一失，"唐格拉尔使出江湖骗子自吹自擂的劲头往下说，"谁也别想扳倒我，除非先有三个政府垮台。"

"嚯！这样的事也有过呢。"

"除非田里不长庄稼。"

"七头肥牛和七头瘦牛的故事[1]您还记得吧。"

"除非大海干涸，像法老时代一样。可是海也有几个呢！再说就算海水退了，船队也还能顶商队用。"

"那敢情好，真是太好了，亲爱的唐格拉尔先生，"基督山说，"我想我是弄错了，该把您的资产归在二等才对。"

"我想我应该能有这样的荣幸，"唐格拉尔带着那种刻板的笑容说，这种笑容留给基督山的印象，犹如那些蹩脚画家抹在废墟上方的惨淡的月亮，"不过，既然咱们谈到了业务，"唐格拉尔接着说，他很高兴能有机会改变一下话题，"我挺希望能得到您的指点，看看我有哪些地方能为卡瓦尔坎蒂先生效劳的。"

"那还不好办吗，给他钱就是了——如果他有开户票据给您，而您又认为

---

[1] 见《圣经·旧约·创世记》。埃及法老梦见七头肥牛和七头瘦牛。约瑟释梦说，这表示七个丰年后会有七个荒年。后来果然应验。

那票据没问题的话。"

"毫无问题！今天早上他亲自拿来一张凭票即付的四万法郎的支票，上面有布索尼神甫的签字，还有您的背书。您瞧，我当场就点了四十张方票给他。"

基督山点了点头，表示认可。

"还有，"唐格拉尔继续说，"他给他儿子在我银行里开了个户头。"

"可以请问一下他给那位年轻人多少款额吗？"

"每月五千法郎。"

"一年六万法郎。果然不出我所料，"基督山耸耸肩膀说，"这些卡瓦尔坎蒂都太穷酸了。一个月五千法郎，他准备叫一个年轻人怎么过日子呀？"

"不过您也明白，要是这位年轻人需要多拿几千法郎的话……"

"别透支给他，他老头会不认账的。您不了解这些意大利富翁：他们都是些十足的吝啬鬼。他开这个户头，由哪家银行作的保？"

"喔！是方济银行，佛罗伦萨一家最好的银行。"

"我不是说您会吃倒赔账，我绝无此意；不过我还是想提醒您别超出担保书条款的规定范围。"

"莫非您不放心这个卡瓦尔坎蒂？"

"不是！只要他签个字，我可以马上给他垫付一千万。老卡瓦尔坎蒂的家业，是我刚才跟您说过的二等资产，亲爱的唐格拉尔先生。"

"可是他看上去挺平常的！我还当他就不过是个少校哩。"

"您这已经是在恭维他了。的确如您所说，他这人其貌不扬。我第一次见到他，他给我的印象就是个佩着两块光板肩章的落魄老中尉。不过意大利人都这德行，当他们没有像东方魔术师那样叫人看得眼花缭乱的时候，活脱就是些犹太老爷子。"

"那年轻的好些。"唐格拉尔说。

"对，他或许还有些腼腆，不过总的来说，我看他还可以。不过我也为他担心。"

"为什么？"

"因为，您在我家里见到他的那次，他差不多还是初次踏进社交界，至少我是这么听说。他跟一个很严厉的家庭教师一起出门旅行过，但从没来过巴黎。"

"这些贵族身份的意大利人，习惯上都是在自己的圈子里通婚的，是不是？"唐格拉尔像是不经意地问道，"他们喜欢靠联姻把财产合并起来。"

"的确，通常都是这样。但是卡瓦尔坎蒂是个怪人，为人处世都与众不同。依我看，他把儿子带到法国来，是要让他在这儿结门亲事。"

"您这么认为？"

"我这么确信。"

"您了解这位年轻人的财产情况吗？"

"问题就在这儿；有人说他有几百万，也有人说他身无分文。"

"依您看呢？"

"您不应当让我的看法来左右您；这毕竟是个人的看法。"

"那么依您看……"

"依我看，所有这些当年的权臣骁将——卡瓦尔坎蒂家族统率过军队，也管辖过几个省——他们都把自己的百万家产藏在一个秘密的地方，这秘密只告诉长子，然后再告诉下一代的长子，一代一代传下去。证据就是他们的脸全都蜡黄干瘪，活像共和国时代的弗罗林[1]——这是他们看多了金币，看得脸也变成了金币模样的缘故。"

"一点不错，"唐格拉尔说，"还有一个证据，就是谁也没见过这些人有一丁点儿地产。"

"就算有也少得可怜。据我所知，卡瓦尔坎蒂就只有卢卡的那座宅邸。"

"喔！他有座宅邸！"唐格拉尔笑出了声，"那已经挺不错啦。"

"对，可他把宽敞的屋子租给了财政大臣，自己住在一个小房子里。嗨！我刚才说了，这家伙吝啬得很。"

"行啦，您别再寒碜他了。"

"您听我说，我跟他根本谈不上熟悉：我想我总共就见过他三次。我知道的这些情况，都是布索尼神甫和他自己告诉我的。布索尼神甫今天早上说起过卡瓦尔坎蒂关于儿子的计划，我的印象是，他不想再眼看自己的大宗财产躺在意大利睡大觉，因为那是个死气沉沉的国家，他想找个办法，或是在法国，或是在英国，让自己的几百万家产再生些钱出来。不过有一点还是要请您注意，

1　15世纪佛罗伦萨共和国发行的一种金币。

虽然我本人绝对信任布索尼神甫,但这些情况我只是说说而已,是不能负责的。"

"没关系;谢谢您给我推荐的主顾,这个姓氏为我的银行存户名册增光不少。我跟我的出纳主任解释过卡瓦尔坎蒂家族的背景,他听了也深感荣幸。嗯,有件事想顺便问一下,这些人给儿子娶亲时,是不是要给他一笔财产呢?"

"哦,我的主啊!那要看情况而定。我认识的一位意大利亲王,是托斯卡纳最显赫的贵族,富得像座金矿。他的几个儿子结婚,凡是合他心意的,就给几百万财产,不合他心意的,就只给一笔每月三十埃居的年金。拿安德烈亚来说吧,倘若他是按父亲的意思结的婚,做父亲的说不定就会给他一百万,两百万,或者三百万。比如说,他要是娶了一位银行家的女儿,做父亲的就可以从亲家的银行里得到好处,那当然很好;可是,万一亲家倒是银行家,做公公的却不喜欢做媳妇的,那就对不起,卡瓦尔坎蒂老爹会把银箱钥匙转上两圈,锁得紧紧的。到头来安德烈亚老弟就只得像那些巴黎的纨绔子弟一样,靠玩纸牌、掷骰子时做手脚,来捞点小钱喽。"

"敢情这个小伙子会找个巴伐利亚或秘鲁的公主;敢情他想头戴冠冕,从波托西[1]一路前往黄金国吧?"

"不见得,阿尔卑斯山南边的那些名门望族,也常和平民百姓通婚。他们就像朱庇特[2],喜欢跟凡人通婚。噢!您问这些问题,亲爱的唐格拉尔先生,是不是打算跟安德烈亚攀亲啊?"

"说实话,"唐格拉尔说,"我看这笔生意挺不错;而我嘛,就是个生意人。"

"我想不是和唐格拉尔小姐吧?您不会想让阿尔贝在可怜的安德烈亚脖子上抹一刀吧。"

"阿尔贝!"唐格拉尔耸耸肩膀说。"啊!可不是,他对这事还挺关心哪。"

"我听说他跟令媛是订了婚的吧。"

"是这么回事,德·莫尔塞夫先生和我,我俩曾经谈起过这桩婚事。不过德·莫尔塞夫夫人和阿尔贝……"

"您的意思,总不见得是这门亲事不般配吧?"

"嘿!我看唐格拉尔小姐配配德·莫尔塞夫先生,真是不在话下喽!"

---

1 波托西:玻利维亚城市,建于 1546 年,古时以银矿资源丰富著称。
2 罗马神话中的大神,等于希腊神话中的最高天神宙斯。他和凡人结合生了许多半神半人的英雄。

"当然，唐格拉尔小姐的嫁妆一定很丰厚，这我毫不怀疑，尤其只要是急报不再出什么岔子的话。"

"哦！不光是嫁妆的问题。哎，顺便问一句……"

"嗯！"

"您这次请客，为什么没有请莫尔塞夫和他的父母呢？"

"我邀请了他们，可是莫尔塞夫说他要陪德·莫尔塞夫夫人到迪耶普去旅游。有人建议德·莫尔塞夫夫人到海滨去呼吸点新鲜空气。"

"对喽，对喽，"唐格拉尔放声大笑，"那敢情对她有好处。"

"为什么？"

"因为她年轻时呼吸的就是这种空气。"

基督山像是没注意到这句俏皮话似的，让它就这么滑了过去。

"不过，"伯爵说，"虽说阿尔贝比不上唐格拉尔小姐那么有钱，但您不能否认他出身名门吧。"

"就算是吧，但我也挺喜欢自己的门第。"唐格拉尔说。

"那是自然，您的大名深孚众望，为您的爵号增光不少。但是像您这样的聪明人，想必不会不明白，由于一种根深蒂固、无法消除的偏见，通常人们都认为，一个有五世纪渊源的世家，跟一个只有二十年历史的新贵相比，门第要高得多。"

"恰恰就是这个缘故，"唐格拉尔说着，做出一个他自以为是讥讽挖苦的笑脸，"我才宁可要安德烈亚·卡瓦尔坎蒂先生，而不要阿尔贝·德·莫尔塞夫先生。"

"可我以为，"基督山说，"莫尔塞夫家族是不会比卡瓦尔坎蒂家族逊色的。"

"莫尔塞夫家族！……唔，亲爱的伯爵，"唐格拉尔说，"您是位体面人，对吗？"

"我想是的吧。"

"您想必懂纹章学？"

"懂一点儿。"

"那好！请您瞧瞧我这纹章的颜色，这要比莫尔塞夫纹章上的颜色可靠得多。"

"此话怎讲？"

"我虽然不是世袭的男爵，但我至少是叫唐格拉尔。"

"那又怎么样？"

"他却不叫莫尔塞夫。"

"什么，他不叫莫尔塞夫？"

"连边儿也沾不上。"

"这是怎么回事！"

"我这男爵是册封的，所以我是个男爵；他那伯爵是他自己封的，所以他根本不是伯爵。"

"这不可能。"

"请听我说，亲爱的伯爵，"唐格拉尔接着说，"德·莫尔塞夫先生是我的朋友，更确切地说，是三十年的老相识。您知道，我这个人并不怎么看重爵号，因为我没忘记自己的出身。"

"这表明了一种极其谦虚，更确切地说，一种极其骄傲的态度。"基督山说。

"嗯！当我是个小职员的时候，莫尔塞夫还只是个渔夫。"

"那时候他叫什么名字？"

"费尔南。"

"全名呢？"

"费尔南·蒙代戈。"

"您能确定？"

"那还用说！我从他手里买过那么些鱼，怎么会不知道他的名字呢？"

"那么，您干吗还要把女儿嫁到他家去呢？"

"因为，费尔南和唐格拉尔两人都是暴发户，两人都封了爵，发了财，骨子里我俩是彼此彼此。要说不一样，只有一件事，那就是他有话柄捏在人家手里，而我没有。"

"什么话柄？"

"没什么。"

"喔！对了，我明白啦。您说的这些话，让我记起了费尔南·蒙代戈的名字；我在希腊时听人说起过这个名字。"

"跟阿里帕夏有关？"

"正是。"

"这始终是个谜，"唐格拉尔说，"说实话，只要能揭开这个谜，花再多的钱我也在所不惜。"

"这并不难哪，如果您真想知道的话。"

"怎么说？"

"想必您跟希腊方面也有业务往来？"

"那当然！"

"跟约阿尼纳呢？"

"哪儿都有……"

"行，您就写封信给约阿尼纳的同行，请他告诉您，一个名叫费尔南的法国人，在阿里－台佩莱纳遇难的事件里扮演的是什么角色。"

"说得对呀！"唐格拉尔大声说，猛地立起身来，"我今天就写！"

"写吧。"

"我这就去写。"

"要是您得到什么揭丑的消息……"

"就来告诉您。"

"非常感谢。"

唐格拉尔匆匆走出房门，快步来到马车跟前。

第67章

检察官的办公室

　　我们暂且撇下坐车疾驶而去的银行家，再来追踪唐格拉尔夫人的晨游。

　　前面说过，十二点半时分，唐格拉尔夫人吩咐备车出门。

　　马车朝圣日耳曼区的方向而去，驶入马扎兰街，停在新桥巷前。

　　唐格拉尔夫人下车穿过小巷。她身上的装束非常简单，看上去就是一个早上出门的穿着雅致的女人。

　　到盖内戈街，她叫了一辆出租马车，直驶此行目的地阿尔莱街。

　　刚坐进车厢，她就从袋里掏出一块厚实的黑面纱，兜在宽边草帽上。然后她重新戴上帽子，拿出一面小镜子照了照，对效果感到挺满意：现在旁人除了她那白皙的双手和明亮的眼睛，再也看不见什么了。

　　出租马车越过新桥，穿过多菲纳广场，驶进了阿尔莱街法院。车夫刚打开车门接过车钱，唐格拉尔夫人就匆匆下车，步履轻盈地跨上台阶，快步走进法院的休息室。

　　早上，法院里总有许多案子要审理，总有许多当事人要接待。这些当事人一般很少注意女人；唐格拉尔夫人穿过休息室时，只有十来个正在等候律师的女人看了她几眼。

　　德·维尔福先生的候见室里挤满了人。但唐格拉尔夫人甚至连姓名都无须通报；她刚进门，一个执达吏就起身迎上前来，问她是不是检察官先生事先约见的，得到她肯定的答复后，就领她从一条外人不得入内的通道来到德·维尔福先生的办公室。

　　检察官坐在一把扶手椅里，背朝着门，正在写东西。他听见房门打开，执达吏说"请进，夫人！"和房门随后关上的声音，却没做任何动作。但执达吏的脚步声刚一消失，他立刻转过身来，跑去锁上门，拉好窗帘，朝四下里仔细地瞧了一遍。

　　他确信没人能看见办公室里的情况，也没人能听见里面的声音，便放下心来说道：

"夫人，谢谢您准时前来。"

他拉过一把椅子给唐格拉尔夫人，她马上坐下，因为她的心怦怦直跳，快要透不过气来了。

"夫人，"检察官把扶手椅转过半圈坐定，这样他跟唐格拉尔夫人就是面对面了，"我已经有很久没有机会跟您单独叙谈了。不过我很抱歉，今天我俩相见，面临的是一场痛苦的谈话。"

"先生，您已经看见了，尽管这场谈话我肯定要比您感到痛苦得多，可我还是在第一时间就来了。"

维尔福苦笑了一下。

"是啊，"他的神情不像是在对唐格拉尔夫人说话，而像是在自言自语地复述心里想的念头，"真是一点不错，我们做过的每件事，果然都留下了它的痕迹，有的模糊，有的清晰！我们在人生历程上每走过一步，就像爬虫在沙地上蠕行，留下的是一条长长的印痕！哦！对许多人来说，这条印痕就是他们的泪痕啊！"

"先生，"唐格拉尔夫人说，"您想必能理解我此刻的心情，对吗？那就请您给我一点宽容吧。这房间，曾经有多少罪人打着战，羞愧难当地走进这房间呵。而现在，轮到我满含羞愧，浑身打战地坐在这把椅子上了！……哦！您瞧，我得用我的全部理智，才能让我自己明白我并不是一个罪孽深重的女人，您也并不是令人畏惧的审判官。"

维尔福摇摇头，叹了口气。

"而我，"他说，"我却在告诉自己，我此刻不是在审判席，而是在被告席上。"

"您？"唐格拉尔夫人惊愕地说。

"对，我。"

"我想，在您这方面，先生，是由于自责过严才夸大了事态，"唐格拉尔夫人说，她那双美丽的眼睛霎时间又闪过了一道怯怯的亮光，"您刚才说的那些印痕，在热情奔放的青年时代，是谁也免不了的。在激情的深处，在欢愉的背后，总会留下些许内疚。正因为如此，《福音书》，不幸的人这一永恒的精神支柱，才列举了那么些罪孽深重的少女和通奸淫乱的妇人的故事，告诉我们这些可怜的女人，她们最终是怎样改邪归正，受人赞美的。所以，回想起年轻时在谵妄中犯下的过失，我想天主也许是会宽恕我的，因为我这些年来所受的折磨，即便不足以蠲免我的罪愆，至少也能赎补我的罪过了。而你们这些男人，没人会来责怪你们，风流韵事只会抬高你们的身价。所以您，还有什么可以害怕的呢？"

"夫人，"维尔福说，"您是了解我的；我不是个虚伪的人，至少我不会好端端的装出一副虚伪的样子来。如果说我的额头是蹙紧的，那是因为我的愁苦使它蒙上了阴云；如果说我的心像石头一样坚硬，那是因为它承受的打击使它变成了这样。我在年轻的时候并不是这样的，在我订婚的那天晚上，当我们大家在马赛河道街围坐在一张桌子旁边的时候，我并不是这样的。但从那以后，我自己变了，我周围的一切也变了。我耗尽精力去追求那些难以企及的东西，而在这艰难的攀登中，那些有意无意，或是由于他们本人的意愿或是纯粹出于偶然挡了我的道，让我没法接近我的目标的人，我都要毫不留情地把他们踩下去。然而，一个人热切地想得到的东西，想从拥有它们的人手里得到或者夺到的东西，往往总是被那些人死死地看守住的。因而，我们的过错，十有八九是在'必须如此'的似是而非的借口下铸成的。事情过后我们才发现，这桩在亢奋、恐惧和谵妄中铸下的过错，本来是可以避免，可以不让它发生的。与它不同的那种正当的做法，我们当时由于盲目不曾看到，这会儿却清楚地显现在眼前，又容易，又简单。你不禁会责问自己，为什么我偏偏那样做，而不是这样做呢？然而，你们这些夫人们，你们几乎从来也不会受到这种悔疚的折磨，因为当时做出决定的往往并不是你们，你们的不幸往往是别人加在你们身上的，你们的过失往往只是别人的罪过。"

"但不管怎样，先生，这一点您总该同意吧，"唐格拉尔夫人回答说，"如果说我犯过一桩过失，即使这桩过失完全是我一个人的责任，昨天晚上我也已经受到严厉的惩罚了。"

"可怜的女人！"维尔福握住她的手说，"对您这么纤弱的女子来说，这确实是太严厉了，有两次您差点儿就经受不住了，可现在……"

"怎么？"

"噢！我必须对您说……请鼓起您的全部勇气来吧，夫人，因为您前面还有路要走。"

"我的主啊！"唐格拉尔夫人惊恐地喊道，"到底还有什么事哪？"

"您看到的只是过去的事情，夫人，诚然，那也是很凄惨的。但现在您且想象一下，在您面前还有一个更加凄惨的未来，一个……真正令人感到恐怖……说不定是惨不忍睹……的未来！"

男爵夫人知道维尔福一向是很镇定的。所以，看到他情绪这么激动，她感到异常恐慌，张开嘴巴想喊，但喊声到了喉咙口就噎住了。

"这可怕的回忆，是怎样给重新勾起来的呢？"维尔福大声说，"它是怎么从坟墓底下，从它沉睡着的我们的心底，像幽灵似的钻出来，吓白我们的脸颊，羞红我们的额头的呢？"

"唉！"艾米娜说，"那还不是碰巧！"

"碰巧！"维尔福说，"不，不，夫人，不是碰巧！"

"怎么不是呢？这种碰巧能要人的命，那没错；可要说这不是碰巧，又怎么会发生这么些事呢？基督山伯爵买下这座别墅，难道不是碰巧？他叫人掘土，难道不是碰巧？还有，那可怜的孩子在树丛底下给掘出来，难道又不是碰巧？我那可怜的无辜的孩子，我连吻都没能吻他，可是我为他流过多少伤心的眼泪啊。哦！听见伯爵说在花丛下面找到我那宝贝的骸骨，我的心都随着他去了。"

"喔！不是这么回事，夫人。事情可怕就可怕在这儿，"维尔福嗓音喑哑地说，"不，在花丛下面并没有找到骸骨。不，孩子并没有从泥地里被掘出来。不，我们不该哭泣，我们不该呻吟。我们应该发抖！"

"您这是什么意思？"唐格拉尔夫人浑身打战地喊道。

"我的意思是说，基督山先生在树丛底下掘土的时候，既不可能掘到孩子的骸骨，也不可能掘到箱子的铁皮，因为树丛下面既没有孩子，也没有箱子。"

"既没有孩子也没有箱子！"唐格拉尔夫人重复说，双眼直勾勾地盯在检察官脸上，这双眼睛的瞳仁大得吓人，显露着极度惊骇的神情，"既没有孩子也没有箱子！"她又重复了一遍，仿佛要用自己的话音和声调，来留住要离她而去的思绪似的。

"没有！"维尔福低下头，双手蒙住脸说，"没有！什么也没有！……"

"这么说，您并没有把那可怜的孩子埋在那儿，先生？那为什么要骗我呢？

您是什么用意，说呀，您说呀！"

"孩子是埋在那儿的。请您听我说，夫人，您听我说了就会怜悯我的，这二十年来我是独自在背负这副痛苦的重担，一点儿也没有让您分担哟。"

"天哪！您说得真吓人！可是没关系，说吧，我听着呢。"

"您还记得那个悲惨的夜晚吧。在挂着红缎窗幔的那个房间里，您奄奄一息地躺在床上，而我，怀着几乎跟您一样焦渴的心情，等待您分娩。孩子生下来了；抱到我手里时他一动也不动，没有一点声息。我们以为他死了。"

唐格拉尔夫人猛地动了一下，像要从椅子上跳起来似的。

但维尔福捏紧双手的动作止住了她，那姿势仿佛是恳求她注意听下去。

"我们以为他死了，"他重复说，"我把他放进一只临时当棺材的箱子，下楼到花园里，掘一个坑，匆匆地把箱子埋了下去。我刚把土覆上，只见那个科西嘉人的胳膊向我伸了过来。我仿佛看见有个鬼魂竖立起来，就像一道闪电掠过似的。我觉得一阵疼痛，想喊叫，但一阵冰凉的震颤传遍了我的全身，喉咙就像是给堵住了……我昏昏沉沉地倒在地上，以为自己被杀死了。等我苏醒过来时，我勉强拖着身子爬到楼梯口，我永远忘不了当时您那崇高的勇气，您撑着虚弱的身体，下楼来到了我的面前。这场可怕的灾难不能透露半点风声，于是您由产婆搀扶着，硬撑着回到了自己家里。我为受伤找的借口是决斗。想不到这桩秘密居然就只有我俩知道，没有泄露出去。我给送到了凡尔赛。跟死神搏斗三个月以后，终于看到了一线生机。医生说我需要南方的阳光和空气。四个汉子把我从巴黎抬到了夏隆，每天只行进六里路。德·维尔福夫人坐着马车跟在担架后面。到了夏隆，我被放在船上，从索恩河往下，顺着水流缓缓地经罗讷河到达阿尔勒，然后他们再把我从阿尔勒抬到马赛。我在那儿养了六个月的伤，听不到您的消息，也不敢向任何人打听您的情况。回到巴黎，我才听说您在德·纳尔戈恩先生去世以后，嫁给了唐格拉尔先生。

"我神志恢复后，脑子里想的是什么？始终只有一样东西，就是那孩子的尸体，它每天晚上在我的梦中出现，从地底下升起，在那个坑的上方飞来飞去，用目光和手势恫吓我。于是，我刚回到巴黎，就去打听消息。自从我们离开以后，那座别墅没有住过人，但它刚租了出去，租期是九年。我去找到了承租人，只说不希望看到岳父母的这座别墅由外人租赁，表示愿意支付赔偿金以收回租约。他开价六千法郎。其实他哪怕要一万，两万，我也会给他。我随身带着钱，当场就让他在退租契约上签了字。拿到这份我渴望得到的契约以后，我就驰马直奔奥特伊。自从我离开以后，没有人进过这座别墅。

"这时是下午五点钟，我上楼来到挂红窗幔的那个房间，等待天黑。

"这会儿，我在生命垂危的一年间反复思量过的那些念头，又都浮现在脑海里，而且比以往任何时候都更让我感到害怕。

"这个科西嘉人对我声称他要为亲人报仇，从尼姆一直跟我到巴黎。这个科西嘉人藏在花园里对我行刺，他看见了我掘坑，看见了我埋孩子。他没准会去打听您是谁。说不定他已经知道了您是谁……难道他不会有一天拿这桩可怕的秘密来要挟敲诈您吗？……当他知道那一刀没捅死我以后，这在他难道不是最好的报仇方法吗？所以对我来说，最要紧的事情就是无论如何，哪怕冒风险，也一定要抹掉往事的全部印痕，不留下一点形迹。就让那一切，历历在目地印在我的记忆中吧。

"就是这，我才买下了那份契约，才来到了这儿，才这么苦苦地等待。

"天色暗下来了，我静静地看着夜色愈来愈浓。房间里没有一丝亮光，风吹得房门颤悠悠地作响，我总觉得门背后藏着个人在窥伺。我一阵阵地打着寒战，仿佛觉得听见您在背后的那张床上呻吟，可又不敢回过头去。我的心在一片寂静中怦怦直跳，我觉得它跳得那么剧烈，像是要把伤口都迸裂似的。终于，我听见乡间各种各样的声音渐渐都沉寂了下去。我明白这会儿不用怕了，没人会看见我，也没人会听见我的声音了。我决定下楼去。

"您听着，艾米娜，我一直以为自己并不比任何人胆小，可是当我从怀里掏出那把通暗梯的房门小钥匙，那把对我俩如此珍贵，您曾想为它做个金匙圈的钥匙，当我打开房门的时候，只见一束惨白的月光穿过窗户照射在暗梯的踏级上，这条长长的白色光带就像个鬼魂，我吓得紧贴住墙壁，差点儿喊出声来。我觉得自己都快要疯了。

"我总算控制住了自己。我一步步地走下楼梯；但双膝奇怪地抖个不停。我抓紧栏杆；只要一松手，准得摔下去。

"我走到了底层的门口。在这扇门外，靠墙搁着一把铲子。我拿起铲子向树丛走去。我随身带着一盏遮光的手提灯。到了草坪中间，我停住脚步点亮提灯，然后继续往前走去。

"当时是十一月底，花园里的树木都凋零了，一棵棵的树只剩下光秃秃的树干和瘦骨嶙峋的枝丫，枯叶和着细沙，在我脚下簌簌作响。

"恐惧压得我的心一阵阵地抽紧，走近树丛的那会儿，我实在怕极了，就从袋里掏出手枪握在手里。我仿佛老是瞥见那个科西嘉人的影子，忽隐忽现地出没在枝丫中间。

"我提着遮光灯在树丛间照来照去：空荡荡的不见人影。我又向四下里看了一遍，确信只有我一个人在那儿。夜色中，周围是死一般的寂静，只有猫头鹰凄厉的叫声偶尔打破这寂静，犹如在召唤黑暗中的鬼魂。

"我把提灯挂在一根丫杈上，我记得一年前就是在这个地方掘的坑。

"过了一个夏天，草已经长得很茂密，秋天到了也没人去刈草。有一块草长得比较稀疏的地方，吸引了我的注意。显然，去年我就是在这地方掘的土。我马上动手干起来。

"为了这个时刻，我已经等待了一年多的时间！

"我满怀希望，拼命地挖呀挖呀，总以为会在那簇草的下面碰到顶住铲子的东西。可是没有！我挖的范围有去年挖的坑两个那么大，可是什么也没挖到。我想我准是弄错了地点，白费了这点劲。我重新确定方位，细细打量四下的地形，对照记忆中的细节慢慢搜寻。凛冽的寒风呼啸着掠过光秃秃的树丛，我的额头上却淌着大颗大颗的汗珠。我想起那把匕首捅到我身上的当口，我正在把覆上去的泥土踩结实；我一边踩土，一边用手把住一棵金雀花树。在我背后有一块假山石，那本来是用来搁游人憩歇的长凳的。我倒下去的时候，脱开树身的那只手触到过这块冰凉的石头。现在，我右边是那棵金雀花树，背后是那块假山石。我照上次的样子仰面倒在地上，然后爬起身来，从这个地方开始铲土，并且把这个坑往四周愈挖愈大。可是，还是没有！什么也没有！那只箱子不见了。"

"那只箱子不见了？"唐格拉尔夫人喃喃地说，吓得连气都透不过来了。

"您别以为我会就此罢休，"维尔福说，"不。我掘遍了整个树丛。我想，准是那个刺客掘到了箱子，以为里面装的是金银财宝，想占为己有，就拿着箱子跑了。随后，他发觉自己弄错了，就另外又掘了个坑把它埋了。但我掘来掘去，还是什么都没有。后来我转念一想，他未必会费这么些心思，说不定他干脆把箱子往哪个角落里一扔，就算完事了。根据这个最后的假设，我得等到天亮再去寻找。我就又上楼，回到那个房间里等着。"

"哦！我的主啊！"

"天亮了，我又下楼去。我先到树丛里去找，希望能找到些许在黑暗中疏忽了的痕迹。我把一块二十多尺见方的地皮掘了个遍，直掘到两尺多深。我在一个钟头里干的活，一个工人恐怕干一天也干不完。但我还是一无所获，什么也没找到。

"然后，我就按照箱子给扔在了什么地方的假设去找箱子。那应该是在通往花园小门的沿路附近。但这次搜寻跟刚才一样毫无结果。我的心揪得紧紧的，又回到树丛边上，但这时我对这树丛已经不抱什么希望了。"

"哦！"唐格拉尔夫人喊道，"这真要把您给逼疯了。"

"我抱过希望，"维尔福说，"可是落空了。我重新打起精神，忽然想到一个念头。我问自己，那人干吗要把尸体带走呢？"

"您不是说了，"唐格拉尔夫人说，"为了留作证据吗？"

"哦！不，夫人，不可能是这样。他不可能把一具尸体保存一年之久，他应当把它呈交法官并提出证词。可是，这样的事并没发生。"

"嗯！那么……"艾米娜嗫嚅着说。

"那么，事情对我俩来说，就更可怕、更致命、更悲惨。那孩子说不定还是活的，刺客救了他。"

唐格拉尔夫人发出撕心裂肺的喊声，抓紧维尔福的双手说：

"我的孩子还是活的！您把我还活着的孩子给埋了，先生？您没确证我的孩子是不是死了，就把他埋了！哦！……"

唐格拉尔夫人纤弱的双手抓住检察官的手腕，直挺挺地站立在他面前，模样很吓人。

"我怎么知道呢？我只是这么说而已，其实我本不该告诉您的。"维尔福两眼发直地回答说，这种眼神，表明这个权势在手的人物已经濒临绝望和发狂的边缘。

"哦！我的孩子，我可怜的孩子！"男爵夫人喊道，重又倒在了椅子上，用手帕捂住嘴，呜咽而泣。

维尔福恢复了神志。他知道，要想驱散这场由母爱在他头上聚敛起来的风暴，必须尽快让唐格拉尔夫人也感受到自己感受的这种恐惧。

"您得明白，如果事情真是这样，"他立起身来，走近男爵夫人压低声音对她说，"我们就完了。那个孩子还活着，而且有个人知道他活着，有个人手里掌握着我们的秘密。孩子明明已经不在花园里，基督山却对我们说他在花园里掘到了孩子，那么，掌握这个秘密的人一定就是他。"

"天主啊，公正的天主，有冤必报的天主啊！"唐格拉尔夫人喃喃地说。

维尔福的回答，是一声近乎凄厉的喊叫。

"可是那个孩子，孩子到底在哪儿呢，先生？"做母亲的急切地追问。

"喔！我拼命地四处找他！"维尔福拧着自己的胳臂说，"我在那些不眠的长夜里，曾经多少次地呼喊他哟！我但愿自己能富比王侯，那样我就能从一百万个人手里买下一百万个秘密，最后从中找到我的那个秘密！有一天，当我第一百次拿起那把铲子的时候，我又第一百次问自己，那个科西嘉人到底能把那孩子怎么样呢。孩子会成为一个亡命之徒的累赘；也许在他发觉孩子还活着的那会儿，他已经把孩子扔进河里了。"

"哦！不会的！"唐格拉尔夫人喊道，"他要杀您是为了报仇，可他不会那么狠心，不会把一个孩子淹死的！"

"也许，"维尔福说，"他把孩子送进了育婴堂。"

"哦！是的，是的！"男爵夫人喊道，"我的孩子是在那儿！先生！"

"我去了育婴堂。人家告诉我，那天晚上，也就是九月二十日晚上，是有人在圆转柜上放过一个孩子；孩子裹在一块故意对半撕开的细麻布襁褓里。这半块襁褓上有半枚男爵纹徽和一个 H 字母。"

"对的，对的！"唐格拉尔夫人喊道，"我的衣巾上都有这种印记；德·纳尔戈恩先生是男爵，而我的名字是艾米娜[1]。感谢您，我的天主！我的孩子没有死！"

"对，他没有死！"

"您也这么说！您知道您这么说会让我乐得发疯吗，先生！他在哪儿？我

---

1 艾米娜的原文是 Hermine，起首字母为 H。

的孩子在哪儿？"

维尔福耸耸肩膀。

"我能知道吗？"他说，"要是我知道，您想我还会这么原原本本给您从头讲起，就像一个写剧本或者写小说的人那么做吗？不幸的是，我也不知道。在我去以前，早半年的时候，有个女人去认领那个孩子，她随身带着另外半块褓褓。这个女人的认领符合法律手续，所以他们就把孩子给了她。"

"那您该打听那个女人在哪儿，得去找到她呀。"

"您以为我没那么做吗，夫人？我只说有个刑事案件，派遣最精干的警员和密探去搜寻她的踪迹。他们发现了她一路去到夏隆的线索。但到了夏隆，线索就断了。"

"线索断了？"

"是的，断了。从此杳无踪影。"

唐格拉尔夫人在听这番叙述时，随着情节的进展，时而叹息，时而流泪，时而喊出声来。

"这就完了？"她问，"您这样就算完了？"

"喔！不，"维尔福说，"我一直不断地在寻访，在探询，在打听。可是，这两三年来我有些懈怠了。现在，我要拿出更大的毅力和勇气来重新开始。您看着吧，我会成功的。如今驱使我的，已经不是良心，而是恐惧。"

"不过，"唐格拉尔夫人说，"我想基督山伯爵是不知情的。要不然，他就不会像现在这样来跟我们结交了。"

"喔！人心难测，"维尔福说，"人的心深不可测，比天主的恩泽更深。这个人对我俩说话时的那双眼睛，您可曾注意到？"

"没有。"

"他的举止，您总仔细观察过吧？"

"那当然。他这人很怪，但也仅此而已。只有一件事，我感到挺惊奇，他请我们吃的那么些珍馐佳肴，他碰都不碰，一点儿也没尝过。"

"对，对！"维尔福说，"我也注意到了这一点。要是我当时就知道现在这些情况，我也会碰都不碰的；我会以为他是要毒死我们。"

"可是事情明摆着，那样想就错了。"

"就算是吧。可是请相信我，这人准有别的计划。我之所以要见您，要跟您谈一次，要提醒您防范每个人，尤其要防范他，就是为了这个缘故。请告诉我，"维尔福两眼盯住男爵夫人的脸，神情更加专注地逼视着她，"您有没有把我俩的关系告诉过任何人？"

"没有，从没告诉过任何人。"

"您得明白我的意思，"维尔福深情地说，"我说的任何人，请原谅我的固执，意思是说这世上的任何一个人，您明白吗？"

"哦！是的，我明白您的意思，"男爵夫人涨红着脸说，"没有说过！我向您发誓。"

"您有没有每天晚上把日间的事情记下来的习惯？您写不写日记？"

"不写！唉！生活过得这么无聊，我只想把它忘了。"

"您知道自己不说梦话吗？"

"我睡得像个孩子。您不记得了吗？"

男爵夫人脸上升起一阵红晕，维尔福的脸上却显出恐惧的神色。

"记得。"他说，声音轻得几乎叫人没法听见。

"嗯？"男爵夫人问。

"嗯！我知道该怎么办了，"维尔福说，"从今天起，在一周之内我就能知道基督山先生是个什么人，弄清楚他的来龙去脉，弄清楚他为什么要对我们说他在花园里掘到了那个孩子。"

维尔福说这话的口气，要是伯爵能听见，他准得打个寒战。

然后，维尔福捏住男爵夫人很勉强地伸给他的那只手，彬彬有礼地把她挽到门口。

唐格拉尔夫人乘上另一辆出租马车，到新桥巷口下车，然后穿过小巷找到等候自己的马车和车夫。那车夫，正在车座上安安稳稳地打着瞌睡。

当天，就在唐格拉尔夫人和检察官先生在他办公室作长谈的时候，一辆敞篷旅行马车驶进埃尔代街，穿过二十七号宅邸的大门，停在院子里。

片刻过后，车门打开，德·莫尔塞夫夫人扶住儿子的手臂下了车。

阿尔贝送母亲进屋后，就吩咐备水洗澡和套车。贴身男仆刚伺候他装束定当，他就登上马车直驶香榭丽舍林荫大道基督山伯爵的府邸。

伯爵带着惯常的笑容迎接他。这真是件怪事：这个人的内心精神世界，仿佛谁也没法向那里面多走一步似的。有些人想，不妨这么说吧，强行闯入他的心灵禁区，可每次都撞在了一堵墙上。

莫尔塞夫本来是张开双臂向他跑去的，但见了他——尽管他脸上带着友好的笑容——却不由自主地收起胳臂，只敢伸出一只手去。

基督山呢，仍跟平时一样，只在对方的手上轻轻碰一碰，并不握紧。

"瞧！我来啦，"莫尔塞夫说，"亲爱的伯爵。"

"欢迎。"

"我一小时前刚回来。"

"从迪耶普来？"

"从特雷波尔[1]来。"

"喔！是嘛。"

"我一回巴黎，就先来看您。"

"您真是太好了。"基督山说这话的口气，仿佛在说一桩不相干的事情似的。

"哎！怎么样，有什么消息吗？"

"消息！您问我这个外国人有什么消息？"

"我问有什么消息，意思是说您有没有为我做什么事？"

"您难道托我做什么事了？"基督山做出不安的样子问道。

1　法国北部小港，濒临英吉利海峡。

"行了，行了，"阿尔贝说，"别装着不知道了。有道是心有灵犀一点通嘛。瞧！我在迪耶普就收到了电流的感应，您要是没为我做过什么事，至少总想到过我吧。"

"这倒有可能，"基督山说，"我还真的想到过您。不过我得说明，从我身上发出去的电波，是不按我的意志自由行动的。"

"当真？那就请告诉我是怎么回事吧。"

"事情很简单，唐格拉尔来我这儿吃过饭。"

"这我知道，家母和我就是为躲开他才出去的。"

"他跟安德烈亚·卡瓦尔坎蒂先生共进了晚餐。"

"您的那位意大利王子？"

"别说得那么夸张吧。安德烈亚先生也还不过自称子爵呢。"

"您说他是自称？"

"我说他是自称。"

"那么他并不是子爵？"

"哦！这我怎么知道？他这么自称，我就这么称他，人家也这么称他。这一来，他不就是子爵啦？"

"您这人可真特别。好吧！请往下说。"

"往下说什么？"

"唐格拉尔先生来赴宴了？"

"是的。"

"和您的安德烈亚·卡瓦尔坎蒂子爵一起用的餐？"

"和安德烈亚·卡瓦尔坎蒂子爵一起用的餐。另外还有他的父亲侯爵先生，唐格拉尔夫人，德·维尔福先生和夫人，都是些可爱的人儿，还有德布雷先生，马克西米利安·莫雷尔，还有谁来着……让我想想……噢！德·夏托-勒诺先生。"

"他们有没有提到我？"

"一句也没提到。"

"糟糕。"

"此话怎讲？我还以为，如果说大家把您给忘了，那可是正中您的下怀呢。"

"亲爱的伯爵，要是大家都没提起我，那就是说他们心里还都想着我，这下我可完了。"

"人家想着您又怎么啦，只要唐格拉尔小姐没想不就好了？喔！对了，敢情她待在家里，照样也能想您啊。"

"噢！我敢肯定没这事；除非她是以我想她的同样方式在想我。"

"奇妙的心灵感应！"伯爵说，"这么说，你们俩彼此都在恨对方？"

"您听我说，"莫尔塞夫说，"要是唐格拉尔小姐肯发善心做出牺牲，让我不必为她这么受苦受难，要是她能开恩让我摆脱我们两家订下的婚约的羁绊，那我就真是感激不尽了。总之，我觉着唐格拉尔小姐当个情妇挺可爱，可要当妻子，去他的吧……"

"原来，"基督山笑着说，"您想未婚妻，就是这样想的呀？"

"哦！天哪！对，是不怎么客气，这没错，但至少没作假。可是我这梦想是没法实现的；作为通向一个既定目标的步骤，唐格拉尔小姐是非得当我老婆不可的，也就是说，她要和我在一起生活，在我身边想心事，在我身边唱歌，在离我不到十步路的地方吟诗弹琴，而且今生今世我甭想甩开她，这真叫我想到就怕。一个情妇，亲爱的伯爵，那是可以分手的。可是妻子，唉！那就是另一回事喽。近也罢，远也罢，反正你非得跟她拴在一起不可。要跟唐格拉尔小姐拴在一起，哪怕是远远的，我想着就心里发怵。"

"您这人可真挑剔，子爵。"

"对，因为我常想着一件不可能的事。"

"什么事？"

"像家父当初那样为自己找一个妻子。"

基督山脸色发白了。他望着阿尔贝，手里摆弄着精致的手枪，把枪簧扣得连连作响。

"这么说，令尊当初很幸福喽？"他说。

"伯爵先生，我对家母的看法，您是知道的：她是一位天使。您看她，还是像从前一样美丽、聪明，风度甚至比从前更迷人。我刚从特雷波尔回来。换了别的儿子，喔！天哪！成天陪着母亲要不是为了讨好她，就好比是在受苦役。而我呢，我和家母形影不离地待了四天，我可以对您这么说，我觉得自己是在特雷波尔亲承玛勃仙后和提泰妮娅[1]的謦欬，这四天过得那么舒心，那么悠闲，那么充满诗意。”

"这种完美是可望而不可即的。所以听您这么一说，谁都会铁下心来，宁可做单身汉了。"

"可不是，"莫尔塞夫说，"我正因为知道这世上有这么一个完美的女人，所以才不想操那份心，去娶什么唐格拉尔小姐。不知您有没有注意到，我们的自私，往往会给属于自己的东西蒙上一层耀眼的光彩。在玛尔莱或福森首饰铺的橱窗里闪闪发亮的钻石，到了我们手里以后，就会更加光彩夺目。可是倘若有人证明给您看，还有一颗成色更纯的钻石，而您注定这辈子只能有这颗成色稍差的钻石，您想想，那时候心里多不是滋味啊？"

"难以免俗啊！"伯爵低声说。

"所以，倘若哪天欧仁妮小姐发觉我是个无足轻重的小子，我这不到十万法郎的家当，跟她的百万家财是根本无法相提并论的，那我可就谢天谢地喽。"

基督山微微一笑。

"我还想到过另一个主意，"阿尔贝接着说，"弗朗兹喜欢怪诞的东西，所以我就想把他弄得神魂颠倒，让他去爱上唐格拉尔小姐。可是，我用最诱人的笔调给他写了四封信，他的答复却始终如一：'我这人是有些荒诞不经，这没错，可是我还没荒唐到许下诺言就要变卦的地步。'"

"这就是所谓的真诚友谊：把自己只想让她当情妇的女人，去塞给别人。"

阿尔贝笑了笑。

"顺便提一句，"他接着说，"这位亲爱的弗朗兹到巴黎了。不过这跟您没什么关系，您好像并不喜欢他，是吗？"

"我不喜欢他？！"基督山说，"哎！我亲爱的子爵，您什么时候见到我不喜欢弗朗兹先生啦？所有的人我都喜欢。"

"我也包括在所有的人里啰……谢谢。"

"喔！咱们别把意思弄拧了，"基督山说，"我对所有的人，都像天主让我们去爱邻人那样地爱他们。我所恨的，只是几个人而已。还是讲讲弗朗兹·德·埃皮奈先生吧。您说他回来了？"

---

1 两人均为莎士比亚笔下的仙女，分别见于《罗密欧与朱丽叶》和《仲夏夜之梦》。

"对，是德·维尔福先生把他唤回来的。这位先生看来也急不可耐地要把瓦朗蒂娜小姐嫁出去，就像唐格拉尔先生急不可耐地要把欧仁妮小姐嫁出去一样。照这样看来，做父亲的有个长大了的女儿放在家里，心里就会老大的不自在。我看哪，他们非得折腾到血压升高、脉搏每分钟九十次，折腾到把女儿打发出门，才会完事。"

"可是，人家德·埃皮奈先生就不像您。他受这份罪并没口出怨言啊。"

"岂止这样，他可是真把它当回事啦。他一本正经地打着白领带，已然在谈论成家以后如何如何了。而且，他对维尔福先生夫妇尊敬极了。"

"他俩也消受得起这份敬意吧？"

"我想是的。在一般人的眼里，维尔福先生虽然严厉，但很公正。"

"好极了，"基督山说，"现在至少有一个人，您对他不像对可怜的唐格拉尔先生那样不留情面了。"

"或许是我不必娶他女儿的缘故吧。"阿尔贝说着，哈哈大笑。

"说实话，亲爱的先生，"基督山说，"您这么自鸣得意可真叫人受不了。"

"我？"

"对，您。来支雪茄吧。"

"好的。可我怎么自鸣得意啦？"

"您不是在这儿为自己辩解，一个劲儿地想不娶唐格拉尔小姐吗。其实，这事您大可不必多费心思，说不定先提出解除婚约的还不是您呢。"

"啊！"阿尔贝睁大双眼说。

"嗯！人家总不至于，子爵先生，总不至于硬把您的脖子塞进门里去吧。得！说正经的，"基督山换种语调说，"您真的想毁约？"

"我肯为此出十万法郎。"

"嗯！算您走运：唐格拉尔先生准备出两倍价钱来达到同样的目的。"

"此话当真，我真的交了这种好运？"阿尔贝说这话时，一丝不易觉察的阴影掠过了他的额头，"亲爱的伯爵，唐格拉尔先生总该有他的理由吧。"

"啊！瞧您这又骄傲又自私的模样！好极了，我算领教了，您对别人的自尊心可以抡起斧子去砍，别人用针戳您一下，您就叫起来了。"

"不是的！可我觉着唐格拉尔先生……"

"应该喜欢您，是吗？嗯！唐格拉尔先生是个口味很糟糕的人，这事儿已经定了，他更喜欢的是另外一位……"

"谁？"

"我也不知道；您得多研究，多观察，别放过任何蛛丝马迹，这对您会有好处的。"

"好，我明白。我想告诉您，家母……噢！不是家母，我说错了，家父想举办一个舞会。"

"在这时候举办舞会？"

"夏季舞会现在挺时行。"

"就算不时行，只要伯爵夫人愿意，也能让它时行起来。"

"不错。您知道，来客都是有身份的人物；七月里留在巴黎的，都是真正的老巴黎。不知能否劳驾，请您代我邀请二位卡瓦尔坎蒂先生？"

"舞会定在哪天？"

"星期六。"

"那时候老卡瓦尔坎蒂先生已经走了。"

"可小卡瓦尔坎蒂先生还在。您能赏脸把小卡瓦尔坎蒂先生一起带来吗？"

"您听我说，子爵，我跟他并不熟。"

"您跟他不熟？"

"是啊。三四天前我才跟他初次见面，他的事我可负不了责任。"

"您自己不是请他吃饭了吗！"

"那就另当别论了。他是一位为人正直的神甫介绍给我的，可没准神甫自己就上了当。您最好直接去邀请他，别让我当中间人。要不然，改天他娶了唐格拉尔小姐，您就该骂我插手，要来跟我决斗了。再说，我自己还不知道去不去呢。"

"去哪儿？"

"您的舞会呗。"

"您干吗不去？"

"首先，因为您还没邀请我。"

"我这不是特地来邀请您的吗？"

“哦！您真太好了。我也可能脱不开身。”

“我告诉您一件事，您就会拨冗赏光了。”

“您说说看。”

“家母请您去。”

“德·莫尔塞夫夫人？”基督山打了个激灵。

“噢！伯爵，”阿尔贝说，“我跟您说过，德·莫尔塞夫夫人有事是从不瞒我的。要是您还没体验过我刚才说的那种电流感应，那准是您根本没有这种感应神经的缘故，因为那四天里我们除了谈您，简直就没谈别的事情。”

“谈我？我真是受宠若惊。”

“您知道吗，我们这是在享用研究您的特权：您就是一个活生生的问题。”

“哦！我在您母亲眼里也是一个问题？说实话，我还以为，以她的理智明达，她是不会这么喜欢想象的呢！”

“亲爱的伯爵，您在家母眼里，就跟在别人眼里一样，您在每个人眼里都是个问题。但您是个人人都在思考，却没人知道答案的问题，您对大家始终还是个谜。所以您尽可以放心。不过家母常说，她不明白您怎么会这么年轻。我想她在心里是把您当作卡利奥斯特罗[1]或德·圣日耳曼伯爵[2]了，正像 G 侯爵夫人把您当作鲁斯文勋爵一样。等下回您去看德·莫尔塞夫夫人时，她一定会更确信那种想法。这对您来说是小菜一碟，因为您既有卡利奥斯特罗的点金石，又有德·圣日耳曼伯的机智颖异。”

“多谢您这么关照我，”伯爵微笑着说，“但愿有这种种揣测的夫人们不致对我感到失望。”

“那么您星期六是去的啰？”

“既然德·莫尔塞夫夫人请我去。”

“您真太好了。”

“唐格拉尔先生去不去？”

“喔！他们一家三口都在邀请之列；是家父去请的。我们也要去请那位了

1　参见第 53 章脚注。

2　德·圣日耳曼伯爵（约 1710—1784）：18 世纪著名冒险家，在法国很有名气。他自称在耶稣基督的时代即已降生，常以神乎其神的所谓回忆在沙龙和宫廷中语惊四座，特别擅长讲故事，机智过人。

不起的当代阿盖索[1]德·维尔福先生，但并不抱很大希望。"

"谚语说得好：永不失去希望。"

"您跳不跳舞，亲爱的伯爵？"

"我？"

"对，您。您跳舞有什么可以让人吃惊的呢？"

"啊！没错，要是我还不到四十……噢，我不跳舞。但我喜欢看人跳舞。德·莫尔塞夫夫人，她跳舞吗？"

"她也从来不跳舞。你们可以聊天，她很想跟您谈谈！"

"此话当真？"

"我用名誉担保！我还可以告诉您，您是第一个使家母这么感到好奇的人。"

阿尔贝拿好帽子，起身告辞。伯爵一直把他送到门口。

"我在暗自责备自己。"走到台阶前，伯爵止住他说。

"为什么？"

"我过于冒失了，我不该和您讲起唐格拉尔先生。"

"正好相反，您尽管再跟我讲，常常讲，时时讲，而且，还要用这样的口气讲。"

"好！那我就放心了。顺便问一下，德·埃皮奈先生还有几天到？"

"最多五六天吧。"

"那他什么时候结婚？"

"德·圣梅朗先生夫妇一到就结婚。"

"那么，等他到了巴黎，就请您带他来见我。尽管您说我不喜欢他，我还是要对您说，我很高兴见到他。"

"好的，您的吩咐一定照办，阁下。"

"再见！"

"星期六见，说定了吧？"

"那当然！一言为定。"

1　德·阿盖索（1668—1751）：18 世纪初的法国政界要人，曾任总检察官。他虽然不赞同狄德罗的哲学观点，仍批准狄德罗主编的《百科全书》出版。

伯爵目送阿尔贝离去，一边挥手向他致意。等阿尔贝乘上了敞篷马车，基督山转过身来，发现贝尔图乔站在他背后。

"怎么样？"他问。

"她上法院去了。"管家回答说。

"在那儿待了多久？"

"一个半钟头。"

"后来就回家了？"

"直接回的家。"

"好吧！亲爱的贝尔图乔先生，"伯爵说，"我现在建议您去诺曼底，看看能不能找到我对您说起过的那块小小的地产。"

贝尔图乔鞠躬退下。他接到的这项命令正中他的下怀，所以他连夜就出发了。

第69章

侦查

德·维尔福先生信守他对唐格拉尔夫人，尤其是对他自己许下的诺言，着手侦查基督山伯爵先生是怎样知晓奥特伊别墅那段往事的。

他当天就写信给一位名叫德·博维尔的先生，此人以前当过典狱长，现在已经晋升到治安警署供职。对维尔福先生想要了解的情况，这位博维尔先生要求给他两天时间，以便提供可资调查的当事人的确切信息。

两天过后，德·维尔福先生收到如下的呈函：

> 人称基督山伯爵先生者，威尔莫勋爵对其甚为熟悉；勋爵系富有之外国人，间或在巴黎露面，且目下正在巴黎。另一同样熟悉伯爵之人，乃布索尼神甫，这位西西里神甫曾于东方从事慈善事业并颇有令名。

德·维尔福先生复函命令尽快提供这两个外国人的准确情报；第二天晚上此事即已办妥，他收到如下的报告：

> 神甫月前方抵巴黎，住圣絮尔皮斯教堂后侧一座上下两层之小屋；全屋共有四室，楼上两室，楼下两室，由其一人租赁。
>
> 楼下两室，一为餐室，内有胡桃木桌椅及餐柜，一为客厅，四壁为白色细木护板，室内既无装饰，亦无地毯与挂钟。可见神甫于己所求者仅绝对必需之用具而已。
>
> 据信神甫尤爱楼上之起居室。室内多有神学书籍及羊皮纸卷，据其男仆所述，整月来唯见主人埋头于书堆之间，故此室名为起居室而实为书斋。
>
> 遇有来客，该男仆每每先从一小窗洞窥视，若觉来人容貌陌生或印象不佳，则答曰神甫先生不在巴黎，来人因知晓神甫经常外出且有时旅

期颇长，故大略亦颇以此仆所言为然。

再者，无论神甫居家抑或外出，亦无论其在巴黎抑或在开罗，屋内恒留有施舍之物，该男仆遂以主人名义从窗洞传出发送来人。

与书斋相邻之卧室内，仅有一张未设帷幔之床，四把扶手椅，一张乌德勒支[1]黄丝绒长沙发及一张跪凳。

威尔莫勋爵住方丹—圣乔治街。此人系英国旅游家，沿途所费颇为奢靡。其所住套房系连家具一并租赁，而其本人在此处日间仅逗留两三小时，且极少在此过夜。此人有一怪癖，平时绝对不愿用法语交谈，然据信其书写之法文颇为纯正。

检察官先生收到这份重要情报的第二天，有个人驱车来到费鲁街转角处下车，走去敲一扇漆成橄榄绿色的门，要见布索尼神甫。

"神甫先生一早就出门了。"男仆回答说。

"这个回答无法使我满意，"来人说，"因为对于派遣我前来的那个人，是没人会说自己不在家的。还是请您劳神去通报布索尼神甫……"

"我已经对您说了，他不在家。"男仆仍这么回答。

"那么等他回来以后，请把这张名片和这封盖过封印的信交给他。今晚八点，神甫会在家吗？"

"噢！当然在的，先生，除非神甫先生在工作，那也就跟他出门一样了。"

"那我今晚这时候来。"来人说。

说完他就走了。

果然，到了指定的时间，此人坐着同一辆马车又来了，但这一回马车并不是停在费鲁街的转角上，而是停在绿门的跟前。他一敲门，门就开了，他走进屋去。

根据那男仆恭敬殷勤的态度，他明白他的信已经收到了预期的效果。

"神甫先生在家吗？"他问。

"在家，正在书房工作；但他在恭候先生。"仆人回答说。

陌生人登上一座相当陡的楼梯，进门后只见迎面放着一张桌子。一只

1　荷兰城市，以纺织业著称。

很大的灯罩把灯光集中投射在桌面上，而室内的其他部分都在暗处。他瞧见神甫身穿教士长袍，头戴风帽——这种风帽曾是中世纪学者的头颅寄迹之所。

"我想我是有幸在和布索尼先生说话？"来人问道。

"是的，先生，"神甫回答说，"您想必就是前典狱长德·博维尔先生以警察总监名义派来的使者。"

"正是，先生。"

"身负巴黎保安重任的一位警探。"

"是的，先生。"陌生人略微犹豫了一下回答说，脸也略微有些红起来。

神甫把眼镜架架好，这副大眼镜不仅遮住了眼睛，而且连鬓角也遮住了。他重又坐下，并示意来人也就座。

"请说吧，先生。"神甫带着很明显的意大利口音说。

"我的使命，先生，"来人一字一顿地说，仿佛每个字说出口都挺费劲似的，"无论是对完成这项使命的人，还是对作为这项使命对象的人来说，都是极为机密的。"

神甫欠了欠身子。

"是的，"陌生人接着说，"您正直的令名，神甫先生，警察总监先生早有所闻。他作为司法官员，要从您这儿了解一项有关公共治安的情况，为此我被特地派来见您。所以希望您，神甫先生，不要有所顾忌，也不要碍于情面，在法律面前说清楚事情真相。"

"只要您想了解的这些情况，先生，不致给我带来良心上的不安。我是个教士，先生，所以比如说，人家向我忏悔时说出的秘密，我应当留待天主去裁判，而不能对司法人员有所透露。"

"噢！您放心，神甫先生，"陌生人说，"无论如何，我们是会让您心安理得的。"

听他说这话时，神甫把靠近自己那边的灯罩压低一些，这样另一边就翘了起来，把陌生人的脸照得通明，而他自己的脸仍留在暗处。

"对不起，神甫先生，"警察总监的使者说，"这灯光太刺眼睛了。"

神甫把绿灯罩压低一些，说：

"现在，先生，我洗耳恭听。"

"我这就说到正题了。您认识基督山伯爵先生吗？"

"您是说萨科纳先生吧？"

"萨科纳！……这么说他不叫基督山！"

"基督山是一个地名，或者说是一座岩礁的名字，而不是姓氏。"

"呃，那好吧；咱们别咬文嚼字，既然基督山先生和萨科纳先生是同一个人……"

"绝对没错。"

"那咱们就谈谈萨科纳先生吧。"

"好的。"

"我刚才问您是不是认识他。"

"挺熟。"

"他是何许人？"

"一位有钱的马耳他船主的儿子。"

"对，这我知道，大家都这么说；但是，想必您也明白，警方是不会对大家都这么说感到满意的。"

"可是，"神甫带着亲切的笑容说，"如果这个大家都这么说确是实情，那就人人都该感到满意才是，就是警方也不能例外。"

"这么说，您对自己说的话确信无疑？"

"嗨！这还会有错不成！"

"请您注意，先生，我对您的诚意并没有丝毫怀疑。我只是问您：您是不是确信无疑？"

"请听我说，我认识他的父亲萨科纳先生。"

"哦！"

"他呢，我小时候跟他在船坞上玩过不下十次。"

"那么这个伯爵的爵位呢？"

"您知道，这是可以买的。"

"在意大利？"

"哪儿都一样。"

"那么，所谓的家赀巨万……"

"哦！"神甫回答说，"家赀巨万这个词用得很恰当。"

"您既然跟他很熟，那么您以为他有多少财产？"

"噢！他每年的利息有十五万到二十万利弗尔。"

"啊！这也在情理之中，"来人说，"可是有人说是三四百万呢！"

"每年二十万利弗尔利息，先生，本金就是四百万了。"

"可他们说是三四百万年息哪！"

"喔！此话不可信。"

"您也认得他那座基督山岛吗？"

"当然。只要是从巴勒莫、那不勒斯或者罗马经海路来法国的人，都知道这座岛。他们都得从它边上经过，望得见它。"

"照有些人的说法，那是个很迷人的去处呢。"

"那是座岩礁。"

"那么伯爵干吗要买下一座岩礁呢？"

"就为要当伯爵呗。在意大利，现在也还这样，谁想当伯爵，就得有块采地。"

"您想必听说过萨科纳先生年轻时的冒险经历。"

"那位父亲？"

"不，儿子。"

"啊！说到这儿我就不敢打包票了，因为这段时间我没见到这位小伙伴。"

"他打过仗吗？"

"我记得他去服过役。"

"在什么军种？"

"海军。"

"嗯，您不是他的忏悔神甫吧？"

"不是，先生。我想他是路德派[1]教徒。"

"什么，路德派教徒？"

"我是说我这么想，我没肯定。我想，在法国是早就有信仰自由了吧。"

"那没错，再说咱们这会儿要说的，也不是他信什么教，而是他干过些什

---

1 路德宗教派是新教（基督教）中最大的宗派。一译信义宗教会。

么事情。我以警察总监先生的名义，要求您把知道的情况都告诉我。"

"一般大家都认为他是个乐善好施的人。圣父教皇曾因他对东方基督教徒的杰出贡献，册封他为基督骑士，这种荣誉通常是只有王室成员才能享受的。他还由于对五六个王室或政府的出色服务，而被他们授予最高勋章。"

"这些勋章他戴不戴？"

"不戴，但他对此感到很自豪。他说过，他喜欢的是给人类造福者的褒奖，而不是给人类毁灭者的犒赏。"

"敢情他还是公谊会[1]教徒？"

"没错，他是公谊会教徒，不过当然他不戴大帽子，也不穿栗色修士服。"

"他有没有朋友？"

"有，凡是认识他的人都是他的朋友。"

"那他总该还有几个仇人吧？"

"只有一个。"

"是谁？"

"威尔莫勋爵。"

"他在哪儿？"

"现在正在巴黎。"

"他能为我提供些情况吗？"

"很重要的情况。萨科纳在印度的那会儿，他也在那儿。"

"您知道他住哪儿？"

"就在昂坦堤道那一带；不过我不知道街名和门牌号。"

"您和这个英国人关系不好，是吗？"

"我喜欢萨科纳，他却恨萨科纳。就为这，我俩关系很冷淡。"

"神甫先生，您是否认为基督山伯爵在这次来巴黎以前，从没来过法国？"

"嗨！要说这个，我敢跟您打包票。没有，先生，他以前从没来过法国。就在半年前，他还在向我打听法国的情况呢。当时我不知道自己什么时候回巴黎，就把他转托给了卡瓦尔坎蒂先生。"

---

1 又称教友派，17世纪中叶由英国人福克斯创立的基督教教派。这个教派反对程式化的宗教仪式，提倡和平主义，反对暴力和战争。

"安德烈亚？"

"不；巴尔托洛梅奥，那位父亲。"

"很好，先生。现在我只有一件事要问您了，我凭名誉、人道和宗教的名义，要求您直截了当地回答我的问题。"

"请问吧，先生。"

"您是否知道，基督山伯爵先生买下奥特伊的别墅，究竟出于什么目的？"

"当然知道，他告诉过我。"

"出于什么目的，先生？"

"他想办一所精神病院，就跟德·比扎尼男爵在巴勒莫办的那所一模一样。您听说过那所精神病院吧？"

"是的，先生，听说过。"

"那是个很了不起的机构。"

说完这句话，神甫向陌生人欠了欠身。那意思是让对方明白，他想继续去做刚才被打断的工作了。

来人不知是明白了神甫的意思，还是觉得问题已经提完了，总之，他立起身来。

神甫送他到门口。

"您是位慷慨的慈善家，"来人说，"但尽管人家都说您很有钱，我还是想冒昧地向您捐献一些东西，请您去布施给穷人。不知您是否能赏脸收下这份捐献？"

"谢谢，先生，我在世上只有一件事看得特别重，那就是凡我布施的，必须是我自己的东西。"

"但是……"

"这个决定是不可改变的。但是您可以自己去寻找，先生，凡寻找者必有所获。哦！每个有钱人走的路上，四处都有穷人擦肩而过哟！"

神甫打开门，又欠了欠身。陌生人也躬身告辞。

马车载着他直驶德·维尔福先生府邸。

一小时过后，马车重又出发，这一回是驶向方丹—圣乔治街。在五号门前，马车停住。威尔莫勋爵就住这儿。

陌生人事先写过信给威尔莫勋爵，约定十点钟前去拜访。所以，当他在十点缺十分到达时，仆人回答说威尔莫勋爵还没有回来，但他向来极为准时，十点整一定会回来的。

　　来人等在客厅里。这间客厅并无特别起眼之处，跟一般的带家具出租的住宅毫无两样。

　　一只壁炉，上面搁着两只当代塞夫勒瓷瓶[1]；一架挂钟，顶上的爱神正弯弓待发；一面分成两页的镜子，两边各有一个雕像，一边是手执盲杖的荷马[2]，一边是求人施舍的贝利萨留[3]；用深浅不同的灰色组成图案的糊墙纸，有红底黑条布饰的家具：这就是威尔莫勋爵的客厅。

　　屋里点着灯，毛玻璃的球形灯罩使灯光显得很微弱，像是考虑到警察总监先生的使者可能受不了强烈光线，特意这样安排似的。

　　十分钟过后，挂钟开始敲十点。敲到第五下，门打开，威尔莫勋爵出现在门口。

　　威尔莫勋爵中等偏高身材，长着稀疏的棕红色髯须，脸色很白，金黄色的头发已有些花白。身上的装束全然是怪诞的英国派头，这就是说，穿一件花边高领的金扣蓝外衣，就像一八一一年的那种款式：白色羊毛背心，米黄色平纹布长裤，裤脚短了三寸光景，好在有同样质料的系带扣在鞋底上，才不至于缩到膝盖上去。

　　他进门的第一句话就说：

　　"您知道，先生，我是不说法语的。"

　　"我听说过，您不喜欢说我们的语言。"警察总监的使者回答说。

　　"不过您可以说法语，"威尔莫勋爵接着说，"我虽然不说这种语言，但完全能听懂。"

　　"对我来说，"来人也换成说英语，"用英语交谈也很方便。所以请您对此不必介意，先生。"

1　指产于凡尔赛附近的塞夫勒皇家瓷厂的瓷瓶。塞夫勒瓷器以风格多样、技巧出新著称。

2　荷马（约公元前9世纪—前8世纪）：古希腊诗人，四处行吟的盲歌者。相传是著名史诗《伊利亚特》和《奥德赛》的作者。

3　贝利萨留（约505—565）：古罗马晚期拜占庭帝国名将，功高震主，曾遭贬黜。据《秘史》记载，贝利萨留晚年被查士丁尼皇帝弄瞎双眼，沿街乞讨为生。

"哈欧！"威尔莫勋爵的这种声调，是只有土生土长的大不列颠子民才用得来的。

警察总监的使者把说明来意的公函递给威尔莫勋爵。威尔莫勋爵带着一种英国式的冷漠神情，把它看了一遍。随后，他说：

"我明白，完全明白。"

于是来人就开始提问。

这些问题大致上跟问布索尼神甫的差不多。但由于威尔莫勋爵是基督山伯爵的对头，所以他回答问题时不像神甫那样谨慎小心，而要随便、直率得多。他谈了基督山青少年时代的情况，照他说，基督山青少年时就在印度一个小邦主的麾下服役，跟英国人打仗；威尔莫就是在那儿第一次碰到他的，当时他俩是交战的双方。在这次战争中，萨科纳被俘押送英国，但途中他潜水逃出了囚船。此后他就到处旅行，到处跟人决斗，到处追女人。接着希腊爆发了独立战争[1]，他参加了希腊起义者的部队。就在服役期间，他在塞萨利亚的山区发现了一座银矿，但他嘴很紧，没告诉任何人。纳瓦里诺海战后，希腊政府已很稳定，他就向奥托国王请求开发这座矿的特许。国王同意了。他靠这座银矿发迹，变成了巨富。照威尔莫勋爵的说法，他的年金收益高达一两百万，但一旦银矿资源开发完了，他的好运也就到头了。

"那么，"来人问，"您是否知道他来法国有什么目的？"

"他想靠修建铁路捞一票，"威尔莫勋爵说，"此外，他还是个很灵巧的化学家和出色的物理学家，发明了一种新的电报技术，这会儿他正在为推行这种技术寻找门路。"

"他每年的花销大约要多少？"警察总监先生的使者问。

"哦！至多就五六十万法郎吧，"威尔莫勋爵说，"他是个吝啬鬼。"

显然，英国佬这么说是出于仇恨；他找不到别的理由来指责伯爵，就指责他吝啬。

"关于他的奥特伊别墅，您是否了解什么情况？"

"噢，那当然。"

---

1 1821 年至 1829 年期间希腊反抗土耳其统治、争取民族独立的战争。1827 年英、法、俄三国出面干预，在纳瓦里诺海战中摧毁土耳其舰队。1829 年土耳其政府承认希腊独立。

"嗯！您知道些什么？"

"您是问他为什么要买它？"

"是的。"

"哦，伯爵是个投机家，他早晚有一天会为那些空想和试验倾家荡产的：他声称在奥特伊，就在他买下的那座别墅附近，有一股堪与巴尼埃尔、吕雄、科特雷[1]比美的温泉。他想把这座别墅建成一个就像德国人所说的那种bad-haus[2]。他在别墅花园里挖了两三遍，想找到神奇的矿泉水，可找来找去没找到。您等着瞧吧，过不了多久，他就会把邻近的别墅统统买下来。我恨他，我希望他的铁路，他的电报，他的温泉浴室统统都见鬼去。我正等着看他破产呢，这一天早晚会来的。"

"您为什么恨他？"来人问。

"我恨他，"威尔莫回答说，"是因为他在英国的时候，勾引过我一个朋友的妻子。"

"既然您恨他，为什么不找他报仇呢？"

"我和伯爵决斗过三次，"英国佬说，"第一次用手枪，第二次用长剑，第三次用重剑[3]。"

"这几次决斗的结果如何？"

"第一次，他打断了我的胳臂。第二次，他刺穿了我的胸部。第三次，他给我留下了这道伤疤。"

英国佬翻下遮到耳朵的衬衫高领，露出一道鲜红的新疤痕。

"所以我跟他有不共戴天之仇，"英国佬说，"他早晚会死在我的手里。"

"不过据我看，"警察总监的使者说，"您好像没法杀死他。"

"哈欧！"英国佬说，"我天天都在练习打靶，而且格里齐埃[4]隔天就来一次。"

来人想要了解的情况就是这些，或者说，英国佬所知道的情况看来就是这些。于是警察总监使者起身对威尔莫勋爵欠了欠身，威尔莫勋爵也按英国人

1　这三处都是比利牛斯地区的矿泉胜地。

2　德文：疗养浴场。

3　15世纪至17世纪时用双手挥使的沉重的长剑。

4　格里齐埃（1791—1865）：法国著名剑术家。

的礼数硬邦邦地弯了下身子。随后来人就告辞了。

　　威尔莫勋爵听到沿街的大门关上，就走进卧室，三下两下地扯掉金黄色发套和棕红色髯须，撕去假下巴和疤痕，重新露出基督山伯爵乌黑的头发、苍白的面容和那口洁白的牙齿。

　　至于回到德·维尔福先生府上的那个人，他也不是什么警察总监先生的使者，而就是德·维尔福先生本人。

　　王室检察官在这两次访问过后，稍微安心了一点。在两次访问中，他虽然并没有打听到什么让他放心的消息，但也没有听到什么叫他担心的事情。于是，自从去奥特伊赴宴以来，他第一次安安生生地睡了一夜。

第70章
舞会

德·莫尔塞夫先生府邸举行舞会的星期六，正赶上最热的七月天气。

晚上十点钟。伯爵府邸的花园里，高大树木的身影清晰地呈现在夜空的天幕上。响了一整天闷雷、一直像要下暴雨的半空中，最后一团热气正在消散，露出一片深蓝色的缀满金色星星的晴空。

底层的客厅传来一阵阵音乐声，夜空中回旋着华尔兹和加洛普舞曲的乐声，明亮的灯光从百叶窗的窗叶间直射而出。

花园里有十来个仆人正忙乎着。刚才府邸的主妇眼看天气转好，吩咐晚宴就设在花园里。

在这以前，伯爵夫人一直拿不定主意，究竟是在餐厅里备席，还是在草坪的凉棚下设宴。此刻这湛蓝湛蓝的星空做了裁决，判定草坪上的凉棚胜出。

花园的小路两旁悬着彩灯，在意大利有这种风俗。晚餐的宴席上则摆满蜡烛和鲜花，无论在哪个国度，只要是稍为讲究些宴席排场的，都有这种习俗——在所有的排场中，却又以这种排场最难臻于完美。

德·莫尔塞夫伯爵夫人最后一遍吩咐过仆人以后，款款走进客厅；这时宾客们正在络绎到来。吸引这些宾客前来的，多半并不是伯爵显赫的地位，而是伯爵夫人优雅的风度。他们事先就拿得准，凭着梅塞苔丝高雅的情趣，这次舞会上一定会有些细节，是可以去讲给朋友听，或者哪天亲自模仿一番的。

唐格拉尔夫人正有些拿不定主意，要不要去参加德·莫尔塞夫夫人府上的舞会，因为我们前面说过的那些事情搅得她心神很不安宁。恰巧这天早上，她的马车跟维尔福的马车在路上不期而遇。维尔福对她做了个手势，等两辆马车挨近并驶时，他隔着车窗问她：

"德·莫尔塞夫夫人家的舞会，您会去的吧？"

"我不想去，"唐格拉尔夫人回答说，"我实在受不了啦。"

"您错了，"维尔福意味深长地看了她一眼，说，"一定得让大家看见您到场，这非常重要。"

"噢！您这么认为？"男爵夫人问。

"我这么认为。"

"那我就去。"

说完，两辆马车分道而驶。

所以，唐格拉尔夫人这会儿也来了，她不但人长得美，而且周身上下打扮得珠光宝气，更显得光彩照人。她从一扇门走进客厅时，正巧梅塞苔丝从另一扇门走进客厅。

伯爵夫人当即让阿尔贝去迎接唐格拉尔夫人。阿尔贝迎上前去，对男爵夫人的衣着打扮说了几句得体的恭维话，然后挽起她的手领她往前走去。

阿尔贝向四下里望望。

"您在找我的女儿？"男爵夫人笑吟吟地问。

"我承认是的，"阿尔贝说，"难道您竟忍心不带她一起来吗？"

"别着急，她遇见德·维尔福小姐，就挽着她走在后面了。瞧，她俩这不是来啦，一色的白裙子，一个捧束山茶花，一个捧束勿忘我草。哎，怎么……"

"这回您要找什么呢？"阿尔贝笑吟吟地问。

"今晚上你们没请基督山伯爵？"

"十七个！"阿尔贝说。

"您说什么？"

"我是说妙极了，"子爵笑着说，"您是第十七个问这个问题的人；伯爵有多走红！……我真得祝贺他……"

"您对每个人，都像对我这样回答吗？"

"哦！真是，我还没回答您呢。请放心，夫人，咱们挺走运，会见到这位时髦人物。"

"昨晚您去歌剧院了？"

"没去。"

"他也在那儿。"

"啊！真的吗！这位怪人有没有什么惊人之举？"

"他还能没有新花样吗？艾尔丝蕾在《瘸腿魔鬼》里跳女主角；那位希腊

公主看得入了迷。那段敲响板的西班牙舞跳完以后，伯爵把一枚老大的戒指扎在花束上，抛给这位迷人的舞星。艾尔丝蕾在第三幕里出场时，特地戴上这枚戒指向他致意。对，他的希腊公主呢，她也来吗？”

“不，这一点只能让您失望了。她在伯爵府上的地位还不大明确。”

“行了，别再陪我，去跟德·维尔福夫人打个招呼吧，”男爵夫人说，“我瞧她急着要跟您说话呢。”

阿尔贝对唐格拉尔夫人鞠了一躬，然后就向德·维尔福夫人走去，而她没等他走近，就开口像要说什么。

“我敢打赌，”阿尔贝止住她说，“我知道您要说什么。”

“哟！是吗！”德·维尔福夫人说。

“要是我猜对了，您认不认？”

“认。”

“当真？”

“当真！”

“您要问基督山伯爵来了没有，或者是不是来？”

“根本不是。这会儿我还没想着他。我是要问您，有没有收到过弗朗兹先生的信？”

“有啊，昨天就有。”

“他信上说些什么？”

“他发信时正要启程回来。”

“好。现在告诉我，伯爵怎么样？”

“伯爵会来的，您请放心。”

“您知道他除了基督山另外还有个名字吗？”

“不，不知道。”

“基督山是一座岛的名字，他还有个家族的名字。”

“这我可从没听他说起过。”

“嗯！我可比您先知道了；他叫萨科纳。”

“这有可能。”

“他是马耳他人。”

"这也有可能。"

"是个船主的儿子。"

"嗨！说真的，您该把这些消息大声宣布一下，这样您就可以大出风头了。"

"他在印度当过兵，在塞萨利亚发现过一座银矿，他来巴黎是想在奥特伊办个温泉疗养院。"

"嗯！好极了，"莫尔塞夫说，"这真是新闻！您允许我告诉别人吗？"

"可以，但别一下子捅出去，每次就说一件，还不能说是我告诉您的。"

"为什么？"

"因为这可以说是一桩偶然发现的秘密。"

"对谁而言？"

"对警方。"

"那您这是……"

"是昨晚在总监府上听说的。您当然也明白，见到他那种非同寻常的奢华，整个巴黎都轰动了，所以警方做了一些侦查，得到了一些情报。"

"好啊！现在只等把伯爵当游民抓起来了，借口就是他太有钱。"

"可不是，倘若侦查到的情况不是那么有利于他的话，早就这样做啦。"

"可怜的伯爵，他知道自己处境这么危险吗？"

"我想不知道。"

"那咱们得做件好事，通知他一下。等他来了，我一准跟他说。"

正在这时，一位目光炯炯、头发乌黑、髭须光润的英俊年轻人走上前来，恭恭敬敬地向德·维尔福夫人鞠躬。阿尔贝朝他伸出手去。

"夫人，"阿尔贝说，"我荣幸地向您介绍马克西米利安·莫雷尔先生，北非军团骑兵上尉，我们最出色、最勇敢的军官之一。"

"我在奥特伊基督山先生府上已经有幸见过这位先生了。"德·维尔福夫人说完，带着不加掩饰的冷淡态度转过脸去。

这句答话，尤其是说这话的口吻，使可怜的莫雷尔心揪紧了起来。可是有个补偿在等待他：他转过身来，只见大厅对面的门边，有个美丽的白色倩影，那双睁得大大的、表面上毫无表情的蓝眼睛正凝视着他，那束勿忘我慢慢地举到了她的唇边。

莫雷尔对这无声的问候心领神会，他也目不转睛地对她望着，慢慢地举起手帕放在嘴唇上。他们就像两尊活体雕像，伫立在大厅的两头，大理石般的脸容下面，两颗心急遽地跳动着。在这默默的凝视中，他俩一时间忘掉了自己，或者更确切地说，忘掉了周围的一切。

他俩这般出神忘情的伫立凝望，即使持续更长些时间，也不会引起任何人的注意：因为基督山伯爵刚进客厅。

我们已经说过，伯爵这个人，你说那是人为的法力也罢，是天然的魅力也罢，总之凡他所到之处，人们的注意力没有不给他吸引过去的。吸引人们的，并不是那身黑色上装，虽说这上装确是裁剪得无可挑剔，但它款式挺简单，没有任何装饰；也不是那件没有绣花的白背心；更不是那条不紧不宽、恰好覆在有模有样的双脚上的长裤；吸引这所有的目光的，是他苍白的脸色和乌黑的鬈发，是他安详清纯的脸容，是他深邃忧郁的眼神，是他那张格局分外细腻、特别易于表达极度轻蔑表情的嘴巴。

有的男人可能比他长得更英俊，但谁也不会像他这么富有表现力 —— 假如我们可以用这个词儿来形容的话：伯爵身上的一切都有它的含义，都有它的价值。常做有益思索的习惯，使他脸上的每根线条，使他的每个表情，每个无意识的手势，都有着一种无可比拟的洒脱和坚定。

然而，我们的巴黎社交界真是个不可思议的怪玩意儿，要不是他的这一切后面，有着一段被巨大家产染上金色光晕的神秘经历，也许它还不会注意这一切呢。

伯爵在众人好奇的目光注视下，一边向熟人颔首致意，一边向德·莫尔塞夫夫人走去。德·莫尔塞夫夫人站在放着鲜花的壁炉跟前，从与门相对的镜子里看见了伯爵，准备接待他。

她转过身来，在他向她鞠躬的同时，朝他矜持地笑了一笑。

她想必是以为伯爵要来跟她说话；而伯爵，想必也以为她有话要对他讲。但两人都没开口，想必都觉得说些平庸的话未免对彼此都不合适。于是，基督山在鞠躬以后，就朝正张开手臂向他走来的阿尔贝迎上前去。

"您见过我母亲了？"阿尔贝问。

"我刚有幸向她致意，"伯爵说，"但还没见到令尊。"

"瞧！他正在那儿跟几位社会名流谈论政治呢。"

"是吗，"基督山说，"我瞧见的那几位先生居然都是社会名流？您不说，我还真没想到！是哪方面的？您知道，社会名流也有各种各样的呢。"

"首先，有一位学者，就是那位瘦高个儿先生；他在罗马城郊发现了一种蜥蜴，脊椎骨比平常多一节。他回来在法兰西研究院[1]报告了这一发现。对这件事一直有人持异议，但最后瘦高个先生占了上风。这节脊椎骨在学术界引起了轰动。瘦高个先生原先只有骑士勋章，这下子拿了枚四级荣誉勋章。"

"妙极了！"基督山说，"这枚勋章我看给得好。要是他再找到一节脊椎骨，就该给三级荣誉勋章喽？"

"大概是吧。"阿尔贝说。

"那位穿蓝底绣绿花礼服的又是谁呀，他打哪儿来的怪念头，怎么穿这样一身衣服？"

"穿这身衣服可不是他的念头：那是法兰西共和国的念头，您也知道，那些共和派的头头还有些艺术气质，他们想给院士先生弄套制服，就委托大卫[2]给他们设计了一套服式。"

"哦！是有那么回事，"基督山说，"这么说，那位先生是院士啰？"

"他一星期前刚加入这学者名流的行列。"

"他有些什么业绩，专长是什么？"

"他的专长？我想是，他能用针戳进兔子的脑袋，能让母鸡吃茜草，还能用细丝挑出狗的脊髓。"

"他就为这些，当上了自然科学院院士？"

"不，是法兰西学院院士。"

"法兰西学院跟这有什么相干？"

"您听我说么，看来……"

"想必是他的这些实验大大推动了科学的发展？"

"没有，可是他写得一手好字。"

---

1 法兰西研究院是法国最高学术机构，由法兰西学院、铭文与美文学院、自然科学院、艺术学院和伦理与政治学院组成。

2 大卫 (1748—1825)：法国古典主义画家，法国大革命时期曾任国民公会议员、治安委员会委员、国民教育委员会委员。

"这消息，"基督山说，"要让那些给他戳过脑袋的兔子，那些骨头给他染成红颜色的母鸡，还有那些让他挑过脊髓的狗听到了，准会脸上大大增光。"

阿尔贝笑了起来。

"那一位呢？"伯爵问。

"哪一位？"

"喏，第三位。"

"噢！穿淡蓝衣服的那位？"

"对。"

"他是家父的同僚，前一阵他正在激烈地反对贵族院议员穿制服。这段公案让他在议会辩论中大出风头，原先他跟自由派报社关系很糟，但这下抨击宫廷旨意的义举，却使他跟它们言归于好了。据说他就要被任命为大使了。"

"他是凭什么资格进的贵族院？"

"他写过两三部喜歌剧，在《世纪》报[1]投过四五份股，为部长当选捧过五六次场。"

"太妙了！子爵，"基督山笑着说，"您是位可爱的导游；现在请您帮个忙行吗？"

"什么事？"

"请别把这几位先生介绍给我，假如他们有这个意思，请您设法代我挡驾。"

这时，伯爵觉着有人把手按在他的胳臂上。他转过脸，看见了唐格拉尔。

"噢！是您，男爵！"他说。

"干吗叫我男爵呢？"唐格拉尔说，"您知道我并不看重我的爵位。这跟您不同吧，子爵；您挺看重爵位，是吗？"

"那当然，"阿尔贝回答说，"因为我如果不是子爵，就一无所有了，可您呢，您即使放弃男爵的爵位，也照样是百万富翁。"

"我觉得那才是七月王朝[2]里最棒的头衔。"唐格拉尔接口说。

"可惜的是，"基督山说，"男爵也好，贵族院议员也好，研究院院士也好，都可以终身受用，百万富翁这头衔可就不行。这不，法兰克福的那两位百万富

---

1 1836 年创办的一份政治性日报。起初拥护君主立宪政体，1848 年转到共和派立场，随后又反对第二帝国。

2 1830 年七月革命胜利后成立的君主立宪制王朝。在其中掌握统治实权的是金融贵族。

翁弗兰克和普尔曼，他们的银行刚刚宣布倒闭。"

"真的吗？"唐格拉尔问道，他的脸色变白了。

"可不是，我是从今晚刚收到的信上知道这个消息的。我也有那么百把万存在他们的银行里。不过我事先听到过风声，所以在将近一个月前就把款子都提出来了。"

"喔！我的天主！"唐格拉尔说，"他们开过一张汇票让我兑付二十万法郎。"

"嗯，您得留神。他们的签字只剩百分之五的信用了。"

"是啊，可已经太晚了，"唐格拉尔说，"我看到签字的票据就照付了。"

"得！"基督山说，"这一下又是二十万法郎，加上……"

"嘘！"唐格拉尔说，"请别再提那茬儿……"他凑近基督山说，"尤其是别当着小卡瓦尔坎蒂先生的面。"说这句话时，他转过脸去笑吟吟地望着那个年轻人。

莫尔塞夫撂下伯爵去跟他母亲说话。

唐格拉尔撂下伯爵去跟小卡瓦尔坎蒂打招呼。基督山此刻是单独一人。

大厅里很热。

仆人们托着摆满水果和冰镇饮料的盘子，来往穿梭于大厅之中。

基督山掏出手帕擦脸上的汗；但当仆人把托盘送到他跟前时，他往后退了一步，不拿任何东西来清凉一下。

德·莫尔塞夫夫人注视着基督山的一举一动。她瞧见他根本没碰托盘上的东西，甚至还注意到了他往后退的动作。

"阿尔贝，"她说，"有件事您注意到没有？"

"什么事，母亲？"

"伯爵总是不肯来德·莫尔塞夫先生家赴宴。"

"是的，可是他在我那儿用过午餐，而且还是在那次午餐上被介绍给社交界的呢。"

"您的家并不是伯爵的家，"梅塞苔丝低声说，"他来这儿以后，我一直在观察他。"

"嗯？"

"嗯！他没吃过一点东西。"

"伯爵饮食很节制。"

梅塞苔丝凄然一笑。

"您再到他那儿去，"她说，"托盘送来时，一定想法让他吃点东西。"

"为什么呢，母亲？"

"就照我说的去做吧，阿尔贝。"梅塞苔丝说。

阿尔贝吻了一下母亲的手，走到伯爵身边。

又一只托盘跟刚才一样送到伯爵面前。她瞧见阿尔贝在伯爵身边一个劲劝他，甚至端起一杯冰镇饮料要递给他，但他执意不肯要。

阿尔贝回到母亲身边。伯爵夫人脸色发白了。

"嗯，"她说，"您看见了，他不肯要。"

"是的。可这有什么可让您感到不安的呢？"

"您得知道，阿尔贝，女人有时候是很特别的。要是能看见伯爵在我家里吃点东西，哪怕是一颗石榴子儿也好，我会很高兴的。不过，说不定他不习惯法国的饮食，说不定他喜欢吃点别的东西。"

"噢，没这事！我在意大利见过他什么都吃。他今天晚上准是心情不大好。"

"还有，"伯爵夫人接着说，"他常年生活在热带地区，说不定不像别人那么怕热。"

"我看不见得，刚才他还跟我说热得透不过气来着。他还问，既然窗都打开了，为什么不把百叶窗也打开呢。"

"哎，"梅塞苔丝说，"这倒是个办法，好让我弄清楚他这饮食节制究竟是不是一成不变的。"

她走出大厅。

过一会儿，百叶窗全打开了。宾客们从摆在窗台上的素馨花和铁线莲上方，可以望见悬挂彩灯的花园和篷幕下摆好的宴席。

跳舞的男男女女，玩牌和聊天的宾客，全都发出了欢快的喊声。一个个干渴的肺，欣喜地呼吸着穿过窗户吹拂而来的微风。

梅塞苔丝回进了大厅。她的脸色比刚才出去时更苍白，但这脸上有一种坚毅的表情，那是我们在某些场合看见过的。她径直朝那群以她丈夫为核心的先生们走去。

"伯爵先生，请别把这些先生拖在这儿了，"她说，"他们就算不想玩牌，总也会觉得到花园里去透透空气，要比闷在大厅里舒服些吧。"

"哎！夫人，"一位将军说，他就是在一八〇九年演唱过《咱们去叙利亚！》的风流老头，"我们不愿意单独去花园哪。"

"好，"梅塞苔丝说，"我来领头。"

说着她转过身去对着基督山。

"伯爵先生，"她说，"请赏脸陪我去好吗？"

听到这么简单的一句话，伯爵却险些儿打个趔趄。他对着梅塞苔丝看了一眼。这一眼迅如闪电，但伯爵夫人却觉得它漫长得犹如一个世纪，因为在基督山的这一眼中，有着太多太多的内涵。

他把手臂伸向伯爵夫人。她挽起它，或者说，把纤巧的小手轻轻地按在这只手臂上。两人一起走下两边摆着杜鹃花和山茶花的台阶。

在他俩后面，二十来位宾客又是叫又是笑，沿着另一个台阶奔向花园。

第71章
面包和盐

德·莫尔塞夫夫人由基督山陪着，来到遮掩在椴树枝叶下面的小径。这条小径犹如天然的拱廊，一直通往温室。

"大厅里太热了，是吗，伯爵先生？"她说。

"是的，夫人。您吩咐把门和百叶窗都打开，真是个好主意。"

说这话的当口，伯爵瞥见梅塞苔丝的手在颤抖。

"不过，您的裙子这么单薄，脖子里也只围着条纱巾，也许您会觉得冷吧？"他说。

"您知道我要带您去哪儿吗？"伯爵夫人问，并不回答基督山的问题。

"不知道，夫人，"基督山回答说，"可您看，我这不是跟着您在走吗？"

"我们去温室。您在这儿已经看得见，就在小路的那一头。"

伯爵瞧了梅塞苔丝一眼，像是要问她什么话。但她只是默默地走自己的路，于是基督山也就不开口了。

两人到了温室。四周的果树上结满鲜美的果子；我们这个国度里阳光常年不足，这温室里终年靠人工控制的室温来代替太阳的热量，所以从七月初起，温室里的水果就进入了成熟期。

伯爵夫人放开基督山的胳臂，走过去在藤上摘下一串麝香葡萄。

"瞧，伯爵先生，"她带着凄然的笑容说，让人只觉得她的眼睛里已经噙满了泪水似的，"瞧，我知道法国的葡萄没法跟你们西西里和塞浦路斯的葡萄相比，但您想必会体恤我们北方阳光的不足吧。"

伯爵鞠躬，往后退下一步。

"您不肯要？"梅塞苔丝声音发颤地说。

"夫人，"基督山回答说，"我谦恭地请求您原谅，我从来不吃麝香葡萄。"

梅塞苔丝叹口气，手里的葡萄落到了地上。邻近的架梯上边，悬着些沉甸甸的桃子，它们跟葡萄一样，都是靠人工调节的室温焙熟的。梅塞苔丝凑近这些毛茸茸的桃子，摘下一只来。

"那么请把这只桃子吃了吧。"她说。

但伯爵做了个同样的表示拒绝的动作。

"哦！还是不肯要！"她说这话的语气是那么凄婉，让人感到她是强忍住呜咽才说出来的，"真让我伤心。"

接着是长时间的沉默。那只桃子，也跟葡萄一样，滚落到了沙土上。

"伯爵先生，"终于，梅塞苔丝以哀求的目光望着基督山说，"阿拉伯有一种动人的风俗，只要在同一个屋顶下分享过面包和盐，就成了永久的朋友。"

"这我知道，夫人，"伯爵回答说，"但我们是在法国而不是在阿拉伯，而在法国，永恒的友谊是跟分享盐和面包的习俗同样罕见的。"

"可是无论如何，"伯爵夫人双手近乎痉挛地抓紧伯爵的手臂，两眼盯住他的眼睛，异常激动地说，"我们是朋友，对吗？"

伯爵脸色白得像死人，他浑身的血都在往心房涌上来，然后又从心房升到喉头，流向双颊。他只觉得自己泪眼模糊，就像快要眩晕的人一样。

"我们当然是朋友，夫人，"他说，"况且，我们有什么理由不做朋友呢？"

这语气跟德·莫尔塞夫夫人期待的回答相去太远了，她转过身去深深地叹了口气，那声音就像是呻吟。

"谢谢您。"她说。

说完，她往前走去。两人就这样默不作声地在花园里往前走。

"先生，"默默地走了十分钟后，伯爵夫人突然开口说，"您真的见过那么多事情，到过那么多地方，受过那么多苦难吗？"

"是的，夫人，我受过许多苦难。"基督山回答说。

"可是现在您很幸福？"

"大概是吧，"伯爵回答说，"因为没人听到我在诉苦。"

"您现在的幸福，是不是使您的心变软了呢？"

"我现在的幸福，跟过去的苦难相等。"伯爵说。

"您没结婚吗？"伯爵夫人问。

"我，结婚？"基督山打了个激灵，说，"谁跟您说的？"

"没人跟我说过，可是我们好几次看见您带着一位美貌的年轻姑娘去歌剧院。”

“那是我在君士坦丁堡买的一个女奴，夫人，她原来是王族的一位公主。我把她收作了义女，因为她在世上已经没有亲人了。”

“这么说您是单身一人？”

“单身一人。”

“没有姐妹……孩子……父亲……？”

“一个都没有。”

“没有一个亲人，您怎么能生活呢？”

“这不是我的错，夫人。在马耳他，我曾经爱过一位姑娘，而且就要跟她结婚，但这时燃起了战火，像阵旋风似的把我带到了远离她的地方。我还以为她那么爱我，一定会等我，一定会对我至死忠贞不渝的。但等我回去，她却已经嫁人了。对二十出头的年轻人来说，这种事本来是不足为奇的。也许我的心是要比别人来得脆弱，换了别人也许并不会像我这样感到痛苦吧。这就是我的故事。”

伯爵夫人停住脚步，仿佛不这么停一下，就没法继续呼吸似的。

“是啊，”她说，“这爱情就此留在您的心里了……一个人只能真正爱一次……您后来再没见过那姑娘吗？”

“再没见过。”

“再没见过！”

“我再没回过她的那个国家。”

“马耳他？”

“是的，马耳他。”

“那现在她在马耳他？”

“我想是吧。”

“她让您受了这么多苦，您原谅她吗？”

“对她，是的。”

“就只对她？您仍然在恨那些把您跟她分开的人？”

伯爵夫人面对面地站在基督山跟前；她手里还留有一小串散发着香味的葡萄。

"吃吧。"她说。

"我向来不吃麝香葡萄，夫人。"基督山回答说，就像刚才没提到过这事一样。

伯爵夫人以一种绝望的姿势，把葡萄扔进离得最近的树丛。

"真是铁石心肠！"她喃喃地说。

基督山仍是那副无动于衷的样子，就像这声责备并不是对他而发似的。

这当口，阿尔贝跑了过来。

"哦！母亲，"他说，"出事了！"

"怎么？出事了？"伯爵夫人直起身来问道，仿佛适才做了一场梦，刚回到现实生活中来，"出什么事了？噢，当然是不幸的事。"

"德·维尔福先生来了。"

"嗯？"

"他来找他的夫人和女儿。"

"什么事？"

"德·圣梅朗侯爵夫人刚到巴黎。她带来了一个坏消息，德·圣梅朗先生离开马赛后，在半路上突然去世了。德·维尔福夫人正在兴头上，没能细细听明白，而且也不愿意相信这不幸的消息。可是瓦朗蒂娜小姐刚听父亲提了个头，虽然他说得非常婉转，就全都猜到了。这下打击对她犹如晴天霹雳，她当场昏了过去。"

"德·圣梅朗先生是德·维尔福小姐的什么人？"伯爵问。

"是她外祖父。他是来催外孙女和弗朗兹结婚的。"

"噢！是吗！"

"这下弗朗兹没人催他了。干吗德·圣梅朗先生不也是唐格拉尔小姐的外公呢？"

"阿尔贝！阿尔贝！"德·莫尔塞夫夫人温和地责备说，"您在说些什么呀？噢！伯爵先生，他对您非常尊敬，请您告诉他，他不该这么说！"

她往前走上几步。

基督山注视她的目光非常奇特，脸上的表情有些恍惚，却又充满着爱意。她不由得停住了脚步。

然后，她挽住他的手，同时拿起儿子的手，把这两只手合在一起。

"我们是朋友，对吗？"她说。

"喔！当您的朋友，夫人，我可没有这个奢望，"伯爵说，"我始终是您恭顺的仆人。"

伯爵夫人带着一种难以形容的痛楚神情走了开去；但还没走上十步，伯爵就瞧见她把手帕捂在了眼睛上。

"我母亲和您有什么事谈得不愉快吗？"阿尔贝惊愕地问。

"当然没有，"伯爵回答说，"她刚才不是说我们是朋友吗？"

说完，他俩向大厅走去。瓦朗蒂娜和德·维尔福先生夫妇刚离开那儿。

不用说，莫雷尔也跟在他们后面走了。

第72章

德·圣梅朗夫人

德·维尔福先生府上确实刚发生一幕悲惨的场景。

两位女士去参加舞会以前，德·维尔福夫人曾再三劝丈夫陪她们一起去，但他执意不肯。她俩走了以后，检察官按平时的习惯，把自己关在摞着卷宗的书房里，这一大摞卷宗，谁见了都会吃一惊，可是平日里几乎还填不饱他那工作的好胃口。

今天，这些卷宗却只是摆摆样子。维尔福把自己关在书房里不是为了工作，而是为了思考问题。他吩咐仆人没要紧事情不准来打扰，关上房门以后，就在扶手椅里坐下，开始把这一周来充溢心间的凄恻的悲伤和苦涩的回忆，细细地在脑子里重温一遍。

他没有翻面前的那摞卷宗，却拉开书桌的抽屉，在一个小机关上按了一下，然后抽出一沓私人笔记。这些珍贵的手迹，都按只有他自己懂得的数码编了号，贴了标签，分门别类地记载着他在政治生涯、金钱往来、诉讼事务以及恋爱私情各方面的仇人的名字。

这些名字现在已为数相当可观，使他感到有些害怕。然而，回想所有这些曾经威风凛凛、显赫一时的名字，他时常又会在脸上绽出一丝笑容，正如游人登上峰顶之后，俯览林立的巉岩、险峻的山径和费尽九牛二虎之力才攀缘上来的悬崖峭壁，会不由得露出笑容一样。

他在记忆中把所有这些名字过了一遍筛，又把这张名单细细地重看一遍，研究、推敲一番。最后他摇了摇头。

"不，"他低声自语，"这些仇人当中，谁也不会这么耐着性子，处心积虑地等待到今天，才利用这个秘密来搞垮我。有时候，正如哈姆雷特说的，埋得最深的秘密，也会从地底下漏出风声，犹如磷火般疯狂地在空中游弋。但这些转瞬即逝的火苗是引人走向迷途的亮光。这段往事，也许是那个科西嘉人讲给哪个教士听，然后那教士又去对别人讲了。基督山先生也许就是这么听来的，而他是想探个究竟……"

"可他干吗要探个究竟呢？"维尔福思索片刻过后，这么问自己说，"这位基督山先生，萨科纳先生，马耳他船主的儿子，塞萨利亚银矿的主人，他才第一回来法国，探明这么桩凄惨、神秘而又跟他毫不相干的事情的前因后果，对他又有什么好处呢？布索尼神甫和威尔莫勋爵，一个是他的朋友，一个是他的仇人，他俩向我提供的情况尽管并不一致，但这中间有一件事是很清楚，很明确，对我来说不容置疑的，那就是在任何时候，任何地点，任何场合，我和他都没有丝毫瓜葛。"

但是，维尔福在对自己说这番话的同时，却连自己也不相信自己。对他来说，最可怕的不是已经显露的事情，因为他可以否认，甚至可以辩驳。倏然显现在墙上的那几个血字 Mane,Thecel,Pharès[1]，并没使他感到不安；使他感到不安的，是他不知道写这行字的人究竟是谁。

他想让自己的神经放松一下。当他踌躇满志地耽于遐想时，出现在脑海里的往往是政治前程的图景。但此刻，他没去想那些；他生怕惊醒那个沉睡了如此之久的仇人，尽力只让自己想些家庭里温馨的场景。正在这时，庭院里传来辚辚的车轮声；随后只听见楼梯上响起一个上了年纪的人的脚步声，再后来就是一片呜呜咽咽的抽泣声和唏嘘声，仆人们想表示他们对主人的悲伤不胜关切时常会这样涕泪交流。

他赶紧拨开书房的门锁。不一会儿，一个老妇人臂上挽着披肩，手里拿着帽子，不等通报就进了书房。她的白发下面露出象牙般微黄的前额，眼角刻满岁月留下的深深的皱纹，眼睛哭得肿了起来，几乎看不见了。

"喔！先生，"她说。"唉！先生，多么不幸啊！我也会……我也会伤心而死的！喔！会的，真的会的，我会伤心而死的！"

说着，她一下子倒在房门边上的扶手椅里，号啕大哭起来。

仆人们都站在门口，不敢进去。诺瓦蒂埃的老仆人在主人的屋里听见喧闹声也奔下楼来了，此刻他站在其他仆人的后面，而大家都望着他。维尔福一见进门的是岳母，赶紧起身迎上前去。

"哦！天哪！夫人，"他问，"出什么事了？您为什么这么伤心？德·圣梅

---

1 参见第15章注。

朗先生没陪您一起来吗？"

"德·圣梅朗先生死了。"侯爵老夫人脱口说出这句话时，脸上没有一点表情，已经近乎麻木了。

维尔福倒退一步，双手紧紧绞在一起。

"死了！……"他讷讷地说，"死得……这么突然？"

"一星期前，"德·圣梅朗夫人继续往下说，"我们是吃过晚饭以后一起上的车。德·圣梅朗先生那两天一直觉得不舒服，但想到就要见着亲爱的瓦朗蒂娜，他还是强打起精神，忍住病痛说要启程。马车驶离马赛六里路光景，他吃了几片平时一直服用的药片以后，就昏昏沉沉地睡了过去，这种昏睡看上去似乎有些异样。我觉得他的脸上泛起潮红，太阳穴的血管也比平时跳得厉害，可我又拿不定主意要不要叫醒他。天色慢慢暗了下来，很快就什么也瞧不见了。我就让他那么躺着；过了一会儿，只听见他发出一声喑哑而凄厉的喊声，好像他是在睡梦中遭受了巨大的创痛。随后，他的头猛地往后一仰，垂了下去。我连忙叫他的贴身男仆让马车停下，我呼喊德·圣梅朗先生，给他闻嗅盐，但都没用了，他已经死了。我就这么一路陪着他的尸体到了埃克斯。"

维尔福惊愕万分，嘴巴张得老大。

"您想必叫医生了？"

"当时就叫了。可是我刚才说过，已经太晚了。"

"是啊。不过他至少可以确诊侯爵死于什么病吧？"

"我的天主！是的，先生，他对我说了。看上去是突发性中风。"

"那您怎么办呢？"

"德·圣梅朗先生常说，倘使他不是死在巴黎，希望能将他的遗体运回家族的墓室。我安排下人把遗体装进一口铅棺，自己先回巴黎，棺材过几天就会运到。"

"哦！我的主啊！"维尔福说，"您这么大年纪，受到这样的打击以后，还得操这份心！"

"天主给了我力量，让我支撑了下来。再说，我对亲爱的侯爵所做的这一切，换了他一定也会为我这么做的。可是打从离开那儿以后，我真的觉得自己就像疯了一样。我已经哭不出眼泪了。是啊，有人说过，到了我这把年纪，就连眼泪都没有了啊。可我总觉得心里难受，就该哭出来才是。瓦朗蒂娜在哪儿，先生？我们就是为看她才来的，我要见瓦朗蒂娜。"

维尔福心想，如果回答说瓦朗蒂娜在参加舞会，那未免太残酷了。所以他告诉侯爵夫人，她的外孙女儿跟继母一起出去了，他这就去接她们回来。

"马上去，先生，马上去，我求您啦。"老夫人说。

维尔福搀住德·圣梅朗夫人的胳臂，把她扶进内室。

"您休息一下吧，母亲。"他说。

听到这句话，侯爵夫人抬起头来，望着眼前这个男子，他让她想起了那个使她哀悼不已的女儿。如今对她来说，那个女儿仿佛已经复活在瓦朗蒂娜身上了。所以这声"母亲"使她大为感动，热泪夺眶而出。她一下子跪倒在一把扶手椅前面，把那尊贵的头贴到了椅座上。

维尔福吩咐女佣好好照顾侯爵夫人，而老巴鲁瓦则不胜惊惶地上楼往主人屋里跑去。对一个老人而言，死神暂时撂下自己，让灾难降临在另一位老人身上，总是最使他感到惊恐的消息。随后，就在德·圣梅朗夫人仍那么跪着虔诚祈祷的当儿，维尔福着人叫了出租马车，亲自动身到德·莫尔塞夫夫人府邸去接夫人和女儿回家。当他出现在大厅门口时，他的脸色异常苍白，瓦朗蒂娜不由得一边向他奔去，一边大声问道：

"哦！父亲！出什么事了？"

"您外婆刚到，瓦朗蒂娜。"德·维尔福先生说。

"外公呢？"年轻姑娘问道，身子不由得打起战来。

德·维尔福先生没有回答，只是把手伸向女儿。

他做得很及时：瓦朗蒂娜一阵眩晕，脚下打了个跟跄。德·维尔福夫人赶紧扶住她，帮着丈夫把她一路搀进马车，边走边说：

"真是怪事！谁料得到有这种事呢？哦！真是怪事！"

这悲伤的一家子就这么走了，留下一片愁绪，犹如黑色的丧纱，在舞会剩下的时间里笼罩着整个大厅。

瓦朗蒂娜走进家门，见巴鲁瓦在楼梯脚下等着她。

"诺瓦蒂埃先生今晚想见您。"他低声说。

"请告诉他，我见过外婆就来。"瓦朗蒂娜说。

年轻姑娘凭着自己那颗对人体贴入微的心，知道此刻最需要她的是德·圣梅朗夫人。

瓦朗蒂娜看见外婆躺在床上。祖孙见面，唯有默默无言的慰抚，肝肠寸断的悲伤，抽抽噎噎的叹息和止不住往下淌的热泪，见证了她俩的哀愁。这中间，德·维尔福夫人也挽着丈夫的胳膊进来过，对可怜的遗孀非常——至少看上去如此——恭敬。

过了一会儿，她对丈夫轻声说：

"我看我最好别待在这儿，因为您岳母见着我似乎更难受了。"

德·圣梅朗夫人也听见了。

"好的，好的，"她在瓦朗蒂娜耳边说，"让她走吧。可你别走，你留下。"

德·维尔福夫人走了，只剩瓦朗蒂娜独自留在外婆床边：检察官被这突如其来的死讯弄得很难受，也跟妻子一起走了。

且说诺瓦蒂埃，我们刚才已经说过，他听到了楼下的喧哗声，就让老仆巴鲁瓦去看出了什么事。巴鲁瓦这会儿惊惶地跑上楼来。

一见巴鲁瓦回来，那双炯炯有神、充满智慧的眼睛就在向他询问。

"喔！先生，"巴鲁瓦说，"真是天大的不幸：德·圣梅朗夫人刚到，她丈夫死了。"

德·圣梅朗先生和诺瓦蒂埃之间，不曾有过深厚的友谊。然而我们知道，一个老人的死讯，总会给另一个老人带来很大的影响。

诺瓦蒂埃的脑袋无力地垂到了胸前，就像一个经受巨大打击或正在思考问题的人那样，然后，他闭上一只眼睛。

"瓦朗蒂娜小姐？"巴鲁瓦问。

诺瓦蒂埃表示是的。

"她去参加舞会了，先生您是知道的，她临走前身穿盛装来跟您告别过。"

诺瓦蒂埃又闭了一下左眼。

"噢，您想见她？"

老人表示这正是他的心意。

"嗯，他们一定会到德·莫尔塞夫夫人府上去接她的。我去等她，让她一回来就上楼来看您。是这样吗？"

"是这样。"瘫痪的老人表示说。

于是，巴鲁瓦下楼去等瓦朗蒂娜回来，而且，我们前面已经说过，一见她回来就把她祖父的意思告诉了她。

正因为瓦朗蒂娜知道祖父的意思，所以她离开德·圣梅朗夫人以后，立即上楼去见诺瓦蒂埃。这时，情绪激动的侯爵夫人，终究挡不住过度的疲乏，进入了神经仍未抑制的睡眠状态。

一张小桌放在她身边，她伸手就可以拿到放在上面的一瓶橘子汁和一只杯子，这种橘子汁是她常喝的饮料。

于是，我们刚才说了，年轻姑娘离开侯爵夫人，上楼进了诺瓦蒂埃的房间。

瓦朗蒂娜上前吻了老人一下，老人用充满柔情的目光注视着她。在这目光的注视下，年轻姑娘原以为自己已经哭干了的泪水又夺眶而出。

老人仍然以同样的目光注视着她。

"是的，是的，"瓦朗蒂娜说，"你是想说我仍然还有一位慈祥的祖父，是吗？"

老人表示，他想用目光说的正是这句话。

"是啊，幸好我还有你，"瓦朗蒂娜说，"要不然，我该怎么办呢，天主啊？"

这时已是凌晨一点钟。巴鲁瓦自己感到很倦，就提醒大家说，在一个如此悲痛的夜晚过后，大家都该休息了。老人不忍心说，瞧见孙女儿在他就是休息。瓦朗蒂娜由于悲恸和困乏，看上去确实也神情十分沮丧，于是老人让她快回屋去休息。

第二天早上，瓦朗蒂娜走进外祖母的房间，见她仍躺在床上。年迈的侯爵夫人仍没退烧，而且眼睛里闪烁着一种凄惨的光亮，仿佛精神上正在遭受强烈刺激的折磨。

"哦！我的天主！外婆，您是更不舒服了吗？"瓦朗蒂娜看到这种亢奋的症状，不由得失声喊道。

"没什么，孩子，没什么，"德·圣梅朗夫人说，"但我早就在等你，等你差人去把你父亲叫来了。"

"我父亲？"瓦朗蒂娜不安地问。

"对，我有话要对他说。"

瓦朗蒂娜不敢拂逆外婆的意愿，尽管她并不知道其中的缘由。于是稍过片刻，维尔福进屋来了。

"先生，"德·圣梅朗夫人开门见山地说，仿佛她担心自己的时间就要不够用了，"您在信上告诉我，已经在给这孩子办婚事了。"

"是的，夫人，"维尔福回答说，"不光有这个计划，而且一切都安排妥当了。"

"您的女婿是弗朗兹·德·埃皮奈先生？"

"是的，夫人。"

"他的父亲是我们的人，就是在逆贼从厄尔巴岛逃回来的前几天，被人暗杀的德·埃皮奈将军？"

"正是。"

"跟一个雅各宾派的孙女联姻，他不反感吗？"

"国内的动乱早已平息了，母亲，"维尔福说，"德·埃皮奈先生在他父亲遇刺时，差不多还是个孩子。他对诺瓦蒂埃先生所知甚少，将来跟他见面，即使不一定愉快，至少也不会很在意的。"

"他跟瓦朗蒂娜般配不般配？"

"各方面都很般配。"

"这个年轻人……"

"享有很好的名声。"

"举止谈吐呢？"

"可以说是无可挑剔。"

这段对话进行的过程中，瓦朗蒂娜始终没作声。

"嗯！先生，"德·圣梅朗夫人考虑了几秒钟以后说，"您得赶紧，因为我已经活不长了。"

"您，夫人！""您，外婆！"德·维尔福先生和瓦朗蒂娜同时喊道。

"我知道我在说什么，"侯爵夫人接着说，"所以您得赶紧，这样才能让这没娘的孩子，至少有外婆为她在婚礼上祝福。在我那可怜的蕾内这方面，她就剩我这一个亲人了，而先生您，是早就把蕾内给忘了。"

"喔！夫人，"维尔福说，"您想必是忘了，我总该给这可怜的孩子找个母亲呀。"

"继母算不上母亲，先生！不过咱们要说的不是这事儿，而是瓦朗蒂娜。别去打扰死者吧。"

所有这些话，都是毫无停顿一口气说下来的，语气异常急促，已经显露出谵妄发作的某些征兆。

"一切都将按您的意思去办，夫人，"维尔福说，"何况您的愿望跟我是一致的。等德·埃皮奈先生到了巴黎……"

"外婆，"瓦朗蒂娜说，"外公刚死，我重孝在身……难道您愿意选这么个悲伤的时候为我办婚事吗？"

"孩子，"她外婆急切地打断她说，"别管这些陈规俗套，它们只能阻拦弱者去把握自己的未来。我也是在母亲的灵床前结婚的，可我并没因此招来不幸。"

"还要想想死者吧！夫人。"维尔福接口说。

"还要！老是还要！……我对您说，我就要死了，您明白吗！好，在临死前，我要看到我的外孙女婿，我要嘱咐他让我的外孙女儿幸福，我要从他的眼睛里看出他是不是真会照我的嘱咐去做。反正我一定得认识他，"侯爵夫人带着一种怕人的表情继续往下说，"一旦将来他没有做他该做的事，没有尽他该尽的责任，我就会从坟墓里出来找到他。"

"夫人，"维尔福说，"您得丢开这些过于激动的念头，老这么想下去会发疯的。人死了，躺进坟墓，就长眠不起了。"

"哦，是呀，外婆，您冷静些！"瓦朗蒂娜说。

"可我要对您说，先生，事情并不像您想的那样。昨晚上我睡得非常不安稳，只觉着恍恍惚惚的，仿佛灵魂已经脱离了躯壳，在四处飘荡。我拼命想睁开眼睛，可眼皮还是不由自主地闭了拢来。我知道，我要说的这事，你们是会觉得根本不可能的，尤其是您，先生。嗯！我闭着眼睛，瞧见从通德·维尔福夫人盥洗室的房门角落那儿，一个白色的人影悄没声儿地走过来，就站在您现在站的地方。"

瓦朗蒂娜不由得喊出声来。

"您这是发烧的缘故，夫人。"维尔福说。

"您不信也没关系，可我知道我说的是实实在在的事情。我瞧见一个白色的人影；而且，仿佛天主生怕我单凭一种感官的感觉还不够让自己相信似的，我还听见了我的杯子挪动的声音，瞧，瞧，就是放在桌子上的这只杯子。"

"哦！外婆，您那是做梦呀。"

"不是做梦，我还伸手去拉过铃，那幽灵看到我伸手过去就走了。这时侍女拿着盏灯进来了。幽灵只有在该看见它们的人面前才会显形：那是我丈夫的亡灵。哦！既然我丈夫的亡灵能来喊我，将来我的亡灵为什么不能保护我的外孙女呢？我觉得，这层关系还更直接些呢。"

"哦！夫人，"维尔福大为感动地说，"快别去想这些伤心事了。您就和我们一起生活吧，我们会永远爱您，尊敬您，让您过幸福的日子，我们会让您忘记……"

"不！不！这是不可能的！"侯爵夫人说，"德·埃皮奈先生，什么时候能到？"

"随时都有可能，我们正在等他呢。"

"那好；等他一到，就来告诉我。咱们得赶紧，咱们得赶紧。还有，给我去请位公证人来，我要把全部财产都转到瓦朗蒂娜名下。"

"哦！外婆，"瓦朗蒂娜把嘴唇贴住外婆滚烫的前额，喃喃地说，"您这是想让我折福吗？天哪！您在发烧。别叫公证人了，该去叫医生！"

"医生？"侯爵夫人耸耸肩膀说，"我没事；就是口渴。"

"您要喝什么，外婆？"

"跟平时一样，你知道的，喝橘子汁。杯子就在桌上，给我拿来，瓦朗蒂娜。"

瓦朗蒂娜把瓶里的橘子汁倒在杯子里，递给外祖母，可她心里有些忐忑不安，因为她刚才听外婆说过，这杯子是那鬼魂碰过的。

侯爵夫人接过杯子一饮而尽。

随后，她在枕上辗转反侧，不住地说：

"公证人！公证人！"

德·维尔福先生走了。瓦朗蒂娜坐在外祖母床边。这可怜的孩子看上去自己也需要她给外婆去请的那位医生诊断一下。她的双颊红得像火烧，呼吸短促，脉搏跳得很快，像在发热。

这是因为，可怜的姑娘心里在想，一旦马克西米利安得知德·圣梅朗夫人并不是他的盟友，而且无意间站在了他的对立面，他会有多么绝望。

瓦朗蒂娜不止一次想把事情对外祖母和盘托出；要是马克西米利安·莫雷尔是叫阿尔贝·德·莫尔塞夫或拉乌尔·德·夏托-勒诺的话，她早就毫不犹豫地那样做了。可是莫雷尔是平民出身，瓦朗蒂娜知道高傲的德·圣梅朗侯爵夫人对不是贵族出身的人都是不屑一顾的。所以，她几次想吐露心头的秘密，可话到嘴边又都缩了回去，她黯然神伤地对自己说，讲了也肯定没用，而一旦父亲和继母知道了这秘密，事情就全完了。

将近两个小时就这样过去了。德·圣梅朗夫人睡得很不安稳，始终显得情绪很激动。这时，仆人通报公证人到了。

虽然通报的声音压得很低，但是德·圣梅朗夫人从枕头上抬起了头来。

"是公证人？"她说，"让他进来，让他进来！"

公证人已经站在门口，这时就走了进来。

"你去吧，瓦朗蒂娜，"德·圣梅朗夫人说，"让我和这位先生待在这儿。"

"可是，外婆……"

"去吧，去吧。"

年轻姑娘在外婆额头上吻了一下，用手帕捂着眼睛走出房门。

在门口，她遇到那个贴身男仆，他告诉她说医生正等在客厅里。

瓦朗蒂娜快步走下楼去。这位医生跟瓦朗蒂娜家是世交，同时也是一位当代名医。他很爱瓦朗蒂娜，当年他是看着她降临这个人世的。他有一个年龄和德·维尔福小姐相仿的女儿，出生时母亲不巧染上了肺病，因此他终生都在不断地为这女儿担心。

"哦！"瓦朗蒂娜说，"亲爱的德·阿弗里尼先生，我们等您都等得急死了。不过请先告诉我，玛德莱娜和安托瓦奈特都好吗？"

玛德莱娜是德·阿弗里尼先生的女儿，安托瓦奈特是他的侄女。

德·阿弗里尼先生忧郁地笑了笑。

"安托瓦奈特很好，"他说，"玛德莱娜也还可以。不过，是您让人请我来的吗，亲爱的孩子？该不是您父亲或德·维尔福夫人病了吧！至于您嘛，虽说事情明摆着，心头的烦恼是谁也没法排遣的，但除了劝您别左思右想地想得太多以外，我看您并不需要我的什么帮助吧？"

瓦朗蒂娜的脸红了起来。德·阿弗里尼先生的医道几乎已经到了出神入化的境界：他是一位主张治病先治心的医生。

"不，"她说，"我是为可怜的外婆请您来的。我们遭遇的不幸，想必您已经知道了？"

"我一无所知。"德·阿弗里尼先生说。

"很不幸，"瓦朗蒂娜强忍住抽噎说，"我外公死了。"

"德·圣梅朗先生？"

"是的。"

"突然死的？"

"突发性中风。"

"中风？"医生重复说。

"是的。可怜的外婆跟外公从没分离过，所以外公一死，她就总觉着他在喊她，以为自己也要随他一起去了。哦！德·阿弗里尼先生，您给可怜的外婆想想法子吧！"

"她在哪儿？"

"跟公证人一起在卧室里。"

"诺瓦蒂埃先生呢？"

"还是老样子，神志极其清醒，但仍然不能动弹，不能说话。"

"而且仍然那么爱您，是吗，亲爱的孩子？"

"是的，"瓦朗蒂娜叹了口气说，"他很爱我。"

"有谁不爱您吗？"

瓦朗蒂娜凄然一笑。

"您外婆情况怎样？"

"处于一种很奇特的亢奋状态，睡得不安稳，很异常。她今天早上硬说睡着时灵魂离开躯体飘荡了开去，看见自己这躯体还在睡着：她这是谵妄症。她还说瞧见一个鬼魂走进屋来，而且听见这个所谓鬼魂碰她的杯子的声音。"

"这倒很奇怪，"医生说。"我以前不知道德·圣梅朗夫人会有幻觉。"

"我也是第一次看到她这样，"瓦朗蒂娜说，"今天早上她真把我吓了一大跳，我以为她疯了。我父亲，德·阿弗里尼先生，您当然知道，家父向来是很镇定持重的，可当时连他也感到惊慌了！"

"我们去看看吧，"德·阿弗里尼说，"您告诉我的这些情况，我觉得很奇怪。"

公证人下楼来了。仆人来告诉瓦朗蒂娜说，她外祖母现在独自一人在屋里。

"您请上去吧。"她对医生说。

"您呢？"

"哦！我不敢上去，她不许我让人去请您。还有，正如您说的，我又激动又焦躁，觉得不大舒服，我想到花园里去走走，定定神。"

医生握了握瓦朗蒂娜的手，上楼到她外祖母的屋里去了。与此同时，年轻姑娘走下了台阶。

瓦朗蒂娜最喜欢在花园里的哪个地方散步，是不言而喻的。平时，她总先在绕屋而设的花圃间走上两三个来回，摘朵玫瑰插在腰间或发际，然后步履匆匆地沿着那条幽径一直走到长凳边上，再从那儿走到铁门跟前。

这一回，瓦朗蒂娜还是照常在花圃间走了两三个来回，但没摘花。她心中的哀恸，虽然还没来得及表现在装束上，但已使她感到，即便这朴素的装饰，也是不应该有的。接着，她就沿着那条小径走去。正走着，忽然听到好像有个声音在唤她的名字。她吃惊地停住脚步。

这会儿，那声音更清晰地传到了她的耳际。她听出那是马克西米利安的声音。

第73章
诺言

　　那人果然就是昨晚以来愁肠百结的莫雷尔。凭着那种情人和母亲才有的本能，他猜想在侯爵去世、圣梅朗夫人回来以后，维尔福府上会发生某桩跟他对瓦朗蒂娜的爱情利害攸关的事情。

　　我们下面会看到，他的预感马上就要变成现实。驱使他这么惊惶战栗来到栗树丛下铁门外的，也不再仅仅是一种不安的情绪。

　　可是瓦朗蒂娜并不知道莫雷尔在等着她，平时他不是在这个时候来的，所以她到花园里来纯然是一种巧合，或者如果有人更喜欢这种说法的话，也可以说是一种心灵感应的奇迹吧。莫雷尔见到她，就远远地喊她；她就朝铁门跑来。

　　"您怎么这时候来！"她说。

　　"是啊，可怜的朋友，"莫雷尔说，"我来听坏消息，同时也带来了坏消息。"

　　"这么说，这真是座不吉利的宅子了，"瓦朗蒂娜说，"那您就说吧，马克西米利安。不过，其实就现在这些悲痛，也已经让我很难过了。"

　　"亲爱的瓦朗蒂娜，"莫雷尔说，他竭力让自己的情绪平静下来，使语气显得平稳一些，"我求您好好地听我说；我要对您说的事情是非常严肃的。他们打算什么时候为您办婚事？"

　　"您听我说，"瓦朗蒂娜说，"我什么都不想瞒您，马克西米利安。今天早上他们提起了我的婚事，我原以为外婆是我可靠的后盾，谁知道她不但赞成这桩婚事，而且执意等德·埃皮奈先生一回来就操办，在他到巴黎的第二天就签订婚约。"

　　年轻人从胸膛吁出一声痛苦的叹息，悲哀地久久凝望着姑娘。

　　"唉！"他低声说，"这有多可怕啊，听着自己心爱的女人平静地说出'您的行刑时间已经定了，几个小时后就要执行。事已如此，谁也没有办法，我也只能接受'。好吧，既然您说了，只等德·埃皮奈先生一到就要签订婚约，他到巴黎的第二天您就是他的人了，那么，明天您就是德·埃皮奈先生的人了，因为他是今天早上到巴黎。"

瓦朗蒂娜喊了一声。

"一小时前我在基督山伯爵府上,"莫雷尔说,"我俩在谈话,他说着您家里遭到的不幸,我说着您的悲痛,突然,一辆马车驶进了庭院。您听我说,在这以前我是从来不信什么预感的,瓦朗蒂娜;可现在我没法不信了。听到马车的声响,我不由得打了个哆嗦。不一会儿,就听见了上楼的脚步声。唐璜听见卫队长橐橐逼近的脚步声,也不会有我听到这脚步声时那么惊惶。门开了,第一个进来的是阿尔贝·德·莫尔塞夫。我正在犯疑,以为自己是想错了,却见阿尔贝后面还有一个年轻人,伯爵招呼他说:'喔!弗朗兹·德·埃皮奈男爵!'我把心头还剩下的那点力量和勇气,全都用来支撑住自己了。也许我的脸色是惨白的,也许我在打着哆嗦:可是我的唇边肯定保持着那丝微笑。五分钟后,我告辞了。在我告辞前的这五分钟时间里,我什么也没听见;我感到自己整个儿垮了。"

"可怜的马克西米利安!"瓦朗蒂娜喃喃地说。

"现在我在这儿,瓦朗蒂娜。哦,对这个生死悬于您的回答的男人,请回答他的问题吧。您打算怎么办?"

瓦朗蒂娜低下头去;她方寸已乱。

"听我说,"莫雷尔说,"我们现在的处境,您以前也设想过:情况非常严重,已经迫在眉睫,到了最后关头。我想,这时候光靠哭哭啼啼是无济于事的:只有那些愿意靠廉价的痛楚来消磨时光,靠吞咽泪水来打发日子的人才会这么做。这样的人是有的,他们在世上如此的逆来顺受,天主在天上想必也是看在眼里。但存有抗争愿望的人,不会浪费任何一点珍贵的时间,他们会奋起反抗命运之神的打击。您有向厄运抗争的决心吗,瓦朗蒂娜?请告诉我,我来找您,为的就是问您这句话。"

瓦朗蒂娜浑身颤抖,睁大眼睛惊恐地望着莫雷尔。违拗父亲、外婆的意愿,跟全家对着干,她从来都没有这么想过。

"您在对我说什么呀,马克西米利安?"瓦朗蒂娜说,"您说的抗争是什么意思?哦!那不就是渎圣吗?!怎么!要我去跟父亲的命令抗争,去跟临死的外婆的意愿抗争!这不可能!"

莫雷尔垂下头去。

"以您高贵的心地，您一定会理解我，您一向都是理解我的，亲爱的马克西米利安,我知道您已经默默地忍受了很久。要我去抗争！天主不容我这么做！不，不，我要用全部力量去跟自己抗争，去吞咽自己的泪水，就像您刚才说的那样。但我绝不会去伤父亲的心，绝不会让外婆离开人世前不得安宁！"

"您说得很有道理。"莫雷尔冷冷地说。

"主啊，您怎么对我说这话！"瓦朗蒂娜伤心地喊道。

"我作为一个爱慕您的男人对您说这话，小姐。"马克西米利安说。

"小姐！"瓦朗蒂娜大声说，"小姐！哦！您这自私的人啊！您眼看我悲痛欲绝，却装着不理解我。"

"您错了，正相反，我对您十分理解。您不愿意惹德·维尔福先生生气，您不愿意不听侯爵夫人的话，还有，明天您就要在婚约上签字，把自己交给您的丈夫了。"

"哦，天主啊；难道我还能有什么别的办法吗？"

"这您不用来问我，小姐，因为要定这桩公案，我可是个蹩脚法官，我的自私会使我变得盲目。"莫雷尔回答说。他沙哑的嗓音和攥紧的拳头，表明他的怒火在往上升。

"要是我愿意接受您的建议，莫雷尔，您会让我怎么做呢？哦，您回答呀。别光说'您错了'，您得给我出个主意呀。"

"您说这话是当真的吗，瓦朗蒂娜，您真的要我给您出主意？您说呀。"

"当然是真的，亲爱的马克西米利安，因为，倘若那是个好主意，我就要照它去做。您知道我对您的爱是始终不渝的。"

"瓦朗蒂娜，"莫雷尔说着，扳开了铁门上一块松动的木板，"把您的手伸给我，表示您原谅了我的发火吧。您知道，那是因为我的心里乱极了，这一个钟头里，种种失去理智的念头，走马灯似的在我的脑子里打转。喔！假如您不肯听我给您出的主意……"

"嗯！……到底是什么主意呢？"

"我这就告诉您，瓦朗蒂娜。"

年轻姑娘抬眼望天，发出一声长叹。

"我一无牵挂，"马克西米利安说，"也有足够的钱能养活我们俩；我向您发誓，在我把嘴唇贴在您的额头上以前，您就会是我的妻子。"

"听您这么说，我浑身都在打哆嗦。"年轻姑娘说。

"跟我走吧，"莫雷尔继续说，"我先把您带到我妹妹家里，她是个好姑娘，配得上做您的妹妹。我们最好到外省去避一下风头，等朋友们为我们说情，说得您家里人回心转意以后，再一起回巴黎来。如果您不愿意，我们就坐船去阿尔及尔，去英国，或者去美洲。"

瓦朗蒂娜摇摇头。

"我就料到您是这个主意，马克西米利安，"她说，"这是个发疯的主意，要是我不来断然阻止您，我就比您更疯了，所以我要对您说：不行，马克西米利安，不行。"

"难道您就听天由命，任凭命运摆弄，甚至不想试一试跟它搏斗了？"莫雷尔神情黯然地说。

"是的，哪怕我得因此死去！"

"好吧！瓦朗蒂娜，"马克西米利安说，"我再对您说一遍，您是有道理的。确实，我是个疯子，您向我证明了，即使最健全的理智也会由于激情而变得盲目的。所以我还得谢谢您，您是不受激情的影响在进行思考的。那好吧，这事就这么定了；明天您就要无可反悔地成为弗朗兹·德·埃皮奈先生的未婚妻了，把你们联结在一起的，并不是作为一出喜剧结尾、人们称作签订婚约的那场仪式，而是您自己的意愿。"

"您又在把我往绝望的深渊里推，马克西米利安！"瓦朗蒂娜说，"您又在用小刀剜我的伤口！要是听您说这个主意的，是您的妹妹，您会怎么样呢，您说呀？"

"小姐，"莫雷尔苦笑着说，"我是个自私的人，您刚才就是这么说的。凭我的自私本色，我是不管别人在我的处境会怎么做，而只考虑自己要怎么做的。我想的是，我认识您有一年了，而从我认识您的那天起，我就把幸福全都寄托在对您的爱情上了；我想的是，有一天您对我说您爱我，而从那天起，我就把未来全都寄托在拥有您的希望上了：这就是我的人生。现在我什么都不想了；我只是告诉自己说，我的劫数到了，我原以为自己赢得了一个天堂，可结果是我输掉了一个天堂。这原是赌徒司空见惯的,他不光会把自己拥有的东西输掉,还会把自己没有的东西也输掉。"

莫雷尔说这些话时,语气异常平静。瓦朗蒂娜用探究的目光望了他片刻,生怕莫雷尔已经看出了她内心深处的骚动和纷乱。

"那您到底要做什么呢?"瓦朗蒂娜问。

"请允许我向您说一声永别吧,小姐,天主是听得见我的话,也看得见我心里怎么想的,我要请他做证,证明我真心希望您能生活得很平静,很幸福,很充实,那样您就不会再来想到我了。"

"哦!"瓦朗蒂娜低声地说。

"永别了,瓦朗蒂娜,永别了!"莫雷尔躬身说道。

"您要去哪儿?"年轻姑娘喊道,把一只手从铁门里伸出去,抓住马克西米利安的衣服,她凭自己内心的激情,知道情人的这种平静不会是真实的,"您要去哪儿?"

"我要不再给您家添新的麻烦,要给处在我这种境地的正直而忠诚的男子汉,做出他们可以效仿的榜样。"

"在您离开以前,请告诉我您要去做什么,行吗,马克西米利安?"
年轻人凄然一笑。

"哦!您说呀,说呀!"瓦朗蒂娜说,"我求您了!"

"您的决心改变了吗,瓦朗蒂娜?"

"我的决心无可改变,可怜的人儿,这您是应该知道的!"姑娘喊道。

"那好吧,永别了,瓦朗蒂娜!"

瓦朗蒂娜使劲地摇撼那扇铁门,她竟会有这么大的劲儿,实在是出人意料的。但眼看莫雷尔一步步在走开去,她就从铁门里伸出双手,合在一起拼命拧着。

"您要去干什么?请告诉我!"她喊道,"您去哪儿呀?"

"噢!请放心,"马克西米利安在离铁门三步远的地方,停住脚步说,"我并不想让另一个男人来为命运对我的无情负责。换了别人,也许会威胁您说,他要去找弗朗兹先生,要向他挑衅,跟他决斗,可这些都是丧失理智的举动。弗朗兹先生跟这一切有什么相干呢?他今天早上才第一次见到我,而且现在已经忘掉这回事了。当你们两家说定为你俩结亲的时候，他甚至都不知道有我这个人存在。所以我跟弗朗兹先生没什么过不去，我向您起誓，我不会去向他挑衅。"

"那您要向谁挑衅？向我吗？"

"向您，瓦朗蒂娜？哦！天主不容我这么做！女人是不容侵犯的；我们心爱的女人是神圣的。"

"那么您要惩罚的是自己，可怜的人，是您自己吗？"

"罪责在我身上，不是吗？"莫雷尔说。

"马克西米利安，"瓦朗蒂娜说，"马克西米利安，您过来，我求您过来！"

马克西米利安带着温柔的笑容走近来，要不是他的脸色这么苍白，旁人见了还会以为他就跟平时一样呢。

"您听我说，我亲爱的瓦朗蒂娜，我的宝贝，"他用他那悦耳的低音说道，"像我们这样的人，心里从来不曾有过会使自己面对社会、面对亲人和天主感到羞愧的念头，像我们这样的人，能像看一本打开的书那样，彼此看到对方的心里。我不是一个多愁善感的人，不是小说中忧郁的主人公，我从来没有装出过一副曼弗雷德或安东尼的样子。可是尽管我不曾剖明心迹，不曾信誓旦旦，也不曾赌咒发誓，我却早就把我的生命交给您了。现在您要撇下我，您这样做是有道理的，刚才我已经这么说了，这会儿我愿意再说一遍。但是，您撇下我，我的生命也就完了。从您离开我之时起，瓦朗蒂娜，我在这世上就是孤零零的一个人。我的妹妹在她丈夫身边很幸福；可她丈夫毕竟只是我的妹夫，毕竟只是一个仅靠姻亲关系跟我联系在一起的人。所以，在这个世界上谁也不会需要我这个已经没用的人了。我要做的事，就是要等到您结婚的那最后一刻，因为我不愿放弃哪怕一丝一毫的意想不到的机会，这种机会我们有时是能侥幸碰上的，因为不管怎么样，从现在起到那一刻，弗朗兹·德·埃皮奈先生说不定还会死去呢；在你俩走近的那会儿，说不定还会有个霹雳打在他头上呢：对判了死刑的人来说，似乎什么事都是有可能发生的，任何奇迹，只要是能让他死里逃生的，在他眼里都是属于可能范围之内的。所以我说了，我要一直等到最后的那一刻，而当我的厄运已成定局，再也无法挽回，再也没有希望的时候，我就会分别写信留给我的妹夫和警察总监，通知他们我的行踪，然后，找一个森林的角落，一条沟堑的背壁，或者一条河流的堤岸，对准脑门给自己一枪。我说这话，就像我是法国最正直的人的儿子一样，不掺半点假。"

一阵痉挛的颤抖，传遍瓦朗蒂娜的全身。那两只握住铁门的手松了开来，两臂垂在了身旁，两颗大大的泪珠沿着脸颊滚了下来。

年轻人神情凄楚而决绝地站在她面前。

"哦！您就可怜可怜我，"她说，"就说您是会活下去的，好吗？"

"不，我凭自己的名誉说，不，"马克西米利安说，"可是这跟您又有什么相干呢？您照样可以尽您的责任，您在良心上也无须有丝毫的不安。"

瓦朗蒂娜跪倒在地，紧按心窝；她觉得自己的心要碎了。

"马克西米利安，"她说，"马克西米利安，我的朋友，我在人间的兄长，我在天上真正的丈夫，我求求您，就像我一样忍辱负重地活下去吧。也许将来有一天，我们会结合在一起的。"

"永别了，瓦朗蒂娜！"莫雷尔又这么说。

"主啊！"瓦朗蒂娜脸上呈现出一种崇高卓绝的表情，双手举向天空说道，"您知道，我已经尽了全部努力来做一个恭顺的女儿：我祈祷，我央告，我哀求。可是您既没听见我的祈祷，也没听见我的哀求和哭声。好吧，"她抹掉脸上的泪水，神情坚定地往下说，"好吧！我不愿悔恨地死去，宁愿羞愧地死去。您得活下去，马克西米利安，我永远只属于您一个人。在几点钟？什么时候？是不是马上就走？您说吧，您命令吧，我已经准备好了。"

莫雷尔本来已经又往后走了几步，这时转了回来，脸色由于兴奋而发白，心头充满喜悦，把双手隔着铁门伸给瓦朗蒂娜。

"瓦朗蒂娜，"他说，"亲爱的朋友，您是不该这样对我说的，要不，还是让我去死吧。如果您也像我爱您一样地爱着我，那我何必还要强迫您呢？您是出于仁慈才要我活下去，是吗？如果是那样，我宁愿去死。"

"是啊，"瓦朗蒂娜喃喃地说，"在这世上有谁在爱着我呢？是他。有谁能在我痛苦时来安慰我呢？是他。我的希望能寄托在谁身上，我迷茫的目光能停靠在谁身上，我这颗流着血的心，又能在谁身上得到片刻的憩息呢？是他，是他，还是他。好吧！您也有您的道理，马克西米利安。我跟您走，我离开这个家，离开这儿的一切。哦，我真是个忘恩负义的人！"瓦朗蒂娜呜咽着喊道，"我居然要离开这儿的一切！……甚至要离开被我忘了的好爷爷！"

"不！"马克西米利安说，"您不会离开他。您说过，诺瓦蒂埃先生看来对我抱有好感。那好！您在出走前把事情全告诉他；您要当着天主的面得到他的庇护。等我们结了婚，他就来和我们住在一起。那他，就不是有一个，而是有两个孩子了。您对我说过他怎样表达意思、您又是怎样回答他的。我很快就会学会这种动人的示意语言，真的，瓦朗蒂娜。啊，我向您保证，等待我们的不是绝望，而是我向您许愿的幸福！"

"哦！您瞧，马克西米利安，您瞧您对我的影响有多大，我几乎也要相信您说的这些话了。可是您的这些话都是些疯话，因为我父亲，他是会诅咒我的，我了解他，他是铁石心肠，绝不宽容的。所以，您听我说，马克西米利安，倘若凭我用的心机，凭我做的祷告，或是出于什么意外的事故——我哪能知道到底会怎样呢？总之，倘若我能用某种办法拖宕这桩婚事，您是会等我的，是吗？"

"喔，我向您起誓，正像您会向我起誓这桩该死的婚事绝不可能兑现，即使把您拉到了法官和神甫面前，您也决不答应，是吗？"

"我向您起誓，马克西米利安，我凭我在这世上最神圣的东西，凭我母亲的名义起誓！"

"那咱们就等待吧。"莫雷尔说。

"是啊，咱们等待吧，"瓦朗蒂娜说着，松了一口气，"还有许许多多事情，可以拯救我们这些不幸的人哪。"

"我信任您，瓦朗蒂娜，"莫雷尔说，"您会把一切都做得很好的。只不过，要是他们不顾您的恳求，要是您的父亲，要是德·圣梅朗夫人坚持要让弗朗兹·德·埃皮奈先生明天就来签约……"

"那么，我会照我的誓言做的，莫雷尔。"

"您不去签约……"

"而去找您，咱俩一起逃走。可是在这以前，我们不能冒险，莫雷尔；我们不要再见面了。我们没有给人发现，那是奇迹，是天意。要是给人撞见了，要是他们知道我们在这么相会，我们就真的毫无办法了。"

"您说得对，瓦朗蒂娜；可是我怎么知道……"

"那位公证人德尚先生，他会告诉您的。"

"我认识他。"

"我也会想办法告诉您。我会给您写信的，这您可以放心。主啊！我是和您一样讨厌这桩婚事的呀，马克西米利安！"

"好，好！谢谢，我心爱的瓦朗蒂娜，"莫雷尔说，"那么，全都说定了，我一知道什么时候签约，就赶到这儿来，接应您翻过这堵墙。您不会有任何困难的；花园的门口会有一辆马车等着我们，您和我一起上车，我带您上我妹妹家。到了那儿，无论您是愿意隐姓埋名，还是愿意公开露面，怎么都行，我们会感到力量和意志又回到我们自己身上，不再像只会哀叫求饶的羔羊那样任凭别人宰割了。"

"好吧，"瓦朗蒂娜说，"我也要对您说：马克西米利安，我相信您一定会把事情都做得好好的。"

"哦！"

"噢！您对您的妻子还满意吗？"姑娘神情忧郁地说。

"我心爱的瓦朗蒂娜，光说一个满意怎么够呢。"

"那也还得说呀。"

瓦朗蒂娜这时已经凑近过去，也就是说，已经把嘴唇凑到了铁门上，从她嘴里呼出的温馨的气息，拂到了莫雷尔的嘴上，因为他也已经把嘴贴在了冰冷无情的铁栅门的另一边。

"再见，"瓦朗蒂娜强自从这幸福中挣脱出来说，"再见了！"

"您会给我写信？"

"会。"

"谢谢，亲爱的妻子！再见了。"

铁门那边传来一下纯洁的吻声；接着，瓦朗蒂娜从椴树丛里跑了回去。

莫雷尔直到听不见她的裙子擦过绿篱和缎鞋踩在小径沙地上的窸窸窣窣的声响以后，才带着无法形容的甜蜜的笑容，抬眼望着天空，感谢天主让瓦朗蒂娜这样地爱他；随后，他也走了。

年轻人回到家里，等了整整一个晚上，第二天又等了一整天，都没收到信。最后，到了第三天上午十点钟光景，他正要上那位公证人德尚先生家去的当口，收到了邮局寄来的一封信，他虽然从没见过瓦朗蒂娜的字迹，但一看就知道这是她写的。

信的内容如下：

> 眼泪，哀求，祷告，都无济于事。昨天我在鲁尔的圣菲利浦教堂里待了两个钟头，这两个钟头里我一直虔诚地向天主祈祷；可是天主也跟世人一样地无动于衷，签约时间还是定在了今天晚上九点钟。
>
> 我只有一句诺言，正如我只有一颗心，莫雷尔，这句诺言是许给您的：这颗心是属于您的！
>
> 今晚九点缺一刻，铁门边上见。
>
> 您的妻子　瓦朗蒂娜·德·维尔福
>
> 又及：可怜的外婆情况愈来愈糟了；昨天，她的亢奋到了谵妄的地步；今天，谵妄又几乎变成了疯狂。
>
> 您会非常爱我，让我能忘记我是在这种情况下离开她的，是吗，莫雷尔？
>
> 我相信，今晚签订婚约这事儿，他们是瞒着诺瓦蒂埃爷爷的。

莫雷尔觉得瓦朗蒂娜给他的这点信息，还不能使他满足，于是他还是去了德尚先生府上。这位公证人向他证实了婚约将在当晚九时签署。

随后，他去基督山府邸。在那里他又知道了一些消息：弗朗兹来过，告诉了伯爵签约仪式的事；而德·维尔福夫人也写过封信给伯爵，说她非常抱歉，不能邀请伯爵前去参加仪式，因为德·圣梅朗先生的去世和德·圣梅朗夫人的健康状况，给这桩亲事笼罩了一层凄恻的阴影，她不愿让伯爵的额头也蒙上这层阴影，衷心祝愿他能万事如意。

头天晚上，弗朗兹去见过德·圣梅朗夫人。她下床接见了他，但才一会儿工夫，就又躺下了。

莫雷尔始终处于情绪十分激动的状态，这是可想而知的，这一点也没能逃过伯爵那双锐利的眼睛。基督山对他的态度，比往常更亲切；这种亲切的态度，有两三次都让马克西米利安差点儿要把事情向他和盘托出。但他想起对瓦朗蒂娜郑重许下的诺言，最后还是把这秘密藏在了心底。

白天里，年轻人又把瓦朗蒂娜的信翻来覆去看了二十遍。她这是第一次给他写信，可这是在怎样的情势下写的哟！他每看一遍信，就在心里重复一遍要使瓦朗蒂娜幸福的誓言。是啊，这位毅然做出如此勇敢的决定的姑娘，难道还不该有无上的权威吗！这位为她的心上人牺牲了一切的姑娘，难道还不值得让她的心上人对她绝对忠诚吗！作为他的情人，她理所当然应该是他第一个值得顶礼膜拜的对象啊！她既是他的女王，又是他的妻子，他哪怕就是掏出自己的心来感激她、爱她，也不会过分呀。

莫雷尔怀着一种难以形容的激动心情，想象瓦朗蒂娜到来时的情景，他想象她会对他说：

"我来了，马克西米利安，带我走吧。"

他已经把这次出逃的每个细节都安排好了。苜蓿地里藏着两架梯子。一辆有篷的轻便马车等在边上，到时候他将亲自驾车，不带仆人，不带提灯；到第一个街口时点上车灯，因为，倘若过分小心不敢点灯，反而容易招来巡警的注意。

莫雷尔全身不时掠过一阵阵震颤；他一遍又一遍地想象自己接应瓦朗蒂娜从墙顶往下跳的情景，想象他至今只握过她的手、吻过她的指尖的姑娘倒在自己怀里的情景。

到了下午，莫雷尔觉得时间愈来愈迫近，只想独自一人待着。他周身的血液在沸腾奔突，即使是几个简单的问题，一声朋友的招呼，也会使他感到心烦。所以他干脆把自己关在房间里，拿起一本书试着想看；但是尽管视线在字里行间移动，却一个字也没看进去。他终于把书一扔，重新再把自己的计划，把那两架梯子和花园的地形，细细地考虑一遍。

时间终于快到了。

但凡坠入爱河的男子，总是不肯让时钟安安稳稳地行走的。莫雷尔把家里的时钟折腾得够呛，才六点钟时，这些钟的指针就指在了八点半上。这时他就对自己说，该动身了，签约时间固然是在九点钟，但是瓦朗蒂娜完全有可能没等这个不会生效的仪式开场，就逃出来的呀。结果，莫雷尔按自己的钟在八点半时离开梅斯莱街，到达那片苜蓿地时，鲁尔的圣菲利浦教堂却刚敲八点。

马车和辕马都藏在一间破蔽的小屋里，平时莫雷尔也常躲在这儿。

夜幕渐渐降临，花园的树丛变成了一大簇一大簇浓重的墨团团。

这时，莫雷尔从藏身处走到铁门跟前，心头怦怦直跳，从缝隙里望进去：园子里不见人影。

教堂的大钟敲响了八点半。

半个小时在等待中流逝过去；莫雷尔前后左右地踱来踱去，愈来愈频繁地每隔一会儿，就把眼睛贴在铁门的缝隙上往里张望。花园里愈来愈暗了；他在这夜色中徒然地寻觅着那袭白色的衣裙，在这寂静中无望地谛听着脚步的声音。

透过树丛依稀望见的那座房子，仍然是那么黑黢黢的，压根儿没有正在举行签订婚约这样一桩大事的气象。

莫雷尔瞧瞧表，指针指着九点三刻。但几乎就在同时，那座他已经听过两三次报时的教堂大钟，敲响了九点半的钟声，纠正了他的表的时差。

已经比瓦朗蒂娜约定的时间多等半小时了：她说的是九点，甚至是九点不到呀。

此刻对年轻人的心房来说，时间就是最可怕的东西。分分秒秒的嘀嗒声，都像铅锤一下下敲击在他的心头。

树叶轻微的簌簌声，晚风拂过的沙沙声，都会使他竖起耳朵，紧张得额头冒汗。他浑身打战地架好梯子，把一只脚踩在第一个踏级上，以便到时候不致浪费时间。

在疑惧与希望的交替，心房扩张与缩紧的更迭中，教堂大钟敲响了十点钟。

"哦！"马克西米利安恐惧地低声自语，"签订婚约不可能需要这么长的时间，除非是发生了意外的情况。我已经考虑过所有的可能性，计算过全部仪式所需的时间。肯定是出事了。"

他时而激动地在铁门边上踱来踱去，时而把滚烫的额头贴在冰凉的铁栅门上。瓦朗蒂娜在签约后晕倒了，或是在逃跑时让人捉回去了，这是年轻人所能设想的仅有的两种情况，每种假设都是那么令人沮丧。

随后，他的思绪停在了一个念头上：瓦朗蒂娜在逃出来时体力不支，晕倒在哪条小径上了。

"哦，假如真是这样，"他一边喊道，一边飞快地爬上梯顶，"我就失去她了，而且是由于我的过错！"

把这个念头吹进他心里的那个精灵，并没有离开他，还在他耳边絮絮叨叨地说个不停。到头来，影影绰绰的揣想，在推理的作用下成了无可置疑的确信。他那双竭力想穿透浓重夜色的眼睛，甚至看见了那条幽暗的小径上躺着一个人影。他冒着危险喊了一声，仿佛还听见随风飘来一声模糊不清的呻吟。

终于，十点半的钟声也敲响了。他没法再挨下去了；脑海里掠过了形形色色的揣测。太阳穴突突直跳，眼睛前面起了一阵晕黢。他跨上墙头，跳了下去。

他进了维尔福的宅邸，而且是翻墙而入的。他想到了这种举动可能带来的后果，但既然已经来了，就不能再退缩。

片刻过后，他到了树丛的边缘。从他站着的地方可以看见整座房子。

莫雷尔穿过树丛的缝隙望去，证实了他早就心存疑窦的一件事：在所有的窗户里，都看不见喜庆日子里理应看见的明亮的烛光，映入眼帘的是一座灰蒙蒙的庞然大物。一大片遮掩住月亮的浮云，为它蒙上了浓重的阴影。

一盏烛光时明时暗，发疯似的在二楼的三个窗口跟前穿行。那是德·圣梅朗夫人套间的三扇窗户。

另一盏烛光在红色窗幔的后面寂然不动地亮着。挂这红窗幔的房间，是德·维尔福夫人的卧室。

莫雷尔是猜出来的。为了每时每刻都能在想象中追随瓦朗蒂娜，他曾一次又一次地让瓦朗蒂娜给他描绘这座房子的每个细节，所以尽管他没有见过这座房子，但是已经对它很熟悉。

整座房子这种黑黢黢、静悄悄的景象，比见不到瓦朗蒂娜的身影更使年轻人感到惊惶不安。

他神志昏乱，痛苦得简直要发疯。他决定不顾一切地去跟瓦朗蒂娜见上一面，弄清楚他预感到的不幸——不管那是怎样的不幸。他走到树丛边上，打算尽量迅速地穿过那片完全裸露在外面的花圃，就在这当口，忽听得远处传来一个声音，虽说隔得远，但由于是顺风，他听得很清楚。

一听到这个声音，他马上往后退下一步。原先已经伸出树丛的半个身子，这时完全缩了进来。他藏身在树丛的暗影里，不动弹，也不作声。

他拿定了主意：倘若那是瓦朗蒂娜一个人，他就在她走近时喊住她；倘若瓦朗蒂娜有人陪着，他至少可以看见她，知道她没有遭到不幸。倘若来的是别人，他们说的话，或许也可以帮他解开心中的谜团。

月亮从云层中钻了出来，莫雷尔瞧见维尔福的身影出现在通向台阶的门口，后面还有一个穿黑衣服的男子。两人走下台阶，朝树丛的方向走来。他们刚走了三四步路，莫雷尔就认出了，那个穿黑衣服的男子是德•阿弗里尼医生。

年轻人瞧见他们朝着他走来，不由得下意识地往后退去，直到碰在树丛正中央的一棵埃及无花果树的树干上，才止住步。

不一会儿，那两人踩在沙地上的脚步声停住了。

"唉！亲爱的大夫，"检察官说，"这是老天爷在惩罚我的这座宅子啊。多可怕的猝死！真像是个晴天霹雳！您不用来安慰我；唉！这是心头刚划开的伤口，划得又是这么深！死了，死了！"

年轻人的额头沁出一阵冷汗，冰凉冰凉的，牙齿也在咯咯地打战。在维尔福自称遭天罚的这座宅子里，究竟是谁死了？

"亲爱的德•维尔福先生，"医生说，他的语气使年轻人觉得毛骨悚然，"我请您出来，并不是想安慰您。情况完全不是这样。"

"您这是什么意思？"检察官惊愕地问。

"我的意思是，在您遭受的这个不幸背后，还有另一个也许更大的不幸。"

"哦！我的天主！"维尔福合拢双手喃喃地说，"您还要告诉我些什么呢？"

"这儿就我们两个人吗，我的朋友？"

"哦！没错，就咱俩。可您这是怎么啦，为什么这么谨慎小心？"

"这是因为，我要告诉您的事情极其机密，"医生说，"我们坐下说吧。"

维尔福几乎不是坐下，而是一屁股跌在了长凳上。医生站在他面前，一只手搭在他的肩上。莫雷尔简直吓呆了，他一手按住脑门，一手捂紧心口，唯恐他俩会听见自己的心跳声。

"死了，死了！"心里的这个声音，在脑子里不停地回旋。

他仿佛觉得自己也要死了。

"您说吧，大夫，我听着，"维尔福说，"让打击降临吧，我已经做好了准备。"

"当然，德•圣梅朗夫人年事已高，但她的健康状况一向很好。"

这十分钟来，莫雷尔第一回松了口气。

"她是死于忧伤，"维尔福说，"是啊，是忧伤，大夫！四十年来，她一直跟侯爵相依为命！……"

"不是死于忧伤，亲爱的维尔福，"医生说，"忧伤使人致命的情形，虽说很少见，但还是有的；不过，忧伤不可能在一天之内，一小时之内，十分钟之内，夺走一个人的生命。"

维尔福没有回答。他抬起始终低着的头，睁大惊恐的眼睛望着医生。

"她临终时您在她身边吗？"德·阿弗里尼先生问。

"是的，"检察官回答说，"是您私下告诉我，让我别离开的。"

"您注意到德·圣梅朗夫人最后的症状了？"

"当然。德·圣梅朗夫人接连发作了三次，间隔只有几分钟，而且后面一次间隔更短些，发作也一次比一次厉害。您赶到的那会儿，德·圣梅朗夫人已经喘了好几分钟。她第一次发作时，我还以为只是一种歇斯底里发作。可当我看到她从床上坐起来，四肢和颈脖都变得僵直的时候，我真的害怕起来了。这时我从您的神情看出，情况要比我想的严重得多。那阵发作过后，我想看看您的眼神，可怎么也没法跟您打个照面。您给病人诊脉、数心跳，直到第二次发作开始时，您还是没向我转过脸来。这回发作比第一次来势更凶。又是那样的歇斯底里发作，而且嘴唇抽紧，颜色发紫。

"到第三次发作，她就咽气了。

"第一次发作过后，我认为这是强直性痉挛。您也同意了我的看法。"

"是的，那是当着众人的面，"医生说，"可现在只有我们两人。"

"天哪，您想对我说什么呀？"

"我想说，强直性痉挛和植物性毒药中毒的症状，是完全一样的。"

德·维尔福先生蓦地站起身来，不言不语、寂然不动地呆立了一阵，才又跌坐在长凳上。

"喔！天哪！医生，"他说，"您好好想过您对我说的话吗？"

莫雷尔简直不知道自己是在梦里，还是醒着。

"请听我说，"医生说，"我完全明白我的话的分量，也完全了解谈话对象的身份。"

"您这是在对法官，还是在对朋友说话呢？"维尔福问。

"对朋友，目前仅仅是对朋友。强直性痉挛的症状和植物性毒药中毒的症状实在太相像了，倘若要我把刚才说的话写下来，签上名字，我要说我是会犹豫的。所以，我再对您说一遍，我这不是在对法官，而是在对朋友说话。嗯！对朋友我要说：在德·圣梅朗夫人临终前的三刻钟时间里，我仔细观察了她痉挛抽搐、最后致死的症候；嗯！我相信我不仅能断言德·圣梅朗夫人是中毒而死，而且还能说出，对，还能说出使她致死的是什么毒药。"

"先生！先生！"

"症候很明显，您瞧：间以阵发性歇斯底里发作的嗜睡，大脑极度亢奋，神经中枢麻痹。德·圣梅朗夫人是服用大剂量的番木鳖碱或马钱子碱致死的，这两种毒药很可能是由于疏忽，或许由于错拿，而让她服用的。"

维尔福紧紧抓住医生的手。

"喔！这不可能！"他说，"我是在做梦，我的天主！我是在做梦吧！从一个像您这样的人的嘴里，听到这样的事情，真是太可怕了！我求求您，亲爱的大夫，看在老天的分上，告诉我您也许是弄错了！"

"当然我也会弄错，可是……"

"可是怎么样？……"

"可是我想这件事，我并没弄错。"

"医生，您就可怜可怜我吧。这些天来碰到的尽是些古怪吓人的事情，我觉得自己快要疯了。"

"除我以外，还有医生给德·圣梅朗夫人看过病吗？"

"没有。"

"有谁拿着未经我过目的处方去配过药吗？"

"没有。"

"德·圣梅朗夫人有没有仇人？"

"这一点我不清楚。"

"有谁会由于她的去世而得益吗？"

"没有，我的天主！没有。我女儿是她唯一的遗产继承人，只有瓦朗蒂娜……喔！要是我竟然会想到这种念头，我就要一刀捅进自己的心窝，作为对它竟敢让这种念头有过片刻藏身之所的惩罚。”

“喔！”这回德·阿弗里尼先生叫了起来，“亲爱的朋友，但愿我这不是在指控任何人，您明白，而只是在说一件意外事故，一个过失。但是不管是事故还是过失，事实总是事实，它在对我的良心低语，在驱使我的良心对您大声地说出来：请您去调查吧。”

“向谁调查？怎么调查？调查什么？”

“比如说：那位老仆人巴鲁瓦，会不会拿错了药，把给主人准备的药水拿给了德·圣梅朗夫人？”

“给我父亲准备的药水？”

“是的。”

“可是，给诺瓦蒂埃先生准备的药水，怎么会毒死德·圣梅朗夫人呢？”

“事情很简单：您知道，对有些疾病来说，毒药也是一种良药。瘫痪就是这样的一种疾病。为了恢复诺瓦蒂埃先生行动和说话的机能，我已经尝试过种种能想到的办法，大约在三个月以前，我决定尝试一下最后的办法。于是，三个月以前，我开始让他服用番木鳖碱。所以，最近一次给他开的药方中，掺有六克番木鳖碱；六克的剂量，对诺瓦蒂埃先生瘫痪的机体并不会有任何副作用，何况他是逐渐加大剂量的，已经有了适应性。但六克的剂量，对别人却是足以致命的。”

“亲爱的大夫，诺瓦蒂埃先生的套间，和德·圣梅朗夫人的套间是不相通的，巴鲁瓦从来不曾进过我岳母的房间。总之，我想向您说的是，大夫，尽管我知道您是当今医道最高，尤其是医德最好的医生，尽管您的话在任何时候都如阳光一般为我指明着方向，喔！大夫，喔！尽管我对此深信不疑，但我还是想在这儿引用一句古老的格言：errare humanum est[1]。”

“请听我说，维尔福，”医生说，“在我的同行当中，您还有没有像我一样信得过的人？”

“您为什么问我这个问题，喔？您想要干什么呢？”

“请把他叫来，我把我观察到的情况和自己的想法告诉他，然后我们两人一起进行尸体解剖。”

---

1 拉丁文：人难免要犯错。

"你们会找到残留的毒药吗？"

"不，不是残留的毒药，我没这么说。不过我们会看到神经系统的损坏情况，还会看到毋容置疑的明显的窒息迹象，我们将会告诉您：亲爱的维尔福，这件事如果是由疏忽引起的，您得注意您的仆人，而如果是由仇恨造成的，您就得注意您的仇人。"

"哦！天哪！这是个什么样的建议哟，德·阿弗里尼？"维尔福神情沮丧地说，"如果除您以外还有别人知道这桩秘密，一场侦查就势必难以避免了。在我家里进行侦查，那怎么行！不过，"检察官强打起精神，忐忑不安地望着医生继续往下说，"不过，如果您想要这么做，如果您执意要这么做，我也还是会这么做的。其实，也许我应该来受理此案。我的性格要求我如此行事。但是大夫，您会看到没等我这么做，我早就肝肠寸断了：这个家里出了这么多伤心事，现在居然还要出乖露丑！哦！我的妻子和女儿会痛不欲生的。而我，大夫，您知道，一个人当了二十五年的检察官，不可能不结下一些仇人。我的仇人是很多的。这事一旦张扬出去，对我的仇人来说无疑是一个好消息，他们会欣喜若狂，而我，我只能名誉扫地。大夫，请原谅我这些世俗的想法。如果您是位神甫，我是不敢对您说这些的；可您是位大夫，是个能体谅别人的人。大夫，大夫，就算您什么也没有对我说过，行吗？"

"亲爱的德·维尔福先生，"动了恻隐之心的医生回答说，"我首要的职责是主持人道。倘若医学上还有救活德·圣梅朗夫人的可能，我一定会尽力而为，但她已经死了，我要考虑的就应该是活着的人。就让我们把这桩秘密藏在心底吧。如果哪一天有人发现了这个秘密，就让他们把我的缄口不语归咎于我的疏忽吧。但是，先生，您还是得查下去，得抓紧查下去，因为事情恐怕还不会就此结束……当您查出凶手，等您抓住他的时候，您得听我的话：作为司法官员，您得尽您的职责！"

"哦！谢谢，谢谢，大夫！"维尔福大喜过望地说，"您真是我最好的朋友。"

他像是生怕德·阿弗里尼医生会反悔，急忙站起身来，拉着医生往屋子走去。

他俩走远了。

莫雷尔仿佛是要好好地松口气，把头从椴树丛中探了出来；月光映照在他苍白的脸上，倘若有人此刻瞧见，准会以为他是个鬼魂。

"天主在用一种明显而可怕的方式保护我，"他说，"可是瓦朗蒂娜，我可怜的瓦朗蒂娜！她怎么受得了这些痛苦哦？"

他在这么低声自语时，注视着挂红窗幔的那扇窗户和挂白窗幔的那三扇窗户。

挂红窗幔的那个窗口，几乎看不见烛光了。看来德·维尔福夫人刚吹灭烛火，这会儿只有那盏通宵点着的小蜡烛，把微弱的幽光映在窗幔上。

在宅子的尽头，情况却相反，只见挂白窗幔的三扇窗户中间，有一扇打开了。搁在壁炉架上的一支蜡烛，把淡淡的亮光投射到窗外，一个人影走过来，臂肘支在阳台上，待了一小会儿。

莫雷尔浑身直打哆嗦。他仿佛听见了一阵呜咽的抽泣声。

这颗平时那么勇敢、那么坚强的心，此刻为人类两种最强烈的激情 —— 爱情和恐惧所左右，处于骚乱和亢奋的状态，以至于莫雷尔软弱到产生近乎迷信的幻觉，这是并不会使我们感到惊奇的。

像他这样藏身在树丛之中，瓦朗蒂娜是根本不可能看见他的，虽说如此，他却觉得听见了窗户上的那个人影在呼唤他。思绪纷乱的头脑在对他这么说，激情澎湃的心也在对他这么说。这个双重的错误，变成了一个无法抗拒的现实，在年轻人的一种令人难以置信的冲动的驱使下，他纵身跃出树丛，冒着被人看见的危险，冒着惊吓瓦朗蒂娜的危险，冒着年轻姑娘瞧见他会失声喊叫的危险，大步流星地穿过在月光下犹如一个银色大湖的花圃，跑到排列在屋前的柑橘栽培箱那儿，奔上台阶，伸手推开了门。

瓦朗蒂娜并没瞧见他。她抬眼望着瓦蓝的夜空上飘过的一朵银色的浮云，这朵云的形状就像一个升天的人影。她那充满诗意的亢奋的头脑在对她说，这就是外祖母的灵魂。

这时，莫雷尔已经穿过前厅，到了楼梯跟前。楼梯踏级上铺着地毯，所以他的脚步声不会让人听到。何况此刻他的情绪处于极度亢奋的状态，即使迎面碰上德·维尔福先生，他也不怕。他已经拿好主意，倘若真的碰上德·维尔福先生，他就走上前去向他吐露实情，求他原谅，求他同意这已经把莫雷尔和他女儿以及把他女儿和莫雷尔结合在一起的爱情；莫雷尔简直疯了。

幸好他没碰到任何人。

这会儿，瓦朗蒂娜早先对他描述过的屋子平面图帮了他的忙；他顺利地上了二楼。而就在他不知该再往哪个方向走的当口，传来了他熟悉的呜咽声，为他指了道。他转过身来；从一扇房门的门缝里，漏出一道烛光和悲戚的抽噎声。他推开门，走了进去。

在房间凹进去的部位，死者躺在床上，头部和身体都蒙在白罩布下面，莫雷尔由于碰巧得悉了那桩秘密，此刻只觉得这具尸体更加阴森可怕。

瓦朗蒂娜跪在床边，脸埋在一把大圈椅的靠垫里，由于抽噎而全身颤抖起伏着。他看不见她的脸，只看见她的两只手僵直地合在一起，伸在头的上方。

她刚从打开的落地窗回进屋里，跪在地上高声祈祷。她那凄哀的声音就是铁石心肠的人听了也会动容。从她嘴里说出的话语是急促而断断续续，难以听清的，仿佛哀痛把她的喉咙给卡紧了。

月光透过百叶窗的缝隙泻进来，使烛光显得格外暗淡，给悲哀的场景染上了一层蓝莹莹的凄迷的色调。

看到这个情景，莫雷尔再也忍受不住了。他并不特别虔诚，也不是个很容易动感情的人，但眼看着瓦朗蒂娜在哭泣，在痛苦地绞着双手，他再也没法默默地忍受下去了。他吁出一口气，轻轻地说出一个名字；这时，泪流满面紧贴在靠垫的丝绒上、犹如柯勒乔[1]笔下的玛大肋纳[2]的那张脸抬了起来，转向莫雷尔。

瓦朗蒂娜瞧见他，并没有露出惊讶的神色。一颗心已经陷入绝望深渊的时候，是不会再感受到程度稍次的那些激动情绪的。

莫雷尔把手伸给她。瓦朗蒂娜指了指罩在白布下的尸体，表示这就是她没能去跟他相会的原因，然后又抽泣起来。

两人谁也不敢在这间屋里说话。死神仿佛就站在一个角落里，手指放在嘴唇上吩咐他们别吱声，所以两人都踌躇着不敢打破这沉寂。

最后还是瓦朗蒂娜先开口。

"我的朋友，"她说，"您怎么在这儿？唉，要是给您打开这屋子的门的不

1　柯勒乔（约 1489 或 1494—1534）：意大利文艺复兴盛期画家。
2　《圣经》中的人物，曾泪流满面地亲吻耶稣的脚。

是死神，我是该对您说一声欢迎的。"

"瓦朗蒂娜，"莫雷尔合住双手，声音发颤地说，"我八点半就等在那儿了。一直没见您来，我心里不安极了，所以就翻墙进了花园；这时我听见有人谈到这件不幸的事……"

"听见谁？"瓦朗蒂娜问。

莫雷尔打了个寒战，医生和德·维尔福先生的谈话浮现在脑海中，他仿佛透过那块罩布看到了两只扭曲的手臂、僵直的颈脖和颜色发紫的嘴唇。

"是你们家的仆人，"他说，"听了他们的谈话，这件事情我就全知道了。"

"可是您上这儿来，会把我们都毁了的，我的朋友。"瓦朗蒂娜说这话的语气里，既没害怕，也没生气。

"原谅我，"莫雷尔用同样的语气回答说，"我这就走。"

"不，"瓦朗蒂娜说，"您会给人撞见的，就留在这儿吧。"

"可要是有人来呢？"

年轻姑娘摇了摇头。

"没人会来，"她说，"放心吧，这就是我们的保护神。"

她指了指罩布下面轮廓清晰可见的尸体。

"德·埃皮奈先生怎么样了？请告诉我吧，我求求您。"莫雷尔说。

"弗朗兹先生来签约的时候，我外婆刚咽气。"

"唉！"莫雷尔怀着一种自私的喜悦情绪叹了口气。他心想，这桩丧事可以使瓦朗蒂娜的婚事无限期地延宕下去了。

"可是有件事，却使我感到更加痛苦，"年轻姑娘接着说，就仿佛莫雷尔的这种感情理当立地受惩似的，"我可怜又可爱的外婆，在她临咽气的时候，还嘱咐说要把婚礼尽快办了；我的主啊！她原是想保护我，结果却在把我往外推。"

"听！"莫雷尔说。

两人都缄口不语。

只听得房门打开，走廊的镶木地板和楼梯的踏级上响起脚步声。

"这是父亲从书房出来。"瓦朗蒂娜说。

"是送医生出去。"莫雷尔加上一句。

"您怎么知道是医生？"瓦朗蒂娜惊讶地问。

"我这么猜想。"莫雷尔说。

瓦朗蒂娜望着他。

这时，只听见沿街的大门关上了。德·维尔福先生还特地去把通花园的门也锁上了；随后他重又走上楼来。

到了二楼的前厅，他稍停了片刻，像是拿不定主意要回自己房间，还是要到德·圣梅朗夫人的房间来。莫雷尔赶紧躲在一道门帘背后。瓦朗蒂娜没有动弹；似乎极度的悲痛已经使她超脱于寻常的惧怕之上了。

德·维尔福先生回进了自己的房间。

"现在，"瓦朗蒂娜说，"花园和沿街的门您都出不去了。"

莫雷尔惊恐地望着年轻姑娘。

"现在，"她说，"只有一条通道还是安全的，就是到爷爷房里去的那条通道。"

她立起身子。

"来吧。"她说。

"去哪儿？"马克西米利安问。

"去我爷爷房间。"

"我，去诺瓦蒂埃先生的房间？"

"对。"

"您想过那会怎么样吗，瓦朗蒂娜？"

"我想过，早就想过。我在这世上只有这个朋友了，我们俩都需要他……来吧。"

"您得当心，瓦朗蒂娜，"莫雷尔说，迟疑着不敢照年轻姑娘说的去做，"您得当心哪，这会儿我就像拉掉了蒙眼的布条，看得清楚了：我上这儿来，确实是做了件荒唐事。您，您这会儿神志真的很清醒吗，亲爱的瓦朗蒂娜？"

"是的，"瓦朗蒂娜说，"现在这世上已经没有什么让我放不下的事情了，只是把可怜的外婆的遗体这么撇下不管，我毕竟感到于心不忍，觉得自己是该在这儿守灵的。"

"瓦朗蒂娜，"莫雷尔说，"死者本身就是神圣的。"

"对，"姑娘回答说，"再说这也不用很多时间，来吧。"

瓦朗蒂娜穿过走廊，走下一道通往诺瓦蒂埃房间的小楼梯。莫雷尔轻手轻脚地跟在她后面。在房门外的楼梯平台上，他们遇到了那位老仆人。

"巴鲁瓦，"瓦朗蒂娜说，"请把门关上，别让任何人进来。"

她先进了门。

诺瓦蒂埃仍坐在他的轮椅里。老仆人进去把情况告诉他以后，他神情专注地谛听着每个最轻微的声响，热切的目光凝视着门口。瞧见了瓦朗蒂娜，他的眼睛里顿时闪出亮光。

在年轻姑娘的神情和步态中，有一种严肃、庄重的意味，使老人大为震惊。刹那间，神采奕奕的目光中充满了探询的神色。

"亲爱的爷爷，"她语气急促地说，"请你听我说：你知道圣梅朗外婆一小时前去世了，现在，除了你，在这世上再也没人爱我了，是吗？"

老人的眼睛里流露出无比温柔的表情。

"所以我的忧伤和希望，都只能向你一个人倾诉了，是吗？"

瘫痪的老人表示说是的。

瓦朗蒂娜拉住马克西米利安的手。

"那么，"她说，"请你好好地瞧瞧这位先生。"

老人用略带惊讶的探究目光凝视莫雷尔。

"这位是马克西米利安·莫雷尔先生，"她说，"他的父亲就是马赛那位正直的商人，你想必是听说过的？"

"是的。"老人表示说。

"这个姓氏是无可指摘的，而且马克西米利安正在使它更为荣耀，因为他才三十岁，就已经是北非骑兵军团的上尉军官，并获得了四级荣誉勋位。"

老人表示自己记得他。

"那好，爷爷，"瓦朗蒂娜双膝跪在老人面前，用一只手指着马克西米利安说，"我爱他，我只属于他！要是有人强迫我嫁给另一个人，我宁愿去死，无论是死于他人之手，还是死于自己之手。"

从瘫痪老人的眼睛里，可以看出他脑海里转动着纷至沓来的念头。

"你喜欢马克西米利安·莫雷尔先生，是吗，好爷爷？"姑娘问道。

"是的。"老人木然不动地表示说。

"你也能保护我们，保护你的这两个孩子，不让我父亲的意愿兑现，是吗？"

诺瓦蒂埃睿智的目光停在莫雷尔身上，仿佛在对他说：

"这要看你了。"

马克西米利安懂了这意思。

"小姐，"他说，"您在您外婆的房里还有神圣的职责得去完成；您能允许我和诺瓦蒂埃先生单独谈一会儿吗？"

"对，对，是这样。"老人用目光说。

随后他又担心地望着瓦朗蒂娜。

"你是想说，他怎么能懂得你的意思呢，是吗，爷爷？"

"是的。"

"哦！放心吧；我们经常说起你，所以他完全了解我是怎么跟你谈话的。"

然后，她带着一个微笑向马克西米利安转过脸去，这个微笑虽然蒙上了忧伤的阴影，却仍是那么可爱动人。

"凡是我知道的，他也都知道。"她说。

瓦朗蒂娜立起身来，移过一把椅子给马克西米利安，又吩咐了一遍巴鲁瓦别让任何人进来；然后，她温柔地吻过祖父，忧郁地向莫雷尔告别以后，就走了出去。

莫雷尔为了向诺瓦蒂埃证明瓦朗蒂娜对他完全信任，表明他知道他们的一切秘密，把词典、羽毛笔和纸张都拿了过来，放在一张点着灯的桌子上。

"先生，"莫雷尔说，"首先请允许我告诉您我是什么人，我多么爱瓦朗蒂娜小姐，以及我是怎样为她打算的。"

"我听着呢。"诺瓦蒂埃表示说。

这真是一幕令人肃然起敬的场景：这个外表上似乎是无用的累赘的老人，却成了这对年轻、漂亮、健壮、正在走向生活的恋人的唯一的保护人，唯一的仲裁和后盾。

老人脸上有一种显而易见的高贵、严峻的神情，使莫雷尔感到敬畏，他声音发颤地开始叙述。

他讲了他是怎样认识，怎样爱上瓦朗蒂娜，而在孤寂和不幸中的瓦朗蒂娜又是怎样接受他真挚的爱情的。他对老人说了自己的身世、社会地位和财产状况；不止一次，当他探询瘫痪老人的目光时，那道目光总是回答他说：

"很好，说下去。"

"现在，"莫雷尔在结束第一部分叙述时说，"现在我已经对您，先生，说明了我的爱情和希望，您还要听我说明我们的计划吗？"

"是的。"老人表示说。

"好吧！我们的打算是这样的。"

接着他就把整个计划对诺瓦蒂埃和盘托出：一辆马车等在苜蓿地里，他将带着瓦朗蒂娜出逃到他妹妹家里，两人结婚，然后怀着敬意耐心等待，希望得到德·维尔福先生的原谅。

"不。"诺瓦蒂埃先生说。

"不？"莫雷尔说，"我们不该这么做？"

"是的。"

"这么说您不赞成这个计划？"

"是的。"

"那好！还有一个办法。"莫雷尔说。

老人探询的目光问道："什么办法？"

"我去找弗朗兹·德·埃皮奈先生，"马克西米利安说，"我很高兴能趁德·维尔福小姐不在的时候对您这么说，我要采取行动迫使他做个体面的男子汉。"

诺瓦蒂埃的目光继续在探询。

"我这么去做，是吗？"

"是的。"

"是这样。刚才说了，我要去找他，把我和瓦朗蒂娜小姐的关系告诉他。如果他是个高尚的人，他就会用放弃婚约的行动来证明他的高尚，这样他就会赢得我至死不渝的友谊和忠诚。如果在我向他证实他在强求我的妻子，证实瓦朗蒂娜爱着我而且绝不会再爱别人以后，他无论是出于利害关系的考虑，还是出于可笑的虚荣心，仍然拒绝放弃婚约，我就要在让他优先的条件下跟他决斗，结果不是我杀死他，就是他杀死我。如果我杀死了他，他就不可能娶瓦朗蒂娜。如果他杀死了我，我也能肯定，瓦朗蒂娜绝不会嫁给他。"

诺瓦蒂埃带着一种难以形容的愉悦的眼神，注视着这张高贵而诚挚的脸，这张脸随着他的说话表现出种种相应的感情；俊朗的脸上的表情，为他的面容平添了光彩，犹如一幅工整而逼真的素描加上了绚丽的色彩。

但是，莫雷尔说完以后，诺瓦蒂埃连眨了几下眼睛。我们知道，这意思是他不同意。

"不行？"莫雷尔说，"这么说，您也像不赞成第一个计划那样，不赞成这第二个计划？"

"是的，我不赞成。"老人表示说。

"那我怎么办呢，先生？"莫雷尔问，"德·圣梅朗夫人临终前的遗言就是婚礼不能拖宕。难道我真的就让婚礼举行不成？"

诺瓦蒂埃一动不动。

"噢，我明白，"莫雷尔说，"我该等待。"

"对。"

"可是任何迟疑都会把我们毁了的，先生，"年轻人说，"瓦朗蒂娜单独一人时是软弱的，他们会像对待孩子那样摆布她。我这么奇迹般地进来打听发生了什么事，奇迹般地有幸见到您，这样的机会按常情是无法指望有第二次的。请相信我，只有我向您提出的这两个办法——请原谅我这种年轻人的自负——才是可行的。请告诉我您觉得这两个办法中哪 个更好些：你同意瓦朗蒂娜小姐和我一起出逃吗？"

"不。"

"那您同意我去找德·埃皮奈先生？"

"不。"

"哦，我的主啊！我们怎样才能盼到上天的帮助呢？"

老人的眼里漾起了笑意，平日听人说起老天爷时，他常会有这样的笑容。在这个老雅各宾派的头脑里，还有那么点无神论的思想。

"靠运气？"莫雷尔说。

"不。"

"靠您？"

"对。"

"靠您？"

"对。"老人重复表示说。

"您真的明白我向您要求的是什么吗，先生？请原谅我的这种执着，因为我的生命就维系在您的回答上。能使我们得救的，就是您？"

"是的。"

"您能肯定？"

"是的。"

"您有绝对的把握？"

"是的。"

老人肯定的目光表示得如此斩钉截铁，让人无法怀疑 —— 如果不说是他的力量的话，至少是无法怀疑他的意志。

"哦！谢谢您，先生，我衷心地感谢您！可是，除非天主显示奇迹，让您恢复说话、做手势和行动的机能，否则您这么被拴在轮椅上，既不能说话也不能活动，怎么能阻止这场婚礼呢？"

一丝笑意，使老人的脸变得神采奕奕。这是在一张肌肉无法活动的脸上，单凭眼睛表现出来的奇特的笑意。

"这么说，我还是得等待？"年轻人问。

"是的。"

"那么婚约呢？"

同样的笑意又浮现了。

"您是想对我说，婚约不会签订？"

"是的。"诺瓦蒂埃说。

"婚约会签不成吗？！"莫雷尔喊道，"哦！请原谅，先生！听到一桩大喜事，难免是会一时无法相信的；婚约会签不成吗？"

"是的。"瘫痪的老人说。

尽管老人回答得这么肯定，莫雷尔还是不敢相信。一个残疾的老人的这种诺言，实在是太奇特了，说不定，它并不是来自意志的力量，而是反映了机体的衰退呢。丧失理智的人因为不知道自己疯疯癫癫，一心想干自己力不能及的事情，这不也是挺自然的吗？瘦弱的人爱说自己能挑重担，胆怯的人爱说怎么迎战巨人，穷人会夸口有金银财宝，就连最卑微的农夫，自吹自擂时也会自称是朱庇特。

不知诺瓦蒂埃是明白年轻人还心存疑窦呢，还是对他所表示的顺从程度还不能完全放心，总之他盯着莫雷尔的脸望着。

"您想要什么，先生？"莫雷尔问，"要我再次承诺不采取任何行动的保证？"

诺瓦蒂埃的目光依然执着地盯住他，仿佛是说光有承诺还不够。然后这目光从脸上移到手上。

"您是要我起誓，先生？"马克西米利安问。

"是的，"瘫痪的老人以同样严肃的神情表示，"我要您起誓。"

莫雷尔明白，他的誓言对老人具有非常重要的意义。

他伸出一只手。

"我以我的荣誉向您起誓，"他说，"我等待您做出决定以后，再对德·埃皮奈先生采取行动。"

"好。"老人的眼睛说。

"现在，先生，"莫雷尔问，"您要我告退了吗？"

"是的。"

"我不再去见瓦朗蒂娜小姐了？"

"是的。"

莫雷尔做了个表示服从的姿势。

"现在，"莫雷尔说，"您能允许您的孙女婿，先生，像您的孙女刚才那样吻您一下吗？"

诺瓦蒂埃眼睛里的表情，他是不可能误解的。

年轻人在老人的前额上吻了一下，就吻在刚才年轻姑娘吻过的地方。

随后他向老人鞠了一躬，告退出去。

他在门口的楼梯平台上碰到巴鲁瓦；这位老仆按照瓦朗蒂娜刚才的关照，在这儿等莫雷尔。他带着莫雷尔穿过一条弯曲幽暗的甬道，来到一扇通花园的小门跟前。

莫雷尔进入花园，来到铁门跟前。他攀上绿篱棚，一会儿工夫就到了围墙顶上。然后他从梯子上很快地下到苜蓿地里，那辆轻便马车依然等在那儿。

　　他跳上马车。虽然纷至沓来的种种情感搅得他疲惫不堪，但他心头却觉得舒坦多了。午夜时分，他回到梅斯莱街，一头倒在床上，就像个喝得烂醉的人那样睡着了。

第74章

维尔福家族墓室

两天后，上午十点，德·维尔福先生府邸门前聚集着一大群人。还可以看见一长列挂丧的马车和普通的私家马车，沿着圣奥诺雷区和佩皮尼埃尔街向这儿驶来。

其中，有一辆马车外形很特别，看上去是远道而来。这辆漆成黑色的有篷的长形马车，早早就赶来参加葬礼了。

大家纷纷打听是怎么回事，打听到的消息是：事情巧得简直出奇，这辆马车里装的竟是德·圣梅朗侯爵先生的遗体，因而那些前来参加一个葬礼的人，现在加入了两具尸体后面的送殡行列。

送殡行列人数众多。德·圣梅朗侯爵先生是路易十八和查理十世[1]治下一位最勤勉、最忠诚的重臣，平时朋友就多；再加上跟维尔福有过来往、出于礼仪前来吊唁的人，就形成了一支人数相当可观的队伍。

主办方迅即做出决定，将两个葬礼一并进行。另一辆有着同样的丧礼排场的马车，驶到德·维尔福先生宅邸门前，长途运柩马车里的那口棺材，被移到了这辆挂丧的四轮豪华马车里。

两具遗体都将安葬在拉雪兹神甫公墓。德·维尔福先生早就让人在那儿建造了一座预备安葬家族成员的墓室。

这座墓室里已经安息着可怜的蕾内，现在她的父母亲在跟她分别十年以后，也来和她相聚了。

巴黎人永远是好奇的，送葬的场面永远使他们激动不已；他们沉浸在一种具有宗教意味的沉默中，目送壮观的送殡行列经过，陪护两位以体现传统精神、主张贸易安全的立场和对原则执着的献身精神著称的老迈贵族走向他们最后的归宿。

博尚、阿尔贝和夏托-勒诺，坐在同一辆送殡马车里，谈论着侯爵夫人突

---

1 查理十世（1757—1836）：路易十六和路易十八之弟。1824年路易十八死后即位，1830年七月革命中被推翻。

如其来的去世。

"我去年还在马赛见过德·圣梅朗夫人，"夏托-勒诺说，"当时我刚从阿尔及利亚回来。她的身体棒极了，头脑还是那么机敏，动作还是那么灵巧，像她这样的人是该活到一百岁的。她有多大岁数了？"

"六十六了，"阿尔贝回答说，"弗朗兹是这么对我说的。可是使她致死的并不是年龄，而是侯爵去世造成的忧伤。看来，侯爵的死对她打击太大，从那以后她的神志就始终没能完全恢复过来。"

"她的死因到底是什么？"博尚问。

"好像是脑溢血，或者是一种突发性中风。那该是一回事吧？"

"差不多吧。"

"中风？"博尚说，"这可难以叫人相信。德·圣梅朗夫人，我见过一两次，她个子不高，长得挺瘦小，就体质而言，不像是多血质，而像是神经质。这种体质的人，是很少会由于忧伤而引起中风的。"

"不管怎么说，"阿尔贝说，"使她致死的是病也罢，是医生也罢，总之德·维尔福先生，或者说瓦朗蒂娜小姐，或者更准确地说，咱们的朋友弗朗兹，这下子继承到了一笔极为可观的遗产：年息恐怕就有八万利弗尔吧。"

"等那位老雅各宾派诺瓦蒂埃一死，遗产总数还得翻一番。"

"那可是位生命力很顽强的老爷爷，"博尚说，"Tenacem propositi virum[1]。我相信，他准是跟死神打过赌，他看得到所有的子女落葬。我敢说他准能成功。就是这位一七九三年的国民公会议员，在一八一四年[2]对拿破仑说过：'您在变得衰弱，那是因为您的帝国是一枝长得太快、不够壮实的嫩茎。请把共和国作为您的支柱，让我们重整旗鼓以后再上战场吧，我敢担保您会有五十万军队，会再有一次马伦哥的大捷和另一个奥斯特利茨战役。信念是不会灭亡的，陛下，它有时会沉睡，但一旦醒来就会比睡着以前更加强有力。'"

"也许对他来说，"阿尔贝说，"人就像信念一样。不过有件事我觉得挺纳闷，放着这么位整天离不开自己老婆的爷爷，弗朗兹·德·埃皮奈的日子可怎么过

1　拉丁文：一个意志坚强的人。

2　1814 年 3 月底，反法同盟联军进入巴黎，拿破仑于 4 月退位，被流放到厄尔巴岛。后来，拿破仑于 1815 年 3 月重返巴黎，建立百日王朝。

呀。哎，弗朗兹在哪儿？"

"他和德·维尔福先生一起在第一辆马车里，维尔福先生已经把他当家庭成员了。"

在跟着灵柩前行的那些马车里，谈话内容都跟这大同小异；侯爵和侯爵夫人死得这么挨近，死得这么突然，大家都觉得挺惊讶。不过所有的这些车厢里，没有一个人起过疑心，猜到过德·阿弗里尼先生在夜间散步时对德·维尔福先生披露的那个惊人秘密。

车队行进将近一小时后，到达公墓的入口：四周一片宁静，显得很凄清，跟人们前来参加的葬礼相当协调。在走向家族墓室的人群中，夏托-勒诺认出了莫雷尔。莫雷尔是独自驾轻便马车来的，这会儿他脸色苍白，一言不发，独自走在两旁种着紫杉的小径上。

"您也来了！"夏托-勒诺挽住年轻上尉的手臂说，"这么说您也认识德·维尔福先生啰？我怎么没在他府上见过您呢？"

"我认识的不是德·维尔福先生，"莫雷尔说，"我认识的是德·圣梅朗夫人。"

这时，阿尔贝领着弗朗兹走了过来。

"选在这个地方给你们介绍，确实不大合适，"阿尔贝说，"不过也没关系，我们都不迷信。莫雷尔先生，请允许我给您介绍弗朗兹·德·埃皮奈先生，我在意大利旅游时的一位极其出色的旅伴。亲爱的弗朗兹，这位是马克西米利安·莫雷尔先生，你不在时我结识的一位极其出色的朋友，以后只要我每次在谈话中提到心地高尚、机智果断和亲切热情这些话题，你就总能听到我说出这个名字的。"

莫雷尔稍稍犹豫了一下。他心想，向这个自己暗中视为情敌的人，用近于表示友好的态度去打招呼，算不算一种该受谴责的虚伪呢。但他又想起了自己的誓言和起誓时庄严的气氛：于是他竭力不在脸上流露内心的情绪，克制住自己，向弗朗兹欠身致意。

"德·维尔福小姐一定很伤心吧？"德布雷对弗朗兹说。

"哦！先生，"弗朗兹带着一种无法形容的忧愁回答说，"今天早上，她那委顿的模样真让我差点儿认不出她了。"

这句看上去再平常不过的话，却刺痛了莫雷尔的心。这么说，这个男人见到过瓦朗蒂娜，跟她说过话了？

这个年轻、激动的军官，使足了浑身的劲儿，才把违背誓言的冲动克制下去。

他挽起夏托-勒诺的手臂，拉着他快步向墓室走去。葬礼的执事人员刚把两口棺材抬到了墓室门前。

"好气派的去处，"博尚瞥了一眼气势壮观的墓室说，"简直是冬暖夏凉的行宫。您早晚也要住进去的，亲爱的德·埃皮奈，因为您马上就是这个家族的人了。我呢，照我这哲学家的脾气，只要有一座乡间的小屋，一间林木围绕的村舍就够了；我可不想让这么些大石头压在我可怜的遗体上。我临终前，要对围在我周围的人引用伏尔泰写给皮隆[1]的那句话：Eo rus[2]，然后一了百了……嗨，您怎么啦！弗朗兹，打起精神来，您的夫人可是有遗产的呢。"

"说实话，博尚，"弗朗兹说，"您这人真让人受不了。政治事务让您养成了对什么都冷嘲热讽的习惯，而操纵这些事务的人，又素来有什么都不信的习惯。可是不管怎么说，当您有幸把政治撇开一小会儿，来跟普通人待在一起的时候，还是请把您留在贵族院或国民议会衣帽间里的那颗心收回来吧。"

"哦，我的主啊！"博尚说，"生活是什么？是在通向死亡的前厅短暂的停留。"

"我讨厌博尚。"阿尔贝说着，跟弗朗兹一起往后退下几步，让博尚继续跟德布雷去高谈阔论他的哲学。

维尔福的家庭墓室，是一座高约二十尺的四四方方的白色石头建筑；里面分隔成两间，一间是圣梅朗家族的，另一间是维尔福家族的，每间各自有扇门。

通常我们见到的墓室里，一层层的尽是些难看的屉格，尸体挤挤挨挨地装在这些屉格里，每格都有铭牌，就像贴着张标签。这座墓室却不是这样；从青铜大门一进去，先看到的是一间肃穆阴暗的前厅，真正的墓室跟这前厅中间还隔着一堵墙。

分别通往维尔福和圣梅朗两家墓地的那两扇门，就开在这堵墙的中间。

在这里，可以尽情地宣泄心中的悲伤，而不用担心遇上那些嬉笑打闹、

1　皮隆（1689—1773）：法国诗人与剧作家。
2　拉丁文：到乡间去吧。

只当去拉雪兹神甫公墓是郊游或幽会的人，不用担心他们的歌声、喊声或奔跑声，会打扰自己肃穆静谧的冥想或泪流满面的祈祷。

两口棺材抬进了右边的墓室，这里是圣梅朗家族的墓室。它们被安置在两张事先准备好的、存放尸体的搁架上。进入这间内室的，只有维尔福、弗朗兹和其他几位近亲。

由于宗教仪式已在门外举行完毕，而且没有人致长篇的悼词，所以参加葬礼的人群很快就散了。夏托-勒诺、阿尔贝和莫雷尔一路回去，德布雷和博尚乘的是另一辆车。

弗朗兹留下没走，和德·维尔福先生一起站在公墓门口。莫雷尔找了个借口让车停下，看着弗朗兹和德·维尔福先生走出公墓，坐上一辆挂丧的马车；他预感到他俩形迹这么亲密是一个凶兆。马车继续向巴黎进发，莫雷尔虽然跟夏托-勒诺和阿尔贝同坐车上，那两个年轻人说的话，他却一句也没听见。

事情果然如他所料。弗朗兹打算和德·维尔福先生分手的当口，维尔福先生对他说：

"子爵先生，我什么时候可以再见到您？"

"悉听尊便，先生。"弗朗兹回答说。

"我希望愈早愈好。"

"我听候您的吩咐，先生。您愿意我和您一起回您的府上吗？"

"如果这对您没有什么不便的话。"

"完全没有。"

就这样，这对未来的翁婿登上了同一辆马车。莫雷尔瞧见他俩上车时心里大为不安，不是没有道理的。

维尔福和弗朗兹回到了圣奥诺雷区。

检察官哪个房间也不去，跟夫人和女儿都没说一句话，径直把年轻人带进书房，请他在一把椅子上坐下。

"德·埃皮奈先生，"他对年轻人说，"我选这时候来提醒您，恐怕并不如看上去的那么不恰当，遵从死者的遗愿，就是我们应该奉献在他们灵柩上的第一件祭品，所以我想提醒您注意德·圣梅朗夫人临终前的意愿，那就是瓦朗蒂娜的婚事不应延宕。您知道，遗产的交割是完全符合手续的；遗嘱中清楚地写明，圣梅朗家的全部财产都遗赠瓦朗蒂娜。公证人昨天给我看过几份文件，根据这些文件拟订婚约是绝对没有问题的。您可以去见公证人，就说我请他让您看一下这些文件。这位公证人德尚先生住在圣奥诺雷区的博沃广场。"

"先生，"德·埃皮奈回答说，"瓦朗蒂娜小姐此刻处于极度悲痛之中，恐怕未必会想到结婚的事吧。不瞒您说，我怕……"

"瓦朗蒂娜最迫切的愿望，"德·维尔福先生打断他的话说，"就是实现她外祖母的意愿。所以在她这方面，不会有任何障碍。这一点我可以保证。"

"既然如此，先生，"弗朗兹回答说，"那么在我这方面，也不会有任何障碍；您完全可以按您的意思行事。我说过的话是算数的，我不仅愿意，而且非常乐于履行我的承诺。"

"那么，"维尔福说，"我们就不用再等了。婚约本来是该在三天前签署的，一切早已准备停当：今天就可以签约。"

"现在是服丧期吧？"弗朗兹迟疑着说。

"请放心，先生，"维尔福说，"我家是不会不顾礼俗的。德·维尔福小姐在服丧的三个月里，可以住到她在圣梅朗[1]的庄园里去。我说她的庄园，是因为这宗产业是归她所有的。到了那儿，如果您愿意，一星期后就可以悄悄地举行没有宗教仪式的婚礼，既不声张，也不搞任何排场。让外孙女在这个庄园里成婚，也是当初德·圣梅朗夫人的心愿。婚礼以后，先生，您可以回巴黎来，而您的妻子在服丧期间可以和她继母住在一起。"

"就按您的意思办吧，先生。"弗朗兹说。

"那么，"德·维尔福先生接着说，"请劳驾在这儿再等半小时，瓦朗蒂娜就要下楼到客厅来的。我派人去请德尚先生来，我们当场宣读和签署婚约，然后，今天晚上德·维尔福夫人就陪瓦朗蒂娜去庄园，一星期后我们在那儿会合。"

"先生，"弗朗兹说，"我只有一个请求。"

"什么请求？"

"我希望阿尔贝·德·莫尔塞夫和拉乌尔·德·夏托-勒诺能出席签约仪式。您知道，他们是我的证婚人。"

---

1 法国贵族的爵号常以封地为名。圣梅朗当为德·圣梅朗侯爵封地。

"通知他们来，半小时足够了。您愿意亲自去，还是派人去请他们呢？"

"我想亲自去，先生。"

"那么，我们半小时后见，子爵。半小时后，瓦朗蒂娜也该准备好了。"

弗朗兹向德·维尔福先生鞠躬告退。

年轻人刚从府邸临街的门出去，维尔福就打发仆人去通知瓦朗蒂娜，让她半小时后下楼到客厅来。到那时公证人和德·埃皮奈先生的证婚人也该到了。

这个突如其来的消息，在府中引起了轰动。德·维尔福夫人不肯相信这是真的，而瓦朗蒂娜仿佛挨了晴天霹雳，整个人几乎都垮了。

她朝四下里张望，似乎要找一个能援救自己的人。

她想下楼到祖父房里去，但在楼梯口碰到了德·维尔福先生，他挽起她的手臂，把她领进客厅去。

在前厅，瓦朗蒂娜碰到巴鲁瓦，她向这位老仆人投去绝望的一瞥。

瓦朗蒂娜刚到一会儿，德·维尔福夫人也带着小爱德华进了客厅。这位少妇显然也分担了家庭的哀伤；她脸色苍白，看上去疲惫不堪。

她坐了下来，把爱德华抱在膝上，不时近乎痉挛地把他紧紧搂在怀里，仿佛孩子身上凝聚着她的整个生命似的。

不一会儿，只听得两辆马车驶进了庭院。

其中一辆是公证人的马车，另一辆是弗朗兹和他那两位朋友的马车。

片刻过后，客厅里人都到齐了。

瓦朗蒂娜脸色煞白，太阳穴上的青筋隐约可见，不仅匝满了眼圈，而且延伸到两边的脸颊。

弗朗兹不禁深受感动。

夏托-勒诺和阿尔贝惊讶地对望了一眼：他们觉得，刚才结束的那个仪式，似乎并不见得比将要开始的这个仪式更为凄哀。

德·维尔福夫人坐在一幅丝绒窗幔后面，置身在阴影里，而且始终俯身朝向坐在膝上的儿子，所以很难从她脸上看出她心里在想什么。

德·维尔福先生和平时一样，脸上毫无表情。

公证人按照他的职业习惯，先在桌子上摆好文件，然后在圈手椅里坐定，用手扶了扶眼镜，转过脸去对着弗朗兹。

"您是弗朗兹·德·盖斯内尔，德·埃皮奈子爵？"他问道，尽管他对这一点知道得一清二楚。

"是的，先生。"弗朗兹回答说。

公证人欠了欠身。

"我代表德·维尔福先生通知您，先生，"他说，"您和德·维尔福小姐的婚事改变了诺瓦蒂埃先生对他孙女的态度，所以他把原先打算遗赠给她的财产全部做了让与。但我有必要在这里补充一句，"公证人继续说，"在法律上，立遗嘱人仅有权让与部分财产，所以对让与全部财产的做法，可以提起诉讼，这份遗嘱会被判无效的。"

"是的，"维尔福说，"不过我要事先告诉德·埃皮奈先生，只要我在世，对家父的遗嘱就不容提起诉讼，我的地位不允许家门中有丝毫损害名誉的事情。"

"先生，"弗朗兹说，"这样一个问题竟当着瓦朗蒂娜小姐的面提出，我对此深表遗憾。我从来不曾打听过她的财产的数目，这笔财产哪怕再少，也要比我的多得多。对于这次联姻，舍下所求的仅仅是尊重；而我所求的，仅仅是幸福。"

瓦朗蒂娜露出旁人难以觉察的感激的表情，两行泪珠悄悄地沿着脸颊滚了下来。

"不过，先生，"维尔福对未来的女婿说，"除了您本来有望得到的遗产要蒙受部分损失，这份出人意料的遗嘱并不会对您造成伤害。遗嘱的改变，只能归因于诺瓦蒂埃先生的脑力衰退。家父之所以不高兴，并不是因为德·维尔福小姐要嫁给您，而是因为瓦朗蒂娜要嫁人。她无论跟另外哪个人成亲，都同样会使他感到伤心。老人总是自私的，先生，德·维尔福小姐对诺瓦蒂埃先生而言是一个忠实的陪伴，这一点德·埃皮奈子爵夫人是无法做到的。家父的处境颇为不幸，因此我们几乎从不跟他谈及严肃的事务，以他日渐衰退的脑力，他是无法理解这些事务的，而且，我完全有把握这么说，尽管诺瓦蒂埃先生此刻还能记住孙女要结婚这回事，但他早已把未来的孙女婿的名字都给忘了。"

对于德·维尔福先生的这番话，弗朗兹欠了欠身算作回答。正在这时，客厅门开了，巴鲁瓦出现在门口。

"各位先生，"他口气很坚决地说，对于在一个如此庄严的场合朝着主人们说话的仆人来说，这种口气确实是异乎寻常的，"各位先生，诺瓦蒂埃•德•维尔福先生希望即刻和弗朗兹•德•盖斯内尔先生，德•埃皮奈子爵谈话。"

他也像公证人一样，为了不致让任何人有可能误解，把未婚夫的全部头衔都报了出来。

维尔福打了个哆嗦，德•维尔福夫人一松手，让儿子从膝头滑了下去，瓦朗蒂娜脸色煞白地站起身来，雕像般的默默伫立着。

阿尔贝和夏托-勒诺交换了一个比第一次更为惊讶的眼色。

公证人望着维尔福。

"这不行，"检察官说，"况且德•埃皮奈先生这个时候也无法离开客厅。"

"我的主人诺瓦蒂埃先生，"巴鲁瓦以同样坚决的口气说，"正是希望在这个时候跟弗朗兹•德•埃皮奈先生谈一件重要的事情。"

"那么诺瓦蒂埃爷爷，他现在能说话啦？"爱德华带着惯常的放肆态度问。

但对这句玩笑话，就连德•维尔福夫人也没笑一下。当时每个人的脑子里都转着许多念头，整个客厅的气氛显得非常严肃。

"请告诉诺瓦蒂埃先生，"维尔福说，"他的要求无法照办。"

"那么诺瓦蒂埃先生通知各位先生，"巴鲁瓦接口说，"他要让人把他推到客厅里来。"

众人的惊讶，简直到了无以复加的地步。

一丝微笑浮现在德•维尔福夫人脸上。瓦朗蒂娜情不自禁地抬眼向着天花板，在心里感谢天主。

"瓦朗蒂娜，"德•维尔福先生说，"请您去看一下，您的爷爷又有什么新花样了。"

瓦朗蒂娜急忙向门口走去，但没等她走上几步，德•维尔福先生改变了主意。

"等一下，"他说，"我陪您一起去。"

"对不起，先生，"这时弗朗兹说，"我以为，既然诺瓦蒂埃先生是要我去，就应该首先由我来满足他的要求。再说我也很高兴能向他当面表示我的敬意，既然我还不曾有机会请求他给我这样的荣幸。"

"喔！我的天主！"维尔福带着明显的不安神情说，"请不必劳驾吧。"

"请您原谅，先生，"弗朗兹用的是决心已定、不容更改的口气，"我希望能不致错过这个机会来向诺瓦蒂埃先生证明，他对我的反感真是大错特错，而且无论这成见有多深，我决心要用自己诚挚的爱心去消融它。"

说完，他不顾维尔福的挽留，起身跟在瓦朗蒂娜后面往外走。这时瓦朗蒂娜正怀着海难幸存者伸手触到岩礁时的喜悦心情，在走下楼梯。

德·维尔福先生跟在他俩后面。

夏托-勒诺和莫尔塞夫交换了一个比前两次更为惊讶的眼色。

第75章

会议纪要

穿一身黑衣服的诺瓦蒂埃，正坐在轮椅里等他们。

他打算见的这三人进屋后，他望了望房门。男仆立即就把这扇门关上了。

"您得当心，"维尔福对无法掩饰自己喜悦心情的瓦朗蒂娜低声说，"如果诺瓦蒂埃先生要阻止您的婚事，我不许您搭理他。"

瓦朗蒂娜脸涨得通红，但没作声。

维尔福走近诺瓦蒂埃。

"弗朗兹·德·埃皮奈先生来了，"他说，"您差人去叫他来，先生，他满足了您的要求。其实，我们早就期待着这次会见，我很高兴有这个机会向您证明，您反对瓦朗蒂娜的婚事是完全没有道理的。"

诺瓦蒂埃的回答是瞥了他一眼。这一眼让维尔福打了个寒噤。

老人用眼睛示意瓦朗蒂娜走上前去。

没一会儿，瓦朗蒂娜凭惯常跟祖父交谈的办法，找到了钥匙这个词。

她循着瘫痪老人的目光望去，只见这目光凝定在两扇窗户中间那张小桌的抽屉上。

她拉开抽屉，果然在里面找到一把钥匙。

她拿起钥匙，老人对她表示他要的正是这东西。然后，瘫痪老人的目光移向一张写字台，这张写字台早就不用了，大家都以为其中只放着些没用的文件。

"要我打开这张写字台吗？"瓦朗蒂娜问。

"是的。"老人表示说。

"要我拉开这些抽屉吗？"

"是的。"

"旁边的这几个？"

"不是。"

"中间的这个？"

"是的。"

瓦朗蒂娜拉开抽屉，取出一沓纸片。

"您要的是这个吗，爷爷？"她说。

"不是。"

她一一取出其他文件，直到抽屉里空无一物为止。

"抽屉空了。"她说。

诺瓦蒂埃的目光盯在词典上。

"噢，爷爷，我明白您的意思。"年轻姑娘说。

她逐一往下背字母。到了S，诺瓦蒂埃示意她停住。

她翻开词典，直至寻到 secret[1] 这个词。

"噢！有个暗簧？"瓦朗蒂娜说。

"是的。"诺瓦蒂埃说。

"有谁知道暗簧在哪儿吗？"

诺瓦蒂埃望着男仆刚才出去的那扇门。

"巴鲁瓦？"她说。

"是的。"诺瓦蒂埃表示。

"我去叫他？"

"是的。"

瓦朗蒂娜走到门口叫巴鲁瓦。

这段时间里，维尔福的额头淌着焦急的汗珠，弗朗兹则惊呆了。

老仆进门了。

"巴鲁瓦，"瓦朗蒂娜说，"我祖父让我从这张桌子里取出这把钥匙，打开写字台，拉开了这只抽屉。现在这只抽屉上有个暗簧，看来您知道它在哪儿，请打开它吧。"

巴鲁瓦往老人瞧着。

"照她说的做。"诺瓦蒂埃用睿智的目光表示说。

巴鲁瓦照办；一道暗橱移了开来，露出一包束着黑缎带的文件。

---

1 法文，此处意为暗簧。

"这就是您想要的东西吗，先生？"巴鲁瓦问。

"是的。"诺瓦蒂埃说。

"这些文件要给谁？给德·维尔福先生吗？"

"不是。"

"给瓦朗蒂娜小姐？"

"不是。"

"给弗朗兹·德·埃皮奈先生？"

"是的。"

弗朗兹惊愕万分，往前走上一步。

"给我，先生？"他说。

"是的。"

弗朗兹从巴鲁瓦的手里接过文件，看着封面念道：

　　这份极为重要的文件，应于我死后移交我的朋友迪朗将军，他临终前则应转交其子妥为保存。

"哦！先生，"弗朗兹问，"您要我把这份文件怎么样呢？"

"想必是要您照原样藏好吧。"检察官说。

"不，不。"诺瓦蒂埃急切地表示说。

"也许您是要这位先生把它读一遍？"瓦朗蒂娜问。

"是的。"老人回答说。

"您听到了？子爵先生，我祖父请您读一下这份文件。"瓦朗蒂娜说。

"那么咱们还是坐下吧，"维尔福不耐烦地说，"这得有好些时间呢。"

"请坐吧。"老人的目光说。

维尔福坐下了。瓦朗蒂娜仍靠在祖父的轮椅边上站着，弗朗兹则站在老人面前。

他手里拿着那份神秘的文件。

"请念吧。"老人的目光说。

弗朗兹拆开封皮，房间里顿时一片寂静。他在这片寂静中开始念道：

一八一五年二月五日圣雅克街波拿巴党人俱乐部会议纪要

弗朗兹停住了。

"一八一五年二月五日！家父就是在这天遇难的！"

瓦朗蒂娜和维尔福都没作声；只有老人的目光清楚地表示："请往下念。"

"家父就是在离开这个俱乐部时失踪的！"弗朗兹继续说。

诺瓦蒂埃的目光继续在说："往下念。"

弗朗兹往下念道：

　　我们，炮兵中校路易–雅克·博勒佩尔，陆军准将艾蒂安·迪尚皮，水利林业局长克洛德·勒夏帕尔，拟稿如下：

　　一八一五年二月四日，波拿巴党人俱乐部收到一封厄尔巴岛来信，信中推荐弗拉维安·德·盖斯内尔将军，要求俱乐部对他待之以礼并予以信任，这位从一八〇四年直至一八一五年初都在皇上麾下服务的将军，虽日前由路易十八以其埃皮奈采邑之名册封为男爵，但对拿破仑皇朝理当仍是竭尽忠诚的。

　　于是，俱乐部发了一封短简给德·盖斯内尔将军，请他参加次日，即五日的会议。短简上不曾写明举行会议的宅邸的街名和门牌号码；上面没有署名，仅通知将军若他愿意赴会，当晚九点会有人前去接他。

　　俱乐部的会议通常都在晚间九点到午夜期间举行。

　　九点钟，俱乐部主席来到将军府上；将军已做好赴会准备，主席告诉他，这次带他赴会有一个条件，就是不能让他知道开会的地点，他必须被蒙住眼睛，并发誓不扯下蒙眼的布条。

　　德·盖斯内尔将军接受了这个条件，并以名誉担保自己无意知晓将被带至何处。

　　将军已经吩咐备了车；但主席告诉他说，不能让他的车夫送他去，因为，既然可以让车夫睁着眼睛，把一路经过的街道看得一清二楚，那又何必要把主人的眼睛蒙上呢。

"那怎么办呢？"将军问。

"我有车。"主席说。

"难道您对您的车夫那么信得过，竟然把一个您认为不能让我的车夫知道的秘密，让他知道吗？"

"我们的车夫是俱乐部成员，"主席说，"为我们驾车的是一位国务参事。"

"那么，"将军笑道，"我们就得冒另一个危险，准备翻车喽。"

我们特地记下这句玩笑话，以证明将军参加这次会议绝非受人胁迫，而完全是出于自愿。

一上马车，主席就提醒将军，要他遵守蒙住眼睛的诺言。将军对这一手续没有提出任何异议：马车上预先准备好的一块绸手帕，蒙上了他的眼睛。

半路上，主席觉着将军好像想从手帕下面往外瞧：他提醒将军不要忘记自己的誓言。

"噢！没错。"将军说。

马车停在圣雅克街的一条小巷跟前。将军扶着主席的手臂下了车，当时他还不知道对方的身份，把他当作了俱乐部的一个普通成员。他们穿过小巷，走上一层楼梯，进入会议厅。

会议开始。俱乐部成员因为得知当晚要举行的入会仪式很特殊，所以全体都出席了。到了大厅中央，将军被告知可以取下蒙住眼睛的手帕。他即刻这么做了；在这么个他以前甚至都没想到过它的存在的社团里，居然会见到这么多熟悉的面孔，似乎使他大吃一惊。

大家询问将军的政见，但他回答说，厄尔巴岛的来函想必已经使诸位对此有所了解……

弗朗兹停了下来。

"家父是忠于国王的，"他说，"他们不必问他的政见，那是人所共知的。"

"正因如此，"维尔福说，"我才会跟令尊常有过从，亲爱的弗朗兹先生；意见相同就容易结下友谊。"

"念下去。"老人的目光仍然这么说。

弗朗兹继续往下念：

　　这时主席发言，要求将军更为明确地表明态度；可是德·盖斯内尔先生回答说，他首先要知道大家希望他做什么。

　　于是，大会向将军宣读了厄尔巴岛的来信，信中向俱乐部推荐将军，说可以信任他的合作。其中还有整整一段内容，披露了从厄尔巴岛潜回巴黎的计划，并提到另外有一封内容更为详尽的信将由法老号带回，这艘船属马赛船主莫雷尔所有，其船长对皇上是绝对忠诚的。

　　念信的这段时间里，大家以为可当作兄弟接待的这位将军，却表露出明显的不快和反感。

　　念完以后，他仍缄口不语，紧皱眉头。

　　"好了！"主席问，"您对这封信做何看法，将军先生？"

　　"我想说的是，不久前我刚宣誓效忠路易十八国王，"他回答说，"我无法为一个废黜的皇帝的利益，去违背自己刚对路易十八国王立下的誓言。"

　　这一次的回答够明白了，对他的政见再无怀疑的余地。

　　"将军，"主席对他说，"对我们来说，既没有什么路易十八国王，也没有什么废黜的皇帝。只有为暴力和叛卖所迫，远离法兰西，远离他的国家十月之久的皇帝和国王陛下。"

　　"对不起，诸位，"将军说，"你们可能并不承认路易十八国王，但我承认有这么一位国王：因为是他册封我为男爵并任命我为旅长的，我永远不会忘记，正是由于他幸运地返回法兰西，我才能有这两个头衔的。"

　　"先生，"主席站起身来，语气非常严肃地说，"您要好好注意自己在说什么。您的话明白无误地向我们表明，厄尔巴岛方面把您看错了，而且也让我们把您看错了。由于我们信任您，相信您具有一种值得尊敬的感情，我们才向您通报了有关消息。现在，我们知道我们错了：一个爵位和一个军阶，就使您归附了我们想要推翻的那个新政府。我们不想强迫您和我们合作；我们不想让任何人违背自己的信仰意志加入到我们中间来。但是我们要求您必须光明正大地行事，即便您不准备这样做，我们也要强制您这样做。"

"您所说的光明正大，就是知道你们的阴谋而不泄露出去！可是我，却把这叫作甘当同谋。您瞧，我比您更坦率……"

"哦！父亲，"弗朗兹停住不念，说道，"现在我明白他们为什么要杀害您了。"

瓦朗蒂娜情不自禁地看了一眼弗朗兹；这位年轻人充满孝思的激情，使他看上去显得很英俊。

维尔福在他后面来回地踱步。

诺瓦蒂埃注视着每个人的表情，保持着尊严而冷峻的态度。

弗朗兹让目光回到文件上，继续往下念：

"先生，"主席说，"您参加这次会议，我们是请您来，而不是强迫您来的；我们提议让您蒙住眼睛，您也接受了。您同意了这两个要求，这就是说，您完全清楚我们是不想保住路易十八的王位的，否则我们也就不用这么小心提防警方发现我们的行踪了。您当然应该明白，要是让您这么借助于伪装来探明秘密，然后撕下伪装去出卖信任您的这些人，那未免太便宜您了。不，那是绝对不行的。所以，首先您得明白无误地告诉我们，您到底是向着眼前在位的那个短命国王，还是心向皇帝陛下。"

"我忠于国王，"将军回答说，"我向路易十八宣过誓，我忠于自己的誓言。"

这两句话在会场上引起一阵骚动，从一大群会员的目光中，可以看出他们在想的是如何处置德·埃皮奈先生，让他为自己的出言不逊感到后悔。

主席重新站起身来，让大家安静。

"先生，"他对将军说，"您是个严肃而明智的人，不会不了解眼下情势的严重性。您的坦率已经迫使我们不得不向您提出：您必须以您的荣誉发誓，绝不把您听见的事情泄露出去。"

将军把手按在佩剑上，喊道：

"既然说到荣誉，那您起码就该不亵渎它的原则，不以暴力来威逼任何人吧。"

"请您，先生，"主席说这话时的镇静态度，也许比将军的狂怒更令人害怕，"别去碰您的剑，这是我给您的忠告。"

将军环顾四周，目光中开始流露出不安的情绪。但他并没有屈服，奋力高声喊道：

"我不发誓。"

"那么，先生，您就得死。"主席镇静地说。

德·埃皮奈先生脸色变得煞白：他又一次环顾四周；好些俱乐部会员都在交头接耳，各自在披风下摸着兵器。

"将军，"主席说，"请您放心；您周围都是一些珍惜荣誉的人，他们在不得不对您采取极端行动之前，将竭尽全力先说服您。但是，正如您刚才所说，您是在一群密谋举事的人中间，您手里掌握着我们的秘密，这秘密必须交还给我们。"

话音落下，一阵意味深长的沉寂笼罩了整个会议厅。将军没有回答，于是主席朝守门的人说道：

"把门关上。"

说完以后，又是一阵死一般的沉寂。

这时，将军上前几步，尽力控制住自己说：

"我有个儿子，当我置身于一群凶手中间时，我得为他着想一下。"

"将军，"会议主席带着高贵的神情说，"一个人有权侮辱五十个人：这是弱者的特权。不过，他倘若真的去用这个权利，他就错了。请相信我，将军，发誓吧，不要侮辱我们。"

将军又一次被主席大义凛然的态度给镇住了。他犹豫了片刻，但最后，还是向前走到了主席台跟前。

"怎么发誓？"他问。

"这么说：我以荣誉起誓，绝不把一八一五年二月五日夜晚九时至十时间听到的事向任何人泄露，倘若违誓，甘当受死。"

将军脸上掠过一阵神经质的微颤，一时间竟说不出话来。随后，他克制住了已经流露出的厌恶表情，把要他念的誓言说了一遍，但声音轻得几乎没法让人听见:好几个会员要他大声清楚地重复一遍，他也照办了。

"现在，我想告退了，"将军说，"我这就算自由了吗？"

主席立起身,指定三名会员陪他出去。他们一行人等将军蒙上眼睛后，跟他一起上了马车。这三个人中间，有一个就是驾车接他来的那个车夫。

其他的俱乐部成员静静地四散而去。

"您要我们把您送到哪儿？"主席问。

"只要能见不着你们，哪儿都行。"德·埃皮奈先生回答说。

"先生，"这时主席接口说，"您得注意，这会儿您不是在会场里，跟您面对面的只有我们几个人。请别侮辱我们，要是您不想对这种侮辱负责的话。"

但德·埃皮奈先生不听这话，兀自说道:

"你们在这马车上，也跟在你们的俱乐部里一样的勇敢呗，这原因，先生，不就是四个人总比一个人厉害嘛。"

主席吩咐停车。

这时正好驶到奥姆沿河街的街口，那里有一行往下通到塞纳河的石级。

"您为什么吩咐在这儿停车？"德·埃皮奈先生问。

"因为，先生，"主席说，"您侮辱了一个人，而这个人在没有得到您正式的赔礼道歉之前，是不会再往前走一步的。"

"又是暗算的行径。"将军耸耸肩膀说。

"先生，"主席回答说，"要是您不愿意被我看作一个您刚才说的那种人，也就是说，看作一个拿自己的怯懦当挡箭牌的胆小鬼，就请您别这么嚷嚷。您是一个人，在您对面也是一个人;您身边有一把剑，我这根手杖里也有一把剑;您没有证人，这两位先生中有一位可以当您的证人。现在，如果您觉着这样能行的话，您可以取下您的蒙眼布了。"

将军当即拉下蒙住眼睛的手帕。

"好吧，"他说，"我总算可以知道我是在跟谁交手了。"

车门打开：这四个人下了车……

弗朗兹又一次停住了。他擦了擦沿着额头淌下的冷汗；瞧着一个做儿子的浑身颤抖、脸色发白地大声念他至今一无所知的父亲遇难详情，真会使人不寒而栗。

瓦朗蒂娜双手合在胸前，像是在祈祷。

诺瓦蒂埃带着一种夹杂着轻蔑和自豪，几乎称得上崇高的表情，望着维尔福。

弗朗兹继续念道：

前面已经说过，这一天是二月五日。三天来一直是气温只有五六度的严寒天气；石级上结着冰，行走很困难。将军又高又胖，主席让他沿靠栏杆的一边下去。

两个证人跟在他们后面。

夜色浓黑，从石级到河边的这段地面上，湿漉漉地覆盖着一层冰霜。只见又黑又深的河水汩汩地流过，不时冲走一些冰块。

一个证人向近边的运炭船上借来一盏提灯。证人借着灯光查验武器。

主席的剑正如他方才说的，式样很简单，是一把藏在手杖里的剑，比对手的剑短一截，而且没有护手。

德·埃皮奈将军提议抓阄挑剑；但主席回答说他是提出决斗的一方，他提出决斗时就是打算各人用自己的武器的。

两个证人想坚持抓阄。主席吩咐他们不用再说。

提灯放在地上：两个对手各站一边。决斗开始了。

在灯光下，只见两把剑犹如两道寒光。至于人嘛，几乎很难看清人影，因为夜色实在太浓了。

将军平素被公认为最好的剑手之一。但他从第一个回合起就连连遭到猛攻，只得节节后退。退着退着，他摔倒在地上。

证人以为他死了。但他的对手知道并未刺中他，所以伸手想扶他起来。这一来，非但没有使将军冷静下来，反而激怒了他，他起身后就向对手猛扑过去。

他的对手没有后退半步，挥剑奋力迎战。将军一连往后退了三次，每次被逼进死角后，又奋身向前猛冲。

到第三次，他又摔倒了。

旁边的人以为他又像第一次那样滑了一跤。过一会儿，两个证人还不见他起身，就走到他身边想扶他起来。但抱住他腰的那位，觉着自己的手上热乎乎、湿漉漉的。那是血。

几乎已经昏迷的将军，这时恢复了知觉。

"喔！"他说，"你们给我派来了一个杀手，一个击剑教官。"

主席没有答话，走到提着灯的那个证人身边，捋起袖子，露出手臂上的两处剑伤；然后，他敞开外衣，解开背心纽扣，让他们看肋间的第三处剑伤。

但他连哼也没哼一声。

德·埃皮奈将军进入弥留状态，五分钟后就死了……

弗朗兹念最后几句话时声音已经哽咽，在场的人几乎听不清他在说什么。念完这几句话后，他停住不念，把手伸到眼睛上，像要驱散一片阴翳似的。

但在片刻的寂静过后，他又继续往下念：

主席把剑插进手杖，沿石级往上走去；雪地上所过之处，留下一行血迹。他还没走上街面，就听得河面传来一下沉闷的响声：那是两个证人确认将军死亡后，把尸首扔进河里的声音。

所以，将军是死于一场光明正大的决斗，而不是像有些人可能会说的那样，死于一个圈套。

为澄清事实真相，以免这场悲剧的参与者日后被指为有违道德准则、预谋杀人的凶手，我们特此签署这份会议纪要，以做证明。

　　　　　　签名：博勒佩尔，迪尚皮，勒夏帕尔

弗朗兹念完了这份对一个儿子来说如此残酷的会议纪要，瓦朗蒂娜激动得脸色发白，拭着眼泪，维尔福浑身颤抖，蜷缩在一个角落里，想用投向岿然不动的老人的哀求目光去平息一场风暴。

"先生，"德·埃皮奈对诺瓦蒂埃说，"既然您对这件悲惨的事情知道得一清二楚，既然您曾经让这些受人尊敬的先生签名为此做证，既然您看来似乎对我很感兴趣——尽管您的兴趣只是把痛苦加在我身上，既然是这样，那就请您不要拒绝我最后的一个要求，请告诉我那个俱乐部主席的名字，让我知道杀害我可怜的父亲的究竟是谁吧。"

维尔福晕头转向地去摸房门的把手。瓦朗蒂娜比谁都先知道老人的回答会是什么，因为她常常见到他前臂上的那两个剑伤的疤痕；她不由得往后退了一步。

"看在老天的分上！小姐，"弗朗兹对未婚妻说，"帮我一道来弄明白，是谁让我在两岁就成为孤儿的吧。"

瓦朗蒂娜寂然不动，缄口不语。

"算了，先生，"维尔福说，"请相信我，就让这可怕的场面到此为止吧。何况，那上面是有意不写名字的。家父并不知道这个主席是谁，而且就是知道也没法说清：人名是没法在词典中查到的。"

"哦！我为什么这么不幸哪！"弗朗兹喊道，"在我念这份记录时支持着我、给予我把它念完的力量的唯一希望，就是我至少能知道是谁杀害了我的父亲！先生，先生！"他转身向诺瓦蒂埃喊道，"看在老天的分上！请您尽……尽您所知，我求您，告诉我，让我知道……"

诺瓦蒂埃做了个肯定的表示。

"啊，小姐，小姐，"弗朗兹喊道，"您祖父在表示他能告诉我……那个人是谁……请帮帮我……您懂得他的意思……请帮帮我吧。"

诺瓦蒂埃望着词典。

弗朗兹颤抖着取过词典，逐个往下背字母，一直背到 M。

听到这个字母，老人做了个肯定的表示。

"M！"弗朗兹重复了一遍。

年轻人的手指在词典上往下移。可是，对所有的这些词，诺瓦蒂埃的回答都是否定的。

瓦朗蒂娜双手紧紧地把头抱住。

　　最后弗朗兹指到了 moi[1] 这个词。

　　"是的。"老人说。

　　"您！"弗朗兹喊道，头发都竖了起来，"您，诺瓦蒂埃先生！是您杀死了我的父亲？"

　　"是的。"诺瓦蒂埃回答说，凛然的目光凝视着年轻人。

　　弗朗兹全身无力地跌坐在一把扶手椅里。

　　维尔福打开房门，悄悄溜了出去；他脑子里萌生了把老人可怕的心灵中一息尚存的生命之火掐灭的念头。

1　法文：我。

第76章

小卡瓦尔坎蒂的进展

且说老卡瓦尔坎蒂已经回去报到，但不是到奥地利皇帝陛下的军营，而是到卢卡澡堂的轮盘赌场，他是往那儿跑得很勤的常客。

不用说，拨给他的那笔旅费，还有作为他以威严庄重的举止扮演父亲角色的酬劳的那笔赏金，他都分文不差的悉数带到了那儿。

他动身前，给安德烈亚先生留下了一应俱全的证明文件，确认这个年轻人是巴尔托洛梅奥侯爵和奥莉维亚·科西纳里侯爵夫人之子。

这样一来，安德烈亚就差不多在巴黎社交界扎下了根。这个社交界原本就很愿意接待外国人，而且不是按照他们真正的身份，而是按照他们想要具有的身份来接待他们。

何况，在巴黎对一个年轻人又能有些什么要求呢？不就是说一口还过得去的法语，穿一身入时的衣装，打一手好牌并且用金币付款吗？

不用说，对一个外国人又要比对巴黎人宽容得多。

所以，安德烈亚不出两星期就混得相当不错了。大家称他为子爵先生，私下里都说他有五万利弗尔年金；他老子的那一大笔金银财宝也是谈论的话题，据说那些财宝都埋藏在萨拉韦扎的采石场里。

有人在一位学者面前说起这桩公案；这位学者声称他亲眼见过这个采石场。这一极有分量的见证，使原先还让人将信将疑的传闻，变成了确凿无疑的事实。

当时的巴黎社交圈，就是我们给读者介绍的这种情形。且说有一天晚上，基督山前去拜访唐格拉尔先生，不巧唐格拉尔先生出门了，仆人告诉伯爵说男爵夫人这晚上会客，主动提出去向男爵夫人通报，伯爵同意了。

自从去奥特伊别墅赴过晚宴，随后又发生了一系列事件以来，唐格拉尔夫人每次听到有人说起基督山的名字，总不免会起一阵神经质的震颤。要是在听到这个名字以后，见不到伯爵本人，这种痛苦的情绪就会愈演愈烈。可要是伯爵随即出现在眼前，他那坦然的脸容，明亮的眼睛，亲切的态度，还有他对唐格拉尔夫人的殷勤，很快就会使她最后一点恐惧的印象都烟消云散。男爵夫人似乎觉得，一个外表看上去这么可爱的男人，是不可能在暗中对她使坏心眼儿的；再说，即使心地邪恶的人，也只有在利害攸关时才会对人起坏心。毫无意义、无缘无故地作恶，会被看作行为反常而招大家厌恶、排斥的。

基督山走进我们曾向读者介绍过的小客厅时，男爵夫人正心神不安地看着女儿在和小卡瓦尔坎蒂欣赏过后递给她的几幅图画。伯爵的出现产生了像往常一样的效果，男爵夫人在听到通报他名字时心头掠过的那阵轻微的骚乱过去以后，笑吟吟地接待了伯爵。

而伯爵，一眼就把整个场景看了个清清楚楚。

男爵夫人斜靠在一张椭圆形长沙发上，欧仁妮坐在她身边，卡瓦尔坎蒂则站着。

卡瓦尔坎蒂像歌德作品中的主人公那样穿一身黑衣服，脚上穿黑漆皮鞋和镂空白丝袜，一只保养得很好的白皙的手，正举起来掠着金黄色的头发，只见一颗钻石在秀发间闪闪发亮——尽管基督山告诫过他，但这个爱虚荣的年轻人，还是抵挡不住要在小手指上戴枚钻石戒指的诱惑。

随着这个动作，他频频向唐格拉尔小姐送去勾魂摄魄的眼波，并把长吁短叹也同时送往那儿。

唐格拉尔小姐依然如故，也就是说，美丽，冷漠，神情间始终带着一种讥讽的意味。安德烈亚的一个个眼波，一声声叹息，她都看见也听见了；但简直可以说，它们都撞在了弥涅耳瓦[1]的护胸甲上，而那正是哲学家声称曾几度保护过萨福[2]胸膛的那副护胸甲。

欧仁妮对伯爵冷冰冰地打了个招呼，待到旁人谈话一转入正题，就抽身退进相邻的那间练琴的小客厅。不一会儿就从那儿传来两个女声的嗓音，伴着钢琴的开头几组和弦，欢悦、嘹亮地歌唱着。基督山心里明白，唐格拉尔小姐喜欢跟声乐教师路易丝·德·阿尔米依做伴，不情愿跟他和卡瓦尔坎蒂先生待

---

1 罗马神话中的女神，相当于希腊神话中的雅典娜。她是威力和智慧的化身，同时又是音乐的保护神。雅典的帕特农神庙中，有头戴战盔、手执盾牌的雅典娜雕像。

2 萨福（约公元前610—580）：古希腊女诗人，享有盛名。后人视她为女子同性恋之祖。作者此处的描述似有深意。

在一起。

伯爵一边跟唐格拉尔夫人谈着话，并且装出对谈话津津有味的样子，一边注意着安德烈亚·卡瓦尔坎蒂先生那满脸关切的神情，以及他走到房门跟前倾听乐声，显得不胜仰慕，却又不敢贸然闯进去的那副模样。

不一会儿，银行家回来了。诚然，他第一眼瞧的是基督山，但第二眼瞧的就是安德烈亚。

至于妻子，他只按某些丈夫跟老婆打招呼的样子对她点了点头，对于这种态度，未婚的男子是无法领略其中含义的，除非哪一天出版一本内容详尽的夫妇生活指南。

"两位小姐没邀请您和她们一起唱唱歌？"唐格拉尔问安德烈亚。

"唉！没有，先生。"安德烈亚说着叹了口气，这声叹息的意味比前几次更明显了。

唐格拉尔当即走到小客厅跟前，一把拉开槅门。

只见两位年轻姑娘并排坐在钢琴前的琴凳上。两人各用一只手在联弹伴奏，她们已经习惯于即兴进行这种练习，配合堪称默契。

从门框里看进去，德·阿尔米依小姐和欧仁妮构成一幅活动画面，就像在德国常能见到的那样。德·阿尔米依小姐长得还挺好看，或者说风度还挺可爱；她娇小苗条，一头金发像神话里的仙女似的，浓密的鬈发垂在稍嫌长了点儿的颈脖上，犹如彼鲁其诺[1]有时画的圣母像那样，眼睛则蒙着层倦意，显得不大有神采。望着她，会让人觉得她的肺部挺虚弱，而且觉得总有一天她也会像《克雷莫纳的小提琴》[2]中的安托妮娅一样唱到断气似的。

基督山对这间内室投去迅速而好奇的一瞥；他常在这个家里听人说起德·阿尔米依小姐，可还是第一回瞧见她。

"怎么！"银行家问女儿，"不欢迎我们吗？"

说完，他领着年轻人走进小客厅。不知是偶然还是有意，安德烈亚进去以后，那扇门就又掩上了一半，从基督山和男爵夫人坐的位置，恰好看不见

1　彼鲁其诺（1445—1523）：意大利画家，他的宗教画对后来的拉斐尔等人都有很大影响。
2　德国作家霍夫曼（1776—1822）的小说。小说中的人物克雷斯培尔在睡梦中，看见女儿安托妮娅在唱歌。他醒来时，女儿已经死了。

里面的情形。不过，因为银行家是跟安德烈亚一起进去的，所以唐格拉尔夫人似乎没怎么在意。

不一会儿，伯爵就听见安德烈亚随着钢琴的和弦，唱起了一首科西嘉民歌。

伯爵面带微笑，听着这支让他忘却安德烈亚而想起贝内代托的歌，可是就在这当口，唐格拉尔夫人却对基督山夸起她丈夫意志如何如何坚强来了，因为当天早上，米兰方面的一家银行倒闭，刚使他损失了三四十万法郎。

说真的，她丈夫也当得起这番夸赞；伯爵要不是从男爵夫人这儿，或是通过别的那些使他无所不知的渠道获悉了此事，从男爵的脸上是看不出半点迹象的。

"好呀！"基督山心想，"他已经在隐瞒自己的亏损了。一个月前，他还拿自己的亏损在到处吹嘘呢。"

于是他说：

"喔！夫人，唐格拉尔先生对交易所行情了如指掌，他在别处的损失，一定可以从这上面补回来。"

"我看您也和大家一样，有个错误的想法。"唐格拉尔夫人说。

"什么错误想法？"基督山问。

"就是认为唐格拉尔先生在做证券交易，其实呢，他从没玩过证券交易。"

"噢！是的，没错，夫人，我记得德布雷先生告诉过我……顺便问一下，德布雷先生到底怎么样啦？我有三四天没见着他了。"

"我也一样，"唐格拉尔夫人神色极其镇定，"可您刚才想说的那句话还没说完呢。"

"哪句话？"

"您说，德布雷先生告诉过您……"

"噢！没错。德布雷先生告诉过我，是您在玩证券交易。"

"有一阵我对这玩意儿挺有兴趣，这我不否认，"唐格拉尔夫人说，"不过现在我已经不玩了。"

"这您就错了，夫人。哎！我的天主！财运这东西是靠不住的，要是我是个女人，而且碰巧是位银行家的夫人，那么无论我对丈夫的好运气有多信任——您也知道，做生意就是个运气好坏的事情，嗯，我是说，无论我对自己丈夫的好运气有多信任，我还是要想法子自己弄一笔跟他不相干的财产，即使得瞒过他由旁人经手来弄到这笔财产，我也非这么干不可。"

唐格拉尔夫人不由得涨红了脸。

"噢，"基督山就像什么也没瞧见似的说，"听说那不勒斯债券昨天看涨得很厉害呢。"

"我没有这种债券，"男爵夫人急忙说，"以前也没买过这种债券。不过，说真的，我们谈证券交易谈得太多了吧，伯爵先生，听上去我们就像是两个证券经纪人啦。还是谈谈可怜的维尔福一家子吧，命运把他们播弄得够惨的。"

"他们出了什么事？"基督山装出茫然的样子，问道。

"您是知道的呀。德·圣梅朗先生动身才三四天就去世了，这事刚过去，侯爵夫人到巴黎不出三四天又去世了。"

"噢！对，"基督山说，"这事我知道。不过，正如克劳狄斯[1]对哈姆雷特说的，这是大自然的法则：做父母的死在他们前头，他们为父母一掬伤心之泪；而他们死在做子女的前头，子女又为他们一掬伤心之泪。"

"可是事情还没完呢。"

"怎么，还没完！"

"还没完。您知道，他们的女儿正要出嫁……"

"嫁给弗朗兹·德·埃皮奈先生……难道婚事吹了？"

"昨天早上，听说弗朗兹把婚约给退了。"

"哦！真的吗……什么原因呢？"

"不知道。"

"天哪！您瞧这算怎么回事呀，夫人……德·维尔福先生，他怎么经受得了这么些打击哦？"

"还能怎么样，想开些呗。"

正在这时，唐格拉尔独自回进客厅来了。

"哎！"男爵夫人说，"您就留下卡瓦尔坎蒂先生跟您女儿待在一起？"

"德·阿尔米依小姐呢，"银行家说，"您把她当什么啦？"

随后他转身向着基督山：

---

1 莎士比亚剧本《哈姆雷特》中哈姆雷特的叔父。他弑兄霸嫂，篡夺王位，最后被哈姆雷特所杀。

"卡瓦尔坎蒂亲王是个挺可爱的年轻人，对吗，伯爵先生？……不过，他真是亲王吗？"

"这我可说不上来，"基督山说，"人家对我介绍说他父亲是侯爵，那他该是伯爵吧。不过我想他本人并不一定很想要有这个爵位。"

"那为什么？"银行家说，"如果他是亲王，他就不该不声不响啊。每个人都有自己的权利嘛。我不喜欢一个人对自己的出身讳莫如深。"

"嗬！您是个十足的民主派。"基督山笑吟吟地说。

"可您瞧瞧，"男爵夫人说，"您做事也太不谨慎了；要是德·莫尔塞夫先生碰巧来了，瞧见卡瓦尔坎蒂先生在小客厅里，他就会想，他虽说是欧仁妮的未婚夫，却还从没获准进这小客厅。那时您该怎么办呢？"

"您说碰巧，还真说对了，"银行家接口说，"可不是，咱们简直难得见到他的影子，他要是上这儿来，那可真是赶巧啦。"

"不管怎么说吧，要是他真来了，瞧见这小伙子跟您女儿在一起，他十有八九会不高兴的。"

"他？哦！我的天主！您弄错了，阿尔贝先生才不会赏这个脸，来吃他未婚妻的醋呢，他还没这么爱她。再说，他高兴不高兴，关我什么事呢！"

"可是，事情既然到了这份上……"

"没错，事情既然到了这份上：您想要知道，事情已经到了什么份上吗？在您为女儿举办的舞会上，他只跟我们女儿跳了一次舞，卡瓦尔坎蒂先生跟她跳了三次，他却根本不在意。"

"阿尔贝·德·莫尔塞夫子爵先生到！"男仆通禀说。

男爵夫人急忙立起身来。她想到小客厅去通知女儿，但唐格拉尔一把拉住她的胳膊。

"别去。"他说。

她惊愕地望着他。

基督山装作全然没看见这场好戏。

阿尔贝走了进来，显得英俊而快活。他向大家一一致意，对男爵夫人从容而潇洒，对唐格拉尔熟稔而随便，对基督山则亲切而热情。随后他转脸向着男爵夫人。

"您可以允许我,夫人,"他对她说,"向您询问唐格拉尔小姐近况如何吗？"

"她很好，先生,"唐格拉尔急切地回答说,"这会儿她正在小客厅跟卡瓦尔坎蒂先生一起唱歌呢。"

阿尔贝脸上安详、冷漠的神色依然不变：他心里也许有些愠恼；但他觉着基督山的目光在盯着自己。

"卡瓦尔坎蒂先生的男中音音色不错,"他说,"欧仁妮小姐是位出色的女高音，再说琴又弹得像泰尔贝格[1]一样棒。他俩合唱一定很好听。"

"可不是,"唐格拉尔说,"他俩真是绝配。"

阿尔贝似乎没有注意到这句粗俗不堪的双关语，唐格拉尔夫人的脸却红了。

"我的歌唱得也不坏,"年轻人说,"至少我的音乐教师都这么说。哎！说来也奇怪，我的嗓音就是没法跟别人配起来，尤其是跟女高音怎么也合不到一块儿。"

唐格拉尔微微一笑，意思是说："那你就去生你的闷气吧！"

"昨天,"这个银行家又说，看上去很有点一不做二不休的味道,"亲王和我女儿真是大受赞誉。您昨儿没去吗，德·莫尔塞夫先生？"

"哪个亲王？"阿尔贝问。

"卡瓦尔坎蒂亲王呗。"唐格拉尔说，他非得给那个年轻人加上这个头衔不可。

"噢！对不起,"阿尔贝说,"我不知道他是亲王。噢！卡瓦尔坎蒂亲王昨天跟欧仁妮小姐一块儿唱歌了？没说的，那准是妙极了，我没有听见他俩唱歌，真是不胜遗憾。不过，说起来您就是邀请了我，我也是没法去的，因为我得陪德·莫尔塞夫夫人到德·夏托-勒诺男爵夫人府上去，有几位德国歌唱家在那儿举行音乐会。"

接着，在一阵静默过后，他装得像没事人似的重又说道：

"我可以向唐格拉尔小姐表示一下我的敬意吗？"

"哦！等会儿，请等会儿,"银行家挡住年轻人说,"您听这段美妙的卡伐

1　泰尔贝格 (1812—1871)：奥地利钢琴家、作曲家。1838 年至 1848 年间曾在欧洲和拉丁美洲巡回演出，取得很大成功。一般认为他是肖邦和李斯特的主要竞争对手。

蒂那[1]，达，达，达，达，蒂，达，蒂，达，达，真是妙极啦，就要唱完了……再一小会儿：好哇！好哇！妙哇！太棒啦！"

银行家发狂似的鼓着掌。

"没说的，"阿尔贝说，"真是妙极了，要说对他故乡音乐的理解，谁能比得上卡瓦尔坎蒂亲王呢。您刚才是说亲王吧，嗯？再说，就算不是亲王，也可以弄一个当当，这在意大利费不了什么事。说到咱们这两位可爱的音乐家，唐格拉尔先生，务必请您赏个脸，去请唐格拉尔小姐和卡瓦尔坎蒂先生再唱一段，但请千万别告诉他们外面有个生客。稍稍隔开一段距离欣赏音乐，让音乐家待在半明半暗的地方唱歌，他看不见别人，别人也看不见他，因此谁也不会打扰他，可真是件妙不可言的事儿。那样他就可以尽情地抒发天才的灵感或者倾吐内心的激情了。"

这一回，唐格拉尔被年轻人的冷静自若弄得不知所措了。

他把基督山拉到一边。

"嗯！"他对伯爵说，"您看咱们的这对未婚夫妻怎么样？"

"哦！他看上去挺冷淡，这是明摆着的事。可您有什么办法呢？订婚都已经订了嘛！"

"没错，订婚是订了，可我应允的是把女儿嫁给一个爱她的人，而不是嫁给一个不爱她的人。您瞧瞧眼前的这位，冷冰冰的像块大理石，还跟他老子一样的傲慢。要是他有钱，要是他有卡瓦尔坎蒂府上的那份家产，那倒还能凑合。没错，我没问过我女儿，可要是她还有点眼力……"

"哦！"基督山说，"我不知道是不是受了我和他的友情的影响，可我要对您说，德·莫尔塞夫先生肯定是一位可爱的年轻人，他早晚会有所成就，会使您的女儿幸福的；先不说，他父亲的社会地位是够高贵的。"

"嚯！"唐格拉尔说。

"您还信不过？"

"他的出身……可不怎么样。"

"父亲的出身跟儿子并不相干吧。"

"不见得，不见得！"

---

1 歌剧中的一种咏叹调。

"喔,请不必激动。一个月以前,您不是还觉得这门亲事挺好呢……您明白,我心里挺难受:您是在我家里认识小卡瓦尔坎蒂的,而我再重申一遍,我对他并不了解。"

"可我了解呀,"唐格拉尔说,"这就够了。"

"您了解?难道您对他做过调查?"基督山问。

"那何必呢,一个人跟谁在打交道,还不是一眼就能看清楚的?首先,他很有钱。"

"我不敢肯定。"

"他的年金不是由您作保的吗?"

"五万利弗尔,小意思。"

"他受过很好的教育。"

"喔!"这次是基督山这么回答了。

"他是位音乐家。"

"意大利人都是音乐家。"

"行了,伯爵,您对这个年轻人可不够公道啊。"

"好吧!我承认,我因为了解府上跟莫尔塞夫家有过婚约,所以瞧见他这么不管三七二十一地插一杠子进来,心里挺不是滋味。"

唐格拉尔哈哈大笑。

"嗨!您真像个清教徒!"他说,"这种事情天天都碰得到的嘛。"

"可您总不能就这样毁约吧,亲爱的唐格拉尔先生。莫尔塞夫府上挺看重这门亲事。"

"挺看重?"

"是啊。"

"那就让他们来说说清楚嘛。您跟他们府上关系挺好,亲爱的伯爵,这事就请您捎个口信给他父亲吧。"

"您从哪儿看出我跟他们府上好啦?"

"从他们府上的那次舞会呗。嘿!那位伯爵夫人,骄傲的梅塞苔丝,那个谁也不放在眼里的加泰罗尼亚女人,她平时连跟她最熟的朋友都懒得开声口,那次却挽着您的胳臂到花园里去,在小路上待了半个小时才回来。"

"喔！男爵，男爵，"阿尔贝说，"您搅得我们都听不见了。您是位音乐迷啊，这样做可太损啦！"

"好咧，好咧，开玩笑先生。"唐格拉尔说。

然后他转过脸来对基督山说：

"那就劳驾去对那个做父亲的说一下喽？"

"愿意效劳。"

"照我看呀，这一回可得把情况挑明，把所有的事情都讲定当。他既然要我的女儿，就得定个准日期，能给多少聘礼也得说清楚，反正谈得拢就谈，谈不拢就吹。总而言之，您也明白，不能再拖了。"

"好吧！我尽力而为。"

"我不说我乐意等他来，可我毕竟是在这么等着。一个银行家，您知道，是得说话算话的。"

说着，唐格拉尔叹了口气，听上去跟半小时前小卡瓦尔坎蒂的那声叹气非常相像。

"好哇！妙哇！太棒啦！"这时一曲刚完，莫尔塞夫调侃地模仿银行家的口吻喝彩。

仆人走来俯身在唐格拉尔耳边说了几句话，唐格拉尔侧过脸去看了一眼阿尔贝。

"我马上就回来，"银行家对基督山说，"请等我一下，待会儿我说不定有事要跟您谈。"

说完他就出去了。

男爵夫人趁丈夫不在的当口，把女儿那间小客厅的门推开。只见安德烈亚先生像弹簧似的跳了起来——他本来是和欧仁妮小姐并排坐在钢琴前面的。

阿尔贝笑吟吟地向唐格拉尔小姐鞠躬，唐格拉尔小姐没有半点慌乱的神色，像往常一样冷冷地向他还了个礼。

卡瓦尔坎蒂显然很尴尬；他向莫尔塞夫鞠躬，子爵以最不客气的态度朝他欠了欠身。

随后，阿尔贝开始一迭声地恭维唐格拉尔小姐的嗓音，并说方才得知昨晚有个音乐会而自己没能参加，真是不胜遗憾之至……

卡瓦尔坎蒂被晾在了一边，只得去跟基督山搭话。

"好吧，"唐格拉尔夫人说，"唱歌也唱了，捧场也捧了，现在请去喝茶吧。"

"来，路易丝。"唐格拉尔小姐对女友说。

众人走进隔壁的客厅，里面已经准备好了茶点。

等到大家按照英国人的规矩，把茶匙留在杯子里的时候，门打开了，唐格拉尔神情激动地出现在门口。

基督山把这种神情看在眼里，用探究的目光望着银行家。

"嗨！"唐格拉尔说，"我刚收到希腊的回信。"

"噢！"伯爵说，"您出去是为这事啊？"

"对。"

"奥托国王近来可好？"阿尔贝以最活泼诙谐的口吻问道。

唐格拉尔乜斜着眼睛瞟了他一眼，没有回答。基督山不由得把脸转了过去，他不想让人看到他的怜悯的表情——这表情刚在他脸上显露，旋即消失了。

"待会儿我们一起走好吗？"阿尔贝对伯爵说。

"行啊，只要您愿意。"伯爵回答说。

阿尔贝不明白银行家干吗要用这样的目光瞟自己。他转过身去对着基督山——他心里当然是一清二楚的。

"您看到他瞟我的目光吗？"阿尔贝问。

"看到了，"伯爵回答说，"难道您认为这目光有什么特别之处吗？"

"我想是吧。他说希腊来信，那会是什么消息呢？"

"这我怎么知道？"

"我想，您在那个国家里是有耳目的吧。"

基督山微微一笑。一个人想要避免回答对方的提问时，常会像这样微笑。

"瞧，"阿尔贝说，"他在朝您走过来了，我这就过去恭维唐格拉尔小姐画的画儿。这样，那做父亲的就有时间告诉您了。"

"如果您想恭维，还是恭维她的嗓子吧。"基督山说。

"不，那是人人都会说的。"

"亲爱的子爵，"基督山说，"您这么自以为是，可有些不大得体了。"

阿尔贝嘴角挂笑地朝欧仁妮走去。

这当口，唐格拉尔俯身凑到伯爵的耳边。

"您给我出了个极妙的主意，"他说，"在'费尔南'和'约阿尼纳'这两个名称后面，确实有着一段骇人听闻的故事。"

"是吗！"基督山说。

"没错，我下回告诉您吧。不过现在请您把这年轻人带走：他再待在这儿，我可要受不了啦。"

"我这正要走呢，他陪我一起走。现在，我还需要把您的口信捎给那位父亲吗？"

"更需要了。"

"好。"

伯爵向阿尔贝示意了一下。于是两人向夫人小姐们鞠躬告辞：阿尔贝做出一副全然没把唐格拉尔小姐的轻蔑态度放在眼里的样子。基督山对唐格拉尔夫人重提了一下银行家妻子为保障自己的前途应采取审慎态度的忠告。

卡瓦尔坎蒂先生又恢复了情场老手的本色。

第77章

海黛

伯爵的马车刚转过大街的拐角，阿尔贝就转身朝着伯爵哈哈大笑起来，他笑得这么响，听起来倒像是有意做作似的。

"嗨！"他对伯爵说，"我要像查理九世在圣巴托罗缪之夜[1]过后问卡特琳·德·美第奇那样问您一句：您看我这个小角色演得怎么样？"

"指什么而言？"基督山问。

"指在唐格拉尔先生府上对付我那位情敌呗。"

"什么情敌？"

"哟！什么情敌？您的被保护人，安德烈亚·卡瓦尔坎蒂先生！"

"哦！别跟我开这种无聊的玩笑，子爵。我可不是安德烈亚先生的什么保护人，至少事关唐格拉尔先生时绝无此事。"

"那小子真需要保护的话，我就会怪您了。幸好他碰到的是我，用不着保护就行。"

"怎么！您觉着他在向唐格拉尔小姐献殷勤啦？"

"可不是：他频送秋波脉脉传情，用柔和甜蜜的声音倾诉心曲，他渴望得到骄傲的欧仁妮的小手。瞧，我都做起诗来了！凭良心说，这可不是我的错。得，我还要重说一遍：他渴望得到骄傲的欧仁妮的小手。"

"只要人家心里想的是您，那又有什么关系？"

"请别这么说，亲爱的伯爵。我现在是两头招人嫌哪。"

"两头招人嫌？"

"可不是吗：欧仁妮小姐几乎不睬我，她的那位密友德·阿尔米依小姐，压根儿不睬我。"

"倒也是，不过那位父亲挺喜欢您呀。"基督山说。

1　1572年8月24日夜，天主教徒在巴黎大肆屠杀胡格诺教徒。这一天是圣巴托罗缪节，所以这次惨案又称为"圣巴托罗缪之夜"。这场对新教徒的屠杀的主要策划者是法国王太后，即查理九世的母亲卡特琳·德·美第奇。

"他？情况正相反，他往我心口扎刀的次数多得都数不清了。对，那都是些刀尖会缩进柄里去的匕首，是些只能演演戏的匕首，可他以为是货真价实的呀。"

"嫉妒也是感情的流露。"

"没错，可我没在嫉妒。"

"我是说他，他在嫉妒。"

"嫉妒谁？嫉妒德布雷？"

"不，嫉妒您。"

"嫉妒我？我敢说，不出一个星期他就要给我吃闭门羹了。"

"您想错了，亲爱的子爵。"

"何以见得？"

"您要证明？"

"对。"

"我受托去请德·莫尔塞夫伯爵先生前来，同男爵商谈落实婚事。"

"受谁之托？"

"受男爵本人之托。"

"哦！"阿尔贝用他所能做出来的最温存的样子说，"您是不会去说的吧，是吗，我亲爱的伯爵？"

"您又错了，阿尔贝，我既然已经答应了，当然要去说的。"

"唉，"阿尔贝叹着气说，"看来您是非要让我结婚不可。"

"我的宗旨是与人为善。说到德布雷，我在男爵夫人那儿有一阵子没见到他了。"

"他们吵架了。"

"他跟男爵夫人？"

"不，是跟男爵先生。"

"莫非男爵先生瞧出了什么破绽？"

"哈！好一个高明的笑话！"

"您是说他早就知道了？"基督山带着可爱的憨态说。

"那还用说！您是打哪儿来的呀，我亲爱的伯爵？"

"从刚果吧，如果您爱这么说的话。"

"还不够远。"

"我哪儿弄得明白你们这些巴黎人是怎么当丈夫的呀？"

"哎！亲爱的伯爵，当丈夫到处都是一样的。您只要把随便哪个国家的一个人研究透了，也就把这个种族完全弄明白了，道理是一样的。"

"唐格拉尔和德布雷到底是为什么吵起来的，他俩看上去不是相处得挺不错吗，"基督山仍是那副憨气可掬的样子。

"哟！这下子咱们碰上伊希斯的秘密祭礼[1]了，可我并不是女神的信徒。等小卡瓦尔坎蒂先生当了上门女婿，您可以去问他这个问题。"

马车停住了。

"咱们到了，"基督山说，"才十点半，上去坐坐吧。"

"乐意之至。"

"回头用我的马车送您回去。"

"谢谢，不必了，我的车子大概就跟在后面呢。"

"可不，这都来了。"基督山说着跳下车来。

两人进入宅邸。客厅里亮着灯，他们走了进去。

"请给我们沏点茶来，巴蒂斯坦。"基督山说。

巴蒂斯坦默不作声地退了下去。两秒钟后，他手里端着一只托盘又出现了，托盘里的东西一应俱全，就跟童话剧里的茶点一样，像是打地底下冒出来似的。

"说实话，"莫尔塞夫说，"您最使我倾倒的地方，亲爱的伯爵，并不是您的富有，或许还有人比您更富有；也不是您的才智，博马舍虽然不比您更有才智，但也可以跟您平分秋色。最令人叫绝的是您的仆人伺候您的这种方式，他们听到您的吩咐以后，没有一句多余的话，但只消一分钟、一秒钟，东西就准备好了，仿佛他们能从您敲铃的方式就猜到您想要什么，而且您所要的东西随时都是现成准备好似的。"

"您说的倒也差不离。他们知道我的习惯。比如说，我就给您看个例子吧：您喝茶时想不想要点别的什么东西？"

---

1 伊希斯是古代埃及神话中司生育和繁殖的女神。据说她能知道人们的隐私和预知未来，祭祀伊希斯的活动具有神秘性质，参加祭祀的人要吃斋，祈祷，早晚都参加游行仪式。

"当然，我想要抽烟。"

基督山凑近小铃，在上面敲了一下。

一秒钟后，一扇暗门打开，阿里手捧两支土耳其长管烟筒出现在门口，两支烟筒里都装好了上等的拉塔基亚烟丝。

"真是神乎其神。"莫尔塞夫说。

"喔，其实简单得很，"基督山说，"阿里知道我平时喝茶或喝咖啡时总要抽烟。他知道我刚才吩咐了备茶，也知道我是和您一起回来的，他听见我喊他，就猜到了原因，在他的国家里通常都以烟筒待客，所以他不是拿来一支，而是拿来了两支烟筒。"

"当然，您的这番解释跟刚才的一样合情合理，可是确实也只有您……哦！等一下，我听到的是什么声音？"

说着，莫尔塞夫向房门俯身过去，那扇门里正传来一阵类似六弦琴的乐声。

"没说的，亲爱的子爵，今晚上您听音乐是在劫难逃了。您刚从唐格拉尔小姐的钢琴那儿逃出来，又碰上了海黛的独弦琴。"

"海黛！多迷人的名字！这么说，不只是拜伦爵士的诗里有海黛，还真有叫这个名字的女人？"

"当然。海黛这个名字在法国非常罕见，但在阿尔巴尼亚和埃皮鲁斯却是相当普通的；就好比你们说贞洁啊，纯真啊，无邪啊什么的。照你们巴黎人的说法，这是一种受洗的教名。"

"哦！妙极了！"阿尔贝说，"我多么希望我们的法国姑娘能叫善良小姐，静默小姐，爱德小姐啊！哟，要是唐格拉尔小姐不是叫克蕾尔-玛丽-欧仁妮，而是叫贞洁-腼腆-天真·唐格拉尔小姐，嘿，写在结婚公告上多带劲儿！"

"您疯啦！"伯爵说，"别这么大声嚷嚷开玩笑，海黛会听见的。"

"她会生气？"

"不会。"伯爵神情倨傲地说。

"她这人没脾气？"阿尔贝问。

"这不是有没有脾气的问题，这是她的本分：一个女奴是不能对主人生气的。"

"得了吧！您也别开玩笑了。现在还有什么奴隶？"

"应该还有吧，既然海黛是我的女奴。"

"您这人确实为人处世样样与众不同。基督山伯爵先生的女奴！这在法国可是一种身份呢。照您手头这么阔绰的样子，这个身价得值十万埃居一年吧。"

"十万埃居！这可怜的孩子以前可远不止有这个数呢。她降生到人世以后，就生活在金银财宝堆里，《一千零一夜》里的珠宝跟那一比，真是算不得一回事了。"

"这么说，她当真是位公主？"

"您说对了，而且是她的国度里最显贵的一位公主。"

"我想也是。可是一位显贵的公主，怎么会变成女奴的呢？"

"僭主狄奥尼西奥斯二世[1]是怎么变成小学教员的呢？那是战争的劫难，亲爱的子爵，是命运的播弄。"

"她的名字是个秘密吗？"

"对别人是的；但对您不是，亲爱的子爵，您是我的朋友，而且您是不会说出去的，是不是，您愿意答应我不说出去吗？"

"哦！我凭荣誉起誓！"

"您知道约阿尼纳帕夏的故事吗？"

"阿里-台佩莱纳？那当然，家父就是在他麾下发迹的呀。"

"可不是，我把这事儿给忘了。"

"哦！海黛跟阿里-台佩莱纳有什么关系？"

"再简单不过了，她是他的女儿。"

"什么！她父亲是阿里-台佩莱纳？"

"母亲是美丽的瓦西丽姬。"

"可她是您的女奴？"

"喔！我的主啊，没错。"

"这到底是怎么回事？"

"哦！有一天我路过君士坦丁堡的集市，就把她买下来了。"

"真是匪夷所思！跟您在一起，亲爱的伯爵，真像生活在梦境里。现在，请您听我说，我想非常冒昧地向您提个要求。"

---

1 狄奥尼西奥斯二世（约公元前 395—前 340）：古希腊叙拉古僭主，被希腊将军蒂莫莱翁击败后遭放逐。

"尽管提。"

"既然您平时和她一起出门，而且带她上歌剧院……"

"怎么样呢？"

"我真的可以冒昧地提这个要求吗？"

"您可以冒昧地向我提任何要求。"

"好吧！亲爱的伯爵，请把我介绍给您的公主吧。"

"非常愿意；但有两个条件。"

"行，我接受。"

"第一个条件是您不能把这次会面告诉任何人。"

"行，"莫尔塞夫伸出一只手，"我起誓。"

"第二个条件是，不许对她提到您父亲曾在她父亲手下效力的事。"

"我也起誓。"

"好极了，子爵，您会记住这两个誓言的，是吗？"

"是的。"阿尔贝说。

"很好。我知道您是个珍惜荣誉的人。"

伯爵又在铃上敲了一下。阿里应声进来。

"去通知海黛，"伯爵对他说，"我要到她房间里去喝咖啡，再告诉她，我请她允许我向她介绍一位朋友。"

阿里鞠躬退下。

"那么，咱们说定了，您别直接发问，亲爱的子爵。如果您想知道什么事情，就先问我，我会再去问她的。"

"一言为定。"

阿里第三次出现在门口。他撩起门帘，表示主人和阿尔贝可以进去了。

"进去吧。"基督山说。

阿尔贝伸手捋了捋头发，卷了卷唇髭，伯爵戴上帽子和手套，领着阿尔贝走进里面的套间。这个套间除了有阿里像哨兵似的守着门口，还有三个由米尔朵指挥的法国侍女犹如卫队那样担任警戒。

海黛等候在第一个房间，那是她的客厅。她的两只大眼睛惊奇地睁得圆圆的；这是第一次有基督山以外的别的男人进入她的套间。她盘着双腿，坐在客厅角上的一张缎子软垫上，犹如一只小鸟栖息在这用东方最华贵的织锦绸缎做成的窝里；身边就是那把刚才发出琴声的乐器。她这样看上去真是可爱极了。

一瞧见基督山，她马上带着一种兼有女儿和情人的表情的独特的微笑直起身来。基督山走上前去，把手伸给她，她按习惯捧住这只手用嘴唇去吻。

阿尔贝站在房门旁边，被有生以来从未见过的、在法国无法领略到的奇异的美给震慑住了。

"你给我带什么人来了？"年轻姑娘用近代希腊语问基督山，"一位兄弟，一位朋友，一个普通的熟人，还是一个敌人？"

"一位朋友。"基督山用同样的语言回答说。

"是谁？"

"阿尔贝子爵。就是我在罗马从强盗手里救出来的那个人。"

"你要我用哪种语言跟他交谈？"

基督山转过脸去朝着阿尔贝。

"您会说近代希腊语吗？"他问年轻人。

"咳！"阿尔贝说，"就连古代希腊语也不会说，亲爱的伯爵。荷马和柏拉图再也没有比我更糟糕——而且我敢说——更不敬的学生了。"

"那么，"海黛说，从她说的话可以看出，她是听得懂基督山和阿尔贝的问答的，"如果爵爷同意，我就说法语或意大利语吧。"

基督山考虑片刻。

"你就说意大利语吧。"他说。

然后他转向阿尔贝说：

"可惜您不懂近代和古代的希腊语，这两种语言海黛都说得好极了；现在这可怜的孩子只能说意大利语了，这样也许会使您对她留下一个不够准确的印象。"

他对海黛做了个手势。

"欢迎您，跟我的大人和主人一起来的朋友，"年轻姑娘说一口纯正的托斯卡纳方言，其中掺有古罗马人的口音，使但丁的语言听上去犹如荷马的语言一般响亮，"阿里！咖啡和烟筒！"

就在阿里退下去按年轻女主人的吩咐准备的当口，海黛做了个手势，示意阿尔贝走上前去。

基督山给阿尔贝指了指两张帆布折凳。两人走过去，各自端起一张到桌几边上坐下。桌几中间摆着一支水烟筒，旁边放着鲜花、图画和乐谱。

阿里端着咖啡和长烟筒进来；巴蒂斯坦是不准进这个套间的。

阿尔贝把黑奴递给他的长烟筒推开。

"哦！拿着吧，拿着吧，"基督山说，"海黛的教养并不亚于巴黎女人：哈瓦那雪茄让她受不了，因为她不喜欢那股难闻的味儿。可是您知道，东方的烟草是一种香料。"

阿里退了出去。

咖啡都已经斟在杯里；还特地为阿尔贝放了一只糖缸。基督山和海黛都按阿拉伯人的习俗，也就是说不加糖地喝这种阿拉伯饮料。

海黛伸出一只手，用粉红色的纤长的指尖端起日本瓷杯，满心欢喜地举到唇边。一个孩子在喝到或者吃到一样心爱的东西时，总会有这种天真无邪的开心的表情。

这时进来了两个侍女。她们端来两只托盘，把冰块和果汁放在两张小桌上。

"亲爱的主人，还有您，signora[1]，"阿尔贝用意大利语说，"请原谅我这傻乎乎的模样。我实在是看呆了，所以这副模样也就很自然了。这会儿我又像来到了东方，真正的东方，不是我过去见过的可怜兮兮的东方，而是在巴黎梦见的那个东方。而刚才不多一会儿，我还听见公共马车辚辚驶过的声音和小贩叫卖柠檬水的摇铃声呢。呵，signora！……虽然我不懂希腊语，但您说的话，再加上这仙境般的氛围，已经让我对这个夜晚终生难忘了。"

"和您说意大利语，我也感到很方便，先生，"海黛平静地说，"如果您喜欢东方，我尽量让您感到这儿就是东方。"

"我谈什么话题好呀？"阿尔贝悄悄地问基督山。

"爱谈什么就谈什么；谈谈她的国家、她的幼年时代、她的回忆；再不然，如果您喜欢，也可以谈谈罗马、那不勒斯或佛罗伦萨。"

"哦！"阿尔贝说，"对着一位希腊姑娘，却去谈平时对巴黎女人谈的话题，那真是大可不必；就让我跟她谈谈东方吧。"

1　意大利文：夫人。

"行呀，亲爱的阿尔贝，这是她最爱谈的话题。"

阿尔贝转过脸去向着海黛。

"您是几岁离开希腊的？"他问。

"五岁。"海黛回答说。

"您还能记得您的祖国吗？"阿尔贝问。

"当我闭上眼睛，我见过的往事就会浮现在眼前。有两种视觉：肉体的视觉和心灵的视觉。肉眼看到的东西有时会忘却，心灵看到的东西是永远记在心里的。"

"您最早能记事是什么时候？"

"刚会走路的时候；我母亲，大家都叫她瓦西丽姬——瓦西丽姬是高贵的意思，"年轻姑娘抬起头来补充说，"我母亲把我们所有的金币都装进一个钱袋，然后给我也披上面纱，挽着我的手一起到街上去为囚犯募捐，一路走一路说：'怜悯贫穷的，就是借给耶和华，'[1] 然后，等钱袋装满以后，我们就回到宫里，什么也不对我父亲说，悄悄地把路人当我们是穷苦女人而施舍的钱，都交给修道院的长老，让他去分发给囚犯。"

"那时候您几岁？"

"三岁。"海黛说。

"这么说，从三岁开始，您就记得周围发生的事情了？"

"记得。"

"伯爵，"莫尔塞夫轻声对基督山说，"您得允许让她给我们讲点她自己的故事。您不许我提起家父，但说不定她会提起呢，您不知道我是多么热切地希望能从一张如此美丽的小嘴里，听到家父的名字。"

基督山转过脸去，对海黛耸了耸眉毛，示意她要特别留意他下面的这句话，然后用希腊语对她说：

"把您父亲的遭遇告诉我们，但别提那个叛徒的名字，也别提他出卖你们的经过。"

海黛深深地叹了一口气，明净的额头掠过一道阴影。

"您对她说了些什么？"莫尔塞夫轻轻地问。

---

1 《圣经·旧约·箴言》第 19 章："怜悯贫穷的，就是借给耶和华，他的善行，耶和华必偿还。"

"我对她重说一遍您是朋友，让她对您什么都不要隐瞒。"

"那么，"阿尔贝说，"为因犯募捐就是您最早的记忆了。您还记得什么？"

"还记得什么？我记得那是在湖边埃及无花果树的树荫下，我仿佛还能透过繁密的枝叶望见涟漪轻漾的湖面。父亲背靠着那株最老最茂密的大树，坐在软垫上，母亲斜躺在他的足边。我当时还是个小不点儿，抚弄着父亲飘垂到胸前的白胡须和插在腰带上的镶嵌宝石的弯刀。不时会有一个阿尔巴尼亚人走到他跟前，对他说几句话，说些什么我从来没留心过，但父亲总是用同样的语气回答一个'杀'或'赦'字！"

"这可真新鲜，"阿尔贝说，"我居然是从一位年轻姑娘的嘴里，而不是从剧院的舞台上，听说这样的事情，而且一边还在对自己说：'这不是在听编出来的故事哟。'请问，"他问道，"您既然自幼就见惯了这些充满诗意的画面和神奇美妙的场景，那您对法国的印象如何呢？"

"我觉得这是个美丽的国家，"海黛说，"但我看到的法国是实实在在的法国，因为我是用一个成年女子的眼睛来看它的，而对我的祖国，我觉得情况完全不同，我对它是用孩子的眼睛去看的，所以总是蒙着一层时而明亮时而黯淡的薄雾，那得看我是把它当作一个可爱的祖国还是一个苦难深重的地方而定了。"

"您还这么年轻，signora，"阿尔贝一时竟也难于免俗，顺口问道，"您能受过什么苦难呢？"

海黛转过脸去对着基督山。他做了个旁人不易觉察的表情，用希腊语低声说：

"说下去吧。"

"藏在心灵深处的，是那些幼年最初的记忆；而除了我刚才对您讲的那两件事，我幼年时代留下的就都是些凄苦的回忆了。"

"说吧，说吧，signora，"阿尔贝说，"我向您保证，我正怀着难以形容的激动心情在听您说呢。"

海黛凄然一笑。

"您是说，您愿意听我回忆其他的那些往事？"她说。

"我洗耳恭听。"阿尔贝说。

"好吧！我四岁的那年，有一天晚上，母亲把我叫醒了。我们是在约阿尼纳的王宫里；她把我从睡垫上抱起来，我睁开眼睛，只见她的眼里噙满泪水。

"她什么也没说，拉着我就走。

"瞧着她流泪，我也要哭。

"'别哭！孩子。'她说。

"平时，我也跟别的孩子一样，任性得很，要哭的时候，凭母亲再怎么劝怎么骂，也非得哭个痛快不可。但这一次，我可怜的母亲声音里有一种吓人的意味，我马上止住不哭了。

"她拉着我急匆匆地往前走。

"这时，我看清了我们是沿着一道宽阔的楼梯在往下走。走在我们前面的，是母亲的侍女，她们肩扛手提装满贵重衣服、首饰和金币的箱子和袋子，沿着这道楼梯往下走，或者说往下冲。

"在妇女后面，是一队二十个人的卫兵，他们手持长枪、腰佩短枪，身穿的卫士服，是自从希腊建国以来你们在法国就很熟悉的。

"请相信我，那时的气氛是很凄凉的，"海黛摇着头说，想到当时的情景，她的脸色变白了，"在这条长长的女眷和女奴的行列里，大家都睡眼惺忪、半睡半醒的，至少我这么觉得，可能因为我自己还没睡醒，所以就以为别人也这样了。

"人群在楼梯上匆匆往下跑，松枝火把的亮光，把摇曳不定的巨大人影投射在宫殿的穹顶上。

"'让她们赶快！'走廊那端传来一个声音。

"听见这个声音，所有的人都弯下腰去，犹如一阵风吹过原野，麦田里的穗子都弯下腰去一样。

"我呢，哆嗦了一下。

"这个声音，是我父亲的声音。

"他走在最后，身穿华丽的长袍，手握你们皇帝送给他的那支短枪。他扶在他的心腹卫士塞利姆的肩膀上，在后面赶着我们往前走，就像牧人赶着一群迷路的羔羊。

"我的父亲，"海黛抬起头来说，"是个大名鼎鼎的人物，在欧洲，人们称他为约阿尼纳的阿里-台佩莱纳帕夏，在他面前，整个土耳其都在瑟瑟发抖。"

阿尔贝不知为什么，听到这几句用一种难以形容的高贵、尊严的语调说出的话时，竟打了个寒噤。他仿佛觉得这个年轻姑娘，在她犹如占卜师召唤亡灵那般回忆这血淋淋的形象——他的惨死使他在当代欧洲人的眼里显得更为高大——之际，眼睛里喷射出一种阴郁可怕的光芒。

"不一会儿，"海黛继续说下去，"我们停止了行进；因为走到楼梯底下，就来到了湖边。母亲把我紧紧搂在怦怦直跳的胸口，我看见父亲就站在后面两步路的地方，焦躁不安地四处张望。

"前面有四级大理石台阶，最后一级台阶下的水面上漂荡着一条木船。

"从我们站的地方望去，只见湖中央耸立着一座黑黝黝的建筑；那就是我们要去的凉亭。

"我觉得这座凉亭离得很远很远，这或许是天黑的缘故。

"我们下到船上。我还记得，船桨划过水面时，没有一点声响；我俯身去看船桨：船桨上裹着卫士们的腰带。

"船上除了桨手以外，只有父亲、母亲、塞利姆、侍女和我。

"卫士们留在湖边。他们单膝跪在最低的那级台阶上，万一追兵赶了上来，另外那三级台阶就是他们的防御工事。

"木船在湖面上风也似的飞速前进。

"'船为什么开得这么快呀？'我问母亲。

"'嘘！孩子，'她说，'咱们是在逃命。'

"可我不懂。我父亲为什么要逃命呢？他是无所不能的，平时总是人家在他面前逃跑，平时他常说：

"他们恨我，所以他们怕我。[1]

"其实，父亲在湖上这么往前赶，确实是在逃命。他稍后对我说过，约阿尼纳城堡的守军，由于长期作战，已经疲惫不堪……"

说到这儿，海黛用那双会说话的眼睛对基督山望去——他的目光始终没有离开过她的眼睛。年轻姑娘继续往下讲时，语调缓慢了下来，仿佛是想在叙述中添加或删去某些情节。

1　这是罗马诗人恩尼乌斯（公元前239—前169）的一部失传诗剧中的一句话，由西塞罗摘录传世。

"您刚才说，signora，"阿尔贝说，他对这个故事显得极有兴趣，"约阿尼纳的守军，由于长期作战，已经疲惫不堪……"

"所以他们去跟苏丹派来抓我父亲的库尔希将军[1]谈判了。父亲就是在这时候，才下决心撤退到早已准备好的这个地方来的，他管那个地方叫卡塔菲戎，意思是他的避难所。在撤退前，他先派了一个他极其信任的法兰克[2]军官去见苏丹。"

"这位军官，"阿尔贝问，"您还记得他的名字吗，signora？"

基督山跟年轻姑娘交换了一道迅如闪电的目光，莫尔塞夫没有注意到这道目光。

"不，"她说，"我不记得了。但也许下面我会记得起来，那时我会说的。"

阿尔贝想说出父亲的名字，但看见基督山慢慢地竖起一个手指，示意他别说话。他记起自己发过的誓言，就没往下说。

"我们朝着湖心的凉亭划去。

"凉亭底层的装饰是阿拉伯风格的，外面的露台一直延伸到水中；楼上有一排排临湖的窗。这座宫中凉亭的外貌就是这样。

"不过在底层下面，有一个很大的地下室。那是一个沿小岛底部延伸的非常宽阔的地下洞穴。母亲和我，还有那些侍女，都被领进了地下室。那里面藏着六万只钱袋和两百只木桶，全都堆在一起；钱袋里有两千五百万金币，木桶里有三万利弗尔[3]炸药。

"我刚才说过的父亲的心腹卫士塞利姆，站在木桶旁边。他日夜守卫在这里，手握一杆长矛，矛尖上有一根点燃的火绳。给他的命令是，一旦见到我父亲的信号，就把这一切，凉亭，卫兵，帕夏，侍女和金币，统统都炸掉。

"我还记得，那些女奴看到周围这片可怕的景象，日夜不停地在祈祷、啼哭和呻吟。

"我眼前仿佛永远能看见那个年轻卫士惨白的面容和乌黑的眼睛。当哪一天死神降临到我面前时，我敢说它一定就是塞利姆的模样。

1　此处原文为 séraskier，指旧时土耳其军队的统帅。

2　法兰克人原指 5 世纪时入侵西罗马帝国的日耳曼民族。日耳曼民族的这一分支，日后居住在法国和德国地区。此处法兰克人泛指法国人。

3　此处指一种古代计量单位，每利弗尔约合半公斤。各省度量标准略有不同。

"我没法告诉您我们像这样等了多少时候；当时我简直已经不知道什么叫时间了。有时候，父亲难得也会派人来叫母亲和我到露台上去。我整天都待在地下室里看着哭哭啼啼的人群和塞利姆那支灼灼发亮的长矛，听到父亲叫我去，真是高兴极了。父亲坐在宽阔的窗子跟前，阴郁的目光凝望着远方，注视着湖面上出现的每个黑点，母亲侧卧在他身旁，头枕在他的肩上，我在他足边玩耍，用孩子往往会把物体放得更大的惊异目光，由衷赞叹地望着远远耸立的品都斯山脉[1]的悬崖峭壁，从碧波中升起的洁白晶莹、棱角分明的约阿尼纳城堡，还有那片犹如地衣般覆盖在山岩上的黛绿的丛林，远远望去它们就像一层苔藓，但走近些就会看清那是挺拔高大的冷杉树和郁郁葱葱的香桃树。

"有一天早晨，父亲派人叫我们过去。我们看见他神色平静，但脸色比平时更苍白。

"'你要有耐心，瓦西丽姬，今天就有结果了。苏丹的敕令今天就到，我的命运马上要决定了。要是能得到赦免，我们就可以高高兴兴地回约阿尼纳；要是来的是坏消息，我们今晚就逃走。'

"'要是他们不让我们逃走呢？'母亲说。

"'喔！你放心，'阿里微笑着说，'塞利姆和他的火绳会为我回答他们的。他们希望看到我死，但不会愿意跟我一起死的。'

"听了这番并非出自父亲心底的安慰话，母亲没有作声，只是叹了口气。

"父亲自从撤退到凉亭以来，一直发高烧，经常要喝水。母亲不时为父亲准备冰水，给父亲雪白的胡须抹上香油，还给他点上烟筒，父亲有时会一连几个钟头出神地望着烟筒里的轻烟袅袅升起。

"蓦然间他做了个很突兀的动作，把我吓了一跳。

"然后，他眼睛仍盯住那个吸引了他的全部注意力的黑点，头也不回，吩咐把望远镜递给他。

"母亲把望远镜递给他时，脸色比她背靠的大理石柱还要白。

"我看见父亲的手在颤抖。

"'一条船！……两条！……三条！……'父亲喃喃地说，'四条！……'

"他立起身来抓住枪，我记得很清楚，他往枪的药池里装进了火药。

1　希腊境内山系，传说中阿波罗和缪斯诸神的居住地。

"'瓦西丽姬，'他声音颤抖地对母亲说，'决定我们命运的时刻到了。再过半个小时，我们就知道苏丹皇帝的答复了。你带着海黛到地下室去吧。'

"'我不愿离开您，'瓦西丽姬说，'如果您要死，我的主人，我情愿跟您一起死。'

"'到塞利姆那儿去！'父亲大声说。

"'别了，老爷。'母亲喃喃地说，顺从地躬身到地，犹如见到死神已经降临一般。

"'快把瓦西丽姬带走。'父亲对卫士们说。

"刚才大家都把我给忘了。我朝父亲奔过去，伸开双臂抱住他。他看着我，然后向我俯下身来，在我额头上吻了一下。

"哦！这是他给我的最后一个吻，它至今还印在我的额头上。

"我们一边往下走，一边从露台葡萄架的藤蔓间望出去。只见船影正在湖面上变得愈来愈大；它们原先只是几个黑点，这会儿却像贴着波浪翻滚的水面飞翔的大鸟了。

"在这段时间里，凉亭里的二十个卫士已经在父亲的脚跟前各就各位，他们端着镶嵌螺钿和银丝的长枪，隐蔽在细木护壁板后面，充满血丝的眼睛警惕地注视着逼近的船只。大批弹药散放在镶木地板上。父亲瞧着挂表，神情不安地踱着步。

"在父亲给我最后一吻，我正要离开的那一刻，印入我脑海的就是这一幕场景。

"母亲和我进了地下室。塞利姆仍然守在他的岗位上；他向我们忧郁地笑了笑。我们走到地下室的另一头拿了两张软垫，回过来坐在塞利姆身边。身处险境时，忠诚的心灵总是相互依傍在一起的，我当时虽然还是个孩子，也已经本能地感觉到大难就要临头了。"

阿尔贝曾多次听人讲过约阿尼纳总督临终前的情景，倒不是听他父亲讲的，因为他绝口不提此事，而是听旁人说的；他还阅读过有关总督死因的几种不同的记载。但是年轻姑娘由于用了第一人称叙述而显得分外生动的故事，这如怨如诉的声调，这凄婉动人的情节，却深深地打动了他的心，使他既觉得可爱，又感到一种难以形容的恐怖。

至于海黛，她沉浸在可怕的回忆之中，一时竟讲不下去了。她的前额，犹如花朵在狂风暴雨中凋零那般，垂到了手里；她眼神茫然，仿佛眼前依稀还是远方苍翠的品都斯山脉和碧蓝的约阿尼纳湖，而平静的湖水犹如一面魔镜，映出了她所描绘的那幅凄迷的场景。

基督山带着一种无法描述的关切、怜悯的神情望着她。

"讲下去吧，我的孩子。"伯爵用希腊语说。

海黛抬起额头，仿佛基督山响亮的声音把她从梦中惊醒了。她接着往下说：

"那时是下午四点钟。虽然外面的天空晴朗而明亮，我们仍待在阴暗的地下洞穴里。

"只有一星火光在洞穴里闪亮，犹如一颗寒星在昏黑的天边颤巍巍地闪烁：那是塞利姆的火绳。母亲是基督教徒，她在祈祷。

"塞利姆不时地重复着一句话：

"'主是伟大的！'

"母亲仍抱着一线希望。刚才下来时，她仿佛觉得看见了那位被派到君士坦丁堡去的法兰克人。父亲对这个法兰克军官非常信任，因为他知道，法国君主手下的军人通常都是心地高尚、慷慨仗义的。母亲朝楼梯走上几步，侧耳听着。

"'他们走近了，'她说，'但愿他们带来的是和平和生机。'

"'你怕什么呢，瓦西丽姬？'塞利姆的声音既柔和又充满自尊，'要是他们带来的不是和平，我们就给他们死亡。'

"他挥了挥手，让长矛上的火绳燃得更旺些；他的这个姿势，使他看上去就像古代克里特[1]的狄俄尼索斯[2]。

"可是当时我还太小，还不懂事，这种无畏的气概使我感到害怕，我只觉得它既冷酷又乖戾，我害怕这弥漫在洞穴中和火绳周围的可怖的死亡气氛。

"母亲也跟我一样感到害怕，我觉着她在发抖。

"'主啊！主啊，妈妈！'我哭喊起来，'我们是要死了吗？'

"听到我的喊声，女奴们号啕大哭，祷告得更响了。

"'孩子，'瓦西丽姬对我说，'主会保佑你，不让你今天就碰上你害怕的

---

1 克里特：希腊南部岛屿，泛指希腊。
2 狄俄尼索斯：希腊神话中的酒神，即罗马神话中的巴克斯。

死神的！'

"然后她低声问塞利姆：

"'塞利姆，主人是怎么命令你的？'

"'倘若他让人把他的短刀送来，那就是说苏丹拒绝赦免他，我就点火；倘若送来的是他的戒指，那就是苏丹宽恕了他，我就熄灭火绳。'

"'朋友，'母亲说，'当主人传下命令，而送来的是短刀的时候，请别让我和孩子这么可怕地惨死，让我们伸出颈脖，你就用那把短刀杀死我们行吗？'

"'行，瓦西丽姬。'塞利姆平静地回答说。

"这时突然好像听到有许多人的喊声。我们听清楚了：那是欢呼声。卫士们在呼喊派到君士坦丁堡去的那个法兰克人的名字。显然，他带回了苏丹皇帝的答复，而且是个令人鼓舞的答复。"

"您记不起这个名字了吗？"莫尔塞夫问了一句，想帮助她唤起这个回忆。

基督山对海黛做了个表情。

"我记不起来了，"海黛说，"欢呼声愈来愈响，脚步声也愈来愈近了；有人在沿着阶梯往地下室走来。

"塞利姆举起长矛。

"地面的阳光渗漏下来，地下室的入口看上去蓝幽幽的。不一会儿，在幽暗的光线中出现了一个人影。

"'什么人？'塞利姆大喝一声，'不管你是谁，不许再往前走一步。'

"'荣耀归于苏丹！'那人说，'阿里总督得到赦免了。他不仅被免于一死，而且被赐还了财富和产业。'

"母亲高兴地喊了一声，把我紧紧地搂在她的心口。

"'站住！'塞利姆瞧见她要朝洞口奔去，对她说，'你要知道，我还没见到戒指。'

"'你说得对。'母亲说着，双膝跪在地上，把我举向天空，仿佛她在为我向天主祈祷的同时，还要把我举得离天主更近些。"

说到这儿，海黛第二次停了下来。只见她情绪非常激动，惨白的额头淌着汗，哽噎的声音仿佛卡在干涩的喉咙口说不出来。

基督山往杯子里倒了点冰水递给她，用温和中带有些许命令意味的语调对她说：

"勇敢点，我的孩子！"

海黛擦了擦眼睛和前额，继续往下说：

"这时，我们的眼睛习惯了黑暗，已经认出了帕夏的使者是谁：他是个朋友。

"塞利姆也认出了他。但这个刚直的年轻人脑子里只知道一件事：服从主人的命令！

"'是谁派你来的？'他问。

"'是我们的主人阿里-台佩莱纳派我来的。'

"'如果你是阿里派来的，你一定知道你该给我带来什么东西。'

"'是的，'来人说，'我带来了他的戒指。'

"说这话的同时，他把一只手举到头上；但因为离得太远，光线又太暗，塞利姆从我们站的地方没法看清他手里的东西。

"'我看不清你拿的是什么。'塞利姆说。

"'你走过来，'使者说，'要不，我往前走。'

"'咱俩谁也别往前走，'年轻卫士回答说，'把你给我看的东西放在你现在站的地方，就在那块有亮光的地方。然后你往后退，先让我看清了再说。'

"'好。'使者说。

"他把那件信物放在指定的地方，往后退了一段距离。

"我们的心怦怦直跳。那件东西看上去果真是枚戒指；不过，那是不是我父亲的戒指呢？

"塞利姆手里握着点燃的火绳的一端，向洞口走去。他在那片光线中弯下腰去，脸露喜色地拾起那件信物。

"'是主人的戒指，'他吻着戒指说，'太好了！'

"他把火绳扔在地上，踩灭了它。

"那使者惊喜地大喊一声，拍了一下巴掌。听到这个暗号，四名库尔希手下的土耳其士兵奔上前来，五人一齐出手，塞利姆身中五刀倒了下去。

"这些土耳其士兵被自己干下的暴行刺激得狂热起来。他们刚才吓白的脸还没来得及泛上血色，却已经一边在地下室四处乱蹿搜寻火种，一边在装满金币的钱袋上打起滚来。

"母亲趁乱抱起我就走，机灵地穿过只有我们知道的蜿蜒曲折的通道，一直来到通凉亭的暗梯门前，这时只听见里面是一片令人恐怖的混乱的声音。

"底层的几个大厅里，到处都是库尔希的土耳其士兵。

"母亲正要去推那扇小门，猛然听见里面响起帕夏变得十分可怕的声音。

"母亲把一只眼睛贴在板缝上。我眼前碰巧有个洞眼，我也往大厅里望去。

"'你们想要做什么？'父亲对面前的那些人喝道，他们中的一个人拿着一张写着金字的纸。

"'我们想要做的，'这个人回答说，'就是让你知道陛下的旨意。你看见这道敕令了吗？'

"'看见了。'父亲说。

"'那好！你念念吧；他要你的头。'

"父亲爆发出一阵比怒声痛斥更令人畏惧的大笑。笑声未落，两发枪弹从他短枪的枪膛里射出，打死了面前的两个人。

"希腊卫士原先都脸冲着地，匍伏在父亲身边，这会儿跃身而起开了火。大厅里到处是喊声、火光和硝烟。

"另一方也开了火，枪弹飞过来射穿我们四周的板壁。

"哦！我的父亲，阿里-台佩莱纳总督，手握弯刀，脸上被火药熏得黑黑的，挺立在枪林弹雨之中，显得那么英武，那么高大！敌人在他面前落荒而逃！

"'塞利姆！塞利姆！'他大声喊道，'点火卫士，履行你的职责吧！'

"'塞利姆死了！'一个像是从大厅底下发出的声音回答说，'而你，阿里老爷，你也完蛋啦！'

"就在这时，只听得一声沉闷的炸裂声，父亲身边的地板都炸飞了。

"土耳其士兵从地板的缺口往上射击。有三四名希腊卫士被从下往上的子弹射穿身体，倒了下来。

"父亲大吼一声，伸开手指插进枪眼，把整个一片地板掀了起来。

"从这个缺口里，立刻射上来二十多发枪弹，顿时硝烟升腾而起，犹如从火山口喷发出来，吞没了四周的帷幔。

"在这片可怕的枪林弹雨中，在这片吓人的厮杀声中，有两声枪响格外清晰，有两声吼叫格外揪人肺腑，使我恐怖得周身冰凉。那是射中父亲的两发致命的枪响和他发出的两声吼叫。

"但他依然用手攀住窗台挺立着。母亲拼命摇着门，想去跟他死在一起；但这扇门从里面锁上了。

"父亲周围，希腊卫士在临死前痉挛地扭曲着身子。有两三个没有受伤或只受了轻伤的卫兵，跳窗夺路而走。就在这时，整个地板嘎嘎作响，摇摇晃晃地要坍陷下去。父亲一条腿跪在了地上；刹那间二十只胳膊同时伸向他，手中握着的弯刀、短枪、匕首同时向他击出，顿时火光冲天，硝烟弥漫，父亲消失在这群又号又叫的魔鬼喷出的浓烟烈雾中，就像地狱在他脚下裂了个口子。

"我只觉得自己滚到了地上：母亲昏厥了过去。"

海黛的双臂无力地垂在身边，呻吟一声，对伯爵望去，像是在问他，对她的服从是否感到满意了。

伯爵立起身走到她跟前，拉起她的手，用希腊语对她说：

"歇一下吧，亲爱的孩子，你要想到天主是会惩罚那些叛徒的，这样你才能鼓起勇气来。"

"这真是个怕人的故事，伯爵，"阿尔贝说，他被海黛惨白的脸色吓坏了，"现在我真后悔，不该鲁莽地提出这么个残酷的要求。"

"没关系。"基督山回答说。

他把一只手放在年轻姑娘的头上。

"海黛是个勇敢的姑娘，"他接着说，"有时候她觉得把自己苦难的遭遇讲出来，会减轻一些痛苦。"

"因为，我的大人，"年轻姑娘急切地说，"因为我受过的苦难会使我记起你对我的恩情。"

阿尔贝好奇地望着她。她还没有讲到他最想知道的事情：她是怎么成为伯爵的女奴的。

海黛从伯爵和阿尔贝两人的目光中，看出了其中表示的同样的要求。

她继续说：

"等到母亲恢复知觉，我们已经是在土耳其统帅的面前了。

"'你们杀了我吧，'母亲说，'但不要玷辱阿里遗孀的名誉。'

"'这话你不用对我说。'库尔希说。

"'那对谁说？'

"'对你的新主人。'

"'谁？'

"'这一位。'

"库尔希指给我们看的人，就是对父亲的死负有最深重罪责的那个军官。"年轻姑娘压抑着满腔悲愤说。

"后来，"阿尔贝问，"你们就当了那个人的奴隶？"

"没有，"海黛回答说，"他不敢把我们留下，把我们卖给了去君士坦丁堡的奴隶贩子。我们穿过希腊，精疲力竭地来到土耳其京城。城门口挤满看热闹的人，他们看见我们，让出了一条路让我们过去。这时，母亲顺着周围那些人的目光往上看去，猛然间发出一声惨叫，一边对我指着城门上悬着的那颗人头，一边就不省人事地倒在了地上。

"在这颗人头下面有一行字：

"这是约阿尼纳帕夏阿里－台佩莱纳的头颅。

"我哭着想把母亲扶起来，但她已经死了！

"我被带到市场上。一个有钱的亚美尼亚人买下了我，他训练我，请了教师教我各门技艺，等我长到十三岁时，就把我卖给了马哈茂德苏丹[1]。"

"我就是从他手里把她买过来的，"基督山说，"代价嘛，我已经对您说过了，阿尔贝，就是跟我装印度大麻的小盒子配对的那块祖母绿。"

"哦！你真好，你真伟大，我的大人，"海黛吻着基督山的手说，"我能够有你这样的主人，真是太幸运了！"

听了刚才的故事，阿尔贝神情茫然，一时回不过神来。

"把您的咖啡喝了吧，"伯爵对他说，"故事讲完了。"

---

1 当时土耳其奥斯曼帝国的君王。

第78章
约阿尼纳专讯

弗朗兹走出诺瓦蒂埃房间时跟跟跄跄、茫然失措的模样，连瓦朗蒂娜看了也心中不忍。

维尔福前言不搭后语地说了几句话，就赶紧逃回自己的书房。两小时后，他收到下面的这封信：

> 鉴于今晨揭露的情况，诺瓦蒂埃·德·维尔福先生已断无可能同意与弗朗兹·德·埃皮奈先生家族联姻。德·维尔福先生对今晨所述之事看来早已知悉，而竟未及时知照，弗朗兹·德·埃皮奈先生对此感到不胜惊骇之至。

这时候，如果有谁见到遭此打击嗒然若失的检察官，准会相信他事先绝没料到会发生这样的事。确实，他怎么也想不到父亲会这么口无遮拦，或者说这么鲁莽造次，竟然会把这段往事和盘托出。说句公道话，由于诺瓦蒂埃先生一向不把儿子的意见放在眼里，始终不屑于把这件事的真相对维尔福讲明，所以维尔福一直以为德·盖斯内尔将军，或者说德·埃皮奈男爵——怎样称呼，要看讲话的人愿意说他的名字，还是愿意称呼他的爵位而定——是遭人暗杀，而并非死于一场光明正大的决斗。

这封言辞激烈的信，出自一个从来都是对他谦恭有加的年轻人之手，这对像维尔福这样的人的自尊心，是个致命的打击。

他刚回到书房不一会儿，妻子就进来了。

弗朗兹被诺瓦蒂埃先生那么叫走，使当时在场的人都大为惊讶，德·维尔福夫人独自陪着公证人和证婚人留在客厅里，处境愈来愈尴尬。于是她决定也离开一会儿，临走前她对大家说，她去打听一下消息。

德·维尔福先生只告诉她说，诺瓦蒂埃先生向他和德·埃皮奈先生做了一番解释，其结果就是瓦朗蒂娜和弗朗兹的婚事告吹。

这个消息，对等候在客厅里的那些人难于启齿；所以德·维尔福夫人回到客厅时，只说是诺瓦蒂埃先生在谈话开始时突然发病，因而婚约自然只能推迟几天再签署了。

这种说法，实在无法让人相信，况且在这以前又刚发生过同类性质的两桩不幸事件。在场的人先是惊愕地面面相觑，随即不置一词，纷纷抽身告退。

这当儿，又惊又喜的瓦朗蒂娜拥抱了羸弱的老人，感谢他一举击碎了她已经以为无望挣断的锁链，随后就表示她想回自己房间去稍作休息，诺瓦蒂埃用目光答允了她的请求。

不过，瓦朗蒂娜并没有真的上楼去，一出老人的屋子，她就沿着走廊跑去，穿过小门来到花园。在那些接踵而至的事情中间，有一种影影绰绰的令人恐怖的东西，始终萦绕在她心头。她一直在担心，说不定什么时候，莫雷尔会脸色惨白、神色吓人地出现在面前，就像莱文斯伍德领主来怒斥拉美莫尔的露契亚负心[1]那样。

她这会儿跑到大铁门跟前，来得可正是时候。马克西米利安先前瞧见弗朗兹和德·维尔福先生一起离开公墓，觉得事情不妙，就跟在他们后面。后来，瞧见弗朗兹进了维尔福先生的府邸，瞧见他匆匆离去，带了阿尔贝和夏托-勒诺一起回来，他觉着事情已无可怀疑，于是当即赶到苜蓿地准备应付面临的局面。他相信瓦朗蒂娜一有机会就会脱身跑来的。

他没想错；那只凑在铁门洞眼上的眼睛，果然看见了年轻姑娘的身影。她一改战战兢兢的常态，径直朝铁门奔来。马克西米利安一看见她的脸，就放下了心，一听见她说的第一句话，就高兴得跳了起来。

"我们得救了！"瓦朗蒂娜说。

"我们得救了！"莫雷尔重复说，几乎不相信自己能有这样的幸福，"是谁救了我们？"

"是我祖父。哦！您一定要好好爱他，莫雷尔。"

---

1 《拉美莫尔的露契亚》是多尼采蒂著名的三幕歌剧，本书第34章曾提及。剧中，苏格兰拉美莫尔庄园的露契亚与莱文斯伍德的领主埃德加相爱。埃德加出使法国之际，露契亚之兄阿斯顿伪造书信，让露契亚以为埃德加已变心，并趁机为她安排婚礼，迫使她嫁给布克劳勋爵。婚礼举行时，埃德加刚好回到庄园，赶来怒斥露契亚负心。后来这对情侣双双殉情而死。

莫雷尔发誓全心全意爱这位老人，他发这个誓并没有半点踌躇，因为此时此刻，他不单愿意把老人当作朋友或祖父那样去爱他，而且愿意把他当作神灵那样崇拜他。

"到底是怎么回事？"莫雷尔问，"他用的是什么好办法？"

瓦朗蒂娜刚想开口把事情原原本本告诉他，骤然想到这事后面隐藏着一段可怕的秘密，而且这秘密牵涉到的不光是祖父一个人。

"等以后吧，"她说，"我会把一切都告诉您的。"

"什么时候？"

"等我做了您妻子以后。"

这是莫雷尔最心爱的话题，一提到这事，莫雷尔就什么都肯答应。所以，他甚至答应说，一天工夫就知道这么些事情，的确是够多了，对此他应该满足。但他坚持非要瓦朗蒂娜答应他第二天晚上再跟他会面，然后才肯离去。

瓦朗蒂娜答应了莫雷尔的要求。她眼里看出去的一切都变了样；现在要她相信她会嫁给马克西米利安，可比一小时前要她相信自己可以不嫁给弗朗兹容易多了。

这当儿，德·维尔福夫人上楼进了诺瓦蒂埃的房间。

诺瓦蒂埃看她的眼神阴沉而严厉；他看起她来，向来用的是这种眼神。

"先生，"她对他说，"瓦朗蒂娜婚事告吹的事，就不用我来告诉您了，既然这事就是在这儿发生的。"

诺瓦蒂埃的脸上没有一丝表情。

"但是，"德·维尔福夫人继续说，"有一件事您是不知道的，先生，那就是我一直反对这桩婚事，从一开始就不赞成。"

诺瓦蒂埃望着儿媳妇，表示他在等着她的下文。

"不过现在，既然您很嫌恶的这门婚事已经作罢，我倒想来对您说一件德·维尔福先生和瓦朗蒂娜都没法开口的事儿。"

诺瓦蒂埃的目光在问："是什么事？"

"我是作为唯一有权提出这个请求的人，先生，"德·维尔福夫人继续说，"因为我是唯一不能从中受益的人。我请求您把您的财产赐还您的孙女——我没有为她请求您的宠爱，因为那是她始终享有的。"

诺瓦蒂埃的目光一时间显得有些犹豫：他显然是想弄明白这个请求的用意，但没能做到。

"我能期望，先生，"德·维尔福夫人说，"您的意思是跟我提的请求一致的吗？"

"是的。"诺瓦蒂埃说。

"那么，先生，"德·维尔福夫人说，"我就怀着感激和愉快的心情告退了。"她向诺瓦蒂埃先生行个礼，退了出去。

第二天诺瓦蒂埃就派人去请公证人来：前一份遗嘱作废，重立了一份，申明财产悉数留给瓦朗蒂娜，条件是谁也不能让她离开他的身边。

于是，有人算了这么一笔账：德·维尔福小姐已经是德·圣梅朗侯爵和侯爵夫人的遗产继承人，现在又重新得到祖父的宠爱，所以她有一天将会有年金达三十万利弗尔的财产。

正当维尔福府上婚事骤变之时，德·莫尔塞夫伯爵先生接待了基督山伯爵的来访。然后，他准备前去拜访唐格拉尔；为了表示对这位银行家的热忱，他身穿全套少将军服，佩挂全部十字勋章，吩咐套上最好的辕马。装束安排停当以后，他就乘车前往昂坦堤道街。当仆人进来向唐格拉尔通报时，唐格拉尔正在记他的月结账目。

近几个月来，每逢有人在这个当口来拜访这位银行家，都甭想见到他有好脸色。

所以，唐格拉尔一看见这位老朋友，就摆出一种庄严凝重的神气，煞有介事地坐在自己的扶手椅里。

平日里刻板无趣的莫尔塞夫，这会儿做出一副笑容可掬、亲热体己的模样。他满心以为，只要自己开诚布公地一谈，十拿九稳对方会以礼相待；因此，他决定不兜圈子，开门见山说：

"男爵，今天我特地登门拜访。当年说定的事，咱们一直没有具体地谈一谈……"

莫尔塞夫说这话时，期待能看到银行家脸上绽出笑容。这张脸阴沉沉的，他以为只是由于他久久不曾提起此事的缘故。但是，出乎他的意料，这张脸几乎令人无法置信地变得更加没有表情、更加冷冰冰了。

这就是莫尔塞夫话说到一半，打住不说的原因。

"什么说定的事，伯爵先生？"银行家问，仿佛他根本想不起来将军说的是什么意思。

"噢！"伯爵说，"您是个讲究礼节的人，亲爱的先生，您这是在提醒我，礼仪所要求的繁文缛节还是不能省去的。那行！没问题。您得原谅我；我只有这么一个儿子，这是头一回考虑他的婚事，所以我还是个外行：好吧，我这就开始了。"

说着，莫尔塞夫挤出一个笑容，起身向唐格拉尔深深一鞠躬，开口说道：

"男爵先生，我荣幸地为犬子阿尔贝·德·莫尔塞夫子爵向令媛欧仁妮·唐格拉尔小姐求婚。"

唐格拉尔却并没像莫尔塞夫所期待的那样欣然接受求婚；只见他眉头紧皱，听任伯爵仍然那么站着，并不请他坐下。

"伯爵先生，"他说，"在给您答复以前，我得先考虑一下。"

"考虑一下！"莫尔塞夫说，他越发吃惊了，"我们第一次谈起这桩婚事，还是八年前的事。这八年工夫，难道您还没时间考虑一下吗？"

"伯爵先生，"唐格拉尔说，"天天都会有新的情况出现，即使是我们自以为考虑好了的事情，碰到新的情况也得重新考虑。"

"究竟是怎么回事？"莫尔塞夫问，"我简直莫名其妙，男爵！"

"我是说，先生，自从两星期前出现了新的情况……"

"对不起，"莫尔塞夫说，"咱们这不是在演戏吧？"

"什么叫演戏？"

"嘿，咱们还是有话直说吧。"

"我巴不得这样呢。"

"您见过基督山先生！"

"我常见到他，"唐格拉尔弹弹胸前的襟饰，说，"他是我的朋友。"

"好吧！您最近一次见到他时，对他说过我对这桩婚事好像有些漫不经心、优柔寡断。"

"有这回事。"

"好！现在我来了。我既没有漫不经心，也没有优柔寡断，这您都看见了，我来就是为了催促您履行自己的承诺。"

唐格拉尔没有回答。

"难道您这么快就改变了主意？"莫尔塞夫说，"要不，难道您要我来对您提亲，就是为了羞辱我好让自己开开心？"

唐格拉尔明白，如果让对话再按这个调子继续下去，他的处境会变得很不利。

"伯爵先生，"他说，"我所持的保留态度使您感到惊讶，这原是很自然的事，我能够理解这一点。所以，请相信我，对此感到痛苦的首先是我；请您相信，我之所以这么做，完全是迫不得已。"

"这些都是空话，亲爱的先生，"伯爵说，"您去讲给一个偶然遇到的人听听还差不多；但是德·莫尔塞夫伯爵不是那样的人。当一个像他这样的人去找另一个人，提醒他说话要算数，而那个人却想赖账的时候，他是有权利要求对方至少当场说出一个像样的理由来的。"

唐格拉尔心里有些胆怯，但脸上不肯露出来：莫尔塞夫说话的口气刺痛了他。

"像样的理由，我又何尝没有呢。"他说。

"您这是什么意思？"

"要说像样的理由，我有，但我说不出口呀。"

"您要知道，"莫尔塞夫说，"您这么吞吞吐吐，是无法让我满意的。不过，有一件事在我已经是很清楚了，那就是您拒绝这门亲事。"

"不，先生，"唐格拉尔说，"我只是暂时不做决定而已。"

"可是，我想您总不至于以为，我会听凭您这么出尔反尔，低声下气地静等您回心转意对我开恩吧？"

"那么，伯爵先生，既然您不肯等，咱们就只当没这回事好了。"

伯爵紧咬嘴唇，直到咬得嘴唇渗出了血，才总算按捺住他那孤傲、暴烈的性子，没有发作出来。他转身向外走去；但刚走到客厅门口他就想到，照眼下这种局面，成为笑柄的只能是自己。这么一想，脚步就停了下来。

一道阴影掠过他的额头，驱走了愤愤不平的骄矜之气，留下隐约可见的不安神色。

"哎,"他说,"亲爱的唐格拉尔,咱们是多年的老相识了,彼此做事总得留个余地吧。您得给我一个解释,至少得让我知道,究竟是出了什么倒霉事儿,才让我的儿子失去了您的欢心。"

"这不关子爵的事,我能对您说的就是这些,先生。"唐格拉尔回答说。瞧见莫尔塞夫的态度软了下来,他又变得盛气凌人了。

"那么这关谁的事呢?"莫尔塞夫脸色发白,说话的声音都变了。

这一切没有逃过唐格拉尔的眼睛,他以一种以前不常有的自信的目光,盯住对方看着。

"我不想做进一步的解释,为此您还得感谢我才是。"他说。

莫尔塞夫周身神经质地打起寒战,这是强自压下去的怒火引起的。

"我有权利,"他竭尽全力克制住自己说,"而且我坚持要求您做出解释。莫非您对德·莫尔塞夫夫人有什么看法?莫非是我的财产不够多?莫非是我的政治观点跟您不同……"

"都不是,先生,"唐格拉尔说,"如果是这些原因,那就是我的不是了,因为当初答应这门亲事的时候,这些情况我都是知道的。不,您不用再问了,让您这么苦苦反省,我实在感到很不安。听我说,咱们就到此为止吧。有个折中的办法,就是搁一搁再说,既不算破裂,也不算订约。有什么好着急的呢,天主啊!我的女儿才十七岁,您的儿子也才二十一岁。在咱们暂时不提婚事的这段时间里,时光照样还会流逝,各种各样的事情照样还会发生。有时候,一些头天晚上看上去模模糊糊的事情,到第二天就一清二楚了;也有时候,说不定会突然爆出个料来,把人搞得臭不可闻。"

"您说什么,先生,什么叫臭不可闻!"莫尔塞夫脸色惨白地大声说,"您是说有人要搞臭我!"

"伯爵先生,我看咱们别谈这事了吧。"

"难道,先生,我就得乖乖地接受您的退婚?"

"感到痛心的首先是我,先生。是的,我比您更感到痛心,因为当初是我指望跟府上攀亲的,如今婚事破裂,女方承受的损失当然要比男方来得大。"

"好吧,先生,我们别再谈了。"莫尔塞夫说。

他窝着一肚子火,使劲揉着手套,出门而去。

唐格拉尔注意到，莫尔塞夫始终不敢问，是不是由于他莫尔塞夫本人的原因，唐格拉尔才取消当初的承诺的。

当晚，唐格拉尔跟几个朋友谈事情谈得很晚。而最后一个离开银行家府邸的，还是那位夫人小姐们小客厅里的常客卡瓦尔坎蒂先生。

第二天早晨，唐格拉尔刚醒来就吩咐要报纸，仆人立即拿了进来。他把三四份别的报纸往边上一推，拣起《大公报》。

这就是博尚当编辑部主任的那份报纸。

唐格拉尔很快地撕开封套，急不可耐地打开报纸，匆匆掀过巴黎要闻，翻到社会新闻版，嘴角挂着阴鸷的笑容，定睛看着一篇加边框的通讯。通讯的开头是：约阿尼纳专讯。

"好嘞，"他看完以后说，"有了这一小则关于费尔南上校的报道，我十有八九就不用再去给德•莫尔塞夫伯爵先生做什么解释了。"

在这同时，也就是说，在早上九点的钟声敲响的当口，阿尔贝•德•莫尔塞夫穿着一身黑衣服，上下纽子扣得齐齐整整，神情激动、语气生硬地在香榭丽舍林荫道的宅邸前求见伯爵。

"伯爵先生大约半小时前刚出去。"门房说。

"巴蒂斯坦也一起去的吗？"莫尔塞夫问。

"没有，子爵先生。"

"叫巴蒂斯坦出来，我有话跟他说。"

门房进去找那个贴身男仆；不一会儿，两人一起出来了。

"老弟，"阿尔贝说，"请原谅我的莽撞，但我要您亲口回答我，您的主人真的是出去了吗？"

"是的，先生。"巴蒂斯坦回答说。

"对我也是这个回答？"

"我知道主人是很乐于见到先生您的，所以我对先生您是向来不敢怠慢的。"

"你说得不错，现在我有一件要紧的事情要对他说。你看他会很晚才回来吗？"

"不会，因为他吩咐过十点钟备好早餐。"

"好吧,我在香榭丽舍大街上转一圈,十点钟再来。要是伯爵先生比我先到,请告诉他让他等我。"

"我一定转告,先生只管放心。"

阿尔贝让轻便马车就停在伯爵府邸门前他刚才下车的地方,自己徒步走去。

走过寡妇街的时候,他好像觉得瞅见伯爵的马车停在戈塞打靶场的门前。他走近一看,不仅认准了马车,而且认出了车夫。

"伯爵先生在打靶?"他问车夫。

"是的,先生。"车夫回答说。

果然,莫尔塞夫走近打靶场时,听见几下节奏分明的枪响。

他走进靶场。

靶场的侍者立在小花园里。

"对不起,子爵先生,"他说,"能不能请您稍等片刻?"

"为什么,菲利普?"阿尔贝问,他是这儿的常客,不明白今天为什么会被挡驾,心里感到奇怪。

"因为这会儿在打枪的先生喜欢独自一人,不让旁人看他打靶。"

"连您也不让看,菲利普?"

"您这不瞧见啦,先生,我也在门外。"

"谁给他装子弹呢?"

"他的仆人。"

"一个努比亚人?"

"一个黑人。"

"就是他。"

"这么说,您认识这位爵爷?"

"我来找他;他是我的朋友。"

"哦!那就是另一回事了。我这就进去告诉他。"

菲利普为了满足自己的好奇心,转身走进靶棚。一秒钟过后,基督山出现在门口。

"请原谅我跟到您这儿来了,亲爱的伯爵,"阿尔贝说,"不过我先得申明,这并不是您手下人的过错，而完全是我的冒昧造次。我到过您的府上；仆人告诉我说您已外出，但十点钟要回去用早餐的。我就这么顺路走走，想等到十点钟再回去，走着走着，瞧见了您的马和车子。"

"您对我说这些话，敢情是要我请您共进早餐哪。"

"不，谢谢，这会儿我可没心思用早餐。说不定稍晚些时候我可以陪您一起用早餐，但心情当然也好不了！"

"您在说什么呀？"

"亲爱的，我今天要决斗。"

"您？什么缘故？"

"当然是跟人算账！"

"对，这我懂，可到底是为了什么缘故呢？决斗的原因可是五花八门的，这您也明白。"

"为了荣誉的缘故。"

"喔！这可是个正经事儿。"

"当然是正经事，所以我特地来请您帮个忙。"

"帮什么忙？"

"做我的证人。"

"这下问题严重了；咱们别在这儿谈了，一起回我那儿去吧。阿里，备水。"

伯爵撩起袖子，走进靶棚前面的一间小屋。射手们通常都在那里面洗手。

"您进来呀，子爵先生，"菲利普低声说，"我给您看件怪事儿。"

莫尔塞夫走进靶棚。正面的靶板上没有靶纸，只是贴着几张扑克牌。

远远望去，莫尔塞夫以为那是一副同花顺子；从 A 到十点都齐了。

"啊哈！"阿尔贝说，"您是在玩牌呀？"

"不，"伯爵说，"我是在做牌。"

"此话怎讲？"

"哦，您瞧见的这些牌原先都是 A 和两点；不过我用子弹做出了三点，五点，七点，八点，九点和十点。"

阿尔贝走近靶板。

果然，子弹不偏不倚地在纸牌上该加点的地方穿过，横竖恰好对齐，距离也精确之至。在走近靶板的途中，莫尔塞夫还捡起了两三只燕子，它们是不小心飞进伯爵的手枪射程，被伯爵打下来的。

"神乎其神！"莫尔塞夫说。

"有什么办法呢，亲爱的子爵，"基督山用阿里递上来的毛巾揩着手说，"总得找点事儿，消磨一下空闲时间啊。请过来吧，我等着您呢。"

两人登上基督山的双座轿式马车，不一会儿，马车就把他俩载到了三十号的门前。

基督山领着莫尔塞夫走进书房，请他在一把椅子上就座。两人都坐了下来。

"现在，咱们平心静气地来谈谈吧。"伯爵说。

"您瞧，我完全是平心静气的。"

"您要跟谁决斗？"

"博尚。"

"他不是您的朋友吗！"

"决斗的对手往往是朋友。"

"至少总该有个原因吧。"

"有一个原因。"

"他对您怎么啦？"

"昨晚的报纸上，有……喏，您自己看吧。"

阿尔贝把一份报纸递给基督山，伯爵接过去念道：

约阿尼纳专讯：

　　本报得悉一段至今无人知晓或至少未见披露的史实。阿里-台佩莱纳总督的城堡，当初乃由其极为信任的一名法国军官出卖给土耳其人。这名军官名叫费尔南。

"嗯！"基督山问，"这个消息又怎么惹恼您啦？"

"什么！怎么惹恼我啦？"

"是啊。约阿尼纳的城堡是一个名叫费尔南的军官出卖的，这关您什么事呢？"

"这关我的事，因为我父亲德·莫尔塞夫伯爵的教名就是费尔南。

"而且他还在阿里帕夏麾下服过役。

"他曾为希腊人的独立而战斗过。阴险的诽谤就是冲这事来的。"

"噢！亲爱的子爵，咱们说话可得有根据！"

"我向来如此。"

"您倒说说看：在法国有谁会知道那个军官费尔南和德·莫尔塞夫伯爵是同一个人；这会儿又有谁还会对约阿尼纳去操那份心——我想它是一八二二年或者一八二三年沦陷的吧？"

"那家伙阴险也就阴险在这儿。这么多年来他一直不声不响，直等到今天才把大家早已遗忘的陈年旧账翻出来，用意就是要抖搂出一桩丑闻，来侮辱一个有身份有地位的人。呵！既然我从父亲那儿继承了他的姓氏，我就绝不会让这个姓氏蒙受丝毫的耻辱。这条消息是博尚的报纸发的，我要请两位证人去找博尚，让他收回这条消息。"

"博尚不会这么做的。"

"那么我们就得决斗。"

"不，你们决斗不起来的，因为他会回答您说，当年在希腊军队里说不定有五十个军官叫费尔南。"

"他就是这么回答，我也要跟他决斗。啊！我要让这一切都见鬼去……我父亲，他是位高尚的军人，他的戎马生涯战功赫赫……"

"博尚也许还会说：我们有充分的理由相信，这个费尔南跟德·莫尔塞夫伯爵先生全然不相干，尽管伯爵先生的教名也叫费尔南。"

"我一定要他完全收回这条消息，光那么说说是没法叫我满意的！"

"那么，您执意要让证人去见他？"

"是的。"

"您错了。"

"您的意思是说，您拒绝我刚才的要求，不肯帮这个忙啰？"

"哦！您是知道我对决斗抱什么观点。我在罗马给您讲过我的看法，您还记得吧？"

"可是，亲爱的伯爵，今天早上，就是刚才，我还看见您在做一件跟您的观点很不一致的事情。"

"那是因为，亲爱的朋友，您也明白，凡事都不能过于迂执。一个人生活在疯子中间，就也得学得疯疯癫癫才行；说不定哪一天，会有个愣头愣脑的人就像您这会儿去找博尚吵架一样，无缘无故地来找我吵架，抓到一点碴儿就打发证人寻上门来，或者干脆在大庭广众羞辱我一番。嘻！这个愣头愣脑的家伙，我当然得杀了他。"

"那么，您承认您自己也有可能决斗？"

"当然！"

"好！那您干吗不让我决斗呢？"

"我没说您不能决斗。我只是说，决斗是件大事情，事先得郑重考虑。"

"他侮辱我父亲，郑重考虑过了吗？"

"要是他事先没有郑重考虑，这会儿也承认了，您就不该再跟他斗气。"

"哦！亲爱的伯爵，您实在太宽容啦！"

"您呢，实在太苛刻。嗳，假定……请您听仔细了，我们假定……我这么说您可别动火啊！"

"我听着呢。"

"假定报道的消息是确实的……"

"一个儿子是无法容忍这样一个有损他父亲名誉的假定的。"

"哎！我的天主！这年头，有多少事情我们都容忍了下来哦！"

"这正是时代的弊病。"

"您想实行改革？"

"对，一旦事情跟我有关。"

"我的天主！您这人可真有点刻板，亲爱的朋友！"

"我就是这么个人。"

"就连忠告也听不进吗？"

"朋友的忠告是听得进的。"

"您看我是朋友吗？"

"是的。"

"那好！请您在打发证人去找博尚以前，先把这事再打听一下。"

"找谁打听？"

"问得好！比如说，可以找海黛。"

"干吗要弄个女人搅和进来，她能做什么？"

"比如说，您可以告诉她说，您的父亲跟她父亲的战败和死难都毫不相干，或许，您也可以把事情弄个水落石出，假如说您父亲不巧……"

"我对您说过了，亲爱的伯爵，我无法容忍这种假设。"

"这么说，您拒绝这么做？"

"我拒绝。"

"毫无商量余地？"

"毫无商量余地。"

"那就请容我最后再奉劝一句。"

"好吧，但这只能是最后一句。"

"您不愿听？"

"不，我在洗耳恭听呢。"

"您别打发证人去找博尚。"

"怎么？"

"您自己去找他。"

"这样做不合规矩。"

"您这事本来就出格。"

"为什么要我自己去，嗯？"

"因为您自己去，事情就仍然是在您和博尚之间。"

"请再说得明白些。"

"行。要是博尚愿意收回那条消息，那就该让他有个机会表示他的诚意：反正那条消息总归是要收回的。反过来，要是他不肯收回，那时候再让两个外人参与这桩秘密也不迟。"

"那不是什么外人，而是两个朋友。"

"今天的朋友就是明天的仇人。"

"喔！那怎么会呢！"

"有例为证：博尚。"

"所以……"

"所以，我劝您谨慎行事。"

"所以，您认为我该亲自去找博尚？"

"是的。"

"单独去？"

"单独去。您希望别人的自尊心对您做出让步，您就得先顾及对方的自尊心，保全他的面子，不让他为难。"

"我看您说得有道理。"

"啊！那太好了！"

"我单独去找他。"

"去吧。不过，要是干脆不去，恐怕更好。"

"这不行。"

"那就请便吧；这总要比您原先的打算好些。"

"不过，要是到时候我该说的都说了，该做的也都做了，最后还是得决斗，那么您愿意当我的证人吗？"

"亲爱的子爵，"基督山非常严肃地说，"您想必也知道，在某些合适的时间和地点，我已经为您竭诚地效过劳；但是您提的这个要求，恕我难以从命。"

"什么原因？"

"也许日后您会知道的。"

"那现在呢？"

"这是我的秘密，还请多包涵。"

"好吧。我去找弗朗兹和夏托-勒诺。"

"去找弗朗兹和夏托-勒诺，那再合适不过了。"

"不过，要是我真的决斗，您总肯教我几招剑法，或者指点一下我的枪法吧？"

"不，这又是件我无法从命的事情。"

"喔，您真是个怪人！这么说您是一点儿也不肯沾边啰？"

"确实如此。"

"那咱们就谈到这儿吧。再见，伯爵。"

"再见，子爵。"

莫尔塞夫戴上帽子，走了出去。

他在宅邸门前登上自己的轻便马车，使劲按捺住满肚子的火气，驱车去会博尚；博尚此刻在他的报馆里。

阿尔贝来到了报馆门前。

博尚待在一间光线很暗、积满灰尘的办公室里。报馆的编辑部，似乎从有这名称的时候起就是这副模样的。

当差的通报阿尔贝·德·莫尔塞夫先生来访。他让当差的再报了一遍，可还是不敢相信自己的耳朵，就大声说：

"请进！"

阿尔贝出现在门口。博尚见真是自己的朋友来访，惊奇得喊出声来，而这时阿尔贝正跨过一捆捆新闻纸，步履艰难地从一摞摞报纸中间走过来，报纸从走道的镶木地板一直堆到办公室的红方砖地上，到处都是。

"这儿走，这儿走，亲爱的阿尔贝，"博尚边说边向年轻人伸出手去，"什么风把您给吹来的？您是像小拇指那样迷路了，还是特地来请我去吃早饭？请自个儿找把椅子；喏，那儿，天竺葵旁边有一把，这里就只有这盆天竺葵在提醒我，世界上除了一张张报纸，另外还有几张叶子呢。"

"博尚，"阿尔贝说，"我来就是跟您谈报纸的。"

"您，莫尔塞夫？跟我谈报纸？"

"我要您登一个更正启事。"

"登更正启事？什么事情要更正，阿尔贝？可您倒是坐呀！"

"谢谢。"阿尔贝略略颔首回答。

"您得先把事情说说清楚吧。"

"有一条消息损害了我的家人的名誉，我要求做出更正。"

"是吗！"博尚惊奇地说，"哪条消息？这不可能吧。"

"那条约阿尼纳专讯。"

"约阿尼纳？"

"对，约阿尼纳。看起来您当真不明白我的来意？"

"我凭名誉起誓……巴蒂斯特！昨天的报纸！"博尚喊道。

"不用，我给您带来了。"

博尚低声念道：

"约阿尼纳专讯……"

"您得明白，这事非常严重。"等博尚念完以后，莫尔塞夫说。

"这个军官是您的亲戚？"编辑部主任问。

"是的。"阿尔贝涨红着脸说。

"嗯！您要我怎么做，才能让您满意呢？"博尚口气温和地说。

"我希望，亲爱的博尚，您能收回这个报道。"

博尚目不转睛地望着阿尔贝，流露出宽厚温存的表情。

"噢，"他说，"这事咱们可得好好谈谈。登更正启事不是件小事情。您先坐下，我再把这段报道看一遍。"

阿尔贝坐下。博尚比刚才更仔细地，又把朋友提出责难的那几行文字看了一遍。

"好！您也看见了，"阿尔贝语气很决绝，甚至很生硬地说，"您的报纸侮辱了我的家庭的成员，我要求您更正。"

"您……要求……"

"对，我要求！"

"请允许我对您说一句，您可不是议员先生，亲爱的子爵。"

"我也不想当议员，"年轻人立起身来说，"我只要求对您昨天发表的一条消息做出更正，而且这事非做不可。您好歹也算是我的朋友，"阿尔贝看到博尚带着轻蔑的表情昂起头来，就抿紧嘴这么说，"您好歹也算是我的朋友，既然如此，我希望您对我有足够的了解，知道我碰到这种情况是非常固执的。"

"如果说我曾经是您的朋友，那么，莫尔塞夫，您方才的这番话已经使我忘却了这一点……好了，我们都别发火，至少暂时先别发火……您瞧您，风风火火的，一触即跳……哎，这个叫费尔南的是您的什么亲戚？"

"他不是别人，"阿尔贝说，"就是我的父亲费尔南·蒙代戈先生，德·莫尔塞夫伯爵，浴血沙场负伤不下二十处的老军人，现在居然有人想往他那高贵的伤瘢上抹阴沟里的污泥。"

"是您父亲？"博尚说，"那就另当别论了。我理解您的愤慨，亲爱的阿尔贝……请让我再念一遍……"

他又念了一遍这条消息，这一回是逐字逐句仔仔细细看的。

"有什么地方能让您看出，"博尚问，"报上的费尔南就是您父亲呢？"

"没有什么地方，这我知道；可是别人会看出来的。正是为了这个缘故，我才要求对这条消息辟谣。"

听到我要求这三个字，博尚抬起头来望了望莫尔塞夫，旋即垂下眼睑，思考了一会儿。

"您决定对这条消息辟谣吗，博尚？"莫尔塞夫问道，尽管他竭力在控制自己，但火气还是在往上冒。

"是的。"博尚说。

"好极了！"阿尔贝说。

"但要到我能肯定报道不实的时候。"

"什么？"

"是的，这件事情应该说清楚；我会把它说清楚的。"

"这件事您有什么要说清楚的，先生？"阿尔贝再也按捺不住了，"如果您认为那不是我父亲干的，就请您马上这么说。而如果您认为是他干的，您也得给我说出个理由。"

博尚嘴角挂着他那独特的微笑，望着阿尔贝。这种微笑往往可以表现出各种不同情绪之间的微妙差别。

"先生，"他说，"既然您来了，而且目的就是要我说清楚这个理由，那么一开头就该这么做，根本用不着让我花上半个钟头，耐着性子听您跟我说什么友情和别的废话。好吧！咱们是不是就该决斗了呢？"

"没错，要是您不肯收回这种无耻的诽谤！"

"且慢！请您收起您的威胁，阿尔贝·蒙代戈先生，德·莫尔塞夫子爵。我不能容忍我的敌人威胁我，更不能容忍我的朋友这样做。您是说，即便我凭名誉起誓，我对报道费尔南上校的消息事先一无所知，您也非得要我辟谣不可吗？"

"对，非得辟谣不可！"阿尔贝说，他已经开始失去理智了。

"要不然您就跟我决斗？"博尚接着说，语气依然很平静。

"对！"阿尔贝提高嗓门说。

"好吧！"博尚说，"亲爱的先生，这就是我的回答：这条消息不是我经手发的，我对此事一无所知。但是您的所作所为，引起了我对这条消息的关注，我决心把事情弄个水落石出。所以，是辟谣，还是证实，要等情况弄清楚以后再定。"

"先生，"阿尔贝立起身来说，"那就请让我的证人来见您吧。您可以跟他们商定选什么地点和用什么武器。"

"很好，先生。"

"那么，如果您不反对的话，今晚或至迟明天，我们在决斗场上见。"

"不，不！我要等时间合适才跟您在决斗场上见。我有权选适当的时间，因为我是接受挑衅的一方，而依我看，现在时间还不合适。我知道您的剑使得挺棒，我可不怎么样；我知道您六枪能打中三次靶心，这上面我跟您旗鼓相当；我知道咱俩的决斗是一场生死攸关的决斗，因为您很勇敢而……我也一样。所以我不想无缘无故地杀死您或让您杀死。现在该轮到我来问您了，我的问题是直截了当的。

"您对这个更正启事真的看重到如此地步，尽管我对您说过不止一遍，而且凭荣誉向您保证过我对这条消息并不知情，尽管我告诉过您，除了像您这样聪明的雅弗[1]，谁也不可能猜到那个名叫费尔南的人就是德·莫尔塞夫伯爵先生，可是，只要我不登更正，您就还是非要置我于死地不可吗？"

"我坚持要做更正。"

"那好！亲爱的先生，我同意跟您拼个你死我活，但是我要求等三个星期；三个星期以后，我会对您说：'喔，那条消息是假的，我更正'；或者我会说：'喔，那条消息是真的'，然后就从剑鞘里拔出剑，或者从枪匣里掏出枪来，两样武器任您选。"

"三个星期！"阿尔贝喊道，"三个星期对我来说就是蒙羞含辱的三个世纪哪！"

"假如您还是我的朋友，我就会对您说：'耐心点，朋友。'可是您自己要把我当仇人，所以我只能对您说：'这关我什么事，先生！'"

---

1 雅弗：《圣经》中人物，据说为印欧语系人种的祖先。

"好吧，就三个星期，"莫尔塞夫说，"可您得记住，三个星期以后，绝不能再有任何拖延，您也甭想再找什么借口……"

"阿尔贝·德·莫尔塞夫先生，"博尚也立起身来说，"我要等三个星期，也就是二十四天[1]以后才能把您从窗口扔下去，而您，也只有到那时候才有权利来砸我的脑袋瓜。今天是八月二十九日，这就是说，要等到九月二十一日。在这以前，请听我一句忠告，咱们别像两条分开拴着的看门狗那样乱叫乱咬吧。"

说着，博尚一本正经地对年轻人鞠了一躬，转身走进里面的排字房。

阿尔贝怒不可遏，挥起手杖使劲抽打地上的那一摞摞报纸出气；然后又转过头去朝排字房门口看了两三次，才悻悻然地走出编辑部。

一路上他使劲抽打辕马，犹如方才抽打那些惹他上火的无辜的报纸；在穿过林荫大道的当口，他瞥见莫雷尔仰着头，瞪着眼，轻快地挥动着胳膊，从圣马丹城门的方向而来，经过中国澡堂门前，往马德莱娜广场的方向而去。

"唉！"阿尔贝叹了口气说，"这儿有个幸运儿呢！"

碰巧阿尔贝还真说对了。

---

1 法国人有一星期按八天算的习惯。

莫雷尔确实是个幸运儿。

诺瓦蒂埃刚才差巴鲁瓦来请他去，他急于知道其中原因，所以干脆不乘车——比起出租马车辕马的四条腿，他更相信自己的两条腿。于是他就这么急匆匆地沿着梅斯莱街往圣奥诺雷区而去。

莫雷尔一路小跑，可怜的巴鲁瓦也只好拼着老命跟在后面跑。莫雷尔才三十一岁，巴鲁瓦可是六十岁了；莫雷尔陶醉于爱情如饮醇醪，巴鲁瓦却浑身燥热、口渴难当。这两个旨趣、年龄各异的一老一少，好似三角形的两条斜边：它们在底下是分开的，但往上相聚在同一个顶点。

这个顶点就是诺瓦蒂埃，他差巴鲁瓦去嘱咐莫雷尔赶紧来见他，这个嘱咐莫雷尔照办不误，结果累坏了巴鲁瓦。

一路跑到目的地，莫雷尔连大气也没喘一口：爱情给他插上了双翼。可是巴鲁瓦早已不识个中滋味，跑得浑身大汗淋漓。

这位老仆人引着莫雷尔从一扇边门进屋后，随手关上了书房的门。不一会儿只听得镶木地板上响起裙子的窸窣声，那是瓦朗蒂娜来了。

瓦朗蒂娜虽然穿着丧服，但是容光焕发，显得美丽极了。

莫雷尔沉醉在甜蜜的梦里，一时间竟把跟诺瓦蒂埃谈话的事抛在了一边。但不一会儿就听到了老人轮椅的滚动声，诺瓦蒂埃进屋来了。

莫雷尔连声感谢老人及时干预那桩婚事，把瓦朗蒂娜和他从绝望中解救出来，诺瓦蒂埃以亲切的目光接受了莫雷尔的谢忱。然后，莫雷尔望着瓦朗蒂娜，像是在询问她，老人叫他来究竟是要赐给他什么新的恩惠，年轻姑娘羞涩地坐得离莫雷尔远远的，如果不去问她，看样子她是不会先开口的。

诺瓦蒂埃的目光也望着她。

"那么，您是要我把您告诉我的那些话，都说出来吗？"她问。

"是的。"诺瓦蒂埃的目光说。

"莫雷尔先生，"于是瓦朗蒂娜对目不转睛地望着她的年轻人说，"诺瓦蒂埃爷爷有许多事情要对您说，这三天来他把这些事情都预先告诉了我。今天他把您请来，就是要让我把那些话转告您；既然他选了我当他的传话人，那我自当完全遵照他的原意把那些话向您转告。"

　　"哦！我正急不可耐地等着听您说呢，"年轻人回答说，"请说吧，小姐，请说吧。"

　　瓦朗蒂娜低下了头：这在莫雷尔看来是个好兆头。瓦朗蒂娜只有沉浸在幸福中的时候，才是娇弱的。

　　"爷爷想离开这个家，"她说，"他正在让巴鲁瓦找一处合适的房子。"

　　"那您呢，小姐？"莫雷尔说，"您是他最亲爱的人，诺瓦蒂埃先生是离不开您的。"

　　"我呢，"年轻姑娘说，"是不会离开我祖父的，这是我跟他早就说定的。我会在他旁边有自己的一个套间。德·维尔福先生要么同意我去和诺瓦蒂埃爷爷一块儿住，要么不许我去：在前一种情形，我现在就离开这儿；在后一种情形，我就要再等十八个月，等到满成人年龄。到那时我就自由了，我可以有一份独立的财产，而且……"

　　"而且……？"莫雷尔问。

　　"而且，如果爷爷允许的话，我就可以兑现我对您许下的诺言了。"

　　瓦朗蒂娜说最后这两句话时声音轻极了，莫雷尔要不是全神贯注地在听，一准听不清她在说些什么。

　　"我把您的意思说清楚了吗，爷爷？"瓦朗蒂娜又问了诺瓦蒂埃一句。

　　"是的。"老人说。

　　"等我跟爷爷一起住出去以后，莫雷尔先生，"瓦朗蒂娜接着说，"您就可以上那儿，当着我这位慈祥可敬的保护人的面去看我。要是到那时，我俩的心灵之间已经开始形成的这种联系，这种也可能是无知或任性的联系，在您看来是体面的，是能够保证我们今后生活幸福的（唉！人们常说，因为遇到阻碍而变得炽热的心，当一切顺利时就会冷却的！），那么您就可以来向我求婚，我等着您。"

　　"哦！"莫雷尔喊道，他真想跪在诺瓦蒂埃面前，就像跪在天主面前一样，他也真想跪在瓦朗蒂娜面前，就像跪在天使面前一样，"哦！我这辈子有过些什么德行，竟配得到这样的幸福啊？"

"在这以前，"姑娘以她纯情而严肃的口吻继续说，"我们得尊重礼俗和我们父母的意愿，只要这种意愿不是要把我俩拆散。总之只有一句话，而且我之所以要把这句话再对您说一遍，就是因为这一句话已经把一切的一切都包括在内了：我们得等待。"

"我向您保证，先生，"莫雷尔对着老人说，"这句话所意味的种种约束，我将会愉快地，而不是勉强地，去接受它们。"

"啊，我的朋友，"瓦朗蒂娜用异常温柔的目光注视着马克西米利安的胸口说，"我从今天起，就把自己看作早晚要清白体面地在名字前加上您姓氏的人了，所以请您千万不要鲁莽行事，不要因此而连累我的名声。"

莫雷尔把手按住自己的胸口。

诺瓦蒂埃始终以温柔的目光瞧着他俩。巴鲁瓦仍站在进门的地方，就像一个大家觉得在他面前无需隐瞒什么的人那样，笑吟吟地擦着从秃顶上往下淌的大颗大颗的汗珠。

"哦！天哪，瞧他有多热呀，我们的好巴鲁瓦。"瓦朗蒂娜说。

"噢！"巴鲁瓦说，"这是因为我跑得太快了，小姐。不过我得为莫雷尔先生说句公道话，他比我跑得还快。"

诺瓦蒂埃把目光投向一只托盘，那上面放着一瓶柠檬水和一只杯子。这瓶柠檬水，诺瓦蒂埃在半小时前喝掉过一点。

"噢，我的好巴鲁瓦，"年轻姑娘说，"您拿去喝吧，因为我看您一直在瞅着这大半瓶柠檬水呢。"

"说实话，"巴鲁瓦说，"我口渴得要命，能喝上一杯柠檬水祝您健康，那敢情好哇。"

"那您就去喝吧，"瓦朗蒂娜说，"一会儿就回来呀。"

巴鲁瓦端起托盘出去，因为他出房门时忘了关门，所以屋里的人看得见他刚走到走廊上就仰起脖子，把瓦朗蒂娜给他倒满的那杯柠檬水一饮而尽。

正在瓦朗蒂娜和莫雷尔当着诺瓦蒂埃的面道别的时候，通维尔福套间的楼梯上响起了铃声。

这是有人来访的信号。

瓦朗蒂娜瞧了瞧挂钟。

"中午十二点，"她说，"今天是星期六，爷爷，大概是医生吧。"

诺瓦蒂埃表示没错，一定是他。

"他会上这儿来的，得让莫雷尔先生离开，是吗，爷爷？"

"是的。"老人回答说。

"巴鲁瓦！"瓦朗蒂娜喊道，"巴鲁瓦，快来呀！"

这时只听见老仆人的声音回答说：

"我来了，小姐。"

"巴鲁瓦会送您到大门口的，"瓦朗蒂娜对莫雷尔说，"现在请您记住一件事，军官先生，就是我爷爷叮嘱您千万别做任何可能影响我们幸福的事情。"

"我答应过我要等待，"莫雷尔说，"我会等待的。"

这时，巴鲁瓦进屋来了。

"谁在拉铃？"瓦朗蒂娜问。

"德·阿弗里尼医生。"巴鲁瓦这么回答时，脚步似乎站立不稳。

"咦！您怎么啦，巴鲁瓦？"瓦朗蒂娜问。

老人没有回答；他用惊慌的眼神望着自己的主人，一只痉挛的手在空中划着，好像是要抓住一件东西不让自己跌倒下去。

"他要跌倒了！"莫雷尔喊道。

这时，巴鲁瓦全身愈抖愈厉害，脸部肌肉痉挛抽搐，整张脸都变了形；这些都是一场来势很猛的神经性发作的症状。

诺瓦蒂埃看着巴鲁瓦这样瑟瑟发抖，眼神中清晰地显露出人类心灵所能具有的全部的激动情绪。

巴鲁瓦朝主人走上几步。

"喔！我的天主！我的天主！主啊，"他说，"我这是怎么啦？……我难受……什么也看不见了。我眼睛里像有成百上千个金星在乱窜。喔！别碰我，别碰我！"

说着，他的眼睛令人恐怖地凸了出来，脑袋往后耷拉下去，而身体的其余部分却变得僵硬起来。

瓦朗蒂娜惊恐地喊了一声；莫雷尔把她抱在怀里，像是要保护她，不让她受到某种未知的危险的威胁。

"德·阿弗里尼先生！德·阿弗里尼先生！"瓦朗蒂娜声音发哽地喊道，"您快来呀！救命啊！"

巴鲁瓦转过身子，往后退了三步，一个跟跄，跌倒在诺瓦蒂埃脚边，一手抓住他的膝头喊道：

"我的主人！我的好主人！"

这时，德·维尔福先生听到了喊声，跑到房门跟前。

莫雷尔松开快要昏厥的瓦朗蒂娜，往后一闪躲进墙角，一块窗幔几乎把他全身都遮没了。

他仿佛瞧见一条蛇在他面前竖起身子似的，脸色煞白，目光呆滞地注视着痛苦挣扎着的垂死的人。

诺瓦蒂埃焦急、恐怖到了极点，只恨不能亲自去救救这个可怜的老人，这个在他眼里不是仆人，而是朋友的巴鲁瓦。但见巴鲁瓦额头青筋暴出，眼圈边上尚未麻痹的肌肉剧烈地挛缩，把一场生与死的殊死搏斗展现在每个人面前。

他脸面抽搐，眼睛充血，脖子后仰地躺倒在地上，两只手拍打着地板，而两条腿却已完全僵硬，像折断了似的弯曲着。

他的唇边流出一小摊白沫，呼吸困难，痛苦异常。

维尔福瞠目结舌。他一进屋就被眼前的场景吸引住，直愣愣地看着，竟自惊呆了。

他没有看见莫雷尔。

就在他这么默默地望得出神的当口，只见他的脸色渐渐变得惨白，头发根根都竖了起来。

"大夫！大夫！"他猛地冲向门口喊道，"您快来！快来呀！"

"夫人！夫人！"瓦朗蒂娜也奔到楼梯口喊继母，"您来呀！快来呀！请把嗅盐瓶也带来！"

"怎么啦？"德·维尔福夫人那清脆而矜持的嗓音问道。

"哦！您来呀！来呀！"

"大夫到底在哪儿？"维尔福喊道，"他在哪儿？"

德·维尔福夫人慢慢地走下楼来，听得见楼板在她脚下嘎嘎地作响。她一只手拿着块手帕在擦脸，另一只手拿着一只英国嗅盐瓶。

她进门后的第一道目光是投向诺瓦蒂埃的，但诺瓦蒂埃的脸上，除了在这种情形下极其自然的激动神情外，看上去一切如常。她的第二道目光射向了那个垂死的人。

她顿时脸色发白，目光倏地一下，从仆人身上跳回到主人身上。

"看在老天爷的分上，夫人，快告诉我大夫在哪儿。他刚才进了您的房间。您看，这是中风，只要能放血，还会有救的。"

"他刚刚吃过什么东西吗？"德·维尔福夫人问，对维尔福的问题避而不答。

"夫人，"瓦朗蒂娜说，"他没吃早饭，爷爷差他去办件事，所以他一早跑了很多路，只在回来以后喝了一杯柠檬水。"

"啊！"德·维尔福夫人说，"为什么不喝葡萄酒？柠檬水多不合适呀。"

"当时爷爷的那瓶柠檬水就在手边；可怜的巴鲁瓦口渴得要死，就拿去喝了。"

德·维尔福夫人打了个寒战。诺瓦蒂埃深邃的目光注视着她的一举一动。

"他脖子也变粗了！"她说。

"夫人，"维尔福说，"德·阿弗里尼先生在哪儿？我在问您呢。看在老天爷的分上，请回答我！"

"他在爱德华房间里，爱德华有点不舒服。"德·维尔福夫人说，她无法再回避了。

维尔福冲上楼梯，亲自去找医生。

"给，"年轻妇人把手里的小瓶递给瓦朗蒂娜，"看样子是要给他放血的。我得先回自己房里去，我看到血会受不了的。"

说着，她跟在丈夫后面上了楼。

莫雷尔从藏身处出来。刚才维尔福夫妇注意力都集中在巴鲁瓦身上，所以都没瞧见他。

"您快走吧，马克西米利安，"瓦朗蒂娜对他说，"等着我来叫您。走吧。"

莫雷尔向诺瓦蒂埃投去探询的一瞥。已经恢复冷静的诺瓦蒂埃对他做了个肯定的表示。

莫雷尔握住瓦朗蒂娜的手放在自己胸前；然后，从后面的那条通道走了出去。

与此同时，维尔福和医生从对面的那扇门进了屋子。

巴鲁瓦开始恢复知觉：发作过去了。他发出一声声呻吟，靠一条腿跪了起来。

德·阿弗里尼和维尔福把他扶到一张长椅上躺下。

"您有什么吩咐，大夫？"维尔福问。

"叫人拿点水和乙醚来。您家里有乙醚吗？"

"有。"

"再差人赶快去买松节油和催吐药。"

"快去！"维尔福对仆人说。

"现在让所有的人都退出去。"

"我也要出去吗？"瓦朗蒂娜怯生生地问。

"是的，小姐，尤其是您。"医生口气生硬地说。

瓦朗蒂娜惊愕地望了望德·阿弗里尼先生，在诺瓦蒂埃先生额上吻了一下，退了出去。

等她一出去，医生就脸色阴沉地把房门关上。

"您瞧，您瞧，大夫，他清醒过来了；这不过是一次发作，不要紧的。"

德·阿弗里尼先生神情阴郁地笑了笑。

"您觉得怎么样了，巴鲁瓦？"医生问。

"好一些了，先生。"

"您能喝这杯乙醚水吗？"

"我试试看，但请别碰我。"

"为什么？"

"因为我觉得，要是您碰我一下，哪怕只是用手指轻轻地碰一下，我就又会发病的。"

"喝吧。"

巴鲁瓦接过杯子，凑到颜色发紫的嘴唇边上，喝下差不多半杯。

"您哪儿难受？"医生问。

"哪儿都难受，只觉得浑身抽筋抽得厉害。"

"觉得头晕，眼睛里冒金星？"

"是的。"

"耳朵嗡嗡响？"

"响得吓人。"

"您是什么时候发病的？"

"刚才一会儿。"

"来得很快？"

"像闪电一样。"

"昨天、前天都没有一点症状？"

"没有。"

"没有嗜睡？没有迟钝的感觉？"

"没有。"

"今天吃过什么东西？"

"没吃什么；就只喝了一杯先生的柠檬水，没别的了。"

说着，巴鲁瓦用头朝诺瓦蒂埃指了指，诺瓦蒂埃一动不动地坐在轮椅里，专注地望着这幕可怕的场景，没有漏过一个动作，也没有漏过一句话。

"那柠檬水在哪儿？"医生急切地问。

"在楼下的瓶里。"

"在楼下哪儿？"

"厨房里。"

"要我去把它拿来吗，大夫？"维尔福问。

"不，您请别走，留在这儿让病人把剩下的这杯水都喝了。"

"那么柠檬水……"

"我自己去拿。"

德·阿弗里尼一纵身，打开房门，沿着仆人用的小扶梯就往下冲，差点儿没把德·维尔福夫人撞倒——她也正下楼到厨房去。

她喊了一声。

德·阿弗里尼却根本没注意到这些，他满脑子只有一个执着的念头。他腾身跳下最后三四级楼梯，冲进厨房一看，只见那瓶剩下四分之一的柠檬水还在托盘里。

他纵身猛扑过去，就像一只老鹰在扑向猎物。

他气喘吁吁地登上楼梯，走进那个房间。

德·维尔福夫人也慢腾腾地上楼回进自己的房间。

"就是这只玻璃瓶吗？"德·阿弗里尼问。

"是的，大夫。"

"您喝的就是这种柠檬水？"

"我想是的。"

"是什么味道？"

"有点苦。"

医生往手心里倒了几滴柠檬水，就像品酒那样吮在嘴里含了一会儿，然后把这液体吐进壁炉的炉膛。

"就是它，"他说，"您也喝过一些是吗，诺瓦蒂埃先生？"

"是的。"老人说。

"您也觉得有这种苦味？"

"是的。"

"喔！大夫！"巴鲁瓦喊道，"我又不行啦！我的大主，主啊，可怜可怜我吧！"

医生向病人奔过去。

"催吐药，维尔福，去瞧瞧来了没有。"

维尔福冲出房门喊道：

"催吐药！催吐药！买来了没有？"

没有人回答。整座房子笼罩在极度恐怖之中。

"要是我有办法把空气压进他的肺部，"德·阿弗里尼朝四下里望望说，"也许还能防止他窒息。可是不行，这儿什么都没有！"

"喔！先生，"巴鲁瓦喊道，"难道您就眼看我这么死去吗？喔！我要死了，天主啊！我要死了！"

"笔！笔！"医生说。

他瞥见桌上有支笔。

他想把笔插进病人的嘴里，因为巴鲁瓦不停地在痉挛，任怎么使劲也没法呕吐。但是病人的牙关咬得那么紧，这支笔硬是塞不进去。

巴鲁瓦这次的神经性发作，来势比上一回更猛。他从长椅上滚了下来，直挺挺地躺在地板上。

医生知道无法减轻他的痛苦，只能听凭他去受痉挛发作的折磨，起身朝诺瓦蒂埃走去。

"您觉得自己怎么样？"他急促地低声问，"很好？"

"是的。"

"胃里觉得很轻松，还是沉甸甸的？很轻松？"

"是的。"

"跟服用我每星期天给您的药丸，感觉是一样的？"

"是的。"

"您的柠檬水是巴鲁瓦调制的？"

"是的。"

"是您让他喝的？"

"不是。"

"是德·维尔福先生？"

"不是。"

"夫人？"

"不是。"

"那么是瓦朗蒂娜？"

"是的。"

巴鲁瓦张大嘴巴发出一声痛苦的呻吟，仿佛他的下巴骨碎裂了似的，这引起了德·阿弗里尼的注意：他撇下诺瓦蒂埃先生奔到病人身边。

"巴鲁瓦，"医生说，"您能说话吗？"

巴鲁瓦嗫嚅着说了几个含混不清的字。

"使把劲，我的朋友。"

巴鲁瓦睁大充满血丝的眼睛。

"这柠檬水是谁调制的？"

"我。"

"您一调好就端来给您主人？"

"没有。"

"那么您把它搁在哪儿了？"

"搁在配膳室，那会儿我正好有事要出去。"

"那是谁把它端到这儿来的？"

"瓦朗蒂娜小姐。"

德·阿弗里尼用手连连拍着自己的前额。

"啊，我的天主！我的天主！"他喃喃地说。

"大夫！大夫！"巴鲁瓦喊道，他觉着第三次发作又来了。

"催吐药到底来了没有哪？"医生喊道。

"这一杯是刚调好的。"维尔福应声说道，一边回进房间来。

"谁调的？"

"跟我一起来的药房伙计。"

"喝吧。"医生对巴鲁瓦说。

"不行啦，大夫，太晚了；我的喉咙口已经收紧，喘不过气来了！喔！我的心！喔！我的脑袋……喔！我受不了啦！……这种折磨我还得受很久吗？"

"不，不，我的朋友，"医生说，"您过一会儿就不再受折磨了。"

"啊！我懂您的意思！"那不幸的人喊道，"我的天主！可怜可怜我吧！"

话音刚落，只见他惨叫一声，身子往后倒去，犹如遭到雷劈一般。

德·阿弗里尼伸出一只手按在他的心口上，另一只手拿起一杯冰水凑在他的嘴唇边。

"怎么样？"维尔福问。

"去告诉厨房，让他们赶快拿点堇菜汁来。"

维尔福马上跑下楼去。

"您不用害怕，诺瓦蒂埃先生，"德·阿弗里尼说，"我这就把病人带到另一个房间去放血。说实话，这种发作瞧着是挺可怕的。"

医生扶住巴鲁瓦的两腋，把他拖进隔壁的房间；然后，马上回进诺瓦蒂埃的房间，拿起剩下的那点柠檬水。

诺瓦蒂埃闭上右眼。

"瓦朗蒂娜，是吗？您要瓦朗蒂娜？我去找人叫她。"

维尔福回上楼来。德·阿弗里尼在走廊里碰到他。

"怎么样？"维尔福问。

"您来。"德·阿弗里尼说。

说着，他把维尔福带进那个房间。

"还是昏迷不醒吗？"检察官问。

"他死了。"

维尔福倒退三步，带着一种无法让人怀疑的怜悯神情，握紧双手举过头顶。

"这么快就死了。"他望着尸体说。

"没错，很快，是吗？"德·阿弗里尼说，"可是您对这不该感到惊讶呀。德·圣梅朗先生和夫人都是这么猝然死去的。喔！在您家里死的人都是死得这么快的，德·维尔福先生。"

"什么！"检察官的声音里充满恐惧和惊慌，"您又想到那个可怕的念头上去了？"

"我一直在想，先生，一直在想！"德·阿弗里尼神情庄重地说，"这个念头从没离开过我。现在您只要仔细听我说，德·维尔福先生，就会相信这次我是不会弄错的了。"

维尔福浑身痉挛地颤抖着。

"有一种毒药能致人于死命而几乎不留下任何痕迹。这种毒药我很熟悉：我研究过这种毒药发作时的种种症状，以及不同剂量所能产生的效果。刚才我在巴鲁瓦身上认出了这种毒药的痕迹，而我在德·圣梅朗夫人身上也认出过它的痕迹。这种毒药，有一个方法可以探明它的存在：它会使遇酸变红的石蕊试纸恢复原先的蓝色，而且会使堇菜汁变成绿色。我们没有石蕊试纸，但是，瞧，他们把我要的堇菜汁给送来了。"

果然，走廊里响起了脚步声；医生开门从女佣手中接过一只盛着两三匙堇菜汁的小杯子，然后把门重又关上。

"您瞧，"他对检察官说，后者的心跳得那么厉害，简直可以听得出扑通扑通的声音，"这只杯子里是堇菜汁，这个瓶子里是诺瓦蒂埃先生和巴鲁瓦喝剩的柠檬水。倘若这柠檬水是纯净无毒的，堇菜汁就不变色；但倘若柠檬水是下过毒的，堇菜汁就会变成绿色。您瞧！"

医生往杯子里缓缓倒入几滴柠檬水，霎时间只见杯底生成一团雾状物；这团雾状物先是呈蓝色；然后从天蓝色转成乳白色，再从乳白色转成翡翠绿色。

变到最后一种颜色以后，就不再变了，这就是说：实验的结果已无可置疑。

"可怜的巴鲁瓦是被仿安古斯都拉树皮和圣伊涅斯核桃中的毒质毒死的，"德·阿弗里尼说，"无论是在法庭面前，还是在天主面前，我都要这样回答。"

维尔福没有作声，他朝天举起双臂，眼睛惊慌地圆睁着，犹如遭到雷劈似的，跌坐在一把扶手椅上。

第80章
控告

检察官看上去就像这间阴森森的房间里的第二具尸体，但德·阿弗里尼先生很快就使他恢复了神志。

"哦！死神进了这座宅子！"维尔福喊道。

"还是说谋杀吧。"医生答道。

"德·阿弗里尼先生！"维尔福大声说，"我简直没法告诉您，此刻我都感觉到了些什么；那是恐惧，是悲痛，是疯狂。"

"是的，"德·阿弗里尼神情严肃，语气平静地说，"可是我以为，现在是我们该行动的时候，是筑起一道堤坝扼制住死亡湍流的时候了。至于我，我觉得自己已经无法把这样的秘密再保守下去，我一心希望很快看到有人站出来，为社会和受害者伸张正义。"

维尔福用凄楚的目光环视着四周。

"在这座宅子，"他喃喃地说，"在我的家里！"

"嗨，检察官，"德·阿弗里尼说，"拿出男子汉的气概来吧。作为法律的代言人，您必须用祭献来维护自己的荣誉。"

"您的话让我胆战心惊，大夫，您是说祭献！"

"我是这么说的。"

"您是在怀疑谁吗？"

"我没有怀疑任何人。死神在敲您的门，它进来了；它不是盲目的，而是极其机灵的从一个房间走到另一个房间。嗯！我跟踪着它，辨认出了它的行迹。我援用古希腊人明智的做法，摸索而行；而我对您的家庭的友谊，以及我对您的尊敬，却成了蒙在我眼睛上的两层蒙眼布。嗯……"

"哦！说吧，说吧，大夫，我会拿出勇气来的。"

"好吧，先生。在您家里，在这座宅子里，也许就在您的家人中间，出了一桩骇人听闻的凶杀案，这种凶杀案每个世纪都会发生一起。洛姬丝特和阿格丽庇娜[1]两人生活于同一年代，那是个例外，它证明了天意震怒，决意毁灭罪孽深重的罗马帝国。布吕娜奥特和弗蕾黛贡德[2]，是一种文明起源阶段艰苦摸索的产物，当时人类正在学习主宰自己的灵魂，即便是从地狱使者那儿学习也在所不惜。所有这些女人在行凶之前，甚至在行凶的当时，都是年轻而美貌的。她们在行凶之前，甚至在行凶的当时，都有着纯洁无邪、如同花朵般娇艳的面容。我们在这座宅子里的罪犯身上，同样能见到这样姣好的面容。"

维尔福哀叫一声，合拢双手，以央求的姿势望着医生。

可是医生毫不留情地继续往下说：

"去找能从谋杀中得到好处的人，这是一条法学原则……"

"大夫！"维尔福喊道，"哦！大夫，这些遗祸无穷的原则，人世间有多少冤情是由此酿成的啊！我没法说清楚，但我觉得这桩谋杀……"

"噢！您总算承认这是谋杀了？"

"是的，我承认。还能怎么样呢？我已经无法回避了。但请您听我往下说。我是说，我觉得这桩谋杀案是冲着我，而不是冲着那几个受害者来的。我怀疑在这些离奇的灾难背后，隐藏着一桩对准我的灾难。"

"人啊，人！"德·阿弗里尼喃喃地说，"你是所有动物中最自私，所有生灵中最利己的啊，你总是以为地球绕你而转动，阳光为你而照耀，死亡也只冲你一个人而来。你就像站在草茎顶端诅咒天主的蚂蚁！那些丧失了生命的人，难道就让他们白白地送命？德·圣梅朗先生，德·圣梅朗夫人，诺瓦蒂埃先生……"

"什么？诺瓦蒂埃先生？"

"对！哦，您还真以为那人要害死的就是这可怜的仆人吗？不，不对：他就像莎士比亚笔下的那个波洛涅斯[3]，是个替死鬼。那瓶柠檬水本来该是诺瓦蒂埃喝的。按照事物发展的逻辑，喝下它的会是诺瓦蒂埃：另一个人喝下它纯属偶然；所以，虽然现在死的是巴鲁瓦，但本来应该是诺瓦蒂埃死的。"

---

1 阿格丽庇娜（15—59）：罗马皇后，公元 54 年毒死丈夫克劳狄一世，将前夫之子尼禄拥立为皇帝，左右朝政大权。后因母子争权，被尼禄处死。洛姬丝特（死于 68 年）就是提供毒死克劳狄一世的毒药的女人。

2 布吕娜奥特（543—613）：古国奥斯特拉齐的王后。其妹嫁给纳斯特里国王希尔佩里克一世后，被希尔佩里克一世的姘妇弗蕾黛贡德（545—597）毒死。布吕娜奥特决意为妹报仇，两国遂交战。

3 莎士比亚悲剧《哈姆雷特》中的御前大臣，被哈姆雷特误杀。

"那我父亲为什么喝了没死呢？"

"德·圣梅朗夫人去世的那天晚上，我已经在花园里告诉过您了。因为他的体质对这种毒药有了适应性；因为足以使别人致命的剂量对他已经不够了；最后还因为谁也不知道，那凶手也同样不知道，这一年来我一直在用番木鳖碱治疗诺瓦蒂埃先生的瘫痪症。凶手对此一无所知，所以凭自己的经验，认定番木鳖碱是必能置人于死地的。"

"我的主啊！我的主啊！"维尔福拧着自己的胳膊喃喃地说。

"我们来看看，凶手是怎样一步一步作案的：先是毒死德·圣梅朗先生。"

"哦！大夫！"

"我可以为自己说的话发誓。我所听到的症状，跟我亲眼看见的症状完全相符。"

维尔福不再申辩，发出一声痛苦的呻吟。

"毒死德·圣梅朗先生以后，"医生接着往下说，"又毒死了德·圣梅朗夫人：这样就可以有两笔遗产了。"

维尔福擦着额头淌下的冷汗。

"请您仔细听好。"

"哎！"维尔福嗫嚅着说，"我是在仔细听呢，一个字也没漏掉。"

"诺瓦蒂埃先生，"德·阿弗里尼无情的声音在接着往下说，"诺瓦蒂埃先生不久前立过一份遗嘱，没给您和您的家人留任何东西，把遗产全部捐赠给了穷人；这份遗嘱使诺瓦蒂埃先生免于一死，因为那人觉得对他没有什么可以指望的了。可是刚等诺瓦蒂埃先生废弃这份遗嘱，刚等他立好第二份遗嘱，凶手就生怕他再会立第三份遗嘱，迫不及待地下手了。立第二份遗嘱，我想是前天的事吧；您瞧，时间抓得有多紧。"

"哦！请您网开一面吧，德·阿弗里尼先生！"

"不能网开一面，先生；做医生的，在这人世间有一项神圣的使命，为了执行这项使命，他上溯生命的源头，下究冥冥中死亡的奥秘。当有人犯了罪，而天主想必是出于惊骇，掉过头去不顾的时候，医生就该站出来说：'凶手在这儿！'"

"求您饶恕了我女儿吧，先生！"维尔福喃喃地说。

"您瞧，这可是您，她的父亲，先提到她的名字的！"

"您就饶恕了瓦朗蒂娜吧！请听我说，那是不可能的。要说她有罪，我宁可说是我自己有罪！瓦朗蒂娜，她的心地像钻石一般纯净，她就像一朵洁白无瑕的百合哪！"

"她是不能被饶恕的，检察官先生。这是公然的谋杀：寄给德·圣梅朗先生的药，是德·维尔福小姐亲手包装的，结果德·圣梅朗先生死了。

"德·圣梅朗夫人喝的药水，是德·维尔福小姐亲手准备的，结果德·圣梅朗夫人死了。

"巴鲁瓦有事外出，德·维尔福小姐从他手里接过那瓶柠檬水，平时诺瓦蒂埃先生总是在早上喝光这瓶柠檬水的，这回他是侥幸逃脱了厄运。

"德·维尔福小姐就是罪犯！她就是下毒的人！检察官先生，我向您控告德·维尔福小姐，请您履行您的职责吧。"

"大夫，我不再坚持，也不再申辩了，我相信您的话。可是，请您发发慈悲，赦免我的生命和名誉吧！"

"德·维尔福先生，"医生愈说愈激愤，"事情到了这个地步，我只能冲破种种愚蠢的人情界限了。要是您的女儿只犯下了一桩罪行，而我瞧见她在策划第二桩罪行，那我就会对您说：'警告她，惩罚她，让她进隐修院去当修女，在哭泣和祈祷中度过后半生吧。'要是她只犯下了第二桩罪行，我还会对您说：'瞧，德·维尔福先生，这种毒药是没有解药的，药性发作起来快得犹如人的思想，犹如天边的闪电，它能像雷劈一样使人立时毙命，让她吃下这毒药，把她的灵魂交付给天主吧，这样您才能挽救您的名誉和生命，因为她是非置您于死命不可的。我想象得出她会怎样带着虚伪的笑容走到您的床边，甜言蜜语地劝您吃下致命的毒药！要是您不先发制人，德·维尔福先生，您就会遭殃！'这就是当她只害死两个人时，我会对您说的话。可是她亲眼看着三个人倒下，亲眼看着三个人被夺去了生命，她已经跪在第三具尸体身边了。该把这个下毒犯交给刽子手！交给刽子手！既然您提到您的名誉，那就请照我说的去做吧，等待着您的将是千古不朽的名声！"

维尔福跪了下来。

"请听我说，"他说，"我没有您的这种勇气，或者不如说，要是现在说的不是我的女儿瓦朗蒂娜，而是您的女儿玛德莱娜，您也不会有这种勇气的。"

医生的脸唰地一下变白了。

"大夫，每个男人，作为一个女人的儿子，本来就是为着受苦和死亡而到这个世上来的；大夫，就让我去受苦吧，我会等着死亡来临的。"

"当心哪！"德·阿弗里尼说，"这种死亡……是姗姗来迟的；说不定要等到它把您的父亲、妻子和儿子都夺走以后，您才会看到它向您走来。"

维尔福激动得一时说不出话来，紧紧地抓住医生的胳膊。

"请您听我说！"他喊道，"可怜可怜我，救救我吧……不，我女儿不是罪犯……哪怕我们俩一起上法庭，我也要说：'不，我女儿不是罪犯……在我家里没有什么谋杀……'我不愿意在家里有什么谋杀案；因为谋杀也跟死亡一样，当它到一个地方去时总不会是单独去的。您听着，就算我让人谋杀了，那又关您什么事？……您还是我的朋友吗？您还是个男子汉吗？您还有点儿心肝吗？……不，您只是个医生！……好吧，我告诉您：我决不会把自己的女儿亲手去交给刽子手的！……喔！一想到这儿我就痛不欲生，就恨不得像个疯子那样用手指头挖出胸膛里的那颗心来！……万一您弄错了呢，大夫！万一那不是我的女儿，而是另一个人呢！万一有一天，我脸色惨白像个鬼魂似的来对您说'你这凶手！你害死了我的女儿……'呢！您听着，德·阿弗里尼先生，我虽然是个基督徒，但要是万一有那么一天，我还是会自杀的！"

"那好吧，"片刻静默过后，医生说道，"我再等一等吧。"

维尔福瞧着他，仿佛对他的话还信不过似的。

"不过，"德·阿弗里尼先生语气缓慢而庄重地继续说，"要是府上有哪一位再发病，要是您自己也觉得不行了，你们不用来找我，因为我是不会再来了。我可以同意和您一起保守这可怕的秘密，可是我不愿看着羞耻和内疚在我心里发芽结果，变得愈来愈沉重，就像谋杀和灾难在您家里发芽结果，变得愈来愈可怕一样。"

"那您是想说，您要撒下我不管啦，大夫？"

"是的，因为我没法再跟您往前走了，我已经到了断头台的跟前，该止步了。早晚会有新的惨祸来结束这幕可怕的悲剧的。我告辞了。"

"大夫，我求求您啦！"

"这些可怖的景象搅得我心神恍惚，只觉得您这屋子令人厌恶，注定要倒霉。告辞了，先生。"

"还有一句话，就一句话，大夫！您可以把这些可怖的景象，把这由于您对我挑明了真相而变得更可怖的局面都留下给我，就这么一走了事。可是，这可怜的老仆人死得这么突然，这么快，这您叫我对人家怎么交代呢？"

"不错，"德·阿弗里尼说，"那您送我出去吧。"

医生走在前面，德·维尔福先生跟在他后面；惊恐不安的仆人们聚集在过道和楼梯上，那都是医生的必经之路。

"先生，"德·阿弗里尼对维尔福说，声音大得足以让所有的人听见，"可怜的巴鲁瓦这几年来老是待在家里，活动得太少啦。以前他那么喜欢跟着主人骑马或乘车，跑遍了欧洲各地，现在却老是围着一把轮椅打转，一年到头天天如此，这就是他的死因。血脉变得不流通了。他人也发福了，脖子也变粗变壮了，结果是中风暴发性发作，我得到通知赶来已经太晚了。"

"顺便说一句，"他又压低声音说，"千万别忘记把那杯堇菜汁倒进炉灰里。"

说完，医生既不跟维尔福握手，也不稍停片刻再对自己说的话考虑一下，就径直穿过上上下下一片哭喊声的屋子，出门而去。

当天晚上，维尔福府上的全体仆人先是聚集在厨房里讨论了很长时间，然后来找德·维尔福夫人，请她允许他们辞退工作离府。再怎么执意挽留，再怎么许愿增加工资，都留不住他们；说来说去，他们总是这么回答：

"我们要走，是因为死神在这座屋子里晃悠。"

他们终于不顾主人的再三恳求而离去了；临走前他们都表示非常舍不得离开这么好的主人，尤其是瓦朗蒂娜小姐，她脾气好，心眼好，特别体贴人。

维尔福听他们说这话时，向瓦朗蒂娜望去。

她一个劲儿地在哭泣。

维尔福在为这些眼泪所感动的当口，也瞥了一眼德·维尔福夫人，却只见她那两片薄嘴唇中间，仿佛掠过了一道转瞬即逝的暗笑，犹如在风暴将起的天际，从两片云层中间掠过的不祥的流星。真是怪事！

第81章
退休面包铺老板的房间

就在德·莫尔塞夫伯爵受了银行家的冷遇，怀着我们可以理解的羞惭、恼怒的心情离开唐格拉尔府邸而去的当天晚上，安德烈亚·卡瓦尔坎蒂先生把一头鬈发抹得油光可鉴，小胡子修得有棱有角的，让雪白的手套熨帖地勾勒出指尖的模样，几乎是站在他那辆四轮敞篷马车上，驶进了银行家坐落在昂坦堤道的府邸的内院。

在客厅里寒暄了十分钟光景，他就瞅个空子把唐格拉尔引到一扇窗子跟前，两人站定以后，他先说了几句很巧妙的开场白，接着就话锋一转说到他那位高贵的父亲离开巴黎以后，他如何忍受着生活的种种折磨。他说，自从父亲离开巴黎以后，幸亏银行家全家一直把他当作亲人接待他，他在这个家里找到了一个男子在激情尚未冲动以前都会执着地去寻求的幸福的一切保证，而说到激情本身，他也已经有幸在唐格拉尔小姐美丽的眼睛里遇见了。

唐格拉尔全神贯注地听他说着；早在两三天以前，他就在等着听这番表白，现在总算等到了，他的眼睛自然就不由得睁得老大老大的，跟他听莫尔塞夫说话时眼皮耷拉、眼神无光的模样相比，真是不可同日而语了。

但他也不想对年轻人的提亲就这么一口应承下来，他总得先对他的诚意做番考察才是。

"安德烈亚先生，"他对年轻人说，"您现在就想到结婚，不会太年轻了些吗？"

"不会，先生，"卡瓦尔坎蒂说，"至少我觉得不会：在意大利，达官贵人通常都是年纪轻轻就结婚的；那是个合乎逻辑的习俗。生活中的许多事情都是碰运气的，所以幸福到了手边，就得一把抓住。"

"现在，先生，"唐格拉尔说，"姑且假定您这使我深感荣幸的提议，我妻子和女儿也都能接受，那么这婚嫁的条件该跟谁去商量呢？在我看来，这种要紧的筹商，必得要由做父亲的出面，那样才能把双方子女的幸福安排得妥妥帖帖的。"

"先生，家父是个很明智的人，做起事来通情达理。他已经预计到我可能会有在法国成个家的意思：所以他临走前，除了把证明我身份的文件都留下以外，还特地给我留下一封信，他在信里写明了只要我的这门亲事合他的心意，他就从我结婚之日起给我一份十五万利弗尔的年金。这份年金，就我所知约占家父每年收益的四分之一。"

"我也早有打算，"唐格拉尔说，"女儿出嫁时给她五十万法郎；再说她还是我唯一的遗产继承人。"

"嗯！"安德烈亚说，"您瞧，事情挺顺当，当然是如果唐格拉尔男爵夫人和欧仁妮小姐都不拒绝我的要求的话。这一来，我们手头就有十七万五千利弗尔的年金了。再假定我能说动侯爵不是给我年金，而是干脆把本金给我，我知道这事儿不容易，可是毕竟还是有可能的，那您就可以拿我们这两三百万去做资本，到了熟谙此道的人手里，两三百万准能赚个一分利。"

"我平时给人的利息最多是四厘，"银行家说，"有时甚至是三厘半。可是对我女婿，我给五厘，而且红利对分。"

"嗨！棒极了，岳父，"卡瓦尔坎蒂说，他一个得意忘形，露出了多少有几分粗俗的本性，这本性，不管他怎样竭力用贵族的做派加以掩饰，还是不时要露出马脚来。

但他很快就恢复了常态。

"噢！对不起，先生，"他说，"您瞧，光这点盼头，就差点儿没把我乐疯了；要是事情真成了，我还不知要怎么样呢！"

"不过，"唐格拉尔说，在他这方面，并没有发觉这场起初毫无利害关系的谈话，怎样转眼间就变成谈生意了，"想必您有一部分财产，是令尊无法拒绝给您的吧？"

"哪部分？"年轻人问。

"令堂的那部分。"

"嗳，可不是吗，家母奥莉维亚·科西纳里的那部分。"

"这部分财产大约有多少？"

"噢，"安德烈亚说，"我可以肯定地对您说，先生，我从来没想到过这茬儿，不过毛估估至少总也有两百万吧。"

唐格拉尔一时间只觉得欢喜得连气也透不过来了，一个吝啬鬼找回一笔散失的财宝，或者一个眼看就要淹死的人突然感到脚下不再是行将把他吞没的深渊，而是坚硬的土地时，感觉就是这样的。

"嗯！先生，"安德烈亚边说边向银行家恭顺地鞠了一躬，"那我可以指望……"

"安德烈亚先生，"唐格拉尔说，"您不仅可以指望，而且可以确信，这桩亲事只要您那方面没有什么阻碍，那就说定了。不过，"他想了想说，"您在巴黎社交圈子里的那位保护人基督山伯爵先生，他怎么没跟您一起来提亲呢？"

安德烈亚的脸上升起一阵让人难以觉察的红晕。

"我刚从伯爵那儿来，先生，"他说，"他无疑是个极可爱的人，但就是怪得出奇。他对我的打算表示完全赞成；他甚至还对我说，他相信家父会毫不犹豫地同意给我本金，而不是年金；他答应利用他的影响帮助我说服家父；可是他对我有言在先，他个人从来不曾，而且以后也不愿承担代人作伐的责任。不过我得为他说句公道话，承蒙他垂顾，他又补充说，要是说他对这种不愿多事的态度也曾感到遗憾的话，那就是对我的这桩亲事了，既然他认为将要结合的这对新人是会很般配、很幸福的。再说，虽然他不愿公开地有所表示，但他对我答应过，要是您去对他谈这事儿，他在适当的时候是会答复您的。"

"啊！太好了。"

"现在，"安德烈亚带着他那最可爱的笑容说，"我跟岳父已经谈好，要跟银行家谈谈了。"

"您对他有何见教，啊哈？"唐格拉尔也笑呵呵地说。

"后天我就可以向您提取四千法郎的款子；不过伯爵考虑到我这个月开销可能会大些，那点儿月规钱恐怕不够用，所以他开了张两万法郎的支票给我，我不是说预支给我，而是说奉送给我。这不，上面有他的亲笔签字；您看这样行了吗？"

"像这样的支票，您就再给我来张一百万面额的也行，我一定照付不误，"唐格拉尔一边把那张支票放进衣袋，一边说，"请告诉我明天您什么时候有空，我会让出纳员带着一张两万四千法郎的收据去拜访您的。"

"那就早上十点吧；对我是愈早愈好：明天我想到乡下去。"

"好吧，十点，还是王子饭店吗？"

"对。"

第二天，素以准时著称的银行家，差人在十点整把那两万四千法郎送到了年轻人的住处；安德烈亚确实要出门，临走前留下两百法郎给卡德鲁斯。

在安德烈亚，这次外出的主要目的就是避开那位危险的朋友；所以他晚上磨磨蹭蹭地到很晚才回来。

但是，他刚踏进院子，就发现面前站着旅馆的门房，那人把大檐帽拿在手里，正等着他。

"阁下，"那人说，"这个人来过了。"

"哪个人？"安德烈亚漫不经心地问道，仿佛他把这人给忘了似的，其实他心里老想着他，甩也甩不开。

"就是阁下吩咐把这点钱给他的那个人。"

"噢！对了，"安德烈亚说，"那是我父亲的一个老仆人。嗯！我给他的那两百法郎，您交给他了？"

"是的，阁下，一点没错。"

安德烈亚让人称呼他阁下。

"可是，"门房继续说，"他不肯收下。"

安德烈亚脸色变白了；好在是在晚上，谁也瞧不见他的脸色。

"什么！他不肯收下？"他说话的声音略微有些激动了。

"是的！他要跟阁下说话。我告诉他您出去了；但他非要见您不可。不过最后他好像被我说服了，就把这封事先封好口的信交给了我。"

"快给我看。"安德烈亚说。

他凑在马车的车灯旁边看这封信：

　　　你知道我住哪儿；我明天早上九点钟等你。

安德烈亚检查了一下封蜡，为的是探明有没有人动过，有没有好事之徒偷看过里面的信；不过这封信折了又折，叠成一个菱形，不拆开封蜡是没法看到里面写些什么的：而封蜡完好无损，说明没有别人动过。

"很好，"他说，"可怜的人！真是个忠心耿耿的好人哪。"

说完他就走了，撇下那门房兀自在琢磨他的这两句话，弄不明白谁到底更值得称道些，是年轻的主人呢，还是年迈的仆人。

"快把马卸了，上楼到我房里去。"安德烈亚对赶车的年轻跟班说。

他三步并成两步地跑进自己的房间，把卡德鲁斯的信烧着，看着它化为灰烬。

事儿刚完，那跟班就进来了。

"你的身材跟我差不多，皮埃尔。"他对那跟班说。

"我很荣幸能回答是的，阁下。"跟班回答说。

"他们昨天给你送来的那套新制服，这会儿在你那里吧。"

"是的，阁下。"

"我跟一个缝纫作坊的小妞儿有个约会，我不想让她知道我的身份和地位。你把那套制服借给我，另外把你的证件也都给我，万一我要睡客栈的时候可以派用场。"

皮埃尔——照办。

五分钟后，安德烈亚从头到脚改扮停当，出旅馆时没被人认出来；他叫了一辆出租马车，吩咐去皮克比斯的红马旅店。

第二天，他像离开王子饭店时一样，也就是说没被人认出地离开了红马旅店，出门往圣安托万区而去，沿着林荫大道一直走到梅尼尔蒙唐街，在左边第三幢房子门前停住，因为瞧不见有看门人，就四下打量有谁可以问个讯。

"您找谁哪，我的漂亮小伙子？"对面的水果铺老板娘问道。

"我想请问一下帕耶丹先生住哪儿，我的胖大妈。"安德烈亚说。

"是个退休的面包铺老板吗？"水果铺老板娘问。

"没错，就是他。"

"进院子走到头再往左，四楼。"

安德烈亚照她指的路走上四楼，看见门口有个兔掌形状的门铃拉攀，他没好气地拉了几下，急促的铃声似乎也透着几分怒意。

一秒钟后，门上的铁栅框里出现了卡德鲁斯的那张脸。

"嘿！你挺准时。"他说。

说着他打开门锁。

"可不是！"安德烈亚边说边进屋。

他摘下那顶大檐帽往前面一扔，不想帽子没落到椅子上，却掉在了地板上，绕着房间骨碌碌地转了一圈。

"行啦，行啦，"卡德鲁斯说，"别发脾气，小家伙！我想说什么来着。哦，我可是老惦着你呢，你瞧瞧，咱们这顿早餐有多棒呀：全是你爱吃的东西，鬼家伙！"

果然，安德烈亚吸气的时候，闻到了一股粗劣的菜肴味儿，这股味儿对于饥肠辘辘的安德烈亚倒也是不无吸引力的；那是新鲜肥肉和大蒜混在一起的味儿，在普罗旺斯下层百姓的厨房里常能闻到这种味儿；其间也掺有一种干酪烤鱼的味儿，而且除此以外，还有肉豆蔻和丁香冲鼻的香味。这些气味，都是从炖在炉灶上的两只加盖的汤盆，以及一只在生铁炉子上咝咝作响的平底锅里散发出来的。

安德烈亚瞧见隔壁房里安着一张还算干净的桌子，上面放着两副刀叉和两瓶封口的葡萄酒，一瓶的封口是绿的，另一瓶是黄的，另外还有一大瓶烧酒和一堆水果，放水果的瓷盘还很巧妙地垫着一张大大的甘蓝叶片。

"你觉得怎么样？小家伙，"卡德鲁斯说，"唔，多香啊！当然啰！你知道，我在那儿就是个好厨师！你还记得大伙儿吃光我做的菜以后怎么一个劲地舔手指头吗？你呀，我做的调味汁，头一个来尝的就是你，我想，那会儿你可没觉得它们讨厌吧。"

说着，卡德鲁斯再拿起一只洋葱剥了起来。

"好，好，"安德烈亚憋住一肚子火说，"那没错，可要是你把我找来，就是为了跟你一起吃早餐，那你就见你的鬼去吧！"

"我的孩子，"卡德鲁斯用训诲的口气说，"咱们可以边吃边聊嘛；怎么，你这个忘恩负义的家伙，难道你不高兴来瞧瞧朋友啦？我呀，可是欢喜得都流出眼泪了。"

果然，卡德鲁斯真的流出眼泪了，只不过，刺激这位加尔桥客栈前老板的泪腺的，究竟是喜悦还是洋葱，那就很难说了。

"你给我闭嘴，伪君子，"安德烈亚说，"你，你说你爱我？"

"对，我爱你，不然就让魔鬼把我逮了去；我心肠太软，"卡德鲁斯说，"这我知道，可是我也拿自己没办法。"

"可你照样还是把我这么找来，也不知你安的是什么坏心思。"

"行啦！"卡德鲁斯一边往围裙上擦那把阔刀，一边说，"要不是因为我爱你，你让我过的这种寒碜的生活，我还能挨得下去吗？你瞧瞧，你身上穿的是你仆人的衣服，这就是说你雇着一个仆人；我呢，我可没有仆人，所以就得自己择菜剥皮；我做的菜你瞧不上眼，因为你经常在王子饭店或者巴黎咖啡馆的餐桌上进餐。嗯！我本来也可以雇个仆人，也可以有辆轻便马车，也可以爱上哪儿吃饭就上哪儿的；嗯！我干吗不那样做？就为了别让我的小贝内代托感到不自在呗。怎么样，你总得承认我本来是可以那样做的吧，唔？"

说着卡德鲁斯向安德烈亚投去一道含义非常明确的目光，用以结束他的这番话。

"好，"安德烈亚说，"就算你是爱我的吧：那你干吗非要让我来跟你一起吃早餐呢？"

"就为看看你呗，小家伙。"

"看看我，那又何必呢？既然咱们早就把条件都谈妥了。"

"哎！亲爱的朋友，"卡德鲁斯说，"立遗嘱不是都还有份追加遗嘱吗？可你来，首先是来吃早饭的，不是吗？嗯！我说，你坐呀，咱们就先吃这沙丁鱼配新鲜黄油吧，瞧我还特地为你垫了些葡萄叶在下面呢，小坏蛋。哎！对，你在瞧我的房间，瞧这四把草垫椅子和这些三法郎一张的画儿。天哪！你要我怎么办呢，这可不是王子饭店哪。"

"得了吧，你现在又这也抱怨那也抱怨了；你以前说过只想当个退休面包铺老板就心满意足了，可现在你还觉得不高兴。"

卡德鲁斯叹了口气。

"嗯，你还有什么要说的，你的梦想已经实现了。"

"我要说这还是个梦想；一位退休的面包铺老板，我的贝内代托老弟，该是挺有钱，有年金的哩。"

"这不，你也有年金呀。"

"我？"

"对，你，我这不是把你那两百法郎带来了。"

卡德鲁斯耸耸肩膀。

"这有多寒酸哪，"他说，"像这样接受人家违心的施舍，再说日子也长不了，不定哪天说没有就没有啦。你瞧，我不得不省吃俭用，生怕哪一天你的好运就交到头了。哎！我的朋友，好景不常在哪，这话儿是……随军神甫说的。我知道你这一阵运气好着呢，小无赖；你要娶唐格拉尔的女儿了。"

"什么！唐格拉尔？"

"可不是，唐格拉尔！难道还要我称呼他唐格拉尔男爵吗？那我就还得说贝内代托伯爵啰。唐格拉尔，他跟我是朋友，要是他记性不是这么坏的话，他是该请我去参加你的婚礼的……既然当初他也参加过我的婚礼……对，对，对，我的婚礼！可不是！那会儿他还没这么傲慢，还是可敬的莫雷尔先生手下的小伙计。我跟他，还有德·莫尔塞夫伯爵，常在一块儿吃饭……怎么样，你看见我也有些挺不错的关系了吧，要是我稍微去拉拉这些关系，没准咱俩还会在他们的客厅里碰头呢。"

"行啦，你嫉妒得都有点异想天开了，卡德鲁斯。"

"没这事，小贝内代托，我知道自己在说些什么。不定哪天我也会穿上礼服，坐着马车来到哪座宅邸门前，吆喝一声：'请开门哪！'可这会儿，你坐下，咱们吃吧。"

卡德鲁斯自己先做了个样子，津津有味地吃了起来，而且每向客人上一道菜就要夸赞一番。

做客人的，到了这节骨眼上似乎也豁出去了，他利索地拔出酒瓶塞子，而且开始吃起普罗旺斯鱼汤和加大蒜油炸的鳕鱼来。

"嗨！小家伙，"卡德鲁斯说，"看起来你跟开过客栈的老伙计又重归于好啦？"

"可不，没错。"安德烈亚回答说，他这么个体魄健全的年轻人，这会儿除了胃口，暂时不去想什么别的事情了。

"味道好不好，小无赖？"

"好极了，我不明白一个人能吃到这么好的东西，怎么还会觉得日子不好过。"

"你得明白，"卡德鲁斯说，"这是因为我的好兴致全让一个念头给搅了。"

"什么念头？"

"就是这种生活全是靠一个朋友在接济，可我这人，没说的，向来花的都是自己挣来的钱。"

"哦！哦！这没什么关系，"安德烈亚说，"我的进账够两个人花的，你用不着不好意思。"

"不，真的，信不信由你，每到月底我就觉着心里不是味儿。"

"好卡德鲁斯！"

"所以昨天我不肯拿那两百法郎。"

"对，你要找我说话；敢情就是要说你心里觉着不是味儿吧，嗯？"

"真的不是味儿哪；可后来我忽然有了个主意。"

安德烈亚打了个哆嗦；每当卡德鲁斯有个什么主意，他都会打个哆嗦。

"这滋味可不好受，你瞧，"卡德鲁斯接着说，"每个月都得等月底。"

"哎！"安德烈亚决定要探出对方的真实意图，冷静地说，"生活不就是等待吗？就说我吧，不也总是在等待吗？嗯，可我挺有耐心，是不？"

"对，因为你等的不是区区两百法郎，而是五千，六千，没准是一万，甚至一万二；你这个小精怪：在那儿，你就偷偷地攒钱，总想把你那些储钱罐瞒过可怜的朋友卡德鲁斯。幸好这位卡德鲁斯朋友有个挺灵的鼻子。"

"得啦，瞧你又在乱说一气了，"安德烈亚说，"老是没完没了的翻那些陈年旧账！我倒要问你，老这么唠叨有什么好处？"

"啊！这是因为你才二十一岁，总想忘记过去；我可已经五十岁了，要不想也不行。别管这些吧，咱们还是谈正事。"

"就是。"

"我是想说，要是我换了你……"

"嗯？"

"我就预支……"

"什么！你预支……"

"对，我就预支半年的开销，借口是要竞选议员，还要买座农庄；然后就拿着这笔钱滑脚。"

"嘿，嘿，"安德烈亚说，"敢情你这主意还真不赖哪！"

"亲爱的朋友，"卡德鲁斯说，"我做的菜你只管吃，我出的主意你也只管照着做；包你没错，省力又省心。"

"嗯！不过，"安德烈亚说，"干吗你有主意自己不干呢？干吗你不预支半年，甚至一年的钱，滑脚到布鲁塞尔去呢？你不用再装退休的面包铺老板了，干脆就装个破了产的银行家吧：你瞧上去还真像那么回事哩。"

"见鬼，就这么一千两百法郎，你想打发我呀？"

"哎！卡德鲁斯，"安德烈亚说，"你可真贪心！两个月以前，你还饿得要死呢。"

"胃口是愈吃愈大的呗，"卡德鲁斯说着，就像猴子发笑或老虎咆哮时那样露出两排牙齿，"另外，"他一边用这两排跟年龄不大相称的又白又锐利的牙齿咬下一大口面包，一边又说，"我还有个计划。"

安德烈亚听到卡德鲁斯有个计划，比听到他有个主意更加心里发怵；主意还只是个胚芽，计划可就是开花结果了。

"听听这个计划，"他说，"敢情还挺有意思吧！"

"那可不是？当初咱们离开某某先生的那所机构，靠的是谁想出来的计划，嗯？是我，没错吧；依我看，那就不赖吧，要不咱俩怎么就到这儿了呢！"

"我可不想说，"安德烈亚说，"你想得出什么高招；可别管这些，还是听听你这计划吧。"

"嗨，"卡德鲁斯继续往下说，"你能不能想个什么法儿，自己不用掏一个子儿，就能让我到手个一万五千法郎……不，一万五不够，我要当个体面的人，没三万法郎可不成，是不？"

"没门儿，"安德烈亚口气生硬地说，"我没什么法子好想。"

"看起来，你还没明白我的意思，"卡德鲁斯沉住气，态度很平静地回答说，"我是说不用你掏一个子儿。"

"你还不是要我去偷去抢，去断送我的前程，而且连你的也一起搭上，让人再把咱们送回到那儿去吗？"

"哦！我反正都一样，"卡德鲁斯说，"送回去就送回去呗；你得知道，我这人是有点怪：有时候我还挺惦念那些老伙伴；我可不像你这没良心的东西，巴不得这辈子别再见到他们！"

安德烈亚这回不是打哆嗦，而是吓得脸色煞白了。

"喂，卡德鲁斯，你可别犯傻。"他说。

"哎！没事，你放心，我的小贝内代托；那你就想个什么小点子，让我好弄个三万法郎，你自己呢，不用掺和在里面；你光说，我去做，就这么回事！"

"好吧！我试试，让我想想。"安德烈亚说。

"那么眼下，你先每月给到我五百法郎吧，我心痒痒的，就想雇个女佣！"

"好吧！就给你五百，"安德烈亚说，"可我这就已经够呛啦，我的卡德鲁斯老兄……你这么得寸进尺……"

"嗬，"卡德鲁斯说，"既然你身边守着个拿不完的百宝箱嘛。"

卡德鲁斯的这句话，倒好像正中了安德烈亚的下怀，只见他的眼睛顿时一亮，不过旋即又暗了下去。

"这倒是真的，"安德烈亚回答说，"而且我的保护人对我好极了。"

"你这位亲爱的保护人，"卡德鲁斯说，"他每月给你多少来着？……"

"五千法郎。"安德烈亚说。

"他给你五千，可你给我五百，"卡德鲁斯接着说，"说真的，只有私生子才会这么交好运。五千法郎一个月……这么些钱你怎么花呀？"

"哎，我的天主！一下子就花完了；所以，我也跟你一样，很想有笔本金。"

"有笔本金……对……我明白……谁都想弄笔本金。"

"嗯，我可以弄到一笔。"

"谁给你？你那位亲王？"

"对，我那位亲王；可惜我还得等。"

"等什么？"卡德鲁斯问。

"等他死呗。"

"等你那位亲王死掉？"

"对。"

"怎么回事？"

"因为他在遗嘱里留给我一笔财产。"

"真的？"

"人格担保！"

"多少？"

"五十万！"

"就这点；太少了吧。"

"确实就是这个数。"

"去你的，不可能！"

"卡德鲁斯，你是我的朋友吧？"

"怎么啦！咱俩是生死之交嘛。"

"那好，我告诉你一桩秘密。"

"说吧。"

"可你听着。"

"哦！放心！我会守口如瓶的。"

"嗯！我想……"

安德烈亚停住口，朝四下里望望。

"你想什么啦？……别怕，嘿！这儿就咱俩。"

"我想我找到我父亲了。"

"真的老子？"

"对。"

"不是那个卡瓦尔坎蒂老爹？"

"不是，他不早就走了吗；就是你说的，真的老子。"

"那么你这个老子是……"

"嗯！卡德鲁斯，他就是基督山伯爵。"

"啊！"

"没错；你明白吗，事情都在这儿明摆着。看来呢，他没法公开认我，但他让卡瓦尔坎蒂先生来认了我，为这他还给了他五万法郎。"

"当一回你的老子就五万法郎！出一半价钱我就干了，两万也行，一万五也行！怎么，你那会儿就没想到我？忘恩负义的家伙。"

"我打哪儿知道这事呢？那会儿咱俩不都还在那鬼地方吗？"

"啊！倒也是。那么你是说，他在遗嘱里……"

"留给我五十万法郎。"

"你能肯定？"

"他给我看过；可还有呢。"

"是不是还有追加遗嘱，就像我刚才说的！"

"是这样吧。"

"在这份追加遗嘱里……"

"他认了我这个儿子。"

"哦！好心眼的爸爸，热肚肠的爸爸，盖了帽的爸爸！"卡德鲁斯说着，把一只盆子抛到半空中，又用双手把它接住。

"怎么样！还说我有什么秘密瞒着你吗！"

"不说了，你这么信得过我，我心里当然更看重你了。那么，你那位亲王爸爸是很有钱，非常非常有钱啰？"

"没错。他自己都弄不清到底有多少财产。"

"会有这种事？"

"可不！我看就这么回事。我随时可以进出他的府邸；有一天，我看见一个银行伙计给他送来五万法郎，装在像你这餐巾一样大小的公文包里；昨天，又有个银行家给他送来十万法郎，全是金币。"

卡德鲁斯听得出了神；年轻人的这些话里仿佛有一种金属的叮当声，他好像听到了一堆堆金路易滚来滚去的晄当声。

"那屋子你进得去？"他没头没脑地冲出这么一句。

"随时能进去。"

卡德鲁斯想了一阵子心事。显而易见，他的脑子里转着什么不可告人的念头。

随后，他冷不丁地大声说道：

"我真想去瞧瞧这一切！那该有多美呀！"

"确实这样，"安德烈亚说，"美极了！"

"他是住在香榭丽舍大街吧？"

"三十号。"

"啊！"卡德鲁斯说，"三十号？"

"对，一座孤零零的房子，前面是院子，后面是花园，你不会认错的。"

"敢情；可我想看的不是外面，而是里面：那里面，嗯，总会有好些漂亮家具吧？"

"你去过杜伊勒里宫吗？"

"没有。"

"嘿！比那还漂亮。"

"哎，安德烈亚，什么时候赶上这位基督山老兄丢个钱包在地上，去把它捡起来倒是挺美的哟？"

"喔！我的天主！不用等到那个时候，"安德烈亚说，"这座房子里到处都是钱，就像果园里到处都是果子。"

"嗨，哪天你得带我去一次。"

"那怎么行！用什么名义？"

"可也是；可你把我说得都直咽口水了；无论如何我得去瞧瞧。我有个法子。"

"别说傻话了，卡德鲁斯。"

"我装作是擦地板的。"

"屋子里铺的全是地毯。"

"哎呀！那我就只好凭空瞎想来过过瘾了。"

"也只能这样了，听我的没错。"

"那你至少总该让我弄明白究竟是怎么回事吧。"

"你想弄明白什么？……"

"非常简单。这座屋子大不大？"

"不太大，也不太小。"

"怎么个布局？"

"嗬！那我得有瓶墨水，有张纸，画个平面图才行。"

"有，有！"卡德鲁斯急忙说。

他随即在一张旧写字台里找出一张白纸、一瓶墨水和一支笔。

"喏，"卡德鲁斯说，"全给我画在这张纸上吧，我的孩子。"

安德烈亚带着一丝让人难以觉察的笑容接过笔，画了起来。

"整座房子，我说过，前有院子后有花园；瞧见吗？就像这样。"

安德烈亚一边说，一边画上花园、院子和房子。

"围墙高不高？"

"不高，顶多八九尺吧。"

"这可不谨慎呀。"卡德鲁斯说。

"在院子里，有柑橘栽培箱、草坪和花圃。"

"没有暗坑陷阱什么的？"

"没有。"

"马厩呢？"

"在铁门两边，你瞧，就这儿。"

安德烈亚继续画着图。

"咱们来瞧瞧底楼吧。"卡德鲁斯说。

"楼下有餐厅，两个客厅，弹子房和门厅楼梯，还有道暗梯。"

"窗呢？"

"富丽堂皇，又漂亮又宽敞，对，说真的，我看像你这样的个头，从随便哪个窗格都爬得进去。"

"有了这样的窗，还要那楼梯干吗？"

"那又怎么呢！气派呗。"

"那么百叶窗呢？"

"对，还有百叶窗，不过那是从来不用的。这位基督山伯爵是个怪人，哪怕在夜里也爱看天空！"

"那些仆人，他们睡哪儿？"

"喔！他们有自己的房子。你看，进门右首有个挺大的库房，是放梯子的。嗯！库房楼上就是一排仆人房间，里面有铃通府里的房间。"

"见鬼！有铃！"

"你说什么？……"

"噢，没什么。我是说装铃挺花钱的；我问你，这派什么用场啊？"

"以前有条狗，每晚在院子里巡逻，可后来给弄到奥特伊别墅去了，那地方你是知道的，你不是去过吗？"

"去过。"

"我呢，昨天还在对他说：'您这样可不大谨慎，伯爵先生；因为，当您带着仆人都上奥特伊去的时候，这座房子里就没人了。'

"'嗯！'他问，'那么又怎么样呢？'

"'嗯！那么，总有一天有人会来偷东西。'"

"他怎么回答？"

"他怎么回答吗？"

"是啊。"

"他回答说：'嗯！有人来偷东西，又有什么关系？'"

"安德烈亚，有一种写字台是装机关的。"

"怎么说？"

"对，它会把小偷罩在铁栅栏里，还会唱曲子。人家跟我说过，最近的博览会上就有这玩意儿。"

"屋里倒是也有张桃花心木写字台，我瞧见钥匙老是挂在上面。"

"没有人偷里面的东西？"

"没有，他的仆人对他都很忠心。"

"这张写字台里总该有，嗯，有些零钱吧？"

"大概有的吧……我不知道里面都有些什么。"

"它放在哪里？"

"在楼上。"

"那你把楼上也画下来，小家伙，就跟刚才画楼下一样。"

"那容易。"

说着，安德烈亚重又拿起笔来。

"楼上，你瞧，有前厅，客厅；客厅右边是图书室和书房；客厅左边是一间卧室和一间盥洗室。那张宝贝写字台就在这间盥洗室里。"

"这间盥洗室有扇窗吧？"

"有两扇，这儿，还有这儿。"

安德烈亚边说边在盥洗室里画上两扇窗的位置，这间盥洗室位于平面图的一个角上，呈正方形，旁边的卧室是稍大些的长方形。

卡德鲁斯脑子里盘算开了。

"他常去奥特伊吗？"他问。

"每星期两到三次；比如说，明天他就一整天连晚上都在那儿。"

"你拿得准？"

"他请我去那儿吃晚饭来着。"

"好极了！这日子过得才带劲哩，"卡德鲁斯说，"城里有宅邸，乡下有别墅！"

"这就叫有钱人嘛。"

"你明儿去吃晚饭吗？"

"大概去的吧。"

"你去那儿吃晚饭，晚上就睡在那儿？"

"我高兴就睡呗。我在伯爵家里就像在自己家里一样。"

卡德鲁斯望着年轻人，像要看到他的心底里去，好知道他说的是不是真话。但是安德烈亚从袋里掏出一盒雪茄，取出一支哈瓦那雪茄从容地点着，不动声色地吸了起来。

"你什么时候要这五百法郎？"他问卡德鲁斯。

"你要有，就现在呗。"

安德烈亚从口袋里掏出二十五枚金路易。

"金币，"卡德鲁斯说，"谢谢，不要！"

"嗬！你对它们还看不上眼呀？"

"哪儿的话，我对它们挺尊敬；可我不想要。"

"去兑换时还能有点外快呢，傻瓜：兑一枚金币赚五个苏。"

"对，可接下来那兑换商就会盯上这个卡德鲁斯老兄，随后人家就会一把拉住他，让他说明白有哪个佃户是用金币缴租的。别干傻事，小家伙：给银币，干脆，不管上面有哪个皇帝老子的头像都行。五法郎的银币是谁都能有的。"

"你得明白，我身边是不会带五百法郎的银币的：那样的话我得雇个挑夫了。"

"嗯！那你就交给你那儿的门房，他那人挺老实，我去向他要。"

"今天？"

"不，明天；今天我没空。"

"好吧！就这样；明天我动身去奥特伊以前，交给那个门房。"

"你说的话算数？"

"当然。"

"你知道，我得先去物色个女佣。"

"去吧。不过你也该到此为止了，嗯，把我折腾够了吧？"

"够了。"

卡德鲁斯的脸沉了下来，安德烈亚看着他脸色的这种变化，心里不由得有些发毛。于是他格外装得兴致很高，并不在意的样子。

"瞧你这快活劲儿，"卡德鲁斯说，"好像你已把遗产弄到手了！"

"可惜啊，还没哩！……不过，等我弄到手……"

"嗯？"

"嗯！我是会想着老朋友的；我说话算话。"

"对，你的记性是够好的，可不是！"

"那有什么法子？刚才我还以为你要敲我竹杠呢。"

"我！嗨！瞧你想到哪儿去了！我呀，正好相反，还要给你一个朋友的忠告呢。"

"什么忠告？"

"就是劝你把戴在手上的这枚钻戒留在这儿。嘿！你难道想让人家把咱们都逮住吗？你难道想让咱俩都栽在你的傻劲上吗？"

"怎么会呢？"安德烈亚说。

"怎么会！你穿着号衣，装作仆人，可手上却戴着一枚值四五千法郎的钻石戒指！"

"哟！你估的价还真准！你干吗不到拍卖行去当伙计呀？"

"我对钻石还是蛮在行的；以前我也有过。"

"你要吹就只管吹吧。"安德烈亚说，卡德鲁斯生怕这宗新的勒索会叫他发火，可没想到他居然还挺乐意似的把戒指取了下来。

卡德鲁斯凑得很近地察看这枚钻戒，安德烈亚心里明白，他这是在检查切割的棱角是不是锋利。

"这钻戒是假货。"卡德鲁斯说。

"得了吧，"安德烈亚说，"你开什么玩笑？"

"哎！别发火，咱们试试嘛。"

说着，卡德鲁斯走到窗子跟前，用钻石在窗上划了一下；只听得玻璃吱吱作响。

"我承认，"卡德鲁斯一边把钻戒戴在自己的小指头上，一边说，"是我弄错了；可是那些贼坏珠宝商做假钻石也做得太像了，弄得人家反倒不敢去偷珠宝店了。这一来，又是一门行当绝了后路。"

"嗨！"安德烈亚说，"你完了没有？还要我的什么东西吗？这件上衣要吗？这顶帽子要吗？反正已经做开了头，别不好意思。"

"不，其实你还是个好伙伴嘛。我不再耽搁你的时间了，我的野心就让我自己想办法来对付吧。"

"可你得当心哪，你刚才怕出手金币会惹麻烦，这会儿你要是拿了钻戒去卖，也照样会惹麻烦哟。"

"我不卖，你放心。"

"对，至少后天以前别卖。"年轻人在心里说。

"交好运的小无赖！"卡德鲁斯说，"现在你要回到你的仆人，你的马、车子，还有未婚妻身边去了吧。"

"是啊。"安德烈亚说。

"嗨！希望你娶我朋友唐格拉尔的女儿时，能送我件像样礼物。"

"我已经对你说过了，那是你自己在瞎猜。"

"嫁妆有多少啊？"

"我对你说了……"

"一百万？"

安德烈亚耸耸肩膀。

"就算一百万吧，"卡德鲁斯说，"你能到手的，怎么也比不上我指望你到手的那么多哪。"

"谢谢。"年轻人说。

"哦！我可是诚心诚意的，"卡德鲁斯粗声粗气地笑着补充说，"等一等，让我给你去开门。"

"不用了。"

"要的。"

"怎么啦？"

"噢！因为门上有个小小的机关；这是我认为应当采取的一种预防措施；一把由加斯帕尔·卡德鲁斯精心改进的于雷—菲歇门锁。等你当上富翁的时候，我也照样给你做一把。"

"谢谢，"安德烈亚说，"我会提前一星期通知你的。"

两人在楼梯口分了手。卡德鲁斯站在楼梯平台上，瞧着安德烈亚走下三层楼梯，再瞧着他穿过院子。然后他急忙回进屋去，小心翼翼地关好门，就像个深思熟虑的建筑师那样，仔仔细细地研究起安德烈亚留给他的那张平面图来。

"这个可爱的贝内代托，"他说，"我想他能拿到那笔遗产是不会不高兴的，而且这个让他提前拿到五十万法郎的人，也总不至于是他最坏的朋友吧。"

第82章

撬锁夜盗

上面那场谈话的第二天，基督山伯爵果然带着阿里和另外几个仆人，还有他要试骑的那几匹马，去了奥特伊。但他头天晚上还没这打算，不用说，安德烈亚当然更不得而知了；伯爵之所以临时决定去奥特伊，是由于贝尔图乔到了的缘故，他刚从诺曼底回来，带来了别墅和双桅帆船的消息。别墅已经购置定当，双桅帆船是一星期前到达的，船上有六名水手，已经办妥一应手续，停泊在一个小港湾里，随时可以启航出海。

伯爵对贝尔图乔的勤勉干练赞许了几句，并吩咐他做好准备，因为他不久就要动身，在法国逗留的时间不会超过一个月了。

"现在，"他对贝尔图乔说，"我说不定需要在一夜间从巴黎赶到特雷波尔；我要您沿途备好八匹马，让我能在十小时内接力赶完五十里路。"

"这个意思，大人曾经对我提起过，"贝尔图乔回答说，"那些马已经准备好了，都由我亲自选购并安置在最合适的地点，也就是说，安置在一些通常没人会去的小村庄里。"

"很好，"基督山说，"我在这儿要待一两天，您就照这个日程去安排吧。"

就在贝尔图乔要退出去吩咐底下人做相应准备的当口，巴蒂斯坦打开了房门；他手里托着一只镀金的银盘，里面搁着一封信。

"您来这儿做什么？"伯爵看着他那副风尘仆仆的模样，问道，"我好像并没叫您来呀？"

巴蒂斯坦没有回答，走到伯爵跟前把那封信递给他。

"是封重要的急件。"然后他说。

伯爵打开信，念道：

此信特为通知基督山先生，今晚将有人潜入阁下于香榭丽舍林荫大道的府邸，意在窃取此人以为锁在盥洗室抽屉桌里的文件。素闻基督山伯爵先生勇敢过人，故大可不必向警方求援，盖因警方介入或将使提供此则消息者处境非常不利。伯爵先生只需置身卧室通盥洗室的门后，或隐伏于盥洗室内，即可制服此人。人手过多或防范过于明显，势将吓退歹徒，致使基督山先生失却识破一名仇敌的机会。在下获悉此事纯属偶然，倘若歹徒此番不敢动手，而待下次再做道理，则在下当无由再次奉告矣。

伯爵的第一个反应，是觉得这是盗贼的诡计，是个拙劣的圈套，通知他一个不太严重的危险，意在把他推入一个更加危险的境地。于是，尽管匿名的朋友再三叮嘱——或者正因为他这么叮嘱——伯爵决定把信交给警方，可他转念一想，说不定歹徒真是哪个只有自己才能认出的仇敌呢。而要是果真如此，就只有他自己才能利用这个人，就像斐埃斯科[1]利用想刺杀他的摩尔人一样。我们对伯爵已经很了解，所以无须再说他怎样浑身是胆、魄力过人，能凭只有杰出人物才具有的毅力，去做成在常人眼里根本不可能做成的事情。在他的人生经历中，他凭着早已下定的决不退缩的决心，从一次次斗争中尝到了别处无法体验的乐趣——这些斗争，有时是跟大自然，也就是跟天主斗，有时则是跟人，或者不妨说是跟魔鬼斗。

"他们不是要偷我的文件，"他心想，"而是要杀掉我；他们不是小偷，而是杀手。我可不想让警察总监先生搅和我的私事。嘿，我也够有钱的了，这事就甭让他去破费行政开支了吧。"

刚才巴蒂斯坦把信递给伯爵后就退了出去，这会儿伯爵又召他进来。

"您马上回巴黎去，"伯爵说，"把留在那里的仆人全都带到这儿来。让所有的人都集中到奥特伊来。"

"府里一个人都不留吗，伯爵先生？"巴蒂斯坦问。

"对，除了看门人谁都不留。"

"我想提请伯爵先生注意，门房离宅子可远着哩。"

"嗯？"

"嗯，即使有人把宅子里的东西都偷光了，看门人也听不到一点动静。"

1　斐埃斯科：德国诗人、戏剧家席勒(1759—1805)剧作《斐埃斯科在热那亚的谋叛》中的主人公。他制服一个想谋杀他的摩尔人后，利用此人从事谋反活动。

"谁会去偷呢？"

"当然是窃贼。"

"您是个傻瓜，巴蒂斯坦先生。就算窃贼把宅子里的东西都偷光，也比不上一个仆人不听我的吩咐更让我生气。"

巴蒂斯坦鞠了一躬。

"我的话您可听明白了，"伯爵说，"去把您的同伴一个不漏地全都带到这儿来。但其他一切照旧；您只要把底楼的百叶窗关上就是了。"

"楼上的呢？"

"您知道，楼上的百叶窗我是从来不关的。去吧。"

伯爵传下话去，说他想独自在房里进餐，只要阿里一人侍候。

他像平时一样从容不迫地进餐，饮食也像平时一样很有节制。饭后，他朝阿里做个手势让他跟着，从小门出了奥特伊别墅，装作散步的样子一路来到布洛涅森林，然后走上去巴黎的大路。夜幕降临时，他俩已经来到香榭丽舍林荫大道上那座宅邸的对面。

整幢宅邸黑咕隆咚的，只有门房间亮着一盏昏黄的灯火，这个门房间，正如巴蒂斯坦所说，离宅子有四十来步距离。

基督山背靠一棵大树，用他那双几乎从不出错的锐利的眼睛，在这条林荫道上来回搜寻，探查着路上的每个行人，又把目光投向邻近的街道，察看有没有人埋伏在附近。十分钟后，他确信没有人盯他的梢，就立即带着阿里朝小门跑去，迅速地进了宅邸；然后他用身边带着的钥匙打开后楼梯口的小门，上楼进入自己的卧室。但他既不拉开也不掀动任何一块窗幔，就连看门人也不会想到，这座看上去空无一人的宅子，主人居然已经在里面了。

进了卧室，伯爵示意阿里停下。然后他又走进盥洗室去查看。一切如常：那张宝贝抽屉桌还在老地方，钥匙挂在上面。他转动两圈钥匙，把抽屉锁得严严实实的，拔下钥匙。他又走到卧室门前，卸下门上的锁簧头，然后回进卧室。

这当口，阿里取出伯爵吩咐准备的武器放在桌上，那是一支短马枪和一对双筒手枪，两根叠置的枪管瞄准起来，可以跟打靶场里的手枪瞄得一样准。有了这几把枪，伯爵手里就可以说攥着五条性命了。

这时是九点半光景；伯爵和阿里每人匆匆吃了一块面包，喝了一杯西班牙红葡萄酒。然后，伯爵轻轻挪开一块活动的墙板，让自己可以看到盥洗室里的情况。手枪和马枪就放在他的手边，阿里站在他身旁，手握一柄阿拉伯小斧。自从十字军东征的年代以来，这种斧头就始终是这个样式。

从卧室里一扇跟盥洗室齐平的窗户，伯爵可以望到街上。

两个小时就这样过去了；夜色又浓又黑，但阿里凭着一种原始的天性，伯爵则想必是凭着一种后天的禀赋，能在黑暗中看清东西，就连院子里树枝轻微的摇曳，也逃不过他俩的眼睛。

门房间的那盏小灯，早已熄灭。

伯爵推测，倘使真有一场策划好的夜袭，这场夜袭应该来自底楼的楼梯，而不会来自楼下的窗口。按他的想法，歹徒要的是他的命，而不是他的钱。因此他们袭击的目标应当是卧室，而要到卧室，势必不是从后楼梯上来，就是从盥洗室窗子进来。

他让阿里守住楼梯通道，自己继续监视盥洗室。

荣军院的大钟在敲十一点三刻；随着潮湿的西风，飘来三下凄凉、颤抖的钟声。

最后一下钟声停歇以后，伯爵听见盥洗室方向似乎有一下轻微的响声。最初的那下响声，或者更确切地说，最初的那下划东西的响声过后，又是第二下，然后是第三下。到第四下时，伯爵已经心里有数了。那是一只腕力强劲、训练有素的手，正在用金刚钻划割一块窗玻璃的边框。

伯爵觉得心跳加剧了。一个人，即使他面临危险无比坚强，即使预先知道危险来自何方，他还是会从心房的跳动和肌肉的痉挛，意识到想象与现实、计划与实施之间有着巨大的差距。

基督山做了个手势，通知阿里提防。阿里明白了危险来自盥洗室的方向，就跨上一步，挨近主人。

基督山急切地想知道将要交手的是怎样的仇敌，一共有多少人。

来人划玻璃的那扇窗，正对着伯爵望到盥洗室去的这扇窗。伯爵的目光盯在那扇窗子上：只见幽暗的光线中，显现出一个浓黑的人影。随后，一方窗玻璃骤然间变得不透明了，像是有人从外面贴上了一层纸。接着，这块玻璃嘎吱嘎吱响了两下，但没掉下去。一只手从窗洞里伸进来，在找窗上的长插销；

一秒钟过后，窗扇绕着铰链转动，一个人爬了进来。

只有一个人。

"真是个胆大包天的无赖。"伯爵心想。

这时，他觉着阿里在他肩膀上轻轻碰了一下；他转过身去。阿里对他指指这间卧室里面朝大街的那扇窗。

基督山朝这扇窗走上几步；他知道这个忠心耿耿的仆人感官之敏锐是异乎常人的。果然，他看见大门外还有个人，此人正站在墙脚石上，像是想看清宅邸里发生的情况。

"好呀！"他说，"他们是两个人一伙：一个动手，一个望风。"

他朝阿里做个手势，要他监视街上那个人，自己回过身去，准备对付盥洗室里的那个家伙。

只见那家伙进了盥洗室，伸出两只手臂在四周摸索。

后来，他似乎把盥洗室里的格局摸清楚了；这间盥洗室有两扇门，他走过去把两扇门都锁上。

那家伙朝通卧室的门走去的那会儿，基督山以为他要开门进来，就拿起一把枪握在手里。但听到的只是锁簧在滑槽里移动的声音。这无非是一种防范措施；夜半来客因为不知道伯爵事先已经卸下了锁簧头，所以一定会以为这下子就万无一失，什么都不怕了。

那家伙以为屋里就他一个人，可以放心大胆干了，就从宽大的衣袋里掏出一样伯爵没法看清的东西，放在一张小圆桌上，然后径直走到抽屉桌跟前，去摸抽屉上的锁，结果出乎意料地发现钥匙没在上面。

但这划玻璃窗的家伙是个早有准备的老手，身边带着应急的家什；不一会儿，伯爵就听到他摆弄钥匙串时发出的轻微的金属碰击声，平时我们找锁匠来打开一扇门时，锁匠身边带的就是这种配备五花八门钥匙的钥匙串，窃贼管这种钥匙串叫夜莺，想必是他们每当听到钥匙铮铮作响地顶开锁舌时，觉得那声音美妙得有如夜莺鸣啭的缘故。

"噢！"基督山露出一丝失望的笑容，喃喃地说，"原来只是个小偷。"

那家伙由于四周太暗，一时间找不到合适的钥匙。于是他拿起放在小圆桌上的那样东西；他摁了一下按钮，立刻就有一道相当微弱，但足以让人看清物象的亮光射了出来，黄澄澄的灯光映在这家伙的手上和脸上。

"嘿哟！"基督山猛然吃惊地往后退去，"原来是……"

阿里举起斧子。

"别动，"基督山低声对他说，"把斧子放在那里，咱们不需要武器了。"

随后，伯爵把声音压得更低地说了几句话——刚才那声惊呼虽然声音很轻，但已经惊动了那个家伙，他一动不动地保持着古代磨刀匠的那种姿势[1]。阿里按照伯爵的吩咐，踮起脚尖走到壁橱跟前，取出一件黑色长袍和一顶三角帽。这当口，基督山迅速地脱下了礼服、背心和衬衫，在透过板壁罅口照进来的那缕光线下，可以看清伯爵胸前穿着一件既柔软又细密的钢丝护胸锁子甲，这种护胸甲，在咱们这已无遇刺之虞的法国，最后一个穿它的也许就是路易十六国王了，他害怕有短刀来刺他的胸膛，没料想却让断头台的斧子把脑袋给砍了下来。

护胸甲很快就消失在长袍下面，正如伯爵的黑发也消失在教士光顶式样的假发下面一样。再把三角帽往假发上一戴，伯爵就变成了神甫。

而那家伙，由于没再听到任何动静，重又直起身来，在基督山换装的这段时间里，他已经回到抽屉桌跟前，抽屉锁在夜莺的拨弄下嘎吱作响。

"好啊！"伯爵暗自说道，他想必对锁上某个巧妙的装置很有信心，拿准那个撬锁的家伙任凭他多有能耐，也甭想识破其中机关，"好啊！你再忙乎几分钟吧。"说着他朝窗口走去。

伯爵刚才瞧见站在墙脚石上的那个人，现在已经下去了，不停地在街上荡来荡去；但有件事挺奇怪，他对街上过往的行人，不管是从香榭丽舍大道的方向，还是从圣奥诺雷街区方向来的，似乎都不感兴趣，瞧他那样子，好像他一心只想知道伯爵宅邸里的情形，他的一切行动，唯一的目的似乎就是看清盥洗室里到底在发生什么事情。

基督山猛然拍了一下前额，微微张开的嘴唇中间掠过一道无声的笑容。

随后，他凑近阿里低声说：

"你留在这儿，躲在阴影里，不管听到什么声音，不管出了什么事情，你都别进来，不等到我叫你的名字，千万别露面。"

---

1 指半蹲着身子的姿势。

阿里点点头，表示他听明白了，会按吩咐做的。

基督山从柜子里取出一支蜡烛点亮，趁那窃贼聚精会神对付那把锁的当口，轻轻地打开门，同时很小心地把蜡烛拿得离身子近一些，以便让烛光完全照在自己的脸上。

由于开门的声音非常轻，那窃贼没有听到。但他冷不防看到屋里亮了起来，不由得大吃一惊。

他转过身来。

"哎！晚安，亲爱的卡德鲁斯先生，"基督山说，"您在这时候上这儿来，究竟是要干什么呀？"

"布索尼神甫！"卡德鲁斯喊道。

他弄不明白，既然他是把门关上的，那么这个奇怪的幽灵是打哪儿来到他面前的呢；他失手把那串钥匙掉在了地上，呆若木鸡地立定在那儿。

伯爵走过来站在卡德鲁斯和窗户中间，这样就切断了惊慌失措的窃贼的唯一退路。

"布索尼神甫！"卡德鲁斯重复说，惊恐的目光盯在伯爵的脸上。

"嗯！一点不错，正是布索尼神甫，"基督山说，"我很高兴您还认得我，亲爱的卡德鲁斯先生；这证明咱俩的记性都很好，因为，要是我没弄错的话，离咱俩上回见面快有十年了吧？"

这种安详，这种讥讽，这种慑服力，把卡德鲁斯吓得晕头转向，他完全不知所措了。

"神甫！神甫！"他嗫嚅地说，双拳紧握，牙齿咬得咯咯作响。

"您这是想偷基督山伯爵的东西吗？"所谓的神甫继续问道。

"神甫先生，"卡德鲁斯一边嗫嚅地说，一边想挨到窗口去，但被伯爵毫不容情地挡住了去路，"神甫先生，我不知道……我请您相信……我向您发誓……"

"一块划下的玻璃，"伯爵继续说，"一盏遮光的提灯，一串夜莺，一张撬开一半的抽屉桌，事情不是明摆着吗？"

卡德鲁斯觉得领巾憋得他透不过气来了，他只想找个角落躲起来，或者找个地洞钻下去。

"行啦，"伯爵说，"我看您哪，还是老样子，还是在干谋财害命的营生。"

"神甫先生，既然您什么都知道，那您一定知道那不是我，那是那个卡尔贡特娘们干的；在审讯的那会儿也是这么认定的呀，要不怎么光罚我服苦役就完事了呢。"

"既然我这会儿看到的，是您准备让人把您重新带回到那儿去，那么我倒要问一下，您上次的刑期满了吗？"

"还没哪，神甫先生，是有人救我出来的。"

"瞧这人为社会做了桩什么好事。"

"哎！"卡德鲁斯说，"可我当初是答应他……"

"这么说，您是言而无信啰？"基督山截断他的话说。

"咳！是的。"卡德鲁斯很不安地说。

"屡教不改的家伙……依我看哪，凭您犯的罪，您就得上沙滩广场[1]。活该，活该，diavolo[2]！在我们国家是这么说的。"

"神甫先生，我是一念之差……"

"每个罪犯都这么说。"

"是因为穷……"

"闭嘴，"布索尼轻蔑地说，"因为穷，一个人会去乞求施舍，会去面包铺门口偷面包，可是不会到一幢他认定里面没人的住宅去撬抽屉桌。当初那个珠宝商若阿内点数四万五千法郎，要来交换我给您的那枚钻戒，您为了把钻戒和钱都弄到手，竟然杀死了他，这难道也是因为穷？"

"饶了我吧，神甫先生，"卡德鲁斯说，"您已经救过我一次，就再救我一次吧。"

"我得想想。"

"您就一个人，神甫先生，"卡德鲁斯握紧双手说，"还是带了警士在旁边等着抓我？"

"我就一个人，"神甫说，"我可以再怜悯您一次，放您逃走，即使这么心软说不定还会给我带来新的麻烦，但是，您先得把实情都说出米。"

"喔！神甫先生！"卡德鲁斯握紧双手，朝基督山走上一步说，"我得说

---

1 当时巴黎的行刑场所。
2 意大利文：活该。

您真是我的救命恩人！"

"您刚才说，有人把您从苦役犯监狱救出来？"

"对！我卡德鲁斯这可不说假话，神甫先生！"

"那人是谁？"

"一个英国人。"

"叫什么名字？"

"威尔莫勋爵。"

"我认得他；所以我会知道您有没有说谎。"

"神甫先生，我说的都是实话。"

"那么，这个英国人保护了您？"

"不是保护我，而是保护一个科西嘉小伙子，他跟我是拴在同一副脚镣上的伙伴。"

"这个科西嘉小伙子叫什么名字？"

"贝内代托。"

"这是个教名。"

"他就这么个名字，他从小是个弃儿。"

"那么，这个小伙子是跟您一起逃走的？"

"是的。"

"怎么逃的？"

"我们在土伦附近的圣芒德里埃做工。您知道圣芒德里埃吧？"

"知道。"

"哎！趁十二点到一点大伙儿睡午觉的时候……"

"苦役犯睡午觉！可有人还怜悯这些家伙呢。"神甫说。

"那当然！"卡德鲁斯说，"我们也不能老是干活哪，我们又不是狗。"

"是狗倒好了。"基督山说。

"趁旁人都在睡午觉的当口，我们先逃出一段路，用英国人给我们的锉刀锉断脚镣，然后就游水逃跑了。"

"这个贝内代托现在怎么样了？"

"我一点儿也不知道。"

"可您应该知道。"

"不，我真的不知道。我们在耶尔就分手了。"

说着，为了使自己的话显得更有分量，他又朝神甫跟前迈了一步，而神甫仍然伫立不动，始终神色安详地审视着他。

"你在说谎！"布索尼神甫以一种不容抗拒的威严的口吻说。

"神甫先生！……"

"你在说谎！这个人现在仍然是你的朋友，也许你还在用他打下手吧？"

"哦！神甫先生！……"

"打你逃出土伦以后，你是怎么生活的？说。"

"混混呗。"

"你在说谎！"神甫以一种更有威势的语调，第三次这么说。

卡德鲁斯惊恐地望着伯爵。

"你，"伯爵接着说，"是靠他给你的钱生活的。"

"噢！没错，"卡德鲁斯说，"贝内代托成了一位显赫的爵爷的儿子。"

"他怎么会是爵爷的儿子呢？"

"私生子呗。"

"这位显赫的爵爷叫什么名字？"

"基督山伯爵，就是我们现在待着的这屋子的主人。"

"贝内代托是伯爵的儿子？"基督山不禁惊愕地问道。

"当然啰！谁也没法不相信哪，要不伯爵干吗给他找个假爸爸，要不伯爵干吗每月给他四千法郎，要不伯爵干吗在遗嘱里给他留下五十万法郎？"

"噢！"假神甫说，他开始明白了，"这个小伙子现在用的是什么名字？"

"安德烈亚·卡瓦尔坎蒂。"

"这么说他就是被我朋友基督山伯爵待为上宾，而且快要娶唐格拉尔小姐的那个年轻人？"

"一点没错。"

"而你就听任他招摇撞骗，混蛋！你了解他的身世，知道他肮脏的老底，你却一声不吭？"

"您干吗要叫我去坏人家的好事，不让一个伙伴交上好运呢？"卡德鲁斯说。

"你说得对，这事不该由你去通知唐格拉尔先生，该由我去。"

"别这么干，神甫先生！……"

"为什么？"

"因为您这是要夺走我们嘴上的面包哪。"

"难道你以为，为了给你们这样的混蛋留一口面包，我就会包庇你们耍阴谋诡计，纵容你们去犯罪吗？"

"神甫先生！"卡德鲁斯说着，凑得离神甫更近了。

"我要把一切都说出来。"

"对谁？"

"对唐格拉尔先生。"

"该死的！"卡德鲁斯喊道，一边从背心里掏出一把锋利的短刀，对准伯爵当胸刺去，"您什么也甭想说喽，神甫！"

但使卡德鲁斯大惊失色的是，短刀非但没有刺进伯爵的胸膛，反而卷了刀尖。

就在这时，伯爵伸出左手，一把抓住行凶犯的手腕，用力一拧，痛得卡德鲁斯惨叫一声，短刀从僵硬的手指中间滑了下去。

伯爵并不因为听见这声惨叫就住手，他继续把这歹徒的手腕往外拧，直到卡德鲁斯手臂脱臼，先是跪倒在地，而后脸朝下整个身子合扑在地上。

伯爵用脚踩住他的头，说道：

"我真不知道我干吗不踩碎你的脑袋，你这无赖！"

"啊！饶命！饶命！"卡德鲁斯喊道。

伯爵把脚提了起来。

"起来！"他说。

卡德鲁斯爬起身来。

"哎哟哟！您的手可真厉害，神甫先生！"卡德鲁斯揉着那只被铁钳般的手拧得脱臼的手臂说，"哎哟哟！好大的手劲！"

"住嘴。天主赐给我力气，来制服你这种凶残的畜生。我是以天主的名义行事。你好好记住，混蛋，我现在饶了你，也是执行天主的旨意。"

"哎哟！"卡德鲁斯疼得直叫。

"这儿有笔和纸，你给我拿好，我说一句你写一句。"

"我不会写字，神甫先生。"

"你撒谎！拿好笔，给我写！"

卡德鲁斯为这种威势所慑服，坐下来写道：

> 先生，您在府上款待，并打算将令嫒许配给他的那个人，曾当过苦役犯，是和在下一起从土伦监狱逃出来的。他是五十九号，在下是五十八号。
>
> 他叫贝内代托。但他因为不知道父母是谁，所以连自己也不知道真实的姓名。

"签字！"伯爵继续说。

"您这不是想送我的命吗？"

"如果我想送你的命，笨蛋，我早把你拖到最近的警署去了。再说，等这封信送到目的地，你那时已经没什么可害怕的了；签字吧。"

卡德鲁斯签了字。

"信封上写：昂坦堤道街 银行家唐格拉尔男爵先生收。"

卡德鲁斯写了信封。

神甫拿起写好的信。

"现在，"他说，"可以啦，你走吧。"

"从哪儿走？"

"从你进来的地方。"

"您是说让我从这扇窗子爬出去？"

"你不就是从这里进来的吗？"

"您是想要算计我，神甫先生？"

"笨蛋，你说我凭什么要算计你？"

"那干吗不开门让我出去？"

"何必去吵醒看门人呢？"

"神甫先生，请对我说您并不愿意让我死。"

"我愿天主所愿。"

"请您发个誓，您决不趁我爬下去的当口袭击我。"

"你真是又蠢又胆小！"

"您想把我怎么样？"

"我倒要问你呢。我原想让你做个快活自在的人，可到头来你却成了个行凶杀人犯！"

"神甫先生，"卡德鲁斯说，"请最后再试我一次吧。"

"好吧，"伯爵说，"听着，你知道我说话是算数的，对吗？"

"对的，"卡德鲁斯说。

"如果你能平平安安地回到家里……"

"除了您，我还有什么可怕的呢？"

"如果你能平平安安地回到家里，那就马上离开巴黎，离开法国，随便你去哪儿，只要你规规矩矩过日子，我就会让人送一小笔养老金给你。因为你要是平平安安回了家，嗯……"

"怎么样？"卡德鲁斯浑身打战地问。

"嗯！我就相信天主宽恕了你，我也就宽恕你。"

"说实话，"卡德鲁斯一边往后退去，一边结结巴巴地说，"您可真的要把我吓死了！"

"好了，走吧！"伯爵用手对卡德鲁斯指指窗口。

卡德鲁斯对伯爵的许诺还不放心，跨出窗口后，站在梯子上。

他浑身直哆嗦，不敢往下爬。

"现在你往下爬吧。"神甫双手抱胸说。

卡德鲁斯这才明白在这一边没什么可怕的，开始往下爬去。

这时，伯爵拿着一支蜡烛走到窗口；这样，站在香榭丽舍大街上就可以清楚地看到有个人从窗口往下爬，而另一个人在给他照亮。

"您这是干什么，神甫先生？"卡德鲁斯说，"要是有巡逻队呢……"

他一口吹灭了蜡烛。然后继续往下爬；直到觉得脚踩在花园的泥地上，他才完全放下心来。

基督山回到卧室往下看去，看到的是卡德鲁斯着地以后，在花园里绕了个大弯，把梯子搬到围墙的另一头，他的用意是让翻墙出去跟进来不在同一个地方。

接着，基督山的目光从花园移到街上，瞧见那个似乎等在外面的人在街上跟卡德鲁斯平行地跑过去，藏身在卡德鲁斯待会儿要翻墙出去的那个墙角。

卡德鲁斯慢慢地爬上梯子，到了上面，从围墙探出头去，看看街上有没有人。

四下一片寂静，不见一个人影。

荣军院敲响了半夜一点的钟声。

卡德鲁斯骑跨墙头，把梯子收上去，搁到围墙的另一侧去，然后准备沿着梯子往下爬，或者说，准备沿着梯子的两条竖杆往下滑。他的动作非常麻利，表明他干这营生已经熟门熟路。

可是，一旦开始往下滑，他就想止也止不住了。于是，他眼睁睁瞧着一个人趁他滑到一半时从暗处蹿出来，眼睁睁瞧着一只手臂在他脚刚着地的当口举了起来，没等他来得及采取任何自卫措施，那只手就在他后背上狠狠地戳了一刀。他脱手松开梯子，喊道：

"救命啊！"

但他肋间即刻又挨了一刀。他摔倒在地继续喊：

"杀人啦！"

趁他在地上打滚的当口，那个对头揪住他的头发，朝他前胸戳了第三刀。

这一回，卡德鲁斯虽然还想叫喊，但发出的只是一声呻吟。他又呻吟了几声，三道血流从三处伤口汩汩地往外淌。

凶手看见他不喊了，抓住头发把头拎起来；卡德鲁斯双眼紧闭，嘴巴歪斜。凶手以为他死了，摔下他的头，拔脚就跑。

卡德鲁斯觉得凶手跑远了，才用胳膊撑起上身，用尽全身气力，声音极其虚弱地喊道：

"抓凶手！我要死了！救救我，神甫先生，救救我！"

凄惨的喊声飘过昏暗的夜空。后楼梯门打开，通花园的小门也打开了，阿里和他的主人拿着灯盏奔了过来。

第83章
天主之手

　　卡德鲁斯凄惨的声音喊道：

　　"神甫先生，救命啊！救命啊！"

　　"出什么事了？"基督山问。

　　"救救我吧！"卡德鲁斯喊道，"有人要杀我！"

　　"我们来了！挺住！"

　　"唉！完了。你们来得太晚了。你们只能看着我死掉了。他刺得那么狠！血流得那么多！"

　　说完他就昏过去了。

　　阿里和他主人抬起受伤者。抬进屋里后，基督山对阿里做了个手势，让阿里给受伤者脱开衣服。然后，伯爵查看了三处刀伤的创口。

　　"我的主啊！"他说，"您的报应有时真让人等得心焦，但我相信，到时候，来自上天的报应是彻底的。"

　　阿里瞧着主人，像是在问他该做什么。

　　"你到圣奥诺雷区去找检察官维尔福先生，把他带到这儿来。顺路把看门人唤醒，叫他去请个大夫来。"

　　阿里遵嘱离去，留下假神甫独自陪着昏迷不醒的卡德鲁斯。当这歹徒睁开眼睛时，伯爵正坐在离他几步远的地方，神情忧郁地注视着他，嘴唇微微在动，仿佛是在低声祈祷。

　　"请个大夫来，神甫先生，快请个大夫来呀。"卡德鲁斯说。

　　"已经去请了。"神甫回答说。

　　"我知道，大夫来了也救不了我，但他或许可以给我接接力，让我多活一会儿，好告发他。"

　　"告发谁？"

　　"杀我的凶手。"

"您认识他吗？"

"我认识他吗！没错，我认识这个贝内代托。"

"那个科西嘉小伙子？"

"就是他。"

"您的那个伙伴？"

"对。他先是画了伯爵房子的平面图给我，想必是指望我能杀了伯爵，好让他继承伯爵的遗产，要不然就是让伯爵杀了我，好让他就此甩开我。后来他又等在街上，拿刀杀我。"

"我差去请大夫的人，也会请检察官来的。"

"他来也太晚了，他来也太晚了，"卡德鲁斯说，"我觉得全身的血都快流光了。"

"您等着。"基督山说。

他走出房门，五分钟后拿着一只小瓶子回来。

在伯爵离开的这些时间里，临死的人那双呆滞得吓人的眼睛，始终望着门口。他的本能告诉他，救援来自这扇门。

"您快来呀！神甫先生，您快来呀！"他喊道，"我觉得又要昏过去了。"

基督山来到伤者身边，往他发紫的嘴唇上滴了三四滴小瓶里的液体。

卡德鲁斯吁出一口气。

"哦！"他说，"您给我滴的是救命的药水。再滴一点……再滴……"

"再滴两滴就会要您的命了。"神甫回答说。

"哦！快来个人吧，我要告发那个坏蛋。"

"要不要我帮您把告发的内容写下来？您可以在上面签个字。"

"对……对……"卡德鲁斯说，想到死后能够复仇，他的眼睛发亮了。

基督山写道：

> 杀死我的凶手是那个科西嘉人贝内代托，就是和我在土伦铐在同一根铁镣上的伙伴，那时他是五十九号。

"快啊！快啊！"卡德鲁斯说，"我要没法签字了。"

基督山把笔递给卡德鲁斯，他用尽全身气力签上名字，倒在床上说：

"余下的请您对他们说吧，神甫先生。您就说，他现在叫安德烈亚·卡瓦尔坎蒂，住在王子饭店，还有……喔！我的天主！我的天主！我要死了！"

说完，他又一次昏厥过去。

伯爵把小瓶凑过去让他嗅了嗅；卡德鲁斯睁开了眼睛。

在昏厥中，他仍没有放弃复仇的愿望。

"啊！您会全都告诉他们的，对吗，神甫先生？"

"对，我会全都告诉他们，而且还有别的事情。"

"什么事情？"

"我要说，这座屋子的平面图显然是他给你的，他希望伯爵能杀死你。我要说，他事先写了封信通知伯爵；我要说，因为伯爵不在家，我看到了这封信，于是我整夜在这儿等着你。"

"他会上断头台的，对吗？"卡德鲁斯说，"他会上断头台的，您能答应我吗？我要抱着这个希望死去，这样我会好受些。"

"我要说，"伯爵继续说，"他尾随着你，一直看着你的一举一动，当他看见你出了这座屋子，他就奔到围墙的暗角躲了起来。"

"这么说，您是全都看见的？"

"你再想想我对你说的话：'如果你能平平安安地回到家里，我就相信天主宽恕了你，我也就宽恕你。'"

"可您什么也不对我说？"卡德鲁斯喊道，费力地想支起身子，"您明知道我从这儿出去会死，却什么都不对我说！"

"对，因为我在贝尔代托的手里，看见了天主的判决，我要是违逆天意，就是犯下了渎圣的罪孽。"

"天主的判决！您少跟我来这一套，神甫先生：要是真有天主的判决，那您比谁都清楚，有那么些人本该受罚，可还不是一个个都活得好好的。"

"稍安毋躁！"神甫说这话的声调，使临死的卡德鲁斯打了个寒战，"稍安毋躁！"

卡德鲁斯惊愕地望着神甫。

"天主对世人，"神甫说，"是仁慈为怀的，他对你也曾是这样的：他先是父亲，然后才是审判官。"

"嗬！那么您，您真的相信天主？"卡德鲁斯说。

"如果说在今天以前我一直固执地不肯相信的话，"基督山说，"那么，今天瞧见你这样，我也就相信了。"

卡德鲁斯痉挛地捏紧双拳，举起来朝着天空。

"你听着，"神甫说着，把一只手平伸在卡德鲁斯上方，像是要命令他相信似的，"你在临终的时刻还不肯相信的这位天主，已经为你做了许多事情：他给了你健康和精力，给了你一份稳当的工作，甚至还给了你朋友，总之，这样的生活，对一个但求良心安稳，凡事都能知足的人来说，应该说是很不错的了。可是，你不知珍惜上天难得这么慷慨赐予的恩宠，却干了些什么呀：你整天游手好闲，经常喝得醉醺醺的，有一次你就是喝得醉醺醺的，出卖了你的一个最好的朋友。"

"救命啊！"卡德鲁斯喊道，"我不需要教士，我要大夫。说不定我的伤还不是致命的，或许我还死不了，或许大夫还能救活我！"

"你受的伤是致命的，要不是我刚才给你滴的那三滴药水，你早就断气了。所以，你给我好好听着！"

"嗬！"卡德鲁斯喃喃地说，"您这神甫可真怪，人家要死了，您不去安慰他，却把他往绝望的路上推。"

"你听着，"神甫继续说，"当你出卖了朋友，天主并没有惩罚你，而是开始警告你；你落到了穷困的境地，连肚子也填不饱。你在过了半辈子以后，开始羡慕起不劳而获的生活，把贫穷当作自欺欺人的借口，转起了邪恶的念头，正在这时，天主假我之手给一贫如洗的你送去一笔财产，对你这个从没有过财产的可怜虫来说，这是发了一笔大财。可是这笔突如其来、完全出乎意料、连想都想不到的财产，你到手以后却还嫌不够；你想把它再翻一番：靠什么办法？靠谋杀。你把它翻了一番，但这时天主从你手中夺回它，把你送上了人类的法庭。"

"不是我，"卡德鲁斯说，"不是我起念杀死那个犹太人的，是那个卡尔贡特娘们。"

"对，"基督山说，"所以天主始终——这回我不想说公正了，因为公正的判决应该是处死——天主始终仁慈为怀，让你的法官们听了你的话以后心软了下来，饶了你一条命。"

"对！让我终身服苦役：好一个特赦！"

"你这个混蛋！你在特赦令下来的那会儿，不是觉得它很仁慈吗？你那颗怯懦的心，在死亡面前颤抖不已，所以听到终身苦役的判决，居然会高兴得怦怦直跳，你就像所有的苦役犯一样对自己说：'这是一扇通到苦役犯监狱去的，而不是通到坟墓去的门哪。'你并没有说错，而这扇苦役犯监狱的门，是以一种你意想不到的方式为你开启的：一个英国人访问土伦，他有个心愿，要从罪恶的深渊里拯救两个人：他的选择落在了你和你的同伴身上。幸运第二次从上天降临到你头上，你有了钱，也有了安宁，你这个被判终身服苦役的人，又可以重新开始像普通人一样生活了。可这时候，你这混蛋又第三次去冒险了。你所有的，已经比你以前有过的东西多得多，你却对自己说：'这还不够。'于是你又毫无来由地、不可原谅地犯下了第三桩罪行。天主感到看腻了。他惩罚了你。"

卡德鲁斯眼看愈来愈虚弱了。

"给我水，"他说，"我渴……烧得难受！"

基督山递给他一杯水。

"该死的贝内代托！"卡德鲁斯递还杯子时说，"他，他倒逃掉了！"

"我对你说，卡德鲁斯，谁也逃不了。贝内代托会受惩罚的！"

"那么您，您也该受惩罚，"卡德鲁斯说，"您没有尽到神甫的责任……您应该阻止贝内代托杀我。"

"我！"伯爵笑着说，垂死的人见到这笑容，不由得吓呆了，"在你的短刀刺在我胸口的锁子甲上，刀口折断的当口，你要我阻止贝内代托杀你！……不错，要是我看到你低首下心，悔过认罪，我也许是会阻止贝内代托杀你的。但我看到你又傲慢又凶悍，我就只能听任天主实现他的意志了！"

"我不相信什么天主！"卡德鲁斯用力说，"您也不信……您说谎……您说谎！"

"住嘴吧，"神甫说，"不然你身上最后那几滴血也要流干了……喔！你不相信天主，但让你死的正是天主！……喔！你不相信天主，可是天主却只要你做一个祷告，说一句话，流一次眼泪，就能宽恕你……天主本可以让凶手的刀子当场叫你断气……可是天主给了你一刻钟时间，让你悔罪……忏悔吧，你这混蛋！悔罪吧！"

"不，"卡德鲁斯说，"不，我不悔罪。没有天主，也没有什么天意，一切都是碰巧。"

"天意是有的，天主也是有的，"基督山说，"证据就是你绝望地躺在那儿，不肯承认天主，而我富有、幸福，安然无恙地站在你面前，把手合在胸前为你向天主祈祷——你虽然竭力不想相信他，但在心底里还是相信他的。"

"您到底是谁？"卡德鲁斯眼神散乱地看着伯爵问道。

"仔细看看我。"基督山擎起蜡烛凑近自己的脸说。

"嗯！布……布索尼神甫……"

基督山掀掉发套，让跟他苍白脸色相配得很协调的乌黑的头发垂落下来。

"哦！"卡德鲁斯惊惶地说，"要不是您的黑头发，我会说您是那个英国人，那个威尔莫勋爵了。"

"我既不是布索尼神甫，也不是威尔莫勋爵，"基督山说，"你再好好想想，往远处想想，在早年的记忆里好好想想。"

伯爵的声音里有一种磁性的震颤，使那家伙衰竭的神志又最后一次清醒了过来。

"哦！"他说，"我以前好像见过您，好像认识您。"

"对，卡德鲁斯，对，你见过我，你认识我。"

"可您究竟是谁呢？如果您见过我，也认识我，为什么您见死不救呢？"

"谁也救不了你，卡德鲁斯，因为你受的是致命的伤。要是你还有救，我会认为这是天主最后的仁慈，会尽力救活你，让你悔罪，我凭我父亲的坟墓起誓。"

"凭你父亲的坟墓！"卡德鲁斯刹那间来了精神，支起身子想仔细看看这个对他说出男子汉最神圣誓言的人，"嗨！你到底是谁？"

伯爵一直注视着卡德鲁斯临终前的每个迹象，知道这是回光返照。他凑近临终的人，目光安详而又忧郁地望着他。

"我是……"他凑在卡德鲁斯耳边说，"我是……"

从伯爵几乎没有张开的嘴里，吐出一个声音很轻的名字，仿佛他自己害怕听到这个名字似的。

卡德鲁斯本来已经支起身子跪着，这时伸出双臂，拼命往后退缩，然后合拢双手，使尽全身力气往上举起。

"啊，我的天主，我的天主，"他说，"请原谅我刚才不肯承认您吧。您是存在的，您是上天神灵的父亲，您是凡夫俗子的审判官。主啊，我的天主，我这么长久一直没有认出您！主啊，我的天主，请原谅我吧！主啊，我的天主，请接纳我吧！"

说完，卡德鲁斯闭上双眼，发出最后一声喊叫，吁出最后一声长叹，仰面往后倒了下去。

鲜血立即在宽宽的创口边缘凝了起来。

他死了。

"一个！"伯爵意味深长地说，目光凝定在已被这可怕的死亡折磨得变了形的尸体上。

十分钟后，医生和检察官都赶到了，一位由看门人陪来，另一位由阿里陪来，正在死者身旁祈祷的布索尼神甫接待了他们。

第84章

博尚

两个星期里，整个巴黎沸沸扬扬都在谈论伯爵府上这桩胆大包天的偷盗未遂案。窃贼临死前曾在一份笔录上签字，指控贝内代托是杀害他的凶手。警方受命派出全部警探追查杀人凶手的线索。

卡德鲁斯的短刀、遮光提灯、钥匙串和衣服都在法院书记室存了档，就是背心没找到。尸体被送到陈尸所去了。

有人问起，伯爵总是回答说，出事的那晚他正好在奥特伊别墅，所以他知道的情况都是听布索尼神甫告诉他的，这位神甫完全是碰巧，那天晚上要在他家的图书室里查找几本珍贵的书籍，所以是在那儿过夜的。

只有贝尔图乔，每当听到有人提到贝内代托的名字，就变得脸色煞白。不过，好端端的谁也不会注意到贝尔图乔的这种脸色变化。

被请去查勘现场的维尔福，已经接受这桩案子，并以他对自己负责起诉的刑事案件的一贯的热忱，着手安排预审的准备工作。

但是三个星期过去了，紧锣密鼓的侦查工作毫无结果。在社交场上，大家开始忘记伯爵府上这桩偷盗未遂、同伙刺杀窃贼的案子，他们的兴趣转移到唐格拉尔小姐和安德烈亚·卡瓦尔坎蒂子爵日趋临近的婚事。

这桩婚事差不多算得上是宣布了的，年轻人在银行家府上已经被当作未婚夫加以接待。

老卡瓦尔坎蒂先生方面也已去了信，他回信说完全赞成这门亲事，并在表示因公务在身，无法抽空离开帕尔马而深感遗憾的同时，申明同意把年息十五万利弗尔的本金交给儿子。

这三百万本金，已经说定存放在唐格拉尔的银行里，由他去进行投资。有人早就在年轻人的耳边吹风，暗示他未来的岳父近来在交易所连连失手，情况很不妙。但年轻人襟怀坦荡，对唐格拉尔先生笃信不疑，不为这些风言风语所动，并以体恤为念，从不把这些话搬给男爵听。

因此，男爵对安德烈亚·卡瓦尔坎蒂子爵喜欢得不得了。

欧仁妮·唐格拉尔小姐却不然。她出于对婚姻的本能的厌恶，只不过是拿接受安德烈亚作为摆脱莫尔塞夫的手段，现在安德烈亚得寸进尺，她自然就对安德烈亚有一种显而易见的反感。

男爵也许早就觉察到了这一点。但他把这种反感归因于任性，依然装作若无其事的样子。

且说博尚要求宽延的期限快到了。不过，莫尔塞夫也已经体会到，基督山劝他听其自然确实高明得很。根本没有人注意到有关将军的那则消息，谁也没有跑出来说，那个出卖约阿尼纳城堡的军官，就是这位占有贵族院席位的高贵的伯爵。

但阿尔贝并不觉得自己所受的羞辱有所减轻，因为在使他感到愤怒的那寥寥几行文字里，很明显的有一种存心损伤当事人的意味。另外，博尚上次结束谈话的方式，也在他的内心留下了一个苦涩的回忆。因此他心里一直存着决斗的念头，而且一心希望，如果博尚同意决斗的话，最好能对所有的人，甚至对自己的证人，都不要提起决斗的真实原因。

至于博尚，自从阿尔贝那天前去拜访以后，就没有再见到过他。凡是有人问起，报馆的人总回答说他出门旅行了，要过几天才回来。

他上哪儿去了？谁也不知道。

一天早上，贴身男仆叫醒阿尔贝，禀报博尚来访。

阿尔贝揉揉眼睛，吩咐仆人先让博尚等在楼下的小吸烟室里；随后他很快地穿好衣服，走下楼去。

博尚在房间里来回踱着步，见到阿尔贝进来，停住脚步。

"我本来正想今天去您那儿。现在您不等我去，就先来看我，看来是个好兆头啊，先生，"阿尔贝说，"唔，请快告诉我，我是该向您伸出手说'博尚，认错吧，咱俩还是朋友'呢，还是该干脆就问一声'您用什么武器'呢？"

"阿尔贝，"博尚说，他那忧郁的脸色让阿尔贝吃了一惊，"我们先坐下来，慢慢谈吧。"

"可我觉得正相反，先生，在我们坐下以前，您得先回答我的问题才是吧？"

"阿尔贝，"报纸编辑说，"有时候事情难就难在回答上。"

"为了让您容易回答些，先生，我就再问一遍：您收不收回那条消息，收回还是不收回？"

"莫尔塞夫，对于一个事关法兰西贵族院议员、陆军少将德·莫尔塞夫伯爵先生的荣誉、社会地位和生命的问题，一个人光回答收回或不收回是不够的。"

"那么他该怎么样呢？"

"他该像我那样做，阿尔贝。他该说：当事关一个家庭的名誉和利益时，花点钱、花点时间、受点累又算得了什么呢；他该说：同意去跟一个朋友进行殊死的决斗，光凭个大概是不够的，要有确凿的事实根据才行；他该说：如果我要拿起剑跟一个三年来我经常和他握手的朋友去厮杀，或者打开手枪的扳机对准他，我至少得知道我为什么要这样做，那我才能坦然自若、心安理得地到决斗场去——而当一个人要用胳膊来拯救自己生命的时候，他是需要有这样的心理状态的。"

"好啦，好啦！"莫尔塞夫不耐烦地说，"您说这些话是什么意思哪？"

"我的意思是说，我刚从约阿尼纳回来。"

"从约阿尼纳回来？您！"

"对，我。"

"这不可能。"

"亲爱的阿尔贝，这是我的护照。您瞧瞧这些签证：日内瓦，米兰，威尼斯，特利雅斯特，德尔维诺，约阿尼纳。对于一个共和国、一个王国再加上一个帝国的警方，您总该是相信的吧？"

阿尔贝的目光落在护照上，然后惊愕地抬起来对着博尚。

"您去了约阿尼纳？"他问。

"阿尔贝，倘若您是一个外国人，一个陌生人，一个像上次的英国人那样的什么勋爵——三四个月前他跑来要我赔礼道歉，我干脆结果了他，省得他再纠缠不清——倘若您是那样的人，您明白，我是不会给自己添这份麻烦的。可是我相信，对您我是应该有这种尊重的表示的。我去的路上花了一个星期，回来花了一个星期，加上四天的检疫隔离和在那儿逗留的四十八小时，我总共花了三个星期。我昨晚刚到，现在就赶过来了。"

"我的天主，我的天主！您干吗兜这么大的圈子，博尚，您干吗磨磨蹭蹭地不肯回答我的问题！"

"这是因为，说实话，阿尔贝……"

"我看您是拿不定主意。"

"是的，我不敢说。"

"您不敢承认您的记者对您说了谎？哦！自尊心别这么强，博尚。承认吧，博尚，别让人对您的勇气有所怀疑吧。"

"噢！不是这么回事，"编辑部主任喃喃地说，"情况正相反……"

阿尔贝脸色惨白。他想开口说话，但话到了嘴边就是说不出来。

"我的朋友，"博尚深情地说，"请您相信，我要是能向您道歉，我是会很高兴的，我会发自内心地向您道这个歉。可是……"

"可是什么？"

"那条消息是确凿的，我的朋友。"

"什么？那个法国军官……"

"是的。"

"那个费尔南？"

"是的。"

"那个把主人的城堡出卖给敌人的叛徒……"

"请原谅我对您说的话，我的朋友：那个人，就是您父亲！"

阿尔贝狂怒之下，做了个像要朝博尚扑过去的动作。可是博尚与其说是伸出一只手，不如说是用一道温和的目光制止了他。

"您瞧，我的朋友，"他从衣袋里拿出一张纸，"这就是证据。"

阿尔贝打开纸。这是一份由约阿尼纳当地四位德高望重的人士签署的证明文件，证明在阿里-台佩莱纳总督麾下任上校教官的费尔南·蒙代戈上校，收受一千蒲尔斯[1]出卖了城堡。

他们的签名是经领事认证的。

阿尔贝步履踉跄，沮丧委顿地跌坐在一把扶手椅里。

这一回是无可置疑的了，那个姓清清楚楚地写在纸上。

在片刻无言而痛苦的静默过后，他觉得心口发胀，颈部的血管在扩张，

---

[1] 土耳其货币记账单位，一蒲尔斯合五百皮阿斯特。

眼泪止不住地夺眶而出。

博尚怀着深切的同情，望着这个被极度痛苦压垮的年轻人，慢慢向他走去。

"阿尔贝，"他说，"现在您理解我了，是吗？我是想亲眼去看看，亲自去做出判断，指望能找到一个有利于您父亲的解释，好为他主持公道。可是，事情正相反，我了解到的情况证实了，那个教官，那个受总督阿里帕夏提拔的费尔南·蒙代戈，就是费尔南·德·莫尔塞夫伯爵。回来的路上，我一直念着您把我引为挚友的深情厚谊，所以我就急着赶来见您了。"

阿尔贝仍然瘫坐在椅子里，双手遮住眼睛，仿佛想挡住光线似的。

"我赶来看您，"博尚继续说，"是要对您说：阿尔贝，我们的父辈在那个风云变幻的年代里所犯的过错，是不关子女的事的。阿尔贝，经历过我们出生时的那个革命年代，而能不在军人的制服或法官的长袍上留下污渍或血迹的人，实在是为数不多的。阿尔贝，现在既然我有了这些证据，既然我手里掌握了您的秘密，那就任谁也无法强迫我接受一场决斗了，因为我能断定，您的良心将会谴责您，告诉您这场决斗无异于一场谋杀。可是，我要为您做的，却正是您无法启口要求我做的事。这些证据，这些揭发，这些文件，只有我一个人掌握在手里，您愿意它们不复存在吗？这个可怕的秘密，您愿意它就保存在你我两人之间吗？请相信我以名誉担保的诺言，我绝不会把这个秘密泄露出去。告诉我，您愿意吗，阿尔贝？告诉我，您愿意吗，我的朋友？"

阿尔贝扑到博尚身上，抱住他的脖子。

"啊！多么高尚的心灵！"他喊道。

"给。"博尚说着把那份文件交给阿尔贝。

阿尔贝伸出一只瑟瑟发抖的手，抓过这些纸，捏得紧紧的揉成一团。他想撕碎它，但又怕碎纸片让风吹走以后，哪一天又会飞回来打在他的额头上。于是他走到那支点雪茄的长明蜡烛跟前，看着纸片一点点烧成灰烬。

"亲爱的朋友，我最好的朋友！"阿尔贝一边烧毁纸片，一边喃喃地说。

"但愿这一切如同一场噩梦那般过去吧，"博尚说，"让它们就像这些烧焦的纸片上最后几处闪亮的红点，从此永远消失，就像从这些无声的灰烬中升起的轻烟，就此飘散得无影无踪吧。"

"对，对，"阿尔贝说，"但愿就只留下我对您，对我的救命恩人永存的友谊，这友谊会在我们的子子孙孙中间天长地久地流传下去，这友谊会永远提醒我记得，我血管里流着的血，我的整个生命，我的名字的荣誉，都是您给我的。哦！博尚，我对您说实话，要是这件事泄露出去，我是会朝着脑袋给自己一枪的。噢，不，可怜的母亲！我无论如何不想让她伤心而死，我会逃亡到国外去的。"

"亲爱的阿尔贝！"博尚说。

可是这种突如其来的，甚至不妨说强自为之的兴奋状态很快过去了，阿尔贝陷入了更为深沉的忧伤之中。

"哎！"博尚问，"又怎么啦，我的朋友？"

"我觉得，"阿尔贝说，"心里有个地方碎了。请听我说，博尚，一个父亲毫无瑕疵的姓氏带给儿子的那种敬重，那种信赖和骄傲，是没法在一秒钟里就这么割舍的。哦！博尚！博尚！现在我还怎么去跟他说话？难道我要把额头从他凑近的嘴唇下缩回来，难道我要把手从他伸给我的手下缩回来吗？……喔，博尚，我是世上最不幸的人。唉！我的母亲，可怜的母亲，"阿尔贝满眼含泪凝望着母亲的肖像，"要是您知道了这一切，您会多么伤心啊！"

"来，"博尚握住他的手说，"坚强些，朋友！"

"可是登在您报上的那条消息，究竟是从哪儿来的呢？"阿尔贝喊道，"在所有这些事情背后，隐藏着一股不明来处的敌意，隐藏着一个看不见的仇人。"

"所以，"博尚说，"您更加得坚强，阿尔贝！不要让您的情绪在脸上流露出来；您得把痛苦藏在心里，正如云层里藏着毁灭和死亡，只有在暴风雨降临时，人们才能猜透这致命的秘密。好啦，朋友，积聚起您的精力，等待那骤然爆发的时刻来临吧。"

"喔！难道您认为事情还没完吗？"阿尔贝充满惊惧地问。

"我什么也没认为，我的朋友。不过说到底，一切都是可能的。顺便问一句……"

"什么事？"阿尔贝看见博尚迟疑着没把话说出口，便问道。

"您仍然要娶唐格拉尔小姐吗？"

"您在这个时候问这个问题，是什么意思，博尚？"

"因为，在我想来，这桩婚事是成还是吹，跟我们眼前考虑的这件事很有关系。"

"怎么！"阿尔贝脸涨得通红地说，"您认为唐格拉尔先生……"

"我只是问一下您的婚事现在怎么样了。嘿！请您别在我的话里找我根本没有的意思，别以为这些话有什么弦外之音，好吗？"

"噢，"阿尔贝说，"这桩婚事吹了。"

"那好。"博尚说。

随后，他看到阿尔贝的神情又要变得忧郁起来，就说：

"嘿，阿尔贝，要是您信得过我，就跟我一起出去吧。乘车或骑马在树林里兜一圈，可以让您散散心。我们再一起回来找个地方吃早饭，然后您去干您的事，我去干我的事。"

"好吧，"阿尔贝说，"不过我们还是走路吧，我想，稍为走得累一点，我也许会感到好受些。"

"行。"博尚说。

两个朋友一路走去，沿着林荫大道来到玛德莱娜教堂。

"哎，"博尚说，"既然已经到了这儿，何不再走几步，去看看基督山先生，也好让您散散心。他这人从来不好提问，却自有一种使对方振作起来的奇妙本领。其实在我看来，不爱提问的人，才是最善于安慰别人的。"

"好，"阿尔贝说，"上他家去吧，我喜欢他。"

第85章

旅行

基督山瞧见两位年轻人一起来访，欣喜地叫出声来。

"啊哈！"他说，"我希望事情已经了结，问题都谈清楚，都解决了吧？"

"是啊，"博尚说，"那些无稽之谈已经不攻自破，要是它们现在还想冒头，我第一个就不答应。所以，这事我们就不用再谈了。"

"阿尔贝会告诉您，"伯爵说，"我当初就是这么劝他的。哦，你们也瞧见了，我刚忙了一个早晨，我想这在我算得上是最乏味的一个早晨了。"

"您在忙些什么呢？"阿尔贝问，"好像是在整理您的文件？"

"我的文件，谢天谢地，不是的！我的文件是用不着整理的，因为我根本就没有文件，我在整理卡瓦尔坎蒂先生的文件。"

"卡瓦尔坎蒂先生？"博尚问。

"是啊！难道您不知道这位年轻人是伯爵引荐的吗？"莫尔塞夫说。

"不，这事得说说清楚，"基督山说，"我没有引荐过任何人，更不用说卡瓦尔坎蒂先生了。"

"他还要取我而代之，娶唐格拉尔小姐做老婆呢，"阿尔贝强笑着说，"想必您也猜得到，我亲爱的博尚，这使我痛苦不堪。"

"什么！卡瓦尔坎蒂要娶唐格拉尔小姐？"博尚说。

"咦！您难道是从地球那一头来的？"基督山说，"您可是报社记者、无冕之王喔！整个巴黎成天谈的都是这件事。"

"那么是您，伯爵，撮合的这桩婚事？"博尚问。

"我？哦，爱传播新闻的先生，快别这么说！天哪！我会撮合这桩婚事？不，您不明白，我恰恰是竭力反对这桩婚事，拒绝去提亲的。"

"啊！我明白，"博尚说，"是为了我们的朋友阿尔贝的缘故？"

"为了我的缘故？"年轻人说，"哦！没这回事！伯爵可以为我说句公道话，证明我一直巴不得这门现在总算吹掉的婚事早点吹掉呢。既然伯爵的意思是说，我该感谢的不是他，那好吧，我要像古罗马人一样，Deo ignoto[1] 供一座祭坛。"

"请听我说，"基督山说，"这事我实在没出什么力，因为那位当岳父的和那位年轻人，都对我很冷淡；只有欧仁妮小姐，我觉得她似乎对结婚不怎么感兴趣，看到我全然无意劝她放弃可贵的自由，对我还保留一点好感。"

"您是说这桩婚事就要操办了？"

"哦！我的天主！是啊，我再怎么说也不顶事。我对那位年轻人并不了解，人家说他很有钱，说他门第好，可是对我来说，这些都只不过是人家说的而已。我对唐格拉尔先生说这话，他都听得耳朵起茧子了；可他还是对那个卢卡人迷得不得了。后来我就把一个在我看来更为严重的情况也捅给他：那个年轻人年幼时，不是让奶妈掉过包，就是叫波希米亚人拐跑过，再不就是让家庭教师弄丢过，我不太清楚究竟是哪种情形，可我知道他父亲有十年之久没见到他，他在这十年的流浪生活里干了些什么事，那只有老天爷知道了。嗯！这些话我全都说了，可还是没用。他们委托我写信给少校，问他去要证明文件；现在这些文件都在这儿。我得把文件给他们送去，不过，我要像彼拉多[2] 那样洗·下我的手。"

"那么阿尔米依小姐呢，"博尚问，"您把她的学生夺走了，她会给您好脸色看吗？"

"喔！这我可不太清楚。不过她好像要到意大利去。唐格拉尔夫人对我说起她，要求我给演出经理人写几封推荐信。我给瓦莱剧院的院长写了张便笺，他以前受过我的好处。不过,您这是怎么啦,阿尔贝？您看上去垂头丧气的。啊，莫非您不知不觉间已经爱上了唐格拉尔小姐？"

"这我可不知道。"阿尔贝忧郁地笑了笑，说。

博尚这时看起墙上的油画来。

"反正，"基督山接着说，"您跟平时不一样。唔，有什么事？说吧。"

"我头疼。"阿尔贝说。

"嗯！亲爱的子爵，"基督山说，"既然这样，我倒可以向您推荐一个百试

---

1 拉丁文：为不知其名的神祇。
2 《圣经·新约》中罗马帝国驻犹太的总督。他迫于祭司长和长老们的压力，判耶稣钉十字架处死；此时他取水洗手，对众人说："流义人血之罪，不在我身上，你们自己承当吧！"

百灵的药方。我每次碰到烦心事，这药方一试就灵。"

"什么药方？"年轻人问。

"换个环境。"

"当真灵验？"阿尔贝问。

"当真灵验。哦，这一阵我正心烦得很，想要换个环境。不知您可愿意一起出去散散心？"

"您心烦，伯爵！"博尚说，"为什么事呀？"

"嗬！瞧您说这话的轻松劲儿。我倒想瞧瞧，要是在您府上进行预审，您会是个什么样儿！"

"预审！什么预审？"

"哎！就是德·维尔福先生准备对我那位可爱的凶手立案的那档事呗。看来那是个从苦役犯监狱逃出来的强盗。"

"噢！对，"博尚说，"我在报上看到过这事儿。那个卡德鲁斯是个什么家伙？"

"嗯……他好像是普罗旺斯人。德·维尔福先生从前在马赛时听说过这个人，唐格拉尔先生也记得见过他。所以，检察官先生对这桩案子挺关心，警察总监好像也对它极为关注，这当然使我不胜感激，可也正是由于这种关注，近两个星期来，他们把在巴黎和市郊能抓到的强盗，都送到我这儿来，说是这中间可能就有杀死卡德鲁斯先生的凶手。要是再这么折腾下去，不出三个月，这个可爱的法兰西王国里的窃贼和杀手，个个都会对我家的地形了如指掌。所以我打算干脆别理他们，跑得愈远愈好。跟我一起去吧，子爵，我可以捎上您。"

"好呀。"

"那么说定了？"

"说定了。可是我们去哪儿呢？"

"我对您说过，去一个空气新鲜、安静恬适的地方。到了那儿，哪怕再心高气傲的人，也会感到自己又渺小，又卑微。我喜欢这种敛眉下心的况味，尽管人家都把我说成奥古斯都那样，俨然是宇宙的主宰。"

"到底是去哪儿？"

"去海上，子爵，到海上去。您知道，我是个水手。我从小就是枕在年迈的海神臂弯里，躺在美丽的安菲特律特[1]的胸脯上长大的；我在他们碧绿的斗篷和蔚蓝的长裙上嬉戏，我喜欢大海就像人家喜欢情妇，多时不见就会思念她。"

"那咱们就去吧，伯爵！"

"去海上？"

"对。"

"您同意了？"

"我同意。"

"那好，子爵，今天晚上会有辆旅行马车停在我的院子里，在那上面可以像睡在床上一样躺下来；套车的是四匹驿马。博尚先生，车上完全可以坐四个人，您愿意赏光吗？跟我们一起去吧！"

"谢谢，我刚从海上回来。"

"怎么！您刚从海上回来？"

"对，差不多就是这样吧。我刚到博罗梅安群岛[2]去转了一圈。"

"那有什么关系！跟我们一起去吧。"阿尔贝说。

"不，亲爱的莫尔塞夫，您该明白，我之所以拒绝，是因为我不能去。再说，"他压低嗓音说，"我得留在巴黎镇守报馆，这至关重要。"

"哦！您真是个好朋友，最好最好的朋友，"阿尔贝说，"对，您说得对，博尚，请您多留神，仔细看看，设法找出那个把消息捅出去的仇人。"

阿尔贝和博尚分手了：两人最后那紧紧的一下握手，蕴含着全部不便在外人面前说出的意思。

"博尚是个挺出色的小伙子！"编辑部主任走了以后，基督山说，"对吗，阿尔贝？"

"喔！对，他是个心地高尚的人，这一点我可以向您担保。所以我从心底里喜欢他。现在只有我们俩在这儿了，尽管去哪儿对我都一样，可我还是想问一下，我们到底是去哪儿呀？"

"去诺曼底，如果您愿意的话。"

---

1 希腊神话中海神波塞冬的妻子。
2 位于意大利马焦雷湖西部的四座小岛，以博罗梅安家族名命名，这个家族于17世纪在岛上建造别墅和梯形花园，从此这个群岛在欧洲颇负盛名。

"好极了。我们可以完全置身在乡间了，是吗？既没有社交，也没有邻居？"

"跟我们厮守在一起的，是供我们驱策的马，供我们打猎的狗，还有供我们垂钓的小船，就这些。"

"我正想这样。我这就去告诉家母，然后我就来听候您的吩咐。"

"不过，"基督山说，"您母亲会准许吗？"

"准许什么？"

"去诺曼底。"

"准许？难道我还不能想上哪儿就上哪儿？"

"您一个人，想上哪儿就能上哪儿，这我知道，我不就是在意大利遇见您的吗？"

"可不是？"

"但如果是跟人称基督山的鄙人一起去呢？"

"您的记性可不好啊，伯爵。"

"此话怎讲？"

"我不是告诉过您，家母对您极有好感吗？"

"'女人多变'，这是弗朗索瓦一世说的；'女人是海里的波涛'，这是莎士比亚说的。他俩一位是伟大的君王，另一位是伟大的诗人，想必都是对女人很了解的。"

"对，那是泛指的女人；可家母并不是泛指的女人，她是个确指的女人。"

"一个可怜的外国佬没法完全理解贵国语言的这种微妙之处，对此不知您能否见谅？"

"我的意思是说家母轻易不动感情，但一旦动了感情，就会永远保持这种感情。"

"哦！是吗？"基督山叹了口气说，"您确信她已经赏脸对我有所眷顾，并非全然漠不关心了？"

"请听我说！我已经对您说过，现在我再重复说一遍，"莫尔塞夫说，"您一定确确实实是位与众不同、出类拔萃的人。"

"哦！"

"对，因为您居然引起了家母对您的，我想说那并不是好奇心，而是对您的一种关注。我和她单独在一起时，我们总是在谈您。"

"她对您说，要您当心这个曼弗雷德？"

"正相反，她对我说，'莫尔塞夫，我相信伯爵生性高尚，尽力去让他喜欢你吧。'"

基督山转过眼睛去，叹了口气。

"啊！真的吗？"他说。

"所以，您知道，"阿尔贝继续说，"她非但不会反对，而且会从心底里赞成我去旅行，既然这是跟她天天叮嘱我的话正好符合的。"

"那么好吧，"基督山说，"晚上见。请在五点钟来这儿；我们要在午夜或凌晨一点赶到那儿。"

"怎么！赶到特雷波尔？……"

"到特雷波尔或者附近的地方。"

"您只要八个钟头，就能赶完四十八里路程？"

"这段时间已经很长了。"基督山说。

"您确实是个能创造奇迹的人，您不光能赶过火车——这不算很难，尤其是在法国——您还能跑得比急报更快。"

"嗨，子爵，我们毕竟还得花七八个小时才能赶到那儿，所以请您务必准时，不要误了出发时间。"

"请放心，我除了准备些行装，在出发前没别的事了。"

"那么五点见。"

"五点见。"

阿尔贝走了。基督山在对他微笑致意后，有一会儿像是在想什么事，陷入了深沉的冥想之中。俄顷，他伸手在前额抹了一把，仿佛要驱走这恍惚的神思似的，然后走去敲了两下小铃。

铃声刚落，贝尔图乔进了房门。

"贝尔图乔，"基督山说，"我原先打算明后天才出发的，但我现在决定今晚就出发去诺曼底。从此刻到五点钟，时间还是很充裕的。您去让人通知第一站的马夫，德·莫尔塞夫先生和我一起去。去办吧！"

贝尔图乔按照伯爵的吩咐，派了一个仆人骑马赶到蓬图瓦兹去通知说，快车将在六点整经过，蓬图瓦兹又派人飞报下一站，就这样一站一站把信息往下传；六个小时以后，沿途各个驿站都已经接到了通知。

出发前，伯爵上楼去海黛的房间，对她说他要出门，告诉了她去的地点，并把整座宅邸托付给她，请她照管一应事宜。

阿尔贝准时来了。旅途一开头有些沉闷，但速度给人带来的生理上的反应，很快就使旅途变得活跃起来。莫尔塞夫没想到马车能跑得如此之快。

"可也是，"基督山说，"你们的驿车每小时只跑两里路，又有那么条愚蠢的法规，规定没有得到前方驿车同意时不得擅自超车，这样一来，碰上哪个旅客生病了，或者使性子了，他就有权拦下一群健康活泼的旅客，让他们想快也快不了。但我不同，我靠自己的驿站和驿车旅行，就没有这些麻烦了，是吗，阿里？"

说着，伯爵把头伸出车窗，欢快地轻轻吆喝一声，顿时辕马犹如插上了翅膀；它们不是在奔，而是在飞了。马车好似一道炸雷隆隆滚过一马平川的石板道，路边的行人都回过头来瞧这火球似的飞快掠过的彗星。阿里连连吆喝，笑吟吟地露出一口雪白的牙齿，强劲有力的双手仅仅捏住缰绳，驱策着鬣毛迎风飘飞的骏马。阿里这个沙漠之子，此刻正所谓是得其所哉，他那黝黑的脸庞、闪亮的眼睛和雪白的阿拉伯斗篷，在马车掀起的阵阵尘雾中，看上去犹如西蒙风的精灵[1]和飓风之神。

"这种由速度引起的快感，"莫尔塞夫说，"我还从没尝过呢。"

说这话时，他额头上的最后一抹愁容也消散了，仿佛是迎面掠来的风把它给带走了似的。

"可这些马您是从哪儿弄来的呢？"阿尔贝问，"莫非是专门驯养的？"

"说得不错，"伯爵说，"六年前我在匈牙利看到一匹快跑出了名的种公马，就把它买下了，花多少钱我不清楚：是贝尔图乔付的钱。当年它就有了三十二匹小马驹。我们今晚检阅的，就是这位父亲的全部后代；它们都长得一个模样，浑身漆黑，没有一根杂毛，只在前额上有一颗白星。这匹种公马是种马场里的骄子，所以配给它的牝马是特地挑选的，就像给帕夏的宠姬都是挑选过的一样。"

"妙极了！……不过请告诉我，伯爵，您要这么些马有什么用呢？"

---

1 西蒙风（simoun）：非洲撒哈拉沙漠中常见的热带干热风。

"您也瞧见了，用来旅行。"

"您不会一直旅行的呀！"

"等我不需要的时候，贝尔图乔会把它们卖掉，他说过能在它们身上净赚三四万法郎。"

"欧洲的君主都买不起这些马吧。"

"那么贝尔图乔就在东方找个头脑简单的君主，他会倒空他的财宝箱买下它们，然后再用棍子敲臣民的脚掌心，重新把财宝箱装得满满的。"

"伯爵，我这会儿有个想法，您愿意听听吗？"

"请说吧。"

"我在想，除了您以外，贝尔图乔先生大概是欧洲最富有的人了。"

"哦！您错了，子爵。我敢肯定说，您就是把贝尔图乔的口袋都掏空，也找不出十个子儿来。"

"怎么会呢？"年轻人说，"难道贝尔图乔先生是个怪人不成？啊！亲爱的伯爵，请别尽跟我说些神乎其神的事情，要不我就要不相信您了，我可把话说在头里。"

"我从来不说什么神乎其神的事情，阿尔贝；数字和推理，这才是我的出发点。现在，您且听听这个推理：当管家的总要偷东西，可您说他为什么要偷呢？"

"喔！我看那是因为他生性如此，"阿尔贝说，"因为他要偷，所以就偷了呗。"

"哦！不，您错了：他之所以要偷，是因为他有老婆有孩子，他和他的家庭都有难填的欲壑；他之所以要偷，尤其是因为他没法确信自己能永远留在主人身边，所以他要为自己留下后路。现在怎么样呢？贝尔图乔先生是单身一人；他可以随意动用我的钱财，而且他能肯定我绝不会辞退他。"

"为什么？"

"因为我找不到比他更好的管家。"

"您这是循环论证，尽在可能性里兜圈子。"

"喔！不是的；我说的都是确定无疑的事情。对我来说，所谓好仆人，就是我对他掌有生杀予夺权力的仆人。"

"那您对贝尔图乔掌有生杀予夺的权力吗？"阿尔贝问。

"有。"伯爵冷冷地回答。

有些话说出口，就好比一道铁门似的截断了谈话。伯爵的这声"有"，就是这样的一句话。

余下的路程也是以同样的速度跑完的。三十二匹骏马分成八组，在八小时里接力跑完四十八里路程。

马车在浓重的夜色中驶抵一座美丽的花园。恭候在门后的看门人打开铁门。他事先已经接到了最后那个驿站马夫的通知。

这时是凌晨两点半。莫尔塞夫被领进他的套间。洗澡水和夜宵都已准备好了。一路上坐在车厢后面座位上的那个仆人，现在专门服侍他；伯爵由巴蒂斯坦服侍，他一路上都坐在车厢前面的座位上。

阿尔贝洗了澡，吃了夜宵，就睡下了。这个晚上，他是在海浪忧郁的催眠声中安然入睡的。早上起身后，他走到长窗跟前，打开窗门来到一个小小的平台上。这儿，前面是大海，是一望无际的万顷烟波，后面是朝向一片树林的秀丽的花园。

在一个不算太小的港湾里，碧波荡漾的水面上停着一条船身狭长、桅樯高耸的小巧的双桅帆船，斜桁上挂着桅杆旗，上面绣着基督山的纹章图案：一座金山矗立在蓝色的大海上。盾形纹章上部有一个红色的十字架，它似乎暗示着某种个人的回忆，让人想起隐没在这个人神秘往昔的阴影中的苦难和再生，同时它也是对此人名字的一种暗示，这个名字使人想到因耶稣受难而变得比金子更珍贵的髑髅地[1]，还有因耶稣的血而变得神圣的那个污秽的十字架。在双桅帆船的周围，停靠着邻近村庄渔民的小帆船，仿佛驯顺的臣民俯首等待女王的谕旨。

这儿，就像基督山的每一所到之处，哪怕他只准备待两天，生活起居照样按最高标准安排得极其舒适。所以，这地方转眼间变成了一个生活设施应有尽有的住处。

阿尔贝看到套间的前厅里搁着两支长枪，其他的打猎用品也一应俱全。底层有一间顶特别高的小房间，里面放的是那些英国佬发明的各式各样新鲜玩

1　古耶路撒冷附近的一座髑髅形小山，耶稣被钉死在此处的十字架上。

意儿。英国佬因为有耐性，有空闲，所以钓鱼都是好手，他们发明的这些灵巧的渔具，赶不上趟的法国渔民还没能采用呢。

整个白天就是在这些活动中度过的，基督山堪称其中一流的行家：他们在花园里打到一打野鸡，又在小溪里钓到同样多的鳟鱼，晚饭是在面朝大海的凉亭里吃的，然后在图书室喝茶。

第三天傍晚，阿尔贝感到很困乏，那些在基督山如同游戏的体力活动，已经把阿尔贝弄得疲惫不堪，他坐在窗边竟然睡着了；基督山打算在室内建一座暖房，正在跟建筑师商量图纸。忽然间，石子路上响起一阵急促的马蹄声，把年轻人惊醒了。他睁眼往窗外看去，吃惊地发现院子里站着他的贴身男仆，不由得心头一怔；他这次出门，因为怕打扰基督山，没把自己的男仆带上。

"弗洛朗丹！"他从扶手椅里跳起来，大声说，"是我母亲病了吗？"

他朝房门奔过去。

基督山的目光跟着他，看着他奔到喘息未定的仆人跟前。那仆人从袋里掏出一个封口的小包，包里是一份报纸和一封信。

"信是谁写的？"阿尔贝急切地问。

"博尚先生。"弗洛朗丹说。

"那么是博尚先生差您来的？"

"是的，先生。他派人叫我到他府上，给我一笔旅费，让我租驿马赶到这儿来，还要我答应沿途决不耽搁，直到见着先生为止：我骑马一路奔了十五个小时。"

阿尔贝双手哆嗦着打开那封信：才看了几行，他就喊了一声，浑身颤抖地抓起那份报纸。

骤然间，他变得眼睛黯淡无神，双腿发软，险些儿跌倒。幸好弗洛朗丹伸出胳膊让他扶住，他才算站住了。

"可怜的年轻人！"基督山喃喃地说，声音轻得连他自己也听不见这些同情的话语，"老话说得对，父辈作的孽，第三、第四代也逃不过报应啊。"

这会儿，阿尔贝已经恢复过来，一边往下看那份报纸，一边把落在汗津津的前额上的头发甩上去，看完后，他把信和报纸揉成一团，说：

"弗洛朗丹，你的马还能跑回巴黎吗？"

"那是匹瘸腿的驿马。"

"哦！我的天主！你离开时家里情况怎么样？"

"相当平静。不过我从博尚先生府上回去时，看到夫人在流泪。她差人找过我，想要知道您什么时候回去。我告诉她，博尚先生正要我来找您呢。她一听这话，马上伸出手臂，像是要拦住我；但她想了想，又对我说：

"'好的，去吧，弗洛朗丹，去叫他回来吧。'"

"好的，母亲，好的，"阿尔贝说，"我这就回来了，您放心，让那个可耻的家伙等着瞧吧！……噢，我得先去告辞一下。"

他回到刚才和基督山待在一起的那个房间。

才五分钟时间，阿尔贝的模样发生了令人伤心的变化。他刚才出去时一切正常，回来时却说话岔了声，脸上满是红潮，青筋暴起的眼睑下，眼眸发着光，走起路来摇摇晃晃，像个喝醉的酒鬼。

"伯爵，"他说，"多谢您的盛情款待，我本想能多受用几天，但现在非得回巴黎不可了。"

"出了什么事？"

"出了一桩不幸的事。请允许我就此告辞，这是一桩和我的生命同等重要的大事。请什么也别问，伯爵，我求您，但请给我一匹马！"

"马厩里的马您尽管用，子爵，"基督山说，"可是您骑马赶回去会累垮的。还是乘马车走吧。"

"不，那样太慢，再说我正需要经受一下您怕我累垮的疲劳，那会使我好受些。"

阿尔贝往前走了几步，像一个被子弹击中的人那样转了个圈，跌倒在门边的一把椅子上。

基督山没有看见阿尔贝这第二次的虚脱。他正在窗口对外喊：

"阿里，给德·莫尔塞夫先生备马！叫他们要快！他有急用！"

听到这些话，阿尔贝又振作起来。他往外奔去，伯爵跟在他后面。

"谢谢！"年轻人纵身骑上马背，轻轻地说了一声，"你也尽快赶回去，弗洛朗丹。我换马的时候，要对一下口令吗？"

"您只要把胯下的马交给他们，他们就会给您换另外一匹。"

阿尔贝正想打马离去，却又停住了。

"您也许会觉得我这样离去很奇怪，很不近情理，"年轻人说，"您无法理解报上的几行文字，为什么会使一个人变得这么绝望。好吧！"他说着把报纸一扔，"请您自己去看吧，但要等我走了以后，免得您看到我脸红。"

就在伯爵捡起报纸的当口，阿尔贝把仆人刚在他的马靴上装好的马刺，用力朝马肚子上一勒，那匹坐骑想不到一个骑手竟会认为需要对它如此威逼，吃惊之余，撒开腿如离弦的箭似的往前冲去。

伯爵满怀悲悯地目送年轻人远去，直到人影完全消失了，才把目光收回来，落到报纸的这则消息上：

> 三星期前《大公报》曾经报道过的约阿尼纳阿里帕夏麾下的那名法国军官，不仅出卖了约阿尼纳的城堡，而且把他的恩主也出卖给了土耳其人。这名军官当时确如我们可敬的同行所言，名叫费尔南，但此后他给自己的教名加上了贵族头衔和一个姓氏。
>
> 他现在人称德·莫尔塞夫伯爵先生，在贵族院占有席位。

就这样，被博尚慷慨大度隐匿下来的那个可怕的秘密，又像披上盔甲的幽灵那样出现了。有人残酷地把消息捅给了另一家报社，就在阿尔贝出发去诺曼底的第二天，这家报社刊载了这则差点儿令可怜的年轻人发疯的消息。

第86章

审判

早晨八点钟，阿尔贝像个霹雳似的落到博尚家里。贴身男仆事先知道他要来访，当即把他领进主人的房间，博尚正在准备洗澡。

"怎么样？"阿尔贝问他。

"唔，可怜的朋友，"博尚说，"我正等您呢。"

"我这不来了。不用说，博尚，我相信您光明磊落，心地高尚，绝不会把这事告诉任何人；那不会是您，我的朋友，您捎给我的信，也证明了您对我的情谊。所以，我们别浪费时间，就开门见山说吧：您可知道是谁把事情捅出去的？"

"一会儿我几句话就能告诉您。"

"好，不过我的朋友，您先得把这桩可耻的卖主求荣的勾当，详详细细地给我讲一下。"

于是，博尚对被羞辱和悲痛折磨着的年轻朋友讲了事情的经过，下面我们把他的话简要地复述一遍。

两天前的早晨，另一份报纸（不是《大公报》）刊登了那则消息，这一来问题就严重了，因为公众知道那家报纸是政府的喉舌。博尚见到这条消息时正在用早餐；他顾不得再吃东西，当即吩咐叫了一辆轻便马车，一路赶往那家报馆。尽管博尚跟那家报馆的经理政治观点截然不同，但两人仍然是好朋友，这种事有时，或者不妨说是经常会有的。

他走进办公室时，那位经理正摊开自家的报纸，津津有味地读着巴黎要览上一篇关于甜菜糖的文章，这篇文章大概正出自他的手笔。

"嗨！好呀！"博尚说，"既然您老兄手里就有报纸，那我也不必对您申明来意了。"

"莫非您也对甘蔗有兴趣？"官方报纸的经理问。

"不，"博尚回答说，"我对这方面一窍不通。我是来谈另一件事的。"

"什么事？"

"有关莫尔塞夫的那条消息。"

"啊！对，没错：这事可真有点怪，是吗？"

"怪到我觉得您得当心落个诽谤的罪名，打场不定是输是赢的官司呢。"

"没事。我们收到这份来稿时还拿到了全部旁证材料，拿得准德·莫尔塞夫伯爵是不敢声辩的。何况，向民众揭露沽名钓誉之徒的可耻行径，也应该说是恪尽职守、为国效劳吧。"

博尚愣了一下。

"究竟是谁这么一五一十把事情捅给你们的？"他问，"这事是我们报纸开的头，后来由于证据不足就偃旗息鼓了。按理说，我们应该比你们更热衷于揭发德·莫尔塞夫先生，因为他是法兰西贵族院的议员，而我们是反对派。"

"哦！事情很简单。这条引起轰动的新闻，并不是我们去挖来，而是自个儿送上门的。昨天，有个从约阿尼纳来的人，把这包奇怪的材料送到我们报馆。当时，他看到我们拿不定主意，就对我们说，要是我们不登，过两天这条消息就会登在另一家报纸上。说实话，您也知道，博尚，这是一条非常重要的新闻，我们不想错过这个机会。现在这一炮已经打出去，而且打响了，整个欧洲都有了反响。"

博尚明白，事已至此，他只能认输了。他沮丧地离开那家报馆，写了一封信差人送给阿尔贝。

但有些事他是没法写信告诉阿尔贝的——我们下面要讲的那些事，是在信使出发后发生的。

当天，贵族院里起了一阵不小的骚动，在平日安静沉稳的议员们身上，普遍可以看到这种情绪激昂的表现。几乎人人都提前来到了会场，都在谈论这个可悲的事件，这个事件势必会引起舆论的关注，把公众的注意力集中到这个显赫机构的一位著名成员身上。

有人在低声读着报上的这则消息，有人在发表议论，凭各自的记忆交换一些细节情况，把事情的来龙去脉补充得更为完整。德·莫尔塞夫伯爵平日里跟同僚们关系并不融洽。就跟所有的暴发户一样，他为了维护自己的地位，不得不摆出一副高傲的架势。老资格的贵族嗤笑他；有识之士疏远他；出身名门的显贵本能地看不起他。伯爵原本就处在这种充当赎罪祭品的尴尬境地，如今一旦被天主指定为祭献的牺牲品，大家当然对他群起而攻之。

只有德·莫尔塞夫伯爵本人对这些情形一无所知。他没有看到刊载这则有损他名誉的消息，一早只是写了几封信，试骑了一匹马。

他按平日的时间到达贵族院，昂着头，目光骄矜、步态傲慢地走下马车，穿过走廊进入大厅，全然没有注意到执达吏的迟疑态度和同僚们打招呼的冷淡神色。

莫尔塞夫进场时，会议已经开始半个多小时了。

尽管伯爵，正如我们刚才所说，对发生的事一无所知，神态和举止都跟平时毫无两样，但是在周围的人们眼中，他的神态举止却显得比平时更傲慢不逊。这种情形下他居然还来出席大会，在那些妒羡他的名声的同僚看来，无异于一种明目张胆的挑衅，因而，在场的人一致认为他有失体统，有些人认为他故作姿态，也有人认为他有意侮辱大家。

很明显，整个贵族院在酝酿掀起一场辩论。

人人手里都拿着那份揭露丑闻的报纸；可是跟往常一样，每个人都在犹豫，不想担起发难的责任。终于，一位老资格的议员，德·莫尔塞夫伯爵的宿敌，走上了讲台。他那庄重的神情，表明发起攻击的时刻到了。

一阵令人难堪的静默。只有莫尔塞夫一人还蒙在鼓里，不明白大家为什么会如此聚精会神地聆听一个平时不见得很受欢迎的演讲者发言。

演讲者先说了几句开场白，声称他要讲的是一件非常重要，非常神圣，和整个贵族院生死攸关的大事，要求各位同僚注意听他发言。伯爵对这段开场白全然没有在意。

但演讲者提到了约阿尼纳和费尔南上校，德·莫尔塞夫伯爵顿时神色大变，脸色一下子白了。在座的议员都不由得打了个寒噤，所有的目光齐刷刷地落在伯爵一人身上。

精神上的创伤有其特别之处，它可以隐匿起来不让人看见，却不会真正收口。伤口始终在作痛，稍碰一下就会淌血；它们张着口子，鲜活鲜活地留在心头。

那条消息在肃静中读完后，一阵轻微的骚动掠过会场，但当发言人似乎又要接下去讲的时候，整个大厅立即又变得鸦雀无声。这位发难的议员讲到他心中的不安，讲到这桩任务的艰巨；他声称自己正是为了维护德·莫尔塞夫先生以及整个贵族院的名誉，才要求对这些如此棘手的私人问题进行辩论。最后，他在结束发言前，要求迅速安排一次听证会，以便在谣传未及扩散前将其挫败，还德·莫尔塞夫先生以清白，恢复他在舆论界历来享有的地位。

莫尔塞夫在这突然袭来的灾祸面前垮掉了，他浑身打战，茫然失神地望着周围的同僚，嗫嚅着说不出话来。这种畏缩的神情，既可以看作有罪之人的愧疚，也可以看作无辜之人的惊愕，这种神态为他赢得了一些人的同情。真正宽宏大量的人，每当对手遭遇的不幸超过他们的仇恨所能承受的限度时，往往会萌生出一种同情心来。

议长将举行听证会的动议付诸表决；表决方式是以坐着或起立表示赞成或反对。最后决定举行听证会。

议长问伯爵需要多长时间准备自己的辩护词。

伯爵在感觉到自己经受了这么可怕的打击居然还活着以后，又恢复了勇气。

"各位议员先生，"他回答说，"像这样一场由此刻大概正躲在暗处的匿名的敌人操纵的攻击，将它击退是根本不用花什么时间的；我必须立即以一声响雷来反击曾在霎时间照花过我眼睛的那道闪电。但愿我能不是进行这样的辩护，而是洒出我的鲜血来向诸位证明，我是无愧于和你们坐在一起的！"

这番话给在场的人留下了一种对被告很有利的印象。

"因此，"他说，"我要求尽快举行听证会，到时我将向议院提交一切必要的材料，以保证结论的有效性。"

"您要指定一个日期吗？"议长问。

"从现在起，我随时听候议院的处置。"伯爵回答说。

议长摇了摇铃。

"在座各位是否同意，"他问，"今天就举行听证会？"

"同意！"全场异口同声地回答。

大会推选十二位议员组成听证委员会，负责审查莫尔塞夫提供的材料。第一次听证会定于当晚八点在会议厅举行。如有必要继续进行听证，将在每天的同一时间同一地点举行会议。

这一决议宣布后，莫尔塞夫要求允许他退席；他要回去把多年来收集的有关材料整理一下，以他那种狡黠而倔强的性格，他早就未雨绸缪地对这场风暴有所准备了。

我们上面说的这些，就是博尚告诉阿尔贝的情况，不过他的讲述比我们干巴巴的叙述生动得多，因为当时事情还在进行之中，现在则已经是时过境迁了。

阿尔贝听博尚讲述时，浑身在颤抖，时而抱着希望，时而感到绝望，时而愤怒，时而羞愧；他出于对博尚的信任，知道父亲是有罪的，所以暗自在想，既然他是有罪的，他怎么能证明自己是清白无辜的呢？

说到刚才那儿，博尚打住不说了。

"后来呢？"阿尔贝问。

"后来？"博尚重问一句。

"对。"

"我的朋友，您这是要强我所难了。我说，您真要知道后来怎么样？"

"我一定要知道，我的朋友。与其从别人那里，我宁可从您这儿知道。"

"好吧！"博尚说，"那您就打起精神来听吧，阿尔贝。您现在比任何时候都需要勇气。"

阿尔贝伸手在脑门上摸了摸，想证实自己是有力量的，正如一个行将为保卫生命而进行殊死搏斗的人摸摸自己的护胸甲，弯弯自己的长剑一样。

他感到很有力量；他错把情绪亢奋当作精力旺盛了。

"说吧！"他说。

"当晚，"博尚往下说，"整个巴黎都在注视事态的进展。许多人声称您父亲只要一出场，就能使指控不攻自破；也有不少人说，伯爵根本不会到场。有些人煞有介事地说，看见伯爵动身去布鲁塞尔了，还有人跑到警署去打听伯爵是否真像传闻所说的那样申领过护照。

"我承认我也千方百计找门路，"博尚继续说，"终于说动了听证委员会的一个成员，贵族院一位年轻的议员朋友，他答应把我夹带进去旁听。七点钟他带着我来到会场，趁开会的人都还没来，把我嘱托给一个执达吏，那人把我藏进一个类似包厢的地方。前面有根柱子挡着，我置身于黑影之中，这样我就有办法从头至尾看见和听见即将发生的一切了。

"八点整，所有的人都到了。

"时钟敲了最后一下，德·莫尔塞夫伯爵走进会场。他手上拿着一些文件，神情看上去很平静，衣着讲究而朴素，而且按照老军人的习惯，上衣排纽从下往上一直扣到颈脖，但举止中没有了往常的那种威严。

"他的出场造成了很好的效果：委员会的人并不都对他抱有敌意，其中有几个成员走到伯爵面前，来跟他握手。"

阿尔贝听到这些细节，觉得自己的心在碎开来，但在悲痛之中，又夹杂着一丝感激之情。对这些在父亲落难之际向他表示这般尊重的人，他真想去拥抱他们。

"这时，执达吏走进会场，把一封信交给议长。

"'您请发言吧，德·莫尔塞夫先生。'议长一边拆信，一边说。

"伯爵开始为自己申辩，我可以向您肯定地说，阿尔贝，"博尚继续说，"他的发言非常雄辩，极有演说技巧。他出示的文件，证明约阿尼纳总督直到最后关头还是对他极其信任，委派他去面见皇帝进行一场生死攸关的谈判。他出示的一枚戒指，是传递总督旨意的信物，阿里帕夏通常把它作为印章，加盖在信封的火漆印上。当时帕夏把这枚戒指给他，是为了让他无论白天黑夜，一回来就可以直接进宫，甚至进后宫面见帕夏。遗憾的是，伯爵说，谈判失败了，当他赶回去保护他的恩主时，帕夏已经死了。不过，他说，阿里帕夏直到临死前，依然对他宠信有加，把自己的宠姬和女儿都托付给了他。"

阿尔贝听到这儿，不由得打了个寒噤。刚才他一边听博尚往下讲，一边在脑海里浮现出海黛叙述的故事，记起了美丽的希腊姑娘提到的这次谈判使命、这枚戒指，以及她被卖为女奴的经过。

"伯爵的发言反响如何？"阿尔贝不安地问。

"我承认我听得很感动。委员会的成员也都跟我一样很受感动。"博尚说。

"这时议长不经意地往刚才送来的那封信瞥了一眼。可就这么看了一眼，他的神情立即变得专注起来。他看了一遍，又重看一遍，然后眼睛盯住德·莫尔塞夫先生说：

"'伯爵先生，您刚才告诉我们，约阿尼纳总督把妻子和女儿托付给了您。'

"'是的，'莫尔塞夫回答说，'可是在这件事上，我也同样是厄运临头。我回来时，瓦西丽姬和她女儿海黛都已经不见了。'

"'您认识她们吗？'

"'我跟帕夏关系极为亲密，他对我的忠诚极其信任，所以我见过她们不下二十次。'

"'她们后来情况怎样，您是否有所了解？'

"'是的，先生。我听说她们很忧伤，而且可能处境很悲惨。当时我没有钱，生命也受到威胁，所以没法去找她们，对此我深感遗憾。'

"议长让人难以觉察地皱了一下眉头。

"'诸位，'他说，'你们已经听到了德·莫尔塞夫伯爵先生所做的解释。伯爵先生，您能否提供几位证人，证实您刚才所说的话呢？'

"'唉，不能了，先生，'伯爵回答说，'在总督身边生活过，了解我在宫中情况的那些人，死的死了，散的散了。我相信，我是我的同胞中唯一在那次战乱中幸存的人。我所有的，只是已呈交阁下的阿里-台佩莱纳的信函，还有那枚作为传旨信物的戒指，它现在就在我手上。最后，我还有一件能够提供出来，作为最确凿的证据的事实，那就是在有人匿名发难以后，始终没有一个人敢站出来，对我的正直和坦诚，以及毫无污点的军人生涯，提出任何非难。'

"一阵表示赞同的低语声，掠过整个会场。这时，阿尔贝，要是没有节外生枝的事情冒出来，您父亲的这桩公案就胜定了。

"接下来就要进行表决了。但就在这时，议长开口了。

"'诸位，'他说，'还有您，伯爵先生，想必你们不会反对由一位非常重要，至少是自称如此的证人来提供证词吧。这位证人是自己寻上门来的。而根据伯爵对我们说的这些情况，我们有理由相信，这位证人是为证明我们的同僚的清白无辜而来的。这就是我刚才收到的那封信，你们愿意我把它宣读一下，还是决定把它搁在一旁，不去受它的干扰呢？'

"德·莫尔塞夫先生脸色煞白，手指痉挛地捏紧那些文件，把它们捏得簌簌作响。

"委员会的答复是当场宣读此信。至于伯爵，他兀自出了神，已经发表不了意见了。

"于是议长宣读了下面的这封信：

议长先生：

我可以向负责审查陆军少将德·莫尔塞夫伯爵先生在伊庇鲁斯[1]和马其顿的所作所为的听证委员会，提供极为确凿的情况。

"议长略微停顿一下。

"德·莫尔塞夫伯爵脸色惨白。议长以探询的目光环视全场。

"'念下去！'喊声从四面八方传来。

"议长继续往下念：

阿里帕夏罹难时我在场，我亲眼看见他临终时的情景。我知道瓦西丽姬和海黛的下落。我听候委员会的处置，并请费心传唤出庭做证为感。此信送到阁下手中之时，我已在贵族院前厅等候。

"'那么这个证人，或者不如说这个敌人，究竟是谁呢？'伯爵问道。不难听出，他的嗓音已经完全变了调。

"'我们就会知道的，先生，'议长回答说，'委员会同意听取这位证人的证词吗？'

"'同意！同意！'大家异口同声地回答。

"议长传唤执达吏进来。

"'执达吏，'议长问，'现在有人等在前厅吗？'

"'是的，议长先生。'

"'是个什么人？'

"'是个女人，有个仆人陪着。'

"在场的人都面面相觑。

"'让这个女人进来。'议长说。

---

1 伊庇鲁斯：古希腊地区名，在今希腊西北部和阿尔巴尼亚南部。此处即指约阿尼纳。

"五分钟后，执达吏又进来了。这时所有的目光都盯住了门口，我呢，"博尚说，"也跟大家一样焦急地等待着。

"走在执达吏后面的，是一位披着遮住全身的面纱的女子，从面纱下显示出来的身材和她身上散发的香气，可以猜想这是一位优雅的女子。但仅此而已。

"议长请陌生女子撩开面纱，这时大家才看清这位姑娘穿着希腊服装，而且是位绝色佳人。"

"啊！"阿尔贝说，"是她。"

"什么，她？"

"对，海黛。"

"谁告诉您的？"

"哦！我猜的。请讲下去，博尚。您看，我很平静，很坚强。我们大概快要知道结局了吧。"

"德·莫尔塞夫先生又惊又怕地看着这个女子。"博尚继续说，"对他来说，这张优雅的嘴里说出的话，将关系到他的生死；而对所有其他的人来说，这是一次非常特别、让人充满好奇的奇遇，相比之下，德·莫尔塞夫先生的得救与否，反而变得不那么重要了。"

"议长用手示意，请年轻姑娘在一把椅子上就座；但她摇摇头，表示她愿意站着。至于伯爵，他早已跌坐在自己的椅子里，显然他靠两条腿已经支撑不住了。

"'夫人，'议长说，'您写信给委员会，声称您是目睹当时情况的见证人，要求向委员会提供有关约阿尼纳事件的证词。'

"'确实如此。'陌生女子回答说，她的声音满含动人的忧郁情调，而且具有东方语言的特殊音色。

"'可是，'议长接着说，'请允许我直言，您当时还很年幼呢。'

"'当时我四岁。但因为这些事情对我关系重大，我的脑子里至今没有忘掉任何一个场景，我的记忆中也没有漏掉任何一个细节。'

"'您跟这些事情究竟有什么关系，您究竟是什么人，以至于这场惊人的灾难会给您留下如此深刻的印象呢？'

"'因为它关系到我父亲的生死。'姑娘回答说，'我叫海黛，是约阿尼纳

帕夏阿里-台佩莱纳和他心爱的妻子瓦西丽姬的女儿。'

"交织着谦逊和骄傲的红晕，布满了姑娘的双颊，炯炯有神的目光和充满尊严的自白，在全体与会者身上产生了一种无法形容的影响。

"至于伯爵，即便当场有个霹雳打下来，在他脚下裂开一道万丈深渊，他也不见得会更惊惶。

"'夫人，'议长向她欠了欠身说，'请允许我提一个简单的问题，仅仅是一个问题，其中并无怀疑的意思，而且这是最后一个问题了：对您所说的话的真实性，您能否提供证据？'

"'我能，先生，'海黛说着，从面纱下取出一个缎子香囊，'这里有我的出生证明，是我父亲亲笔书写并由大臣们签署证明的。这里有我的受洗证书，父亲同意我皈依母亲的宗教，所以马其顿和伊庇鲁斯的大主教都在证书上盖了印。这里还有（这当然是最重要的证据）证明那个法兰克军官把我和母亲卖给亚美尼亚奴隶贩子埃尔-科比尔的买卖文契。那个法兰克军官在跟土耳其宫廷的肮脏交易中，把他恩主的妻子和女儿作为战利品，卖了一千蒲尔斯，也就是差不多四十万法郎的价钱。'

"全场的人在一片阴森的静穆中，谛听这惊心动魄的指控。德·莫尔塞夫伯爵的脸渐渐变得白里泛青，眼睛充满血丝。

"海黛的神色始终很平静，但这平静却比狂怒更令人生畏。她把那份用阿拉伯文书写的买卖文契递给议长。

"因为已经估计到有些文件可能是用阿拉伯语、现代希腊语或土耳其语写的，所以议院译员事先就接到了通知；他被传唤到了会议厅。有一位贵族院议员曾在艰苦卓绝的埃及战役中学过阿拉伯语，对这种语言相当熟悉，于是由他站在边上监督译员翻译。只听得译员手捧羔皮纸文契，高声念道：

本人埃尔-科比尔，陛下的奴隶贩子和后宫供货商，兹确认曾代至尊的皇帝从法兰克老爷基督山伯爵手中收受价值两千蒲尔斯的祖母绿一颗，作为名叫海黛的十一岁基督徒女奴的赎金，这个小女奴是已故约阿尼纳帕夏阿里-台佩莱纳老爷和他的宠妃瓦西丽姬的女儿。我于七年前买下她们母女，但到达君士坦丁堡时，母亲即已去世。当时的卖主是阿里-台佩莱纳总督麾下的法兰克人上校，名叫费尔南·蒙代戈。这宗交易，系陛下授权由我直接经手，付款数额为一千蒲尔斯。

本契约蒙皇帝陛下恩准，于伊斯兰教历一二四七年订立于君士坦丁堡。

埃尔-科比尔（签名）

为保证本契约具有法律文本的可靠性，此件应加盖御玺为凭。此事由卖主负责。

"在奴隶贩子的签名旁边，果然可以看见那位至尊大皇帝的御玺印记。

"读毕文契，眼看印章过后，有一阵可怕的寂静。伯爵浑身上下只剩下那道目光还透着生气，而那道仿佛下意识地盯在海黛脸上的目光，又似乎化作了火和血。

"'夫人，'议长说，'我们是否可以去问一下基督山伯爵？我想他在巴黎是和您在一起。'

"'先生，'海黛回答说，'我的再生父亲基督山伯爵三天前去诺曼底了。'

"'那么，夫人，'议长说，'是谁建议您采取这一步骤的？本庭为此向您表示感谢，鉴于您的身世和遭遇的不幸，采取这一做法是极为自然的。'

"'先生，'海黛回答说，'促使我这样做的，是我对神明的崇敬，是我所身受的苦难。尽管我是基督徒——愿上帝原谅我——我却每时每刻都在想为我英名烜赫的父亲报仇雪恨。从我的脚踏上法国国土，从我知道这个叛徒住在巴黎的那一刻起，我的眼睛和耳朵就始终警惕着。我在我高贵的保护人的宅邸里过着隐居的生活，我这样生活，是因为我喜欢幽暗和宁静，那样我可以生活在沉思和遐想之中。基督山伯爵先生像父亲一样无微不至地关心我，我对社交界一点也不感到陌生；但我只是远远地静听着种种的传闻。我阅读所有的报纸，我能欣赏所有的画册，聆听所有的咏叹调。我虽然不参加社交生活，却随时都在关注他人的生活，所以我不仅知道今天上午在贵族院里发生的事情，而且知道今晚将会发生什么……于是，我写了那封信。'

"'这么说,'议长问,'基督山伯爵先生跟此举并无关系?'

"'他对此一无所知,先生,我甚至有些担心,怕他知道了会不高兴。但是,今天是对我最为重要的一天,'年轻姑娘向上天抬起头来,目光里充满火一般的激情,'因为我终于能为父亲报仇雪恨了。'

"这段时间里,莫尔塞夫伯爵始终没有开口。同僚们望着他,想必是可怜他被一个女子的芳香气息毁掉的前程。他脸上那些可怖的线条,一点一点地勾勒出了他的不幸。

"'德·莫尔塞夫先生,'议长说,'您认识这位夫人,承认她是约阿尼纳帕夏阿里-台佩莱纳的女儿吗?'

"'不,'莫尔塞夫挣扎着站起来说,'这是我的仇敌策划的阴谋。'

"海黛刚才一直凝望着门口,像是在等待什么人。这时她猛地转过身来,贴面看见伯爵站着,不由得厉声喊道:

"'你不认识我?可我,幸好我还认得你!你就是费尔南·蒙代戈,统领我高贵的父亲麾下军队的法兰克军官。就是你,出卖了约阿尼纳的城堡!就是你,在他派你到君士坦丁堡跟皇帝进行那场生死攸关的谈判之后,带回了那道全部赦免的假敕令!就是你,用那道假敕令骗到了帕夏的戒指,骗取了守卫火药的勇士塞利姆的信任;就是你,刺死了塞利姆!就是你,把我和母亲卖给了奴隶贩子埃尔-科比尔!凶手!凶手!凶手!你的额头上还沾着你主子的血!大家看呀。'

"这番话说得义正词严,充满激情;所有的目光全都集中到了伯爵的前额。伯爵不由自主地伸手抹了抹前额,仿佛那上面当真还热乎乎的沾着阿里帕夏的血。

"'您能认出德·莫尔塞夫先生肯定就是那个军官费尔南·蒙代戈吗?'

"'我能认出他吗?!'海黛喊道,'哦!我的母亲!你对我说过:"你以前是自由的人,你有过一个你心爱的父亲,你是几乎注定要当女王的!仔细瞧瞧这个人,是他把你变成了奴隶,是他把父亲的头颅挑在了枪尖上,是他把我们卖身为奴,是他出卖了我们!仔细瞧瞧他的右手,那上面有一条很宽的疤痕。要是你忘记了他的脸,你看见这只手就会认出他的,那个奴隶贩子埃尔-科比尔的金币,就是一枚一枚落进这只手里的!"我能认出他吗?!哦!现在就让

他再说一遍他认不认得我吧。'

"她的话，犹如劈向莫尔塞夫的利刃，他的斗志彻底瓦解了。听到最后那几句话，他骤然把那只确实有条伤疤的手，下意识地藏在胸口，跌坐在椅子里，陷入了极度的绝望之中。

"这幕情景，弄得全场听众思绪纷乱，犹如树上的枯叶在强劲的北风中盘旋飞舞。

"'德·莫尔塞夫伯爵先生，'议长说，'您不必感到气馁，请回答我的问题；本庭公正执法，就如天主的审判庭，对所有人一视同仁。本庭不会听任您被仇敌置于死地而不给您自卫的机会。您需要再举行一次听证会吗？您需要我指派两位贵族院议员到约阿尼纳去一趟吗？请您回答！'

"莫尔塞夫不作声。

"这时，委员会的成员颇为惊恐地面面相觑。大家都熟悉伯爵强悍暴烈的性格；这个人不到精疲力竭，是绝不会放弃抵抗的。这种小憩般的沉默，很可能只是一个前奏，接下来必是电闪雷鸣般的发作。

"'请问，'议长问他，'您有话要说吗？'

"'没有！'伯爵立起身，声音嘶哑地说。

"'这么说，'议长说，'阿里-台佩莱纳的女儿的指证都是事实？她确实是一个使罪人不敢回答一个"不"字的证人？您被指控的那些罪行，确实是您犯下的？'

"伯爵环视四周的同僚，这种目光中的绝望表情，即便老虎见了，恐怕也会动情；然而坐在他面前的审判官们，丝毫不为所动。他又举眼望着上方，旋即低下头来，仿佛害怕穹顶会豁然开裂，在耀眼的光芒中会显露出另一个叫作上苍的法庭，另一个叫作天主的审判官。

"他猛地一下子扯开憋得他透不过气来的上衣的纽扣，像个疯子似的冲出会议厅。一时间，穹顶下阴沉沉地响着他的脚步声，随即很快传来马车载着他疾驰而去的声响，隆隆的车轮声在佛罗伦萨风格建筑[1]的柱廊间久久震荡。

"'诸位，'当会议厅重归安静时，议长问道，'德·莫尔塞夫伯爵先生是

---

1 据法文版注释，指卢森堡宫。玛丽·德·美第奇（1573—1642）于1600年嫁给法国国王亨利四世，成为王后，巴黎的卢森堡宫，是仿造佛罗伦萨美第奇家族宅邸风格为她建造的宫殿。

否已被证实犯有叛逆罪、投敌罪，并因附敌应被剥夺公民权利？'

"'是！'听证委员会的成员异口同声回答。

"海黛一直在会议厅里待到结束。她听到对伯爵的判决时，脸上没有显露丝毫快乐或怜悯的表情。

"然后，她重新蒙好面纱，仪态庄重地向贵族院的议员们鞠了一躬，迈着维吉尔[1] 曾见到女神们迈过的步态，走出了会议厅。"

1　维吉尔（公元前 70—前 19）：古罗马诗人。但丁在《神曲》中，描述维吉尔把他引导到了天堂门口。

第87章

挑衅

"这时,"博尚继续说,"我趁着寂静和黑暗,悄悄溜出会议厅,没让人发现。领我进去的那个执达吏在门口等着我。他带我穿过走廊,来到一扇临沃日拉尔街的小门。我出门时,心头真是悲喜交集,请原谅我这么说,阿尔贝,我为您感到难过,同时我又为这位姑娘替父报仇的高尚之举感到欣喜。是的,我可以向您保证,阿尔贝,不论这条揭秘的消息出自谁之手,即使它也许出自一个仇敌之手,这个仇敌也只不过是充当了天主的使者。"

阿尔贝一直用双手抱着头。这时他抬起羞得通红、流满泪水的脸,抓住博尚的手臂。

"朋友,"他说,"我的生命已经完结,只剩下一件事了:我无法像您一样,说这是天主对我的惩罚,我一定要找到那个始终对我充满敌意的人。然后,当我知道这个人是谁以后,不是我杀掉他,就是他杀掉我。我很看重您的友谊,希望您能帮助我,博尚,如果在您心中,这友谊还没有被轻蔑扼杀的话。"

"轻蔑?我的朋友,这场不幸跟您有什么相干?不!谢天谢地,那种儿子要为父亲的行为负责、充满偏见的不公正的时代早就过去了。回想一下您以前的生活吧,阿尔贝。没错,这是昨天的事,但哪一天晨曦,能比您在东方见到的晨曦更美丽?不,阿尔贝,请相信我,您年轻,您富有,离开法国吧:在这个崇尚追求刺激、崇尚变换口味的豪华的巴比伦,什么事都转眼间就会被忘在脑后。当您在三四年后娶个俄国公主回来,谁也不会再想起昨天发生的事情,更何况那还是十六年前的旧事呢。"

"谢谢,亲爱的博尚,谢谢您这番话的好意,可是我不能这么做。我告诉过您的意愿,现在,如果有必要,我可以把意愿这两个字换成意志。您明白这件事对我的关系有多大,我没法跟您一样地看问题。在您眼里从天上冲着您而来的东西,在我看来却是从一个并非如此圣洁的地方冲着我来的。我向您承认,我觉得用天意来解释这一切,是根本讲不通的。但也幸好是这样,我不必去找看不见、摸不着的惩恶褒善的天使，而可以去找一个看得见也摸得着的活人，来为我自己报仇。哦！是的，我凭自己在这一个月里所受的折磨向您保证。现在，我再对您说一遍，博尚，我执意要回到人间的世俗生活中去，如果您像您说的那样，还是我的朋友，那就请帮我一起去找到那只打出这一拳的手吧。"

"那么，好吧！"博尚说，"如果您非要拉我回到现实不可，我照办就是了。如果您执意要去寻找一个仇敌，我也愿意奉陪。我也一定要找到他，因为我的名誉几乎也和您一样，跟我们是否能找到他关联在一起。"

"好！您得明白，博尚，从此刻起，我们就得毫不拖延地开始调查。哪怕拖延一分钟，我也会觉得极其漫长。把事情捅出去的那个人还没有受到惩罚，所以他也许会以为自己能逃脱这惩罚。我凭自己的荣誉起誓，要是他这么想，他就大错特错了！"

"那好，请您听我说吧，莫尔塞夫。"

"噢！博尚，我看得出，您知道一些情况。瞧，您使我感到生命的活力又回来了！"

"我并不想说这就是事情的真相，阿尔贝，但这至少是黑暗中的一缕亮光：也许我们能循着这缕亮光找到我们的目标。"

"快说吧！您看得出我已经等得不耐烦了。"

"行！我从约阿尼纳回来以后，有件事没想对您说，现在我全都告诉您吧。"

"说吧。"

"事情是这样的，阿尔贝，我到了约阿尼纳，自然要去拜访当地最大的银行家，向他了解情况。我刚提起这件事，还没来得及说出您父亲的名字，他就说：

"'嗨！我猜到您为什么来了。'

"'噢，您怎么会猜到的？'

"'因为两星期前刚有人为同一件事写信问过我。'

"'谁？'

"'巴黎的一位银行家，我的业务伙伴。'

"'哪一位？'

"'唐格拉尔先生。'"

"原来是他！"阿尔贝喊道，"没错，他长期以来一直对我可怜的父亲嫉恨在心。他这个所谓的平民百姓，看到德·莫尔塞夫伯爵当上法兰西贵族院议员，觉得无法容忍。可不是，我的婚事就是那么不明不白给搅掉的；这事错不了。"

"您可以去调查，阿尔贝，但先别发火。听我说，去调查吧，要是事情真是这样……"

"哦！要是事情真是这样！"年轻人喊道，"他就得为我受到的折磨付出代价。"

"您得当心，莫尔塞夫，他已经是个老人了。"

"他怎么对待我的家族荣誉，我就怎么对待他的年龄。既然他恨我父亲，那为什么不去当面揍他呢？喔！他害怕，他不敢堂堂正正地面对一个男子汉！"

"阿尔贝，我不是责备您，我只是劝您不要感情用事。阿尔贝，您可要谨慎行事。"

"这您不用担心。再说，我是希望您陪我一起去的，博尚，有些很严肃的事，是必须当着证人的面做的。倘若唐格拉尔先生有罪，那么就在今天，不是他死，就是我死。我发誓，博尚，我要用葬礼来维护我的荣誉！"

"好，既然您已经下定决心，阿尔贝，那就马上行动。您是要去唐格拉尔先生府上吧？咱们走。"

博尚让人叫来一辆出租马车。车子驶到银行家府邸跟前，只见安德烈亚·卡瓦尔坎蒂先生的四轮敞篷马车和仆人都在门口。

"哼！这下真是赶巧了！"阿尔贝神色阴郁地说，"要是唐格拉尔先生不肯跟我交手，我就杀了他的女婿。卡瓦尔坎蒂家族的人，大概不会拒绝决斗吧。"

仆人去向银行家通报年轻人来访，唐格拉尔已经知道昨晚的事情，一听到阿尔贝的名字，连忙吩咐挡驾。但是已经晚了，阿尔贝原本跟在那个仆人后面，听到唐格拉尔这样吩咐，就带着博尚推开门，闯进银行家的书房。

"嗨，先生！"银行家喊道，"难道我在自己家里，连愿不愿意见客的权力都没有了吗？我看您是忘乎所以了。"

"不，先生，"阿尔贝冷冷地说，"在有些情况，比如说，您现在就处于这样的情况，有的人您是非见不可的，除非您承认自己是懦夫！"

"那您到底想要怎么样，先生？"

"我想要，"莫尔塞夫向他走去，只当全然没看见背靠壁炉架的卡瓦尔坎蒂，

"我想要跟您找个僻静的地方碰个头，只要有十分钟工夫没人来打扰就行，我对您就只有这么点要求。在那儿两人碰了头，得有一个横在树下留在那儿。"

唐格拉尔脸色煞白，卡瓦尔坎蒂往前挪了一步。阿尔贝转身朝那个年轻人走去。

"哦！我的天主！"他说，"您要想去也行，子爵先生，您有资格这么做，因为您差不多已经是这个家庭的成员了。这种约会，只要有人愿意参加，我是来者不拒。"

卡瓦尔坎蒂愣愣地望着唐格拉尔，唐格拉尔打起精神，起身走到两个年轻人中间。阿尔贝对安德烈亚的攻击，使他的想法有了变化，他琢磨，阿尔贝的来访除了他开头所想的原因，可能还另有缘故。

"嘿！先生，"他对阿尔贝说，"要是您因为我喜欢他不喜欢您，就到这儿来找这位先生吵架，那我可得告诉您，我会向检察官起诉您的。"

"您弄错了，先生，"莫尔塞夫冷笑着说，"我没提过结婚的事，我找卡瓦尔坎蒂先生说话，不过是因为我觉得他曾经有过一刹那的冲动，想要介入我俩的讨论而已。噢，不过您说得也有道理，"他说，"我今天是来找每个人吵架的。但您请放心，唐格拉尔先生，您有优先权。"

"先生，"唐格拉尔回答说，他又气又怕，脸色惨白，"我警告您，要是我交了晦气，在街上碰上一条疯狗，我就会宰了它，我觉得这是为社会做了桩好事，毫无过错可言。所以，要是您也疯了，张牙舞爪地想来咬我，那我可有言在先，我会毫不手软地宰了您。怎么着！您的父亲丢脸现丑，难道是我的错吗？"

"你这混蛋！"莫尔塞夫喊道，"就是你的错！"

唐格拉尔往后退了一步。

"我的错！"他说，"您真是疯了！我知道希腊的那档子事吗？我去过那些国家吗？难道是我劝您父亲出卖约阿尼纳城堡，背叛……"

"住嘴！"阿尔贝声音喑哑地说，"是的，直接发难引起这场灾难的不是您，但是这一切都是由您卑鄙地唆使的。"

"我！"

"对，您！那条消息是从哪里来的？"

"我想，您看过报纸应该知道：从约阿尼纳呗！"

"是谁写信到约阿尼纳去的？"

"写信到约阿尼纳？"

"对，是谁写信去查问我父亲情况的？"

"我想，每个人都可以写信到约阿尼纳去吧。"

"但是只有一个人写了信。"

"只有一个人？"

"对！这个人就是您。"

"就算吧，我是写了。可我想，当一个人要把女儿嫁给一个年轻人时，他是可以打听一下这个年轻人的家庭情况的。这不仅是一种权利，而且是一种责任。"

"您写这封信，先生，"阿尔贝说，"是完全知道会得到什么答复的吧。"

"喔！我向您保证，"唐格拉尔已经不感到害怕，反而对这个不幸的年轻人来了兴趣，于是放心大胆地大声说，"我向您保证，我本来没想写信到约阿尼纳去，我打哪儿知道阿里帕夏遇难这档子事呀？"

"这么说，是有人怂恿您写的？"

"可不是。"

"真有人怂恿？"

"对。"

"那人是谁？……说呀……快说……"

"嘻！事情挺简单。我说起您父亲的过去，我说他的财产总好像有点来路不明。那人就问我，您父亲是在哪儿发的财。我回答说：'在希腊呗。'于是那人就对我说：'那么，写封信到约阿尼纳去就是了。'"

"劝您这么做的人是谁？"

"嘻！您的朋友基督山伯爵呗。"

"基督山伯爵叫您写信到约阿尼纳？"

"对，所以我就写了。您要看收到的回信吗？我可以拿给您看。"

阿尔贝和博尚对望了一眼。

"先生，"一直还没开过口的博尚说道，"听上去您是在指控基督山伯爵，您知道他这会儿不在巴黎，没法为自己辩护对吗？"

"我没有指控任何人，先生，"唐格拉尔说，"我是实话实说，刚才对你们说的这些话，就是当着基督山伯爵的面，我也会这么说的。"

"伯爵知道给您的回信写些什么吗？"

"我把回信给他看过。"

"他知道我父亲姓蒙代戈，教名是费尔南吗？"

"是的，我早就告诉过他。除此之外，我所做的每件事情，换了别人处在我的位置，也一样会那么做，说不定还会比我做得更多些呢。我收到回信的第二天，您父亲在基督山先生的怂恿下，正式来为您提亲，这时，我就来个快刀斩乱麻，拒绝了他。我拒绝得很干脆，这没错，但我既没做任何解释，也没揭您父亲的老底。可不是，我何必非得把事情挑明呢？德·莫尔塞夫先生是露脸还是丢脸，关我什么事？我既不会因此多赚些钱，也不会就少赚些。"

阿尔贝觉得自己连额头都涨红了：没什么可怀疑的了，唐格拉尔固然是在卑怯地为自己辩解，但神态并不像在说谎。当然，他这么做并不是良心发现，多半是由于害怕的缘故，但他所说的话，即便不是句句属实，至少有一部分是实情。再说，他莫尔塞夫要找的是什么？他并不是要弄明白唐格拉尔和基督山的过失孰轻孰重，他要找的是一个应该为那种侮辱（甭管它是轻是重）承担责任的人，是一个敢于决斗的人，而唐格拉尔是明摆着不敢决斗的。

这时，那些已被遗忘或当初不曾留意的事情，一件件一桩桩又在眼前呈现，或者说，又从记忆深处浮了上来。基督山当然是早就知情的，因为阿里帕夏的女儿就是他买下的；所以，他劝唐格拉尔写信到约阿尼纳去，必定是有所考虑的。他在知道约阿尼纳回信的内容以后，才在阿尔贝表示想被引荐给海黛时，顺水推舟地答应了阿尔贝。到了她面前，他又有意让话题转到阿里之死，并不阻止海黛叙述事情的经过（但他在跟那姑娘用希腊语讲话时，想必关照过她别对阿尔贝说认识他的父亲）；他不是还要求阿尔贝别在海黛面前提到自己父亲的名字吗？临了，当他得知决定性的打击就要来临的时候，他就带阿尔贝去了诺曼底。已经没有任何可以怀疑之处，所有这一切都是精心安排的。毋庸置疑，基督山跟他父亲的仇敌是沆瀣一气的。

阿尔贝把博尚拉到边上，把这些想法统统告诉了他。

"您说得有理，"博尚说，"唐格拉尔先生在这件事上，只是做得鲁莽、俗气而已。而这位基督山先生，您倒是应该让他做出解释的。"

阿尔贝转过身来。

"先生，"他对唐格拉尔说，"您得明白，尽管我现在告辞，可事情并没算完。我还得弄清楚您的指控是否属实。我这就去找基督山伯爵先生，把事情弄个明白。"

说完，他朝银行家欠了欠身，带着博尚就往外走，对卡瓦尔坎蒂只当没这个人似的。

唐格拉尔一直陪他们到大门口。到了大门口，又对阿尔贝重申他对德·莫尔塞夫伯爵先生并无个人恩怨，所以是不会与他为敌的。

第88章

侮辱

走出银行家的府邸，博尚让莫尔塞夫停一下。

"刚才在唐格拉尔先生家里，"他说，"我对您说应该让基督山先生做出解释。"

"对，咱们这就去找他。"

"等一等，莫尔塞夫。去伯爵家之前，您得先考虑一下。"

"考虑什么？"

"考虑问题的严重性。"

"难道比来唐格拉尔家更严重？"

"是的。唐格拉尔先生是个一心想着钱的人，而您知道，一心想着钱的人因为知道冒的风险代价太大，所以轻易是不肯跟人决斗的。而那一位正相反，他是个绅士，至少表面上是这样；您就不怕这位绅士兴许还是个剑客吗？"

"我就怕找不到一个肯跟我决斗的人。"

"喔！您放心，"博尚说，"这一位是会跟您决斗的。我还真有点担心，怕他枪法太准。您得当心哪！"

"朋友，"莫尔塞夫惨然一笑说，"我是求之不得呢，能为父亲死在角斗场上，就是我最好的归宿了。这样我们就都得救了。"

"您的母亲会伤心而死的！"

"可怜的母亲！"阿尔贝用手捂住眼睛说，"我知道她会这样。可是她这么死去，总比含羞忍辱地死去好些。"

"您决心已定，阿尔贝？"

"是的。"

"那就去吧！不过您知道能碰到他吗？"

"他应该就比我晚回来几个钟头，这会儿肯定到家了。"

两人登上马车，往香榭丽舍大街三十号而去。

到了那儿，博尚想一个人下去，但是阿尔贝对他说，这件事非同寻常，所以不妨把决斗礼仪搁一边去。

年轻人这么说这么做，全然出于一种高尚的动机，博尚别无他法，只能顺从他的心意：他让莫尔塞夫走在头里，自己跟在后面。

阿尔贝三步并成两步地从大门口跑到宅子的台阶上。出来迎接他的是巴蒂斯坦。

伯爵刚回来，正在洗澡，吩咐过不见任何人。

"那么，洗好澡以后呢？"莫尔塞夫问。

"大人要用餐。"

"用餐以后呢？"

"大人要睡一个小时。"

"然后呢？"

"然后他要去歌剧院。"

"您能肯定？"阿尔贝问。

"能肯定；大人吩咐过八点整备马。"

"好极了，"阿尔贝说，"我就想知道这些情况。"

然后他转身对博尚说：

"要是您有什么事要做，博尚，请马上去做吧。但要是您今晚有约会，那就请改在明天。我希望您能陪我上歌剧院去。如果有可能，请把夏托-勒诺也带上。"

博尚跟阿尔贝分了手，说定八点缺一刻时去接阿尔贝。

阿尔贝回到家里，派人去通知弗朗兹、德布雷和莫雷尔，说希望今晚在歌剧院见到他们。

然后他去看母亲，昨晚的事发生以后，她一直把自己关在卧室里。阿尔贝进得屋来，见她躺在床上，为家人这么公然受辱而悲痛难忍。

见到阿尔贝，在梅塞苔丝身上会产生怎样的效果，是我们可以料想得到的。她抓住儿子的手，尽情哭泣起来。让眼泪这么流出来，让她感到好受些。

阿尔贝默不作声地站立不动，听凭母亲的脸贴在自己手上。从他苍白的脸色和皱紧的眉头，可以看出他的复仇决心在心里渐渐动摇了。

"母亲，"阿尔贝问，"您知道德·莫尔塞夫先生有什么仇人吗？"

梅塞苔丝打了个哆嗦；她注意到儿子没有说"我父亲"。

"孩子，"她说，"处在伯爵这样地位的人，总会有许多他们自己都不认识的仇人。而您也明白，一个人自己知道的那些仇人，并不是最危险的仇人。"

"是的，这我明白，所以我才要求助于您敏锐的眼光。母亲，您是个杰出的女人，什么事都瞒不过您的眼睛！"

"您为什么要对我说这些？"

"因为您曾经注意到，比如说，家里举办舞会的那天晚上，基督山先生在我们家里不肯吃任何东西。"

梅塞苔丝浑身打战，用烧得滚烫的胳膊支起身子来。

"基督山先生！"她大声说，"这跟您问我的问题有什么关系呢？"

"您也知道，母亲，基督山先生差不多可以说是个东方人，而那些东方人，为了充分保留复仇的自由，在仇人家里是不吃任何东西，也不喝一滴水的。"

"基督山先生！您说他是我们的仇人，阿尔贝？"梅塞苔丝说这话时，脸色变得比盖在身上的被单还要白，"谁对您说的？为什么？您疯了吗，阿尔贝？基督山先生对我们一直是那么彬彬有礼。基督山先生救过您的命，是您自己把他介绍给我们的。哦！我求求您，孩子，倘若您有这种想法，快把它丢开，如果说有件事我得劝您，或者说我得求您的话，那就是一定要尊重他，体谅他。"

"母亲，"年轻人目光忧郁地说，"您希望我对这个人要谦让，要宽容，一定有您的理由吧。"

"我！"梅塞苔丝喊道，脸顿时涨得通红，就像刚才倏地变白一样，但转眼间又变得比刚才更白。

"是的，准是这样，而这个理由，"阿尔贝说，"就是怕他会伤害我，是吗？"

梅塞苔丝浑身发颤，用探究的目光盯住儿子的脸。

"您对我说的话很不同寻常，"她对阿尔贝说，"而且我觉得您有一些很奇怪的成见。伯爵到底对您怎么样啦？三天前您还跟他一起在诺曼底。三天以前，不光是我，您自己也把他看作您最好的朋友。"

一丝自嘲的微笑掠过阿尔贝唇间。梅塞苔丝看见了这丝微笑，凭她做女人和做母亲的双重直觉，她猜到了是怎么回事。但她凭着自己的审慎和坚强，没有让心头的纷乱和惧怕流露出来。

阿尔贝默不作声。静默片刻以后，伯爵夫人开口说：

"您来问我觉得怎么样，我坦率地回答您，孩子，我觉得很不好。我要您留在我身边陪着我，阿尔贝，我不想一个人待在这儿。"

"母亲，"年轻人说，"要不是有件很要紧的事，让我今晚没法留下陪您，我当然会听从您的吩咐，而且您知道我会感到非常高兴的。"

"唉！好吧，"梅塞苔丝叹着气说，"去吧，阿尔贝，我并不想让孝心缚住您的手脚。"

阿尔贝装着没有听见这句话，向母亲鞠躬退下。

年轻人刚出房门，梅塞苔丝就把一个心腹仆人唤来，吩咐他跟在阿尔贝后面，看他去了哪些地方，然后及时回来把情况告诉她。

随后，她按铃让侍女进来，支撑起虚弱的身子让侍女帮她换好装，准备随时应付可能发生的情况。

那个仆人接下的差事并不难完成。阿尔贝回到家里，把自己近于挑剔地仔细装束打扮定当。八点缺十分，博尚来了；他见着夏托-勒诺了，后者答应在幕启前到达剧院正厅前座。

他俩乘上阿尔贝的四轮马车，阿尔贝觉得没有必要藏藏掖掖地不让人知道自己去哪儿，所以高声吩咐：

"去歌剧院！"

他就这么急匆匆地在幕启前到了剧场。夏托-勒诺已经在座位上了；博尚把事情的原委告诉过他，阿尔贝无须再对他做任何解释。儿子要想为父亲报仇的举动，本来就是天经地义的，所以夏托-勒诺并不想劝阻阿尔贝，只是重申了一下听候阿尔贝差遣的意思。

德布雷还没有到，但阿尔贝知道他极难得会错过一场歌剧院的演出。舞台帷幕拉起前，阿尔贝一直在剧场里逛，一心想在走廊或楼梯上遇见基督山。铃响了，他才回到正厅前座，坐在夏托-勒诺和博尚的中间。

他的目光不时投向两根廊柱间的那个包厢。但在第一幕演出时，这个包厢始终执拗地紧闭着。

终于，当第二幕刚开演，阿尔贝第一百次去看怀表时，那个包厢的门打开了，基督山身穿黑色衣服走进包厢，靠在栏杆上往下面的大厅望去。跟在基督山后面进来的是莫雷尔，他用目光找寻妹妹和妹夫，在第二排的一个包厢里找到了他们，向他们点头示意。

伯爵环视大厅的当口，瞥见一张苍白的脸和一双似乎热切地想吸引他目光的炯炯发亮的眼睛；他认出了那是阿尔贝。但他在这张神情激动的脸上看到的表情，想必使他意识到还是别去理睬对方为妙。于是，他不露声色地就座，从匣子里取出望远镜朝另一方向望去。

但是，尽管伯爵做出不在看阿尔贝的样子，实际上阿尔贝却始终没有离开过他的视线，第二幕演完，帷幕落下时，他这双从不出错的锐利的眼睛看见这个年轻人由两个朋友陪着，起身离开了正厅前座。

随后，他又看见年轻人的脸出现在对面一个前排包厢的廊柱间。伯爵预感到风暴就要来临了。当他听到包厢门锁上钥匙转动的声音时，他尽管仍然兴致勃勃地在跟莫雷尔交谈，实际上已经心中有数，做好了准备。

包厢的门打开了。

直到这一刻，基督山才转过脸去，看了一眼脸色惨白、浑身打战的阿尔贝，在他身后是博尚和夏托-勒诺。

"嗨！"他喊了一声，这种亲切殷勤的态度，跟他平时在社交场合的寒暄客套是大不一样的，"我的骑士这算是找到目标了！晚上好，德•莫尔塞夫先生。"

说完，他那张具有超乎寻常的自制力的脸上，显露出极其诚挚的表情。

莫雷尔在这当口记起了子爵给他的那封信，莫尔塞夫在信上没做任何解释，只是请他晚上来歌剧院。此刻他才明白，一准要发生可怕的事情了。

"我到这儿来，不是来跟您说虚伪的客套话，也不是来跟您假惺惺地谈什么友谊的，"年轻人说，"我是来要求您做出解释，伯爵先生。"

年轻人颤抖的话音，好不容易才从咬紧的牙关中间挤了出来。

"在歌剧院里做解释？"伯爵说，平静的嗓音和锐利的目光这两个特征，使人感觉得到他是个对自己永远充满信心的人，"虽说我对巴黎的风尚了解很少，可我认为，先生，这儿并不是做解释的地方。"

"不过，要是有些人躲躲闪闪的，"阿尔贝说，"要是他们打着洗澡、吃饭或者睡觉的幌子不肯见人，那就只能在见得到他们的地方找他们说话了。"

"我并不难见到，"基督山说，"因为昨天，先生，如果我没记错的话，您就在我家里。"

"昨天我在您家里，先生，"年轻人神情尴尬地说，"是因为我还不知道您是怎么个人。"

说着说着，阿尔贝提高了嗓音，弄得邻近包厢里的人，以及走廊里走过的人，都听见了他的声音。这一来，那些包厢里的人都转过脸来，走廊里的人也都停住脚步待在博尚和夏托-勒诺背后，注意着这场口角。

"您这是怎么啦！"基督山说，神色间没有显露出丝毫激动，"您看上去神志有些不大清楚。"

"既然我能看穿您的阴险，先生，能让您明白我要为此向您报仇，我的神志就是清楚的。"阿尔贝狂怒地说。

"先生，我不懂您在说些什么，"基督山说，"而且，即使我懂得您在说些什么，您也已经说得太响了。这里是我的包厢，先生，只有我才有权利在这里说得比别人响。请您出去，先生！"

说着，基督山用一个威严的手势，对阿尔贝指了指门。

"哼！我要您出去，从您的包厢里出去！"阿尔贝说，痉挛的双手把手套使劲地揉来揉去，这个动作没有逃过伯爵的眼睛。

"好，"伯爵冷静地说，"您是要找我吵架，先生。不过我要奉劝您一句话，子爵，请您好好记住：大声嚷嚷地找人挑衅是个很坏的习惯。大声嚷嚷并不是对所有的人都合适的，德·莫尔塞夫先生。"

听到这个名字，一阵惊讶的低语声犹如一阵震颤似的，传过旁听这场争吵的人群。从昨晚以来，人人嘴里都说莫尔塞夫这个名字。

阿尔贝比任何人都更敏感地第一个听懂了这个影射，他扬起手想把手套往伯爵脸上摔去，幸亏莫雷尔一把抓住了他的手腕，而博尚和夏托-勒诺也从后面抱住了他，这两人害怕局面越出决斗挑衅的界限，不想把事情闹大。

基督山并没立起身来，只是从座位上侧过身去，伸手从年轻人捏紧的手指中间扯下那只又潮又皱的手套。

"先生，"他以一种可怕的口吻说，"我接受了您想摔过来的手套，我还会用它裹好一颗子弹送还给您。现在请您从我的包厢里出去，否则我要唤仆人来赶您出去了。"

阿尔贝神色迷乱，双眼充血，脚步踉跄地往后退下两步。

莫雷尔趁这当口把包厢门关上。

基督山又拿起望远镜看了起来，仿佛根本没有发生过什么特别的事情。

这个人有一颗青铜铸成的心和一张大理石雕成的脸。莫雷尔俯在他的耳边对他说：

"您对他做过什么事了？"

"我？什么也没做，至少对他本人什么也没做。"基督山说。

"可是这场奇怪的争吵总该有个原因吧？"

"德·莫尔塞夫伯爵那档子事，让这个可怜的年轻人感到恼火了。"

"这中间有您什么事？"

"他父亲卖主求荣的行径，是海黛向贵族院揭发的。"

"可不，"莫雷尔说，"这事我也听说了，可我实在没法相信，和您一起到这个包厢来过的希腊女奴，就是阿里帕夏的女儿。"

"不过真是如此。"

"哦！天哪！"莫雷尔说，"现在我全明白了，刚才那场争吵是有预谋的。"

"此话怎讲？"

"对，阿尔贝写信要我今晚到歌剧院来，是要让我在他对您进行侮辱时当一个目击者。"

"可能是吧。"基督山的语气始终那么平静。

"那您会对他怎么样呢？"

"对谁？"

"对阿尔贝！"

"对阿尔贝？"基督山以同样的语气说，"您问我会对他怎么样，马克西米利安？我会在明天上午十点以前杀死他，这就跟您在这儿，我正握着您的手一样的确定无疑。我对他就会这样。"

莫雷尔抽出手来，把基督山的手握在自己的掌心中间。他发觉这只手出奇的冰凉和镇定，不由得打了个寒噤。

"喔！伯爵，"他说，"他父亲是那么爱他！"

"别跟我说这些！"基督山大声说，这似乎是他第一次动肝火，"我要让他尝尝苦头！"

莫雷尔愣怔了一下，把基督山的手松开了。

"伯爵！伯爵！"他说。

"亲爱的马克西米利安，"伯爵止住他的话头说，"您听迪普雷的这一句唱得多美：

呵，玛蒂尔德！我心中的偶像。[1]

"噢，还是我第一个在那不勒斯发现迪普雷，第一个为他鼓掌的呢。Bravo[2]！Bravo！"

莫雷尔知道再说也没用，只得作罢。

阿尔贝刚才退出包厢时拉起的舞台帷幕，不一会儿又降落了下来。这时有人敲包厢的门。

"请进。"基督山说，声音里没有显出半点激动的情绪。

博尚出现在包厢门口。

"晚上好，博尚先生，"基督山说，仿佛他今晚是第一次见到这位报社编辑似的，"请坐。"

博尚欠了欠身，走进包厢坐下。

"先生，"他对基督山说，"也许您已经注意到了，我刚才是陪德·莫尔塞夫先生一起来的。"

"这就是说，"基督山笑着说，"你俩大概是一起吃的晚饭。我很高兴地看到，博尚先生，您要比他审慎得多。"

"先生，"博尚说，"我得说，阿尔贝的确不该这么冲动，我以个人的名义向您表示歉意。当然您知道，伯爵先生，这只是我个人的歉意，但既然我已经表示了歉意，那么我就想对您说，我相信您是一位大度的君子，不会拒绝就您和约阿尼纳方面的关系对我做出适当解释。还有，关于那位希腊姑娘，我也想

---

1 这是罗西尼的歌剧《威廉·退尔》中的歌词。迪普雷（1806—1896）是法国男高音歌唱家。
2 意大利文：好啊（喝彩声）。

说上几句。"

基督山用嘴唇和眼睛的一个轻微的动作，示意对方不要再往下说了。

"哈！"他笑着说，"这下我可没戏了。"

"您这是什么意思？"博尚问。

"不用说，您是先要给我树起个怪僻的名声：您会把我说成是莱拉，是曼弗雷德，是鲁斯文勋爵。然后，等到我看上去真像个乖张的怪人了，您就陡地一转篷，设法让我变成个平庸的人。您就指望我是个平庸的人，好让您有资格来要求我做什么解释，是不是？算了吧！博尚先生，您这是在开玩笑。"

"但您要知道，"博尚态度高傲地说，"在有些情况下，良心会命令……"

"博尚先生，"伯爵打断他的话说，"能命令基督山伯爵的，只有基督山伯爵。所以，请您什么也别再说了。我想怎么做就会怎么做，而您可以相信我，博尚先生，我总会做得很好的。"

"先生，"年轻人回答说，"对上流社会有教养的人，是不能这么随便打发的；您得做出诚信的保证。"

"先生，我就是活生生的保证，"基督山不动声色地说，但眼睛里放射出咄咄逼人的光芒，"我们两人都渴望把血管里流淌着的鲜血抛洒出来，这就是我们相互的保证。请您把这个回答转告子爵，并对他说，明天十点钟以前，我就会看到他的血是什么颜色的了。"

"既然如此，"博尚说，"剩下的事就是安排决斗程序了。"

"对我来说这根本无所谓，先生，"基督山伯爵说，"所以您其实大可不必为这么点小事，跑来妨碍我听歌剧。在法国，一般都用长剑或手枪决斗；在殖民地，用马枪；在阿拉伯用匕首。请告诉您的委托人，我尽管是受侮辱的一方，但为了把怪僻的名声保持到底，我任凭他挑选武器，并愿意不经讨论，绝无异议地接受他的任何选择；任何选择，您听清楚了吧？任何选择，哪怕抓阄决生死也行。这做法固然很愚蠢，但对我来说反正都一样：我必胜无疑。"

"必胜无疑！"博尚用惊愕的目光望着伯爵，重复说。

"嗯！当然，"基督山微微耸了耸肩膀说，"要不然我就不会跟德·莫尔塞夫先生决斗了。我要杀了他，必须如此，也必定如此。不过，请在今晚就让人捎个信给我，告诉我用什么武器和定什么时间；我不喜欢让别人等我。"

"用手枪，上午八点在万森林苑，"博尚神情窘迫地说，弄不清对方究竟是个自负吹牛的家伙，还是个神乎其神的超人。

"好了，先生，"基督山说，"现在事情都解决了，请让我听歌剧吧。另外请转告您的朋友阿尔贝，让他今晚别再上这儿来了：他这种趣味低下的鲁莽行为，只能是自己跟自己过不去。还是请他回家去，好好睡个觉吧。"

博尚万分惊愕地退了出去。

"我可以，"基督山转过脸来对莫雷尔说，"请您当我的证人，是吗？"

"当然，"莫雷尔说，"我悉听您的吩咐，伯爵。不过……"

"什么？"

"有一点很重要，伯爵，就是我应该知道真正的原因……"

"这么说，您是拒绝我啰？"

"不是的。"

"您问真正的原因，莫雷尔？"伯爵说，"那个年轻人自己也是瞎撞一气，并不知道真正的原因。真正的原因，只有我和天主才知道；但我可以凭我的名誉担保，莫雷尔，天主不仅知道真正的原因，而且是会站在我一边的。"

"这就够了，伯爵，"莫雷尔说，"您请谁当另一个证人？"

"在巴黎除了您，莫雷尔，和您的妹夫埃马纽埃尔，我不认识任何我愿意请他帮这个忙的人了。您看埃马纽埃尔会答应帮我这个忙吗？"

"我可以代他答应您，伯爵。"

"好！那我就不缺什么了。明天早上七点先到我家，好吗？"

"我们一定来。"

"嘘！开幕了，咱们听吧。我有个习惯，听这部歌剧连一个音符也不愿漏掉；《威廉·退尔》的音乐真是太美了！"

第89章
夜

基督山先生按照他的习惯，直到迪普雷唱完那曲有名的《随我来！》才起身离去。

在剧院门口，莫雷尔跟他分手时又重申一遍，第二天早上七点整一定和埃马纽埃尔到他府上。然后，伯爵登上自己的四轮马车，神色始终那样安详，脸上始终笑容可掬。五分钟后他回到了自己的府邸。而只要是了解伯爵的人，看见他进门对阿里说下面这句话时的表情，是绝不会搞错其中含意的：

"阿里，把那对象牙柄的手枪拿来！"

阿里把手枪匣拿给主人；伯爵开始细心地察看武器。对一个即将生命托付给这两把钢制的小玩意儿和几粒铅子儿的人而言，这样的细心是极其自然的事情。这两把手枪是基督山定制了特地用来在室内打靶的。只要轻轻地一扣扳机，子弹就会悄然出膛，待在隔壁房间的人，谁也不会猜到伯爵在照靶场行话说的那样练练手。

就在他握紧手枪，朝着一块当靶纸用的铁板上的黑点瞄准的当口，书房的门打开，巴蒂斯坦走了进来。

伯爵还没来得及开口，就瞥见房门外站着一个戴面纱的女子；她是随着巴蒂斯坦走进来的，此刻在隔壁房间幽暗的光线下可以看清她的身影。

她看见伯爵手里握着枪，还看见桌子上放着两把剑，便猛地冲了进来。

巴蒂斯坦用询问的目光看着主人。伯爵示意他退下；巴蒂斯坦退了出去，随手把房门关上。

"您是谁，夫人？"伯爵对戴面纱的女人说。

陌生女人环顾四周，确证没有旁人在场，便弯下身子，仿佛要跪下似的，两手合在胸前，用凄婉之极的口吻说道：

"埃德蒙，别杀死我的儿子吧！"

伯爵往后退下一步，轻轻地喊了一声，不由自主地一松手，手枪掉了下去。

"您在说什么名字，德·莫尔塞夫夫人？"他说。

"您的名字！"她撩开面纱大声说，"这是也许只有我一个人还没忘记的您的名字。埃德蒙，来看您的不是德·莫尔塞夫夫人，而是梅塞苔丝。"

"梅塞苔丝死了，夫人，"基督山说，"我已经不认识叫这个名字的人了。"

"梅塞苔丝还活着，先生，梅塞苔丝还记得您的声音，因为她在刚见到您，甚至在看清您的面容以前，就认出了您埃德蒙，认出了那只有您才有的说话的声音。从那时起，她就步步紧随着您，注视着您，为您悬着心，她不用去找，也能知道是谁给了德·莫尔塞夫先生这沉重的一击。"

"您是想说费尔南吧，夫人，"基督山以一种苦涩的讥讽口吻说，"既然我们在回忆当年的名字，那就把它们全都回忆起来吧。"

基督山说费尔南这个名字时，那种恨之入骨的表情，让梅塞苔丝感到一阵恐惧的震颤瞬间传遍了全身。

"您看，埃德蒙，我并没有搞错！"梅塞苔丝喊道，"我有理由对您说：饶了我的儿子吧！"

"谁告诉您，夫人，说我恨您的儿子了？"

"我的主啊，没人说过！可是一个母亲是天生就有另一种感觉的。我全都猜到了；今晚我跟在他后面到了歌剧院，躲在楼下的包厢里，我全都看见了。"

"既然您全都看见了，夫人，那么您看见是费尔南的儿子在当众侮辱我吧？"基督山的语气平静得怕人。

"哦！发发慈悲吧！"

"您也看到了吧，"伯爵继续说，"要不是我的朋友莫雷尔先生抓住他的手，他就会把手套摔到我脸上来了。"

"请您听我说。我的儿子，他也猜到了是您；他认定是您让他父亲遭受了这场灭顶的灾祸。"

"夫人，"基督山说，"您说错了；这不是灾祸，而是惩罚。让德·莫尔塞夫先生遭受这一切的并不是我，而是决意惩罚他的天主。"

"可您为什么要去代替天主呢？"梅塞苔丝喊道，"当天主都已经忘却的时候，为什么您偏偏还要记得呢？约阿尼纳和它的总督，跟您埃德蒙有什么相干？费尔南·蒙代戈出卖阿里-台佩莱纳又有什么对不起您的地方呢？"

"所以，夫人，"基督山回答说，"这些都是那个法兰克军官跟瓦西丽姬的女儿之间的事情。那并不关我的事，您说得有理，如果说我曾经发过誓要报复，那我既不是向那个法兰克军官，也不是向德·莫尔塞夫伯爵，而是要向那个加泰罗尼亚姑娘梅塞苔丝的丈夫，向那个打鱼的费尔南报复。"

"啊！先生！"伯爵夫人喊道，"命运让我犯下的这桩过错，是该得到这样可怕的报复的！有罪的是我，埃德蒙，如果说您得向哪个人复仇的话，那就该是向我，我太软弱，没能忍受和您的分离，没能忍受孤独的煎熬。"

"可是，"基督山大声说，"我为什么会离开您？您又为什么会孤独？"

"因为您被捕了，埃德蒙，因为您坐牢了。"

"我又为什么会被捕？为什么会坐牢？"

"我不知道。"梅塞苔丝说。

"对，您不知道，夫人，至少我也希望是这样。好吧！我来告诉您。我被捕，坐牢，就是因为在我跟您举行婚礼的前一天，在雷瑟夫酒店的凉棚架下面，有一个名叫唐格拉尔的人写了这封信，而那个打鱼的费尔南把它投进了邮箱。"

说着，基督山走到写字台跟前，打开抽屉取出一张纸，这张纸已经褪去了本来的颜色，墨水迹也变成了铁锈色。基督山把它递给梅塞苔丝。

这就是唐格拉尔写给检察官，后来基督山伯爵在装扮成汤姆森—弗伦奇公司代理人付给德·博维尔先生二十万法郎的那天，从埃德蒙·唐戴斯的案卷里抽出来的那封信。

梅塞苔丝惊恐万分地一行行往下看：

检察官先生台鉴：

鄙人乃王室与教会之友，现有一事禀报。法老号大副埃德蒙·唐戴斯从士麦那港返航途中，曾于那不勒斯和费拉约港逗留。此人奉缪拉之命送信给逆贼，并奉逆贼之命将一信转交巴黎波拿巴党人委员会。

逮捕此人便可截获罪证，盖因该信尚未送出，当在此人身上、其父住处或法老号船舱内。

"哦！我的主啊！"梅塞苔丝举手按在汗涔涔的额头上说，"这封信……"

"是我用二十万法郎买来的，夫人，"基督山说，"但这钱花得值得，因为有了它，我今天就可以向您证明我是无辜的。"

"后来怎么样了？"

"后来我就坐了牢，夫人，这您知道。可是您不知道，夫人，这坐牢一坐就是十四年；您不知道，整整十四年我就给关在伊夫堡的地牢里，离您才四分之一里路；您不知道，这十四年里，我天天在心里对自己重复第一天就立下的复仇誓言，可我却不知您已经嫁给了诬告我的费尔南，也不知道我的父亲已经死了，而且是饿死的！"

"公正的天主啊！"梅塞苔丝身子晃晃悠悠地喊道。

"当我在被监禁了十四年之久，从监狱里出来以后，我知道了这两个消息，而正是因为这样，我就以活着的梅塞苔丝和死去的父亲的名义发誓，一定要向费尔南报仇，我……我现在正在为自己报仇。"

"您能肯定这件事一定是可怜的费尔南干的吗？"

"我以我的灵魂担保，夫人，我对您说的这些事，就是他干的。何况，他还干过更见不得人的事，他身为法国公民，却去投靠英国人！他出生在西班牙，却去跟西班牙人打仗；他受恩于阿里，却出卖、杀害了阿里。跟这些丑事相比，您刚才看到的那封信又算得了什么呢？那不过是失意的情人设下的一个圈套，对后来嫁给了他的那个女人来说，我承认，而且我也理解，这是可以原谅的，可是对一个原来要娶这个女人的男人来说，这是无法原谅的。好吧！法国人没有惩处这个叛徒，西班牙人没有打死这个叛徒，躺在坟墓里的阿里，也没能惩罚这个叛徒；而我，被出卖，被谋害，被埋葬在另一座坟墓中的我，靠着天主的仁慈从这座坟墓里爬出来了，我理当为天主来报这个仇。天主派我来就是为了报仇，现在我来了。"

可怜的女人又低下头去，把头埋在手掌中间；她双腿弯下去，跪在了地上。

"请您宽恕吧，埃德蒙，"她说，"请为我而宽恕吧，我依然是爱着您的！"

为人妻的自尊心，遏制住了情人和母亲的感情冲动。她的前额低得快要碰到地毯了。

伯爵抢步上前把她扶了起来。

于是，她坐在一把椅子上，泪眼婆娑地望着基督山苍白的脸，这张脸上悲痛和愤恨的表情依然显得很可怕。

"让我不要去灭绝这个该诅咒的家族！"他喃喃地说，"让我违背激励我去惩罚它的天主的意志！这不可能，夫人，这不可能！"

"埃德蒙，"不愿放弃最后一线希望的可怜的母亲说，"天哪！当我唤您埃德蒙的时候，您为什么不唤我梅塞苔丝呢？"

"梅塞苔丝，"基督山重复说，"梅塞苔丝！噢！是的，您说得有理，我说着这个名字时依然觉得那么甜美，这是许多年以来第一次从我嘴里这么清楚地说出这个名字。哦！梅塞苔丝，您的这个名字，我曾经满怀惆怅长吁短叹地呼唤过它，我曾经在痛苦的呻吟中呼唤过它，也曾在绝望的喘息中呼唤过它。在严寒刺骨的冬天，我在地牢的麦秸堆上冻得发抖时呼唤过它；在酷暑难熬的夏天，我在牢房的石板地上辗转反侧时呼唤过它。梅塞苔丝，我非得为自己报仇不可，因为我受了十四年折磨，我哭泣、诅咒了十四年；现在，我对您说，梅塞苔丝，我非得为自己报仇不可！"

伯爵生怕自己会因当年深爱的恋人的祈求而软下心来，所以在用回忆重新唤起仇恨的感情。

"您报仇吧，埃德蒙！"可怜的母亲喊道，"但请您在有罪的人身上报仇。在他身上报仇，在我身上报仇，但不要在我儿子身上报仇吧！"

"《圣经》里写道，"基督山回答说，"'父亲作的恶，将报应在子女身上，直到第三代和第四代。'既然天主授意先知这么写，为什么我得比天主更仁慈呢？"

"因为天主拥有时间和永恒，而人是无法拥有这两样东西的。"

基督山长叹一声，听上去犹如凄厉的哀号。他用手死命地去揪自己浓密的头发。

"埃德蒙，"梅塞苔丝向伯爵伸出双手，继续说，"埃德蒙，从我认识您起，我就一直珍爱您的名字，把对您的回忆深藏在心中。埃德蒙，我的朋友，我心中的镜子时时刻刻照见的这个高贵纯洁的形象，请您别让它蒙上一层阴影吧。埃德蒙，但愿您能知道，不论是在我指望您还活着时，还是在我以为您已经死了以后，我曾经为您向天主祈祷过多少次啊。哦！即使我以为您死了，我还一直在为您祈祷！我以为您的尸体被埋葬在哪座阴森森的塔楼下面，或者被扔进了堆埋死亡囚犯的深坑，我曾经怎样地泪如雨下啊！而我，除了祈祷和哭泣，埃德蒙，还能为您做些什么呢？我要告诉您，整整十年我天天夜里都在做同一个梦。我听说了您想逃跑，顶替一个囚犯钻进一块裹尸布，结果人家把您这个活人当尸体从伊夫堡崖顶扔了下去；直到您撞在岩石上发出惨叫时，抬尸体的人才知道死人掉了包，但这时他们已经成了送您命的刽子手。哦！埃德蒙，我凭我苦苦哀求希望得到您宽恕的儿子的头颅起誓，埃德蒙，整整十年，我每天夜里看见那几个人在一座山崖的顶端晃悠着一团说不出形状，也说不出那究竟是什么的东西；整整十年，我天天夜里都听见一声惨叫，惊醒过来时浑身颤抖，手脚冰凉。哦，埃德蒙，请相信我，尽管我是有罪的，哦！可我也忍受着这种种折磨。"

"您尝到过父亲在您离去时死去的滋味吗？"基督山把双手插进头发里喊道，"您见到过您心爱的女人把手伸给您的情敌，而您却在不见天日的地牢里声音嘶哑地喘着气的情景吗？……"

"没有，"梅塞苔丝截断他的话说，"可是我见到我心爱的人就要成为杀害我儿子的凶手了！"

梅塞苔丝说出这句话时，神情是那么悲痛，语气是那么绝望，基督山听到这句话，听到这语气，不禁迸发出一阵引起喉头剧痛的啜泣。

狮子被征服了；复仇者被说动了。

"您想要什么？"他说，"是要您的儿子活着吗？好，他会活下去的！"

梅塞苔丝喊了一声，基督山不由得两滴热泪夺眶而出，但这两滴眼泪几乎刹那间就消失了，因为天主想必已经派了天使，把这两滴在天主眼里比俄斐最贵重的珍珠更珍贵的眼泪收回去了[1]。

"哦！"她一边喊道，一边抓住伯爵的手按在自己的嘴唇上，"哦！谢谢，谢谢，埃德蒙！现在的您就是我一直梦见的您，就是我一直爱着的您。哦！现在我可以对您这么说了。"

"好在这可怜的埃德蒙，"基督山回答说，"也不会让您爱多久了。死者就要回进坟墓，幽灵就要回进黑夜中去了。"

"您说什么，埃德蒙？"

---

1 《圣经·旧约·列王纪》载，所罗门王派人出海远航，到达俄斐之地，运回大量黄金珠宝。

"我说，既然您命令我死，梅塞苔丝，我就只能去死了。"

"死！这是谁说的？谁说到死了？您怎么又想到死了？"

"难道您以为我当着那么些人的面，当着您的朋友和您儿子的朋友的面，在大庭广众受了侮辱，受了一个会把我的宽宏大量当作他的胜利去炫耀的毛头小伙子的挑衅，难道您以为，我还会有一丁半点苟且活下去的想法吗？我最爱的，除了您，梅塞苔丝，就是我自己，也就是说，就是我的尊严，就是这种使我得以超越于其他人之上的力量；这种力量，就是我的生命。现在您用一句话摧毁了它。我只能死了。"

"可是埃德蒙，既然您宽恕了他，决斗就不会进行了。"

"决斗还是会进行的，夫人，"基督山神情庄严地说，"但流到地上的，不会是您儿子的血，而会是我的血。"

梅塞苔丝尖叫一声，朝基督山冲过去；但顷刻间，她止住了脚步。

"埃德蒙，"她说，"既然您还活着，既然我又见到了您，那就是说在我们之上是有着一位天主的，我从心底里信赖他。在等待向他求助的同时，我相信您说的话。您说过我的儿子会活下去；他会活下去的，是吗？"

"对，他会活下去的，夫人，"基督山说，梅塞苔丝竟然会这么镇静地接受他为她所做出的视死如归的牺牲，再没有一声惊呼，再没有半点诧异，这使他感到惊讶。

梅塞苔丝向伯爵伸出一只手。

"埃德蒙，"她热泪盈眶地望着伯爵说，"您真是太好了，您刚才的举动是那么高尚，您对一个可怜的命途多舛、多灾多难的女人的同情和谅解是那么崇高！唉！忧伤比岁月更无情地把我催老了，我已经没法再用一个微笑，用一道目光来使我的埃德蒙记起当年他曾经怎么也看不够的那个梅塞苔丝了。但请相信我，埃德蒙，我对您说了，我也受过许多折磨；让我对您再说一遍，当一个人既没有欢乐的回忆，也没有一点憧憬和希望，眼看着自己的生命在流逝的时候，那真是非常凄惨的；可是那也毕竟证明了人世间的一切还没有完结。是的！它们还没有完结，我能在心头残存的情感里感觉到它们还没有完结。哦！请让我对您再说一遍，埃德蒙，您刚才所做的宽恕的许诺，是多么高尚，多么伟大，多么崇高啊！"

"您这么说了，梅塞苔丝；可要是您知道我为您所做的牺牲究竟有多大，那您又该怎么说才好呢？请设想一下，当造物主在创造了世界，澄清了混沌之后，却为着避免我们的罪孽有一天会让一位天使不朽的眼睛里淌下泪水，而在创造到三分之一的时候停了下来；请设想一下，当一切都准备好了，当生灵塑造成形，大地变得丰饶以后，天主却在欣赏自己杰作的当口熄灭了太阳，把世界一脚踹进了永恒的黑夜之中；只有在这时，您才能了解，喔，不，您仍然没法了解，失去生命此刻对我意味着失去了什么。"

梅塞苔丝注视着伯爵，目光中交织着惊讶、仰慕和感激的表情。

基督山用两只滚烫的手按住额头，仿佛单靠额头已经承载不了那么多纷繁的思绪了。

"埃德蒙，"梅塞苔丝说，"我只有一句话要对您说了。"

伯爵苦涩地笑了一下。

"埃德蒙，"她继续说，"您会看到，虽然我的脸已经变得苍白，我的眼睛已经失去光泽，我的美貌已经不复存在，总之，虽然我的容貌已经不再是当年的梅塞苔丝了，但您会看到，我的心仍然跟从前一样！……再会了，埃德蒙；我对天主不再有所祈求了……我看到您还是跟从前一样高贵，一样崇高。再会了，埃德蒙……谢谢您！"

但是伯爵并不回答。

梅塞苔丝打开书房的门，走了出去；这时伯爵还没有回过神来，他陷进一种痛苦而深邃的冥想之中，这种冥想是由于复仇已成泡影而引起的。

当德·莫尔塞夫夫人的马车沿着香榭丽舍大街驶去时，荣军院敲响了半夜一点的钟声。这下钟声，让基督山伯爵的头抬了起来。

"我真后悔，"他说，"在我下决心要复仇的那天，为什么不把自己的心给摘下来呢！"

第90章

决斗

梅塞苔丝离去以后，基督山的房间沉入昏暗之中。对周围的事物，对自身的存在，他的思想都停滞了；那充满活力的脑子，就像极度疲劳的肉体一样，变得麻木了。

"怎么！"这时油灯和蜡烛都颤颤悠悠的快燃尽了，仆人们还不耐烦地等候在前厅里，他却在心里对自己这么说，"怎么！难道这座准备了那么久，花了那么多心血建造起来的大厦，就这么毁于一旦，凭她说一句话，吹一口气，就倒坍下来了吗！怎么！难道我曾经寄予希望、曾经为它骄傲的这具血肉之躯，难道我在伊夫堡地牢里曾经对它那么藐视，而后又把它造就得如此强有力的这具血肉之躯，明天就要变成一堆尘土了吗！哦！血肉之躯的死亡并不足惜！这种生命力的殒灭，不正是人人都有的归宿，不正是受苦的人向往的休憩吗？这种我渴求已久的肉体的安宁，当年法里亚在我牢房里出现的时候，我不是正沿着饥饿的痛苦之路向它走近吗？死亡是什么？就是向安宁走近一步，就是向寂静走近也许两步。不，生命的终结并不可惜，可惜的是长年累月惨淡经营的整个计划，就这么给毁了。我原以为天主会帮助我实现这些计划，现在看来他是反对我这么做的。是天主不愿意让我实现这些计划！

"我放在肩上的这副几乎跟整个世界一样沉重的担子，我原以为我能挑着走到头的，可它是按我的心愿而不是按我的力气，是按我的意志而不是按我的能力挑起来的，我不得不在半道上就把它撂下了。哦！十四年的绝望和十年的希望，曾使我相信自己能代表天意，但现在我又要变成一个听凭命运摆布的人了。

"而这一切，我的天主！都是因为我的心，我以为已经死了的那颗心，其实只是麻木了而已。现在它苏醒了，它又跳动了，这是一个女人的声音在我的胸膛里唤起的痛苦的跳动，这种痛苦使我屈服了。"

"可是，"伯爵继续往下想，沉溺于对梅塞苔丝让他面临的可怕的明天的悬想，"可是，一个心地如此高尚的女人，是不可能出于自私而听凭身强力壮的我就这样去死的！她的母爱，或者说她的母性的狂热，是不至于达到这种地步的！有些美德，过了头是会变成罪行的。但她不会是这样，她一定已经预见到了某种悲怆哀婉的场面，她会赶来置身于剑刃中间把我们隔开，但无论这种举动在这儿想起来有多么崇高，到了决斗场上就会成为笑柄。"

一阵由自尊心激起的红晕涌上了伯爵的脸。

"笑柄，"他重复一遍，"而且连我也会成为笑柄……我，成为笑柄！不！我宁可去死。"

由于答应梅塞苔丝让她儿子活着，他明天就将面临无法逃脱的厄运。这种厄运经他这么一渲染，越发显得可怕了，所以他最后对自己说：

"我真傻！真傻！真傻！我竟然会宽宏大量到去给这个毛头小伙子当枪靶子！他不会相信我的死是出于自愿，所以，为了身后的名誉……（这可不是虚荣心，对吗，我的天主？这只是一种正当的自尊心）为了身后的名誉，我应当让人知道，我是出于自愿，是按照我的自由意志，有意把已经举起来准备射击的手臂放下，用这条如此强有力的，本来是用来对付别人的手臂，来向自己开枪的。我应当让人知道，我得这么做。"

他拿起一支笔，从写字台的暗屉里抽出一张纸；那是他的遗嘱，还是在他刚到巴黎时写的。现在他在纸的下方写了几行类似追加遗嘱的附言，对不明真相的人们说明了自己的死因。

"我这样做，我的天主！"他举眼望着上天说，"是为了您的荣耀，也是为了我的名誉。这十年来，啊，我的天主！我一直把自己看作您的复仇使者，现在绝不能让这个莫尔塞夫，还有另外那两个坏蛋唐格拉尔和维尔福，以为命运已经帮他们摆脱了他们的仇敌。不，应当让他们知道，决意要对他们进行惩罚的天主，仅仅是根据我的意愿推延了执行的期限，他们虽然在这世界上逃避了惩罚，但惩罚正在另一个世界里等待着他们，他们拖延时日，换来的是永恒的惩罚。"

正当他的思绪在这些阴郁而飘忽的想法之间，在这场被痛苦惊醒的噩梦中游弋的时候，晨曦染白了窗上的玻璃，照亮了他手下的那张浅蓝色的纸，他刚才在纸上写下了天主为他辩护的至高无上的证词。

这时是清晨五点钟。

忽然间，一阵轻微的声音传到他的耳际。基督山依稀觉得听到一种被抑制着的叹气声。他回过头去四下里望了望，没有看见人影。但是那声音又响了起来，而且听得很清楚；他的疑心变成了确信。

伯爵立起身来，轻轻地打开客厅的门，只见海黛坐在一把扶手椅上，手臂下垂，美丽而苍白的脸庞向后仰着。她这么当路坐在门口，原是想让他出来时可以看见她，但在累人的熬夜枯等之后，一阵年轻人难以抵挡的睡意袭来，她终于坐在椅子上睡着了。

开门的声音没有把海黛从梦乡中惊醒。

基督山用充满爱怜的目光凝视着她。

"梅塞苔丝还记得她有个儿子，"他说，"我却忘了我有个女儿！"

随后，他忧郁地摇了摇头。

"可怜的海黛！"他说，"她是想见到我，想跟我说说话，她在担心，或者猜到了什么事情……哦！我不能不跟她告别就这么离去，我不能在把她托付给一个人以前就这么去死。"

说着，他悄悄地回到写字台前，在前面那几行字下面接着写道：

> 我向马克西米利安·莫雷尔，北非骑兵军团上尉，我的前雇主马赛船东皮埃尔·莫雷尔之子，遗赠两千万款项，其中部分款项可由他转赠其妹朱丽及妹夫埃马纽埃尔，前提是他认为这样做不会损毁这对伉俪的幸福。这两千万法郎现藏于我在基督山岛的洞穴中，详情可由贝尔图乔告知。
>
> 倘若上尉之心尚未有所归属，且愿娶由我怀着父爱抚养成人、她待我也满含女儿温情的约阿尼纳帕夏阿里之女海黛为妻，那么我纵使不说他实现了我最后的意愿，也会感激他满足了我最后的心愿。
>
> 根据这份遗嘱，海黛将继承我其余的全部财产，其中包括英国、奥地利和荷兰的地产与年金，以及各处宅邸与别墅中的全部动产。除去上述两千万法郎，以及若干留赠仆役的款项，所余财产总数仍足有六千万法郎。

他刚写完最后一行，忽然听见身后一声尖叫，不由得松手让笔掉了下去。

"海黛，"他说，"您都看见了？"

原来，年轻姑娘被照在眼睑上的阳光弄醒以后，起身走到了伯爵身后。她踩在地毯上的脚步非常轻柔，所以伯爵没有听到声响。

"哦！我的大人，"她把双手合在一起说，"您为什么要在这种时候写这样的东西？您为什么要把全部财产都遗赠给我，我的大人？您是要离开我吗？"

"我要去旅行一次，亲爱的天使，"基督山神情忧郁，而又充满无限温情地说，"如果我遇到不测……"

伯爵打住了话头。

"怎么样？……"年轻姑娘以一种威严的语气问道，伯爵以前从没听到过她用这种语气说话，不由得打了个寒噤。

"嗯！如果我遇到不测，"基督山接着说，"我希望我的女儿能够幸福。"

海黛摇摇头，忧郁地笑了笑。

"您是想到死了，大人？"她说。

"这是一种明智的想法，我的孩子，哲人这么说过。"

"好吧，如果您死了，"她说，"就让您的财产都给别人吧。因为，如果您死了……我也就什么都不需要了。"

她拿起那张纸，撕成四片，扔在客厅中央的地上。随后，这种对一个女奴来说非常难得的激动和亢奋，使她力不能支地倒在了地板上，但这一回不是睡着，而是晕厥了过去。

基督山俯下身去，把她抱了起来，望着这张美丽而苍白的脸庞，这双美丽而紧闭的眼睛，这个美丽而全无生气、宛如委弃给他的身体，他脑子里第一次转过这么一个念头：她对他的爱，也许不同于一个女儿对父亲的爱。

"唉！"他万分沮丧地喃喃说道，"也许我本来还是可以得到幸福的！"

他把海黛抱进她的套房，把依然昏迷不醒的她交给侍女们去照料。然后他回到书房，而且一进门就迅即把门关上，坐下来把刚才被撕掉的那份遗嘱重新抄了一遍。

他刚抄完，就听见一辆轻便马车驶进院子的声响。基督山走到窗前，看见马克西米利安和埃马纽埃尔跨下车来。

"好，"他说，"时间到了！"

于是，他把遗嘱装进信封，在封口盖了三个火漆印。

过了一会儿，他听见客厅里响起了脚步声，就亲自走去把门打开。莫雷尔出现在门口。

他早到了将近二十分钟。

"我也许来得太早了，伯爵先生，"他说，"但我想坦率地承认，昨晚上我一宵都没合眼，而且我们全家都是如此。我要看到您精神抖擞，一切都好好的，才能放下心来。"

看到这种真情的流露，基督山也不由得感动了，他不是伸出手去跟年轻人握手，而是张开双臂拥抱了他。

"莫雷尔，"他动情地说，"今天对我来说是很美好的一天，它让我感觉到了一位像您这样的男子汉对我的爱心。您好，埃马纽埃尔先生。你们两位都跟我一起去吗，马克西米利安？"

"当然！"年轻上尉说，"难道您还担心我们会不来吗？"

"不过，倘若是我错了……"

"请听我说，昨天阿尔贝向您挑衅的时候，我自始至终在看着您，而且整个晚上都在想着您那种镇定的表情，我对自己说，正义一定是在您一边，否则一个人脸上的表情也就太没有意义了。"

"可是，莫雷尔，阿尔贝是您的朋友。"

"我们只是认识而已，伯爵。"

"您是在见到我的那天，第一次见到他的吧？"

"是的，是这样；可那又怎么样呢？这事您不说我都忘了。"

"谢谢，莫雷尔。"

他在铜铃上敲了一下。

"噢，"他对即刻出现在门口的阿里说，"你让人把这个信封送到我的律师那儿去。那里面有我的遗嘱，莫雷尔。等我死后，您要看一下。"

"您说什么！"莫雷尔喊道，"等您死后？"

"哎！难道不该防患于未然吗，亲爱的朋友？我说，昨天我们分手以后，您又做什么来着？"

"我去了托尔托尼咖啡馆，在那儿，我不出所料地找到了博尚和夏托-勒诺。我承认，我是特地去找他们的。"

"那又为什么呢，既然事情早就说定了。"

"请听我说，伯爵，这件事情是很严重，而且无法避免的。"

"您原先对这一点还有怀疑？"

"没有。挑衅是在大庭广众进行的，事情已经弄得沸沸扬扬，大家都知道了。"

"那又怎么样？"

"嗯！我希望他们能同意换一种武器，用长剑代替手枪。枪子儿是不长眼睛的。"

"他们同意了？"基督山急切地问，声音中含有一丝旁人难以觉察的期盼。

"没有，他们知道您的剑使得太高明了。"

"嗬！谁把我的底给漏出去了？"

"败在您手下的那些剑术教师。"

"结果您没谈成？"

"他们断然拒绝。"

"莫雷尔，"伯爵说，"您从来没有见过我打枪吧？"

"从来没有。"

"好吧，我们还有时间，您瞧着。"

基督山拿起梅塞苔丝进门那会儿他握在手里的那对手枪，在靶板上贴上一张草花A，连开四枪，前三枪每枪打掉草花的一个叶瓣，最后一枪打掉草花的托茎。

每开一枪，莫雷尔的脸色就变白一次。

他察看基督山用来显露这一手绝招的手枪子弹，发现它们比霰弹还小。

"真是绝了，"他说，"您来瞧，埃马纽埃尔！"

然后，他又转身对着基督山。

"伯爵，"他说，"看在老天爷的分上，请您别打死阿尔贝吧！这个可怜的人还有个母亲呢！"

"说得对，"基督山说，"而我，是没有的。"

伯爵说这话的语气，使莫雷尔不由得打了个寒战。

"您是受挑衅的一方，伯爵。"

"当然；您是想说什么呢？"

"我是说，先开枪的将是您。"

"我先开枪？"

"喔！这是我跟他们说定，或者说是我争取来的。我们对他们让步也让得够多了，在这一点上该他们让让步了。"

"相隔几步？"

"二十步。"

伯爵唇间掠过一道怕人的微笑。

"莫雷尔，"他说，"请别忘了您刚才看到的情形。"

"所以，"年轻人说，"我只能指望您的激动能让阿尔贝逃命了。"

"我会激动？"基督山说。

"要不就是您的宽宏大量，我的朋友。正因为我和您本人一样信任您的枪法，所以我想提一个要求，要是换了别人，我对他这么提要求也许会是很荒唐的。"

"什么要求？"

"打断他一只胳臂，打伤他，但别打死他。"

"莫雷尔，请您还是听我说吧，"伯爵说，"您不必来劝我对德·莫尔塞夫先生手下留情，我可以预先告诉您，德·莫尔塞夫先生会被照顾得好好的。他会由他的两位朋友陪着，安然无恙地回家去，而我……"

"怎么！您？"

"喔！那就不一样了，我会被抬着回家。"

"瞧您在说什么呀！"马克西米利安情不自禁地失声喊道。

"我刚才已经对您说了，亲爱的莫雷尔，德·莫尔塞夫先生会把我打死的。"

莫雷尔完全给弄糊涂了，愣怔地望着伯爵。

"从昨晚到现在，您究竟遇到什么事了，伯爵？"

"就跟布鲁图在腓力比战役前夜碰到的事情一样[1]：我看到了一个幽灵。"

"这个幽灵怎么样？"

"莫雷尔，这个幽灵对我说，我已经活够了。"

马克西米利安和埃马纽埃尔面面相觑；基督山掏出表来。

"我们走吧，"他说，"已经七点零五分了，决斗定在八点整。"

一辆准备停当的马车等在门口；基督山和两位证人朝门口走去。

穿过走廊的那会儿，基督山在一扇门前停下脚步谛听了一会儿，马克西米利安和埃马纽埃尔很识趣地往前走了几步，但他们好像听见，有一声轻轻的叹息应答了屋里的呜咽声。

钟敲八点时，他们到了约定的地点。

"到了，"莫雷尔从车窗里探出头去说，"是我们先到。"

"大人请原谅，"跟着主人一起来的，带着满脸无法形容的惊慌之色的巴蒂斯坦说，"可我好像看见那边树荫下面停着辆车子。"

"可不是，"埃马纽埃尔说，"我看见有两个人走来走去，像是在等人。"

基督山轻捷地跳下马车，伸手去帮埃马纽埃尔和马克西米利安下车。

马克西米利安把伯爵的手握在自己的掌心里。

"好极了，"他说，"我很高兴地看到，这只手的主人是个终生都会做好事的人。"

基督山拉了一把莫雷尔，不是拉到旁边，而是拉到他妹夫背后一两步路远的地方。

"马克西米利安，"伯爵问他，"您有心上人了吗？"

莫雷尔惊异地望着基督山。

"我不是要打听您的私事，亲爱的朋友，我只是问您一个简单的问题。就请回答有或者没有好了，我想知道的就这么多。"

"我爱着一位姑娘，伯爵。"

"您很爱她？"

"甚于爱我的生命。"

---

1 布鲁图是公元前 44 年刺杀罗马独裁者恺撒的主要人物。后任罗马东方集团军统帅。公元前 42 年在腓力比战役中惨败于屋大维、安东尼联军，遂自杀。传说在战役前夜他曾见到鬼魂。

"得，"基督山说，"又是一个希望成了泡影。"

接着，他叹了口气，轻轻地说：

"可怜的海黛！"

"说实话，伯爵！"莫雷尔大声说，"要不是我已经很了解您，我真会以为您没那么勇敢呢！"

"这是因为我在想着一个人，我就要离开她了，我在为她叹息！行啦，莫雷尔，难道一个军人会不懂得什么是真正的勇敢吗？难道我惋惜的是自己的生命吗？对于曾在生死之间度过二十年的我来说，是生是死算得了什么呢？而且，您可以放心，莫雷尔，如果说这是一种软弱的表现的话，那么这种软弱也只有在您面前才会流露出来。我很清楚，这个世界就像一个客厅，应当彬彬有礼、体体面面地退出去，也就是说，应当先付清打牌输的钱，然后鞠躬离去。"

"好极了，"莫雷尔说，"这话说得精彩。顺便问一下，您把自己的枪带来了吗？"

"我的枪！干吗要带来？我相信这些先生们会准备的。"

"我去问一下。"莫雷尔说。

"好吧，但别讨价还价，您明白我的意思吗？"

"哦！您放心吧。"

莫雷尔向博尚和夏托-勒诺走去。那两人瞧见马克西米利安在向他们走过去，便也迎上前来几步。

三个年轻人相互鞠躬，如果不能说是很亲切，至少也该说是很客气地彼此致意。

"对不起，二位，"莫雷尔说，"可我怎么没见到德·莫尔塞夫先生！"

"今天早晨，"夏托-勒诺回答说，"他派人来通知我们，说是直接到这儿跟我们碰头。"

"喔！"莫雷尔说。

博尚掏出表来。

"八点过五分；还不算晚，莫雷尔先生。"他说。

"哦！"马克西米利安回答说，"我并不是这个意思。"

"瞧，"夏托-勒诺插进来说，"车子这不来了。"

果然，一辆马车沿着一条林荫大道疾驶而来，他们就站在这条林荫大道和另几条大路的岔口上。

"二位，"莫雷尔说，"想必你们是准备了武器的。基督山先生申明他放弃用自备手枪的权利。"

"我们估计到了伯爵方面的这种雅量，莫雷尔先生，"博尚说，"所以我把我的枪带来了，那两支枪我是因为考虑到类似的情况，八九天前刚买下以备不时之需的。枪完全是新的，还没人使过。您是不是要验看一下？"

"哦！博尚先生，"莫雷尔欠了欠身说，"既然您这么肯定地说德·莫尔塞夫先生跟这些枪并不相干，那您当然也知道，我有您这话就尽够了。"

"二位，"夏托-勒诺说，"这辆驶来的车上，坐的不是莫尔塞夫，那是，没错！那是弗朗兹和德布雷。"

果然，他说的这两个年轻人朝他们走了过来。

"你们两位！"夏托-勒诺跟两人握手说，"是什么风把你们吹来的？"

"因为，"德布雷说，"阿尔贝今天早晨约我们到决斗场来碰头。"

博尚和夏托-勒诺诧异地相互对望一眼。

"各位，"莫雷尔说，"我想我明白是怎么回事了。"

"请说出来听听！"

"昨天下午，我收到德·莫尔塞夫先生的一封信，约我到歌剧院见面。"

"我也一样。"德布雷说。

"我也一样。"弗朗兹说。

"我们也一样。"夏托-勒诺和博尚说。

"他那是想让我们在他挑衅要求决斗时都在场，"莫雷尔说，"而现在他是想让我们在他决斗时都在场。"

"对，"那些年轻人说，"是这么回事，马克西米利安先生；十有八九是让您给猜中了。"

"不过话虽这么说，"夏托-勒诺喃喃地说，"阿尔贝却还没来；已经迟了十分钟啦。"

"他来了，"博尚说，"骑着马；瞧，他在前面跑得飞快，仆人跟在后面。"

"真是太冒失了，"夏托-勒诺说，"骑马来跟人用手枪决斗！我的叮嘱怎么全忘了！"

"还有呢，瞧，"博尚说，"领带上面系着硬领，敞胸上衣，白背心；他干吗不干脆在胸口画个小黑点呢？那不是更简单、更省事吗！"

正说着，阿尔贝已经到了离这五位年轻人十步开外的前方；他勒住马，跳下鞍来，把缰绳甩到仆人的手里。

阿尔贝向他们走来。

他脸色苍白，眼睛红肿。可以看得出，他昨晚整夜没睡过一秒钟。

在他的整张脸上，有一种异乎寻常的忧郁而庄重的表情，这种表情在他是很难得有的。

"各位，"他说，"承蒙你们应邀前来，对这种高情雅意，我不胜感激。"

莫雷尔在莫尔塞夫走近来的时候，往后退下了十来步，跟他隔着一段距离。

"我说的也包括您，莫雷尔先生，"阿尔贝说，"对您我也同样地感激。所以请您过来吧，朋友是不嫌多的。"

"先生，"马克西米利安说，"您也许还不知道我是基督山先生的证人？"

"我原先不能确定，但我猜想是这样。可这样就更好，珍视荣誉的人在这儿愈多，就愈称我的心。"

"莫雷尔先生，"夏托-勒诺说，"劳驾去告诉基督山伯爵先生，德·莫尔塞夫先生已经到了，我们悉听他的吩咐。"

莫雷尔转身想去履行自己的职责。

与此同时，博尚从马车上取下装手枪的匣子。

"请等一下，各位，"阿尔贝说，"我有两句话要对基督山伯爵先生说。"

"私下里说？"莫雷尔问。

"不，先生，当着大家的面说。"

阿尔贝的证人都惊愕地面面相觑；弗朗兹和德布雷低声地交谈了几句，而莫雷尔，这意外的插曲使他感到很高兴，他去找到了正在一条平行的侧道上跟埃马纽埃尔散步的伯爵。

"他要我怎么样？"基督山问。

"我不知道，但他说有话要跟您讲。"

"哦！"基督山说，"但愿他别是想再肆无忌惮地羞辱我一番！"

“我看他不是这个意思。”莫雷尔说。

伯爵由马克西米利安和埃马纽埃尔陪着走上前去：他平静安详的面容，跟阿尔贝迷乱的神情形成了一个奇特的对比；阿尔贝也在走过来，后面跟着那四个年轻人。

走到彼此相距三步的时候，阿尔贝和伯爵都停住了脚步。

“各位，”阿尔贝说，“请再走近些。我希望我下面有幸向基督山伯爵先生说的这些话，你们都能一字不漏地听清楚。因为我有幸对他说的这些话，无论你们听了会觉得有多奇怪，但只要有人愿意听，就要劳驾你们去转告他们的。”

“我在等着，先生。”伯爵说。

“先生，”阿尔贝一开始声音有些发抖，但愈往下说就愈镇定，“先生，我曾指责您不该有意泄露德·莫尔塞夫伯爵在伊庇鲁斯的所作所为，因为无论德·莫尔塞夫伯爵先生的罪孽有多大，我以为您并没有惩罚他的权利。可是今天，先生，我知道了您是有这个权利的。使我这么快就认为您有这权利的，并不是费尔南·蒙代戈对阿里帕夏的出卖，而是渔民费尔南对您的出卖，是这次出卖对您所造成的无比深重的灾难。因此我要对您说，我要大声公开地说：是的，先生，您有理由向我父亲复仇，我作为他的儿子，感谢您没有采用更严厉的手段。”

即使晴天有个霹雳打下来，打在这个谁也意料不到的场景的听众身上，他们也不会比听到阿尔贝的这番话来得更加吃惊。

而基督山，他带着一种无限感激的表情，缓缓抬起头来望着上天，他在阿尔贝身陷罗马强盗群中的那会儿，已经领教过他那种天不怕地不怕的脾气，一个有这般血性的年轻人，居然会一下子变得这样忍辱负重，这真使他不胜惊叹。他在其中看到了梅塞苔丝的影响，他也明白了这个心地高尚的女性，昨天为什么会听凭他做出牺牲的许诺而不置一词，那是因为她事先已经知道，这个牺牲是不会兑现的。

“现在，先生，”阿尔贝说，“如果您认为我刚才向您表示的歉意已经够了，那就请把您的手伸出来吧。您似乎具有从不犯错误的罕见的美德，但我以为除此以外，所有其余的美德中最重要的一条，莫过于承认自己的错误了。当然我说这话，仅仅是指我而言。我跟常人一样处世行事，而您，您是按天主那样处世行事的。只有一位天使，能够拯救我俩中的一个免于死亡，这位天使从天国降临人间，即使不能说是为了让我俩成为朋友，唉，命运决定了这是不可能的，至少也可以说是为了让我们相互尊重吧。"

基督山眼睛湿润，胸脯剧烈起伏，嘴巴微微张开，他向阿尔贝伸出一只手去，阿尔贝带着一种近于敬畏的神情握住它。

"各位，"他说，"基督山先生慷慨地接受了我的道歉。我昨天做事过于仓促。而仓促往往是容易坏事的：我对他做错了事。现在，我的过错得到了补救。我希望人们不会因为我做了良心要求我做的事，而把我看成懦夫。但无论如何，倘使真有人对我有所误解，"年轻人高傲地抬起头说，仿佛他是同时在对朋友和仇敌挑战似的，"我将会尽力去纠正他的看法。"

"昨天夜里他出什么事了？"博尚问夏托-勒诺，"我觉得咱们在这儿演的是挺尴尬的角色。"

"说实在的，阿尔贝刚才做的事情，要不是非常可耻，就是高尚至极。"男爵回答说。

"嗳！您说，"德布雷问弗朗兹，"这算怎么回事？怎么！基督山伯爵损害了德·莫尔塞夫先生的名誉，莫尔塞夫先生的儿子却居然认为他干得有理！换了我，哪怕家里出了十桩约阿尼纳的事儿，我也会认定只有一件事非做不可，就是去跟人决斗十次。"

而基督山，他低着头，两臂松弛无力地垂着，二十四年回忆的重负压在了他的身上，他此刻想到的不是阿尔贝，不是博尚，不是夏托-勒诺，不是在场的任何一个人：他想到的是那位勇敢的女性，她昨天来向他请求宽恕她儿子的性命，他对她做了牺牲自己的许诺，但她又以痛苦地吐露一个家庭的秘密作为代价，拯救了他的生命，而这个秘密一经揭露，这个年轻人心里的那片孝心可能也就此断送了。

"都是天意啊！"他喃喃地说，"啊！今天我才完全相信，我真是天主的使者！"

第91章

母与子

　　基督山伯爵神情忧郁而庄重，淡然一笑，向五位年轻人躬身告别，跟马克西米利安和埃马纽埃尔一起上了车。

　　决斗场上只剩下了阿尔贝、博尚和夏托-勒诺。

　　年轻人望着他的两位证人，目光中并无羞怯畏缩的意味，好像在询问他们对刚才发生的事情的看法。

　　"嗨！亲爱的朋友，"博尚先开了腔，这可能是由于他比较重感情，也可能是由于他城府比较浅，"请让我向您表示祝贺：这样一桩令人不快的事情，能这么顺利解决，可真让人想不到。"

　　阿尔贝不作声，出神地想着什么。夏托-勒诺兀自用那根有弹性的手杖拍打着自己的马靴。一阵尴尬的沉默过后，他说：

　　"怎么样，咱们走吧？"

　　"好呀，"博尚回答说，"不过，请让我再对德·莫尔塞夫先生祝贺几句：他今天表现得那么宽宏大量，真是十足的骑士风度……真是罕见！"

　　"嗨！没错。"夏托-勒诺说。

　　"自制力这么强，"博尚继续说，"可真了不起！"

　　"可不是。要是我，就做不到。"夏托-勒诺带着一种很能说明问题的冷淡神情说。

　　"二位，"阿尔贝打断他们说，"我想你们并不明白，基督山先生和我之间，有过一个很严重的情况……"

　　"我们明白，明白，"博尚立刻说，"不过，可不是随便哪个人都能明白您这种英雄气概的，迟早有一天您得费尽口舌去逢人就做解释，那可对您的健康长寿很不利哦。您愿不愿意听我说一句朋友的忠告？动身到那不勒斯，海牙，圣彼得堡，到那些安静的地方去吧，那儿的人对名誉攸关的问题的看法，要比我们这些满脑子冒险精神的巴黎人理智得多。一旦到了那儿，就好好练练手枪打靶，反反复复地把剑术的第三、第四种架势练熟；先让大家都把您忘了，然后再过几年，您就可以有恃无恐地回法国来，凭您的刻苦训练，您十有八九还能赢回您的体面。德·夏托-勒诺先生，您看我说得可有道理？"

"老兄所言正合我意，"那位绅士说，"一场决斗不了了之，就非得再来一场不可。"

"谢谢，二位，"阿尔贝冷冷一笑说，"我会遵从你们的忠告，但并不是因为你们这么说了，而是因为我本来就打算离开法国。我同样感谢你们赏脸来给我当证人。这一点铭刻在了我的心头，因为刚才听了你们这些话后，我所记得的只剩了这一点。"

夏托-勒诺和博尚面面相觑。两人得到同一个印象：莫尔塞夫方才表示谢忱的话，语气中有一种决绝的意味；看来，要是这场谈话再继续下去，大家脸上都会不好看。

"再见，阿尔贝。"博尚突然说道，很随意地朝年轻人伸出一只手去，但后者仿佛还没从那种茫茫然的状态中摆脱出来。

果然，他没有去握这只伸过来的手。

"再见。"夏托-勒诺也说了一句，左手仍握住那根小手杖，右手做了个再见的手势。

阿尔贝用低得几乎让人听不清的声音说了句："再见！"但他的目光中表示的意思却异常清楚；这道目光是强忍的愤怒、骄傲的蔑视、宽容的愤慨的一首诗。

两个证人上车离去时，阿尔贝就这么神情忧郁，一动不动地站着。随后猛然间，他拉开仆人缚在小树上的缰绳，纵身跳上马鞍，策马往巴黎奔去。一刻钟后，他回到了埃尔代街的宅邸。

下马的当口，他觉得好像在父亲卧室的窗幔后，瞥见了他那张苍白的脸。阿尔贝长叹一声转过脸去，回进自己的小楼。

进屋以后，他朝那些从童年时代起曾带给他偌多欢乐、偌多甜蜜回忆的弥足珍贵的物件，最后巡视了一遍；他又一次地望着那些油画，画中的人物似乎在向他微笑，画中色彩绚烂的风景仿佛充满着生机。

他从橡木画框里取下母亲的肖像，卷了起来，让那个金色的框子光秃秃地留在墙上。

随后他把那些漂亮的土耳其弯刀，精美的英国长枪，日本瓷器，摆满新奇小首饰的杯爵和刻有弗歇尔[1]或巴里[2]签名的青铜艺术品逐件摆放整齐；把橱门一一拉开看过后，把钥匙插在每个橱柜的锁孔上；拉开写字桌的一个抽屉，把身边的全部零钱，连同摆在杯爵里、装在珠宝匣里、搁在架子上的首饰摆件，统统放进这个抽屉；随后将所有的物件列出一张详尽而准确的清单，把一张桌子上堆放着的书籍纸张挪开，腾出一块很显眼的地方，把清单放在上面。

他吩咐过仆人不许进来，但就在他刚开始做这些工作时，贴身男仆进屋来了。

"有什么事？"莫尔塞夫问，语气中忧伤的成分比愤怒的意味更重些。

"对不起，大人，"贴身男仆说，"大人吩咐过我不许来打扰，这我清楚，可是德·莫尔塞夫伯爵先生刚才派人来叫我去。"

"那又怎么样？"阿尔贝问。

"我想，去见伯爵先生以前，该先听听大人有何吩咐。"

"为什么？"

"因为伯爵先生想必知道是我陪大人去决斗场的。"

"有可能吧。"阿尔贝说。

"现在他叫我去，想必是要问我那儿发生的情况。我该怎么回答？"

"照实说。"

"就说决斗没有进行？"

"您就说我向基督山伯爵先生道歉了。去吧。"

仆人鞠躬退下。

这时阿尔贝开始写清单。

当他做完这件工作时，庭院里一阵杂沓的马蹄声和震得窗户作响的车轮滚动声，引起了他的注意；他走到窗前，看见父亲登上敞篷马车往外而去。

府邸的大铁门刚在伯爵身后关上，阿尔贝就朝母亲的房间走去，由于房门口没有仆人通报，他径直往梅塞苔丝的卧室走去。但眼前见到的情景和他猜

1　弗歇尔（1807—1852）：法国雕塑家。
2　巴里（1796—1875）：法国雕塑家、水彩画家。

到的原因，使他顿时觉得心头就像是给堵住了。他站在卧室门口。

两人的心灵仿佛是相通的，梅塞苔丝在卧室里所做的事情，正是阿尔贝刚才在他房间里所做的事情。一切都整理停当了：饰带，衣裳，首饰，布料，钱，正要往抽屉里放，抽屉的钥匙仔仔细细地归拢在一起。

阿尔贝看见这些准备工作，已经明白是怎么回事了，他喊了一声"母亲！"就扑过去搂住了梅塞苔丝的脖子。

要是有个画家能画下这两张脸上的表情，那准是一幅杰作。

这种毅然决然的举动，阿尔贝自己做着并没觉得害怕，但看着母亲这样做却心头充满惧怕。

"您在做什么？"他问。

"您在做什么？"她反问。

"啊，母亲！"阿尔贝喊道，激动得几乎说不出话来，"您跟我是不一样的！不，您千万不能像我一样也下那样的决心，因为我这就是来和您告别的，我要告别您的家，和……和您。"

"我也一样，阿尔贝，"梅塞苔丝回答说，"我也一样，我也要走。说实话，我还指望儿子能陪我一起走呢；莫非我想错了？"

"母亲，"阿尔贝语气坚决地说，"我不能让您去分担我准备承受的命运：从今以后，我得过一种既没有地位，也没有财产的生活；在刚开始过这种艰苦生活，在我还没能赚到钱的时候，我得先靠向一位朋友借贷来维持生计。我的好母亲，我这就要到弗朗兹那儿去请他借给我一小笔钱，来打点必要的开支。"

"我可怜的孩子！"梅塞苔丝喊道，"你，你要去受苦受穷，要去忍饥挨饿！哦！快别说了，你说得我方寸都乱了。"

"我的决心已经下定了，母亲，"阿尔贝回答说，"我年轻、健壮，我还相信我是勇敢的；从昨天起，我明白了一个人的意志能有多大的力量。噢！母亲，有些人曾经受过那么多苦，但他们非但没有死去，而且在上天曾给过他们幸福许诺的废墟上，凭着天主曾给过他们的那点希望，重新获得了财产和幸福！我明白了，母亲，我见到过这样的人了；我知道他们是怎样凭着魄力和勇气，从仇敌把他们扔进去的深渊里爬上来，战胜他们的对手，反过来把那些当年的胜利者抛下去。是的，母亲，我从今天开始，就要跟过去一刀两断，我什么都不要，甚至连我的姓氏也不要，因为，您是能明白的，是吗，母亲？您的儿子不能再用一个要在别人面前感到脸红的人的姓氏！"

"阿尔贝，我的孩子，"梅塞苔丝说，"倘若我的心更坚强些，我本来也会对你这么说的；我的微弱的声音没能说出的话，你的良知代我说了；就照你的良知去做吧，我的孩子。你有过朋友，阿尔贝，现在暂时中断和他们的联系吧，但请以你母亲的名义起誓，千万别绝望！在你这样的年龄，生活还是美好的，亲爱的阿尔贝，因为你才二十二岁；既然一颗像你这样纯洁的心灵需要一个毫无瑕疵的姓氏，那就用我父亲的吧：他叫埃雷拉。我了解你，我的阿尔贝；不管你从事什么生涯，你用不了多久就会为这个名字争光的。到那时，我的朋友，到你重新在社交界露面时，过去的不幸只会使你显得更加辉煌。万一，尽管我这么期望，结果却未必是这样，那至少让我保留这点希望吧，我就只剩这点盼头了，我前面已经没有多少路，当我跨出这宅子时，坟墓就在等待着我了。"

"我会按您的心意去做的，母亲，"年轻人说，"是的，我也有和您一样的期望：您是如此纯洁，我是如此无辜，上天的震怒不会始终跟随我们的。既然我们决心已定，那就马上行动吧。德·莫尔塞夫先生出去已经差不多半个小时了；您看，这是个好机会，我们可以免得多费口舌，一走了事。"

"我准备好了，儿子。"梅塞苔丝说。

阿尔贝马上跑到大街上，叫了一辆出租马车，它将载着他俩离开这个宅邸。他记得圣父街上有座小屋是连家具出租的，母亲在那儿可以有个简朴但体面的住处。他准备先把伯爵夫人送到那儿去。

出租马车停到门口，阿尔贝跳下马车的当口，有个男子走到他跟前，交给他一封信。

阿尔贝认得这位管家。

"伯爵的信。"贝尔图乔说。

阿尔贝接过信，拆开看了起来。

看完以后，他用眼睛四处寻找贝尔图乔，但贝尔图乔在年轻人看信的当口，早就走得不见踪影了。

阿尔贝眼里流着泪，胸脯激动地起伏着，回到梅塞苔丝的房里，一言不发地把这封信递给她。

梅塞苔丝念道：

阿尔贝：

在向您表明我已经得知您正待实行的计划的同时，我想向您表明，对您的良苦用心，我是完全理解的。您现在已经一无牵挂，您要离开伯爵的家，而且您要带着亦然了却牵挂的母亲离开你们的家；可是，请仔细想想，阿尔贝，您欠她的情，您凭着自己那颗可怜的高贵的心，是无法还清的。您自己只管去拼搏，去受苦吧，但请别让她经受您在奋斗的最初阶段无法避免的贫困的折磨；因为，就连今天蒙在她身上的灾难的阴影，也并非她应该承受的，而天主是不会愿意看到一个无辜的人去为一个罪人赎罪的。

我知道你俩要离开埃尔代街的宅邸，而且什么东西都不带走。我是怎么知道的，您不用去打听。我知道了：这就行了。

请您听我说，阿尔贝。

二十四年前，我满怀喜悦和骄傲回到了家乡。我有一个未婚妻，阿尔贝，那是一位我心爱的圣洁的姑娘，我为我的未婚妻带去了一百五十枚金路易，那是我没日没夜地工作辛辛苦苦攒下的。这笔钱是给她的，是特地留给她的；我知道大海是变化莫测的，所以就把我们的这笔财产埋在了我父亲在马赛梅朗巷住所的小花园里。

这座可怜而珍贵的小屋，阿尔贝，您母亲是很熟悉的。

我最近回巴黎途经马赛时，去看了这座勾起我许多痛苦回忆的小屋。那天晚上，我拿着铁锹在当初埋钱的地方挖下去。铁箱还在老地方，谁也没碰过它；它还在那棵无花果树的树荫下躺着，那棵无花果树，还是我父亲在我出生那天种下的。

好吧，阿尔贝，这笔当初准备给我心爱的姑娘，帮她过上宁静生活的钱，今天由于一种奇特而可悲的巧合，又可以派同样的用场了。哦！请您一定要理解我，理解我本可以拿出几百万的钱来给这可怜的女人，却为什么只是把我离去后一直被遗忘在可怜小屋里的一块黑面包，给了我这心爱的女人。

您是个豁达大度的人，阿尔贝，但或许您还是会让骄傲或怨恨蒙住了眼睛。如果您拒绝我，如果您向别人去要求我有权向您提供的那种帮助，那我就要说，有个人的父亲是受您的父亲之害，在饥饿和绝望中悲惨地死去的，而您竟拒绝这个人提供给您母亲的生活费，这就很难说得上是豁达大度了。

　　信念完了，阿尔贝脸色苍白，伫立不动，等待母亲做出决定。

　　梅塞苔丝举眼望着上天，目光中有一种难以形容的表情。

　　"我接受，"她说，"他有权给我一份带到修道院去的财产！"

　　说完，她把信藏在胸口，挽起儿子的手臂，以一种或许连她自己也意想不到的坚定的步子，下楼而去。

第92章

自杀

且说基督山和埃马纽埃尔、马克西米利安一起回进了城里。

归途是愉快的。埃马纽埃尔不想掩饰他看到化干戈为玉帛的兴奋情绪，高声宣称他赞成仁慈博爱的主张。莫雷尔坐在车厢的一侧，听任妹夫滔滔不绝地表达他的兴奋劲儿，而把自己那份同样真诚的兴奋的情绪留在心间，只让它在发亮的目光中流露出来。

马车驶到特罗纳城门时，遇到了贝尔图乔：他伫立不动，像个站岗的哨兵似的等候在那儿。

基督山从车窗探出头去，跟他低声交谈了几句，随后这位管家就消失不见了。

"伯爵先生，"车子驶近王宫广场时，埃马纽埃尔说，"请让我在家门口下车吧，我想尽早地让我妻子不要再为你我担心。"

"要是现在庆贺胜利不会显得可笑的话，"莫雷尔说，"我很想邀请伯爵先生上我们家去。不过伯爵先生想必也有不安的心灵需要他去抚慰。所以，我们既然到了家，埃马纽埃尔，那就让我们向我们的朋友告别，让他继续赶路吧。"

"等一下，"基督山说，"请不要这样一下子就让我少去两个同伴。埃马纽埃尔，请快回到您可爱的妻子身边，代我向她表示我由衷的敬意吧，莫雷尔，请您继续陪我到香榭丽舍大街。"

"好呀，"马克西米利安说，"我正好在那儿附近有件事要办呢，伯爵。"

"我们要等您吃饭吗？"埃马纽埃尔问。

"不用了。"年轻人说。

车门又关上了，马车继续赶路。

"您瞧，我给您带来了多好的运气，"车厢里只剩莫雷尔和伯爵时，莫雷尔说，"您没这么想过？"

"想过，"基督山说，"正因为这样，我才想让您留在我身边。"

"这真是奇迹！"莫雷尔继续说，他这是把自己心里的想法大声说了出来。

"什么事？"基督山说。

"刚才发生的事。"

"是啊，"伯爵微笑着回答说，"您说对了，莫雷尔，这是个奇迹！"

"因为说到底，"莫雷尔接着说，"阿尔贝是个勇敢的人。"

"非常勇敢，"基督山说，"我看见过他在匕首悬在头顶上的时候，照样睡觉。"

"而我知道他决斗过两次，都表现得很出色，"莫雷尔说，"真不知道这跟他今天早晨的表现怎么对得上号。"

"这得归功于您呀。"基督山笑吟吟地说。

"幸亏阿尔贝不是军人。"莫雷尔说。

"怎么啦？"

"在决斗场上道歉，那怎么行！"年轻的上尉摇着头说。

"好啦，"伯爵语气温和地说，"您这不是滑到一般人的偏见上去了吗，莫雷尔？既然阿尔贝很勇敢，他就不会是懦夫；他今天早上那么做，一定有某种使他非那么做不可的理由，所以他那么做，恰恰是表现了一种英雄气概。我这么说，您不同意？"

"哪里，哪里，"莫雷尔回答说，"不过我还是要像西班牙人那样说一句：'他今天不如昨天勇敢。'"

"您和我一起吃午饭怎么样，莫雷尔？"伯爵换了个话题说。

"不行，我十点钟就得跟您分手。"

"已经有人约您吃饭了？"

莫雷尔笑着摇摇头。

"您总得有个地方吃饭吧。"

"可要是我不饿呢？"年轻人说。

"噢！"伯爵说，"我知道只有两种情感会使人这么没胃口：一种是悲伤，我看得出您现在非常快活，所以不是这种情况；另一种是爱情。所以，根据您向我吐露过的心迹，我想我可以认为……"

"喔，伯爵，"莫雷尔快活地接口说，"我不想否认。"

"您不想把这事对我说说吗，马克西米利安？"伯爵语气急切地说，从中可以看出他很想知道这个秘密。

"今天早晨我向您表明过我的心迹，是吗，伯爵？"

基督山朝年轻人伸出一只手去，作为回答。

"嗯，"莫雷尔继续说，"当我的这颗心不再跟您一起留在万森林苑以后，我就得到别处去找它了。"

"去吧，"伯爵缓缓地说，"去吧，亲爱的朋友，但请答应我，如果您觉得遇到了什么麻烦，那就别忘记我在这个社会上还有些影响，我很乐于利用这种影响来为我所爱的人做点事情。而您，莫雷尔，我爱您。"

"好的，"年轻人说，"我会记得的，就像自私的孩子在需要父母的时候总会记得他们一样。一旦我需要您——说不定会有这种时候的，我一定对您说，伯爵。"

"好，我记住您说的话。那么再见了。"

"再见。"

这时，马车到了香榭丽舍大街的宅邸门口，基督山打开车门。莫雷尔跳下车去。

贝尔图乔等候在台阶上。

莫雷尔沿着马里尼大街走远了；基督山快步走到贝尔图乔跟前。

"怎么样？"他问。

"嗯！"管家回答说，"她要离家出走了。"

"她儿子呢？"

"他的贴身男仆弗洛朗丹说他也要走。"

"跟我来。"

基督山带着贝尔图乔走进书房，写了我们上面看到过的那封信，交给这个管家。

"去吧，"他说，"赶紧送去。噢，让人告诉一下海黛，说我回来了。"

"我在这儿，"年轻姑娘说，她听到马车的声音，已经下楼来了，看到伯爵安然无恙地回来，她的脸兴奋得容光焕发。

贝尔图乔退了出去。

海黛在焦急不安地等了这么久才盼到伯爵的归来，此刻充溢在她心头的，是一个女儿见到亲爱的父亲时的喜悦，以及一个情妇见到心爱的情人时的激情。

基督山尽管感情没有这么外露，但心头却也充满了欢乐。欢乐对于受苦已久的心灵来说，好比雨露之于久旱的土地：心灵和土地尽情地吮吸着落在它们身上的甘美的雨露，而外表上却是什么也看不出来的。几天前，基督山知道了一件长久以来他始终不敢相信的事情，就是这世上有两个梅塞苔丝，就是他还可以得到幸福。

他那洋溢着幸福激情的目光，充满渴望地凝视着海黛湿润的眼睛。正在这时，冷不丁地房门打了开来。基督山皱了皱眉头。

"德·莫尔塞夫先生来访！"巴蒂斯坦说道，仿佛说了这句话也就算道过歉了。

果然，基督山的眉间舒展了开来。

"哪一个，"他问，"子爵还是伯爵？"

"伯爵。"

"天哪！"海黛喊道，"难道事情还没完吗？"

"我不知道是不是完了，我心爱的孩子，"基督山握住年轻姑娘的手说，"但我知道，你什么也不用害怕了。"

"哦！可他就是那个坏蛋……"

"这个人是不敢把我怎么样的，海黛，"基督山说，"只有刚才跟他儿子打交道的时候，那才是可怕的。"

"所以，我有多么担惊受怕，"年轻姑娘说，"你是没法知道的，大人。"

基督山笑了。

"我凭我父亲的坟墓向你保证！"基督山把一只手放在姑娘的头上说，"如果说有不幸要降临的话，那绝不会是降临在我的身上。"

"我相信你，大人，就像这是天主对我说的一样。"年轻姑娘一边说，一边把前额凑给伯爵。

基督山在这纯洁而美丽的额头上吻了一下，这个吻同时使两颗心怦然为之跳动，一颗是猛烈的，另一颗是悄然的。

"哦！我的天主！"基督山喃喃地说，"这么说，您又允许我，让我可以再爱了！……请德·莫尔塞夫伯爵先生进客厅吧。"他一边陪美丽的希腊姑娘走向一道暗梯，一边对巴蒂斯坦说。

这次来访，对基督山而言也许是意料之中的事，但对我们的读者来说，就未必如此了。所以我们还得先做一些解释。

上面已经说过，梅塞苔丝在卧室里，如同阿尔贝在他房里一样的理好了东西，首饰都分门别类放好，橱门全都锁好，钥匙都归在一起，一应物件都放得整整齐齐。她在这么整理的时候，并没有看见凑在房门玻璃上的那张苍白、阴沉的脸，房门玻璃是供走廊采光用的，从那儿不仅可以看见，而且可以听见屋里的动静。所以，凑在房门玻璃上往里看的那个人，梅塞苔丝没看见他也没听到他的声响，而他却十有八九既看见了德·莫尔塞夫夫人卧室里的情形，也听到了刚才里面的说话声。

那个脸色苍白的人离开那扇房门，走进德·莫尔塞夫伯爵的卧室；进了屋子，他就用一只痉挛的手撩开朝向院子的窗子的窗幔。他就这样在窗前站了十分钟，一动也不动，一声也不响，听着自己怦怦的心跳。这十分钟，对他来说显得很漫长。

就在这时，阿尔贝从决斗场回来，瞥见了躲在窗幔后面等他回来的父亲，而且把头转了过去。

伯爵的眼睛睁大了：他知道阿尔贝昨天曾狠狠地侮辱过基督山，这样的侮辱，无论在世界上哪个国家，都只能导致一场殊死的决斗。所以，既然阿尔贝安然无恙地回来了，那就是说父亲的仇他已经报了。

这张颓丧的脸上闪过一道难以描述的欣喜的亮光，它就像太阳钻进云层前的最后一道光线——而那云层，与其说像太阳小憩的床，不如说更像太阳的坟墓。

但是，我们前面说过，他白等了，年轻人并没有上楼来告诉他喜讯。在替父亲洗雪名誉的决斗之前，儿子不愿见到自己的父亲，这是可以理解的；可是，父亲的名誉已经得到洗雪了，儿子为什么还不来扑进他的怀抱呢？

就是在这时，伯爵因为没法见到阿尔贝，就差人去唤他的仆人来。我们知道，阿尔贝吩咐过这个仆人对伯爵什么也不要隐瞒。

十分钟后，只见德·莫尔塞夫将军下楼出现在台阶上，身穿黑色礼服、黑长裤，戴军服硬领、黑手套。看上去他事先已经吩咐过；所以他刚走到最后一级台阶，套好辕马的马车就从车库里驶了过来，停在他的面前。

他的贴身男仆上前把一件军用厚呢上衣扔进车厢，这件呢上衣里包着两把长剑，看上去硬邦邦的。随后，男仆关好车门，坐在车夫身边。

车夫在敞篷马车的前座上转过身来，等候吩咐。

"香榭丽舍大街，"将军说，"基督山伯爵府邸。快！"

辕马在频频的鞭打中往前疾奔；五分钟后，它们停在了伯爵府邸的门前。

德·莫尔塞夫先生自己打开车门，没等车子停稳，就像个年轻人那样跳到旁边的侧道上，拉了门铃，随即带着男仆消失在打开的大门里。

一秒钟后，巴蒂斯坦向基督山先生通报德·莫尔塞夫伯爵来访，基督山在送走海黛的同时，吩咐让德·莫尔塞夫伯爵先到客厅。

将军在客厅里来回踱着大步，走到第三个来回转过身来的时候，瞧见基督山已站在门口。

"嗯！是德·莫尔塞夫先生，"基督山语气平静地说，"我还以为听错了呢。"

"没错，是我。"伯爵的嘴唇可怕地痉挛着，没法清楚地吐出声音来。

"那我倒要请教一下，"基督山说，"是什么原因让我有幸在一大早就见到德·莫尔塞夫先生。"

"今天早晨您跟我儿子有一场决斗，先生？"将军说。

"您知道啦？"伯爵回答说。

"我还知道我儿子有充分的理由要跟您决斗，要豁出性命来杀死您。"

"可不是，先生，他有非常充分的理由！可是您看见了，尽管他有这些理由，他却没有杀死我，甚至都没有跟我决斗。"

"但是他认为您就是他父亲蒙受奇耻大辱的原因，就是我的家庭此刻遭受灭顶之灾的祸根。"

"一点不错，先生，"基督山带着那种可怕的安详神情说，"但那是，比如说吧，次要的原因，而不是主要的原因。"

"想必是您向他道了歉，或者对他做了某种解释？"

"我没有对他做任何解释，倒是他向我道了歉。"

"那您以为他为什么这么做呢？"

"可能因为他认定了，在这件事中有一个人罪孽比我更深重。"

"这人是谁？"

"他的父亲。"

"即便是这样，"伯爵脸色变得煞白地说，"您也该知道，有罪孽的人是不愿意让别人来数落他的罪孽的。"

"我知道……所以我料到了会有现在的情况。"

"您料到了我的儿子是个胆小鬼！"伯爵喊道。

"阿尔贝·德·莫尔塞夫先生不是胆小鬼。"基督山说。

"一个人手里拿着剑，在剑锋所及之处站着不共戴天的仇人，他却不去决斗，那他就是个胆小鬼！即便他在这儿，我也会当他的面这么说！"

"先生，"基督山冷冷地回答说，"我没想到您来找我，就是为了告诉我这些家庭琐事。这些话请回去跟阿尔贝先生说吧，也许他会知道怎么回答您的。"

"噢！不，"将军嘴角浮起一个转瞬即逝的微笑，"不，您说得有理，我不是为这来的！我是来告诉您，我也认为您是我的仇敌！我是来告诉您，我本能地憎恨您！我觉得我早就认识您，早就在恨您！说到底，既然这个年头的年轻人不喜欢决斗，那就让我们来决斗……您意下如何，先生？"

"好得很。刚才我说我料到会出现什么情况，正是指大驾光临而言的。"

"太好了……那么，您都准备好了？"

"我随时恭候，先生。"

"您知道这场决斗，咱俩不死一个就不算完吗？"将军咬牙切齿暴怒地说。

"不死一个不算完。"基督山伯爵缓缓地点了点头说。

"那就走吧，我们用不着什么证人。"

"没错，"基督山说，"用不着，咱俩是老相识了！"

"您说反了，"伯爵说，"我们根本不认识。"

"哦！"基督山仍然带着那种让对方奈何他不得的冷冷的神情说，"那咱们来看看吧。您不就是在滑铁卢战役前夜开小差的大兵费尔南吗？您不就是在西班牙给法国军队当向导和细作的那个费尔南中尉吗？您不就是叛变、出卖、杀害恩主阿里的那个费尔南上校吗？而这些个费尔南合在一起，不就是那个陆军少将、贵族院议员德·莫尔塞夫伯爵吗？"

"喔！"将军喊道，这些话就像烧红的烙铁烫在了他的身上，"喔！你这混蛋，到了你说不定就要杀死我的当口，你还要来数落我的耻辱，不，我没说你不认识我；我知道得很清楚，恶棍，你看到了那片黑暗中的往事，你凭着，我不知道你凭着哪儿来的火光，一页页地翻遍了我的经历！可是在我身上，在我的耻辱里面，也许还有比你漂亮的外衣下面更光荣的东西呢。不，不，你是认识我的，这我知道，可是我还不认识你这个披金戴银、珠光宝气的冒险家！在巴黎你自称是基督山伯爵；在意大利，你叫水手辛巴德；在马耳他，你又叫什么来着？我忘了。可是我要问你的是你的真名，我要知道的是这一百个名字当中你本来的名字，当我在决斗场上把剑插进你心口的那会儿，我将要唤的就是这个名字。"

基督山脸色变得异样的惨白；那双浅黄褐色的眼睛里迸射出灼人的火光。他疾步走进跟卧室相连的小间，才一秒钟工夫就换下了领带、礼服和背心，穿上一件窄小的水手上衣，戴上一顶水手帽，露出几绺长长的黑发。

他回到客厅，把双手叉在胸前，咄咄逼人、毫不容情地向着将军走去。后者起初不明白基督山为什么突然离开，所以一直在等着，此刻见到迎面走来的基督山，他只觉得牙齿咯咯打战，两腿发软，不由得往后退去，直退到碰着一张桌子，痉挛的手抓住一个支撑的地方才停住。

"费尔南！"基督山对他大声说，"在我的一百个名字中间，我只要说出一个来就能吓死你；而这个名字，你也猜到了，不是吗？要不就是你也记起来了？饱经忧患、受尽折磨的我，今天让你看到的是一张由于复仇的喜悦而变得年轻的脸，这张脸，你应该是经常在梦中见到的，自从你娶了……娶了梅塞苔丝，我的未婚妻！"

将军的头直向后仰，两手却往前伸着，目光凝滞、默不作声地盯着眼前可怕的景象。随后，他退后去靠在墙上，贴着墙壁慢慢地摸到门口，一边往后退出房门，一边发出一声悲凉、哀伤、凄厉的叫喊：

"埃德蒙·唐戴斯！"

然后，他连连发出已不成人声的哀号，拖着身子走到前厅，像醉汉似的穿过庭院，在栽进他的贴身男仆的臂弯的同时，只是含糊不清地低声吐出了这么几个字：

"回府！回府！"

一路上，凉爽的空气，仆人的注意所引起的羞愧，使他恢复了能集中思想的状态；但路程很短，马车愈是驶近府邸，伯爵就愈是感到所有的痛苦又重新回来了。

到了离府邸还有几步路的地方，伯爵吩咐停住，下了车。府邸的大门敞开着；一辆出租马车破天荒地被唤进了这么幢华丽的宅邸，停在院子的中央。伯爵惊恐地望着这辆马车，但不敢向任何人发问，径自向自己的房间跑去。

有两个人在下楼，他连忙闪进一个小房间，刚来得及躲过。

那是梅塞苔丝扶着儿子的胳膊，正在离开宅邸。

母子俩从那可怜虫身边走过，离躲在锦缎门帘后面的他还不到两分[1]，梅塞苔丝的裙袍几乎是从他身上擦过的，他依稀感觉到儿子说下面的话时，那暖乎乎的气息拂到了他的脸上：

"勇敢些，母亲！我们走吧，这已经不是我们的家了。"

话声消失了，脚步声远去了。

将军直起身子，用挛缩的双手攀住锦缎门帘，死命抑制住那可怕的呜咽，它发自一个被妻子和儿子同时抛弃的丈夫和父亲的胸膛……

不一会儿，他听见出租马车的车门砰地关上，随后是车夫的吆喝声和震得窗玻璃咯咯作响的沉重的车轮滚动声。他奔进卧室，想再看一眼他在这世上所曾爱过的那两个人。可是马车向外驶去，梅塞苔丝和阿尔贝都没有在车窗前露一下脸，都没有向这幢孤零零的宅邸，向这个被抛弃的丈夫和父亲望上最后一眼，那表示告别和留恋——也就是宽恕——的最后一眼。

于是，就在出租马车辚辚驶出大门拱顶的同时，响起一声枪响，从那间卧室的一扇被爆炸声浪震碎的玻璃窗里，冒出了一缕黑烟。

---

1 指法分. 法国古长度单位。一法分约合 2.25 毫米。

第93章

瓦朗蒂娜

读者想必猜得到，莫雷尔是去哪儿有事，是到谁家赴约。

这不，莫雷尔跟基督山分手以后，就慢慢地朝维尔福的府邸走去。

我们说"慢慢地"，这是因为莫雷尔有半个多小时可以用来走五百步路；不过，尽管时间绰绰有余，但他急于要独自静静地思考一下，所以还是早早地就跟基督山分了手。

他完全知道这会儿是什么时候；这时候，瓦朗蒂娜正在侍奉诺瓦蒂埃吃午饭，这种尽孝心的事情当然是不容打扰的。诺瓦蒂埃和瓦朗蒂娜跟他约定，每星期让他去两次，今天他就是来享受这份权利的。

他到达时，瓦朗蒂娜正等着他。她焦急不安地，几乎是神情慌乱地抓住他的手，把他领到祖父跟前。

这种正如我们刚才所说的，几乎到了神情慌乱地步的焦急不安的情绪，是由于莫尔塞夫的举动在社交圈里激起的波澜所造成的；歌剧院的事件，已经闹得人人皆知（社交圈总是无所不知的）。在维尔福府上，谁也不怀疑这桩公案必定是靠决斗来了结的；瓦朗蒂娜凭着女性的本能，猜到了莫雷尔准是基督山的证人，这位年轻人素以勇敢著称，而且她又知道他对伯爵的友情有多深厚，所以她担心他会不安于仅仅当个证人在那儿袖手旁观。

因此我们能够理解，她是如何迫不及待地询问每一个细节，而当莫雷尔做出回答时，她又是如何贪婪地倾听；等到她得知这个可怕的事件以一种意想不到的、令人欣慰的方式得到解决时，莫雷尔从心上人的眼睛里看到的是一种无法形容的欣喜表情。

"现在，"瓦朗蒂娜边说边对莫雷尔做了个手势，让他坐在老人旁边，她自己则坐在老人搁脚的那张小矮凳上，"现在来谈点咱们的事吧。马克西米利安，爷爷有一阵子曾经打算离开这座屋子，搬出德·维尔福先生的宅邸去另外租一套房间，这您知道吗？"

"当然知道，"马克西米利安说，"我还记得这个计划，而且当时就举双手赞成。"

"那好，"瓦朗蒂娜说，"再把您的手举起来吧，马克西米利安，因为爷爷又想到这个计划了。"

"太好了！"马克西米利安说。

"您知道是什么原因，"瓦朗蒂娜说，"让爷爷决定要离开这座屋子的吗？"

诺瓦蒂埃对孙女望着，想用目光让她别说；但是瓦朗蒂娜没有看诺瓦蒂埃。她的眼睛，她的目光，她的微笑，都是朝着莫雷尔的。

"哦！无论诺瓦蒂埃先生出于什么原因，"莫雷尔喊道，"我敢说那一定是个很有道理的原因。"

"太有道理了，"瓦朗蒂娜说，"他说什么圣奥诺雷区的空气对我不合适。"

"说真的，"莫雷尔说，"瓦朗蒂娜，您听我说，诺瓦蒂埃先生可能说得很有道理；近半个月来，我觉得您的健康情况愈来愈糟糕了。"

"对，是有点儿，没错，"瓦朗蒂娜说，"所以爷爷自己给我当了医生，爷爷什么都懂，我对他绝对信任。"

"这么说您真的病了，瓦朗蒂娜？"莫雷尔急切地问。

"哦！我的天主！这不算病：我只是觉得浑身有点不舒服。我没有胃口，觉得胃里老是在折腾，像是有样什么东西适应不了似的。"

诺瓦蒂埃一字不漏地听着瓦朗蒂娜的每一句话。

"这种没查明的毛病，您用什么药治呢？"

"哦！很简单，"瓦朗蒂娜说，"我每天早晨服一匙他们给祖父拿来的那种药水。我说一匙，是说刚开始时服一匙，现在我已经服到四匙了。祖父说这是一种万灵药。"

瓦朗蒂娜笑了笑；但她的笑容中有一种忧郁、痛苦的表情。

陶醉在爱情中的马克西米利安，静静地凝视着她。她很美，但是她苍白的脸色变得更没有血色了，炯炯发亮的眼睛，也比往日显得更炽烈，平日里有如珍珠般白皙的双手，如今仿佛是蜡浇成的，蜡黄的色调一天比一天明显。

年轻人把目光从瓦朗蒂娜移到诺瓦蒂埃身上。诺瓦蒂埃正以一种奇特而深邃的目光看着沉浸在爱情中的年轻姑娘。他和莫雷尔一样关心这些原因不明的病征，这些病征不易觉察，以至于除了祖父和情人，谁都没有注意到。

"不过，"莫雷尔说，"这种您已经吃到四匙的药水，我想是开给诺瓦蒂埃先生的处方吧？"

"我知道这药很苦，"瓦朗蒂娜说，"苦得我再喝随便什么东西，都好像是同一个味道。"

诺瓦蒂埃以探询的神态望着孙女。

"对，爷爷，"瓦朗蒂娜说，"是这样的。刚才下楼到这儿来以前，我喝了一杯糖水。嗯，我剩了半杯没喝完，那水喝上去好苦哇。"

诺瓦蒂埃脸色发白，示意他想说话。

瓦朗蒂娜立起身来，想去拿词典。

诺瓦蒂埃带着显而易见的焦虑神色注视着她。

果然，年轻姑娘浑身的血直往脸上涌，两颊变得绯红。

"喔！"她喊道，仍是那副快活的样子，"好怪啊：我觉得一阵眼花！敢情是太阳光刺着眼睛了？……"

说话间，她伸手扶在窗子的长插销把手上。

"可现在没太阳呀。"莫雷尔说，诺瓦蒂埃脸上的表情要比瓦朗蒂娜的身体不适更使他感到不安。

他朝瓦朗蒂娜奔去。

年轻姑娘笑了笑。

"你放心吧，爷爷，"她对诺瓦蒂埃说，"您也放心吧，马克西米利安，没事儿，已经好了。可是你们听！我在院子里听到了什么，那不是一辆马车的声音吗？"

她打开诺瓦蒂埃的房门，跑到过道上的一扇窗子跟前，又赶紧跑了回来。

"对，"她说，"是唐格拉尔夫人和她女儿来看我们。再见，我得赶紧走了，要不她们会让人到这儿来找我的。或者还是说待会儿见吧，马克西米利安先生，请您就待在爷爷身边，我答应您不留她们。"

莫雷尔目送她离去，看着她关上房门，听着她走下小楼梯，那道楼梯可以同时通往德·维尔福夫人和她的房间。

等她走后，诺瓦蒂埃示意莫雷尔去把词典拿来。莫雷尔马上照办；瓦朗蒂娜教过他，所以他很快就学会了怎样弄懂老人的意思。

然而，尽管他已经很熟练，但由于每找一个词，都得先从头开始背字母表，背到这个词的第一个字母时停下，然后再到词典里把这个词找出来，所以直到十分钟以后，老人的意思才被表达成这样的一个句子：

"去把瓦朗蒂娜房间里的那杯水和那只玻璃瓶都拿来。"

莫雷尔立即拉铃唤那个接替巴鲁瓦的仆人进来，以诺瓦蒂埃的名义吩咐了他。

仆人不一会儿就回来了。

玻璃瓶和杯子都是空的。

诺瓦蒂埃示意他想说话。

"为什么杯子和玻璃瓶都是空的？"他问，"瓦朗蒂娜说她只喝了半杯。"

弄明白这个问题又花了五分钟。

"我不知道，"仆人说，"不过瓦朗蒂娜小姐的贴身女仆在房里，说不定是她倒空的。"

"去问问她。"莫雷尔说，这回他是从诺瓦蒂埃的目光中理解他的意思的。

仆人很快就回来了。

"瓦朗蒂娜小姐到德·维尔福夫人屋里去的时候，经过她自己的房间，"他说，"她因为口渴，就进屋把杯里剩下的半杯水喝了；那只玻璃瓶里的水，被爱德华少爷倒掉给鸭子做水塘了。"

诺瓦蒂埃抬眼望着上天，神情就像孤注一掷的赌徒。

然后，老人的目光就落在房门口，始终不离这个方向了。

瓦朗蒂娜见到的果然是唐格拉尔夫人和她女儿。她俩已被请到德·维尔福夫人的客厅里，因为维尔福夫人说了要在她的套间里见她们。瓦朗蒂娜之所以要经过自己的房间，就是这个缘故：她的房间跟继母的房间在同一层楼上，两套房间中间只隔着爱德华的卧室。

两位女士走进客厅时，带着一种近乎正式访问的生硬态度，这种态度意味着来客是为通报消息而来的。

同在社交场上走动的人，彼此间举止谈吐该用什么分寸，一眼就能看清。德·维尔福夫人就是用一本正经来回敬一本正经的。

这时，瓦朗蒂娜进来了，彼此又行了一通屈膝礼。

"亲爱的朋友，"男爵夫人说，这会儿两个姑娘正彼此拉住对方的手，"我跟欧仁妮来，是为了最先向你们宣布一个消息：我女儿和卡瓦尔坎蒂亲王将于近期内举行婚礼。"

唐格拉尔执意要用亲王的头衔。那位平民出身的银行家觉得这个头衔比子爵和伯爵更气派。

"那就请允许我向您表示诚挚的祝贺吧，"德·维尔福夫人回答说，"卡瓦尔坎蒂亲王殿下看上去是位有许多不同寻常的优点的年轻人。"

"请听我说，"男爵夫人笑容可掬地说，"说句朋友间的体己话，我觉得亲王的前程要比我们现在就这么看到的更不可限量呢。在他身上，有那么点儿挺特别的东西，让咱们这些法国人看了，一眼就认得出这是一位意大利或者德国的绅士。可是他心地特别高尚，感情非常细腻，至于说到门当户对嘛，唐格拉尔先生说他的财产极为可观；这是他的原话。"

"还有，"欧仁妮一边翻着德·维尔福夫人的画册，一边说，"您得再加上一句，夫人，说您对这位年轻人有一种特殊的仰慕之情。"

"那么，"德·维尔福夫人说，"我就不用问您是否也有同样的仰慕之情喽？"

"我嘛！"欧仁妮以素常的果断恣肆的口气回答说，"压根儿没这回事，夫人。我的志向，可不是把自己拴在家庭琐事或者一个男人的喜怒好恶上面，不管他是什么人。我的志向是当艺术家，那样才能有心灵、人格和思想的自由。"

欧仁妮的这番话说得既响亮又果决，瓦朗蒂娜听着，不由得脸上升起了红晕。这位胆怯的姑娘无法理解那种似乎没有半点女性羞涩的强硬个性。

"何况，"欧仁妮继续说，"既然我由不得自己愿意不愿意，好歹总得结婚，那我真要感谢天主才是，因为天主至少做到了让阿尔贝·德·莫尔塞夫先生没把我放在眼里。要不是天意，我今天就成为一个名誉扫地的男人的妻子喽。"

"可不是嘛，"男爵夫人带着一种很奇特的天真神情说，这种神情尽管在平民百姓中屡见不鲜，却也没能让那些贵夫人因此就摒弃不用，所以有时候在显贵的夫人身上也能见到，"可不是嘛；要不是莫尔塞夫那么犹犹豫豫地拿不定主意，我女儿早就成了阿尔贝先生的夫人了：将军巴不得结成这门亲事，他甚至还上门来当面向唐格拉尔先生给儿子提亲呢。幸亏没答应他。"

"可是，"瓦朗蒂娜怯生生地说，"难道父亲的耻辱就非得影响到儿子吗？

我觉得阿尔贝先生跟将军的叛逆行为是毫无牵连的。"

"对不起，亲爱的朋友，"另一位年轻姑娘毫不容情地说，"阿尔贝先生也逃脱不了干系，而且是咎由自取：听说他昨儿晚上在歌剧院向基督山先生挑衅以后，今天竟然在决斗场上向他道了歉。"

"这不可能！"德·维尔福夫人说。

"哎！亲爱的朋友，"唐格拉尔夫人带着我们刚才指出过的那种天真神情说，"这事千真万确：我是听德布雷先生说的，道歉时他也在场。"

瓦朗蒂娜也知道这件事情，但她没作声。回忆被一句话勾起以后，她的思绪又回到了诺瓦蒂埃的房间，那儿有莫雷尔在等着她。

瓦朗蒂娜心里添了这份挂念，有一会儿没注意周围的谈话，根本没听见别人在说什么。正在这时，唐格拉尔夫人伸手搭在她的手臂上，把她从遐想中惊醒过来。

"什么事，夫人。"瓦朗蒂娜说，唐格拉尔夫人这么轻轻一碰，她可吓了一跳，就像是触了电似的。

"我是说，亲爱的瓦朗蒂娜，"男爵夫人说，"您大概病了吧？"

"我吗？"年轻姑娘伸手按在自己发烧的额头上说。

"对。您在这面镜子里瞧瞧自己；就一分钟时间里，您的脸一会儿红，一会儿白，都有三四次呢。"

"是啊，"欧仁妮大声说，"瞧你的脸色有多白！"

"哦！你别担心，欧仁妮；我像这样有好几天了。"

虽说她向来不善于耍小心眼儿，但她明白这会儿正是提前告退的机会。再说，德·维尔福夫人也帮了她一把。

"先去休息吧，瓦朗蒂娜，"她说，"您是真的病了，她们两位会原谅您的。去喝杯水，会好些的。"

瓦朗蒂娜吻了欧仁妮，对已经立起身准备告辞的唐格拉尔夫人行了个屈膝礼，走了出去。

"这可怜的孩子，"等瓦朗蒂娜走出房门以后，德·维尔福夫人说，"她让我感到非常不安，我真担心她会有什么意外。"

再说瓦朗蒂娜，这时她处于一种亢奋的状态，但自己全然没有意识到这一点，她穿过爱德华的房间，没有去搭理那男孩在搞的不知什么鬼花样，然后她又走过自己的房间，来到那道小楼梯跟前。她一级一级往下走，走到还剩三级楼梯时，已经听得到莫雷尔的说话声了，这时她突然感到眼前一阵发黑，僵直的脚在楼梯上踏了个空，双手也没有力气拉住扶手了，就那么在板壁上磕磕撞撞的，沿最后三级楼梯不是走，而是滚了下去。

莫雷尔纵身打开房门，只见瓦朗蒂娜躺在楼梯平台上。

他一个箭步上前，抱起瓦朗蒂娜，把她放在一把扶手椅里。瓦朗蒂娜睁开了眼睛。

"哦！瞧我多么笨手笨脚，"她精神亢奋、滔滔不绝地说，"敢情我是糊涂了？我忘了还有三级楼梯呢！"

"您有没有碰伤啊，瓦朗蒂娜？"莫雷尔大声说，"哦！天哪！天哪！"

瓦朗蒂娜朝四周瞧瞧。她看见了诺瓦蒂埃眼睛里流露出来的极度惊恐的神色。

"你甭担心，爷爷，"她说着，吃力地笑了笑，"没什么，没什么……就只是头晕。"

"又头晕啦！"莫雷尔合紧双手说，"哦！瓦朗蒂娜，我求您千万得当心。"

"没事，"瓦朗蒂娜说，"没事，您听我说，都过去了，不要紧的。现在，听我告诉您一个消息吧：再过一个星期，欧仁妮就要结婚了，三天以后有一个盛大的宴会，那是订婚筵席。我们都被邀请了，父亲，德•维尔福夫人和我……至少我是这么理解的。"

"什么时候才轮到我们来张罗这些事情呢？哦！瓦朗蒂娜，您对爷爷说话他总是听您的，请您让他回答您说快了吧。"

"那么，"瓦朗蒂娜问，"您是要我催促一下，提醒一下爷爷？"

"就是，"莫雷尔大声说，"天哪！天哪！您快说呀。只要您还没属于我，瓦朗蒂娜，我就总觉着您会离开我似的。"

"噢！"瓦朗蒂娜回答时，痉挛地抽动了一下，"噢！马克西米利安，您真的太胆小了。可您还是军人，还是个军官呢，人家都说军人是不知道什么叫害怕的呀。哈！哈！哈！"

她爆发出一阵尖厉而痛苦的笑声；她的胳臂僵硬地翻转过去，头往后仰靠在椅背上，变得一动不动了。

天主没让诺瓦蒂埃从嘴里吐出来的那声可怖的叫喊，从他的目光中迸射了出来。

莫雷尔明白；得赶紧求援。

年轻人死命的拉铃；待在瓦朗蒂娜房里的贴身女仆和接替巴鲁瓦的那个男仆，即刻奔了过来。

瓦朗蒂娜脸色惨白，手脚冰凉，上上下下没有一点生气，以至于这两个仆人不用听主人说什么，就被始终笼罩着这座凶宅的恐怖气氛镇住了。他俩冲进过道大声呼救。

唐格拉尔夫人和欧仁妮这时刚要离去；她们问清楚了这种喧嚷的原因。

"我刚才都对你们说了！"德·维尔福夫人大声说，"这孩子真可怜！"

第94章
吐露真情

正在这时，从德·维尔福先生的书房里，传来了他的喊声：

"出什么事啦？"

莫雷尔用目光征询诺瓦蒂埃的意见，老人刚才已经恢复了镇静，这时他用目光示意莫雷尔躲进小房间，有一次在大致相同的情况下，莫雷尔曾经在里面藏过一次身。

他刚来得及拿起帽子气喘吁吁地跑进那个小房间，过道上就响起了检察官的脚步声。

维尔福急步走进房间，朝瓦朗蒂娜奔去，把她抱在怀里。

"叫医生！叫医生！……叫德·阿弗里尼先生！"维尔福喊道，"不，还是我自己去。"

说着，他冲出房门。

这时，莫雷尔从另一扇门冲了出去。

他刚才突然在心里触动了一桩可怕的回忆：德·圣梅朗夫人猝死的那个夜晚，他听到的维尔福与医生之间的那场谈话，又在记忆中浮现了出来。这些症状，跟巴鲁瓦临死前的症状也是一样的，虽说程度稍轻些，没那么吓人。

在这同时，他觉得耳畔又响起了基督山的声音，就在两小时前，基督山曾对他说：

"您要是有什么需要，莫雷尔，就来找我，我会帮助您的。"

想到这儿，他就冲出门去，从圣奥诺雷区奔到马提翁街，又从那儿一口气奔到香榭丽舍大街。

这当口，德·维尔福先生已经乘着马车赶到了德·阿弗里尼先生家门前。他把门铃拉得那么猛，看门人来开门时不禁露出满脸惊恐的神色。维尔福径自朝楼梯奔去，看门人认识他，所以没去拦他，只是对他大声地说：

"在书房里，检察官先生，在书房里！"

维尔福推开门，冲了进去。

"哦！"医生说，"是您！"

"对，"维尔福随即关上门说，"对，大夫，这回是我来问您：这儿是不是没有旁人。大夫，我的家是个凶宅！"

"怎么！"医生说，他外表很冷静，内心却很震惊，"又有人病倒了？"

"是的，大夫！"维尔福用痉挛的手抓住头发大声说，"是的！"

德·阿弗里尼的目光在说：

"我早就警告过您了。"

随后他的唇间缓慢而清晰地吐出这两句话：

"是您家里的哪个人要死了，是哪个新的牺牲者要到天主面前去指控我们的软弱了？"

维尔福心头涌起一阵悲怆的呜咽。他走近医生，抓住他的胳臂。

"瓦朗蒂娜！"他说，"这回是瓦朗蒂娜！"

"您的女儿！"德·阿弗里尼大声说，一下子痛苦地惊呆了。

"您看到了吧，您弄错了，"法官喃喃地说，"去看看她吧，在她饱受临终痛苦的床前，求她原谅您曾经怀疑过她吧。"

"您每次来告诉我，"德·阿弗里尼说，"总是已经太迟了：可是尽管这样，我还是要去。咱们得快，先生，仇敌在袭击您的家，我们一点时间也不能再浪费了。"

"喔！这一回，大夫，您不会再责备我软弱了。这一回，我一定要把凶手找出来，严加惩处。"

"咱们还是先想法子救活受害者，然后再考虑报仇吧，"德·阿弗里尼说，"走吧。"

把维尔福载到这儿来的那辆轻便马车，又载着由德·阿弗里尼陪伴的他疾驶而去。而与此同时，莫雷尔拉响了基督山府邸的门铃。

伯爵正在书房里，神情专注地看着贝尔图乔刚才匆匆送来的一张条子。

听到离开才不过两小时的莫雷尔来访，伯爵抬起头来。

这两个小时中间，这个年轻人想必也跟伯爵一样，经历了不少事情，因为这个年轻人跟他分手时笑容可掬，这会儿却是满脸惊慌之色。

伯爵立起身来，快步走到莫雷尔跟前。

"出什么事了，马克西米利安？"他问，"您脸色这么白，额头上都是汗。"

莫雷尔跌坐在一把扶手椅里。

"是的，"他说，"我是赶来的，我有事要跟您说。"

"您家里人都好吗？"伯爵用一种充满深情的亲切的语调问道，其感情的真挚是任何人都看得出的。

"谢谢，伯爵，谢谢，"年轻人说，他显然有些尴尬，不知道从何说起，"是的，我们全家都很好。"

"那就好。不过您是有事要对我说吧？"伯爵接着说，他愈来愈感到不安了。

"是的，"莫雷尔说，"我确实有事，我刚从一座死神已经进了门的屋子里出来，跑着来见您。"

"那您是从德·莫尔塞夫先生府上出来？"基督山问。

"不是，"莫雷尔说，"德·莫尔塞夫先生府上有人死了？"

"将军刚才开枪自杀了。"基督山回答说。

"哦！太不幸了！"马克西米利安喊道。

"但对伯爵夫人，对阿尔贝，却并不是不幸，"基督山说，"一个死去的父亲和丈夫，胜过一个名誉扫地的父亲和丈夫；血能洗去耻辱。"

"可怜的伯爵夫人！"马克西米利安说，"我最同情的就是她，这位高贵的女性！"

"也同情同情阿尔贝吧，马克西米利安；因为请您相信，他是伯爵夫人的好儿子。我们还是来说自己的事吧：您刚才说，您是跑着来找我的；您是有事要我为您效劳吗？"

"是的，我需要您；我就像个神志错乱的人，相信在一种只有天主才能给我救助的情况下，您也能给我救助。"

"您先说说看吧。"基督山回答说。

"哦！"莫雷尔说，"我实在不知道是不是可以向世人的耳朵泄露一桩这样的秘密；可是厄运在迫使我，情势在逼着我非说不可，伯爵。"

莫雷尔迟疑地打住话头。

"您相信我是爱您的吗？"基督山说着，满怀深情地把年轻人的一只手握在自己的掌心中间。

"噢！是的，您在鼓励我，而且，这儿有个声音在对我说（莫雷尔把一只手按在自己心口上），我对您不该有任何秘密。"

"您说得对，莫雷尔，这是天主告诉您的心，而您的心再告诉您的。请把您的心对您说的话，再说给我听吧。"

"伯爵，您能允许我以您的名义，差巴蒂斯坦去打听一个人的消息吗？那人您也认识的。"

"我本人都悉听您的吩咐，更何况我的仆人。"

"哦！我要是听不到她已经好些的确切消息，就没法再活下去了。"

"要我拉铃唤巴蒂斯坦进来吗？"

"不，我自己去跟他说。"

莫雷尔走出去叫来巴蒂斯坦，低声对他说了几句话，那位贴身男仆跑着出去了。

"嗯！行了吗？"基督山瞧见莫雷尔走进门来，就问道。

"是的，这样我就稍微安心一点了。"

"您知道我在等着您。"基督山笑吟吟地说。

"对，我，我这就要说了。您请听好，有一个晚上我来到一个后花园，躲在繁密的树丛后面，谁也不会料到我在那儿。有两个人从我的身边走过；请允许我暂时不说出他俩的名字；他们在低声地谈话，而我因为对谈话的内容非常关心，所以一字不漏地听着他们的每一句话。"

"这个开头挺凄凉，瞧您脸色这么红，身上还在打哆嗦，莫雷尔。"

"喔，是的！非常凄凉，我的朋友！那个花园的主人家里刚死了一个人；我听见他们谈话的那两个人，一个是这个花园的主人，另一个是医生。这时候，那个主人在向医生诉说他的惧怕和痛苦；因为一个月来，这座宅子已经死了两个人，而且都是意想不到的猝死，仆人们私下传说，是天主在震怒之下派灭绝天使来了。"

"噢！"基督山凝视着年轻人说，一边用一个令人难以察觉的动作把椅子转过一些，使自己置于阴暗处，而让光线直接照在马克西米利安的脸上。

"是啊，"莫雷尔继续说，"死神在一个月里已经两次降临这座宅子了。"

"那医生怎么回答？"基督山问。

"他回答说……他回答说这并不是自然死亡，致死的原因是……"

"是什么？"

"是毒药！"

"真的吗！"基督山轻轻地咳嗽了一声说，这种咳嗽在他情绪特别激动的时候，可以用来或是掩饰他的脸红，或是掩饰他脸色的变白，或是掩饰他听对方说话时的关注神情，"马克西米利安，您真的听见他这么说了？"

"是的，亲爱的伯爵，我听见他这么说了，而且医生还说，要是再发生同样的事情，他认为就必须诉诸法律了。"

基督山非常平静，或者说显得非常平静地听着。

"哦！"马克西米利安说，"死神又第三次降临了，可是宅子的主人也好，那个医生也好，都一声没吭。现在死神也许就要第四次降临了。伯爵，我既然知道这个秘密，您说我该怎么办？"

"亲爱的朋友，"基督山说，"我觉着您是在说一桩我俩都心照不宣的事情。您在那儿听到谈话的这座宅子，我是知道的，至少是知道一座跟它很像的宅子的。这座宅子里有个花园，有个一家之主的父亲，有个医生，还有过三次奇怪的突然死亡。嗯！您瞧，我没听到过什么悄悄话，可这些事我也知道得跟您一样多。但我可曾有过良心上的不安？没有！这些事跟我不相干。您说似乎有一位灭绝天使在天主的震怒下选定了这座宅子。嗯！谁能说您的假设不是实情呢？可是那些连利害攸关的人都不愿看见的事情，您也就别去看了吧。倘若降临到这座宅子上的，不是天主的震怒，而是他的审判，马克西米利安，那您就转过头去，听凭天主审判吧。"

莫雷尔浑身打战。在伯爵的语气中，有一种悲凉、庄严而又可怕的况味。

"何况，"伯爵继续往下说，但很明显地换了一种语调，简直让人觉得下面的话不像是从同一个人的嘴里说出来的，"何况，谁告诉过您这种事还会再发生呢？"

"它又发生了，伯爵！"莫雷尔大声说，"就为这，我才跑来找您的呀。"

"好吧，您要我怎么做呢，莫雷尔？难道说，您要我去通知检察官先生吗？"

最后这句话，基督山吐字特别清晰，抑扬顿挫特别有力，莫雷尔不禁蓦地立起身来喊道：

"伯爵！伯爵！您知道我说的是谁，对吗？"

"哎！对极了，我的好朋友，为了证实这一点，让我来把事情交代清楚，或者说，让我来一一说出这些人的名字吧。有一天晚上您到了德·维尔福先生的花园里；按照您告诉我的情况，我推测那就是德·圣梅朗夫人去世的当天晚上。您听见德·维尔福先生跟德·阿弗里尼先生正在谈论德·圣梅朗先生的突然死亡和侯爵夫人类似的猝死。德·阿弗里尼先生说，他认为其中一起，甚至这两起都是中毒事件。而您，是个把名誉看得比性命还重的人，从那时起您就总是良心上感到不安，拿不定主意是该把这个秘密说出去呢，还是该守口如瓶。现在已经不是中世纪了，亲爱的朋友，已经没有秘密审判所，也没有良心法庭了；您去管这些人干什么呢？'良心啊，你要我怎么样？'您何必去想斯特恩[1]的这句话呢。哎！亲爱的，倘若他们在睡觉，就让他们去睡，倘若他们睡不着，就让他们脸色发白地去辗转反侧吧；为了天主的爱，您就只管安然入睡吧，您没什么可内疚的，不用影响睡眠。"

一种可怖的痛苦的表情，呈现在莫雷尔的脸上；他一把抓住基督山的手。

"可是它又发生了！我对您说。"

"好呀，"伯爵不明白莫雷尔为什么这么执拗，感到有些惊奇，神情专注地看着他说，"那就让它发生吧：这是一个阿特里代的家族[2]；天主谴责了他们，他们必将受到惩罚。他们就像孩子们用硬纸板折成的僧侣，即使有二百个之多，也终将被它们的造物主一茬接一茬地全部吹倒在地。三个月前是德·圣梅朗先生；两个月前是德·圣梅朗夫人；后来又是巴鲁瓦；今天，不是老迈的诺瓦蒂埃就是年轻的瓦朗蒂娜。"

"您都知道？"莫雷尔惊恐至极地喊道，基督山虽说是个天塌下来也不怕的人，看到他的神情不由得也吓了一跳，"您都知道，却什么也不说！"

"嘿！关我什么事？"基督山耸耸肩膀说，"难道我跟他们有什么交情，难道我该放下这一个去救那一个？喔，不，害人的人和被害的人，没我喜欢的。"

1　斯特恩（1713—1768）：英国小说家。
2　希腊神话中迈锡尼王的家族。在古代，这一家族的历史，就其复杂和腐败而论，都是独一无二的，甚至于家族内部兄弟之间也采用阴险毒辣的手段互相残杀。

"可是我，我！"莫雷尔悲痛地哀叫，"我爱她！"

"您爱谁？"基督山一下子跳起来，抓住莫雷尔绞拧着举向天空的双手，大声问道。

"我狂热地爱她，发疯地爱她，为了让她不要流下一滴眼泪，我愿意洒出我的满腔热血；我爱瓦朗蒂娜·德·维尔福，而现在有人正在谋害她，您明白了吗！我爱她，我向天主，向您求助，想知道我怎样才能救她！"

基督山发出一声吼叫，这种充满野性的吼声，是只有听到过受伤的狮子咆哮的人才能想象的。

"罪孽啊！"他也使劲绞拧着自己的手喊道，"罪孽啊！您居然爱瓦朗蒂娜！居然爱这个该诅咒的家族的女儿！"

莫雷尔从没见过像这样的表情；他从来没有见到过一双眼睛对着他喷射出这样可怕的光芒，他在战场上，在阿尔及利亚浴血的夜晚曾经无数次见到过恐怖的精灵，却从来不曾见过眼前晃动着如此阴森吓人的火光。

他惊恐地往后退去。

而基督山，在这阵感情的宣泄和大声的喊叫过后，他闭上一会儿眼睛，就像是被内心的闪光照花了眼似的：这会儿，他正凭着坚强的毅力在使自己冷静下来进行思考，渐渐地，只见刚才发作时剧烈起伏的胸膛变得平静了，犹如乌云过后，浪花翻滚、泡沫飞溅的波涛又在阳光下变得平静了。

这种沉默，这种静思，这种内心斗争，差不多持续了二十秒钟。

随后，伯爵抬起苍白的脸。

"您瞧，"他的说话岔了声，"您瞧，亲爱的朋友，对那些在天主让他们看到的可怕景象面前一味托大、无动于衷的人，天主是知道怎样去惩罚他们的冷漠无情的。我自始至终就像看热闹的没事人一样，眼看着这场凄惨的悲剧一步步展开；我就像一个邪恶天使，藏身于秘密之后（保守秘密对有钱有势的人来说是很容易的），笑呵呵地瞧着人们在作恶。现在轮到我了，我觉得自己也被那条我曾经瞧着它扭曲爬行的毒蛇咬伤了，而且是咬在了心口！"

莫雷尔发出一声喑哑的呻吟。

"好了，好了，"伯爵说，"不能再这样怨天尤人了。您要做个男子汉，要坚强，要充满希望，因为有我在这儿，因为有我在照拂您。"

莫雷尔悲伤地摇着头。

"我对您说要抱有希望！您明白我的意思吗？"基督山大声说，"您要知道，我是从不说谎的，是说到做到的。现在是中午，马克西米利安，感谢天主您是中午来而不是晚上来，更不是明天早晨来。请您听好我对您说的话，莫雷尔：现在是中午；要是瓦朗蒂娜现在没有死，她就不会死了。"

"哦！天哪！天哪！"莫雷尔喊道，"我离开她的那会儿，她已经奄奄一息了。"

基督山用手支着低下的额头。

这个沉甸甸的装满可怕秘密的脑袋里，正在想些什么呢？

对着这颗无情却也是肉做的心，光明天使或是黑暗天使在说些什么呢？

那只有天主才知道了！

基督山抬起头来，这一次，他的脸已经像刚醒来的孩子那般宁静。

"马克西米利安，"他说，"您先安安静静地回家去。我要您别出家门一步，别采取任何行动，别让脸上流露出担忧的表情来。我会把消息告诉您的。去吧。"

"天哪！天哪！"莫雷尔说，"您的这种冷静，伯爵，让我觉得太可怕了。难道您能跟死神对抗吗？难道您不是一个普通的人？难道您是一位天使？难道您是一位神灵？"

这位从来没有在任何危险面前退缩过的年轻人，在基督山面前感到自己被一种无法形容的恐惧攫住了，不由得往后退去。

但基督山微笑地望着他，这笑容是那么忧郁，同时却又是那么深情，马克西米利安只觉得眼眶里噙满了泪水。

"我的能耐还是挺大的，我的朋友，"伯爵回答说，"您去吧，我要一个人待一会儿。"

基督山向来对周围的人有一种神奇的影响力，莫雷尔此刻就处于这种状态，完全听凭自己由这种影响力所左右。他跟伯爵握了握手，退了出去。

但出了大门，他就停住了脚步，因为他刚瞧见巴蒂斯坦出现在马提翁街的转角上，正在急匆匆地奔过来。

这当口，维尔福和德·阿弗里尼也急匆匆地赶回了府邸。他们走进屋里时，瓦朗蒂娜仍然昏迷不醒，医生开始检查病人，他不仅因为身处这种情况而非常当心，更因为了解隐情而格外缜密精细。

维尔福焦急地注视着医生的眼神和嘴角，等待检查的结果。诺瓦蒂埃的脸色比年轻姑娘更苍白，而且他比维尔福更迫不及待地想知道结果，他也在等待，整个神态让人感觉到睿智和敏感。

终于，德·阿弗里尼慢慢地吐出了这么一句话：

"她居然还活着。"

"居然！"维尔福喊道，"哦！大夫，您说的是个多么可怕的字眼！"

"是的，"医生说，"我再说一遍：她居然还活着，这使我感到很惊讶。"

"那么她有救了？"做父亲的问。

"是的，既然她还活着。"

这时，德·阿弗里尼的目光与诺瓦蒂埃的目光相遇了。老人的眼睛里闪烁着异样的兴奋光芒，其中似乎包含着极为丰富的意蕴，医生看了，不由得心头一怔。

瓦朗蒂娜的嘴唇毫无血色，跟整张脸显得一样灰白。医生让姑娘重新躺倒在扶手椅上，然后伫立不动，望着诺瓦蒂埃。刚才他的一举一动，诺瓦蒂埃都看在眼里，并在眼神中反映出他的想法。

"先生，"这时德·阿弗里尼对维尔福说，"请去把瓦朗蒂娜小姐的贴身女仆叫来。"

维尔福把正托着的女儿的头轻轻放下，亲自去叫那女仆。

维尔福刚关上房门，德·阿弗里尼就往诺瓦蒂埃走去。

"您有话要对我说？"他问。

老人意味深长地眨了一下眼睛。我们还记得，这是他所能做的唯一的表示肯定的动作。

"对我一个人说？"

"是的。"诺瓦蒂埃表示说。

"那好，我待会儿跟您一起留下来。"

这时维尔福进来了，后面跟着那个贴身女仆；女仆后面又来了德·维尔福夫人。

"我亲爱的孩子怎么啦？"她大声说，"她离开我房间时就觉得很不舒服，可我没想到情况有这么严重。"

这个少妇眼眶里噙着泪水，走到瓦朗蒂娜跟前，以一个母亲所能表现出的全部温情捏住她的手。

德·阿弗里尼继续注视着诺瓦蒂埃，他看见老人的眼睛张大睁圆，双颊变得灰白，而且颤动起来；汗珠沿着他的额头往下淌。

"哦！"他顺着诺瓦蒂埃目光的方向望去，落在德·维尔福夫人的脸上，不由得喊出声来。这时维尔福夫人一再地说：

"这可怜的孩子，她躺在床上会好受些。来，法妮，我们把她抱到床上去。"

德·阿弗里尼先生觉着这个提议给了他一个单独留下的机会，所以点点头，表示这的确是最好的办法。但他嘱咐除了他指定的东西，不能让她吃任何别的东西。

她们抬起瓦朗蒂娜，这时她已恢复了知觉，但还不能动弹，几乎也不能说话，因为方才经受的那场打击，使她全身都像散了架似的。可是她还能有力气用一道目光向祖父告别，老人看着她被抬走，仿佛自己的心被人摘走了。

德·阿弗里尼跟着病人来到她的卧室，开了处方后，吩咐维尔福亲自乘出租马车上药房去，看着药剂师当面配制方子上的药水，拿回来以后，在女儿的卧室里等他。

他再次嘱咐别让瓦朗蒂娜吃任何东西，然后下楼回进诺瓦蒂埃的房间，仔细地关好各扇房门，确信四周没有人在偷听。

"好，"他说，"您对您孙女的病知道一些情况，是吗？"

"是的。"老人表示说。

"请听我说，我们没有时间可以耽搁，就让我提问，您来回答吧。"

诺瓦蒂埃表示他已做好回答的准备。

"您是否早就预料到了瓦朗蒂娜今天发生的情况？"

"是的。"

德·阿弗里尼想了一下，然后走近诺瓦蒂埃。

"请原谅我下面要对您说的话，"他接着说，"可是在目前这种可怕的情形下，任何一点迹象都不应该放过。您是看见可怜的巴鲁瓦怎么死的吧？"

诺瓦蒂埃抬起眼睛望着上天。

"您知道他是怎么死的？"德·阿弗里尼把一只手按在诺瓦蒂埃的肩上问道。

"是的。"老人回答。

"您认为他是自然死亡吗？"

诺瓦蒂埃僵硬的唇边，闪过一种类似微笑的表情。

"那么，您曾经想到过巴鲁瓦是被毒死的？"

"是的。"

"您认为使他致死的毒药，是特意为他安排的吗？"

"不。"

"现在您是否认为，原来想打击另一个人，结果打在巴鲁瓦身上的那只手，就是今天打击瓦朗蒂娜的同一只手？"

"是的。"

"这么说，她也要死？"德·阿弗里尼问道，深邃的目光凝视着诺瓦蒂埃的脸。

他等待着这句话在老人身上的反应。

"不，"老人回答说，目光中那种得意的神气，简直使最聪明的人也猜不透其中的奥妙。

"您是说，您还存有希望？"德·阿弗里尼惊奇地问。

"对。"

"您希望什么？"

老人用眼睛让对方明白，他无法回答。

"噢！对，是这样。"德·阿弗里尼喃喃地说。

他重又转过脸去对着诺瓦蒂埃。

"您是希望，"他说，"那个凶手就此歇手不干了？"

"不。"

"那么，您是指望毒药对瓦朗蒂娜失效？"

"对。"

"而这是因为我告诉您有人要毒死她的时候，"德·阿弗里尼接着说，"没有说她已经不行了。是这个缘故吗？"

老人用眼睛表示，的确如此。

"那么，您指望瓦朗蒂娜怎样幸免呢？"

诺瓦蒂埃的目光执拗地盯住一个地方；德·阿弗里尼顺着他的目光望去，发觉这道目光停在每天早晨给他送来的那只药水瓶上。

"噢！噢！"德·阿弗里尼说，他的脑子里蓦地闪过一个念头，"您早就想到……"

诺瓦蒂埃没来得及等他讲完。

"对。"他说。

"要让她经受住这种毒药……"

"对。"

"所以您就让她逐渐适应……"

"对，对，对。"诺瓦蒂埃说，因为对方能懂得他的意思而觉得非常高兴。

"事实上，您听我说起过，我给您服用的药水里掺有番木鳖碱的成分？"

"对。"

"您是想让她逐渐适应这种毒药，从而对它产生抗药性？"

诺瓦蒂埃再一次表示出得意而兴奋的神情。

"您果然成功了！"德·阿弗里尼大声说，"要不是采取了这种预防措施，瓦朗蒂娜今天早就死了；那是无法解救，必死无疑。现在虽然打击来势很猛，但她只是摇晃了一下；至少这次瓦朗蒂娜是不会死了。"

老人的眼睛里焕发出异乎常人的喜悦神情，他带着一种无限感激的表情抬起眼睛望着上天。

这时，维尔福回来了。

"喏，医生，"他说，"这是您要的药。"

"这药水是当着您的面配制的？"

"是的，"检察官回答说。

"一直没有离开过您的手？"

"没有。"

德·阿弗里尼拿起药瓶，倒了几滴药液在手心里，尝了尝味道。

"好，"他说，"咱们上楼到瓦朗蒂娜的房间去吧，有些事我要向所有的人都叮嘱一遍，而您得亲自监督，德·维尔福先生，任何人不得违犯。"

就在德·阿弗里尼由维尔福陪着上瓦朗蒂娜卧室去的当口，一个神情严肃、语气平静而果断的意大利教士，租用了跟德·维尔福先生府邸毗邻的那幢房子。

我们没法知道他究竟用了什么办法，居然让这幢房子的三户房客在两小时内全都搬了出去。不过有一种风声不胫而走，说是这幢房子地基已经不稳，随时有倒塌的危险。但话虽这么说，那位新房客照样还是在当天下午五点钟，带着一些简朴的家具搬进了这幢房子。

新房客的租约是分别以三年、六年、九年为期的，他按照房主沿用的惯例，预付了半年的房租。这位新房客，我们刚才已经说过，是个意大利人，他让人称他贾科莫·布索尼先生。

随即来了一帮工人；当天夜里，附近街上为数很少的几个迟归的行人，惊奇地看到一帮木工和泥水匠正在连夜赶修一幢危房的墙基。

第95章

父与女

前一章中我们已经看到，唐格拉尔夫人前来正式通知德·维尔福夫人，欧仁妮·唐格拉尔小姐和安德烈亚·卡瓦尔坎蒂先生的婚事将在近期内举行。

这个正式通知表明了，或者说看上去似乎表明了，这桩大事的所有当事人已经达成一致意见；但在这以前却还有一幕场景，是应该向读者介绍的。

因此，我们要请读者回到灾祸接踵而至的这一天的早晨，地点是在读者已经熟悉的那个金碧辉煌的客厅，客厅的主人唐格拉尔男爵先生向来把它引为骄傲。

这不，早上十点钟光景，心事重重、神色不安的男爵先生已经在这个客厅里，踱了好几分钟的步，他不时望着客厅的那几扇门，听到一点响声就停住脚步。

当这份耐心终于用光的时候，他把贴身男仆唤了进来。

"艾蒂安，"他冲着那个仆人说，"去瞧瞧欧仁妮小姐干吗要让我在客厅里等她，再问她干吗要让我等这么久。"

发了这通脾气以后，男爵稍许平静了一些。

原来，唐格拉尔小姐早晨醒来以后，就差人来对她父亲说她要见他，而且指定这个金色客厅作为会见的地点。这种举动的别出心裁，尤其是这种做法中的一本正经的意味，都并没使银行家感到太吃惊，他立即遵从女儿的意愿，先来到了客厅。

艾蒂安很快就完成使命回来了。

"小姐的贴身女仆对我说，"他说，"小姐已经梳妆好了，一会儿就下来。"

唐格拉尔点了点头，表示感到满意。当着外人的面，甚至当着下人的面，唐格拉尔总是装出一副好好先生和宽容的父亲的样子：他给自己派定的是通俗喜剧中的一个角色，他给自己设计并且自以为挺适合自己的那副面具，从右边看过去是古典戏剧中咧开着嘴笑嘻嘻的慈父的尊容，而从左边看过去则是耷拉着嘴角的一张哭丧脸。

我们得赶紧补上一句，到了家人面前，笑吟吟朝上翘的嘴角就耷拉下来露出一副哭相了；于是，在大多数情形下，好好先生不见影踪，显出了粗鲁丈夫和专横父亲的原形。

"这个疯丫头，照她的说法是想跟我谈谈，"唐格拉尔喃喃地说，"可她干吗不上我的书房去呢。她到底要跟我谈些什么呢？"

当这个恼人的念头在他的脑子里转到第二十遍时，客厅门打开，欧仁妮走了进来。她穿一条黑色缎子长裙，上面绣着同样颜色的拉毛小花，头发仔细梳过，而且戴着手套，就像这是要上意大利剧院去看戏似的。

"嗨！欧仁妮，到底有什么事？"做父亲的喊道，"干吗要一本正经地到客厅里来，在我的书房里谈不是挺好吗？"

"您说得很有道理，先生，"欧仁妮回答说，一边向她父亲做了个手势，示意他可以坐下，"您方才提出了两个问题，而这两个问题恰好包含了我们所要进行的谈话的全部内容。所以我将对两个问题都作出回答；而跟一般惯例不同的是，我先回答第二个问题，原因是这个问题较为简单。先生，我选定客厅作为会见的地点，是为了避免一位银行家的书房所能产生的不愉快的印象以及所能造成的影响。那些漂漂亮亮的烫金账本，那些像城堡城门一样关得严严实实的抽屉，那一叠叠不知从什么地方来的银行票据，还有那一大堆从英国、荷兰、西班牙、印度、中国和秘鲁来的信函，所有这一切，往往会对一个父亲的头脑产生奇特的影响，使他忘记自己在这世界上除了社会地位和主顾意见之外，还有一种比那更重要、更神圣的东西。因此，我选定了这个客厅，您在这儿可以脸带微笑、神情愉快地在精美的画框里看到您的、我的，还有母亲的画像，以及各种各样牧歌似的农村景色和令人心醉的田园风光。我很看重外界印象的影响力。也许，特别对您而言，这是一个错误。不过，有什么办法呢？要是我连一点幻想也不剩了，那还算什么艺术家呢。"

"很好，"唐格拉尔先生回答说，他极其冷静地听完了这通长篇大论，但尽管他听得很仔细，却一句话也没听懂。像他这样的人，私下里盘算太多，总想把谈话对方的想法纳入自己的思路，因此听人家说话往往不得要领。

"所以，第二点已经说清楚，或者说大致上说清楚了，"欧仁妮镇定自若地往下说，在她的手势和话语中，明显地有一种男性的肆无忌惮的意味，"而且我看您对这样的解释已经感到满意了。现在我们回到第一个问题上来。您问我为什么要求进行这样一次会见。先生，我可以用一句话来回答您：我不愿意和安德烈亚·卡瓦尔坎蒂伯爵先生结婚。"

唐格拉尔从扶手椅里跳了起来；猛然受到这么一个打击，他不由得向着上天同时抬起眼睛、举起双手。

"我的天主啊，对，先生，"欧仁妮接着说，她仍然是那样镇静，"您感到吃惊了，这我看得很清楚，自从这桩小事进行以来，我从来没有表示过半点反对的意思，因为我始终相信，到时候，我总会有机会明确地对从未征求过我意见的那些人，对我不喜欢的那些事表示反对，总会有机会表明我断然决然的独立意志的。但这一次的这种风平浪静，或者照哲学家的说法，这种被动状态，却是由于另一个原因。这个原因就是，作为一个孝顺听话的女儿……（年轻姑娘抹了唇膏的唇间掠过一丝笑意）我想学着服从。"

"是吗？"唐格拉尔问。

"是的！先生，"欧仁妮接着说，"我竭尽全力这么做，但时至今日，尽管我已经做了种种努力，我还是觉得无法服从。"

"可是说到底，"唐格拉尔说，他的智力是属于二流的，对方这种以其冷峻显示深思熟虑和意志力量的无情的逻辑，首先就把他给震晕了，"拒绝的原因，欧仁妮，这原因究竟是什么呢？"

"原因，"年轻姑娘说，"哦！我的天主，并不是这个男人比别人更丑些，更蠢些，或者更叫人讨厌些，不是的。安德烈亚·卡瓦尔坎蒂先生，在按脸蛋和身段来评判男人的那些人的眼里，说不定还够得上相当俊俏的标准呢。也不是因为他比别人更不能打动我的心，那是在寄宿学校上学的女生的理由，我认为我早就过了那个阶段。我根本不爱任何人，先生，这一点您是清楚的，是吗？所以我不明白，既然没有任何非这样做不可的理由，我何必让自己的生活拖上这么个永远甩不掉的累赘呢？智者不是说过'不要任何多余的东西'，另外不是还说过'把一切都带在身上'吗？当初我还是从拉丁文和希腊文学到这两句格言的呢：其中的一句，我想是《斐德罗篇》[1]里说的，另一句是皮阿斯[2]说的。

1　柏拉图对话集中的篇章。
2　皮阿斯（公元前 6 世纪）：希腊哲学家，"七贤"之一。

喔，亲爱的父亲，在生活之舟遇险时（因为生活就意味着我们的希望一次又一次的、永无休止的遇险），我就把成为累赘的行李抛进海里，如此而已；那样一来，我就能凭着自己的意志幸存下来，也就能够完全孤身一人，因而也就是完全自由地生活了。"

"遭罪啊！遭罪！"唐格拉尔脸色苍白地喃喃说道，他根据长期的经验，知道眼下突然遭遇的这道障碍异常坚固。

"遭罪！"欧仁妮接着说，"您说我遭罪，先生？不，说实话，您的感叹在我看来像是演戏，完全是装出来的。恰恰应该说我很幸福，难道不是吗，我问您，我还缺什么呢？大家都说我长得美，凭这一点我就到处都会受欢迎。而我，我喜欢人家热情接待我：它会使人们的脸上焕发光彩，会使我周围的人显得不那么难看。我生来就有几分聪明，而且也还算敏感，凭了它们，我就可以把我在一般人身上看到的长处吸收到自己身上来，就像猴子敲碎核桃壳吃里面的肉一样。我很富有，因为您是法国第一流的富翁，因为我是您唯一的女儿，而且您不至于会固执到像圣马丹门剧院和蒙巴那斯喜剧院舞台上的那些父亲一样，由于女儿不肯为他们生外孙、外孙女就剥夺女儿的继承权。何况，法律早就看到了这一点，它不允许您有剥夺我的继承权，至少是剥夺我的全部继承权的权利，正像它不允许您有强制我嫁给这位或那位先生的权利一样。就这样，美貌，聪明，照喜歌剧里的说法还'颇有几分才气'，外加有钱！这不就是幸福吗，先生！您干吗要说我遭罪呢？"

唐格拉尔看到女儿脸上带着笑，居然傲慢到了这种狂妄的地步，不由得全身猛地一震，喊了一声，但也仅此而已。面对女儿询问的目光，面对那两条由于询问而蹙起的漂亮的黑眉毛，他小心翼翼地转过脸去，随即平静了下来：审慎的铁掌把他给制服了。

"对，我的女儿，"他微微一笑回答说，"您说的都没错，只有一件事得除外，我的女儿。我暂且不忙告诉您是什么事，我宁愿让您自己去猜。"

欧仁妮望着唐格拉尔，她刚才如此骄傲地戴在自己头上的那顶桂冠，居然会有一处花叶饰遭到非议，真使她大为震惊。

"我的女儿，"银行家往下说，"您向我非常清楚地解释了，一个像您这样的女儿在做出不结婚的决定前，有过怎样的想法。现在轮到我来向您说明一个像我这样的父亲，是出于什么动机才决定要让女儿嫁人的。"

欧仁妮欠了欠身，但那神态不像是一个洗耳恭听的女儿，而像一个辩论的对手在等着交锋。

"我的女儿，"唐格拉尔继续说，"当一个父亲要求女儿嫁个丈夫时，他总有个希望她结婚的理由。有的人是像您刚才说的那样，一心巴望有个外孙或外孙女，让他感到自己的生命在他们身上得到延续。可我要开门见山地向您说清楚，我并没有这种弱点，对于天伦之乐，我几乎可以说是看得很淡漠的。我对女儿这么直言不讳，是因为我知道您是旷达明理，足以理解这种淡漠，并且不会因此对我横加指责的。"

"好极了，"欧仁妮说，"咱们有话就直说吧，先生，我喜欢这样。"

"哦！"唐格拉尔说，"您知道，就一般情形而言，我并不欣赏这种直来直去的作风，但在我认为情势需要我这样做的时候，我也就屈从了。所以我这就要讲下去。我建议您嫁个丈夫，并不是为您考虑，因为事实上我目前根本就没有想到您。您喜欢实话实说，那我就实说了吧；我让您嫁人，是因为我需要您尽快地弄到这个丈夫，从而保证我目前正在筹划的某些商业上的措施得以实行。"

欧仁妮耸了耸肩膀。

"事情就像我对您说的这样，我的女儿，您可不能怪我，因为是您非要我这么说的；您得明白，我这是出于不得已，才对您这么一位艺术家来做下面这些充满数字的解释。我知道您是生怕走进一个银行家的书房，就会有种种不愉快的、破坏诗意的印象或想法的。

"但是这间银行家的书房，前天您为了来向我要那些花在心血来潮的爱好上的几千法郎月规钱时，还是心甘情愿地进去过的，这些钱，我是同意支出的，但您要知道，我亲爱的小姐，在这样一间书房里，可以懂得很多东西，即使对于不愿意结婚的年轻人来说，那也是很有裨益的。考虑到您那敏感的神经，我就在这个客厅里告诉您吧，比如说，在那儿可以懂得，一个银行家的信誉，就是他物质上和精神上的整个生命，一个人是靠信誉支撑的，就像肉体是靠呼吸才有生气的，关于这一点，基督山先生有一天曾对我说过一段很精彩的话，我永远也忘不了。在那儿还可以懂得，一旦信誉丧失，肉体也就成了行尸走肉，而这正是有幸作为一位逻辑头脑如此清晰的女儿的父亲的银行家很快就要落得的下场。"

可是，欧仁妮在这一打击下并没有委顿下去，而是把腰板挺得更直了。

"破产！"她说。

"您算说对了，我的女儿，说得很对，"唐格拉尔边说边用指甲在胸口画着，那张粗鄙的脸上仍然挂着那种没有心肝，但并非没有心计的人的笑容，"破产！您说着了。"

"啊！"欧仁妮说。

"对，破产！好吧，这一下您可知道了一个'充满恐惧的秘密'，就像悲剧诗人说的那样。

"现在，我的女儿，请听我来告诉您，怎样才能依靠您来消灾避难；我要说清楚，这不是为了我，而是为了您。"

"哦！"欧仁妮大声说，"要是您以为我为您讲给我听的灾难感到悲伤，是为了我自己的缘故，先生，那您就看错人了。

"我破产！那又有什么关系？我不是还有我的才能吗？难道我不能像芭斯塔[1]，像玛丽勃朗[2]，像格丽契[3]那样，伴随着欢呼、喝彩和鲜花，挣上十万或十五万利弗尔吗？尽管您这么有钱，但您从来不曾给过我这样一笔数目的年金。而且那时候，我谁的情也不欠，不像从您手里拿那可怜巴巴的一万二千法郎，得看您那不乐意的眼色，又得听您指责我挥霍的唠叨。就算我没有这份才能——您的笑容在向我表明您对我有这种才能表示怀疑——那我不是还有对独立的酷爱吗？独立在我眼里比财宝更可贵，它渗透我的整个身心，成了我自卫的本能。

"不，我并不是在为我自己忧伤，我总会有办法的。我的书，我的笔，我的钢琴，所有这些东西都并不贵，即使失去了也可以再弄到，所以这些东西我总是能够有的。您也许以为我是在为唐格拉尔夫人感到伤心，那您就又错了：要是我没全盘弄错的话，母亲对威胁着您的这场灾难是早有准备，不会跟着您遭殃的。我看哪，她已经躲在了避风港里，而且她挺自得其乐，把精力花在关

1　芭斯塔（1798—1865）：意大利女高音歌唱家。

2　玛丽勃朗（1808—1836）：法国女中音歌唱家。

3　格丽契（1805—1840）：意大利女高音歌唱家。

心自己的财产上，都顾不上照管我了；谢天谢地，她借口我喜欢自由，什么事都是让我自己做主的。

"哦！不，先生，从我小时候起，我就对我身边的事情看得太多，懂得太多，以至于我遭到的不幸无法再在心灵上留下它本该留下的印象了。从我懂事的时候起，我就没有被人爱过，这是我的不幸！这样我自然也就谁都不爱了，这又是我的万幸！现在，您知道我的处世哲学了吧。"

"那么，"唐格拉尔说，他气得脸色煞白，但并不是由于父爱受到伤害的缘故，"那么，小姐，您执意要眼看我破产吗？"

"您破产！"欧仁妮说，"我眼看您破产！您这是什么意思？我不明白。"

"那还好，这样我还有一线希望；请您听我说。"

"我在听着呢。"欧仁妮说，她的目光直视着父亲，做父亲的颇费了点劲才算没在女儿的逼视下低下眼睛去。

"卡瓦尔坎蒂先生要娶您，"唐格拉尔往下说，"而你俩一结婚，他就会把他带给您的三百万聘金委托给我的银行。"

"嗯！好得很。"欧仁妮轻蔑地说，两只手交替地在手套上捋着。

"您以为我会让你们这三百万吃亏吗？"唐格拉尔说，"绝对不会，这三百万少说也能生个一分利。我从另一个银行家同行那儿弄到一条铁路的承股权，在我们这个年头，这项事业是个绝无仅有的能让人一下子发大财的好机会，堪比当年劳[1]让成天想钻营投机的巴黎佬到神奇的密西西比捞上一票的宏大计划。我算下来，拥有百万分之一的铁路股份，就相当于过去在俄亥俄州的河岸上拥有一个阿尔邦的生荒地。这是一种抵押投资，您看，这可是个进步，因为一个人出了钱，至少可以换到十斤，十五斤，二十斤，甚至一百斤的铁。嗯！我必须在一星期内买进四百万股份！这四百万，我告诉您，盈利可以有一分到一分二。"

"不过，我在前天对您进行那次令您念念不忘的拜访时，先生，"欧仁妮接着说，"我看见您进账，这是你们的行话，是吗？我看见您进账了五百五十万。您甚至还把那两张宝贝息票拿给我看，并且对于这么值钱的纸头竟然没有像闪电一样照花我的眼睛，感到很吃惊呢。"

1 约翰·劳（1671—1729）：苏格兰货币改革家，开发美洲法属领地的"密西西比计划"的制订者。

"是的，可是这五百五十万不是我的，那只是人家对我表示信任的一种证据。我的平民银行家的头衔使我赢得了济贫院的信任，这五百五十万就是属于济贫院的。换了别的时候，我就会毫不犹豫地动用这笔款子，可是眼下，人家知道我接连亏空了几笔数目很大的款子，而且正如我告诉过您的，我的信誉已经开始动摇。院方随时都会来提取这笔款子，要是我挪作他用了，就不得不羞辱地宣布银行倒闭。我并不一定鄙视倒闭，您得相信我，但那得是赚钱的倒闭，而不是破产的倒闭。可只要您嫁给了卡瓦尔坎蒂先生，我就可以动用那三百万聘金，或者甚至只要人家以为我可以动用那笔钱，我的信誉就会恢复，这一两个月来让不可思议的命运播弄得栽进了深渊的家业，也就能重振旗鼓了。您听明白了吗？"

"听得非常明白；您把我抵押了三百万，不是吗？"

"价钱开得愈高，就愈有面子；这样可以让您知道自己的身价。"

"谢谢。最后一件事，先生：您能不能答应我，光只利用卡瓦尔坎蒂先生这笔聘金数额的虚名，但绝不去动用它？这不是自私不自私的问题，而是怎么处理一件棘手的事情的问题。我很愿意帮您重振您的家业，但是我不愿意跟您同谋去弄得别人破产。"

"可是既然我已经跟您说了，"唐格拉尔喊道，"有这三百万……"

"您认为，先生，不去动用这三百万，您也能摆脱困境吗？"

"但愿如此吧，不过前提是你俩得结婚，好让我恢复信誉。"

"您答应过在我签订婚约后给我的五十万法郎嫁妆，您能付给卡瓦尔坎蒂先生吗？"

"从市政厅回来，他就可以拿到。"

"很好！"

"什么，很好？您这是什么意思？"

"我是说，您要的只是我的签字，不是吗，对我这个人您是绝对让我自由的？"

"绝对如此。"

"那么，很好，我刚才已经告诉您了，先生，我准备嫁给卡瓦尔坎蒂先生。"

"您到底是怎么打算的？"

"哎！这是我的秘密。要是我在知道您的秘密以后，就把我的秘密也告诉您，那我对您还有什么优势呢？"

唐格拉尔咬咬自己的嘴唇。

"那么，"他说，"您准备好了，愿意去做一些必不可少的正式拜访喽？"

"是的，"欧仁妮回答说。

"还有，三天后在婚约上签字？"

"是的。"

"那么，现在该是我来对您说'很好'了！"

说着，唐格拉尔拉起女儿的一只手，用双手把它握住。

但是稀奇就稀奇在，父女俩这么握手的当口，做父亲的不敢说一句："谢谢，我的孩子"；做女儿的则连一个笑脸也不肯赏给父亲。

"会谈结束了吧？"欧仁妮立起身来问。

唐格拉尔点了点头，表示他没有话要说了。

五分钟以后，德·阿尔米依小姐的指尖下又响起钢琴的乐声，唐格拉尔小姐唱起了苔丝德蒙娜[1]的咏叹调。

一曲唱罢，艾蒂安进来向欧仁妮通报，马车已经备好，男爵夫人正等她一起外出访客。

我们已经看到了这两位女士拜访维尔福家的情形。她们从那儿出来以后，又跑了几家人家。

---

1 威尔第根据莎士比亚悲剧《奥赛罗》改编的歌剧中的女主人公。

第96章
婚约

在我们刚才描述的场景过去三天以后，也就是在欧仁妮·唐格拉尔小姐和被银行家执意称作亲王的安德烈亚·卡瓦尔坎蒂预定将于婚约上签字的当天，下午五点钟光景，一阵清凉的微风拂过基督山伯爵屋前的小花园，把枝头的树叶吹得簌簌作响。伯爵本人正准备出门，而车夫在门外的车座上已经坐等了一刻钟，被勒住缰绳的辕马不耐烦地使劲踏着前蹄。就在这时，一辆我们已经见过多次，尤其是在奥特伊出事的那个夜晚见过的敞篷马车，迅捷地转进大门，疾驶到府邸的台阶跟前。安德烈亚·卡瓦尔坎蒂先生简直不是跨下，而是冲下车来，他衣冠楚楚，容光焕发，仿佛就要去娶一位公主似的。

他以惯常的熟稔的态度问了一声伯爵的身体可好，就顺着楼梯一溜小跑奔上二楼，在楼梯口劈面遇上了伯爵本人。

见到这个年轻人，伯爵止住了脚步。至于安德烈亚·卡瓦尔坎蒂，他是在往前冲，而当他往前冲的时候，是什么东西也止不住他的。

"哎！您好，亲爱的基督山先生。"他对伯爵说。

"啊！安德烈亚先生！"这一位半带揶揄地回答说，"您好吗？"

"就像您看见的，好极了。我有许许多多事情要跟您谈哩；不过我得先问一句，您是要出去呢，还是刚回来？"

"我要出去，先生。"

"那么，为了不耽搁您的时间，如果您愿意，我可以跟您一起坐您的车，让汤姆赶着我的车跟在后面就是了。"

"不，"伯爵带着一个令人难以觉察的鄙夷的笑容说，他不愿意让人看见他跟这个年轻人做伴，"不，我宁愿在这儿跟您谈，亲爱的安德烈亚先生；在房间里谈话更谨慎些，不用担心车夫会偷听。"

于是，伯爵走进二楼的一个小客厅里坐下，把一条腿搁在另一条腿上，示意年轻人也坐下。

安德烈亚摆出笑容可掬的神情。

"您知道，亲爱的伯爵，"他说，"今晚举行订婚仪式，九点钟就要在岳父家签订婚约了。"

"噢！是吗？"基督山说。

"怎么！难道我告诉您的还算是新闻？这个仪式唐格拉尔先生没通知过您？"

"噢，通知过的，"伯爵说，"昨天我接到过他的一封信；可我记得没写明时间呀。"

"有这可能。岳父一定以为大家都知道了。"

"嗯！"基督山说，"瞧您有多走运，卡瓦尔坎蒂先生；您的这门亲事是一次最合适不过的联姻；再说，唐格拉尔小姐又很漂亮。"

"可不是嘛。"卡瓦尔坎蒂用一种极其谦抑的语气回答说。

"尤其是，她非常有钱，至少我相信是这样。"基督山说。

"非常有钱，您这么相信？"年轻人重复说。

"当然。听说唐格拉尔先生至少隐瞒了自己的一半财产。"

"可照他说的，也已经有一千五百万到两千万了。"安德烈亚说，眼睛里射出欣喜的光芒。

"这还没算，"基督山补充说，"他就要做的一宗投机生意，这种投机生意在美国和英国已经有点不时行了，但在法国还很时髦。"

"是的，是的，我知道您在说什么：是他刚得到承股权的那条铁路，对不对？"

"一点不错！照一般的看法，他在这笔生意上至少可以赚进一千万。"

"一千万！您这么相信？真是太妙了。"卡瓦尔坎蒂说，他仿佛听见了这些金币悦耳动听的叮当声，简直有点飘飘然了。

"不用说，"基督山接着说，"这笔财产早晚都得归您，唐格拉尔小姐是独生女儿，这是天经地义的事情。当然，您自己的财产，至少您父亲告诉过我，也差不多跟您未婚妻的相当。不过，咱们先把钱的事情搁一搁吧。您知道，安德烈亚先生，您在这件事上还真有点机灵劲儿！"

"可不是，可不是，"年轻人说，"我天生就是外交家。"

"嗯！他们会让您进外交界的。外交这东西，您知道，是学不会的；这是一种本能……这么说，您的心已经被俘虏了？"

"说实话，恐怕是的。"安德烈亚用他在法兰西歌剧院里听到多朗特或瓦莱尔回答阿尔赛斯特[1]的腔调回答说。

"她也有些喜欢您？"

"那还不是吗？"安德烈亚扬扬得意地回答说，"既然她人都要嫁我了。不过，有一点很要紧，可不能忘了。"

"哪一点？"

"那就是，在这件事上，我曾得到有力的帮助。"

"嗨！"

"千真万确。"

"谁的帮助，是时机吧？"

"不，是您。"

"是我？得了吧，亲王，"基督山说的时候，故意把这个头衔说得特别夸张，"我能为您做什么呀？难道就凭您的姓氏、社会地位和您的品德，还不够吗？"

"不，"安德烈亚说，"不；不管您怎么说，伯爵先生，我坚持认为一个像您这样的人的地位，要比我的姓氏，我的社会地位和品德更有用。"

"您说得过分了，先生，"基督山说，他感觉到了年轻人的狡诈和精明，也明白对方的这些话是有所指的，"您是在我了解令尊的权势和财产情况以后，才获得我的保护的。因为说到底，我过去既没有看见过您，也没有看见过您这位显赫的父亲，那么究竟是谁让我有幸认识您的呢？是我的两位好友威尔莫勋爵和布索尼神甫。又是什么力量在鼓励我，不是当您的担保人，而是来当您的保护人呢？是令尊的姓氏，这个在意大利如此闻名、如此显赫的姓氏。就我个人而言，在这以前我还并不认识您哪。"

这种平静、安详的态度，使安德烈亚明白自己此刻是被一只比他强劲的手攥在了手心里，要想从中挣脱出来并不容易。

"啊！"他说，"那么家父真的是有一笔很大的家产喽，伯爵先生？"

"看来是这样，先生。"基督山回答说。

1　莫里哀剧作《愤世嫉俗者》中的人物。

"您知道他答应给我的结婚费用是否到了吗？"

"汇款通知书我已经收到了。"

"三百万现款呢？"

"三百万现款十有八九是在半路上。"

"那我果真能拿到手喽？"

"当然！"伯爵说，"我想，到目前为止，先生，您还不至于缺钱花吧！"

安德烈亚冷不防给问住了，不得不想了一会儿。

"那么，"想了一会儿过后，他说道，"我对您就只剩一个请求了，这个请求，尽管您可能会不乐于接受，但想必是能谅解的。"

"请说吧。"基督山说。

"我靠了运气好，已经结识了好多尊贵的人士，而且至少在目前，已经有了一大群朋友。可是，当我要在整个巴黎社交界面前举行这样一场婚礼的时候，我还应该有个显赫的姓氏来做后盾，而如果家父不能挽住我的手，那就应该有另一只强有力的手把我领到圣坛跟前。而家父是来不了巴黎的，是吗？"

"他上了年纪，浑身是伤；据他说，每次出外旅行都难受得要死。"

"我明白。嗯！我是来对您提出一个请求的。"

"对我？"

"是的，对您。"

"什么请求？我的天主！"

"嗯！就是请您代替他。"

"喔！我亲爱的先生！怎么！在我有幸跟您交往过这么多次以后，您还对我这么不了解，竟然对我提出这么一个请求？"

"您尽可以请求我借给您五十万，说实话，虽然这样的借款非常少见，但您也未必会让我如此为难。您得知道，我相信我以前也告诉过您，基督山伯爵的为人处世，尤其是在伦理观念方面，一向是有东方人的种种禁忌，或者说得更明确些，就是种种迷信的。

"我，在开罗有一群妻妾，在士麦那，在君士坦丁堡也都有。现在让我来主持一场婚礼！决计不行。"

"这么说，您是拒绝我？"

"正是，即使您是我的儿子，是我的兄弟，我也照样拒绝。"

"啊！是吗！"安德烈亚失望地喊道，"那可怎么办呢？"

"您有一大帮朋友呢，刚才您自己说的。"

"我说过，可是把我引荐给唐格拉尔先生全家的是您呀。"

"瞧您说的！咱们还是把事情弄弄准确吧：我只是请您到奥特伊跟他一起吃晚饭，上他家去是您自己的事。哟！这可完全是两码事。"

"是的，可是我的婚事呢。您帮过……"

"我！没这回事，请您相信这一点。您倒是回想一下，您那会儿来让我帮您去提亲，我是怎么回答您的。喔！我从不主持婚礼，我亲爱的亲王，这在我是一个不可动摇的原则。"

安德烈亚咬着自己的嘴唇。

"可您，"他说，"至少会去的吧。"

"全巴黎的人都去吗？"

"哦！当然啰。"

"那好，我跟所有的巴黎人一样，也会去的。"伯爵说。

"您会在婚约上签字吗？"

"喔！我看这没什么不行的，我的禁忌还没到这样的程度。"

"既然您不肯再多给我点面子，我也只能凭您给我的这点就此满足了。不过最后还有一句话，伯爵。"

"什么事？"

"请给我出个主意。"

"当心。出主意比帮忙更糟。"

"喔！给我出个主意可并不会牵连您什么呀。"

"那您说吧。"

"我妻子的嫁妆是五十万利弗尔。"

"这个数目是我亲耳听唐格拉尔先生宣布的。"

"我是应该收下这笔钱呢，还是应该让它留在公证人那儿？"

"通常，如果想让事情干得漂亮些，可以采用这样的做法：先由双方的公证人在订婚仪式上确定一个日期，或者是第二天，或者是第三天；到了第二天或者第三天，他们就把各自收到的结婚费用和嫁妆当场进行交换；然后，婚礼举行过后,他们就把这几百万款子,全部以夫妻共同财产的名义转到您的名下。"

"我这样问，"安德烈亚带着某种掩饰得很蹩脚的不安神情说，"是因为我记得听我岳父说起过，他想把我们的钱投资到那桩了不起的铁路生意上去，这事儿您刚才也对我提到过。"

"嗯！"基督山接着说，"照一般人的估计，这可是一桩能让您的本金在一年里翻三倍的大生意。唐格拉尔男爵先生是个好父亲，而且挺会算计。"

"这就行了，"安德烈亚说，"一切都挺好——除了您的拒绝，那让我伤心极了。"

"那只能归咎于某些在这种情形下非常自然的禁忌喽。"

"好，"安德烈亚说，"那就悉听尊便吧。晚上九点见。"

"晚上见。"

安德烈亚抓住伯爵的手握了一下，出门跳上自己的敞篷马车扬长而去。在握手的当口，基督山尽管曾露出一种勉强的神色，连双唇也发白了，但嘴角仍保持着彬彬有礼的笑容。

离九点钟还有四五个小时，安德烈亚把这些时间用来串门拜客，在他刚才提到过的那些朋友面前，把唐格拉尔眼下首途发轫的那宗使人神魂颠倒的股票生意的前景吹得天花乱坠，怂恿他们晚上穿上全副华丽的行头到男爵府邸去亮相。

果然，到了晚上八点半，唐格拉尔府邸的大客厅，跟大客厅相连的走廊，还有同一楼面上的另外三个客厅，都挤满了香气扑鼻的人群，把他们吸引到这里来的，与其说是跟府邸主人的交情，倒不如说是一种来看看会出些什么新闻的不可抗拒的欲望。

一位法兰西学院院士说过，社交场上的晚会就好比花展，吸引着用情不专的蝴蝶、饥饿贪婪的蜜蜂和嗡嗡嘤嘤的大胡蜂。

不用说，所有的客厅里都是灯烛生辉，光线从丝绸贴面的墙壁的镀金嵌饰上粼粼泻下，这种装饰尽管格调很低，用意只是摆阔而已，但此刻确实是金碧辉煌，大放光彩。

欧仁妮小姐的装束很朴素，但雅致得很：她身穿一袭绣白花的白色绸裙，一朵白玫瑰掩映在乌黑光亮的头发中间，全身上下再没有其他饰物。

然而，从她那骄矜的目光中，我们可以明白无误地看出，这简朴的服饰并没有她自己眼中的那种清纯高洁的意蕴。

唐格拉尔夫人正在离她三十步的地方跟德布雷、博尚和夏托-勒诺交谈。德布雷被邀请参加府邸中的这一盛典，但只是作为普通来宾，没有享受任何特权。

唐格拉尔先生被众议员、金融家围在中间，正在解释一种新的税收理论，等到政府迫于形势前来邀他入阁之时，他就要将这种理论付诸实践。

安德烈亚挽着歌剧院一位风流倜傥的年轻演员，大言不惭地向他描述未来生活的蓝图，吹嘘自己有了那笔十七万五千利弗尔的年金以后，打算怎样在巴黎社交圈里引进更时髦的时装款式。他之所以要这么做，是因为他需要借此壮壮胆，装出一副挺自在的样子。

这些客厅里蜂拥的人群，犹如一股来回流动的绿松石、红宝石、祖母绿、乳白石和金刚钻的涡流。

就跟别处一样，我们注意到，打扮得最俏的总是年纪最老的夫人，一心想引人注目的总是最丑的女人。

倘使真有那么几朵美丽皎洁的百合和芳香宜人的玫瑰，那也得好好找才能找到，因为她们总是正被一个包头巾的母亲或是一个极乐鸟似的姑妈藏在哪个角落里。

在嘈杂的人群里，在一片谈笑声中，有时会响起仆人通报某位金融界巨子、军政界要人或是文艺界名流驾到的声音，于是这个名字就会在人群中引起一阵轻微的骚动。

但是，在多少个备受冷遇或遭到讪笑的来宾中间，才有一位能享受到这种在人海中掀起波澜的特权啊！

当那座造型做成沉睡中的恩底弥翁[1]模样的大座钟的金色钟面上指针指向九点，当忠实地再现机械装置设计理念的铜铃敲起九下的时候，仆人报出基督山伯爵的名字。这时，全场的人就像触电似的，都把头转过去对准了门口。

伯爵穿一身黑衣服，跟往常一样不事装饰；白色的背心勾勒出他那宽阔

---

1 希腊神话中的美少年，月神塞勒涅爱上了他，使他在拉特摩斯山谷里长睡不醒，以便能亲吻他。

而高贵的胸膛；黑色的硬领跟苍白的脸色相配，显得格外醒目；唯一的饰物是背心上的一根金链条，但细得在白背心上几乎看不出来。

顷刻间，在客厅门口围起了一圈人。

伯爵一眼就看清了唐格拉尔夫人在客厅的一头，唐格拉尔先生在另一头，欧仁妮小姐在他跟前。

他先走到男爵夫人面前，男爵夫人正在和德·维尔福夫人谈话，维尔福夫人是独自来的，因为瓦朗蒂娜身体还没有康复；然后，他穿过人群中为他让出的一条路，径直走到欧仁妮跟前，急速而谨慎地向她说了两句祝贺的话，听得这位骄傲的艺术家大为惊诧。

在她身边是路易丝·德·阿尔米依小姐，这位小姐对伯爵慨然应允给意大利方面写推荐信一事表示感谢，并告诉他说，她马上就要用到这些推荐信了。

他离开这些夫人小姐，刚转过身来，就跟唐格拉尔打了个照面，这位银行家是特地迎上前来跟他握手的。

完成这三桩社交义务以后，基督山就站定在那儿，用充满自信的目光环顾四周，目光中的表情是那些属于某个社交圈子，尤其是具有某一方面影响的人物所特有的。这目光似乎在说：

"我该做的都已经做了。现在就让别人来做他们该为我做的事吧。"

安德烈亚在隔壁的一个客厅里觉着了基督山在人群中引起的这种骚动，跑过来跟伯爵打招呼。

他只见伯爵被团团围在中间。大家都争先恐后地跟他交谈；那些平时很少说话，但说出话来很有分量的人，常会遇到这种情形。

这会儿，双方的公证人走进客厅，把草拟的文件放在签字用的台子上，木制的台子漆成金色，铺着绣金的丝绒台毯。

一位公证人坐下，另一位仍站着。

就要开始宣读婚约了。参加盛典的半个巴黎城的人，都要在这份婚约上签字。

大家各就各位，更准确地说，女士们围成一圈坐下，而先生们对布瓦洛[1]所谓的严谨风格较为漠视，兀自对安德烈亚的激动不安，对唐格拉尔先生的全

---

1 布瓦洛 (1636—1711)：法国诗人，文学理论家。

神贯注，对欧仁妮的无动于衷，以及对男爵夫人处理这种大事时的机敏活泼评头论足。

宣读婚约时四下里一片寂静。但刚一读完，各个客厅顿时变得比刚才加倍喧闹：为数可观的金额，即将属于这对年轻人的几百万巨款，使专门陈列在一个房间里的新娘的嫁妆和钻石倍添光彩，并以它们的诱惑力在妒羡的人群中引起强烈的反响。

在年轻男士的眼里，唐格拉尔小姐的魅力也随之剧增，眼下简直连太阳都相形失色了。

至于女士们，那就不用说了，尽管对那几百万眼红得要命，但她们在心里对自己说，她们没有这么些钱照样也很美丽。

安德烈亚被朋友们围在中间，在他们的恭维和奉承中，他相信自己做的梦即将成为现实，简直有点忘乎所以了。

公证人庄严地拿起一支笔，举过头顶说道：

"先生们，婚约开始签字。"

按例第一个签字的应该是男爵，随后是老卡瓦尔坎蒂先生的代理人，随后是男爵夫人，随后才是照文件上那种俗不可耐的通行说法的那对所谓的新人。

男爵拿起笔签字，然后那个代理人也签了字。

男爵夫人挽着德·维尔福夫人的胳膊走近过来。

"我的朋友，"她拿起笔说，"瞧这事儿有多让人失望。那桩使基督山伯爵先生险遭不测的凶杀盗窃案，又节外生枝，使德·维尔福先生无法光临了。"

"哦！我的天主！"唐格拉尔说话的口气，好像是在说："哼，我才不在乎呢！"

"我的天主！"基督山走上前来说，"维尔福先生的无法光临，恐怕是我在无意中造成的呢。"

"怎么！您，伯爵？"唐格拉尔夫人一边签字一边说，"要真是这样，您可得当心，我饶不了您哟。"

安德烈亚竖起了耳朵。

"可我在这中间并没有错，"伯爵说，"所以我非得把事情说说清楚不可。"

大家都贪婪地听着：一向难得开金口的基督山，居然要把事情说说清楚。

"您还记得，"伯爵在一片寂静中开口说，"那个上我家行窃，后来据说在离开我家时被同伙杀死的歹徒，是死在我家里的吧？"

"记得。"唐格拉尔说。

"嗯！为了进行抢救，我们脱下他的衣服，丢在了一个角落里，后来由警方交给了法院。但当法院把上衣和长裤存档保管时，漏掉了那件背心。"

安德烈亚的脸色明显地变得非常苍白，他悄悄地把身子向门口挪去。他看见天际出现了一块乌云，发觉乌云里蕴藏着一场暴风雨。

"嗯！这件没被重视的背心，今天给我的几个仆人找到了，上面都是血迹，靠心口的地方还有个洞。"

夫人小姐们尖叫起来，有两三位做出要晕过去的样子。

"他们谁也猜不出这团破破烂烂的东西是哪儿来的，就拿来给我看；我想到了这大概就是死者的背心。我的贴身男仆很不情愿地在这件阴森可怕的遗物里小心翼翼地摸索着，突然间他在袋里摸到了一张纸片，抽出来一看，是一封信。给谁的呢？给您，男爵。"

"给我？"唐格拉尔喊道。

"对！我的天主！对，给您。尽管纸上有血污，我还是看清了您的名字。"基督山在一片惊讶声浪中回答说。

"可是，"唐格拉尔夫人神情不安地瞧着丈夫说，"这跟德·维尔福先生不能来这儿，又有什么关系呢？"

"非常简单，夫人，"基督山接着说，"这件背心和这封信，就是平常我们所说的罪证。所以我把信和背心都派人送到了检察官先生那儿。您也明白，亲爱的男爵，按法律程序办事，是处理刑事案件最可靠的办法：那也许是针对您的一项阴谋。"

安德烈亚直勾勾地望着基督山，溜进第二间客厅。

"有可能，"唐格拉尔说，"被杀的那个人以前不是个苦役犯吗？"

"是的，"基督山回答说，"他以前是个苦役犯，名叫卡德鲁斯。"

唐格拉尔的脸微微发白了。安德烈亚离开第二间客厅，进了前厅。

"哎，各位还是请签字，请签字呀！"基督山说，"看得出，我说的故事把大家都给吓着了，男爵夫人和唐格拉尔小姐，我非常谦恭地请你们原谅。"

男爵夫人刚签好字，把笔交还给公证人。

"卡瓦尔坎蒂亲王殿下，"公证人说，"卡瓦尔坎蒂亲王殿下，您在哪儿？"

"安德烈亚！安德烈亚！"好几个年轻人的声音喊道，他们都已经跟这位显贵的意大利人熟稔到了可以直呼他教名的程度。

"去把亲王找来，对他说该他签字了！"唐格拉尔大声吩咐一个仆人。

但就在这时，大客厅里的宾客，突然惊恐地往后退去，仿佛有个吓人的怪物闯进了屋里，要来 quaerens quem devoret[1]。

这种后退、惊惶和喊叫是事出有因的。

一个宪兵军官，在每个客厅门口布置了两个宪兵看守，然后跟在一个束着肩带的警长后面，向唐格拉尔走去。

唐格拉尔夫人尖叫一声，昏厥了过去。

唐格拉尔以为他们是冲着自己来的（有些人的良心是永远不得安宁的），所以宾客们看见的是他那张恐怖得变了形的脸。

"有什么事，先生？"基督山走到警长跟前问。

"各位，"这位执法的警官不去回答伯爵，"谁叫安德烈亚·卡瓦尔坎蒂？"

客厅四下里响起一片惊慌的喊声。

大家纷纷寻找，相互询问。

"这个安德烈亚·卡瓦尔坎蒂，到底是什么人哪？"唐格拉尔近乎精神失常地问道。

"一个从土伦监狱逃出来的苦役犯。"

"他犯了什么罪？"

"他被指控，"警长以冷漠的嗓音说，"杀害了一个叫卡德鲁斯的人。那人当初是跟他铐在同一根脚镣上的囚犯，被告趁他从基督山伯爵府上出来的时候，杀死了他。"

基督山向四周迅速地瞥了一眼。

安德烈亚已经不见了。

---

1 拉丁文：择肥而食。

第97章

通往比利时的大路

那队宪兵出其不意的出现,以及随后的真相大白,在唐格拉尔先生的客厅里引起一场混乱,那情景就像是宾客群中发现了瘟疫或流行性霍乱。才几分钟工夫,每扇门、每道楼梯、每个出口就都挤满了退出去,或者说逃出去的人群。不一会儿,整座宽敞的宅邸变得空荡荡的。遭遇重大灾祸时,廉价的安慰只会使最好的朋友也变得令人腻烦,所以客人在这种情况下所能做的事,就是尽快离开。

银行家的府邸里,只剩下关在书房里向宪兵军官做证的唐格拉尔,以及待在我们熟悉的小客厅里的惊恐万分的唐格拉尔夫人和目光高傲、嘴唇轻蔑地抿紧的欧仁妮,后者带着她那位须臾不离的同伴路易丝·德·阿尔米依小姐,回进了自己房间。

至于仆人,这天晚上真是仆从如云,比往日更胜一筹,主人因为生怕盛宴人手不够,特地又从巴黎的咖啡树大酒家请来了一批侍者、厨师和领班。这些仆人认为自己受了侮辱,对东家和顾主憋着一肚子气,三五成群地聚集在配膳室、厨房或房间里,根本顾不上去干活儿,再说,这时也已经没有活儿可干了。

在形形色色的出于各自不同的利害关系而情绪起伏波动的人们中间,只有两个人是值得我们注意的:那就是欧仁妮·唐格拉尔小姐和路易丝·德·阿尔米依小姐。

我们已经说过,这位年轻的未婚妻抿紧嘴唇、神情傲慢地离开了客厅,以一位受辱的女王的步态往自己的房间走去,后面紧跟着那位女伴,脸色比她更苍白,神情比她更激动。

回进卧室以后,欧仁妮把房门从里面反锁上,路易丝则跌坐在一把椅子上。

"哦!天哪!天哪!太可怕了,"年轻的女钢琴家说,"谁能料想得到哟?安德烈亚·卡瓦尔坎蒂先生竟然是个……杀人犯……逃犯……苦役犯!"

欧仁妮的嘴角掠过一道讪笑,挛缩了起来。

"真的，我是命中注定，"她说，"逃得过莫尔塞夫，却逃不过卡瓦尔坎蒂！"

"喔！别把他俩相提并论吧，欧仁妮。"

"住嘴，男人没一个是好东西，我现在很高兴，我不仅能厌恶他们，而且能鄙视他们了。"

"我们怎么办呢？"路易丝问。

"我们怎么办吗？"

"是呀。"

"原来我们打算在三天以后干什么来着……走呗。"

"这么说，即使不结婚了，你还是要走？"

"听我说，路易丝，我恨透了这种社交圈的生活，样样都要事先安排好、规定好，不能有半点逾越，就像我们的乐谱一样。而我想要的，我所渴望、所追求的，是艺术家的生活，是那种独立、自由的生活，在那种生活中，一个人只属于他自己，一切的一切都是为他自己的。我留下来干什么？为了让他们在一个月里再把我嫁出去吗？嫁谁？也许是德布雷先生，有一阵谈起过这事。不，路易丝；不，今晚的变故给了我一个借口：这不是我去找来的，也不是我所期待的；这是天主送来给我的，它来得正是时候。"

"您真坚强，真勇敢！"羸弱的金发姑娘对棕发的同伴说。

"难道你还不了解我吗？好了，路易丝，咱们好好商量一下吧。旅行马车……"

"幸好三天前就买下了。"

"你吩咐他们停在指定的地方了？"

"是的。"

"我们的护照？"

"在这儿！"

欧仁妮以惯常的自信神态，打开一张纸念道：

莱翁·德·阿尔米依先生，二十岁，音乐家，黑发，黑眼睛，旅伴为其胞妹。

"好极了！这张护照是谁给你弄来的？"

"我去请基督山先生写信给罗马和那不勒斯剧院的经理时，曾向他提起我觉得一个女人出门旅行很不方便。他完全理解我的这种担心，表示可以为我设法弄一张男人的护照。两天过后，我就收到了这张护照，我在上面加了几个字：旅伴为其胞妹。"

"噢！"欧仁妮快活地说，"那咱们只要收拾行装就行啦。原先打算举行婚礼的当晚启程，现在换在婚约签字的当晚就走：就这点差别。"

"你再好好考虑一下吧，欧仁妮。"

"喔！我早就都考虑好了；我已经听厌了算账和月终报表，听厌了多头、空头、西班牙公债和海地债券。抛开这一切以后，路易丝，你明白吗，我们将会享受到空气，自由，小鸟的鸣啭，伦巴第的原野，威尼斯的运河，罗马的宫殿和那不勒斯的海滩。我们还有多少钱，路易丝？"

被问的年轻姑娘从镶嵌螺钿的写字台里拿出一只加锁的皮夹，打开锁后点数了一下里面的钞票，一共是二十三张。

"两万三千法郎。"她说。

"珍珠、钻石和首饰至少也值这么多，"欧仁妮说，"我们够有钱的了。凭这四万五千法郎，要是像公主一样生活，我们可以过上两年，要是不这么奢华，可以体体面面地过上四年。

"而不出六个月，凭你的钢琴和我的嗓子，我们就可以把这笔资本翻个倍。来，这笔钱由你保管，我保管这只首饰匣。万一我俩有谁丢了手里的那份财产，另一个人就还有她的那份。现在，装箱子。赶快，装箱子！"

"等一下。"路易丝说着，走到通唐格拉尔夫人房间的房门跟前倾听着。

"你怕什么？"

"怕让人发觉。"

"门锁着呢。"

"说不定会有人来叫我们开门。"

"那就让他们去叫呗，我们不开。"

"你真是个名副其实的女中丈夫，欧仁妮！"

于是两位姑娘风风火火地把所有她们认为用得着的旅行用品，一股脑儿地塞进了一只大箱子。

"行了，现在，"欧仁妮说，"我去换衣服，你把箱子关上。"

路易丝把两只白皙的小手撤在箱盖上，使劲往下压。

"我不行，"她说，"我力气不够，你来关吧。"

"哟！可不是，"欧仁妮笑着说，"我忘了，我是赫拉克勒斯，而你呀，是个白白嫩嫩的翁法勒[1]。"

说着，少女把膝盖顶在箱盖上，伸直两只白皙而强壮的胳臂使劲往下压，直到把箱盖和箱子合拢，德·阿尔米依小姐赶紧把扣锁扣紧。

完事以后，欧仁妮用随身带着的钥匙打开一个衣柜，拿出一件紫色绸面的旅行棉斗篷。

"瞧，"她说，"我什么都想到了；有了这件斗篷，你就一点不会冷了。"

"那你呢？"

"哦！我嘛，我从来不觉得冷，这你是知道的。再说，穿了一身男人的衣服……"

"你就在这儿穿吗？"

"当然。"

"来得及吗？"

"你只管放心，胆小鬼。那些仆人满脑子想的尽是那桩事情呢。再说，人家会想，我这会儿准是万分悲伤，所以把自己锁在房里也没什么好大惊小怪的，是吗？"

"可也是，是没什么好大惊小怪的。你这么一说我就放心了。"

"来，帮我一下。"

说着，欧仁妮从放斗篷的抽屉里又拿出一套男人的衣装。刚才她把那件斗篷给了德·阿尔米依小姐，那位小姐已经披在了肩上。这会儿取出的东西，从高帮皮鞋、常礼服，直到内衣裤一应俱全，不多不少恰好是一套齐全的男装。

于是，欧仁妮穿上皮鞋、长裤，系好皱裥领巾，把长背心的纽扣一直扣到颈脖，再套上一件把她优美的身段和挺起的胸部勾勒了出来的常礼服，她的

1　希腊神话中的吕狄亚女王。赫拉克勒斯依神谕卖身为奴三年，翁法勒就是买主，她让赫拉克勒斯换上女装同女仆一起干活。一说三年间两人同居，并生了一个儿子。

动作非常利索，这表明她穿上异性的衣服闹着玩，肯定已经不是第一次了。

"哦！太好了！真的太好了，"路易丝以赞美的目光望着她说，"可是这头美丽的黑发，这些惹得所有那些夫人小姐发出嫉妒的赞叹的发辫，就凭我看到的这顶男人帽子能遮得住吗？"

"你瞧着。"欧仁妮说。

说着，她用左手抓住那头浓密的头发，因为头发太多，她那纤长的手指几乎握不住它们，同时又用右手拿起一把长剪刀，上身向后仰去，免得头发落在礼服上，不一会，只听得剪刀在浓密而光泽的秀发中间咔嚓一声，偌大的一蓬头发落在了年轻姑娘的脚边。

顶上的发辫剪下来以后，欧仁妮又分别剪去两边的鬖发，没有丝毫觉得可惜的样子。她的眼睛炯炯有神，在两条乌黑的眉毛下显得比平时更明亮、更快活。

"喔！多好的头发！"路易丝惋惜地说。

"哎！我这样不是更好一百倍吗？"欧仁妮一边大声说，一边抚平那些散乱的鬖发，这个发型已经完全像男人了，"你不觉得我这样更漂亮吗？"

"喔！你很漂亮，仍然很漂亮！"路易丝喊道，"现在，我们去哪儿呢？"

"如果你愿意，就去布鲁塞尔吧。出境去那儿最近。我们先到布鲁塞尔、列日[1]、埃克斯—拉夏佩尔[2]，然后沿莱茵河到斯特拉斯堡，再穿过瑞士，经圣哥达山口到意大利。你看行吗？"

"行啊。"

"你在看什么？"

"我在看你。真的，你这样挺可爱；人家会说你诱拐我私奔呢。"

"妈的！他们算说对了。"

"喔！你在说粗话啦，欧仁妮？"

两个姑娘，旁人十有八九以为一个在为自己，另一个在为朋友哭哭啼啼的这两个姑娘，居然开怀大笑起来。准备逃跑的现场总会留下一大堆乱七八糟的东西，她们清理掉了一些最明显的痕迹。

---

1 比利时城市。
2 德国西部城市，离比利时边境仅五公里路程。

然后，这两个逃亡者吹灭蜡烛，伸长脖子，睁大眼睛，竖起耳朵，打开盥洗间里的一扇房门。从这扇门出去就是仆人使用的侧梯，从那儿可以通到庭院。欧仁妮走在头里，一只手拎着那只箱子，德·阿尔米依则用两只手费劲地提着另一只箱子。

庭院里空无一人。时钟在敲十二点。

看门人的屋里仍亮着烛光。

欧仁妮轻轻地走近去，看见看门人正坐在屋子那一头的扶手椅里打盹儿。

她回到路易丝身边，拎起刚才放在地上的箱子，两人贴着墙，沿着墙壁的阴影走到大门跟前。

欧仁妮让路易丝躲在门角里，即使看门人碰巧醒来，也只看得见一个人。

然后，她自己走到照亮庭院的光线里。

"开门！"她用那悦耳的次女低音轻轻喊道，一边敲着玻璃窗。

正如欧仁妮预料的那样，看门人立起身来，甚至还走上前来几步，想看看是谁要出门；可是，看见一个年轻人正不耐烦地用细手杖在长裤上拍打着，他赶快把门打开了。

路易丝立刻像条游蛇似的从门缝里溜出去，轻盈地跳到了外面。欧仁妮虽说心跳比平时要快得多，但表面上仍很镇静，快步走出了大门。

这时正好有个脚夫路过，两个年轻姑娘就把箱子交给他，关照他送到胜利女神街三十六号，然后两人就跟在这个人后面往前走。一路上有个男人，路易丝觉得心里踏实些；至于欧仁妮，她刚强得像个犹滴[1]或大利拉[2]。

他们来到了指定的门牌号跟前。欧仁妮吩咐脚夫放下箱子，给了他几枚零钱，在百叶窗上敲了几下后，就打发他走了。

欧仁妮敲的这扇百叶窗里，住着个小洗衣女工，她事先得到过通知，所以还没睡。她过来打开了窗。

"小姐，"欧仁妮说，"请去叫看门人把旅行马车拉过来，再让他到驿站去找两匹马来。这五个法郎是给他的酬劳。"

1　基督教《次经》中的古犹太寡妇，杀死亚述大将荷罗孚尼后，拯救了耶路撒冷城。

2　《圣经·旧约·士师记》中的非利士女人，她从力大无穷的勇士参孙的口中探明他的力量源于头发，并趁参孙沉睡时剃去他的头发。

"说真的，"路易丝说，"您太了不起了，我简直要说我崇拜您了。"

洗衣女工的目光中充满惊愕的表情；但因为说好她可以拿到二十个路易的，所以她什么话也没说。

一刻钟过后，看门人把驿站的马车夫和驿马都带来了。马车夫很快就套好了车，看门人则用绳子和垫块把箱子固定在马车上。

"护照在这儿，"马车夫说，"咱们上哪条路，年轻的先生？"

"去枫丹白露的那条路。"欧仁妮用近似男性的嗓音回答说。

"哎！你说什么呀？"路易丝问。

"我是故意这么说的，"欧仁妮说，"我们虽然给了这女人二十个路易，但她也许会为四十个路易出卖我们。到了大路上我们再改道。"

说着，她纵身一跳，几乎没踩踏板，就跃上了改成卧车的轿式马车。

"你总是对的，欧仁妮。"音乐教师说着，也在女友身边坐下。

一刻钟过后，马车夫拐上正道，一路甩着响鞭驶出了圣马丹城门。

"啊！"路易丝松了一口气说，"我们已经出巴黎了！"

"对，亲爱的，这次诱拐干得漂亮极了。"欧仁妮回答说。

"对，可是没用暴力。"路易丝说。

"将来我要特别提请注意这个细节，以便到时可以减轻罪名。"欧仁妮回答说。

这些话，消失在了车轮碾过通往拉维莱特[1]大路的辚辚声中。

唐格拉尔先生就此失去了女儿。

---

1 巴黎东北郊的城镇。沿着这条大路可以通往比利时。

第 98 章
钟瓶旅馆

且让唐格拉尔小姐和她的女友乘车往布鲁塞尔而去，我们回过来说安德烈亚·卡瓦尔坎蒂，这个刚在飞黄腾达的半道上栽了个大跟头的可怜虫。

安德烈亚·卡瓦尔坎蒂先生虽说很年轻，却是个极其机灵、极其聪明的小伙子。

所以，在客厅骚动刚起的那会儿，我们已经瞅见他渐渐挪到了门口，然后穿过两个房间，逃之夭夭。

有一个情况我们忘记说了，而这是个不该漏掉的细节。原来，卡瓦尔坎蒂经过的一个房间里陈列着新娘的嫁妆，钻石首饰匣啊，开司米披巾啊，瓦朗西纳[1]花边啊，英格兰面纱啊，总之，就是所有那些让每个年轻姑娘听着就会怦然心动的诱人的好东西，它们通常称作陪嫁。

下面这一点，足以证明安德烈亚不仅是个极其聪明、极其机灵的小伙子，而且还颇有远见。他经过这个房间时，在陈列着的首饰中间抓起一把最值钱的，藏在了身边。

顺手捞了这一把以后，安德烈亚觉得心定了一半，轻松地跳过窗口，从宪兵的手心里溜了出去。

个子高挑、灵活得像古代斗士、强健得像斯巴达人的安德烈亚，一口气奔跑了一刻钟。他不知道自己是往哪儿跑，唯一的目的是尽快离开险些让人逮住的那个地方。

从勃朗峰街出来以后，他来到了拉法耶特街的尽头。每个窃贼都有逃出城关的本能，如同野兔都有找窝的本能一样。

他上气不接下气，气喘吁吁地停在了那儿。

四周只有他一个人，左首是空旷的圣拉扎尔葡萄园，右首就是黑沉沉的巴黎。

---

1 法国城市，所产花边以精美著称于世。

"我完蛋了吗？"他自问，"不，只要能比对手跑得快，我就能得救。所以，能不能得救，就归结成了一个问题：我能不能一口气跑十里路？"

这时，他瞧见从普瓦索尼埃尔区的上行方向驶过来一辆公共马车，马车夫懒洋洋地抽着烟斗，看样子像是要上圣德尼区的另一头去，大概他平时经常是停在那儿的。

"喂！朋友！"贝内代托喊道。

"怎么说哪，先生？"车夫问。

"您的马累不累？"

"累不累！嗐！这大半天它都尽闲着。就那么小意思的跑了四趟，每人给二十个苏酒钱，总共才七法郎，可我给车行老板就得十法郎哩！"

"您愿意在七法郎上面再加这二十法郎吗，嗯？"

"当然愿意，先生。二十法郎，谁会不放在眼里哪。那我该做些什么呢？"

"小事一桩，只要您的马不累就行。"

"我跟您说，它跑起来像阵风。您只管说去哪儿就是了。"

"去卢夫勒。"

"噢！知道。出果子酒的地方？"

"正是。我得去追一位朋友，我跟他说好明天一起上夏佩勒—塞尔瓦尔去打猎的。我们说定，他的马车在这儿等我到十一点半，现在十二点了；他也许等得不耐烦，一个人先走了。"

"敢情。"

"嗯！您拉我去赶他怎么样？"

"好嘞。"

"要是我们到布尔热还没追上他，就给您二十法郎；要是到卢夫勒仍没追上，就三十法郎。"

"可要是追上了呢？"

"那就四十！"安德烈亚犹豫了一下，但随即就想，乐得这么说嘛。

"行！"车夫说，"上车吧。驾！……"

安德烈亚上了车，轻便马车迅捷地穿过圣德尼区，沿着圣马丁区一路驶去，出了城门，驶上茫无尽头的拉维莱特的郊区车道。

他们当然绝对追不上那位子虚乌有的朋友；但卡瓦尔坎蒂却不时向走夜路的行人或还没关门的小酒店打听，有没有见到一辆套着枣红马的绿色轻便马车驶过；而因为在这条通往荷兰的大路上，众多的轻便马车中十辆倒有九辆是绿色的，所以每次都可以打听到好些消息。

　　人家总是刚瞧见这辆绿色马车驶过；就在前面五百米，两百米，或者一百米；最后，赶到前面一看，却不是要找的那辆。

　　有一回，他们的这辆轻便马车也被另一辆车超到前面去了；那是一辆旅行马车，两匹驿马正拉着它飞快地往前赶路。

　　"哎！"卡瓦尔坎蒂心想，"要是我有这么辆车，有这样两匹骏马，还有车上乘客手里的护照，那该有多好！"

　　他深深地叹了口气。

　　那辆旅行马车上的乘客，正是唐格拉尔小姐和德·阿尔米依小姐。

　　"快！快！"安德烈亚说，"咱们得追上它。"

　　于是，那匹出了城门以后就没喘过气的可怜的辕马，撒腿狂奔起来，就这样浑身冒着热气一直跑到了卢夫勒。

　　"事情明摆着，"安德烈亚说，"我是赶不上我的朋友了，再跑下去我会把您的马累死的。所以，我还是就停在这儿吧。这是您的三十法郎，我到红马旅店去睡一夜，明天再去搭头班车。晚安，朋友。"

　　说着，安德烈亚把六枚五法郎的钱币放在车夫手里，轻捷地跳下车来。

　　车夫喜滋滋地把钱放进衣袋，掉转车头朝回巴黎的方向驶去；安德烈亚装作往红马旅店走去，但他在店门外站了一会儿，等到马车的声音渐渐远去，完全听不见以后，他拔腿一路小跑，奔出了两里地。

　　到了那儿，他歇了歇脚；这里大概就在他说过要去的夏佩勒—塞尔瓦尔附近了。

　　安德烈亚·卡瓦尔坎蒂歇脚并不是累了的缘故：这是因为他需要做出一个决断，需要考虑一个计划。

　　乘驿车是不可能的；租旅行马车，同样也不可能。用这两种办法旅行，都必须要有护照。

　　待在瓦兹省，也就是说留在法国的一个防范最严密、藏身最困难的省份，也是不行的。对于像安德烈亚这样一位犯罪专家来说，这个想法尤其不可取。

安德烈亚坐在沟边，双手抱头苦苦思索。

十分钟后，他抬起头来；决心已经下定了。

他把半边外套上上下下都扑上尘土，这件外套他当时在溜过前厅时还来得及从衣钩上取下，套在了舞会礼服的外面。然后，他来到夏佩勒—塞尔瓦尔，壮着胆子去敲当地仅此一家的客店的门。

客店老板来开了门。

"朋友，"安德烈亚说，"我骑马从蒙特丰泰纳到桑利斯去，那匹马性子很倔，半路上一个偏闪，把我摔出了十步开外。我今晚得赶回贡比涅，不然家里会担心的。能向您租匹马吗？"

每家客店，好歹总有匹马的。

夏佩勒—塞尔瓦尔的客店老板叫来照管马厩的伙伴，吩咐他去给雪驹备鞍。他又喊醒了儿子，让这个七岁的孩子骑在这位先生的背后，事后把马骑回来。

安德烈亚给了老板二十法郎，掏钱的时候，还有意让一张名片掉在了地上。

这张名片是他在巴黎咖啡馆的一位朋友的。等安德烈亚走了以后，客店老板拾起掉在地上的名片一看，就会以为他的马是租给了圣多米尼克街二十五号的德·莫莱翁伯爵先生：这是名片上的姓名和地址。

雪驹跑得并不快，但步子迈得均匀而不间歇；三个半小时里，安德烈亚跑完了到贡比涅的九里路程。当他来到停放着公共马车的广场时，市政厅的大钟正敲响四点。

在贡比涅有家挺出名的旅馆。只要在那儿住过一回的旅客，都会记得它的。

安德烈亚有一回到巴黎郊外出游时，曾在这儿歇过脚，所以他记得这家钟瓶旅馆。他向四下望去，在路灯的光线下瞥见了那家旅馆的招牌，于是他把身边的零钱都掏出来给了那孩子，打发他骑马回家。然后，他走上前去敲门，一边在心里想，现在还有三四个钟头，最好能美美地吃上一顿，再睡上一觉，养精蓄锐好应付接下去的劳顿颠簸。

来开门的是一个伙计。

"朋友，"安德烈亚说，"我从圣让—奥布瓦来，刚才我在那儿参加一个晚宴。我原想搭午夜的那班车回去的，结果像个傻瓜似的迷了路，在森林里兜了四个钟头圈子。请给我开一个面朝院子的精致的小房间，再让人给我送一只冻鸡和一瓶波尔多红酒上去。"

那伙计没起疑心：安德烈亚说话的神情从容自若，嘴里含着雪茄，手插在外套衣袋里。衣服很高雅，胡子刮得挺干净，靴子也无可挑剔；看上去是个邻乡的夜行客人，没什么特别之处。

伙计去收拾房间的当口，老板娘起来了。安德烈亚带着他最可爱的笑容迎上前去，问她是否能让他住三号房间，他上回路过贡比涅的时候，就在这个房间住过。可惜，三号房间已经让一个年轻人租去了，他是带着妹妹出来旅行的。

安德烈亚似乎很失望。但老板娘向他担保，说现在给他准备的七号房间，格局完全跟三号房间一模一样，他这才又高兴了起来，一边在壁炉边暖暖脚，一边跟老板娘聊聊最近的尚蒂伊之行，直等到那伙计来告诉他说房间已经准备好了。

安德烈亚说那几间朝着院子的房间精致，不是没有道理的。钟瓶旅馆的庭院，上方有三条走廊，看上去有点像剧场正厅的模样，柱廊上攀满素馨和铁线莲，轻盈雅致，宛如一种天然的装饰，所以这个庭院可以称得上是天下第一可爱的旅馆天井。

冻鸡很新鲜，红酒很醇厚，明亮的炉火噼啪作响，安德烈亚惊喜地看到自己的胃口竟然好得就像什么事也没发生过。

随后他就上床，而且几乎立刻就进入了梦乡，这种无法抵挡的睡意，当一个人在二十岁的时候，是经常会遇到的，即使在良心受着责备的时候也如此。

而且我们不得不承认，尽管安德烈亚按说应该会感到良心受到责备，他却并没有这种感觉。

安德烈亚冥思苦想出来的计划，是一个相当完整的可靠的计划。

天一亮，他就起床，一分不少地付清旅店的账，出了旅馆，走进森林，借口要画画儿，花钱跟一个农民套近乎；弄一身伐木工人的衣服，再弄一柄斧头，脱下身上这套花花公子的行头，换上那身工人的衣服；然后，手上抹点泥巴，头发用铅梳梳成棕色，再照旧日伙伴告诉他的秘方，把脸染成古铜色，走过一座座森林，一直走到最近的国境线，夜晚行路，白天躲在密林或林间的草地上睡觉，偶尔才上有人烟的地方去买点面包。

越过了国界，就可以把钻石换成钱，再加上他一直藏在身上以备不时之需的那十张钞票，他就又能有五万利弗尔的钱了，按照他的人生哲学，这似乎算不上是穷途末路。

况且，他猜想唐格拉尔家里为了顾全面子，一定会尽量让这桩倒霉事儿就此偃旗息鼓的。

安德烈亚之所以入睡那么快，睡得那么熟，除了疲倦之外，就是由于这个缘故。

安德烈亚为了要早醒，没有把百叶窗关上，而只是把门销插上。他还将一把打开的小刀放在床头柜上，这把锋利的小刀他平时从不离身。

早晨七点钟光景，一缕阳光透过窗户，暖融融、明晃晃地照在他的脸上，把他给弄醒了。

凡是条理清晰的头脑，里面总有一个占主导地位的念头。这个占主导地位的念头，在脑海里总是最后一个歇息，又头一个起来喊醒整个儿思想。

当安德烈亚脑海里这个占主导地位的念头浮上来，在他耳畔轻轻地说他已经睡得太久的时候，他的眼睛还没完全睁开哩。

他跳下床，奔到窗口。

有个宪兵正穿过庭院。

宪兵是这个世界上最让人心里发怵的东西之一，即使在一个心头坦然的人眼里也是如此。而对一个出于某种原因心里怀着鬼胎的人来说，黄蓝白相间的三色制服，当然就是最吓人的颜色了。

"为什么有个宪兵在这儿？"安德烈亚暗自思忖。

但他立即自己给出了答案，他的这种逻辑方式，想必读者早就注意到了：

"在一家旅馆里有个宪兵，这没什么可大惊小怪的。不过我还是把衣服穿好吧。"

他迅速地穿上衣服，尽管这几个月来一直在巴黎过着时髦的生活，他却还没让贴身男仆给惯坏。

"好，"安德烈亚在心里说，"我等他走，他一走我就开路。"

说这句话的工夫，安德烈亚已经穿好了靴子，系好了领巾，轻轻地走到窗子旁边，第二次撩起那块薄纱窗帘。

不仅先前的那个宪兵还在，而且他又在楼梯脚下看见了第二件黄蓝白的三色制服，这道楼梯是他下楼的唯一通道；另外还有第三个，骑在马上，手握马枪，在朝街的大门口放哨，那扇大门是他唯一的出口。

这第三个宪兵更说明问题；因为在他跟前密密匝匝围了半圈看热闹的人，把旅馆的门都给堵死了。

"他们是在找我！"这是安德烈亚的第一个念头，"见鬼！"

年轻人的脸变得全无血色；他焦急不安地四下张望。

他的这个房间，跟同一层上的其他房间一样，只能开门通过外走廊出去，而在外走廊上，是谁都看得见的。

"我完了！"这是他的第二个念头。

确实，对于一个处在安德烈亚境地的人来说，逮捕就意味着：法庭，审判，死刑，而且是不容赦免，立即执行。

有一会儿，他的双手痉挛地抱紧了头。

在这段时间里，他真差点儿吓疯了。

但很快的，从脑海里乱作一团的念头中，闪出了一点希望的火花。他那毫无血色的嘴唇和挛缩起来的脸颊上，掠过一丝笑意。

他往周围看了看；要找的东西都在一张写字桌的大理石桌面上放着呢：鹅毛笔、墨水和纸。

他拿起鹅毛笔蘸了蘸墨水，用那只强自镇定的手，在拍纸簿的第一页上写了下面这几行字：

> 我没有钱付账，但我并非一个不诚实的人。我留下一枚别针作为抵押，这枚别针价值抵得上我的膳宿费的十倍。请原谅我在天刚亮时就溜走，因为我感到没脸见人！

他从领巾上取下别针，放在那张纸上。

这样做好以后，他并不去把插销插紧，反而把插销拔了出来，甚至还让房门罅开一点，就像他是出了房间以后忘记把它带上似的，然后他一骨碌爬进壁炉的烟囱，就像一个做惯这类特殊体操动作的人那样利索。他把一幅表现阿喀琉斯[1]藏身德伊达弥亚房中的纸板画重新挡在壁炉跟前，还用脚尖把踩在炉灰上的脚印抹平。然后，开始沿弯弯曲曲的烟囱通道往上爬，这就是他犹存一线希望的逃命通道。

与此同时，安德烈亚刚才看到的第一个宪兵，已经跟在警长后面上了楼梯，第二个宪兵在楼梯脚下接应，守在大门口的那个又可以作为他的后援。

把安德烈亚搞得如此狼狈的这次搜捕，背景是这样的：

天刚破晓，急报站就向四面八方发报，在几乎即刻接到消息的所有市镇里，行政官员马上被唤醒，他们随即组织人力搜捕杀害卡德鲁斯的凶手。

贡比涅，是集王室行在、狩猎胜地与驻防城市于一身的要地，拥有众多的行政官员、宪兵和警官；所以，刚收到急报传来的命令，立即就组织了搜捕，而钟瓶旅店既然是城里最有名的旅馆，搜捕自然就从这里开始。

另外，据当晚在市政厅（市政厅就紧挨着钟瓶旅馆）门前值勤的岗哨报告，他在夜里曾看见有几个旅客前来宿店。

这个清晨六点才下岗的哨兵，甚至还记得他刚上岗的那会儿，也就是说在四点零几分的时候，曾经见到一个年轻人和一个乡下小孩，一前一后合骑一匹白马，年轻人到这儿下了马，打发走小孩和马以后，就去敲钟瓶旅馆的门，有人来开门，他进了门。

于是疑点落在这个深夜投店、形迹可疑的年轻人身上。

这个年轻人不是别人，正是安德烈亚。

警长和那个宪兵——他是宪兵队长——由于手头有这点线索，所以径直冲到了安德烈亚的门前；但只见门半开着。

"嘿嘿！"宪兵队长说，他是个老狐狸，对罪犯的这套把戏称得上见多识广，"门开着可是个坏兆头！我宁可它上着三道锁！"

果然，安德烈亚留在桌上的短笺和别针都证实，或者不妨说，都意在使人相信一个可悲的事实，就是安德烈亚已经逃走了。

我们说意在使人相信，是因为这位队长可不是个刚见一件证据就罢休的人。

他环顾四周，看了看床底下，又掀开窗帘，打开橱门，最后停在壁炉前。

1　希腊神话中的英雄，曾乔装成女人潜入斯库洛斯王的王宫，与其女儿德伊达弥亚相会。

幸亏安德烈亚早有预见，没在炉灰上留下任何痕迹。

但这毕竟是一个出口，而在目前的这种情形下，每个出口都是严格检查的对象。

于是队长叫人拿来了柴薪和麦秸；他像填臼炮炮膛似的，在壁炉炉膛里填满柴薪和麦秸，然后点上火。

火焰把炉膛的砖壁烧得毕剥作响；一股浓黑的烟柱沿着烟囱往上蹿，犹如昏暗的火山熔岩似的喷向天空，但是这位队长，并没有像他预期的那样看到罪犯掉下来。

这是因为，安德烈亚自幼就在社会上跌打滚爬，智谋不下于任何一个宪兵，哪怕这个宪兵已经升到了队长的位子。他预先已经想到可能会有这场火攻，所以早就爬上屋顶，蹲在烟囱外边。

一时间，他觉着得救有望了，因为他听见队长在招呼那两个宪兵，对他们喊道：

"他不在这儿。"

可是，他小心翼翼地探出头去一看，却瞧见那两个听到这喊声以后，照理应当撤走的宪兵，非但没有挪窝，反而显得更警惕了。

他也环视了一下四周：市政厅是座十六世纪的巨大建筑，像座森严的壁垒那样高耸着。从这座建筑右边的窗口，可以一览无余地看清旅馆的屋顶，犹如从山顶俯视峡谷一般。

安德烈亚明白，他马上就会看见宪兵队长的脸从其中哪个窗口伸出来。

一旦暴露，他就完了；在屋顶的追逐中，他是绝无逃脱机会的。

因此，他决定重新下去，但不是从上来的那条通道，而是从另一条类似的通道下去。

他找准一个没在冒烟的烟囱，匍匐爬行到那儿以后，就神不知鬼不觉地消失在了烟囱口里。

正在此时，市政厅的一扇小窗打开，宪兵队长的脸探了出来。

这张脸像那座建筑上的石雕，纹丝不动地待了一会儿；然后，伴着一声失望的长叹，这张脸消失了。

这位镇静、尊严得有如他所代表的法律的队长，对广场上麇集的人群争先恐后提出的问题一概置之不理，径直回到了旅馆。

"怎么样？"那两个宪兵问。

"嗯！小伙子，"队长回答说，"那无赖真的是一大早就逃走了。可是我会派人到维莱—科特雷和诺瓦荣的森林里去搜寻，一定能把他逮回来。"

这位可敬的官员，以他那种宪兵队长特有的声调说出上面这番话，但话音还没落地，就听得一声长长的惊叫，伴随着一阵猛烈的铃声，骤然回响在旅馆的庭院里。

"嘿！这是什么声音？"队长喊道。

"像是哪位客人等得不耐烦了，"旅馆老板说，"在几号房间？"

"三号。"

"快跑去，伙计！"

这时，又响起了叫声和铃声。

那伙计拔腿要跑。

"别跑，"队长止住伙计说，"依我看，这个打铃的人，要的不是店里的伙计，我这就给他送个宪兵去吧。谁住三号房间？"

"昨晚乘旅行马车来的那个年轻人和他的妹妹，他要了一个放两张床的房间。"

铃声第三次响起，听上去焦急万分。

"随我来，警长先生！"队长大声说，"跟在我后面，别拉下。"

"请等一下，"旅馆老板说，"有两道楼梯通三号房间：一道外楼梯，一道内楼梯。"

"好！"队长说，"我上内楼梯，这头归我。你们的马枪都上膛了吗？"

"是的，队长。"

"那好！你们看住外楼梯，要是他想逃跑，就开枪。照急报上的说法，这是个很危险的罪犯。"

队长和警长，一前一后立即消失在内楼梯里，留下围观的人群兀自去议论队长透露的安德烈亚的情况。

刚才的事情是这样的：

安德烈亚很灵巧地在壁炉烟囱里往下爬了三分之二，但这时突然脚底一打滑，尽管两只手仍攀在炉壁上，可还是不由自主地滑了下去，速度之快，尤其是声音之响，都超过了他的预想。要是下面是个空房间，倒也罢了；倒霉的是，里面住着人。

两个女人睡在一张床上，这下响声把她们惊醒了。

她俩的目光直勾勾地往发出响声的地方望去，只见壁炉口冒出了个男人。

其中金黄头发的那个就发出了一声响彻整个旅馆的可怕的叫声，而另外那个棕色头发的则扑过去死命地拉铃报警。

各位读者都看到了，安德烈亚可真是不走运。

"行行好！"他脸色惨白，晕头转向地喊道，甚至都没看清自己是在向谁说话，"行行好！别喊了，救救我吧！我并不想伤害你们。"

"安德烈亚，那个杀人犯！"两个女人中的一个喊道。

"欧仁妮！唐格拉尔小姐！"卡瓦尔坎蒂喃喃地说，他从慌乱变成惊呆了。

"救命呀！救命呀！"德·阿尔米依小姐喊道，从欧仁妮僵住的手中夺过拉铃的绳子，使出比同伴更大的劲猛拉起来。

"救救我吧，他们在追我！"安德烈亚双手合在胸前说，"行行好，可怜可怜我，别把我交出去！"

"已经太晚了，他们上来了。"欧仁妮回答说。

"嗯！把我藏在什么地方吧，您就说你们是无缘无故地觉得害怕；您想法子打消他们的疑心，就救了我的命啦。"

两个姑娘紧靠在一起，用被单裹住身体，一声不响地听着他苦苦哀求；她们的脑海，完全被惧怕和厌恶占据了。

"嗯，好吧！"最后欧仁妮说，"就从你进来的那条路出去吧，卑鄙的家伙。走吧，我们不说。"

"他在这儿，他在这儿！"房门口有个声音喊道，"他在这儿，我瞧见他了！"

原来，队长把眼睛凑在锁眼上，瞅见了安德烈亚站着在央求。

枪托用力一击，砸飞了门锁，又是两下，打掉了插销。砸坏了的房门倒了进来。

安德烈亚奔到另一扇向着庭院走廊的房门跟前，打开门想夺路逃走。

两个宪兵正站在那儿，平端马枪瞄准着。

安德烈亚一下子愣住了；他脸色惨白地立定，身子微微后仰，痉挛的手里握着那把已不起作用的小刀。

"快逃呀！"德·阿尔米依小姐喊道，随着恐惧心理的减退，她又动了恻隐之心，"快逃呀！"

"要不就自杀！"欧仁妮说，她的语调和姿势，就像古罗马竞技场里的女祭司[1]在伸出拇指命令得胜的斗士去结果那个失败的对手。

浑身打战的安德烈亚，带着一个鄙夷不屑的笑容望着年轻姑娘，这个笑容表明他那颓败的头脑已经无法理解这种崇高而冷酷的荣誉感了。

"要我自杀！"他把小刀一扔，说，"为什么？"

"你自己不是说了吗！"唐格拉尔小姐喊道，"他们会判你死刑，会把你当作最危险的罪犯立即处决的！"

"嗬！"卡瓦尔坎蒂把双臂叉在胸前说，"我有好些朋友呢。"

队长抽出军刀拿在手里，向他逼近过来。

"行啦，行啦，"卡瓦尔坎蒂说，"把军刀插进鞘里去吧，老兄，既然我已经放弃抵抗了，何必还要这么装腔作势呢。"

说着，他伸出双手等着上手铐。

两个年轻姑娘不胜恐怖地看着眼前这幕丑陋可憎的蜕变显形场景：那个上流社会的年轻人剥下自己的伪装，又变成苦役犯了。

安德烈亚对她俩转过身来，脸上挂着厚颜无耻的笑容。

"您有什么口信要我带给令尊大人吗，欧仁妮小姐？"他说，"我十有八九还是要回巴黎去的。"

欧仁妮用双手掩住了脸。

"哦！哦！"安德烈亚说，"没什么好难为情的，您这么坐了驿车来追我，我可没怪您哟……我原本不就差点儿是您的丈夫了吗？"

说完这句嘲弄的话，安德烈亚就走了出去，留下两个女逃亡者去忍受羞耻的煎熬和围观者的评头论足。

一小时后，她俩穿着女装，登上了她们那辆旅行马车。

---

1 古罗马人信奉灶神与火神威斯塔，并由最高祭司团选出若干名少女担任威斯塔女祭司，她们的任务是看守威斯塔神庙里的长明灯，使其永不熄灭。这些女祭司平时极受尊敬，享有特权。

在这以前，旅店曾经关上大门，把围观她俩的人群挡在外面。但当这扇大门重新打开的时候，她俩还是被夹在围观的人群中间，因此只能从一双双火辣辣的眼睛和一张张窃窃私语的嘴巴中间穿行而过。

欧仁妮拉下车窗的遮帘。但是，她虽然看不见，却依然听得见那些一直传到她耳畔的讪笑声。

"哦！为什么这个世界不是一片荒无人烟的沙漠哟？"她扑在德·阿尔米依小姐的怀里喊道，她的眼里迸射出狂怒的光芒，这正是当年尼禄巴不得罗马帝国就像一颗头颅，好让他一刀砍下来时的模样。

第二天，她们抵达布鲁塞尔，下榻在弗兰德旅馆。

从头天晚上起，安德烈亚就被关进了巴黎法院的附属监狱。

第 99 章

法律

我们前面说过，唐格拉尔小姐和德·阿尔米依小姐是在一种从容不迫的情况下从家里换装出走的：当时每个人都忙于自己的事，无暇顾及她俩。

我们且让银行家面对银行倒闭的幽灵，满头是汗地去写下那一栏栏长长的负债数额，还是来看男爵夫人吧，她经受了那下猛烈的打击，在最初的那阵沮丧气馁过后，起身去找她的体己顾问吕西安·德布雷了。

男爵夫人原来指望那桩婚事能让她最终摆脱掉一种监护的责任，面对像欧仁妮这样性格的女儿，这种监护的责任必然是非常烦人的；这是因为，维护家庭中的等级关系，需要有一种默契，也就是母亲对女儿来说必须始终是明智的表率和完美的典范，否则做母亲的就没有资格对女儿真正实行这种监护。

因而，看到欧仁妮似乎什么都心知肚明，旁边还有德·阿尔米依小姐在给她出主意，唐格拉尔夫人不免有些心虚，她不止一次瞥见过女儿投向德布雷的目光中那丝鄙夷的表情，这种目光似乎在告诉她，对于她跟那位机要秘书之间的暧昧关系以及经济上的往来，做女儿的都是一清二楚的。其实，从一种更明智、更深入的观点来看问题，男爵夫人应该会明白，欧仁妮之所以讨厌德布雷，并不是因为他在她父亲家里是一块使她感到丢脸、感到愤慨的绊脚石，而是因为她干脆已经把他归入了第欧根尼[1]所说的两足动物的范畴，对人类的这一别称，柏拉图的说法稍微委婉一些，那就是：长着两只脚，身上没有羽毛的动物。

按照唐格拉尔夫人的看法，这世界的一大不幸就是每人都有自己的看法，而正是这种看法妨碍了我们去看清别人的看法，我们刚才说，唐格拉尔夫人按照自己的看法，对欧仁妮的婚变感到非常遗憾，这倒并非因为这门亲事门当户对，双方般配，能给她女儿带来幸福，而只是因为这桩婚事能让她自己得到自由。

所以，我们上面说了，她急匆匆地去找德布雷；而德布雷，和所有的巴黎人一样，在参加了婚约仪式，并且目睹了后面那当场出丑的一幕以后，就赶

---

1 第欧根尼（约公元前 404—前 323）：古希腊犬儒派哲学家。

忙回到俱乐部，跟几位朋友一起议论这件大事；此时此刻，这座号称世界之都，以散布流言蜚语为其一大特色的城市里，有四分之三的男男女女都在议论这件事。

正当身穿黑裙、戴着面纱的唐格拉尔夫人不顾看门人一再跟她说德布雷先生不在家，径自登楼朝年轻人的房间走去的时候，德布雷正在忙于拒绝一位朋友旁敲侧击的怂恿，那位朋友意在向他表明，唐格拉尔府上出了这么一桩可怕的事情以后，他德布雷作为这个家庭的朋友，有责任去把欧仁妮·唐格拉尔小姐和她那两百万娶过来。

德布雷为自己辩解时的态度，就像是唯恐自己不能被对方说服似的；因为平时他的脑子里也常常出现这个念头。但是，他又是了解欧仁妮，知道她那种独往独来、傲慢不逊的性格的，所以他不时会采取一种全然防御的立场，声称这种结合是不可能的，与此同时，暗地里又总是心痒痒地感到有一种邪念在撩拨着自己，而这种邪念，据所有的伦理学家说，即使最正直最纯洁的男人也是会时时萦绕脑际的。此刻这种邪念在德布雷的灵魂深处窥伺着，就好比撒旦躲在十字架后面窥伺着。我们看到，这场谈话非常有趣，每个人都显得那么兴味盎然；喝茶，打牌，有趣的谈话，一直延续到了凌晨一点钟。

而唐格拉尔夫人被吕西安的贴身男仆引进那间绿色小客厅后，就一直戴着面纱坐在两篮鲜花中间，焦急地等着他回来；这两篮鲜花，是她上午派人送来的，应该说句公道话，德布雷曾经亲自仔细地摆弄过它们，重新插放过，还剪去过冗枝，看在这细心的分上，可怜的女人也就原谅了他的不在家。

到了十一点四十分，唐格拉尔夫人这么空等实在等倦了，只得坐上出租马车回家而去。

某一阶层的女人，在有一点上是跟正在恋爱的轻佻的缝纫女工相同的，那就是通常不会过了午夜以后回家。男爵夫人回到府邸时那种小心翼翼的样子，就跟欧仁妮方才出去时一模一样。她悬着颗心，轻手轻脚地上楼回到自己的房间，我们知道，她的房间是跟欧仁妮的房间相邻的。

她满心惧怕，唯恐再引起什么流言蜚语，她从心底里坚信——至少在这一点上，这可怜的女人还是值得尊重的——女儿是清白无辜的，是对这个家一往深情的。

回到自己房间以后，她凑在通欧仁妮房间的门上听了听，因为没听到什么声音，就想开门进去；但是门从那边上了锁。

唐格拉尔夫人心想，欧仁妮在经受了这一晚上种种可怕的情绪波动以后，大概是筋疲力尽地上床睡着了。

她喊贴身女仆来问话。

"欧仁妮小姐，"贴身女仆回答说，"是跟德·阿尔米依小姐一起回房间的；然后她们一块儿喝了茶。后来她们就对我说没我的事了，要我退下。"

这个贴身女仆退出来以后，就一直待在配膳室里，而且跟大家一样，以为两位小姐就在她们自己房里。

唐格拉尔夫人于是心头不存半点疑虑地上床睡觉了；然而，尽管对人放下了心，对事，她却怎么也放不下心来。

随着脑子里的思绪愈来愈清晰，婚约仪式的那幕场景愈放愈大；这已经不仅仅是一件招人非议的不光彩的事，而是一桩轰动全城的丑闻，这已经不仅仅是一场羞辱，而是一种声名扫地的奇耻大辱。

这会儿，男爵夫人不由自主地想起了，当初梅塞苔丝由于丈夫和儿子而蒙受那场同样可怕的灾难之际，她是怎样毫无怜悯地对待可怜的梅塞苔丝的。

"欧仁妮，"她对自己说，"她是完了，我们也完了。事情一旦张扬出去，就会使我们永远蒙受耻辱。在我们这个社会里，有些让人作为笑柄的事情，就好比无法治愈的创口，永远血淋淋的不会收口。"

"幸亏，"她喃喃地说，"天主给了欧仁妮这么个有时真叫我胆战心惊的奇怪的性格！"

她抬起头用充满感激的目光望着上天，神秘的天主早就根据注定要发生的事情安排好了一切，而且有时候会把一种缺点，甚至一桩坏事，变成一件好事。

随后，她的思想就像在深渊里振翅扑飞的小鸟一样，从空中掠过，落在了卡瓦尔坎蒂身上。

"这个安德烈亚是个混蛋，窃贼，杀人犯。可是这个安德烈亚的举止，即使不说是很有教养，至少也该说是相当有教养吧。这个安德烈亚被引荐进入社交界时，看上去是家有巨资，门第也很高贵呢。"

有谁能给她指点迷津呢？该向谁去诉说，才能挣脱这让人无法忍受的困境呢？

德布雷，她已经去找过他，凭的是一个女人想要向那个她所爱的，那个有时会把她毁了的男人求援的最初的冲动，但德布雷至多只能给她一些忠告而已；她要去找的，应该是一个比他更强有力的人。

这时，男爵夫人想到了德·维尔福先生。

是德·维尔福先生决定逮捕卡瓦尔坎蒂的；是德·维尔福先生毫不留情地把混乱引进了这个家庭，就仿佛这是一个跟他不相识的陌生人的家庭似的。

可是不然。仔细想起来，检察官并不是一个毫不留情的人；他是一个囿于职责的司法官员，是一个忠实可靠的朋友，他用自己那只有充分把握的手，捏住手术刀猛地一下子剜掉了溃烂的伤口：他不是刽子手，而是一个医生，一个想在上流社会人士眼中，把唐格拉尔家庭的名誉，跟那个曾被他们当作女婿引荐给社交界的声名狼藉的年轻人的丑行分开来的医生。

德·维尔福先生身为唐格拉尔家庭的朋友，他一旦这样做了，也就不会有人怀疑这位检察官事先对安德烈亚的阴谋有所了解，却听之任之未加制止了。

所以，仔细想来，男爵夫人发觉维尔福的做法还是在为他们的共同利益着想的。

但是，检察官的铁面无私该到此为止了。她明天要去找他，即便不是要他答应放弃作为司法官员的责任，至少也要让他答应网开一面，放罪犯一条生路。

她要唤起他往日的情分；她要唤醒他的回忆，用当年那段有罪而又甜蜜的时光的名义去哀求他；德·维尔福先生会搁起这桩案子，或者至少会放卡瓦尔坎蒂逃脱（要这么做，他只需把眼睛往旁边偏一偏就行了），然后对着罪犯的幽灵继续审案，也就是弄个所谓的缺席审判了事。

想到这儿，她更加安心地入睡了。

第二天上午九点，她起身以后既没拉铃叫贴身女仆，也没露出一点动静，悄悄地穿上一身跟昨晚同样朴素的衣服，就下楼出了门，一直走到普罗旺斯街才乘上一辆出租马车，吩咐驶往德·维尔福先生的府邸。

一个月来，这座遭诅咒的府邸始终就像发现了瘟疫的检疫站那样凄凉；有一部分房间，里里外外都关闭了。关得严严实实的百叶窗，难得才打开一会儿，只见窗口露出一个仆人惊惶的脸；然后窗子又关上，就像青石墓板又盖严了坟墓。这时邻居们会窃窃私语：

"莫非我们今天又会见到一口棺材从检察官先生屋里抬出来？"

唐格拉尔夫人看见这座府邸凄凉的景象，不由得打了个寒噤。她从出租马车上下来，膝盖直打哆嗦地走近紧闭的大门去拉铃。

悲怆的铃声仿佛和四周凄清的氛围融成了一体，直到铃响三遍，才见一个看门人把大门罅开一条缝，刚刚够说话声从中通过。

他瞧见了一位女士，一位上流社会的女士，一位衣着高雅的女士，然而大门依然是那么只罅开一条缝。

"开门！"男爵夫人说。

"夫人，先得请问一下您是谁？"看门人问。

"我是谁？您可是认识我的呀。"

"我们现在谁也不认识了，夫人。"

"我看您是疯了，我的朋友！"男爵夫人大声说道。

"您从哪儿来？"

"哦！这太过分了。"

"夫人，这是命令，请您原谅。您的名字？"

"唐格拉尔男爵夫人。您见到我总有二十次了吧。"

"也许是的，夫人。现在，您有什么事？"

"哦！瞧您有多怪！我要告诉德·维尔福先生，他的手下人太放肆了。"

"夫人，这不是放肆，这是谨慎：要是没有德·阿弗里尼先生的关照，或者不是有事要找检察官先生，那就任何人不得入内。"

"那好！我正是有事要找检察官先生。"

"是急事吗？"

"这您也该看得出来了，既然我到现在也还没跳上马车回去。够了！这是我的名片，拿去给您的主人吧。"

"夫人等我回来？"

"对，去吧。"

看门人又关上门，让唐格拉尔夫人待在街上。

不过，男爵夫人没等多久时间。才一会儿工夫，大门重又打开，这次开到足以能让男爵夫人通过了。她进去以后，门又关上。

　　进了院子，看门人仍无时无刻不把眼睛看着门；他从衣袋里掏出个哨子，吹了一下。

　　德·维尔福先生的贴身男仆出现在台阶上。

　　"请夫人原谅这个尽责的仆人，"他一边朝男爵夫人迎上前来，一边说，"德·维尔福先生下过严格的命令，他让我转告夫人，他这样做实在是出于不得已。"

　　院子里有一个供货商，也是经过同样的手续才进来的，现在有人正在检查他带的货物。

　　男爵夫人走上台阶。她觉得，周围这种不妨说已经弥漫到她身上来的凄凉的气氛，使她受到了强烈的感染。她由那个贴身男仆带路，来到检察官的书房，一路上这位向导的视线始终没有离开她。

　　尽管男爵夫人脑子里萦绕着她此次前来的目的，但是所有这些仆人对她的接待竟然如此有失体统，她不由得也有些生气。

　　然而，当维尔福勉强抬起几乎被悲痛压得抬不起来的头，带着一丝凄苦的笑容望着她时，她那些已经到了嘴边的牢骚又咽了下去。

　　"请原谅我的仆人这种惊慌失措的样子，我无法为此责备他们：他们受到了猜疑，所以变得多疑了。"

　　检察官所说的这种惊慌失措，唐格拉尔夫人在社交场上也曾屡次听人说起；但要不是亲眼看到，她无论如何也没法相信，恐慌情绪竟然会发展到这种地步。

　　"这么说，"她说，"您也遭遇了不幸？"

　　"是的，夫人。"检察官回答说。

　　"那么您同情我？"

　　"由衷地同情，夫人。"

　　"您知道我为什么来吗？"

　　"您来对我说您遇到的事情，是吗？"

　　"是的，先生，一桩可怕的灾难。"

"您的意思是说一次不幸的遭遇。"

"一次不幸的遭遇！"男爵夫人喊道。

"咳！夫人，"检察官以他沉着冷静的态度回答说，"现在对我来说，只有人力无法挽回的事情才能称作灾难了。"

"哎！先生，难道您以为人家会忘记……"

"任何事情都会被遗忘的，夫人，"维尔福说，"您女儿还可以再结婚，不在今天，就在明天，不在明天，就在一星期后。而且，要说您是为欧仁妮小姐的未来感到遗憾，我看也不见得吧。"

唐格拉尔夫人望着维尔福，他的这种近于冷嘲的镇静的口吻，使她惊呆了。

"我这还算是在一位朋友家里吗？"她用满含悲愤的语调问道。

"您知道是的，夫人。"维尔福回答说，但在说这句话的同时，他的脸颊微微地泛红了。

原来，这句话使他联想起了跟此刻说的事并不相干的另外一些事。

"那么好吧，"男爵夫人说，"就请您别这么冷淡吧，亲爱的维尔福。请像个朋友，而别像个法官那样地对我说话，当我感到极其痛苦的时候，请别来对我说我应该快活些之类的话。"

维尔福欠了欠身。

"这三个月来我有个讨厌的习惯，"他说，"当我听到有人说起灾难的时候，夫人，我就会想到自己，就会情不自禁地在脑子里进行这种很自私的比较。这就是为什么我觉得，跟我的灾难相比，您遇到的只是一件不如意的事；这就是为什么我觉得，跟我的悲惨处境相比，您的处境还是值得羡慕的。可是这使您不高兴了，我们就别再说了吧。您刚才说什么来着，夫人？……"

"我来，我的朋友，是为了从您这儿了解一下，"男爵夫人说，"那个骗子的案子现在进行得怎么样了？"

"骗子！"维尔福说，"看来，夫人，您是执意要把有些事情尽量夸大，又把有些事情尽量说得轻描淡写。安德烈亚·卡瓦尔坎蒂先生，或者说贝内代托先生，难道只是个骗子！您错了，夫人，贝内代托先生是个不折不扣的杀人犯。"

"先生，我不否认您的更正的准确性。可是，您对这个坏蛋处置得愈严厉，我的家庭蒙受的损失就愈严重。啊，您就把他忘掉一会儿吧；别去追捕他，让他逃走吧。"

"您来得太晚了，夫人，通缉令已经发下去了。"

"嗯！要是他们抓住了他……您说他们会抓住他吗？"

"我希望会的。"

"要是他们抓住了他（听我说，我常听人说监狱里都挤得满满的了），嗯，就让他关在监狱里吧。"

检察官做了个否定的表示。

"至少把他关到我女儿嫁出去再说吧。"男爵夫人说。

"不行，夫人。法院是按司法程序办事的。"

"即使为我也不行？"男爵夫人半是浅笑，半是认真地说。

"对任何人都如此，"维尔福回答说，"就是对我也一样。"

"噢！"男爵夫人轻轻喊了一声，但没有接下去说明脱口而出的这声感叹究竟是什么意思。

维尔福用一种要看透对方想法的目光望着她。

"是的，我知道您想说什么，"他说，"您是指社交圈里沸沸扬扬的那些可怕的流言蜚语，说什么这三个月我家里接连死人，还有瓦朗蒂娜这次奇迹般地幸免于难，都是很离奇的事情。"

"我没想到这上面去。"唐格拉尔夫人急忙说。

"不，您想了，夫人，这也是公平的，因为您不想这些还能想什么呢，您在心里想：为什么在你身旁就有罪犯逍遥法外呢？"

男爵夫人脸色发白了。

"您心里是这么想的，是吗，夫人？"

"嗯！我承认。"

"我来回答您的这个问题。"

维尔福把扶手椅向唐格拉尔夫人的椅子移近一些；然后，他双手撑在办公桌上，用一种比往常更喑哑的声音说道：

"有罪犯在逍遥法外，是因为我不知道谁是罪犯，我怕错把无辜的人当作罪犯来严惩。而一旦我知道谁是罪犯，"他重复说，"我以圣灵的名义起誓，夫人，那人不管是谁，都得去死！现在，在我起过誓并表示决不食言以后，夫人，您还想请求我宽恕那个坏蛋吗？"

"哎！先生，"唐格拉尔夫人说，"您能肯定他当真像人家说的那样，罪行很严重吗？"

"请您听着，这儿有他的档案：贝内代托，先是十六岁时因造假币被判服苦役五年，您瞧，这小子多有出息；然后是越狱；再后来是杀人。"

"这可怜虫原来是怎么个人？"

"咳！那谁知道！一个流浪儿，一个科西嘉人。"

"没有亲人来认过他？"

"从来没有；我们不知道谁是他的父母。"

"那个从卢卡来的男人呢？"

"也是个像他一样的诈骗犯；说不定就是他的同伙。"

男爵夫人把双手合在胸前。

"维尔福！"她用最甜蜜、最温柔的音调叫道。

"看在天主分上！夫人，"检察官用坚定得近于冷酷的态度回答说，"看在天主分上！请不要再为一个罪犯来向我求情。我是什么人？我就是法律。难道法律有眼睛能看见您的愁容？难道法律有耳朵能听见您甜蜜的声音？难道法律有记忆能援用您细腻的思想？不，夫人，法律依法行事，决不姑息。

"您会对我说，我是人，是活生生的人，而不是法典，不是一部书。请您看看我，夫人，请您看看我的周围：人们可曾像兄弟般地对待过我？他们爱过我吗？他们体谅过我吗？他们宽容过我吗？有谁为德·维尔福先生求过情，又有谁恩准过这样的求情？不，没有，从来没有！没有姑息，没有宽贷！

"夫人，您是个迷人的女人，而您又非要用这双可爱的会说话的眼睛来对我说话，让我看着这双眼睛就想起我是应当感到脸红的。嗯！是的，我脸红的原因您是知道的，而且也许，也许还为了别的原因。

"可是，不管怎么说，自从我犯下了过失，也许那是比别人更为严重的过失，嗯！自从那以后，我抖落了别人一件又一件的外衣，看到了他们身上溃烂的创口，我一再看到，我怀着兴奋、喜悦的心情，一再看到人类软弱和堕落的印记。

"因为我发现每个人都是有罪的，而我每惩罚一个罪人，都好像是在用一个活生生的例子再一次向自己证明，我并不比别人更坏些！哦！哦！人人都是坏人，夫人，让我们来证明这一点，让我们来严惩坏人吧！"

维尔福说最后几句话时，神情激昂而狂热，这赋予了他的话一种冷酷的说服力。

"可是，"唐格拉尔夫人还想再做最后一次努力，"您不是说过这个年轻人是个流浪儿，是没人认领的孤儿吗？"

"这是他活该，或者不如说，这样反而更好。这是天意如此，谁也不用去为他哭泣。"

"可这是欺凌弱者哪，先生。"

"好一个杀人的弱者！"

"他的坏名声会影响到我的全家。"

"我呢，死亡的名声不也在影响我的全家吗？"

"哦！先生！"男爵夫人喊道，"您对别人太无情了。嗯！让我告诉您吧，人家也会对您这么无情的！"

"那就让它这样吧！"维尔福说着，用一种咄咄逼人的姿势把胳膊举向天空。

"假如这个可怜虫被抓住的话，至少请把他的案子拖到下次开庭再审理吧；这样还可以有六个月的时间来冲淡人们的记忆。"

"不，"维尔福说，"离这次开庭还有五天；法庭已经做好预审准备了；五天，这已经比我所需要的时间多了。再说，难道您不明白，夫人，我也需要冲淡我的记忆吗？喔！当我工作的时候，当我日以继夜地工作的时候，有时我会觉得我不再有记忆了，而当我不再有记忆的时候，我就跟死人一样什么烦恼都没有了，这毕竟比忍受痛苦的折磨好一些啊。"

"先生，他已经逃走，那就让他逃走吧。听其自然是一种最不费力的宽贷。"

"可我对您说过，已经太迟了！天刚亮急报就发出去了，到这会儿……"

"先生，"贴身男仆走进来说，"这份内务部急件是一个龙骑兵送来的。"

维尔福一把抓过急件，急忙启封。唐格拉尔夫人吓得直打哆嗦，维尔福则兴奋得浑身发颤。

"抓住了！"维尔福喊道，"他在贡比涅给抓住了；大功告成。"

唐格拉尔夫人浑身冰凉、脸色苍白地立起身来。

"告辞了，先生。"她说。

"再见，夫人。"检察官回答说，几乎是欢快地把她一直送到门口。

随后他回进书房。

"太好了，"他用右手手背拍了拍急件说，"我手头已经有一桩伪币案，三桩抢劫案和三桩纵火案，就只缺一桩谋杀案，这下齐了。这次开庭一定会大获成功。"

第100章

幻影

正如检察官对唐格拉尔夫人所说的那样，瓦朗蒂娜还没有复原。

她浑身乏力地躺在床上，我们前面说的那些事情：欧仁妮出走，安德烈亚·卡瓦尔坎蒂——或者更确切地说——贝内代托被捕，并被指控犯有杀人罪，她都是在卧室的床上，从德·维尔福夫人的口中听说的。

瓦朗蒂娜实在太虚弱了，所以她听到这些事情以后的反应，也许跟她在正常的健康状况下所会有的反应很不相同。

在她昏昏沉沉的脑子里出现的，或者在她眼前掠过的，都是些朦朦胧胧的意念和捉摸不定的形体，它们跟种种稀奇古怪的意念和转瞬即逝的印象掺和在一起，不一会儿，这一切都消失了，头脑和眼睛这才渐渐恢复原来的感觉。

白天，诺瓦蒂埃让人把他推到孙女的房里来，待在那儿用充满慈爱的目光深情地望着瓦朗蒂娜，瓦朗蒂娜由于有爷爷在身边，神志也就相当清楚，并不出现幻觉。维尔福从法院回来，也会陪父亲和女儿待上一两个钟头。

到了六点钟，维尔福回书房去工作。八点钟，德·阿弗里尼先生来，夜间给瓦朗蒂娜服用的药水是由医生亲自带来的。随后仆人就把诺瓦蒂埃送回自己的房间。

这时，房里只留下一个由医生指定的护士值班，她一直待到十点或十一点钟，等瓦朗蒂娜睡着以后才离开。

她离开房间下楼，就把瓦朗蒂娜的房门钥匙亲手交给德·维尔福先生，这样一来，若非穿过德·维尔福夫人的套间和小爱德华的卧室，谁也无法进入病人的房间了。

每天早晨莫雷尔到诺瓦蒂埃的房里来打听瓦朗蒂娜的消息。让人奇怪的是，年轻人看上去一天比一天来得安心了。

首先，瓦朗蒂娜尽管仍处于神经极度亢奋的状态，但情况是在好转；其次，在他惊慌失措地跑去找基督山的那会儿，伯爵不是对他说过，瓦朗蒂娜只要在两小时里不死，就会有救的吗？

而现在，四天过去了，瓦朗蒂娜还活着。

瓦朗蒂娜就连睡着的时候，或者说就连刚刚醒来，还半睡半醒的时候，都始终处于我们上面所说的那种神经亢奋的状态。这时，夜深人静，屋里只有壁炉架上那盏彻夜点着的小油灯在乳白色的灯罩下透出一点光亮，而在这片寂静和昏暗中，她总会看见那些通常麇集在病人房间里、被病人的高烧振动颤抖的双翼扇得左右摇晃的幽灵，在她面前经过。

这时，她看见的仿佛有时是样子吓人的继母，有时是向她伸出双臂的莫雷尔，有时又是像基督山伯爵那样一些她平时几乎根本不熟悉的人；她在这种神志不清的时候，似乎觉得连房里的家具都在移来移去。这种状态一直要持续到凌晨两三点钟，这时年轻姑娘只觉得一阵深沉的睡意向她袭来，于是就此睡到天亮。

那天早上，瓦朗蒂娜听说了欧仁妮出逃和贝内代托被捕的消息，当天晚上，在她迷迷糊糊地把这些事情，跟对自身处境的感觉掺和在一起想了一阵以后，这些事情就开始渐渐地离开了她的思绪，随后维尔福、德·阿弗里尼和诺瓦蒂埃也都相继离开了房间，当鲁尔的圣菲利浦教堂敲响十一点的钟声时，女护士把医生准备的药水放在病人的床头柜上，锁上房门，走到楼下的配膳室里，吓得浑身发抖地听仆人们摆龙门阵，把那些近三个月来一直是检察官府邸前厅夜谈话题的凄惨故事一股脑儿地装进脑子里去。正在这时，在那间锁得严严实实的病人房间里，却出现了一幕让人意想不到的场景。

那个护士离去差不多有十分钟了。

瓦朗蒂娜已经发了一个小时高烧，这阵发烧是每晚都有的，她听任那已经不由意志控制的头脑继续处于单调而又无法摆脱的亢奋状态，拼命想重复那些同样的意念，想重现那些同样的幻影。

从那盏小油灯的灯芯上，散射出成千上万道蕴含着奇特的意义的光芒，突然间，就在这颤巍巍的光线下，瓦朗蒂娜仿佛看见安在壁炉边上凹进去地方的那只书橱慢慢地在转动，但没发出一丝声响。

换了别的时候，瓦朗蒂娜会抓住那根丝带拉铃叫人进来的；但她处在目前的状况，已经对什么都见怪不怪了。她在心里对自己说，周围的这些幻影都是由于她神志不清才出现的。她之所以相信这一点，是因为一到早晨，夜间的那些幽灵就随着曙光消失得无影无踪，从没留下过半点痕迹。

门后出现了一个人影。

瓦朗蒂娜由于发高烧的缘故，对这种幻觉已经习以为常，不觉得有什么可怕了。她只是睁大眼睛，希望能认出那是莫雷尔。

那个人影继续朝她的床走来，随后停住，像是在仔细谛听。

这时，一道灯光映在了这位夜间来客的脸上。

"这不是他！"她喃喃地说。

于是，她一心想着眼前是幻觉，等着这个人就像在梦里常会发生的那样，或是消失不见，或是变幻成另一个人。

但她碰到了自己的脉搏，感觉到它跳得很厉害，她记起了，摆脱这些讨厌的幻影有个最好的办法，就是喝水。床边的药水，是瓦朗蒂娜告诉医生自己情绪过于兴奋以后，医生给开的镇静剂。喝一点这种药水，不仅能退烧，而且能使头脑的感觉变得清晰起来；前几夜她喝了以后，有一阵是觉得好受些。

于是，瓦朗蒂娜伸出手去，想拿起放在玻璃盘里的那只杯子。但就在她颤巍巍地把胳臂伸出去的当口，那个幻影突然疾步向她床前走近了两步，此刻他跟年轻姑娘离得这么近，以至于她听到了他的呼吸声，而且似乎觉得他在按住她的手。

这次眼前出现的幻觉——确切地说，这次眼前出现的情景，瓦朗蒂娜从来没有见过。她开始相信自己这是好端端的醒着；她意识到自己的神志是完全清醒的，想到这儿，她不由得打了个寒噤。

瓦朗蒂娜手上感到的那一按，用意是让她不要把手伸过去。

瓦朗蒂娜慢慢地把胳膊缩了回来。

但她的目光无法从这个人影身上挪开，而现在看上去，对方并无任何恶意，似乎是特地来保护她的。只见他拿起玻璃杯，凑近灯光看了一下杯里的液体，好像在判断它透明清澈的程度。

而这第一步的检验还不够。

这个人，或者说这个幽灵——因为他走动得那么轻，踩在地毯上简直没有一点声音——从玻璃杯里倒出一匙液体，咽了下去。瓦朗蒂娜望着眼前发生的事情，完全惊呆了。

她以为，眼前的这一切马上就会消失，换成另一幅场景。但是这个人非但没有像幽灵那样的消失，反而向她走近过来，一边伸手把杯子递给她，一边用充满感情的声音说：

"现在，喝吧！……"

瓦朗蒂娜浑身哆嗦起来。

这是这个幻影第一次用如此清晰的声音对她说话。

她张嘴想喊。

这个人举起手指放在嘴唇上。

"基督山伯爵先生！"她喃喃地说。

从年轻姑娘眼睛里流露出来的惊恐的神色，从她两手不停的颤抖，从她急忙把身子缩进毯子里去的动作，都可以看出她心里还在七上八下地翻腾，不知道是不是该相信眼前的这一切都是真的。然而，基督山在这样一个时刻，像这样神不知鬼不觉地突然从墙壁里走进她的卧室，对神志恍惚的瓦朗蒂娜来说，这实在是太让她难以置信了。

"别喊，也别害怕，"伯爵说，"就连心底里也不要有丝毫怀疑和不安。您看见在您眼前的这个人（这次您是清醒的，瓦朗蒂娜，这不是幻影），是您所能想象得到的最慈爱的父亲和最恭敬的朋友。"

瓦朗蒂娜不知道该怎么回答：向她证明跟她说话的这个人的真实存在的声音，使她感到害怕极了，她不敢应答。但她惊惶的目光似乎在问："既然您是心地坦荡的，您来这儿干吗？"

伯爵以他过人的聪明，一下子就明白了年轻姑娘心里在想什么。

"请听我说，"他说，"或者不如说请您看着我：您看到我的眼睛发红，脸色也比平时更白了吧；这是因为一连四夜，我没有合过眼；一连四夜，我都守在您身边，我在保护着您，在为我们的朋友马克西米利安保证您的安全。"

病人的双颊顿时升起了喜悦红晕；伯爵刚才说出的这个名字，把她对他存有的最后一点怀疑消除了。

"马克西米利安！……"瓦朗蒂娜重复说，她念着这个名字觉得多么亲切啊，"马克西米利安！那么他什么都对您说了？"

"都说了。他对我说，您的生命就是他的生命，我答应他说，您会活下去的。"

"您答应过他我会活下去？"

"是的。"

"可不是，先生，您刚才说到过守夜呀，保护呀。那么您是医生啰？"

"对，我是上天此刻能给您派来的最好的医生，请相信我。"

"您说您在守夜？"瓦朗蒂娜不安地问，"在哪儿？我怎么没看见您。"

伯爵伸手朝书橱的方向指了指。

"我躲在这扇门后面，"他说，"这扇门能通到我在隔壁租下的屋子。"

瓦朗蒂娜带着少女羞涩的骄矜，一下子把目光移开，不胜惊骇地说道：

"先生，您做的这些事情真是荒唐透顶，您对我说的这种保护，简直就像是对我的侮辱。"

"瓦朗蒂娜，"他说，"在漫长的守夜时间里，我看到的只是这些事情：有哪些人进您屋里，人家给您准备了什么食品，给您送来了什么饮料；然后，当我觉得这些饮料有危险的时候，我就像刚才那样进来，把杯子里的毒药倒掉，换上一种对健康有益的药水，让您喝了非但不会像有人期望的那样死去，反而会在血管里注入新的生命。"

"毒药！死去！"瓦朗蒂娜喊道，她以为自己又在发高烧，产生幻觉了，"您在说些什么呀，先生？"

"嘘！我的孩子，"基督山一边说，一边又把手指放在嘴唇上，"我是说毒药；是的，我也说到了死，我现在还要再对您说这个字，不过您还是先把这喝了。（伯爵从衣袋里拿出一只小瓶，把里面装着的红色液体倒了几滴在杯子里。）您把这喝了以后，今晚上就别再喝别的东西了。"

瓦朗蒂娜伸出手去；但这只手还没碰到玻璃杯，就又惊恐地缩了回来。

基督山拿起杯子，喝下其中的一半液体，然后递给瓦朗蒂娜，瓦朗蒂娜带着笑容把剩下的都喝了下去。

"哦！是的，"她说，"我尝得出这就是我每天夜里喝的药水，喝了这种药水，胸口会舒服些，脑子里也会清醒些。谢谢，先生，谢谢。"

"靠着它，您这四夜活了下来，瓦朗蒂娜，"伯爵说。"可是我，我的日子是怎么过的哟？哦！为了您，我度过的是多么难熬的时光啊！当我看见您的杯子里被倒进了致命的毒药，当我浑身战栗地想到，也许我还来不及把它倒进壁炉，您就已经喝了下去，这时候，我在忍受多么可怕的煎熬！"

"您说，先生，"瓦朗蒂娜恐怖之至地问，"您忍受可怕的煎熬，看着致命的毒药倒进我的杯子？您既然看见毒药倒进杯子，那一定也看见那个倒毒药的人了？"

"是的。"

瓦朗蒂娜从床上坐起来，拉起细麻布绣花被罩遮住比雪还白的胸口；这条已经被发烧时的冷汗浸湿的被罩，现在又沾上了恐怖的冷汗。

"您看见这个人了？"年轻姑娘重复问道。

"是的。"伯爵又说一遍。

"您对我说的话太可怕了，先生，您要我相信的事情简直是太恐怖了。居然就在我父亲家中！居然就在我的卧室里！居然就在我的病床上！有人想要来害死我？哦！请您出去，先生，您是在蛊惑我，您是在亵渎神明，这是不可能的，绝不会有这种事情。"

"难道您是这只手要加害的第一个人吗，瓦朗蒂娜？您不曾看见在您周围，德·圣梅朗先生，德·圣梅朗夫人，巴鲁瓦，都一个个倒下去了吗？而诺瓦蒂埃先生，要不是他近三年来接受的以毒攻毒的治疗让他习惯这种毒性，您不也早就会看见他倒下去了吗？"

"哦！我的天主！"瓦朗蒂娜说，"就为这个缘故，这一个月来爷爷才要我喝他的药水吗？"

"这种药水，"基督山大声说，"有一种干橘皮的苦味，对不对？"

"对，我的天主，对！"

"哦！这下我全明白了，"基督山说，"他也知道这儿有人下毒，而且说不定还知道是谁在下毒。他让您，他心爱的孩子，有了预防这种致命毒药的能力。因为您渐渐地习惯了毒性，这种毒药就失效了！我一直不明白，您四天前喝了这种通常无法解救的毒药以后，为什么还能活下来，这下我全明白了。"

"这个凶手，这个杀人犯，到底是谁？"

"我来问您：您在夜里看见过有人走进您的房间吗？"

"看见过。我常常觉得有什么东西像幽灵似的走过，这些幽灵走近来，然后又走远，直到消失。可是我总以为那是我发高烧时的幻觉，刚才您进来的时候，嗯，我也以为我要不是神志不清，就是在做梦呢。"

"这么说，您不知道那个要害死您的人是谁？"

"不知道，"瓦朗蒂娜说，"为什么有人想要我死呢？"

"您就会知道这人是谁了。"基督山一边说，一边竖起耳朵谛听。

"为什么？"瓦朗蒂娜问，恐怖地往四下望去。

"因为今天晚上您既没发烧也没有神志不清，因为今天晚上您完全是清醒的，还因为现在就要敲午夜十二点，那凶手就要出来了。"

"我的主啊！我的主啊！"瓦朗蒂娜一边说，一边用手去抹额头沁出的汗珠。

果然，这时响起了午夜十二点缓慢而凄凉的钟声，一声声铜锤的撞击声，就像敲在年轻姑娘的心上。

"瓦朗蒂娜，"伯爵说，"您要用全部力量控制住自己，让您的心不要跳得太剧烈，让您的喉咙不要发出一点声音，您要装作睡着的样子，您会看见的，会看见的！"

瓦朗蒂娜抓住伯爵的手。

"我好像听见有声音，"她说，"您快走吧！"

"再见，或者说待会儿见吧。"伯爵回答说。

然后，他带着忧郁而又慈爱的笑容，踮起脚尖退回到书橱那儿，年轻姑娘望着他的笑容，心头充满感激。

不过，他在关上书橱的门以前，又转过身来。

"千万不要动，"他说，"也不要出声。要让那人以为您是睡着了，否则说不定来不及等我赶过来，您就被人杀死了。"

说完这句可怕的叮嘱，伯爵就消失在门后。门悄没声响地关上了。

第101章

蝗虫[1]

房间里只剩下瓦朗蒂娜一个人。远处有两口钟，走得比圣菲利浦教堂的钟略慢一些，此刻分别敲响了午夜十二点的钟声。

此后，除了偶尔有些马车远远驶过的声音，四周一片寂静。

瓦朗蒂娜的注意力，全部集中在房里的那口挂钟上；钟摆嘀嗒嘀嗒地计着秒。她跟着这嘀嗒声数数，而且发现这声音比自己的心跳要慢一半。

她还是心存疑虑。从来不去伤害别人的瓦朗蒂娜，无法想象有人竟然会要置她于死地；那是为什么呢？是出于什么目的呢？她究竟做错了什么事，竟然会有这样的一个仇人呢？

所以，根本不用担心她会睡着。

她那神经高度紧张的脑子里，只有一个念头，一个可怕的念头在不停地盘旋着：在这个世界上，有一个人曾经想害死她，而且现在还想这样做。

要是这一次，这个人看见下毒老是不奏效，再也按捺不住，就像基督山说的那样干脆动刀子了呢！要是伯爵来不及赶过来呢！要是她这就要走到生命的尽头，要是她这就要永远见不到莫雷尔了，那可怎么办呢！

这些想法，使瓦朗蒂娜吓得脸无血色，冷汗淋漓，她差点儿要想抓起拉铃的绳子喊人进来了。

但是，她似乎觉得，穿过书橱的门，瞥见了伯爵那双炯炯有神的眼睛，这双眼睛已经印在她的记忆之中，想起它们，她就感到万分羞愧，她扪心自问，倘若她这么冒冒失失地辜负伯爵的情谊，那造成的后果又岂是她心里对伯爵的感激之情所能弥补的呢。

二十分钟，漫长的二十分钟，就这样过去了，接着又过了十分钟；挂钟终于先发出些许声响，然后敲响了十二点半的那一下钟声。

就在这时，传来一阵轻微得难以觉察的用手轻叩书橱的声音，意思是告

---

1 欧美人常以蝗虫指破坏成性，必欲将对手全部置于死地才肯罢休的人。

诉瓦朗蒂娜，伯爵在警惕着，她也得警惕了。

果然，在对面的方向，也就是说在爱德华的房间那边，瓦朗蒂娜似乎听见地板上有声音；她竖起耳朵，使劲屏住呼吸，憋得都快透不过气来了；门锁的旋钮喀地响了一下，房门在铰链上转动过来。

瓦朗蒂娜原先是在床上支起身子的，这时刚来得及躺下去，把一只胳膊遮在眼睛上。

然后，她感到整颗心被一种无法形容的恐怖揪得紧紧的，惊惶而激动地等待着。

有个人走过来，靠近床边，碰到了床幔。

瓦朗蒂娜使劲控制住自己，发出轻微而均匀的呼吸声，就像是睡得很平稳的样子。

"瓦朗蒂娜！"一个声音轻轻地说。

年轻姑娘从心底里打了个寒战，但没有作声。

"瓦朗蒂娜！"这个声音重复说。

依然是寂静：瓦朗蒂娜打定主意不能醒来。

随后，一切都静止了。

但瓦朗蒂娜听见一种轻得几乎听不出来的声音，那是液体倒进她刚喝空的玻璃杯的声音。

这时，她靠着搁在眼睛上的那只胳膊的遮掩，壮着胆子微微睁开眼睛。

只见一个身穿白色睡衣的女人，在把一只小瓶子里预先准备好的液体倒进她的玻璃杯里。

在这一瞬间，瓦朗蒂娜或许是呼吸声急促了一些，也可能是动弹了一下，因为那个女人神态不安地停住手，朝病床俯下身来，想看看清楚她是不是真的睡着了：这人是德·维尔福夫人。

瓦朗蒂娜认出继母后，陡地浑身起了一阵剧烈的颤抖，连床也动了起来。

德·维尔福夫人立即闪身贴在墙壁上，躲在床幔后面，一声不响，警觉地留心着瓦朗蒂娜的每一点最细微的动静。

瓦朗蒂娜记起了基督山那几句可怕的叮嘱；她仿佛觉得在不拿瓶子的那只手里，看到有一把锋利的长刀在闪烁发亮。这时，瓦朗蒂娜聚集起全部意志的力量，拼命想把眼睛闭上；但是，此刻要这个在五官中对害怕最敏感的器官完成这样一个动作，这样一个再简单不过的动作，却变得几乎不可能了。强烈的好奇心在驱使她睁开眼睛，看看究竟是怎么回事。

但是，因为这时瓦朗蒂娜又恢复了均匀的呼吸声，周围的宁静使德·维尔福夫人又放下了心来，相信瓦朗蒂娜是睡着了，她重又伸出那只胳膊，侧身躲在披在床头的床幔后面，把小瓶里的液体全都倒进了瓦朗蒂娜的玻璃杯里。

随后她悄悄地退了出去，连瓦朗蒂娜都没能听见她退出房间的声音。

瓦朗蒂娜所能感觉到的，只是那只胳膊消失不见了；那是一个年轻美貌的二十五岁的女人圆润的胳膊，而这只胳膊却在倾注着死亡。

要想说清楚德·维尔福夫人待在房间里的这一分半钟时间里，瓦朗蒂娜到底都感受到了些什么，那是不可能的。

手指轻刮书橱的声音，把年轻姑娘从近乎麻木的昏昏沉沉的状态中惊醒过来。

她费力地抬起头来。

书橱的门悄没声儿地转过来，基督山伯爵又出现了。

"怎么样，"伯爵问，"您还有怀疑吗？"

"喔，我的天主！"年轻姑娘喃喃地说。

"您看见了？"

"哎！"

"您认出来了？"

瓦朗蒂娜发出一声呻吟。

"是的，"她说，"可我没法相信。"

"难道您宁愿去死，而且让马克西米利安也死吗？！……"

"我的天主！我的天主！"年轻姑娘几乎是神志恍惚地重复说，"可是难道我不能离开这个家，不能逃走吗？……"

"瓦朗蒂娜，对您下毒的这只手，会跟踪您到任何地方。她可以用金钱来诱惑收买您的仆人，死神会披着各种各样的伪装降临到您身上，您在溪涧喝的泉水，您在树上摘的果子，都会有致命的危险。"

"可您不是说过，爷爷采取的预防措施，已经使我有抵御毒药的能力了吗？"

"那只能对付一种毒药，而且只能对付小剂量的。她可能更换毒药或者增大剂量。"

他拿起玻璃杯，用嘴唇抿了一下。

"瞧，"他说，"已经这样做了。这次对您下的毒不是番木鳖碱，而是一种普通的麻醉药了。我辨得出溶解这种麻醉药的酒精的味道。如果您把德·维尔福夫人刚才倒在这只杯子里的东西喝了下去，瓦朗蒂娜，您就完了。"

"我的天主！"年轻姑娘喊道，"她干吗要这样不肯放过我呢？"

"怎么！您真的这么温柔，这么善良，这么没有一点防人之心，连这也不明白吗，瓦朗蒂娜？"

"我不明白，"年轻姑娘说，"我从来没有伤害过她呀。"

"可是您有钱，瓦朗蒂娜；可是您有二十万利弗尔的年金，是您让她儿子失去这二十万利弗尔年金的。"

"怎么能这么说呢？我的财产又不是她的，那是我的外公外婆留给我的呀。"

"没错，就为这个缘故，德·圣梅朗先生和夫人都死了：那是为了让您能继承到外公外婆的遗产；也就为了这个缘故，在诺瓦蒂埃先生指定您作为遗产继承人的当天，她就对他下手了；还是为了这个缘故，现在轮到您了，瓦朗蒂娜，您一死，您的财产就归您父亲继承，而您的弟弟作为独子，就能从您父亲手里继承到这笔财产。"

"爱德华，可怜的孩子！她犯下这些罪行都是为了他吗？"

"哎！您总算明白了。"

"啊！我的天主！但愿报应别落在他身上啊！"

"您真是个天使，瓦朗蒂娜。"

"可是我爷爷，后来她怎么又不去害死他了？"

"她是这么想的：您死以后，只要您弟弟没被剥夺继承权，这笔财产早晚就是他的。考虑下来，她觉得下那个毒手并没有意义，而且还会增加危险，所以她就歇手了。"

"这些计划，竟然都是在一个女人的脑子里想出来的！哦，我的主啊！"

"您还记得佩鲁贾，还记得拉波斯特旅馆的葡萄凉棚和那个穿棕色呢披风，您继母向他请教有关托法娜药水[1]情况的男人吧。嗯！从那时候起，这个可怕的计划就在这个脑子里酝酿成熟了。"

"哦！先生，"温柔的年轻姑娘泪流满面地喊道，"我知道了，如果真是这样，我就注定要死了。"

"不，瓦朗蒂娜，不会的，因为我识破了这个阴谋。我们的对手既然已经被识破了，她也就失败了。您不会死，您会活下去的，瓦朗蒂娜，您会为爱别人和被别人爱，会为让自己得到幸福和让另一个高尚的心灵得到幸福而活下去的。可是为了活下去，瓦朗蒂娜，您必须完全信任我。"

"您吩咐吧，先生，我该怎么做？"

"您要毫不犹豫地照我所说的话去做。"

"哦！天主为我做证，"瓦朗蒂娜喊道，"倘若我只是一个人，我宁愿让自己去死！"

"您不能信任任何人，包括您父亲在内。"

"我父亲跟这可怕的阴谋没有关系，对吗，先生？"瓦朗蒂娜把双手合拢说。

"对，可是您父亲作为一个惯于起诉指控的人，应该想到他家里接踵而至的这些死亡都并非自然死亡。您父亲，本来该是他守在您的身边，该是他此刻站在我这个位置的；倒空这只杯子的应该是他；跟那个凶手对着干的应该是他。这才是幽灵对幽灵。"他在大声说完上面的那些话后，低声说了最后那句话。

"先生，"瓦朗蒂娜说，"我会尽一切努力活下去的，因为在这个世界上有两个人深深地爱着我，我要是死了，他们也会死的：那就是我爷爷和马克西米利安。"

"我会像照看您一样地照看他们。"

"好吧！先生，我听您的吩咐。"瓦朗蒂娜说。随后她低声自语："哦，主啊！主啊！我会出什么事哟？"

"无论出什么事，瓦朗蒂娜，您都不要惊慌；如果您觉得痛苦，如果您丧失了视觉、听觉和触觉，您别害怕。如果您醒来时不知道自己在哪儿，也别害怕，即使您发现自己是在阴森森的坟地里，或者被钉在棺材里，也别害怕；您

1　参见第 52 章 "毒物学"。

得马上提醒自己，对自己说：此时此刻，有一个朋友，一个父亲，他希望我和马克西米利安得到幸福，他在照看着我。"

"哎哟！太可怕了！"

"瓦朗蒂娜，您要揭露您继母的阴谋吗？"

"我情愿死一百次！哦！是的，我情愿死！"

"不，您不会死的。请答应我，无论您遇到什么情况，您都不要抱怨，都要存有希望，好吗？"

"我会想着马克西米利安的。"

"您是我心爱的孩子，瓦朗蒂娜；只有我能救您，而且我一定会救您。"

瓦朗蒂娜不胜恐怖地合紧双手（因为她觉得这是请求天主赐她以勇气的时候），坐起身来祈祷，断断续续地念念有词，忘记了她那洁白如玉的肩头只有长发遮盖着，也忘记了从睡衣精致的花边下面是看得见她那怦然心跳的胸脯的。

伯爵伸出一只手轻轻按在年轻姑娘的胳膊上，把天鹅绒被罩拉到她的颈部，带着慈爱的笑容说：

"我的孩子，请您相信我的忠诚，就像您相信天主的仁慈和马克西米利安的爱情一样。"

瓦朗蒂娜以充满感激的目光凝望着他，那神情就像一个受到保护的孩子那般温顺。

这时伯爵从背心衣袋里掏出那只祖母绿的小匣子，揭开金盖，把一粒豌豆大小的药丸倒在瓦朗蒂娜的右手心里。

瓦朗蒂娜用左手拿起这粒药丸，神情专注地望着伯爵：这位刚毅的保护人的脸上，显露出威严的神情和超凡的力量。显然，瓦朗蒂娜这是在用目光向他询问。

"是的。"他回答说。

瓦朗蒂娜把药丸放进嘴里，吞了下去。

"现在，我要跟您告别了，我的孩子，"他说，"我要去试着睡一会儿，因为您已经得救了。"

"您去吧，"瓦朗蒂娜说，"无论发生什么事情，我答应过我决不害怕的。"

基督山久久地凝视着年轻姑娘，看着她在他刚才给她吞下的麻醉药的作用下，渐渐地入睡。

　　这时，他拿起玻璃杯，把其中四分之三的溶液倒进壁炉，好让人以为是瓦朗蒂娜喝掉的，再把杯子放回床头柜。然后，他回到书橱的门那儿，向瓦朗蒂娜最后看了一眼，这时的她，已经像一个睡在天主脚边的天使那样，带着信赖而天真的神情睡着了。

　　随即伯爵消失在门后。

第 102 章

瓦朗蒂娜

瓦朗蒂娜屋里，壁炉架上的那盏小油灯依旧点燃着，但已经吸尽了浮在水面上的最后几滴灯油；一圈红彤彤的光晕染红了半球形的乳白灯罩，显得格外明亮的灯焰发出最后的阵阵毕剥声。油灯将灭时这种最后的摇曳，常被比作可怜的病人临终前的抽搐；一缕幽暗惨淡的光线，把年轻姑娘的白色床幔和被罩染上了一层乳白色。

这会儿，街上的声音已归于沉静，屋里是死一般的岑寂。

通爱德华卧室的房门打开了。一张我们已经见过的脸出现在房门对面的镜子里：这是德·维尔福夫人，她要回来看看药水是否奏效。

她在门口停住脚步，静听油灯发出的毕剥声，在这个仿佛空无一人的房间里，这是唯一可以听见的声音。随后她悄悄走近床头柜，去看瓦朗蒂娜的杯子是不是喝空了。

我们上面说过，杯里还剩四分之一的溶液。

德·维尔福夫人拿起杯子，走过去倒在炉灰上，再把炉灰轻轻搅动一下，好让液体被吸收得更快些，然后她仔细地涮净杯子，用自己的手帕拭干，再把它放回到床头柜上。

倘若有人能把目光穿透这个房间的话，他就会看到，德·维尔福夫人两眼凝视瓦朗蒂娜，一步一步走近病床时，有一种犹豫不决的神态。

惨淡的光线，死一般的寂静，这种可怕的夜的氛围，想必跟她脑子里那些恐怖的意念交织在一起了：这个下毒的女人，面对自己的作品感到害怕了。

终于，她鼓起勇气，撩开床幔，把手撑在床头上，瞧着瓦朗蒂娜。

年轻姑娘停止了呼吸，微微松开的牙齿中间，没有一丝显示生命迹象的气息；毫无血色的嘴唇已经停止了颤抖；那股仿佛从皮肤里透出的紫色的体气[1]，雾蒙蒙地凝聚在眼睛上，鼓起的眼睑显得分外苍白，长长的睫毛在变得蜡

---

1 西方古代医学认为从血液或其他体液蒸发到头部的气体。

似的面容上勾画出两条黑线。

德·维尔福夫人凝视着这张寂然不动、依旧如此动人的脸；她鼓足勇气掀开毯子，伸手按在年轻姑娘的心口上。

心口冷冰冰的，没有一点动静。

她觉着的跳动，是自己手指上动脉的搏动：她战栗地缩回了手。

瓦朗蒂娜的胳膊伸在床沿外边；这只胳膊整个儿从肩部到肘弯，活脱是根据热尔曼·皮隆[1]雕塑的《美惠三女神》塑造出来的；但那只前臂由于抽搐而稍稍有些变了形，模样很美的手腕微微有些僵直地搁在桃花心木的床沿上，手指揸开着。

指甲的根部都发青了。

对德·维尔福夫人来说，已经没有什么好担心的了：完事了，这件可怕的事情，这桩她必须完成的最后的任务，终于完成了。

这个下毒的女人在这个房间里已经没事要干了。她小心翼翼地往后退去，显然她是怕自己的脚在地毯上弄出声音来；可是，她这么往后退的时候，手里还撩着床幔，全神贯注地望着这幅死亡的景象。这幅景象对她有一种不可抗拒的吸引力——死并不意味变形，只是寂然不动而已，死依然神秘，并不让人厌恶。

时间一点一点过去；德·维尔福夫人手里撩着那裹尸布似的床幔，悬在瓦朗蒂娜脸部上方，竟然无法松手。她听凭自己陷入了冥想：罪犯的冥想，应该就是内疚吧。

这时，油灯又响起了毕剥声。

德·维尔福夫人听到这声音，打了个激灵，松手放开了床幔。

正在这时，油灯熄灭了，整个房间沉浸在怕人的黑暗之中。

黑暗中，挂钟启动，敲响了四点半的钟声。

这个下毒的女人，惊骇地听着这悠荡的钟声，蹑手蹑脚地退到门边；回进自己房间时，她已经是满头冷汗了。

黑暗又持续了两个小时。

然后，微弱的晨光渐渐地透过百叶窗，钻进了屋子；接着，光线变得愈来愈亮，物件和人体都有了色彩和形状。

---

1 热尔曼·皮隆（1535—1590）：法国雕塑家。

从楼梯上传来那个女护士的咳嗽声，她手里拿着咖啡杯，走进瓦朗蒂娜的房间。

一个父亲，一个情人，一眼就能看出瓦朗蒂娜死了。而在这个受雇的护士眼里，瓦朗蒂娜只不过是睡着了。

"好，"她走近床头柜说，"她已经喝过药水，玻璃杯里只剩三分之一了。"

她走到壁炉旁边，重新生好火，在扶手椅里坐下。虽说刚睡醒，但她还是想趁瓦朗蒂娜没醒的工夫再打个盹儿。

钟敲八点，惊醒了她。

她看到年轻姑娘居然睡得这么死，看到那只胳臂就那么垂在床边不伸进去，不由得感到害怕起来。她走到床边，这时才注意到瓦朗蒂娜的嘴唇发凉，胸口冰冷。

她想把那只胳臂放回到身体旁边去，但是那只胳臂就是硬邦邦的不肯听话：一个女护士不会不知道这种可怕的僵硬意味着什么。

她恐怖地尖叫起来。

随后，她朝门口奔去：

"救命啊！"她喊道，"救命啊！"

"什么，救命！"德·阿弗里尼先生在楼梯下应声说。

这正好是医生平时来的时间。

"什么，救命！"维尔福的声音喊道，他正从书房里急匆匆地跑出来，"大夫，您听到喊救命的声音了吗？"

"是的，是的。上去吧，"德·阿弗里尼回答说，"快上楼到瓦朗蒂娜的房间去。"

还没等医生和父亲赶到，楼上的那些仆人，不管是在别的房间里的，还是在过道上的，都已经拥进了瓦朗蒂娜的房间。他们瞧见瓦朗蒂娜脸色灰白，一动不动地躺在床上，都纷纷向上天举起双手，就像突发眩晕似的摇晃着身子。

"去喊德·维尔福夫人！去叫醒德·维尔福夫人！"检察官喊道，他待在房门口似乎不敢进去。

可是那些仆人并不来答应他，兀自只管望着德·阿弗里尼先生，他已经进了屋，奔到瓦朗蒂娜身边，把她抱在怀里。

"又是一个！……"他把瓦朗蒂娜放回床上喃喃地说,"哦,天主啊,天主啊,您什么时候才会感到厌倦呢?"

维尔福冲进屋里。

"您说什么,天主哪!"他向上天举起双手喊道,"大夫!……大夫!……"

"我说瓦朗蒂娜死了!"德·阿弗里尼以庄严的声音回答说,在这庄严之中有一种可怕的意味。

德·维尔福先生突然间就像双腿折断似的倒在地上,脑袋垂在瓦朗蒂娜的床上。

听见医生说的话,听见这个父亲的喊声,惊恐万状的仆人一边发出嘶哑的咒骂声,一边四散逃开去。只听得楼梯和过道上传来他们急促的脚步声,接着是院子里的一片喧哗,随后就一片空寂;声音全都消失了:这座遭诅咒的宅子里,上上下下的仆人都跑空了。

这时,德·维尔福夫人披着晨衣,一只胳臂还没伸进袖子,掀开了门帘。她在门口停了一会儿,做出想询问在场的人样子,同时还想挤出几滴眼泪来。

陡然间,她双手伸向那张床头柜,猛地往前走上一步,或者不如说蹦上一步。

她刚瞥见德·阿弗里尼好奇地向床头柜俯下身去,拿起那只她清楚地记得在半夜里已经倒空的玻璃杯。

杯里还有三分之一溶液,正好跟她把残液倒进炉灰前一样。

即使此刻瓦朗蒂娜的鬼魂竖立在这个下毒的女人面前,也不会使她更为惊骇了。

一点不错,那就是她倒在瓦朗蒂娜的杯子里,而且瓦朗蒂娜喝过的溶液的颜色。德·阿弗里尼先生拿在手里仔细察看的这种毒药,是逃不过他的眼睛的:这一定是天主显灵,为了让人能揭发罪行而留在那儿的线索和证据,罪犯再怎么防范也是无济于事的。

就在德·维尔福夫人像尊不妨取名为"恐怖"的雕像伫立在那儿,而德·维尔福把头埋在死者的床单里,对周围的一切都看不见的当口,德·阿弗里尼走到窗子跟前,更加仔细地察看玻璃杯里的溶液,并用指尖蘸了一点尝了尝。

"啊!"他低声地说,"已经不是番木鳖碱了。让我来看看这是什么!"

说着，他快步走到房间里一个改装成药箱的柜子跟前，从里面的小银盒里拿出一小瓶硝酸，滴了几滴在玻璃杯的乳白色溶液中，只见那小半杯液体马上变成了鲜红色。

"啊！"德·阿弗里尼轻轻地喊道，这喊声中有审判官发现罪行真相时的恐怖，但也掺有学者解决一个难题时的欣喜。

德·维尔福夫人转身站立片刻，眼睛里先是迸射出激动的光芒，随后变得黯淡下去。她伸出一只手，踉踉跄跄地向房门摸去，然后就消失不见了。

不一会儿，只听得远远地传来扑通一下，像是有谁倒在地板上了。

可是没人注意到这声音。女护士聚精会神地在观察化学分析，维尔福仍然颓丧地扑在床上。

只有德·阿弗里尼先生一人在留神看着德·维尔福夫人，注意到了她的突然离去。

他掀起瓦朗蒂娜房间的门帘，从爱德华的房间望过去，一直望到德·维尔福夫人的房里，看见她昏然不动地躺在地板上。

"快去照看德·维尔福夫人，"他对女护士说，"德·维尔福夫人出事了。"

"那么瓦朗蒂娜小姐呢？"女护士结结巴巴地问。

"瓦朗蒂娜小姐不需要照看了，"德·阿弗里尼说，"瓦朗蒂娜小姐已经死了。"

"死了！死了！"维尔福悲痛欲绝地轻声喊道，这种悲痛对这颗青铜铸成的心来说，是一种新的、前所未有的陌生的感情，所以它就更令人肝肠寸断。

"死了！谁说死了？"另一个声音喊道，"谁说瓦朗蒂娜死了？"

两个男人同时转过身去，只见莫雷尔脸色苍白，神情激动，形容吓人地站在门口。

原来事情是这样的：

莫雷尔按往常的时间，来到通诺瓦蒂埃房间的那扇小门跟前。

但跟往常不同的是，他发现门开着。因此他无须拉铃就进了门。

他在前厅里等了一会儿，想喊一个仆人来把他领进诺瓦蒂埃的房间。

他喊了一声，没人应答。我们知道，宅子里的仆人都跑空了。

这天，莫雷尔本来心里并没感到不安：基督山向他许诺过瓦朗蒂娜会活下去，直到目前为止，这个许诺是不折不扣地兑现的。每天晚上，伯爵带给他的都是好消息，而这些消息第二天又总会由诺瓦蒂埃加以证实。

但是，眼前的这片寂静使他感到很奇怪；他喊了第二遍、第三遍，仍然是一片寂静。

于是他决定上楼去。

诺瓦蒂埃的房门，也像其他的房门一样敞开着。

他第一眼见到的，就是在老地方坐在轮椅里的老人。老人的眼睛睁得大大的，仿佛是在表示内心的一种恐惧；而整张脸都显得那么苍白，更证实了这一点。

"您好吗，先生？"年轻人问，他的心不由得揪紧了起来。

"好！"老人眨着眼睛表示，"好！"

可是他脸上焦急不安的神情更加明显了。

"您在担心，"莫雷尔继续说，"您想要什么东西。您要我拉铃去喊仆人来吗？"

"是的。"诺瓦蒂埃表示。

莫雷尔拼命拉铃；可是，哪怕把绳子拉断了，也不见有人来。

他转过身去朝着诺瓦蒂埃；老人的脸越发显得苍白，越发显得焦躁不安了。

"天哪！天哪！"莫雷尔说，"为什么没有人来呢？这屋里有谁病了吗？"

诺瓦蒂埃的眼睛像要从眼眶里迸射出来似的。

"您怎么啦？"莫雷尔说，"您的样子真怕人。瓦朗蒂娜！是瓦朗蒂娜！……"

"是的！是的！"诺瓦蒂埃表示说。

马克西米利安张嘴想说话，可就是发不出声音来；他摇摇晃晃地走去扶住护壁板。

然后，他向门口伸出手去。

"是的，是的，是的！"老人接着表示说。

马克西米利安奔到小楼梯跟前，三步并作两步地往上冲去，因为诺瓦蒂埃的目光似乎在对他喊：

"快呀！快呀！"

才一分钟工夫，年轻人就穿过了好几个跟整幢房子其他地方同样空荡荡的房间，一直奔到瓦朗蒂娜的房间。

他不用推门，因为房门大开着。

最先听到的是一阵呜咽声。他仿佛透过一层云雾，看见一个黑色的人影跪在地上，头埋在一堆凌乱的白色床幔里。一种恐惧，一种可怖的恐惧，使他像给钉住似的，呆在了房门口。

就在这时，他听见一个声音在说"瓦朗蒂娜死了"；而另一个声音像回声似的应答说：

"死了！死了！"

第 103 章

马克西米利安

维尔福立起身来，让人撞见他这么痛哭流涕，他似乎感到有些难为情。

二十五年可怕的职业生涯，或多或少已经使他变成了一个铁石心肠的人。

他一时显得有些茫然的目光，盯在了莫雷尔脸上。

"您是什么人，先生，"他说，"您难道不知道，有人死了的屋子，外人是不能随便进来的吗？请您出去，先生！出去！"

莫雷尔伫立不动，他凝视着凌乱的床和床上瓦朗蒂娜苍白的面容，无法把目光从这可怕的景象上移开。

"出去，您听见吗！"维尔福喊道，德·阿弗里尼则走上前去把莫雷尔往外拖。

马克西米利安神情茫然地望着床上的尸体、两个站着的男人以及整个房间，仿佛犹豫了一下，张口想说什么。但尽管他脑子里萦绕着许许多多排遣不开的念头，却就是回答不出一句话来，他用双手揪着自己的头发，反身向外走去。维尔福和德·阿弗里尼一时间竟收起各自的思绪，目送他出了房门以后，彼此交换了一道目光，意思是说：

"他疯了！"

可是不到五分钟工夫，就听得楼梯上传来一阵不堪重负的嘎吱嘎吱的响声，然后只见莫雷尔正以一种超乎常人的力量，抱住诺瓦蒂埃的轮椅，把老人抬上二楼来。

上了楼，莫雷尔把轮椅放下，迅速地推进瓦朗蒂娜的房间。

所有这些举动，年轻人都是凭着处于癫狂的亢奋状态时的爆发力完成的。

但是，更让人感到惊骇的，还是被莫雷尔推到瓦朗蒂娜床边的诺瓦蒂埃的那张脸，那张智慧展示出全部精神力量、眼睛全神贯注地替代了其他官能的脸。

维尔福瞧着这张苍白的脸，瞧着老人神情异常激动的目光，就像是瞧着一个可怕的幽灵。

每次他跟父亲接触时，总会发生些可怕的事情。

"您瞧瞧他们对她干了些什么！"莫雷尔喊道，他一只手仍按在推到床边的轮椅的背上，另一只手伸向瓦朗蒂娜，"您瞧，爷爷，您瞧！"

维尔福往后退了一步，惊讶地望着这个年轻人。维尔福几乎不认识这个年轻人，可是他却管诺瓦蒂埃叫爷爷。

这时，老人的整个心灵仿佛都移到了那两只充血的眼睛上。随即颈部的筋脉暴了起来，癫痫患者布满全身的那种青紫色，从他的颈部、脸颊和太阳穴上泛了出来。内心异常激动的种种表现，只差一声吼叫了。

或者不妨说，这声吼叫从他全身毛孔中迸发了出来，唯其无声才更吓人，唯其静默才更令人心碎。

德·阿弗里尼急忙走到老人跟前，给他吸入一种强烈的诱导剂。

"先生！"这时莫雷尔抓住瘫痪老人僵硬的手大声说，"他们问我是什么人，有什么权利到这儿来。哦，这您都是知道的，请您告诉他们！告诉他们吧！"

年轻人声音哽咽，说不下去了。

至于老人，他喘着粗气，胸脯剧烈地起伏着。这种躁动不宁的神态，令人想到临终前的征兆。

终于，眼泪从诺瓦蒂埃的眼眶里流了下来，比起欲哭无泪、抽噎吞声的年轻人来，他已经是有福的了。他垂下眼睑，闭上眼睛。

"请告诉他们，"莫雷尔声音哽噎地说，"请告诉他们，我是她的未婚夫！

"请告诉他们，她是我高贵的朋友，是我在这世上唯一的爱人！

"请告诉他们，告诉他们，这个尸体是属于我的！"

说着，年轻人用痉挛的手指紧紧抓住床边，沉重地跪倒在地上；这么一个坚强的男子汉，骤然间垮了下来，这真是一幕触目惊心的场景。

这样的悲恸，实在太令人伤心了，德·阿弗里尼不禁转过脸去，以便掩饰一下自己的情绪，维尔福也不再要求对方做进一步的解释，他像被一种磁性吸住似的，不由自主地向年轻人伸出手去；当我们在为失去一个亲人哭泣时，那些曾经爱过他或她的人，就会有这种吸引我们的磁性。

可是莫雷尔什么也没看见；他把瓦朗蒂娜冰凉的小手紧紧地握在手里，

欲哭无泪，悲号着用牙齿去咬床单。

有一阵子，在这个房间里只听得呜咽声、诅咒声和祈祷声此起彼落。随后，有一个声音盖过了其他的响声，那就是诺瓦蒂埃粗重、凄惨的喘息声，这声音让人觉得，说不定在哪一下呼气的当口，老人胸膛里的那点生命活力就会戛然中止。

最后，作为一家之主的维尔福，在刚才一度，不妨这么说吧，一度让位于马克西米利安之后，第一个开了口。

"先生，"他对马克西米利安说，"您爱着瓦朗蒂娜，您说您是她的未婚夫；我不知道你俩在相爱，也不知道这个婚约；可是，作为她的父亲，我原谅您，因为我看得出，您的悲痛是巨大的，是真挚的，是实实在在的。

"何况，此刻我心头充满了悲痛，所以已经容不下怒气了。

"但是，您知道，让您充满渴念的天使已经离开了人世间；她跟人世间的爱慕已经不相干了，此刻她正在礼赞我们的天主。所以，先生，请您向她遗忘在我们中间的令人伤心的躯壳告别吧。再最后一次握一下您曾经希望得到的这只手，就此跟她诀别吧：瓦朗蒂娜现在只需要一位为她祝福的神甫了。"

"您错了，先生，"莫雷尔单膝跪着喊道，从未经受过的剧痛刺穿了他的心，"您错了。瓦朗蒂娜是死了，但她不仅需要一位神甫，还需要一个为她报仇的人。

"德·维尔福先生，请您差人去请神甫。我，我来为她报仇。"

"您这是什么意思，先生？"维尔福喃喃地说，莫雷尔这种突如其来的神志恍惚的神态，使他感到不寒而栗。

"我是说，"莫雷尔接着说，"您有着双重身份，先生。做父亲的已经哭够了；让检察官开始行使职责吧。"

诺瓦蒂埃的眼睛亮了一下，德·阿弗里尼走上前来。

"先生，"年轻人继续说，一边把在场的人脸上流露出来的表情都看在眼里，"我明白我在说什么，你们都比我更明白我要说些什么。

"瓦朗蒂娜是被人害死的！"

维尔福垂下头去；德·阿弗里尼又跨前一步；诺瓦蒂埃用眼睛表示同意。

"先生，"莫雷尔继续说，"在我们所处的这个时代，一个人即使不像瓦朗蒂娜这样年轻、美丽、可爱，一旦他或她骤然间从这个世界上消失不见了，我们也不能不闻不问，就那么听任他或她消失不见吧。

"检察官先生，"莫雷尔愈说愈激动，"别手软！我向您揭发了罪行，您去寻找凶手吧！"

他用毫不容情的目光看着维尔福，而维尔福则把求助的目光时而投向诺瓦蒂埃，时而投向德·阿弗里尼。

可是，维尔福在父亲和医生那儿都没有求得同情，他在他俩的目光中看到的，是跟莫雷尔同样断然的表情。

"是这样！"老人仿佛在说。

"一点不错！"德·阿弗里尼说。

"先生，"维尔福说，他还想跟这三重的意志，以及跟他自己的情感再做一番搏斗，"先生，您错了，在我家里并没有什么罪行。命运在打击我，天主在让我遭受痛苦；想到这些固然很可怕，但是并没有谁在杀人！"

诺瓦蒂埃的眼睛像要冒出火来，德·阿弗里尼张嘴想说话。

莫雷尔伸出胳臂，示意大家安静。

"可是我要对您说，这儿有人在杀人！"莫雷尔轻轻地说，压低的嗓音丝毫没有减弱那种可怕的震慑人心的力量。

"我要对您说，这已经是四个月来第四个惨遭毒手的牺牲者了。

"我要对您说，四天以前已经有人想要毒死瓦朗蒂娜，但没有得逞，原因是诺瓦蒂埃先生早就采取了预防措施！

"我要对您说，那人加大了剂量，或是改换了毒药，这一次终于得逞了！

"我要对您说，您对所有这一切知道得跟我一样清楚，因为，那位先生作为医生和朋友，事先曾经警告过您。"

"哦！您准是神志不清了！先生。"维尔福说，枉然还想在自己觉着已经陷进去的旋涡里做一番挣扎。

"我神志不清！"莫雷尔说，"好吧！我请德·阿弗里尼先生来主持公道。

"请您问问他，先生，他是不是还记得圣梅朗夫人去世的那天晚上，在您的花园，就在这座宅子的花园里，他都说过些什么话。当时，您以为旁边没有别人，所以和他在谈论那次悲惨的事件，您把它归罪于命运，您不公正地指责天主，最后造成的后果只有一个，就是怂恿那个凶手加害于瓦朗蒂娜！"

维尔福和德·阿弗里尼面面相觑。

"是的，回想一下当时的情景吧，"莫雷尔说，"因为这些你们以为只有沉寂的夜空听见的话，都落进了我的耳朵里。是的，自从那个晚上以来，我眼看德·维尔福先生包庇他的家人犯罪，是应当去向当局举报的；那样的话，瓦朗蒂娜，我心爱的瓦朗蒂娜，我就不至于像现在这样成为杀死你的帮凶了！可是，这个帮凶现在是会为你报仇的。这第四次的谋杀是明目张胆干的，是人人都看见的，瓦朗蒂娜，如果你父亲不管你，那么我，我向你发誓，我一定要把那凶手找出来。"

这一回，仿佛老天爷终于对这个准备听凭他自己的力量去摧垮强壮体魄的男子汉发了慈悲，他的最后这几句话哽在了喉咙口，从胸口迸发出一阵呜咽，郁结已久的泪水夺眶而出，唰唰地流了下来。他腿一软，跪倒在瓦朗蒂娜床边号啕大哭。

这时，德·阿弗里尼开口了。

"我也一样，"他大声地说，"我也和莫雷尔先生一样，要求伸张正义；因为我只要想到自己的懦弱怂恿了凶手，就感到恶心！"

"哦，天哪！天哪！"维尔福神情颓丧地低声说道。

莫雷尔抬起头来，看见老人的眼睛迸射出一种奇异的光芒。

"噢，"他说，"瞧，诺瓦蒂埃先生想说话了。"

"是的。"诺瓦蒂埃表示说，正因为这个瘫痪老人的所有官能都集中在了他的目光里，所以这种目光的表情显得很可怕。

"您知道谁是凶手？"莫雷尔说。

"是的。"诺瓦蒂埃表示说。

"您要告诉我们？"年轻人喊道，"快听！德·阿弗里尼先生，快听呀！"

诺瓦蒂埃带着一种忧郁的笑容望着可怜的莫雷尔，这种用眼睛表达的温柔的笑容，曾经有多少次给瓦朗蒂娜带来过欢乐啊。然后，他敛容定睛，凝定目光。

不妨这么说吧，等他把对方的目光吸引过来以后，他又让这目光转移到了房门上。

"您是要我出去，先生？"莫雷尔伤心地喊道。

"是的。"诺瓦蒂埃表示说。

"哦！哦！先生；对我发发慈悲吧！"

老人的目光无情地盯住门口。

"那至少我还可以回来吧？"莫雷尔问。

"是的。"

"就我一个人出去？"

"不。"

"那我该把谁带走？是检察官先生？"

"不。"

"大夫？"

"是的。"

"您想单独跟德·维尔福先生留下？"

"是的。"

"他能懂得您的意思吗？"

"是的。"

"喔！"维尔福说，调查可以这么私下进行，使他几乎显得很高兴，"喔！请放心，家父的意思我完全能懂。"

他带着我们所说的高兴表情说这几句话时，激动得上下牙齿直打战。

德·阿弗里尼扶住莫雷尔的胳膊，把年轻人领到了隔壁的客厅。

这时，整幢房子笼罩在一片比死更深邃的沉寂中间。

终于，一刻钟过后，传来一阵踉踉跄跄的脚步声，维尔福出现在客厅的门口，德·阿弗里尼和莫雷尔此时正等在这个客厅里，一个在沉思冥想，另一个激动得似乎连气都透不过来。

"你们来吧。"维尔福说。

说着，他把两人带到诺瓦蒂埃的轮椅跟前。

莫雷尔神情专注地望着维尔福。

检察官脸色发青，额头上都是些暗红色的道道；手指间夹着的那支已经揉得七歪八扭的羽毛笔，窸窸窣窣的断落下来。

"二位，"他声音发哽地对德·阿弗里尼和莫雷尔说，"二位，请你们用名誉担保，绝不把这可怕的秘密泄露出去！"

两人都下意识地做了个反应。

"我恳求你们！……"维尔福继续说。

"可是，"莫雷尔说，"那个罪犯！……那个杀人犯！……那个凶手呢！……"

"请放心，先生，正义会得到伸张的，"维尔福说，"家父把罪犯的名字告诉了我；家父和您一样渴望报仇，但他也和我一样恳求您，不要把谋杀的秘密张扬出去。是这样吗，父亲？"

"是的。"诺瓦蒂埃断然表示说。

莫雷尔露出恐惧和怀疑的表情。

"哦！"维尔福一边喊道，一边拉住马克西米利安的胳臂，"哦！先生，您知道家父是个很坚强的人，现在既然他请求您这样做，那就是说，他知道瓦朗蒂娜的仇是一定会报的。是这样吗，父亲？"

老人做了个肯定的表示。

维尔福继续往下说。

"他是了解我的，而我，已经向他做了保证。所以请放心，二位；三天，我只要求你们给我三天时间，比司法机关所需要的时间更短，三天以后，我就要把那个杀害我孩子的凶手亲手揪出来，我的报仇会让最无动于衷的人看了也胆战心惊。是这样吗，父亲？"

说这些话的时候，维尔福牙齿咬得咯咯作响，使劲摇着老人麻木的手。

"他的许诺会兑现吗，诺瓦蒂埃先生？"莫雷尔问道，而德·阿弗里尼的目光也在提同样的问题。

"会的。"诺瓦蒂埃表示说，目光中有一种令人悚然的欣喜表情。

"所以，二位，"维尔福把德·阿弗里尼和莫雷尔的手拉在一起说，"请发誓吧，请发誓说你们将顾念到这个家庭的荣誉，让我来报这个仇，好吗？"

德·阿弗里尼转过脸去，声音极轻地说了一声"好的"，而莫雷尔则把自己的手从检察官的手心里挣脱出来，疾步走到床前，把嘴唇贴在瓦朗蒂娜冰凉的嘴唇上，然后，伴着一声从浸透绝望的心灵深处发出的长长的呻吟，匆匆出了房门。

我们前面说过，上上下下仆人都跑空了。

于是，德·维尔福先生只得请德·阿弗里尼代为照料治丧的一应事宜，在我们的大都市里死了人，尤其是在这种颇为暧昧的情况下死了人，操办丧事可真是手续繁多，麻烦得很。

至于诺瓦蒂埃，他的这种没有动作的悲痛，这种没有手势的绝望，这种无声的潸然泪下，真是使人不忍目睹。

维尔福回到书房。德·阿弗里尼去找市政厅专门负责验尸的医生，这个医生有个颇为贴切的外号，叫死人医生。

诺瓦蒂埃执意要留在孙女身边。

半小时后，德·阿弗里尼带着他的同行回来。街上的大门是关上的，而看门人又跟其他仆人一起走了，所以维尔福只好亲自去开门。

他陪他们回进屋子，但到楼梯口就止住了脚步；他没有勇气再走进那个停放着尸体的房间。

于是，两位医生径自上楼走进瓦朗蒂娜的房间。

诺瓦蒂埃待在床边，跟死者同样的脸色惨白，同样的寂然不动。

死人医生跟尸体打了半辈子交道，他神情漠然地走到床边，掀起盖在年轻姑娘身上的床单，稍稍掰了掰她的嘴唇。

"哦！"德·阿弗里尼叹着气说，"可怜的姑娘，她是死了，行啦。"

"对。"那个医生极其简洁地回答说，松手让床单重新盖住瓦朗蒂娜的脸。

诺瓦蒂埃发出一阵阵嘶哑的喘气声。

德·阿弗里尼转过脸去，只见老人的眼睛在闪闪发光。好心的医生明白，诺瓦蒂埃的意思是说他想再看看他的孩子，于是就把老人推到床前，趁那个死人医生把碰过死人嘴唇的手指浸到漂白液里去的当口，掀起床单露出那张犹如安睡的天使那般安详白皙的脸庞。

从诺瓦蒂埃眼角滚下的一行泪水，表达了他对好心的医生的感谢。

死人医生就在瓦朗蒂娜屋里的一张桌子上拟写验尸报告，这最后一项手续办完以后，德·阿弗里尼便送他出去。

维尔福听见两人下楼的声音，走到书房门口。

他向那个医生说了几句表示感谢的话，随即转身向着德·阿弗里尼说：

"现在，该请个神甫来了吧？"

"您是否要指定某一位神甫来为瓦朗蒂娜祈祷？"德·阿弗里尼问。

"不必，"维尔福说，"就近找一位就行。"

"近边有个意大利神甫，"那个医生说，"前一阵刚搬到您隔壁的那幢房子来住。要不要我顺便去把他请来？"

"德·阿弗里尼，"维尔福说，"那就麻烦您陪这位先生一起走吧。请把钥匙带上，这样进出可以方便些。把神甫请来以后，就劳驾您陪他去我可怜的孩子的房间。"

"您要跟他说话吗，我的朋友？"

"我想一个人待一会儿。您是能原谅我的，是吗？一个神甫，想必是能理解所有的种种悲痛，包括父亲失去子女的悲痛的。"

说完，德·维尔福先生递给德·阿弗里尼一把钥匙，向那位陌生的医生欠身告别，然后就回进书房去工作了。

对有些机体来说，工作是医治悲痛最好的药方。

两位医生下楼来到街上时，瞧见一个身穿长袍的教士站在隔壁房子的门口。

"这就是我对您说起的那位神甫。"死人医生对德·阿弗里尼说。

德·阿弗里尼向那位教士迎上前去。

"先生，"他说，"有位不幸的父亲，就是维尔福检察官先生，刚刚失去他的女儿，不知能否请您前去帮助他一下。"

"啊！先生，"神甫带着明显的意大利口音回答说，"是的，我知道他家里死了人。"

"那么，我就无须向您说明，他冒昧地有求于您的，是怎样的一种服务了。"

"我正要去自荐哩，先生，"神甫说，"恪尽职守是我们的使命。"

"那是位年轻姑娘。"

"是的，这我知道，是从那幢房子里逃出来的仆人告诉我的。我知道她叫瓦朗蒂娜；我已经为她祈祷过了。"

"谢谢，谢谢，先生，"德·阿弗里尼说，"既然您已经开始履行您的圣职了，那就请继续下去吧。请去坐在死者的身边祈祷，丧家会对您感激不尽的。"

"我这就去，先生，"神甫回答说，"而且我敢说，谁的祈祷也不会有我这么虔诚。"

德·阿弗里尼搀着神甫，一路来到瓦朗蒂娜的房间，经过维尔福的书房时，房门关着；维尔福把自己关在了里面，所以他们没有见到他。瓦朗蒂娜还躺在床上，殡仪馆的人要到傍晚才来收尸。

神甫走进房门时，诺瓦蒂埃跟他目光相接，而且想必从对方的目光中看出了某种特殊的含义，因为他的目光就此停留在了对方脸上。

德·阿弗里尼把死者和诺瓦蒂埃都托付给了神甫。神甫答应德·阿弗里尼，在给瓦朗蒂娜祈祷的同时，也会照顾好诺瓦蒂埃。

神甫神情严肃地开始工作了，而且，想必是为了免得有人来打扰他的祈祷，也免得有人来打扰悲痛中的诺瓦蒂埃，他等德·阿弗里尼先生出了房门以后，不仅把医生离去的这扇房门锁上，而且把通德·维尔福夫人房间的那扇房门也锁上了。

第 104 章

唐格拉尔的签字

第二天是个阴霾多云的日子。

殡仪馆的人昨夜已经了结收尸的差事，把停放在床上的尸体用裹尸布包住，缝合了起来；虽说死亡面前人人平等，但凄凉地蒙在死者身上的裹尸布，毕竟是死者生前喜好的一个最后见证。

这块裹尸布，正是年轻姑娘半个月前买的一块质地上好的细麻布衣料。

傍晚时分，几个特地叫来的人把诺瓦蒂埃从瓦朗蒂娜的卧室抬回他自己的房间；出人意料的是，要老人从孙女身旁离开居然没费什么事。

布索尼神甫一直守候到天色破晓。天亮以后，他就回家去了，走前没跟任何人打招呼。

早上八点德·阿弗里尼到时，正遇上维尔福要去诺瓦蒂埃的房里，就陪他一起去看看老人夜里过得怎么样。

他们看见老人坐在当床用的大扶手椅里，睡得正甜——脸上几乎带着笑容。

两人站在门口愣住了。

"瞧，"德·阿弗里尼对望着熟睡的父亲的维尔福说，"瞧，就是最深切的悲伤，老天爷也自有办法抚慰和排解。当然谁也不会说诺瓦蒂埃先生不爱他的孙女儿，可是他照样睡着了。"

"是啊，您说得很对，"维尔福神色惊讶地回答说，"他睡着了，可这真是挺奇怪的，因为平时他心里稍微有些不痛快，就会彻夜不眠。"

"悲伤把他压垮了。"德·阿弗里尼说。

说完，两人一路沉思着，返回检察官的书房。

"瞧，我不曾睡过，"维尔福朝着德·阿弗里尼指了指那张根本没有碰过的床说，"悲伤并没把我压垮，我已经有两夜没睡了。您瞧瞧我的办公桌，这两天两夜，天哪，我不停地在写！……我仔细研究案卷，修改了这份指控贝内代托行凶杀人的起诉书！……哦，工作，工作！我的激情，我的欢乐，我的狂热，是你压垮了我的悲伤！"

说着，他痉挛地抓住德·阿弗里尼的一只手。

"要我为您做什么事吗？"医生问。

"不，"维尔福说，"但请您十一点钟再来一下；中午十二点要……要运走……天哪！我可怜的孩子！我可怜的孩子！"

检察官的铁石心肠也变软了，他抬头望着上天，发出一声哀叹。

"您去大厅接待来客吗？"

"不，有一位堂弟代我行使这伤心的职责，我，我还要去工作，大夫；当我工作的时候，我就忘了其他的一切。"

果然，还没等医生走到门口，检察官便又工作起来了。

在台阶上，德·阿弗里尼遇见了维尔福对他说的那位亲戚，此人在这个故事里正如在这个家族里同样是个无足轻重的角色，是生来在这个世界上充当供人差遣的角色的这么一个人物。

他很准时，穿着黑衣服，胳臂上箍着黑纱，带着一副准备随时根据需要而调整的面容来见他的堂兄，随后就上客厅去了。

十一点钟，灵车辚辚驶过院子里的石板地，圣奥诺雷区的街上挤满了交头接耳的人群，这些看热闹的人碰到富家办丧事，就像碰上喜庆节日一样兴致勃勃，会像去看公爵小姐的婚礼一样起劲地赶来参观一次铺张的出殡。

接待前来吊唁的宾客的大厅里渐渐挤满了人，首先来到的是我们的一些老相识：德布雷，夏托-勒诺，博尚，然后是司法界、文艺界和军界的所有头面人物；德·维尔福先生凭他的社会地位，尤其是凭他的个人声望，早已跻身于巴黎社交界的上层圈子。

那个堂弟站在门口接引每位来客。态度冷漠的来客们，看见他那副无动于衷的尊容，应该说会觉得轻松不少，因为这张脸不像一位父兄或未婚夫那样，让来客觉着非装出一副虚伪的愁眉苦脸的样子，或者非挤出几滴假惺惺的眼泪不可。

那些彼此认识的来客用目光打着招呼，三三两两地聚在一起。

其中有一簇人由德布雷、夏托-勒诺和博尚组成。

"可怜的姑娘！"德布雷也像别人一样，先对这场丧事言不由衷地说上几句，"可怜的姑娘！这么有钱，这么漂亮！夏托-勒诺，才多久哪？……至多不过三四个星期以前吧，我们还在这儿参加那场结果没签成的婚约签字仪式来着，那时候您想得到会出这种事情吗？"

"的确想不到，"夏托-勒诺说。

"您认识她吗？"

"我在德·莫尔塞夫夫人的舞会上跟她交谈过一两次；尽管她的神情有点忧郁，但看上去还是挺迷人的。她的继母去哪儿了，您知道吗？"

"她跟接待我们的这位先生的夫人一块儿待着呢。"

"这一位是何许人哪？"

"哪一位？"

"接待我们的这一位呗。是位议员？"

"不是，"博尚说，"那些国会议员是我每天都非得见到不可的，这张脸陌生得很。"

"这条噩耗，您的报纸登了没有？"

"提了一下，不过那篇文章不是我写的；我甚至相信德·维尔福先生看了准会不高兴的。那篇文章好像是这么说的，要是这四桩接踵而至的死亡事件不是出在检察官先生的府上，而是出在别的地方，检察官先生当然是会更上劲些的。"

"还有，"夏托-勒诺说，"为家母看病的德·阿弗里尼医生说，他情绪非常沮丧。"

"可您在找谁呢，德布雷？"

"我在找基督山先生。"年轻人回答说。

"我上这儿来的时候，在大街上遇见过他。我想他是刚出门，据他说是要上他的银行家那儿去。"博尚说。

"上他的银行家那儿？他的银行家不就是唐格拉尔吗？"夏托-勒诺问德布雷。

"我想是吧，"那位机要秘书略微有些尴尬地回答说，"不过没来这儿的，可不止基督山先生一个人。莫雷尔我也没看见呀。"

"莫雷尔！他也认识这家子人吗？"夏托-勒诺问。

"我记得人家只给他介绍过德·维尔福夫人。"

"那有什么关系，他应该来，"德布雷说，"要不今晚他能谈些什么？还不是这场丧葬，这是报上的新闻嘛；不过，嘘，咱们别说话，司法与宗教部长先生来了，他准会觉得非向那位哭哭啼啼的堂兄弟发表一通小小的 speech¹ 不可。"

说着，这三个年轻人走到靠近门口的地方，准备恭听司法与宗教部长那番小小的演说。

博尚没说错；他在赶来参加丧礼的路上，是遇见过基督山，那一位正坐车向昂坦堤道街的唐格拉尔府邸而去。

银行家从窗子里看到伯爵的马车驶进院子，就出来迎接，他有些愁眉苦脸的样子，但态度很殷勤。

"嗯！伯爵，"他伸手给基督山说，"您是来向我表示慰问的吧。说实话，我的家门是遭到了不幸；刚才瞥见您来的那会儿，我不由得暗自问自己，我有没有希望过可怜的莫尔塞夫家遭受不幸，以至于应验了一句老话：'愿人遭祸者，祸必降其身。'嗯！凭良心说，没有，我从来没有希望莫尔塞夫家遭受不幸；对一个像我这样白手起家的人，一个像我这样靠自己来打天下的人来说，他也许是有点骄傲；可是每个人都有缺点的嘛。哎！您当心呀，伯爵，像我们这代人……不过，对不起，您还不能算是我们这代人，您还是个年轻人……我们这代人今年的日子可不好过哪：瞧瞧咱们那位清廉方正的检察官维尔福，他刚刚又失去了一个女儿。这不，算算看吧：维尔福，刚才说了，莫名其妙地落了个家破人亡；莫尔塞夫名誉扫地，自杀身亡；我呢，由于那个贝内代托的丑行而受尽人家的奚落，还有……"

"还有什么？"伯爵问。

"唉！您难道不知道？"

"又是件不幸的消息？"

"我女儿……"

"唐格拉尔小姐怎么啦？"

"欧仁妮离开我们出走了。"

1　英文：演说。

"哦！天哪！您在说什么呀！"

"这是真的，亲爱的伯爵。天哪！您既没妻子又没孩子，这有多幸福哪！"

"您这么认为？"

"哎！我的天主！"

"您说欧仁妮小姐……"

"她无法容忍那个坏蛋对我们的羞辱，要求我允许她外出旅行。"

"她走了？"

"前两天的晚上走的。"

"跟唐格拉尔夫人一起？"

"不，跟一位亲戚……不过，我亲爱的欧仁妮，我们怕是就此再也见不到啰；我了解她的性格，她是不会再肯回法国来了！"

"有什么办法呢，我亲爱的男爵，"基督山说，"家庭的不幸，这种对一个把孩子看作全部财富的可怜人来说无法忍受的不幸，一位百万富翁还是承受得了的。注重实际的人向来把哲学家的说法丢在一边，信奉这样的信条：'哪怕出的事再多，有钱就能找到安慰。'您如果也信奉这一信条，那理应比任何人都能更快地找到安慰：因为您是金融界的国王，是无所不能的。"

唐格拉尔睃了伯爵一眼，想看看他是在取笑他还是很严肃地这么说的。

"可不是，"他说，"事实上，如果财富能使人得到安慰的话，我是理应得到安慰的：我有钱嘛。"

"非常有钱，亲爱的男爵，富得像座金字塔；即使有人想摧毁它，也未必敢这么做；即使敢，也未必能做得到。"

唐格拉尔看到伯爵居然这么天真地相信了他的话，不由得笑了一下。

"这一来我倒想起来了，"他说，"您刚才进门的那会儿，我正在签署五张小小的凭单；我已经签了两张，您能允许我把那三张也一起签掉吗？"

"请便，亲爱的男爵，请便。"

一时间，房间里寂静无声，只听见银行家的羽毛笔在沙沙作响，基督山则抬头在看天花板上描金的饰线。

"是西班牙债券，"基督山说，"海牙债券，还是那不勒斯债券？"

"都不是，"唐格拉尔自负地呵呵笑着说，"是当场现付的法兰西银行凭单。

喔，"他又说，"伯爵先生，既然我是国王，那么您就是金融界的皇帝了。可是像这样每张价值一百万的小纸头，您恐怕见得不多吧？"

基督山接过唐格拉尔骄矜地递给他的这五张纸片，先拿在手里像是掂一掂它们分量似的，然后念道：

法兰西银行董事先生台鉴：
　　请凭此单据于本人存款名下支付一百万法郎为荷。

唐格拉尔男爵

"一，二，三，四，五，"基督山数道，"五百万！哟！就跟您说的一样，克雷絮斯陛下[1]！"

"我平时做生意，也是这样做的。"唐格拉尔说。

"那好极了，尤其是如果这笔款子能付现钱的话——当然我对此并不怀疑。"

"当场能付现钱。"唐格拉尔说。

"有这样的信用可真不赖。说实话，也只有在法国才能见到这种事情：五张小纸片值到五百万。真得亲眼见到才能相信哩。"

"您不相信？"

"不是。"

"可您说话的口气……得，您不妨给自己找个乐子：您跟我的办事员一起上银行去，就可以看见这几张凭单换成同样面额的现款了。"

"不，"基督山说着，把五张纸片折了起来，"真的不必了，这事儿太稀奇，我要亲自去体验一下。我曾经预定在您这儿提取六百万，我已经取过九十万法郎，所以您还得支付给我五百一十万法郎。这五张纸片既然有您的签字，我当然是相信的，现在我就收下它们，这是一张六百万提款全部结清的收据。我事先就准备了这张收据，因为不瞒您说，我今天有急用。"

说着，基督山一手把五张纸片放进衣袋，一手把收据递给银行家。

即便有个晴天霹雳炸响在唐格拉尔脚跟前，他也未必会这样惊恐万状。

1　克雷絮斯（约公元前561—前546），古代小亚细亚国家吕底亚的国王，以巨富著称。

"什么！"他结结巴巴地说，"什么！伯爵先生，您拿走这笔钱？可是对不起，对不起，这笔钱是我欠济贫院的，是一笔存款，我答应了今天上午付款的。"

"啊！"基督山说，"那就是另一回事了。我不一定非要拿这五张纸片，请另外换一种方式付款给我好了；我拿这几张纸片，是出于一种好奇心，指望有一天好让人家都说，唐格拉尔银行一不用事先通知，二不用让我等五分钟，当场就付给了我五百万现款！那可真带劲！不过，这几张凭单您还是拿回去吧；我再重说一遍，请另外支付给我好了。"

说着，他把那五张票据递给唐格拉尔，唐格拉尔脸色铁青地伸出手来，就像秃鹫隔着铁笼伸出爪子，来抓别人从它那儿夺去的肉似的。

突然间，他改变了主意，竭尽全力控制住自己。

随后，只见他微笑起来，惊慌失态的脸，渐渐变得笑容可掬了。

"其实，"他说，"您的收据就是钱嘛。"

"哦！我的天主，可不是嘛！要是您在罗马，凭我的收据，汤姆森—弗伦奇银行就会付款给您，手续并不比您这儿麻烦多少。"

"对不起，伯爵先生，对不起。"

"那么我可以收下这笔钱了？"

"是的，"唐格拉尔一边说，一边揩着从发根往下淌的汗珠，"请收下，请收下。"

基督山把这五张纸头放在袋里，脸上那种无法形容的表情似乎在说：

"当然啰！还是再想想吧；要是后悔，现在还来得及。"

"不，"唐格拉尔说，"不；请一定收下我的签字凭单。您知道，没有人会比一个金融家更拘泥形式的了；我本来是打算把这笔钱付给济贫院的，所以就觉得，如果没有把这些凭单给他们，就是食言了，倒好像一个埃居换成另一个埃居就不行了似的。请您务必原谅喔！"

说完，他神经质地大声笑起来。

"不用客气，"基督山态度优雅地回答说，"那我收下了。"

说着，他把这些凭单放进钱袋里。

"不过，"唐格拉尔说，"我们还有十万法郎没有结清呢。"

"哦！小事一桩，"基督山说，"银行手续费就差不多有这些；您不必付了，我们两清了。"

"伯爵,"唐格拉尔说,"您此话当真?"

"我从来不跟银行家开玩笑。"基督山带着一种近乎傲慢的严肃神情说。

说完,他就向门口走去。正当此时,贴身男仆通报说:

"济贫院财务主任德·博维尔先生到。"

"哟,"基督山说,"看来我来得正是时候,赶上拿您的签字凭单了,要不人家还要来争呢。"

唐格拉尔的脸又一次变白了,他赶紧跟伯爵告别。

基督山向伫立在前厅的德·博维尔先生礼节性地欠了欠身子,这位先生也还了礼,而等基督山先生一走,这位先生立即就被带进了唐格拉尔先生的书房。

伯爵看见济贫院财务主任先生手里拿着钱包的那一刻,神情庄重的脸上不由得掠过一个转瞬即逝的笑容。

到了门口,他登上自己的马车,吩咐即刻去法兰西银行。

这当口,唐格拉尔正控制住自己的情绪,向财务主任迎上前去。

不用说,他的唇边装模作样地挂着亲切的微笑。

"您好,我亲爱的债权人,"他说,"因为我敢打赌,这回来的准是位债权人。"

"您猜对了,男爵先生,"德·博维尔先生说,"我是代表济贫院来的;我受那些孤儿寡妇之托来向您提取一笔五百万的施舍款项。"

"有道是孤儿惹人怜哪!"唐格拉尔开了句玩笑说,"可怜的孩子!"

"而我就是以他们的名义来见您的,"德·博维尔先生说,"您想必已经收到了我昨天的来信?"

"是的。"

"我今天把收据带来了。"

"亲爱的德·博维尔先生,"唐格拉尔说,"如果您不介意的话,恐怕得请您的孤儿寡妇们再等二十四个小时,因为基督山先生,就是您刚才瞧见从这儿出去的那位……您瞧见他了,是吗?"

"是的;怎么样呢?"

"嗯!基督山先生把他们的五百万给带走了!"

"这是怎么回事？"

"伯爵在我这儿有一个可以无限提款的户头，是罗马的汤姆森—弗伦奇银行开的。他刚才来，要在我这里一次提款五百万。我给他开了法兰西银行的凭票：我的资金都存放在这家银行里。而您明白，我怕在同一天里向银行董事先生支取一千万，会使他觉得奇怪的。"

"要是分在两天嘛，"唐格拉尔笑嘻嘻地接着说，"那就没关系啦。"

"有这种事！"德·博维尔先生喊道，用的是一种全然不相信的口气，"刚才出去的那位先生拿了您五百万？他刚才出去时还跟我打了招呼，倒像我也认识他似的。"

"您不认识他，可他说不定却认识您。基督山先生什么人都认识。"

"五百万！"

"他的收据在这儿。请您像圣多马[1]一样：亲眼看看，亲手摸摸吧。"

德·博维尔先生拿过唐格拉尔递给他的那张纸，念道：

> 兹收到唐格拉尔男爵先生五百一十万法郎，此笔款项他可随时向罗马的汤姆森—弗伦奇银行支取。

"还真没错哇！"这一位说道。

"您知道汤姆森—弗伦奇银行？"

"知道，"德·博维尔先生说，"我和它打过一笔二十万法郎的交道。不过从那以后，我就没听说过它的消息了。"

"那是欧洲最有信誉的银行之一，"唐格拉尔一边说，一边把他刚从德·博维尔先生手里拿回来的那张收据漫不经心地往办公桌上一扔。

"他光在您这儿就有五百万？喔哟！那这位基督山伯爵准是个大富豪啦？"

"可不是！我不知道他到底是怎么个人，可我知道他有三个无限提款的户头：我这儿一个，罗斯切尔德那儿一个，拉菲特那儿还有一个，另外，"唐格

---

1 《圣经》中耶稣十二信徒之一。据《新约·约翰福音》，耶稣复活后，他起先不相信，直到看见耶稣身上的钉痕并用手探入耶稣肋旁，才相信耶稣复活。

拉尔漫不经心地接着说，"您看，他把十万法郎留给我当作手续费，算是给我的优惠。"

德·博维尔先生表示出佩服得五体投地的样子。

"我要去拜访他一次，"他说，"我得请他为我们捐些款。"

"哦！这您是十拿九稳的；他每月光花在施舍上的钱就不止两万法郎。"

"那太好了。我还要向他引用一下德·莫尔塞夫夫人和她儿子的例子。"

"什么例子？"

"他们把全部财产都捐给了济贫院。"

"什么财产？"

"他们的财产，也就是已故德·莫尔塞夫将军的财产。"

"什么理由？"

"因为他们不想接受一份不光彩的家产。"

"那他们靠什么为生？"

"母亲到外省隐居，儿子去从军。"

"哎呀呀，"唐格拉尔说，"他们可真是太较真啦！"

"昨天我刚把他们的捐赠登记造册。"

"他们的财产值到多少？"

"喔！不算很多：一百二三十万法郎吧。我们还是再来谈谈那五百万的事吧。"

"好呀，"唐格拉尔的语气是再自然不过的，"那么，您是急于要拿到这笔钱啰？"

"就是；我们明天就要查点账目。"

"明天！那您干吗不早说？不过，明天还早着呢！几点钟开始查点？"

"两点。"

"那您中午十二点派人来取钱吧。"唐格拉尔脸上挂笑地说。

德·博维尔先生居然不想多费什么口舌！他点点头，拿起那只钱包。

"哎！我想到了，"唐格拉尔说，"您还有个好办法。"

"怎么说？"

"基督山先生的收据等于是钱；把这张收据拿到罗斯切尔德银行或者拉菲

特银行去，您立刻就能拿到现款。"

"即使他们拿了收据要到罗马才能兑现？"

"当然。您只要付一笔五六千法郎的贴息就行。"

财务主任吓得倒退一步。

"天哪！不，我宁可等到明天。亏您说得出！"

"对不起，刚才我以为，"唐格拉尔厚颜无耻地说，"我以为您有一笔小小的缺额要填补呢。"

"嘻！"财务主任说。

"请听我说，这种事一点不稀奇，可要真是那样，也就只好做点牺牲啰。"

"谢天谢地！不用。"德·博维尔说。

"那么就明天；是不是，我亲爱的财务主任？"

"对，明天；可这次不会有问题了吧？"

"嘿！您在开玩笑哪！请在中午十二点钟派人来，我事先会通知法兰西银行的。"

"我亲自来。"

"那敢情好，我又能有幸跟您见面了。"

两人握手。

"顺便问一句，"德·博维尔先生说，"我来的路上正遇见可怜的德·维尔福小姐的送葬行列，您不去送葬吗？"

"不去，"银行家说，"自从出了贝内代托那档子事以后，我有点成了大家的笑柄，所以不想出头露面喽。"

"嗬！瞧您说的；那桩事情里您有什么错呀？"

"请听我说，亲爱的财务主任，一个人有了像我这样从没受过玷污的名声，就会变得敏感喽。"

"人们都很同情您，请相信这一点，尤其是，人们都很同情唐格拉尔小姐。"

"可怜的欧仁妮！"唐格拉尔长叹一声说，"您知道她进修道院了吗，先生？"

"不知道。"

"唉！可惜事情就是这样。出事的第二天，她就决定跟她的一位修女朋友一起出走；她要到意大利或西班牙去找一所教规严谨的修道院。"

"哦！太可怕了！"

感叹一声过后，德·博维尔边向做父亲的说一大堆抚慰的话，边起身告辞。

但他前脚刚出门，唐格拉尔就做了一个极有表情的姿势，这个姿势，是只有看过弗雷德里克扮演的罗贝尔·马凯尔[1]的人才能懂得的，同时他还喊了一声：

"傻瓜！！！"

他把基督山的收据塞进一只小钱袋里。

"你就中午来吧，"他又说，"到中午，我就跑得远远的啰。"

然后，他把房门锁紧，回过来把钱箱的抽屉全都倒了个空，凑到五万法郎左右的钞票，把有些函件烧了，另一些则放在显眼的地方，接着开始写一封信，写完以后封好口，写上："唐格拉尔男爵夫人收。"

"今天傍晚，"他低声自语说，"我亲自把它放在她的梳妆台上。"

然后，他从抽屉里取出一张护照。

"很好，"他说，"有效期还有两个月哩。"

1　罗贝尔·马凯尔是 1834 年在巴黎首演的同名歌剧中的主人公，扒手出身，但一直以银行家的身份混迹于上层社会。弗雷德里克·勒梅特（1800—1876）则是当时一个有名的浪漫派演员，他在大仲马的许多剧作中扮演过重要角色。

第 105 章

拉雪兹神甫公墓

没错，德·博维尔先生曾遇到过那支陪送瓦朗蒂娜去最后归宿的送殡行列。

天空阴霾多云。吹过的风还带着暖意，但已对枝头的黄叶透出萧瑟的杀机，黄叶从日渐变得光秃的树枝上吹落，在熙熙攘攘挤满林荫大道的行人头上飘舞。

德·维尔福先生是个地道的巴黎人，在他心目中，唯有拉雪兹神甫公墓才配得上接纳巴黎家庭的逝者；其他的公墓，都只不过是些乡间的坟场和死者暂时的栖身之地。只有在拉雪兹神甫公墓，一个有教养的亡灵才能得到真正的安息。

我们已经知道，他在那儿买下了一块永久墓地，造了墓室，而现在，里面很快就住进了家族的一些成员。

陵墓的三角形横楣上镌刻着：圣梅朗与维尔福家族；这是瓦朗蒂娜的母亲，可怜的蕾内的遗愿。

且说排场很大的送殡行列从圣奥诺雷区出发，一路向着拉雪兹神甫公墓进发。队伍穿过整个巴黎，折入唐普尔区，然后沿着外围林荫大道直抵公墓。打头的是二十辆丧车，紧接着是五十多辆私家马车，在这五十辆马车后面还有五百来个步行的人。

瓦朗蒂娜的死，几乎对于所有的年轻人都不啻是个晴天霹雳。虽说半空中蒙着层凛冽的雾气，时令也显得萧疏而单调，但这位在如花之年夭折的年轻姑娘，她的美丽，她的纯洁，她的可爱，都使他们平添了一种充满诗意的伤感。

离开巴黎市区时，只见一辆由四匹马拉着的马车疾驶而来，赶上行列后，辕马挺直弹簧般强劲的腿弯，车子戛然停住：来的是基督山先生。

伯爵从敞篷马车上下来，走进徒步跟在柩车后面的人群。

夏托-勒诺瞥见了伯爵，马上从他那辆轿式马车上下来，迎上前去。博尚也跨下他坐的那辆包租的轻便马车。

伯爵在人群中仔细地张望；显然他是在找人。最后，他实在忍不住了。

"莫雷尔在哪儿？"他问，"各位，你们有谁知道他在哪儿吗？"

"我们在丧家吊唁时，就问过这个问题了，"夏托-勒诺说，"我们中间谁也没见过他。"

伯爵不响了，继续在朝四下里瞧着。

送殡行列终于抵达了公墓。

基督山敏锐的目光突然往紫杉和冷松的树丛望去，不一会儿，他那焦急不安的神情就消失了；黑黝黝的绿篱后面闪过一个人影，基督山准是已经认出了他要找的人。

读者想必都知道，在这种豪华的大公墓里落葬是怎么回事：身穿黑衣的人群散布在白色的墓道上，天地间一片寂静，只有从围绕墓茔的绿篱中偶尔传来细枝折断声，打破这肃穆的气氛。随后响起神甫忧郁的诵经声，其中不时夹杂着从饰着鲜花的女帽那儿传来的呜咽声，在这些女帽下面，可以看见一些哭丧着脸、双手合在胸前的女人。

基督山看到的那个人影，急速地穿过从爱洛伊丝和阿贝拉尔[1]的墓地呈星状延伸出去的林荫道，来到柩车的辕马边上，与死者的几个仆人迈着同样的步伐走到选定的墓穴跟前。

他们两人关注着不同的对象。

基督山目不转睛地望着这个几乎不为周围人注意的人影。

他有两回走出行列，要看清楚这个人有没有把手伸进衣服去摸藏在里面的武器。

当送殡行列停下以后，可以看清这个人影就是莫雷尔，他穿着纽扣扣到颈脖的黑色礼服，脸色铁青，双颊凹陷，帽子被痉挛的双手揉得皱皱的，他背靠着长在高处的一棵大树，从那里可以俯视陵墓，把即将举行的葬礼的每个细节都看在眼里。

一切都按常规进行。有几位男士，而且跟通常一样，那总是几位最不容易动感情的男士，正在发表演说。他们有的对做女儿的夭折表示同情；有的就做父亲的悲痛侃侃而谈；有些善于想象的人还声称这个年轻姑娘曾经不止一次地向德·维尔福先生为悬于他的法律之剑下的罪犯求情；最后，他们极尽援用

1　阿贝拉尔（1079—1142）：法国经院哲学家、神学家，与女学生爱洛伊丝相恋私婚，后被拆散，爱洛伊丝进隐修院。

辞藻华丽的隐喻和伤感缠绵的长句的能事，用各种方式来为马莱伯致杜佩里埃的名诗[1]做出诠释。

基督山什么也没听见，而且什么也没看见，或者说只看见了莫雷尔，这位年轻军官镇静而没有表情的神态，在唯一能洞悉他内心的伯爵眼里，显得异常可怕。

"瞧，"蓦然间博尚对德布雷说，"那不是莫雷尔吗！他这是在往哪儿躲呀？"

说着，他俩又叫夏托-勒诺看他。

"瞧他脸色有多苍白。"夏托-勒诺说着打了个寒噤。

"准是着凉了。"德布雷说。

"不是的，"夏托-勒诺慢悠悠地说，"我看哪，他是动了情。马克西米利安是个多愁善感的人。"

"得了吧！"德布雷说，"他几乎根本就不认识德·维尔福小姐。这是您自己说的。"

"这没错。可是我记得在德·莫尔塞夫夫人家的舞会上，他跟她跳过三次舞；您一定记得，伯爵，就是您很出风头的那次舞会。"

"不，我不记得。"基督山漫声应道，根本不知道自己在回答什么问题，也不知道自己在跟谁说话——他正全神贯注地看着莫雷尔的一举一动，只见那年轻人的双颊在抽动，就像一个人要抑制或屏住自己的呼吸时那样。

"演讲结束了：再见，各位。"伯爵突然说道。

说完，他做了个告别的手势，便消失不见了。谁也不知道他究竟去了哪儿。

葬礼结束，来宾们纷纷返回巴黎。

夏托-勒诺朝四下张望了一阵，想找莫雷尔；但刚才他目送伯爵离开的那会儿，莫雷尔已经挪了地方，于是，夏托-勒诺找了一阵没找到以后，也就跟在德布雷和博尚后面离去了。

基督山方才闪进一片矮林，藏身在一座宽阔的坟墓后面，窥伺着莫雷尔的一举一动，这时，陵墓跟前看热闹的人都已散去，随后工人也走了，莫雷尔却一步步向陵墓走去。

---

1 马莱伯 (1555—1628)：法国诗人。他在好友法学家杜佩里埃的女儿去世后，曾致诗慰问。

莫雷尔神情茫然地缓缓环视四周；但当他的目光扫到对面的那块圆形墓地时，基督山已经悄悄地又向前走了十来步路，并未被他发觉。

年轻人跪了下去。

伯爵伸长脖子，睁大眼睛盯住莫雷尔，继续向他走去，而且膝部保持弯曲，仿佛准备一有情况就扑上去似的。

莫雷尔低下头去，直到前额碰到墓石。他双手抓住铁栅喃喃地说：

"啊，瓦朗蒂娜！"

这短短的一声喊叫所流露的一片至情，使伯爵感到心碎。他上前一步，把手按在了莫雷尔的肩上。

"您在这儿，亲爱的朋友，"他说，"我正在找您呢。"

基督山以为莫雷尔会发作一场，会指责他，会对他大发雷霆；但他想错了。

莫雷尔转过身来，外表看上去非常平静。

"您看见了，"他说，"我在祈祷。"

伯爵用疑虑的目光把年轻人从头到脚打量了一番。

这么打量过后，他好像放心一些了。

"要不要我陪您回巴黎？"他说。

"不用，谢谢。"

"我总还能为您做些什么吧？"

"请让我自己祈祷吧。"

伯爵没有表示异议，当即离去，但他这样做，只是为了找一个新的位置，仍能把莫雷尔的每个动作都看在眼里。莫雷尔终于立起身来，拍去膝头在石板地上沾的尘土，头也不回地走上了回巴黎的路。

他缓缓地沿着拉洛凯特街往下走。

伯爵打发他那辆停在拉雪兹神甫公墓的马车先回去，自己跟在莫雷尔后面，和他保持一百来步的距离。马克西米利安穿过运河，沿着林荫大道折回梅斯莱街。

莫雷尔到家才五分钟，伯爵也到了。

朱丽站在花园进口的地方，全神贯注地看着佩纳隆师傅，他正儿八经地干着园丁的营生，在给孟加拉玫瑰插枝。

"啊！基督山伯爵先生！"她欣喜地喊道，每当基督山来梅斯莱街做客的时候，这个家庭的成员都会有这种欣喜的表示。

"马克西米利安刚回来，是不是，夫人？"伯爵问。

"是的，我刚才好像看见他过去的，"少妇说，"要不要去叫埃马纽埃尔来？"

"对不起，夫人；我得马上到马克西米利安的房间去，"基督山说，"我有件极其重要的事情要跟他说。"

"那就请上去吧。"她说，带着甜蜜的笑容目送他一路走去，直到消失在楼梯口。

基督山很快地穿过从底楼通往马克西米利安套房的那两层楼面；到了那一层的楼梯口，他侧耳细听：听不到一点声音。

就像大多数独户人家居住的老宅一样，这个楼梯口只拦了一扇镶玻璃的门。

不过这扇门上没有插着钥匙。马克西米利安从里面把门锁上了。从门玻璃里没法看见里面，一块红色丝帘遮住了玻璃。

伯爵脸上瞬时间泛起的红潮，透露了他万分焦急的心情；对这个平素喜怒不形于色的人来说，这种感情的外露是很不寻常的。

"怎么办？"他低声自语。

他思索了一会儿。

"拉铃？"他暗自思忖，"不行！铃声，也就是说有人来访，对一个处于马克西米利安这样状况的人来说，只会促使他快下决心，结果回答铃声的就会是另一种响声。"

基督山浑身起了战栗。但他多年来已经习惯于迅若闪电地当机立断，所以他抬起胳臂肘猛地向门上的方格玻璃撞去，玻璃顿时裂成碎片飞了开去，他随即撩开门帘，瞧见莫雷尔坐在书桌前面，手里握着一支羽毛笔，刚才因为听到玻璃撞碎的声音，猛地从椅子上跳了起来。

"没事，"伯爵说，"真是太对不起了，亲爱的朋友！我没站稳，脚一滑，胳膊肘撞在了您的门玻璃上；既然已经碎了，我就干脆图个方便进来吧；不用劳驾，不用劳驾。"

说着，伯爵把胳膊从缺口处伸进去，打开了门。

莫雷尔立即站起身来，神情不快地向基督山迎上前去，他并不是想迎接伯爵，而是想挡住他，不让他过去。

"要说呢，这还是您的仆人的不是，"基督山揉着胳膊肘说，"您的地板滑得就像镜子似的。"

"您受伤了吗，先生？"莫雷尔冷冷地问。

"我不知道。可您在干什么哪？在写东西？"

"我？"

"您的手指上沾着墨水。"

"是的，"莫雷尔回答说，"我在写东西；尽管我是军人，有时也写写东西。"

基督山在房间里走了几步。马克西米利安只得让他过去，但紧紧跟在他后面。

"您是在写东西？"基督山又问，目光逼视着对方。

"我已经有幸对您说过了，是的。"莫雷尔说。

伯爵朝四下里看了看。

"您的手枪放在文具盒边上！"他指着搁在书桌上的武器对莫雷尔说。

"我要外出旅行。"马克西米利安回答说。

"我的朋友！"基督山语气非常温存地说。

"先生！"

"我的朋友，亲爱的马克西米利安，别做出走极端的决定，我求您！"

"我，走极端的决定？"莫雷尔耸耸肩膀说，"怎么，我倒要请教，出外旅行就是走极端的决定吗？"

"马克西米利安，"基督山说，"我俩都把戴着的面具拉下来吧。马克西米利安，请您别用这种装出来的镇静来骗我，我也不用那种无谓的关心来哄您了。

"您一定明白，是吗？我之所以会像刚才那样撞碎玻璃，擅自闯进一位朋友的房间，我说，您一定明白，我之所以这样做，自然是因为我有一种很实在的担忧，或者说有一种很可怕的确信。

"莫雷尔，您是想自杀！"

"嗨！"莫雷尔打了个哆嗦说，"您的这种念头是从哪儿钻出来的，伯爵先生？"

"我说您想自杀！"伯爵用同样温存的语气说，"那就是证据。"

他走到书桌跟前，掀开年轻人遮在一封刚开始写的信上的白纸，把信拿在手里。

莫雷尔冲上去想把信夺回来。

基督山料到了他会这么做，伸手一把抓住马克西米利安的手腕，就像钢链在弹簧刚要起跳时卡住了它，使它动弹不得。

"您瞧，您这还不是想自杀吗！莫雷尔，"伯爵说，"您都写了下来！"

"好吧！"莫雷尔喊道，平静的外表骤然间变得激动异常，"好吧！就算是这样，就算我决定要把枪口对准自己，谁又能来阻拦我？

"有谁敢来阻拦我？

"如果我说：

"我所有的希望都破灭了，我的心碎了，我的生命之火熄灭了，只有死亡的悲哀和厌恶的情绪笼罩着我，世界已经变成一堆死灰，任何人的说话声音都让我感到撕心裂肺的痛苦。

"如果我说：

"让我去死才是对我的慈悲，因为如果您不让我去死，我就会丧失理智，就会发疯；

"喔，您说呀，先生，如果我这么说了，如果我带着内心的悲楚和泪水这么说了，难道还有人会回答我说'您错了'吗？

"难道还有人会阻止我不让自己成为最不幸的人吗？

"您说呀，先生，说呀，您敢这么做吗？"

"是的，莫雷尔，"基督山说，平静的语气跟年轻人激动的神情形成一种奇异的对比，"是的，我敢这么做。"

"您！"莫雷尔喊道，气愤和责备的意味越发明显了，"就是您，用荒诞的希望欺骗了我；就是您，当我还能去做光荣的搏击，或者还能去做出走极端的决定，当我还能救出她，或者至少还能瞧着她死在我怀抱里的时候，您却用一些不能兑现的许诺来劝我，哄我，骗我；就是您，做出一种俨然拥有所有的精神力量和物质力量，仿佛无所不能的样子；就是您在扮演，或者不如说装着在扮演天主的角色，而您，面对一个被毒死的年轻姑娘，却连一点解药也没法给她！喔！说实话,先生,要不是您让我感到可怕的话,您真会让我感到可怜！"

"莫雷尔……"

"是的,您刚才说要我放下面具。好吧！您满意了吧,我把它放下了。

"是的,当您在墓地跟在我后面时,我还是搭理您的,因为我心软;当您进来的时候,我也还是让您一直走到了这儿……可是,既然您得寸进尺,既然您硬要闯进这个我想当作坟墓安息在里面的地方和我纠缠,既然您使我,使原以为已经受尽一切折磨的我,又承受了一种新的折磨,那么基督山伯爵,您这个我所谓的恩人,基督山伯爵,您这个包打天下的救世主,现在您可以心满意足了,因为您就要看到一个朋友去死了！……"

说完,莫雷尔嘴角露出疯狂的笑容,再次向手枪扑过去。

基督山脸色惨白得像个幽灵,但眼里闪烁着光芒;他伸手压住手枪,对失去理智的年轻人说:

"而我,要对您再说一遍,您不能自杀！"

"您要阻止我！"莫雷尔一边说,一边拼命想拉开伯爵的手,但跟前一次一样,在伯爵的铁腕面前,他的努力又是徒劳的。

"我要阻止您！"

"可是您到底是谁,竟敢对一个有思想的自由的人这么专横地滥施权威？"马克西米利安喊道。

"我到底是谁？"基督山重复说。

"您听着:

"我是这世上唯一有权利对您说这话的人:'莫雷尔,我不愿意看到你父亲的儿子在今天死去！'"

说着,基督山的神情变得很庄严,面容也起了变化,显得无比的崇高,他双臂交叉在胸前向年轻人走上两步,莫雷尔只觉得心头突突直跳,不由自主地被这个人神祇般的威仪所慑服,往后退了一步。

"您干吗要提到我的父亲？"他嗫嚅地说,"您干吗要把我对父亲的回忆跟今天的事掺和在一起？"

"因为是我,有一天当你父亲像你今天一样想要自杀的时候,曾经救过他的命;因为是我,曾经把那只钱袋送给你年轻的妹妹,而把法老号给了年迈的莫雷尔；因为我就是在你小时候把你抱在膝上逗着玩的埃德蒙·唐戴斯！"

莫雷尔脚步踉跄地往后退了一步，像透不过气来似的喘着粗气，整个人仿佛垮了。他精疲力竭地大喊一声，扑倒在基督山脚下。

但是骤然间，在一种神奇的力量支配下，他陡地全然换了一个人。他立起身，飞步跑出房门，冲到楼梯上，用足力气喊道：

"朱丽！朱丽！埃马纽埃尔！埃马纽埃尔！"

基督山也想冲出房门，但马克西米利安顶住门，拼死也不肯放伯爵出来。

听见马克西米利安的喊声，朱丽、埃马纽埃尔、佩纳隆和几个仆人都神色慌张地奔了过来。

莫雷尔握住他们的手，打开房门。

"跪下！"他声音呜咽地大声说，"快跪下！他就是我们的恩人，就是我们父亲的救命恩人！他就是……"

他想说：

"他就是埃德蒙·唐戴斯！"

伯爵抓住他的胳臂制止了他。

朱丽扑过去拉住伯爵的手；埃马纽埃尔像抱一位守护神那样抱住他；莫雷尔又一次跪了下去，用额头去碰地板。

此时，这个铁石心肠的人只觉得心脏在胸膛里胀开来，一股火辣辣的热流从喉咙口涌到眼眶，他低下头，眼泪淌了下来。

一时间，只听得令人动容的抽泣声和呜咽声在屋里响成一片，就连天主最宠爱的天使，也一定会觉得这是最感人、最悦耳的声音。

朱丽还没来得及从她所经受的感情波澜中恢复过来，便冲出房门，怀着孩子般的喜悦心情奔进楼下的客厅，掀开球形的玻璃罩，取出当年梅朗巷的陌生人送的那只钱袋。

这当口，埃马纽埃尔在用断断续续的声音对伯爵说：

"哦！伯爵先生，您经常听到我们说起这位不知名的恩人，知道我们是怎样怀着感激和崇拜的心情想念着他，那您怎么能一直等到今天才让我们知道您呢？哦！这不仅对我们太残酷了，而且我要冒昧地说，伯爵先生，这对您也太残酷了。"

"请听我说，我的朋友，"伯爵说，"我可以这么称呼您，因为您虽然并不了解这秘密，但已经跟我做了十一年朋友；这个秘密的泄露，完全是由于一桩您大概还不知道的大事情的缘故。

"天主可以为我做证，我本来是希望一辈子把这桩秘密藏在心底的，结果是您的大舅马克西米利安用过火的言辞逼得我吐露了出来，而现在我敢肯定，他对自己说的话已经感到后悔了。"

说完以后，他瞥见马克西米利安仍跪在地上，但把头斜过去靠在一把扶手椅上。

"请您注意照看他。"基督山轻轻地说，一边意味深长地在埃马纽埃尔的手上按了一下。

"为什么？"年轻人惊讶地问。

"我不能告诉您；但请您注意照看他。"

埃马纽埃尔用目光在房间里扫了一遍，看见了莫雷尔的那对手枪。

他惊恐地凝视着手枪，缓缓地举起手来指给基督山看。

基督山点点头。

埃马纽埃尔朝着手枪走上一步。

"别去动它们。"伯爵说。

然后，他走到莫雷尔跟前，握住他的手；一度在年轻人心头撞击翻腾的纷乱的思绪，此刻似乎都凝滞了，他木然地呆在那儿。

朱丽上楼来了，她手里拿着那只丝织的钱袋，两颗明亮的喜悦的眼泪宛如两滴晨露，沿着脸颊淌了下来。

"这就是那珍贵的纪念品，"她说，"可您千万别以为，当我知道恩人是谁以后，我对它就不会像以前那样珍惜了。"

"我的孩子，"基督山回答说，他的脸红了，"请允许我把这钱袋拿回去吧；既然你们已经熟悉了我的脸，我只希望你们把我期待你们给予我的爱，留在记忆中就行了。"

"哦！"朱丽把钱袋贴在胸口上说，"不，不，我求您啦，因为有一天您也许会离开我们；因为总有那么令人伤心的一天您会离开我们的，是吗？"

"您猜对了，夫人，"基督山含笑回答说，"一星期后，我就要离开这个国家，离开这个让许多应该受到报应的人生活得快快活活，而我的父亲却死于饥饿和痛苦的国家。"

说到这即将离去的打算时，基督山把目光盯在莫雷尔脸上，注意到我就要离开这个国家这句话，并没能把莫雷尔从麻木的状态中拉出来；他明白，他还必须跟这位朋友的悲痛做一番最后的斗争，于是他拉起朱丽和埃马纽埃尔的手，握在自己的手里，以一个父亲温存而威严的口吻对他俩说：

"我的好朋友，请让我单独跟马克西米利安待在这儿。"

对朱丽来说，这是一个把基督山忘了再提起的那件珍贵纪念品带走的机会。

她赶紧拉起丈夫就走。

"让他俩留在这儿吧。"她说。

伯爵和莫雷尔留在屋里，莫雷尔像尊雕像似的，一动不动。

"哦，"伯爵情绪激动地用手指碰碰他的肩膀说，"你总算缓过气来了，马克西米利安？"

"是的，因为我又开始感到痛苦了。"

伯爵额头蹙起，看上去内心很忧郁，而且在犹豫。

"马克西米利安！马克西米利安！"他说，"萦绕在你心头的那个想法，是基督徒所不该有的。"

"哦！您放心，朋友，"莫雷尔说，他抬起头，对着伯爵笑了笑，这笑容中包含着一种无法形容的哀愁，"我已经不用去寻死了。"

"这么说，"基督山说，"你不再需要手枪，也不再绝望了。"

"不，那是因为，我要治愈痛苦，已经有了比手枪和短刀更好的办法。"

"可怜的疯子！……您有什么办法？"

"我的悲伤就会使我死去。"

"朋友，"基督山跟他同样忧郁地说，"请听我说：

"曾经有一天，我跟你现在一样的感到绝望，因为我也下了同样的决心，也像你一样想要自杀；曾经有一天，你的父亲在同样的绝望心情中也想过要自杀。

"当你父亲把手枪对准自己额头的时候，当我把已经三天不曾进口的面包从囚房的床上推开的时候，在这最后的时刻，倘若有人对他、对我、对我俩这么说：

"'活下去吧！那一天会来到的，那时你们是会感到幸福，会赞美生活的。'那么，不管这声音来自何方，我们都会带着犹豫的笑容或疑虑的惊慌去听从它；而当你父亲拥抱你的时候，他曾有多少次赞美过生活；我也曾有过多少次……"

"喔！"莫雷尔打断伯爵的话喊道，"您仅仅失去了您的自由；我父亲仅仅失去了他的财产；而我，我失去了瓦朗蒂娜。"

"你瞧着我，莫雷尔，"基督山神情庄严地说，这种神情，有时候使他显得非常崇高，让人会不由自主地信服他，"你瞧着我，此刻我眼里没有泪水，情绪并不狂热，心头也并不在悲伤地搏动；可是我看着你，马克西米利安，看着我像爱儿子一样爱着的你在受苦。哎！你难道就没想过，莫雷尔，痛苦就像生活本身一样，也经常会伴有一些意想不到的事情吗？所以，如果说我恳求你，我命令你活下去，莫雷尔，那是因为我确信总有一天，你会因为我保全了你的生命而感激我的。"

"天哪！"年轻人喊道，"天哪！您在对我说些什么，伯爵？您要小心自己说的话哪！也许您，也许您从来没有爱过？"

"真是个孩子！"伯爵回答说。

"爱情，"莫雷尔说，"我是说爱情。

"您知道，我从成年起就是个军人；直到二十九岁我还没有真正爱过，因为直到那时为止，我所体验过的感情，都还称不上是爱情。好！到了二十九岁，我遇见了瓦朗蒂娜。于是这将近两年的时间，我始终在爱她，我始终能在她身上看到一个少女和一个成熟女子的种种美德，那是天主亲手写在这个心灵，这个对我犹如一本书那般敞开着的心灵上的。

"伯爵，当我和瓦朗蒂娜在一起时，我曾经有过一种永无终止、永无边际、从未体验过的幸福，对这个世界来说，这种幸福实在是太崇高、太完美、太神圣了。没有了瓦朗蒂娜，这个世界就再也不能给我以这种幸福，人世间留给我的就只有绝望和忧伤了。"

"我对你说过，要抱有希望，莫雷尔。"伯爵重复说。

"那您可得小心哪，我又要这么说了，"莫雷尔说，"您这是想要说服我，是要我相信我还能再见到瓦朗蒂娜,而如果您说服了我,您就使我丧失了理智。"

伯爵笑了笑。

"我的朋友,我的父亲!"莫雷尔充满激情地喊道,"您可得小心哪,我这是第三次对您这么说了,因为您对我的影响如此之大,都使我感到恐惧了;您要小心让自己的话合乎情理才好,因为现在我的眼睛又有神了,我的心又在燃起火种,又在复苏了。您一定得小心,因为您要我相信的是些神乎其神的事情。"

"如果您吩咐我去掀起睚鲁[1]女儿陵墓的碑石,我就会照着去做;如果您做个手势要我到波涛上去行走,我也会像圣徒那样踏上波涛就往前走;您要小心,我什么都会照着做的。"

"我要您抱有希望,我的朋友。"伯爵仍然这么说。

"唉!"莫雷尔说,情绪顿时从亢奋的高峰跌入忧伤的低谷,"唉!您是在逗我。您就像那些好心的母亲,或者说就像那些自私的母亲,她们尽说些动听的话来安慰伤心的孩子,因为孩子的哭喊使她们厌烦了。

"不,我的朋友,我对你说要小心是说错了;不,请不必担心,我会非常当心地把痛苦埋在心底,我会让它成为谁也无法觉察的秘密,您甚至都不用费心来怜悯我。

"别了!我的朋友!别了!"

"正相反,"伯爵说,"从此刻起,马克西米利安,你得寸步不离地待在我身边,跟我一起生活,一个星期以后,我们就把法国丢在我们的身后了。"

"您仍然对我说要抱有希望?"

"我对你说要抱有希望,因为我知道有一个办法可以治愈您的心病。"

"伯爵,您这样只能使我更忧伤——如果我还能更忧伤的话。您还以为我只是受了一次打击,尝到了普通人常有的一种痛苦,所以您以为用一种普通人常用的办法就可以安慰我,那办法就是旅行。"

说着,莫雷尔以一种不屑的怀疑神情摇摇头。

"你让我对你怎么说好呢?"基督山说,"我对自己的许诺是很有信心的,请让我试一试吧。"

"伯爵,您无非是把我临终前的痛苦拖得更长久罢了。"

---

1 《圣经》中一个管犹太会堂的人,耶稣曾使他的女儿复活。见《马可福音》第5章和《路加福音》第8章。

"难道，"伯爵说，"你的心就这么脆弱，你竟没有这点勇气给你的朋友几天时间，让他去做一个他很想做的试验吗！

"嗬，你可知道基督山伯爵能做成怎样的事情吗？

"你可知道尘世间有多少权力在听候他的调遣吗？

"你可知道他对天主的信仰足以使他从天主那儿求得奇迹的降临，你可知道天主曾经说过'人有了信仰，就可以移动大山'吗？

"噢！对这个奇迹，我是抱有希望的，你就等待一下吧，要不然……"

"要不然……"莫雷尔重复说。

"要不然，你可得小心，莫雷尔，我要说你忘恩负义了。"

"请给我一点同情吧，伯爵。"

"我非常同情你，马克西米利安，所以，请听我说，假如这一个月一天一天，一小时一小时地过去了，而我还不能治愈你，那么莫雷尔，我说话算话，我会亲手把一对子弹上膛的手枪和一杯最灵验的意大利毒药放在你面前，这种毒药，我可以向你保证，比毒死瓦朗蒂娜的毒药毒性更强。"

"您答应我？"

"是的，因为我是个男子汉，因为，正如我告诉过你的，我也曾经想死过，而且，即使不幸已经远离了我，我依然向往长眠的快乐。"

"喔！您真的答应我了，伯爵？"马克西米利安处于极度兴奋的状态中，忘情地喊道。

"我不仅答应你，而且对你起誓。"基督山伸出一只手说。

"您凭荣誉保证，在一个月以后，倘若我没能得到安慰，您就听凭我自由处置我的生命，不管我做什么事情，您都不会说我忘恩负义？"

"一个月，有一天算一天，马克西米利安；一个月，有一个小时算一个小时。这个日期是神圣的，马克西米利安；我不知道你有没有想到，今天就是九月五日。

"十年以前的今天，我救下了你想要自杀的父亲。"

莫雷尔抓住伯爵的手吻着；伯爵任凭他这么做，仿佛他意识到，这样的崇拜他是受之无愧的。

"一个月以后，"基督山继续说，"在我俩面前的那张桌子上，你会看到一对精良的手枪，你可以如愿去死。但是在这以前，你得答应我耐心等待，绝不去死，你能做到吗？"

"喔！我也向您起誓！"莫雷尔喊道。

基督山把年轻人搂在胸前，久久地拥抱他。

"现在，"他对年轻人说，"从今天开始，你就要搬出去住在我家里；你就住海黛的那套房间，这样，我至少可以有个儿子来代替女儿了。"

"海黛！"莫雷尔说，"海黛怎么样啦？"

"她昨天晚上动身走了。"

"离开您走了？"

"她要去等我……所以，你准备一下，就到香榭丽舍大街去找我。现在请陪我出去，别让任何人看见我。"

马克西米利安低下头，照着他的吩咐做了，那神情像个孩子，或者说，像个圣徒。

第 106 章
财产分割

阿尔贝·德·莫尔塞夫在圣日耳曼草场街选定了一家旅馆三楼的房间。这家旅馆的二楼有个小套间，一个非常神秘的人物租下了这个小套间。

这个男人平时进出旅馆时，看门人从来没有看清过他的脸；因为，冬天他总像在剧院门口等主人的上等人家的车夫那样，把下颌埋在一条红围巾里，而在夏天，每当他从门房跟前经过，可以跟人打照面的当口，偏偏又总是在擤鼻涕。应该说，这位住客打破了旅馆根深蒂固的规矩，始终没有被人识破真正的身份，大家传说他之所以不肯暴露自己的身份，是因为他位居要职，而且很有声望，这种传闻更使人对他神秘的行止肃然起敬。

他来这儿的时间通常是固定的，只是有时稍有些上落；不管冬天还是夏天，他几乎总是在下午四点钟左右到这个套间来，而且从不在这儿过夜。

冬天，一个有点像这个小套间管家角色的口风很紧的女仆，三点半时进来生火；夏天，这个女仆在三点半时把冰块端上去。

到四点钟，正如我们说的，那位神秘人物便来了。

二十分钟以后，一辆马车停在旅馆门前；一位身穿黑衣服或深蓝色衣服，永远戴着大面纱的女人下车后，像个幽灵似的走过门房跟前，上楼时脚步轻得听不到一点楼梯的嘎吱声。

从来没有人问过她要上哪儿去。

所以，那两个看门人对她，也像对那个陌生男人一样，从来不曾有过一睹尊容的机会，而这两个看门人也着实堪称模范看门人，在首都多如牛毛的同行中间，能够这样谨慎小心的恐怕也只有他俩了。

这个女人上到二楼，用一种特殊的方式轻轻叩门。门开了一下，随即又关紧。余下的事我们就不需多讲了。

离开旅馆的情形，跟进来时相仿。

陌生女人先走，她依然戴着面纱，登上马车后，不是消失在这条街，就是消失在另一条街的尽头；二十分钟过后，陌生男人把脸埋在围巾或手帕里走出旅馆，同样地消失不见。

基督山伯爵去拜访唐格拉尔的第二天，也就是瓦朗蒂娜殡葬那天的第二天，那位神秘的住客不是像往常那样在下午四点左右，而是在上午十点钟进的旅馆。

几乎是同时，而不是像往常那样在间隔一段时间以后，一辆出租马车驶来，那位戴面纱的女人下车后急匆匆地走上楼去。

门开一下后又关上了。

但门还没来得及关上的时候，这个女人已经喊了一声：

"喔，吕西安！我的朋友啊！"

这一来，看门人就无意中听到了这声惊呼，第一次知道他的房客名叫吕西安；不过，由于他是个模范看门人，他打定主意连老婆也不告诉。

"嗯！出什么事了，亲爱的？"被戴面纱的女人由于慌张或仓促而泄露名字的那个男人问道，"告诉我，什么事？"

"我的朋友，我能依靠您吗？"

"当然，这您是知道的。可是，出什么事啦？收到您上午的信，我简直不知所措了。您写得那么仓促，那么潦草。呵，快说出来好让我放心，或者索性让我吓一跳吧！"

"吕西安，出大事情啦！"那女人用探究的目光注视着吕西安说，"唐格拉尔先生昨晚出走了。"

"出走！唐格拉尔先生出走了！他到哪儿去了？"

"我不知道。"

"什么！您不知道？这么说，他这一走就不回来了？"

"想必是吧！昨晚十点钟，他乘马车到了夏朗东城门；有一辆套好马的大马车在那儿等着他；他带着贴身男仆上了车，对自己的车夫说他是去枫丹白露。"

"噢！那您刚才怎么说……？"

"别急呀，我的朋友。他留给我一封信。"

"一封信？"

"对；您念吧。"

说着，男爵夫人从袋里掏出一封已经拆封的信，递给德布雷。

德布雷接过信，犹豫了一会儿，仿佛他想先猜一下信里的内容，或者说，不管信里写些什么，他想先决定一下该怎么办。

几秒钟过后，他想必是拿定了主意，开始念起信来。

下面就是把唐格拉尔夫人搅得心乱如麻的那封信的内容：

我忠实的夫人：

德布雷不由得顿了一下，朝男爵夫人望去，她羞得连眼睛都红了。

"念吧。"她说。

德布雷继续念道：

当您收到这封信时，您已经失去您的丈夫了！哦！您不用过于惊慌；您无非是像失去女儿一样地失去了丈夫，这就是说，此刻我正在从法国出境的三四十条大路中的某一条大路上。

您有权利要我对此做出解释。既然您是完全能理解这种解释的女人，我这就给您解释。

所以请您看仔细了：

今天上午突然有人来提一笔五百万的款项，我支付了；紧接着又来了一笔同样数额的提款；我请来人延期到明天；今天我的出走，就是为了逃避这个无法挨过的明天。

这您是能理解的，是吗，我高雅的夫人？

我说您能理解，是因为对我的财务状况，您了解得和我一样清楚，甚至比我更清楚；因为若要问我，那笔从前颇为可观的财产中的一大半，如今去了哪儿，我可答不上来。而您则不然，我能肯定地说，您对此知道得一清二楚。

女人生来就有一种非常可靠的本能，她们会用自己发明的代数语言去解释种种不可思议的事情。而我只知道我的那些数字，只要有一天这些数字欺骗了我，我就什么也不知道了。

我的败落来得这么快，您可曾感到过惊讶吗，夫人？

看到我的金条这么熔化烧掉，您可曾有过些许迷惘吗？

我承认，我只看到了火；但愿您能在灰烬里找到一点金子。

我是带着这个使我感到安慰的希望走的，我审慎的夫人，在良心上我丝毫也没有抛弃您的内疚；您有朋友，有刚才说的灰烬，而且，最使您感到高兴的是，您有我急于归还您的自由。

可是，夫人，我想我该趁这个机会在下面这一段里，向您说几句体己话，把有些事情解释一下。

当我想着您还能为增加家庭的收益和女儿的财产做些努力的时候，我是通达地闭上我的眼睛的。可是，由于您已经造成了这个家庭的破产，我就不想被您用来为别人发财当垫脚石了。

我娶您的时候，您很有钱，但是并不受人尊敬。

请原谅我对您说得这么直率。可是，既然这大概只是我俩之间的私房话，我看我完全没有必要闪烁其词。

我增加了我们的财产，十五年来，我们的财产始终在增值，直到那些我至今还觉得无法理解的灾祸从天而降，抱住了它，把它掀翻在地为止。而我可以这样说，我在其中是没有丝毫过错的。

您，夫人，您光顾努力增加您的财产，您成功了，对这一点我多半还是相信的。

所以，我现在就还您当初我娶您时的面貌：有钱，但不受人尊敬。

别了。

从今日起，我也要为自己而努力了。

您为我做出的榜样，我是会效仿的，请接受我为此对您表示的谢意。

您忠诚的丈夫
唐格拉尔男爵

德布雷艰难地念着这封长信时，男爵夫人的目光始终停留在他的脸上；她注意到，尽管他素来很有自制能力，但仍然有一两次变了脸色。

念完以后，他慢慢地把信折好，重又露出沉思的表情。

"嗯？"唐格拉尔夫人问，她的这种焦虑不安的神色是不难理解的。

"嗯，夫人？"德布雷机械地重复说。

"看了信，您怎么想？"

"很简单，夫人，我的想法是，唐格拉尔先生出走时是有所猜疑的。"

"那当然；可是您要对我说的就这些吗？"

"我不明白您的意思。"德布雷冷冰冰地说。

"他走啦！真的走啦！去了不回来啦。"

"喔！"德布雷说，"别这么想，男爵夫人。"

"不，我对您说，他不回来啦；我了解他，他这个人，只要是对他有好处的事情，他决定以后绝不会回头。

"要是他认为我对他还有用处，他是会带我一起走的。他把我撇在巴黎，这是因为我们的离异有利于他的计划。所以这种离异是不可挽回的，我从此自由了。"唐格拉尔夫人依然带着祈求的表情接着说。

可是德布雷并不回答，听任她的目光和其中所包含的思绪焦急不安地向他探询着。

"怎么！"她终于忍不住了，"您不回答我，先生？"

"我只想问您一个问题：您打算怎么办？"

"这我正要问您呢。"男爵夫人回答说，心头怦怦直跳。

"喔！"德布雷说，"这么说，您是要我给您出个主意？"

"是的，我是要您给我出个主意。"男爵夫人心头揪紧地说。

"得，既然您要我出个主意，"年轻人冷冷地回答说，"我就劝您去旅行。"

"旅行！"唐格拉尔夫人喃喃地说。

"正是。就像唐格拉尔先生说的，您很有钱，而且完全是自由的。欧仁妮的婚事告吹以后，唐格拉尔先生这么突然失踪，势必会又一次引起轰动。所以，您暂时离开巴黎一段时间，是绝对必要的，至少我这么认为。

"最要紧的，是要让大家都知道您被遗弃了，而且都以为您很穷；因为看到一个破产的人的妻子居然很有钱，境况很好，人家是无法原谅的。

"要做到这一点，您只消在巴黎再留上半个月，逢人便说您遭到了遗弃，并且把事情的前前后后告诉您最好的朋友，她们一定会在社交圈子里传开去。

然后，您就离家出走，把您的首饰都留下，丈夫的财产也不去动它。这时，大家就会说您洁身自好，对您倍加称赞。

"这样，大家就都知道您被遗弃了，而且都相信您手头窘迫。只有我一个人，了解您的经济状况，此刻，我就准备用您忠实的合伙人的身份来向您报告一下账目情况。"

男爵夫人吓呆了，她脸色苍白地听着德布雷说出这番话，他居然说得这么镇静，这么若无其事，她不禁听得又发怵又绝望。

"被遗弃！"她重复说，"哦！真的是被遗弃啊……对，您说得有理，先生，谁也不会怀疑我是被遗弃了。"

这个如此骄傲、如此痴情的女人所能回答德布雷的，就只不过这一句话。

"但是有钱，非常有钱。"德布雷说着，掏出钱袋，把里面的几张纸摊在桌子上。

唐格拉尔夫人没去看这些纸，她只顾抑制自己的心跳，不让已经在眼眶里滚动的泪水淌下来。最后，男爵夫人的自尊心终于占了上风；虽然她没能抑制住自己的心跳，但至少忍住了眼泪，没让泪水夺眶而出。

"夫人，"德布雷说，"大约半年前，我们决定合伙。

"您投资了十万法郎。

"今年四月正式开始合伙。

"五月开始营业。当月赚了四十五万法郎。

"六月，红利累计达九十万。

"七月，收入一百七十万法郎；您知道，那个月做的是西班牙公债。

"八月初亏损了三十万法郎；不过到十五日又赚了回来。我把我们的账目，从合伙的那天起到昨天为止结算了一下，我们的资产共计是二百四十万法郎，也就是说，每人一百二十万法郎。

"现在，"德布雷边说边以经纪人的做派，不动声色地翻看着一个小本子，"这笔钱还有八万法郎的利息在我手里。"

"不过，"男爵夫人打断他说，"这利息是怎么回事，我们没去放过利息呀？"

"我要请您原谅，夫人，"德布雷冷冷地说，"我是得到您的授权才这么做的，也就是说我是受权这么做的。

"所以，您应得利息的一半四万法郎，再加上起初的投资十万法郎，这就是说，您所得部分共计是一百三十四万法郎。

"不过，夫人，"德布雷继续说，"出于谨慎，我前天已经把您的钱提了出来，两天时间算不了什么，这您也知道，而且简直可以这么说，我预感到了您随时会唤我来向您汇报财务状况。这儿就是您的钱，一半是钞票，一半是银行凭单。

"我说'这儿'，完全是照实说；因为我觉得我家里不大可靠，那些公证人的嘴也不够紧，至于那些房地产商，那就比公证人还爱多嘴。最后还因为您除了婚后共同财产外，没有权利买下或占有其他任何财产，所以我把这笔钱，这笔属于您的私房钱，保存在这个壁橱的一只密封箱子里，为了保险起见，这个壁橱是我亲手砌的。

"现在，"德布雷继续往下说，同时打开壁橱，拿出钱箱，"现在，夫人，这儿是八百张一千法郎的钞票，您瞧，看上去像一本包铁皮的厚厚的画册；还有一张两万五千法郎的息票；至于余额，我想大概还有十一万法郎，这儿是一张开给我的银行家的凭票即付的凭单，由于我的银行家并不是唐格拉尔先生，这张凭单一准能够兑现，您可以放心。"

唐格拉尔夫人机械地接过凭单、息票和那沓钞票。

这沓为数可观的钞票放在桌子上，显得并不怎么起眼。

唐格拉尔夫人眼里没有泪，但是胸脯像在呜咽似的起伏着，她拿起这沓钞票装进包里，扣上锁，把息票和凭单放入钱袋，脸色苍白、默默无言地伫立着，等待着一句温存的话来安慰一下如今这么有钱的她。

但是她白等了。

"现在，夫人，"德布雷说，"您可以过非常优裕的生活，一笔相当于六万利弗尔年金的收入，对一位至少在一年之内不用操持家务的女人来说，是一笔巨大的收入。

"这下子您尽可以想怎么做就怎么做了。另外，倘若哪天您觉得您的钱不够用的话，看在我俩过去的情分上，您还可以用我的，夫人；我随时可以把我的那部分一百零六万法郎给您，喔！当然是借给您。"

"谢谢，先生，"男爵夫人回答说，"谢谢，您知道，您给我的那笔钱，对一个从现在起至少在一段相当长的时间里不打算在社交界露面的可怜女人来说，已经是太多了。"

德布雷一时感到有些惊愕，但很快就恢复了常态，他摆了个姿势，这个姿势无异于用最有礼貌的方式表达这么一个意思：

"那就随您的便吧！"

唐格拉尔夫人也许在这以前还存有希望；可是当她瞧见德布雷刚才那种漫不经心的姿势，以及随之而来的睨视的目光，深深的鞠躬以及紧随其后的意味深长的沉默，她毅然地抬起头，打开门，既不发怒，也不发抖，毫不犹豫冲下了楼梯，甚至不屑于对这个如此跟她分手的男人最后再说一声再见。

"唔！"德布雷等她走了以后，对自己说，"想起来还是挺美的，她可以待在家里读读小说，虽说不能再在交易所玩股票，可照样能在家里玩纸牌。"

他拿起小本子，很仔细地把刚才付出的款项划去。

"我还剩下一百零六万法郎，"他说，"多可惜啊，德·维尔福小姐死了！这妞儿各方面都挺合我的胃口，我满可以娶她的。"

跟往常一样，他很冷静地等唐格拉尔夫人走后二十分钟，才动身离去。

这二十分钟里，德布雷都在算账，旁边搁着他的怀表。

阿斯莫代[1]这个魔鬼的角色，即便勒萨日不曾把他写进他的大作，其他想象力丰富的作家想必也会有机会把他塑造出来的。此刻，要是这个喜欢掀开屋顶往里瞧的阿斯莫代，在德布雷算账的当口，掀开圣日耳曼草场街这座小旅馆的屋顶，他准会看到一幕很奇特的场景。

德布雷待在里面跟唐格拉尔夫人平分二百四十万法郎的那个房间楼上，有一个房间里也住着我们的两位熟人，他们在前面的故事中起过相当重要的作用，所以，我们能在这里见到他们，还是感到很有兴趣的。

这个房间里住着梅塞苔丝和阿尔贝。

几天来，梅塞苔丝模样改变了很多，这倒并不是因为她穿得如此朴素，以至于我们一眼看上去认不出她来了，其实即使在她非常有钱的时候，她也从来不用骄奢的排场来炫耀自己的身份和地位；也不是因为她现在落到了穷困潦倒的境地；不，梅塞苔丝的模样变了，是因为她的眼睛不再有光亮，嘴角不再

1　法国作家勒萨日（1668—1747）的小说《瘸腿魔鬼》中的主人公，即瘸腿魔鬼。一个大学生无意中闯进法师的房间，把这个魔鬼从瓶子里放了出来，它就带着大学生飞到上空，掀开屋顶让他看到一幢幢房子里发生的事情。

有笑容，还因为当初从聪慧的心灵流泻出来的充满机智的谈吐，现在已经听不见了，她变得经常欲言又止。

贫困并没有销蚀梅塞苔丝的意志，她并没有由于消沉而被贫困压倒。

梅塞苔丝舍弃优裕的生活条件，置身于她自己挑选的这个新环境，就好比一个人骤然间从灯火辉煌的客厅来到一片黑暗之中。梅塞苔丝犹如一位女王舍弃王宫住进了小茅屋，身边只有一些最简单的生活必需品。得由她亲手端到桌上的，只是些粗瓷碗；简陋的小床，代替了舒适的大床。而这一切，都是她不熟悉的。

确实，美丽的加泰罗尼亚姑娘，或者说高贵的伯爵夫人，已经没有了自豪的目光和迷人的微笑，因为环顾四周，满目都是蹩脚得令人难受的东西；房间的墙壁上贴着深浅灰条相间的糊墙纸，精打细算的房东特意选了这种耐脏的颜色；地上铺的是方砖，没有地毯；家具很引人注目，让人没法把目光从这种硬充阔气的寒酸相上移开。总之，对一双习惯于优雅氛围的眼睛来说，这些刺目的色调实在跟和谐相去太远了。

德·莫尔塞夫夫人自从离开宅邸以后，就住在这样一个环境里；周围这片无边无际的寂静，使她感到眩晕，就如一个游客走到深渊边上会感到眩晕一样。她知道阿尔贝时时在偷眼看她，想了解她的心境如何，所以她只好让嘴角露出一种单调的笑容，这种笑容由于没有了巧目笑兮的柔情，看上去仿佛是一种反光，也就是说，仿佛是一种没有暖意的亮光。

而阿尔贝呢，他也忧心忡忡，很不自在，因为奢华生活留下的痕迹，使他跟眼前的生活环境显得很不协调：他想不戴手套出门，却发现自己的手太白；想徒步到街上去走走，又觉得自己的靴子太亮。

然而，母子之爱把这两个高尚、聪明的人紧紧维系在一起，他俩不用说一句话，也不用像朋友之间那样经过摸索和尝试，就能彼此心心相印，建立起生活中必不可少的坦诚相见的关系。

而且，即使阿尔贝对母亲说"母亲，我们没有钱了"，她听了脸也不会变色。

梅塞苔丝过去从来没有真正受过穷；年轻时，她常说自己穷，但那是另一回事：需要和必需是两个含义有相当区别的同义词。

住在加泰罗尼亚渔村的时候，梅塞苔丝需要过许许多多东西，但另外有些东西，她却是从来不会缺少的。只要网好，就能捕鱼；卖掉了鱼，就又有钱买绳子来织网。

另外，在那样的环境里，除了跟物质生活并不相干的爱情以外，人与人之间并没有什么友情，人们想到的是自己，人人如此，只需想到自己就够了。

梅塞苔丝那时虽然手头拮据，但自己的一份开销还是能应付裕如的。而今天，她手头一无所有，却要照料两个人的生活。

冬天临近了。当初她的宅邸里有成百根暖气管四通八达，从前厅到小客厅都是暖融融的，如今在这个毫无设备、透出寒意的房间里，却连个壁炉也没有。当初她的套间像摆满珍奇花卉的暖房，如今却连一朵小小的花儿也没有！

可是她有儿子……

在这以前，一种也许有些夸张的责任感所激起的亢奋状态，始终在高尚的精神领域里支撑着他俩。

亢奋是和激情相近的；而激情往往能使人忘却尘世间的许多东西。

但是，激情熄灭以后，就得从梦幻中渐渐地回落到现实世界中来了。

理想耗尽之后，就得谈实际问题了。

"母亲，"就在唐格拉拉夫人走下楼去的当口，阿尔贝说，"我们来算算还有多少钱好吗；我需要把这笔总数规划一下。"

"总数是零。"梅塞苔丝苦笑说。

"不，母亲，首先，总数是三千法郎，我打算用这三千法郎，把我俩的生活弄得像像样样的。"

"我的孩子！"梅塞苔丝叹着气说。

"唉！我的好母亲，"年轻人说，"可惜过去我花了您那么多的钱，今天才知道它的价值。

"三千法郎，您瞧，是一大笔钱呢，我要用这笔钱创建一个永远充满安宁的奇迹般的未来。"

"话是这么说，孩子，"可怜的母亲说，"可是首先，你真以为我们该接受这三千法郎吗？"梅塞苔丝红着脸说。

"可我想，这是说定了的，"阿尔贝语气坚决地说，"正因为我们缺钱用，我们就更应该接受这笔钱，因为您也知道，这笔钱就埋在马赛梅朗巷那座小屋的花园里。

"有两百法郎，我们俩就可以到马赛了。"

"两百法郎！"梅塞苔丝说，"你真这么想吗，阿尔贝？"

"喔！关于这一点，我是到公共驿车站和轮船公司去问了讯，事先合计过的。

"您可以预定一辆双人驿车先到夏隆：您瞧，母亲，我给您的待遇就跟女王一样哩，这笔车费是三十五法郎。

阿尔贝拿起一支笔，写了起来：

双人驿车··	35 法郎
从夏隆到里昂，坐轮船··························	6 法郎
从里昂到阿维尼翁，仍坐轮船··················	16 法郎
从阿维尼翁到马赛······························	7 法郎
沿途费用··	50 法郎
总计··	114 法郎

"就算二百吧，"阿尔贝笑着说，"您瞧，我手头挺宽的，是不是，母亲？"

"可你呢，我可怜的孩子？"

"我！您没看见我还给自己留下八十法郎吗？"

"母亲，年轻人是不必太舒服的；再说我知道出门是怎么回事。"

"可那是乘的驿站快车，还带着贴身男仆。"

"不管怎么说，我还是知道的吧，母亲。"

"那好！就算是吧，"梅塞苔丝说，"可是那两百法郎呢？"

"两百法郎就在这儿，而且另外还有两百。

"噢，我把我的表卖了一百法郎，表链上的挂件卖了三百。

"瞧我运气有多好！挂件卖了表的三倍价钱，就这么个华而不实的玩意儿！

"所以我们不是还挺阔的吗，您一路上只用花费一百一十四个法郎，却可以带着二百五十法郎上路。"

"我们还欠着旅馆老板的钱呢？"

"三十法郎，从我的一百五十法郎里付给他就是了。

"就这么说定了。您瞧，严格地说我一路上只要花八十法郎，所以我的钱是绰绰有余的。

"而且，我另外还有一笔钱。您瞧这是什么，母亲？"

说着，阿尔贝掏出一本金搭纽的小记事本，那是他留下的一件别致的玩意儿，而且说不定还是那位来敲那扇小门的戴面纱的神秘女郎温情脉脉的纪念物呢。他从这个小记事本里，抽出一张一千法郎的钞票。

"这是什么？"梅塞苔丝问。

"一千法郎呗，母亲。喔！确确实实是一千法郎。"

"这一千法郎是从哪儿来的？"

"您听我说，母亲，千万别太激动。"

说着，阿尔贝立起身，走上前来吻了吻母亲的双颊，然后站在那儿凝望着她。

"您不知道，母亲，您在我眼里有多美啊！"年轻人怀着对母亲的一片深情说，"您真是我所见过的最高贵，也最美丽的女人！"

"亲爱的孩子。"梅塞苔丝说，她强忍着在眼角往上涌的泪水，但终究没能忍住。

"说真的，看见您遭受不幸以后，我只有更爱您，更崇拜您。"

"只要有我的儿子在，我就不是不幸的，"梅塞苔丝说，"只要有我的儿子在，我就永远不会是不幸的。"

"对！是这样，"阿尔贝说，"那现在就让考验开始好吗，母亲？您记得我们是怎么说定的吗？"

"我们说定过什么事情吗？"梅塞苔丝问。

"是的，我们说定您住在马赛，我动身去非洲，在那儿我不再用我已经抛弃的那个姓，而用我现在用的这个姓。"

梅塞苔丝叹了口气。

"是这样，母亲，昨天我加入了北非骑兵军团，"年轻人低下眼睛说，他感到有些羞愧，而这是因为他自己还不知道他所受的这种屈辱有多崇高，"更确切地说，昨天我顶替别人入了伍，因为我已经明白，我的身体是属于我自己的，是我可以出卖的。

"我就像俗话说的那样，把自己卖了个好价钱，"他勉强笑了笑接着说，"我没想到自己还能值这么多钱：整整两千法郎。"

"难道，这一千法郎……？"梅塞苔丝浑身打战地说。

"是总数的一半，母亲；另外一半一年内付清。"

梅塞苔丝用一种无法形容的表情抬头望天，眼眶里滚动的热泪，在内心激动的驱使下夺眶而出，沿着脸颊静静地淌了下来。

"这是用血换来的代价哟！"她喃喃地说。

"倘使我战死，那您就说着了，"阿尔贝笑着说，"但我可以向您保证，我的好母亲，我决心好好保护自己。我求生的欲望，从来没有像现在这么强烈过。"

"主啊！我的主啊！"梅塞苔丝说。

"再说，为什么您以为我一定会给打死呢，母亲！

"拉莫里西埃[1]，这位南方的内伊[2]，给打死了没有？

"尚加尼埃给打死了没有？

"贝多给打死了没有？

"我们都认识的莫雷尔，他给打死了没有？

"请您想想，母亲，当您看着我身穿绣金线的制服回来的时候，您会有多高兴啊！

"告诉您吧，我一定会干得很出色，而我选择这个军团，也是出于自己的意愿。"

梅塞苔丝想笑一笑，最后却叹了口气。让儿子就这么挑起牺牲的担子，这位圣徒般的母亲心里难受极了。

"嗯，"阿尔贝说，"您明白吗，母亲，我已经稳稳当当有四千法郎可以归您用了；这四千法郎，足够您用两年。"

"你是这么想吗？"梅塞苔丝说。

---

1 拉莫里西埃（1806—1865）及下文中的尚加尼埃（1793—1877）和贝多（1804—1863）都是有名的法国将军，且都曾参加征服北非阿尔及利亚等地的战役。

2 内伊（1769—1815）：拿破仑手下的著名元帅，骁勇善战的传奇式英雄。

这句话，伯爵夫人是脱口说出的，其中的悲痛是如此真切，以至于阿尔贝马上明白了它的含义；他觉得自己的心揪紧了，他拉起母亲的手，温柔地把它握在掌心里。

"是的，您会好好活下去的！"他说。

"我会活下去！"梅塞苔丝喊道，"这么说你不走了，是吗，我的孩子？"

"母亲，我还是要走的，"阿尔贝的语气平静而坚决，"凭您对我的爱，您是不会让我懒懒散散、碌碌无为地守在您身边的；再说，我已经签了约。"

"按照你的意愿去做吧，儿子；我，我会按照天主的意愿去做。"

"不是按照我的意愿，母亲，而是按照理智，按照无法回避的需要。我们难道不是两个绝望的人吗？如今，生命对于您还有什么意义？没有了。生命对于我还有什么意义？哦！要是没有您，也就没有多大意义了，母亲，请相信这一点；因为要是没有您，我可以肯定地说，早在我怀疑父亲，抛弃他的姓的那一天，我的生命就已经停止了！总之，如果您还允许我抱有希望，那我就会活下去；如果您还愿意让我来为您今后的幸福操心，那您就会使我有加倍的力量。到了那时，我就要去见阿尔及利亚的总督，他是一位正直的人，尤其有着军人的本色；我要把我悲惨的身世告诉他：我要请求他时时对我多加注意，而要是他肯承诺注意我的一举一动的话，那么不出六个月，我要不是死在战场就准是当了军官。如果我当了军官，您的生活就不用发愁了，因为我会有足够我俩用的钱，而且，我会有一个使我俩都感到骄傲的新的姓氏，那就是您本来的姓。如果我死在战场上……嗯！如果我死在战场上，那么，亲爱的母亲，您如果想死也就可以死了，到那时，我们的不幸到了极限，也就可以结束了。"

"好的，"梅塞苔丝带着高贵而富有表情的眼神回答说，"你说得有理，我的儿子：让我们向那些注视着我们，等待着按我们的行动来评判我们的人证明，我们至少是值得同情的。"

"别去想这些悲伤的事情吧，亲爱的母亲！"年轻人喊道，"我向您发誓说，我们是很幸福的，或者至少是能够很幸福的。您是一个充满理智、坚韧不拔的女性，而我，我想我已经变得对什么都兴味索然，不会动情了。我进了军队，就会有钱了；而您到了唐戴斯先生的家里，就会得到安宁的。让我们试试看吧！我求您啦，母亲，让我们试试吧。"

"好的，我们试试吧，我的儿子，因为你是应该活下去，应该得到幸福的。"梅塞苔丝回答说。

"那么，母亲，我们的财产分割就这么定了，"年轻人装着满不在乎的样子说，"我们今天就可以动身。得，我这就照刚才说的，给您预订位子去。"

"那你呢，我的儿子？"

"我还得再待两三天，母亲；离别这就开始了，我们得让自己习惯于离别。我得去弄几封推荐信，还得了解一些有关非洲的情况，我到马赛跟您碰头。"

"好吧！那就这样，我们走吧！"梅塞苔丝一边说，一边围上她从家里带出来的那条唯一的披巾，那还碰巧是一条很贵重的黑色开司米披巾，"我们走吧！"

阿尔贝匆匆整理好物件，拉铃叫人来结清欠旅馆老板的那三十法郎，然后就让母亲挽着他的胳膊，沿着楼梯往下走去。

有个人在他们前面下楼梯；这个人听见绸裙擦着栏杆的窸窣声，回过了头来。

"德布雷！"阿尔贝喃喃地说。

"是您，莫尔塞夫！"大臣秘书说，当即在楼梯上停住脚步。

在德布雷身上，好奇心胜过了隐蔽身份的初衷；再说，人家也已经认出了他。

其实，在这个鲜为人知的旅馆里能碰到这个年轻人，他似乎感到挺来劲，因为这个年轻人的不幸遭遇刚在巴黎引起过轰动。

"莫尔塞夫！"德布雷又说一遍。

随后，他在昏暗的光线下瞧见了德·莫尔塞夫夫人还显得很年轻的仪态和那块黑面纱。

"喔，对不起，"他微微一笑接着说，"我先走了，阿尔贝。"

阿尔贝知道德布雷在想什么。

"母亲，"他转过脸去对梅塞苔丝说，"这位是内政部大臣秘书德布雷先生，我以前的一位朋友。"

"什么！以前的！"德布雷嗫嚅地说，"您这是什么意思？"

"我这么说，德布雷先生，"阿尔贝说，"是因为如今我已经没有朋友，而且也不应该有朋友了。承蒙您还认得我，我很感激，先生。"

德布雷返身走上两级楼梯，伸出手去跟对方紧紧地握了一下。

"请您相信，亲爱的阿尔贝，"他尽可能动情地说，"请您相信，我对您遭遇的不幸表示深切的同情，并且愿意尽我所能随时为您效劳。"

"谢谢，先生，"阿尔贝笑了笑说，"不过我们虽然遭遇了不幸，却还有钱，不需要人家帮助。我们就要离开巴黎了，而在扣除旅途的费用以后，我们还能剩下五千法郎。"

德布雷的脸上升起了红晕，他的钱袋里装着一百万呢；尽管他那精确的头脑里诗意很贫乏，但他还是情不自禁地联想到，就在不多一会儿以前，这同一座房子里有着两个女性，其中一个蒙受耻辱是咎由自取，她离去时斗篷底下藏着将近一百五十万法郎，却还觉得自己穷，而另一个，遭受了命运不公正的打击，但她在不幸中仍显得那么高贵，虽然身边只有少得可怜的一点钱，却觉得自己很富足。

这个对比，使他装出来的彬彬有礼的态度有点难以为继，眼前的实例所说明的哲理，在精神上压垮了他；他含含糊糊地说了几句客套话，就匆匆下楼而去。

这一天，部里的职员，他的下属，都成了他的坏脾气的出气筒。

但当天傍晚，他成了坐落在玛德莱娜林荫大道上一座漂亮别墅的买主，同时还拥有一笔五万利弗尔的年金。

次日，当德布雷在房契上签字的时候，也就是说在傍晚五点钟光景，德·莫尔塞夫夫人满怀温情地拥抱了儿子，而且也接受了儿子充满温情的拥抱以后，登上一辆双座公共驿车，关上车门。

在拉菲特运输行大院的中二楼（办公楼都有这么个介于底楼和二楼之间的夹层），在一扇拱形窗户后面躲着一个人，他看着梅塞苔丝登上驿车，看着马车辚辚驶去，看着阿尔贝慢慢走远。

这时，他举起一只手按在布满疑云的前额上，说道：

"唉！我从这两个无辜的人手里夺去的幸福，用什么办法才能还给他们哟！愿天主帮助我吧。"

第 107 章

狮穴

中央监狱里有一个专门关押最凶悍、最危险的囚犯的牢区，叫作圣贝尔纳牢区。

犯人们按他们的行话把它称作狮穴，这大概是由于里面的在押犯不仅经常用牙齿咬铁栅，而且有时也咬狱卒的缘故。

这是一座监狱里的监狱，墙壁比别处要厚一倍。狱卒每天来检查铁栅门的粗铁条是否完好无损，从这些狱卒的赫拉克勒斯般的个头、冷酷而锐利的目光，就可以看出他们是专门挑选出来，靠模样吓人和办事干练来管辖属下的犯人的。

这个牢区的院子里，四面都围着高墙，当阳光想要光顾一下这个集精神和肉体丑陋之大成的深渊时，它也只能斜斜地从大墙上面钻过来。从一大早起，这些被法律卡着脖子俯身在断头机刀口（它也是在法律这块磨刀石上磨快的）下的人，就愁容满面、惊恐莫名、脸色苍白，像幽灵似的在这个院子的石板地上悠荡着。

在这些吸收并保存了阳光的大部分热量的高墙下面，可以看到犯人们一溜儿排开贴着墙根站着或蹲着。他们有时也三三两两地聊聊天，但更经常的是独自蹲在那儿，眼睛直勾勾地望着铁门，这扇铁门有时也会打开，从这悲惨的住处喊一个住客出去，或者把社会那个炉灶里新出清的炉渣抛进这只深坑里来。

圣贝尔纳牢区有个专门的会见室；这是一个长方形的房间，由两道彼此平行的铁栅栏隔成两部分，两道铁栅栏中间相距三步，以防探监的人跟囚犯握手或者传东西给他们。这个会见室既阴暗又潮湿，样子很恐怖，尤其是当你想到曾经有许多令人毛骨悚然的悄悄话从这两道铁栅栏中间擦过，把铁条磨得锈迹斑斑的时候，就更会不寒而栗了。

不过，这个地方虽说挺怕人，却是那些来日无多的可怜虫到一个他们还挺想来，还觉着挺有味儿的社会里来重新接受磨炼的天堂：凡是从狮穴出去的，不是被送到圣雅克城门[1]，便是被送去服苦役或关进单间黑牢，例外的情况十分罕见。

在这个我们刚才描写过的、散发着阴冷的潮气的牢区里，有一个年轻人双手插在上衣口袋里，来回地踱着步，中央监狱的住客们充满好奇地打量着他。

要不是他那件上装撕破了，本来凭它的款式，是满可以让人把他看作一位高雅的绅士的；不过这件上装并不旧：完好部位的呢料又细又软，所以这件上装在他的抚摩下已经恢复了原有的光泽——这个年轻人巴不得能把它变成一件新衣服。

他同样小心翼翼地拾掇那件细麻布衬衫，打从他进监牢以来，这件衬衫的颜色已经变了许多；他还掏出一块在家族大写字母上端绣有皇冠纹章的手帕，用手帕角擦擦上光的皮靴。

狮穴里的几个犯人饶有兴趣地看着这个新来的年轻囚犯整饬自己的外表。

"瞧，亲王在打扮哪。"一个窃贼说。

"他生来就长得挺俊俏，"另一个窃贼说，"要是有把梳子，有点发蜡，他就能把那些戴白手套的先生都比下去了。"

"他的上装原先准是新的，皮靴现在也还是亮锃锃的。咱们有这么位体面的伙伴，也够有面子啦；那些宪兵可真不是东西。他们是眼红咯！好端端的一身衣服给撕成这个样子！"

"他看上去还真有点来头，"另一个说，"穿得挺帅……派头又好……年纪轻轻就来这儿！喔！真气派！"

这些令人作呕的赞誉的对象，正美滋滋地听着这些谀辞，或者说这些谀辞的片言只语——因为这些话他并不能听得很真切。

打扮完毕以后，他走近那扇小门，有个狱卒正把背靠在上面。

"喂，先生，"他对狱卒说，"请借给我二十法郎，很快就会还您的；跟我打交道，包您不会吃亏。您想，我那些亲戚的钱哪，一百万一百万地数，还比您一个子儿一个子儿地数来得多……喂，给我二十法郎，我求您啦，让我好弄个单间住住，还能买件睡衣。整天穿着这上装和皮靴，真让人别扭！先生，这衣服怎么能给一个卡瓦尔坎蒂亲王穿呢！"

1　当时巴黎处决犯人的一处刑场所在地。

那个狱卒把背对着他，耸了耸肩膀。听到这种让人忍俊不禁的话，他居然连笑也不笑一下；这是因为他听这种话听得多了，或者不妨说，他听来听去，听到的都是这一类的话。

"嗬，"安德烈亚说，"您可真是个铁石心肠的人，我会叫您丢掉饭碗的。"

听到这话，那狱卒转过身来，这一回他放声大笑了起来。

这时，囚犯们凑近过来，围成了一个圆圈。

"我告诉您，"安德烈亚继续说，"有了这么可怜巴巴的一笔钱，我就可以弄一套衣服，搞到一个房间，也就可以不算太寒碜地来接待我随时等待来访的那位贵客啦。"

"说得对！说得对！"囚犯们附和说，"……可不是嘛！谁都看得出他是个体面人。"

"好吧！你们去借给他二十法郎吧，"狱卒说，他换了个姿势，用另一边强壮的肩膀靠在门上，"你们对一个同伙不也有这点义务吗？"

"我不是这些人的同伙，"年轻人傲慢地说，"请别侮辱我，您没有这个权利。"

窃贼们彼此看看，轻声低语了几句，一场风暴开始在这个摆谱的囚犯头上隆隆作响，这场风暴，与其说是由安德烈亚的话激起的，不如说是由狱卒挑唆的。

这个狱卒自信事态闹大了，他有办法 quos ego[1]，所以听任乌云渐渐聚敛，好让这个纠缠不休的讨厌家伙挨顿教训，同时也可以给白天冗长的值勤时间添点乐趣。

窃贼们已经逼近安德烈亚。有的人在嚷：

"鞋子！鞋子！"

这是一种很残酷的刑罚，这些先生们并不是用普通的破鞋子，而是用一种钉了铁钉的鞋子，来痛打他们看不顺眼的伙伴。

还有人提议用鳗鱼；这种消遣的办法，是用几块手帕包住砂子、小石子，有钱币的话再放些分量重的硬币，施刑者用它像连枷似的抡打受刑者的肩膀和

1　拉丁文：我要。罗马神话中的水神尼普顿（相当于希腊神话中的海神波塞冬）只要说出这两个字，风暴就会平息。

脑袋。

"揍这个小白脸，"有些人嚷道，"揍这个体面先生！"

安德烈亚转身面对他们，眨了眨眼睛，用舌头鼓起腮帮，靠嘴唇发出一种声音，这种声音在形格势禁不能出声的强盗中间，抵得上一千个暗号。

这是卡德鲁斯教他的一个共济会暗号。

顿时，他们认他是自己人了。

手帕包当即摔在地上；钉了铁钉的鞋子回到为首的家伙脚上。有好几个声音在说，这位先生是有道理的，有人爱改善一下生活，就该让他这么做，囚徒们该为信仰自由做出榜样。

骚乱平息了下来。那个狱卒简直莫名惊诧，他马上抓住安德烈亚，上上下下搜起身来，在他想来，狮穴里的这些犯人居然能在顷刻间变得这么驯顺，这人光靠目光的威慑是做不到的，他必定另有什么高招。

安德烈亚听凭他搜身，嘴上却抗议着。

突然间，小门外面传来一声叫喊。

"贝内代托！"一个巡官喊道。

狱卒松开了手中的猎物。

"有人喊我？"安德烈亚说。

"到会见室！"那个声音喊道。

"您瞧，有人看我来了。啊！我亲爱的先生，我要让您瞧瞧，能不能把一个卡瓦尔坎蒂当普通人那样对待！"

说着，安德烈亚像个黑黝黝的幽灵似的走进院子，从半开的小铁门里倏地蹿了出去，把那些犯人和那个狱卒都看得惊叹不已。

确实有人把他叫到会见室去。不过他本人并不像旁人那样感到惊讶；因为这个工于心计的年轻人自从进了中央监狱以来，一直保持着坚忍的沉默态度，不像一般人那样利用允许在押犯写信的机会到处申诉。

"事情明摆着，"他暗自思忖，"我受着某个有权势的人的保护；一切的一切都在向我证明这一点：突如其来的好运气，种种障碍那么轻而易举地得到排除，一个即兴而来的父亲，一个归我所有的显赫姓氏，雨点般向我落来的金钱，前程似锦的美满婚姻。命运里一个不幸的疏忽，或者我的保护人的一时不在，让我栽了个跟头，对，可是事情并没完，并不会永远这样！一度缩回去的那只手，在我以为自己要落进万丈深渊的当口，会重新伸出来抓住我。

"我干吗要冒险去干傻事呢？那样一来说不定反而会引起保护人的反感！他有两个办法可以帮我摆脱困境：一个是花钱买通监狱的上上下下，安排一次神秘的越狱；一个是迫使法官宣判免予起诉。我暂且先别开口，别做出任何举动，一直等到我确证他已经完全甩下我不管的时候，我再……"

就这样，安德烈亚拟订了一个可以说相当聪明的计划；这个坏蛋进攻时奋不顾身，防守时也异常厉害。坐大牢的劫难，样样都匮乏的生活，他都是经受过的。可是天性，或者不如说习惯，渐渐地占了上风。安德烈亚忍受不了褴褛、肮脏和饥饿；他感到度日如年了。

就在这么心烦意乱的当口，他听到了巡官喊他到会见室去的喊声。

安德烈亚觉得自己的心在欢快地跳跃。预审法官不会来得这么早，典狱长或医生又不会来得这么晚；所以来的必定是个意想不到的人。

安德烈亚被领到会见室的铁栅栏后面，他满心好奇地睁大眼睛望过去，望见的却是贝尔图乔先生那张阴郁、精明的脸，后者此刻也惊奇而忧郁地望着铁栅栏、加闩的铁门，以及一道道铁栅门后面晃动的人影。

"啊！"安德烈亚大为感动地说。

"你好，贝内代托。"贝尔图乔的嗓音深沉而洪亮。

"您！您！"年轻人惊慌地朝四下里望着说。

"你不认识我啦，"贝尔图乔说，"可怜的孩子！"

"轻点，请您说得轻一点！"安德烈亚说，他知道这儿的墙壁听觉很灵，"天哪，天哪，您别说得这么响行吗？！"

"你想跟我单独谈，"贝尔图乔说，"是不是？"

"喔！是的。"安德烈亚说。

"那好。"

说着，贝尔图乔一边把手伸进衣袋，一边对站在小门上窗口后面的狱卒做了个手势。

"请看一下吧。"他说。

"这是什么东西？"安德烈亚说。

"让你搬到一个单间，好让我跟你说话的命令。"

"哦！"安德烈亚说，高兴地跳了起来。

紧接着，他马上在心里思忖道：

"又是那个匿名的保护人做的！他没忘记我！他要保密，所以要找个单间谈话。我都会有的……贝尔图乔是这个保护人派来的！"

那个狱卒跟一个上司商量了一会儿，随后打开两扇铁栅门，把喜不自胜的安德烈亚领到二楼的一个面朝院子的房间里。

这间牢房的墙壁是按监狱的规矩用石灰刷白的，看上去很悦目，在囚犯眼里几乎是四壁生辉了。一个火炉，一张床，一把椅子，一张桌子，简直可以说是整套奢华的家具。

贝尔图乔在椅子上坐下。安德烈亚往床上一躺。狱卒退了出去。

"喂，"管家说，"你要跟我说些什么？"

"您呢？"安德烈亚说。

"你先说……"

"喔！不；既然是您来找我，当然您有不少话要对我说啰。"

"嗯！好吧。你在为非作歹的路上愈走愈远：又是偷，又是杀人。"

"得啦！要是您把我弄到一个单间来，就是要对我说这些事情，那就大可不必劳您大驾了。这些事情我早就知道了。我不知道的是另外一些事情。咱们还是说说那些事情吧。您是谁派来的？"

"嗬！你太性急了，贝内代托先生。"

"是吗？可我说到点子上了吧。废话干脆少说，谁派您来的？"

"没人派我来。"

"您怎么会知道我在监狱里的？"

"好久以前，我就认出你打扮得挺时髦的骑在马上，神气活现地走过香榭丽舍林荫大道。"

"香榭丽舍！……啊哈！咱们差不离了，就像我们在玩骰子游戏时说的那样……香榭丽舍……对，咱们谈谈我的父亲怎么样？"

"那么我是谁哪？"

"您嘛，我的好先生，您是我的养父……可是我想，给我十来万法郎让我在四五个月里花个精光的，并不是您吧；给我弄个意大利绅士当爸爸的，并不是您吧；让我踏进社交界，让我应邀到奥特伊去跟全巴黎最出色的人物一块儿吃饭的也不是您吧，那次饭桌上还有位检察官呢，我没跟他拉拉交情可真是失策，要不然他现在对我可有用了；最后，当我落了难，把底漏出来以后，肯花一两百万来把我保出去的，也不是您吧……得啦，说吧，可敬的科西嘉先生，说吧……"

"你要我说什么？"

"让我来帮帮您吧。您刚才说到了香榭丽舍大街，我尊敬的养父。"

"嗯？"

"嗯！香榭丽舍大街上，住着一位非常非常有钱的先生。"

"你在他家里偷过东西杀过人，是不是？"

"我想是的。"

"基督山伯爵先生？"

"就像拉辛先生说的，是您把他的名字说出来的。好吧！要不要我像皮克塞雷古[1]先生说的那样，扑进他的怀里紧紧搂住他，对他喊'我的父亲！我的父亲！'？"

"别开玩笑，"贝尔图乔板着脸回答说，"这个名字不是让人在这儿随便乱说的，你别太放肆。"

"嗬！"安德烈亚有点让贝尔图乔这种严肃的表情给镇住了，"为什么不能说哪？"

"因为叫这个名字的人是蒙天主厚爱，不会有你这样一个坏种儿子的。"

"喔！别说得这么玄乎……"

"要是你不谨慎小心些，那后果才玄乎哪！"

"您这是在恫吓我！……我不怕……我会说出去……"

"你以为你是在跟像你一样的小丑打交道吗？"贝尔图乔说话的口气非常平静，目光中充满自信，安德烈亚不由得在心里打了个寒战，"你以为你是在跟你这种卑贱的苦役犯，跟你这种只配让人放在手心里耍的毛头小伙子打交道吗？……贝内代托，你落在了一只可怕的手里，但它愿意放过你：你应该好自

1　皮克塞雷古（1773—1844）：法国悲剧作家。

为之才是；这只手暂且还在高处悬着，可是只要你胆敢去妨碍它的行动自由，它就会对你严惩不贷。"

"我的父亲……我要知道谁是我的父亲！……"执拗的年轻人说，"哪怕要我死也不要紧，可我非得知道他是谁。我还怕什么出丑不出丑的？财产……名声……招牌……照那位报纸编辑博尚的说法……我什么都没有。可是你们这些人，这些上流社会的人，你们总怕丑事张扬出去，会使自己遭受损失，尽管你们已经有百万家产，有家族纹章……说吧，我的父亲是谁？"

"我就是来告诉你这件事的。"

"啊！"贝内代托喊道，眼睛里放射出喜悦的光芒。

正在这时，门打开了，那个狱卒对着贝尔图乔说：

"对不起；先生，预审法官在等着犯人呢。"

"这是最后一次过堂，"安德烈亚对可敬的管家说，"……那个讨厌家伙，见他妈的鬼！"

"我明天再来。"贝尔图乔说。

"好！"安德烈亚说，"宪兵先生，我听候你们吩咐……噢！亲爱的先生，请您留十来个埃居在保管室里，好让他们给我买些我需要的东西。"

"我会给的。"贝尔图乔说。

安德烈亚伸手给他，但贝尔图乔仍把手插在袋里，兀自把几枚银币弄出叮当的响声。

"我也就是这个意思呗。"安德烈亚装出微笑的样子说，不过他已经完全被贝尔图乔那种让他捉摸不透的镇静所慑服了。

"我会不会上当呢？"他给带上那辆俗称生菜篓子的长方形铁笼车的当口，这么想道，"咱们等着瞧吧！那么，明儿见！"他转过身去对贝尔图乔又说了一句。

"明儿见！"那管家回答说。

第 108 章

法官

我们记得，布索尼神甫曾单独跟诺瓦蒂埃待在瓦朗蒂娜过世的房间里；他们两人为年轻姑娘守过灵。

这位神甫，也许是凭着虔诚的布道，也许是凭着慈祥的引导，也许是凭着富有说服力的劝慰，总之，这位神甫使老人恢复了勇气。老人跟这位神甫接触以后，摆脱了先前充满绝望的状态，显示出一种听天由命的宁静的神情，凡是了解老人对瓦朗蒂娜感情之深的人，看了都不禁大为惊讶。

德·维尔福先生自从瓦朗蒂娜去世的那天早晨起，就没有再见到过老人。整幢房子上上下下都已经变了样：他换了个贴身男仆，诺瓦蒂埃用了个新仆人；德·维尔福夫人的两个女仆也是新来的：所有的仆人，连看门人和车夫，都是一张张，不妨这么说吧，都是一张张耸立在这座遭诅咒的宅子各位主人中间的陌生面孔，使这些主人间原本已经相当冷淡的关系越发变得疏远了。再说，法庭再过三天就要开庭了，维尔福整天把自己关在书房里，以一种狂热的姿态伏案准备卡德鲁斯被杀案的诉讼材料。这个案子，跟其他牵涉到基督山伯爵的案子一样，在巴黎社交界引起了很大的轰动。证据并不怎么令人信服，因为主要证据就是一个奄奄一息的苦役犯所写的一张纸条，这个当年跟被告在苦役犯监狱里铐在同一根脚镣上的同伙，也有可能是出于泄愤或报仇的目的而诬陷他：但司法人员的倾向是显而易见的，检察官脑子里已经形成一个挥之不去的固执的念头，认定贝内代托是有罪的，而他本人则要从这场来之不易的胜利中赢得自尊心的些许满足。现在，唯有自尊心方能激活一下他那颗冰冷的心。

维尔福想把此案作为下次开庭的第一个案子，由于他持续不断的努力工作，此案的预审业已告一段落。他也不得不比以前更少露面，要不然找他的人准会蜂拥而至，缠住他要旁听证。

再说，可怜的瓦朗蒂娜落葬只是不多几天以前的事情，这座宅子依旧沉浸在悲哀的气氛中，而这位做父亲的所能找到排遣哀伤的唯一办法，就是埋头工作，所以，对他的发愤忘食，谁也没有感到惊异。

在一个星期天，也就是贝尔图乔第二次去看贝内代托，而且想必把他生父的名字告诉了他的第二天，维尔福见到过一次父亲。

且说这天，被工作弄得精疲力竭的检察官下楼走进后花园，脸色阴沉，低头沉浸在一种排遣不开的思绪中；就像塔奎尼乌斯[1]用手杖猛抽长得最高的罂粟花一样，德·维尔福先生用他的手杖抽着蜀葵枯萎的细茎，小径两侧这两行枯谢的蜀葵，犹如在刚过去的季节中灿烂开放的花朵的幽灵。

他已经不止一次走到花园的尽头，也就是我们很熟悉的那扇面朝荒芜的苜蓿地的铁门，每次他都沿着同一条小径往回走，而且始终以同样的姿势跨着同样大小的步子，眼睛下意识地对准房子望着，耳边能听见儿子在房子里玩耍的叫喊声。爱德华平时白天要去学校，只有星期天和星期一才能整天待在母亲身边。

这时，他瞥见诺瓦蒂埃先生屋里有一扇窗开着；老人让仆人把他的轮椅推到这扇窗前，想再看一眼落日的余晖。依然带着暖意的斜阳此刻正探过头来，跟已经凋谢的牵牛花和爬满平台的五叶锦告别。

老人的目光正好，不妨这么说吧，正好铆在维尔福看不很真切的一个点上。诺瓦蒂埃的这道目光中充满着仇恨、狂野和焦灼的意味，检察官素来对这张他极其熟悉的脸上的每道表情，都能很快地了解其中的含义，所以此刻见到这道目光，他马上离开正在上面踱步的小径，想设法看清这道滞重的目光究竟落在谁的身上。

只见德·维尔福夫人正坐在一丛枝叶凋零的椴树下面看书。她不时放下手中的书，或是给儿子一个微笑，或是把他执拗地从客厅扔到花园里去的皮球抛还给他。

维尔福的脸色变白了：他懂得老人的意思。

诺瓦蒂埃一直在望着这个对象；但突然间，他的目光从妻子移到了丈夫身上，现在是维尔福本人在承受这令人心怵的目光了。目光在变换对象的同时，变换了其中的含义，但那种威胁的意味却丝毫没变。

德·维尔福夫人对聚集在她头顶上的这团怒火一无所知，这会儿正捧着

1　塔奎尼乌斯（公元前 6 世纪下半叶）：传说中罗马王政时代的第七代国王，以专横暴虐著称。

儿子的球，做手势要他来让她吻一下再把球还他。可是她等了好久，爱德华就是不肯过去。他大概觉得，母亲的吻还抵偿不了他跑过去受这一吻的麻烦劲儿。最后他总算拿定了主意，从窗口跳到一丛香水草和紫苑花中间，满头是汗地朝德·维尔福夫人奔去。德·维尔福夫人给他拭去额上的汗，在这白皙的湿漉漉的额头上吻了一下，然后让这孩子一手捧球，一手抓着一把糖果奔回去。

维尔福被一种不可抗拒的力量吸引着，犹如被蛇慑服的小鸟那样，一步步朝屋子走去。他走得愈近，诺瓦蒂埃追随着他的目光就愈向下垂，瞳仁里的怒火到了像要喷射出来的地步，维尔福只觉得自己整个人，乃至内心深处，都被这股怒火给吞噬了。的确，这道目光中所表露出来的，不仅是咄咄逼人的威胁，而且是无比峻刻的谴责。只见诺瓦蒂埃抬起眼睑，举眼望着上天，仿佛是在提醒儿子，他忘记了自己的誓言。

"好吧！先生，"维尔福站在院子里抬起头来说，"好吧！请您再耐心等待一天；我说过的话是算数的。"

诺瓦蒂埃听了这话，似乎平静下来，把目光漠然地转向了另一边。

维尔福烦躁地解开憋得他透不过气来的外衣纽扣，举起毫无血色的手按在前额，回进书房。

夜晚寒冷而宁静；整座房子里的人都跟平常一样上床睡觉了。只有维尔福，仍跟平时一样，在别人都在睡觉的时候，独自一直工作到凌晨五点：他又看了一遍头天晚上预审法官的最新审讯记录，查阅了证人的证词，并且再一次修改了起诉书，使它显得干净利落，堪称他生平撰写过的一份最雄辩最精巧的起诉书。

第一次开庭的日期就定在下一天，这天是星期一。破晓时，维尔福看见微弱而惨淡的晨曦透了进来，蓝蒙蒙的光线照在纸上用红墨水写的一行行字上。烛台发出最后的叹息声时，检察官稍稍睡了一会儿；烛火的毕剥声又惊醒了他，醒来时只见手指又潮又红，像是在血里浸过似的。

他推开窗子：远处天空上横贯着一道长长的橘红色朝霞，把一排在地平线上勾勒出黑黝黝轮廓的纤细的白杨树，拦腰截成了两段。掩映在栗树丛中的铁门后面，一只云雀从苜蓿地里掠向天空，传来一曲清脆的晨歌。

黎明时分湿润的空气向维尔福迎面拂来，使他的记忆又清晰了起来。

"就在今天，"他用力地说，"就在今天，司法之剑的执掌者该让他的剑四处出击，无情地劈向一切罪犯了。"

说着，他的目光不由自主地向诺瓦蒂埃那扇往前凸出的窗户寻去，头天晚上他就是在这扇窗子里见到老人的。

窗幔是拉上的。

然而，父亲的形象清晰地浮现在眼前，所以他对着关紧的窗户喃喃地说着话，就仿佛窗子还开着，他又从窗子里见到了那位咄咄逼人的老人。

"是的，"他喃喃地说，"是的，你放心吧！"

他的头垂到了胸前，并且，就这么垂着头在书房里转了几个圈子，然后，他和衣纵身躺在长沙发上，这倒并不是想睡觉，而是想让被整夜工作的劳累和彻骨的寒意弄得僵硬的四肢变得软和一些。

渐渐地，整幢房子里的人都起来了。维尔福从书房里听得见那些相继传来的声音，可以说吧，正是那些声音构成了这座房子的生活：房门开进开出的声音，德·维尔福夫人召唤贴身女仆的拉铃声，以及爱德华刚起床时欢乐的叫喊声，通常像他那样年龄的孩子起床时都这样。

维尔福也拉了拉铃。那个新来的贴身男仆进屋时，随身带来了报纸。

同时，他还送来了一杯巧克力饮料。

"那是什么？"维尔福问。

"一杯巧克力。"

"我没要过。是谁这么想着我？"

"是夫人；她说先生今天审理那桩谋杀案，一准要讲许多话，所以得先接接力。"

说着，男仆把那只镀金的银杯放在长沙发旁的茶几上，这张茶几跟其他几张桌子一样，上面堆着文件。

男仆退了出去。

维尔福神情阴郁地向杯子注视了一会儿，随后，他神经质地拿起杯子，把其中的液体一饮而尽。他这模样，简直让人觉得他巴不得这东西就是致命的毒药，巴不得自己能以一死来摆脱责任——因为这种责任对他来说比死更艰难。喝完以后，他立起身来，带着一种让人看了心里发怵的笑容，在书房里踱着步。

这杯巧克力是正常的，德·维尔福先生安然无恙。

早餐的时间到了，德·维尔福先生没有去就餐。贴身男仆回进书房。

"夫人吩咐提醒先生，"他说，"十一点钟刚敲过，法庭是十二点开庭。"

"嗯！"维尔福说，"还有呢？"

"夫人已经换好了装：她都准备好了，想问一下她是不是陪先生一起去。"

"去哪儿？"

"法院。"

"去干吗？"

"夫人说她很想旁听这次开庭。"

"哼！"维尔福以一种几乎使那仆人感到害怕的语气说，"她想去旁听！"

仆人往后退了一步说：

"要是先生想一个人去，我就去告诉夫人。"

维尔福沉默片刻；他用手指摁着毫无血色的脸颊，在这苍白的面容上，黑乎乎的胡子显得格外刺眼。

"去告诉夫人，"最后他说，"我有话跟她说，请她在房间里等我。"

"是，先生。"

"去了回来就给我刮脸换装。"

"马上就来。"

果然，这贴身男仆很快就回来了，他给维尔福刮脸，帮他换上一身庄重的黑衣服。

然后，等事情都做完以后，他说：

"夫人说她希望先生换好装马上就去。"

"我这就去。"

说完，维尔福把卷宗夹在腋下，帽子拿在手里，朝妻子的房间走去。

到了房门口，他停了一下，用手帕擦了擦沿着死灰色的额头往下淌的汗珠。

接着，他推开门。

德·维尔福夫人坐在一张土耳其长沙发上，不耐烦地翻看着报纸和几本小册子，这些小册子，小爱德华还没等母亲有时间去看，就撕成一页页的了。她穿着出门的装束，帽子搁在一边的椅子上，戴着长手套。

"啊！您总算来了，先生，"她说话的语气自然而平静，"天哪！瞧您的脸多苍白呵，先生！您又熬了个通宵吧？刚才为什么不跟我们一块儿来用早餐？嗯！您带我去，还是我自个儿跟爱德华去？"

我们看见了，德·维尔福夫人连珠炮似的提了好几个问题，想让维尔福回答；可是，德·维尔福先生任凭她这么发问，始终冷漠、沉默得像一尊雕像。

"爱德华，"维尔福用威严的目光盯住孩子说，"到客厅去玩，我要跟你母亲说话。"

德·维尔福夫人瞧见这种冷峻的态度，听见这种决绝的口吻和奇怪的开场白，不禁打了个寒噤。

爱德华抬起头瞧着母亲；看到她没有认可德·维尔福先生的命令，便又去砍那些小铅兵的脑袋。

"爱德华！"德·维尔福先生粗暴地喊道，把坐在地毯上的孩子吓了一跳，"你没听见吗？出去！"

这种待遇对这孩子来说，是极其罕见的；他立起身来，脸色变得煞白。说不清他这是生气还是害怕。

父亲走上前去，抓住他的手臂，在他的额上吻了一下。

"去吧，"他说，"我的孩子，去吧！"

爱德华出去了。

德·维尔福先生走到房门跟前，把门上了锁。

"啊，我的天主！"少妇一边说，一边凝视着丈夫，想看透他心里在想些什么，接着，她的脸上绽出一个笑容，但维尔福那张铁板的脸，使她的笑容在半道上便凝住了，"出什么事啦？"

"夫人，您平时用的毒药放在哪儿？"检察官站在妻子与房门中间，直截了当地发问。

德·维尔福夫人此时的感觉，想必就是云雀看见鹰隼杀机毕露地在头顶上盘旋，圈子愈打愈小时的感觉。

德·维尔福夫人脸色由苍白转成死灰，从胸口呼出一声既不像叫喊又不像叹息的嘶哑幽咽的声音。

"先生，"她说，"我……我不懂您的意思。"

刚才她惊骇至极地立起了身来；此刻她被第二阵想必更加剧烈的恐怖攫住，不由自主地倒在了沙发靠垫上。

"我是问您，"维尔福声音极其平静地继续说，"您用来毒死我岳父德·圣梅朗先生，毒死我的岳母、巴鲁瓦和我女儿瓦朗蒂娜的毒药藏在什么地方。"

"啊！先生，"德·维尔福夫人双手合在胸前喊道，"您在说什么呀？"

"现在不是要您问话，而是要您回答。"

"是回答丈夫还是回答法官？"德·维尔福夫人嗫嚅地问。

"回答法官，夫人！回答法官！"

这个女人脸色惨白，目光惊惶，浑身上下抖个不停，看了实在令人心里发怵。

"啊！先生！"她喃喃地说，"啊！先生！……"除此之外她再也说不出话了。

"您还没有回答，夫人！"可怕的审问官大声说。

接着，他带着一个比发怒更使她毛骨悚然的笑容添上一句：

"可您确实也没否认！"

她往后缩去。

"您是无法否认的，"维尔福说着，举起一只手向她伸过去，仿佛是以法律的名义去抓她似的，"您靠着卑鄙无耻的伎俩干成了一桩又一桩罪行，可是您能骗过的，只是那些由于爱心而变得对您盲目信任的人。自从德·圣梅朗夫人死后，我就知道这座房子里有人在下毒：德·阿弗里尼先生提醒过我这一点。而在巴鲁瓦死后，我的怀疑落在了一个人身上——天主宽恕我！——落在了一位天使身上！即使在没有罪案发生的日子里，我的心也无时无刻不在警觉地怀疑着。可是瓦朗蒂娜死后，我心里的疑团都解开了，而且不仅是我，夫人，别人也同样如此。所以，您的罪行，现在已经有两个人知道，有好些人怀疑，它就要公之于众了！正如我刚才对您说的，夫人，现在对您讲话的已经不是一个丈夫，而是一个法官！"

少妇用双手掩住脸。

"啊，先生！"她嗫嚅着说，"求求您，请不要去相信表面的现象！"

"难道您是个胆小鬼？"维尔福以鄙夷不屑的口气喊道，"可也是，我早就注意到，下毒的人都是些胆小鬼。而您，曾经亲眼看着两个老人和一个姑娘被您毒死的丧心病狂的凶手，竟然也是个胆小鬼？"

"先生！先生！"

"您，"维尔福愈说愈激动，"曾经一分钟一分钟地计算过四个受害者临终前的时间，曾经那么周密地制订出这些恶毒的计划，曾经那么精确地配制出这些致命的毒药的凶手，竟然也是个胆小鬼？您把一切都策划得那么周全，但有一件事，您难道忘了算计吗？那就是罪行一旦败露，您将会落得个什么下场。喔！这是不可能的，您一定还留着比那些毒药更甜更香、见效更快的毒药，用来逃避您应得的惩罚……我希望，至少您是配制过这样的毒药的吧？"

德·维尔福夫人绞着双手，跪倒在地上。

"我知道……我知道，"他说，"您招认了；可是在法官面前才招认，在最后一刻才招认，在没法再抵赖的时候才招认，这种招认是无法让法官对罪犯减轻惩罚的。"

"惩罚！"德·维尔福夫人喊道，"惩罚！先生，您已经说了两遍了吧？"

"正是。您已经作了四次案，难道还以为自己能逃脱惩罚吗？难道因为您是提起公诉的检察官的妻子，您就以为惩罚轮不到您头上吗？不，夫人，不！我告诉您，只要是下毒的女人，无论她是谁，等待着她的都只能是断头台——如果她没有多个心眼为自己留出几滴最有效的毒药的话，她就只能是这个下场。"

德·维尔福夫人发出一声狂叫，一种极其骇人的、无法遏制的恐怖神情，布满了这张变了形的脸。

"喔！不用担心断头台，夫人，"检察官说，"我不希望看到您名声扫地，因为那样我也就名声扫地了；不，正好相反，如果您听清了我的话，您该明白您是不会死在断头台上的。"

"不，我不明白；您到底想说什么？"那不幸的女人完全吓呆了，嗫嚅着说。

"我想说，京城首席检察官的妻子是不会用她的耻辱去玷污一个洁白无瑕的姓氏，是不会让她的丈夫和孩子落到声名狼藉的地步的。"

"不会的！哦，不会的！"

"好吧，夫人！这将是您要做的一件好事，我为这件好事而感谢您。"

"您感谢我！为了什么？"

"为了您刚才说的话。"

"我说什么啦？我都吓昏头了，我什么都弄不明白了，天哪！天哪！"

她头发蓬乱，嘴角吐着泡沫，立起身来。

"夫人，您已经回答了我刚进门时提的那个问题。您平时用的毒药放在哪儿，夫人？"

德·维尔福夫人朝天举起双臂，两只手痉挛地紧握在一起。

"不，不，"她大声喊道，"不，您是不希望看到这样的！"

"我所不希望看到的，夫人，是您在断头台上送命，您明白了吗？"维尔福回答说。

"哦！先生，发发慈悲吧！"

"我所希望看到的，是正义得到伸张。我生在人世，就是为了对恶人施行惩罚，夫人，"他目光炯炯地接着说，"对任何别的女人，哪怕她是王后，我都会把她送到刽子手那儿去；可是对您，我是会宽容的。对您，我说的是：夫人，您不是还保存着几滴口味最甜、见效最快、药力最可靠的毒药吗？"

"哦，饶了我吧，先生，给我留一条命吧！"

"您是个胆小鬼！"维尔福说。

"想想我是您的妻子哟！"

"您是个下毒的女人！"

"看在老天爷的分上！……"

"不！"

"看在您曾经给过我的爱情的分上！……"

"不，不！"

"看在我们孩子的分上！哦！为了我们的孩子，请给我留一条命吧！"

"不，不，不！要是我留下您一条命，说不定哪一天，您也会像对其他人那样毒死他的。"

"毒死我的儿子！"失去理智的母亲向维尔福扑过去喊道，"我！毒死我的爱德华！……哈！哈！"

她话未说完，发出一阵魔鬼般的凄厉的、疯狂的大笑，这笑声最后又变成了抽抽噎噎的、嘶哑的喘气声。

德·维尔福夫人倒在了丈夫的脚边。

维尔福向她逼近。

"您好好想想吧，夫人，"他说，"要是我回来时正义还没有得到伸张，那我就要亲口检举您，亲手逮捕您。"

她嘶哑地喘着气，虚弱而沮丧地听着他说；她的周身上下只有眼睛还有生气，还蕴蓄着一团可怕的火焰。

"我的话您听明白啦？"维尔福说，"现在我要到法庭去宣读起诉书，要求判一个杀人犯死刑……要是我回来看见您还活着，您今晚就得去睡巴黎法院的附属监狱了。"

德·维尔福夫人一声哀叹，全身瘫软地倒在地毯上。

检察官似乎动了一丝恻隐之心，他望着她的目光变得温和了一些，还微微向她欠了欠身。

"别了，夫人，"他缓缓地说，"别了！"

这声"别了！"犹如一把致命的刀子落在德·维尔福夫人身上。她昏死了过去。

检察官出去了；临出房门时，他用钥匙在锁眼里转了两圈，把门从外面锁上。

第 109 章

开庭

法庭及上层社会称为贝内代托案件的这桩谋杀案，引起了巨大的轰动。这个假卡瓦尔坎蒂在巴黎的两三个月辉煌生涯中，是巴黎咖啡馆的常客，又经常出现在根特林荫大道和布洛涅森林，所以他已经结交了一大批熟人。报纸上对被控罪犯在当苦役犯和混迹上流社会这两个不同生活阶段的情况作了报道，从而在那些跟安德烈亚·卡瓦尔坎蒂亲王相识的人中间激起了强烈的好奇心，驱使他们决心不惜任何代价，一定要去看一看坐在被告席上的贝内代托先生，那个杀害铐在同一根脚镣上的同伙的苦役犯。

在许多人的眼里，贝内代托即使不是法律的一个牺牲品，至少也是法律的一桩过错：他们在巴黎见过老卡瓦尔坎蒂先生，所以大家期待他会再来保护这个名闻遐迩的儿子。好些人不曾听说过他造访基督山府时那件令人印象深刻的绣有黑色肋形胸饰的礼服，这位老派贵族留给他们的印象，是他轩昂的仪表、绅士的气派以及世故通达的风度，说句公道话，这一位只要不开口说话，也不埋头算账，看上去还确实挺像个大人物。

至于被告本身，许多人还记得当时见到他时，他是那么可爱，那么英俊，那么慷慨，所以他们宁愿相信他是被某个仇人算计才遭的殃，这种事在上层社会里屡见不鲜，财产愈多，算计的手段愈高明，下手之狠毒无所不用其极。

于是，大家都赶来旁听这次的审判的开庭，有的是为了看看热闹，有的是为了评头品足，从早上七点起，铁门外就排起了队，开庭前一个小时，审判厅里已经坐满了捷足先登的享有特权的来宾。

逢到审理重大案件的日子，在法官入场，有时甚至在他们入场后也这样，审判厅就好比一个客厅，许多熟人或者因为坐的较近，为了不离开座位，于是就拉开嗓门聊天，或者因为中间隔着好些来客、律师和法警，而不得不彼此用手势打着招呼。

这是秋天一个阳光和煦的日子，这样的好天气像是特地来补偿转瞬即逝、过于短促的夏天似的。德·维尔福先生清晨见到的那些被朝霞染红的云层，早就魔幻般地消散得无影无踪了，阳光普照着九月末秋色宜人的大地。

博尚是无冕之王，因而到处都是他的宝座，此刻他正四下里东张西望。他瞧见夏托-勒诺和德布雷刚跟一个庭警套上近乎，让他同意站在他俩背后，而不是站在他俩跟前执勤，以免挡住他俩的视线。这位可敬的庭警嗅出了大臣秘书和百万富翁身上的味儿；他对这两位高贵的邻人真是优渥有加，甚至答应让他们去跟博尚攀谈，由他代为照看他俩的座位。

"嗯！"博尚说，"咱们都来看这位老朋友了？"

"哦！天哪，可不是吗，"德布雷回答说，"好一个亲王！这些意大利亲王。都见他们的鬼去吧！"

"这家伙有但丁给他写谱系，是在《神曲》里挂了号的！"

"他会被判死刑吗？"德布雷问博尚。

"哎！我亲爱的，"报纸编辑回答说，"我认为这问题该问您才对呢：部里的气候，您可比我们这些人摸得准喔。在你们大臣最近的那次晚会上，您见到庭长了？"

"见到了。"

"他对您说了些什么？"

"说了一桩会让你们大吃一惊的事情。"

"啊！那就快说吧，亲爱的朋友，我有好久没听到这种新闻了。"

"嗯！他告诉我说，大家都以为是个狡诈的老手、邪恶的天才的贝内代托，其实只不过是个下三流的骗子，这种蹩脚货色，死了以后根本不值得做颅相学实验。"

"嗬！"博尚说，"可是他亲王演得还挺不错。"

"对您也许是这样，博尚，因为您厌恶这些倒霉的亲王，巴不得看到他们的丑态；可是对我则不然，我凭本能嗅出谁是真正的绅士，碰到贵族世家，不管它藏在哪儿，我都能像条研究纹章的猎犬那样把它给衔出来。"

"这么说，您一向不信他这个亲王的头衔？"

"亲王的头衔？我信……亲王的气质？我不信。"

"这就不错啦，"德布雷说，"我可以肯定地告诉您，除了您，谁都不会疑心他……我在几位大臣的府上都见过他。"

"啊！对，"夏托-勒诺说，"这一下，你们的大臣们总算领教这些亲王了！"

"您刚才这句话很精彩，夏托-勒诺，"博尚笑着回答说，"话虽短，但够味儿。请允许我在我的报道里引用这句话。"

"用吧，亲爱的博尚先生，"夏托-勒诺说，"用吧；我把这句话给您，悉听尊便。"

"不过，"德布雷对博尚说，"既然我跟庭长谈过话，那您想必也跟检察官谈过话？"

"瞧您说的，这一星期来，德·维尔福先生根本没露面；说来这也很自然：家庭屡遭不幸，再加上女儿死得那么蹊跷……"

"死得蹊跷！您这是什么意思，博尚？"

"喔！行啦，别因为这些事都发生在穿袍贵族[1]府上，您就装作什么都不知道似的。"博尚一边说，一边把单片眼镜搁在眼睛上，使劲想把它夹住。

"我亲爱的先生，"夏托-勒诺说，"请允许我告诉您，要说摆弄单片眼镜，您可比不上德布雷。德布雷，露一手教教博尚先生。"

"瞧，"博尚说，"我没看错。"

"什么？"

"那是她。"

"哪个她？"

"大家都说动身走了的那位。"

"欧仁妮小姐？"夏托-勒诺问，"她回来了？"

"不，是她的母亲。"

"唐格拉尔夫人？"

"得了吧！"夏托-勒诺说，"这不可能。她女儿出走才十天，丈夫破产才三天！"

德布雷的脸微微红了起来，朝博尚所指的方向望去。

1　大革命前的法国，政府官员除了小部分世袭的旧贵族外，绝大部分是买官晋爵进入官场的投机商和暴发户。后者称为"穿袍贵族"，官职只要定期向国王缴纳年贡就可以世袭。而世袭旧贵族称为"佩剑贵族"，他们有为国王领兵打仗的义务。

"哦！"他说，"那是位戴着面纱的女人，一位陌生的夫人，兴许是哪位外国公主，兴许是卡瓦尔坎蒂亲王的母亲。不过您刚才说到，或者说正要说到的事儿，博尚，我倒是挺感兴趣的。"

"我？"

"对，您说了瓦朗蒂娜死得很蹊跷。"

"啊！对，是这样。不过，为什么德·维尔福夫人没来这儿呢？"

"这位可怜的好太太！"德布雷说，"她准是又忙着帮着医院蒸馏蜜里萨药酒[1]，或者在给自己和朋友配制美容剂了。您知道，据说她每年在这项爱好上要花费两三千埃居哩。其实您说得也有理，德·维尔福夫人，为什么她不来这儿呢？见到她会使我感到很高兴的，我挺喜欢这个女人。"

"可我，"夏托-勒诺说，"我讨厌她。"

"为什么？"

"我也不知道。我们为什么爱？又为什么恨？我就是看着她觉得不舒服，所以就讨厌她呗。"

"也许，都是凭一种直觉吧。"

"说不定是吧……我们还是回到刚才说的事情上来，博尚。"

"好吧！"博尚接着说，"二位，你们不是急于想知道，为什么在维尔福府上人死得那么勤吗？"

"勤才有趣呗。"夏托-勒诺说。

"亲爱的，这话出自圣西门[2]的书上吧。"

"可这事儿出在德·维尔福先生的府上；咱们还是回来说事儿吧。"

"就是！"德布雷说，"我承认，我密切注视着三个月来始终挂着丧幔的这户人家，就在前天，夫人还跟我谈起瓦朗蒂娜哩。"

"哪位夫人？……"夏托-勒诺问。

"当然是大臣夫人啰！"

"喔！对不起，"夏托-勒诺说，"我平时从来不去大臣府上，我都让给那些亲王去了。"

---

1 用一种名叫蜜里萨的蜜蜂花属植物酿制的药酒。
2 圣西门（1675—1755）：法国贵族作家，以多卷《回忆录》著称。

"您原先不过是长得英俊，这会儿您变得光芒四射了，男爵；可怜可怜我们吧，否则您就要像另一个朱庇特，把我们都烧死了。"

"我不说话了，"夏托-勒诺说，"可真见鬼，你们也得行行好，别把话茬儿扔给我呀。"

"得了，咱们还是正经往下说吧，博尚；我刚才说，夫人昨天问起我这件事了。二位有什么消息就请告诉我，我好拿去告诉她。"

"好吧！二位，如果说维尔福府上人死得特别勤——我还是要用这个词儿，那是因为这座屋子里有个杀人凶手！"

两个年轻人都打了个寒噤，因为他俩的脑子都已经不止一次地有过这个念头。

"谁是杀人凶手？"他们问。

"小爱德华。"

两个听众不禁哈哈大笑，但说话的人毫不窘迫地接着说：

"是的，二位，就是小爱德华，那个与众不同的孩子，他杀人已经称得上行家里手了。"

"您是开玩笑吧？"

"绝对不是，昨天我刚雇用了一个从德·维尔福先生府上出来的仆人；二位请听清楚了。"

"我们听着呢。"

"此人我明天就要解雇他了，因为他食量奇大，一心想把在那儿吓得不敢吃东西的损失补回来。嗯！看来是这么回事，这个可爱的孩子弄到了一瓶麻醉药，他就时不时用这瓶药水来对付他不喜欢的人，首先是让他觉着讨厌的圣梅朗外公外婆，他给他俩滴了三滴那种酏剂：三滴就够了。然后是那个正直的巴鲁瓦，诺瓦蒂埃爷爷的老仆人，因为他有时候要责骂我们这个可爱的小淘气。可爱的小淘气也给他滴了三滴那种酏剂。再下来就是可怜的瓦朗蒂娜了，她没骂过他，可是他嫉妒她，他给她也滴了三滴那种酏剂，她也就跟他们一样完结了。"

"您在给我们讲什么鬼故事呀？"夏托-勒诺说。

"可不是，"博尚说，"就像另一个世界的故事，对不对？"

"荒唐之至。"德布雷说。

"喔！"博尚说，"你们先别忙着说不信呀！嗨！你们可以去问我那个仆人——那个明天就不是我仆人的家伙嘛。那幢屋子里的人，个个都这么说。"

"可是那瓶酏剂，它在哪儿？它是什么东西？"

"嗨！那孩子把它藏起来了呗！"

"那他是从哪儿找到的呢？"

"从他母亲的实验室里。"

"这么说他母亲的实验室里有毒药？"

"那我怎么知道！你们倒像是检察官，尽问我这些问题。我只不过是把听到的消息，而且连消息来源一起告诉你们。我能说的都已经说了，那个可怜的家伙前一阵吓得都不敢吃东西。"

"这种事叫人难以置信。"

"不，亲爱的，没什么难以置信的，你们去年不是见到过黎塞留街的那个男孩吗？他就为了好玩，在他哥哥、姐姐熟睡的时候，把别针刺进他们的耳朵，弄死了他们。咱们的下一代很早熟呢，亲爱的。"

"我亲爱的，"夏托-勒诺说，"我敢打赌说，您对我们说的这个故事，您自己压根儿就不相信，是不是？……可我没瞧见基督山伯爵；他怎么没在这儿？"

"他这个人不爱凑热闹，"德布雷说，"再说，他这会儿恐怕也未必愿意抛头露面，因为刚让那两个卡瓦尔坎蒂敲去了一笔钱，看起来是这么回事，那一老一小带着一封伪造的债权信来见他；结果，一个亲王的头衔就骗走了他十万法郎抵押贷款。"

"顺便问一句，德·夏托-勒诺先生，"博尚说，"莫雷尔近况如何？"

"说真的，"这位绅士说，"我上他家去了三次，一次都没碰到他。不过他妹妹看上去并不怎么担心，她挺快活地对我说，她这两三天里也没见到他，可是她确信他一切都好。"

"喔！我想起来了！基督山伯爵是不会上法庭的。"博尚说。

"为什么？"

"因为他是这出戏里的演员。"

"莫非他也杀了什么人不成？"德布雷问。

"不是，正相反，是有人想杀他。你们都知道，那位德·卡德鲁斯好好先生，是在从伯爵府上出来的时候，让他的小朋友贝内代托给杀了的，你们都知道，那件轰动一时的背心是在伯爵家里找到的，而婚约的签字仪式就是让背心里的那封信给搅了的，你们瞧见那件出了名的背心吗？它正血迹斑斑地放在桌上充当物证呢。"

"哎！行了。"

"嘘！二位，法官进来了；我们还是各就各位吧！"

果然，法庭里响起一片喧哗声；庭警对他的两位被保护人使劲地"嗨！"了一声，招呼他们快回座位上去。执达吏出现在大厅门口，用博马舍时代的执达吏早已有之的尖细嗓音喊道：

"诸位，开庭了！"

第 110 章
起诉状

法官们在一片肃静中就座，陪审员也纷纷坐下；众人瞩目，甚至可以说众望所归的德•维尔福先生，也在高背扶手椅上落座，以平静的目光环视四周。

每个人都惊异地望着这张严肃而冷峻的脸，从这张毫无表情的脸上似乎根本看不出半点做父亲的悲痛，大家带着一种恐怖的感觉，望着这个全然不为人类感情所动的人。

"法警！"庭长说，"带被告。"

听到这句话，听众席上的气氛更活跃了，所有的目光都盯在贝内代托将要进来的那扇门上。

不一会儿，这扇门打开，被告出现了。

在场的人得到了一个相同的印象，而且每个人都看清了他脸上的表情。

这张脸上，全然没有那种使心脏停跳，使额头和脸颊变得苍白的强烈的激动情绪的痕迹。一只手优雅地拿着帽子，另一只手潇洒地插在白背心的纽孔里，手指没有丝毫颤抖：目光是平静的，甚至是明亮的。他刚走进大厅，目光就在一排排法官席和听众席上扫过，在庭长身上，尤其在检察官身上停留得特别长些。

安德烈亚旁边是他的律师，这个由法庭指定的律师（因为安德烈亚似乎觉得这种事情无关紧要，不想为这种小事多费心），是个淡黄头发的年轻人，情绪比被告要激动一百倍，所以此刻已经激动得满脸通红了。

庭长请检察官宣读起诉状，正如我们所知道的，这份起诉状出自维尔福那支灵巧而无情的笔下。

起诉状篇幅很长，对其他人来说真是不堪重负，所以在宣读的过程中，大家的注意力都仍停留在安德烈亚身上，而他则以斯巴达人那种乐观的精神承受着这种重负。

就维尔福而言，他的起诉状也许从来没有写得像这样生动而雄辩过。罪行被描绘得有声有色；罪犯的经历，他的沦落，从少年时代起的种种犯罪事实之间的联系，都被分析得丝丝入扣；如此这般的条分缕析，只有一位像检察官这样思想敏锐的人，凭借他的丰富阅历以及洞察人心的天赋才能做到。

单凭这个开头，贝内代托就已经声名狼藉了，更何况待会儿法律武器还要对他严惩不贷哩。

安德烈亚对这些相继坐实在他身上的罪名，根本不予理睬；德·维尔福先生常常停下来打量他，想必检察官想把他经常有机会在被告们身上进行的心理学研究，继续用在他的身上；然而，虽然检察官用那深邃的目光盯在他的脸上，却一次也没能让他垂下眼睑去。

起诉状终于宣读完了。

"被告，"庭长说，"您的姓名？"

安德烈亚立起身来。

"请原谅，庭长先生，"他以一种音色纯正的嗓音说道，"依我看，您所要采用的提问程序我无法遵命。我要求您就平时的提问程序稍加变通，而且下面我就会证实我的要求确是事出有因的。所以，我请求能允许我按另一种顺序来回答问题；我仍然会对全部问题都给予回答。"

庭长惊讶地望着陪审团，陪审员们则望着检察官。

全场的人都露出一种莫名惊讶的表情。但安德烈亚依然不动声色。

"您的年龄？"庭长问，"这个问题您可以回答吧？"

"对这个问题，我将做出回答，对所有其他的问题，我也都将一一做出回答，庭长先生，但要按一定的顺序。"

"您的年龄？"法官重问一遍。

"二十一岁，或者更确切地说，几天以后刚好二十一岁，因为我出生在一八一七年九月二十七日到二十八日的夜间。"

德·维尔福先生正在做笔记，听到这个日期抬起了头来。

"您出生在什么地方？"庭长继续问道。

"在巴黎近郊的奥特伊。"贝内代托回答说。

德·维尔福先生第二次抬起头来，看着贝内代托。他就像看到了墨杜莎的头似的，脸上变得没有一点血色。

贝内代托却掏出一块绣着花边的细麻布手帕，很潇洒地轻轻按了按嘴唇。

"您的职业？"庭长问。

"起先是造假币，"安德烈亚说，他的语气是再平静不过的，"后来就偷东西，最近又杀了人。"

一阵低语声，或者说一阵愤慨惊诧的声浪，从整个大厅席卷而过：法官们惊愕地面面相觑，陪审员们没想到一个体体面面的人竟然会这么厚颜无耻，都露出非常厌恶的神情。

德·维尔福先生用一只手按在前额上，他的脸方才毫无血色，这会儿又变得通红滚烫了；陡然间，他立起身来，神情恍惚地环视四周：他已经举止失措了。

"您是在找什么东西吗？检察官先生？"贝内代托带着最殷勤的笑容问道。

德·维尔福先生没有回答，重又坐下，或者说跌倒在他的椅子上。

"被告，现在您愿意说出您的姓名了吗？"庭长问，"鉴于您在列举自己的罪行时那种肆无忌惮的装腔作势，还有您在做所谓的交代时那种得意扬扬的神态，法庭必将以人类道德尊严的名义对您从严惩处。您之所以不肯先说出您的名字，也许正是由于这个原因：您是想靠前面的一串头衔使这个名字听上去响亮些吧。"

"太神了，庭长先生，"贝内代托以最亲切的语调、最谦恭的态度说，"您真是看穿了我的心思；我请求您颠倒提问的顺序，果然就是出于这个目的。"

人们的惊愕到了无以复加的地步；此刻被告说的话里，既没有夸夸其谈的意思，也没有厚颜无耻的况味；情绪激动的听众，预感到这片黑压压的云层里将爆发出一声惊雷。

"好吧！"庭长说，"您的名字？"

"我没法告诉您我的名字，因为我自己也不知道；但是我知道我父亲的名字，我可以把他的名字告诉您。"

一阵疼痛难忍的眩晕，使维尔福感到眼前直冒金星；他用一只痉挛而颤抖的手下意识地翻动着案卷，只见苦涩的汗珠一滴接一滴地顺着他的脸颊滚落到纸上。

"那就说出您父亲的名字吧。"庭长接着说。

宽敞的大厅里一片寂静：所有的人都屏息敛气地等待着。

"我的父亲是个检察官。"安德烈亚镇静地回答说。

"检察官！"庭长惊愕地说，并没有注意到维尔福脸上的惊慌神情，"检察官！"

"是的。既然您要知道他的名字，那我就告诉您：他叫德·维尔福！"

在所有的人胸中郁积已久，出于对法庭权威的敬重才克制着的义愤，如同一声惊雷般地爆发出来了；法官们也无意去制止这种民众情绪的流露。斥责，怒骂，向着毫无表情的贝内代托劈头盖脑地涌来，许多人激愤地做着手势，法警来回地走动着，有一部分听众——凡是集会上出了麻烦，起了骚乱，总免不了有这么一部分卑贱的听众上蹿下跳地起哄，此刻这部分听众正拼命对着贝内代托冷笑傻笑，这种混乱的局面一直延续了五分钟之久，法官和执达吏才使整个法庭重归平静。

在刚才那片喧闹声中，可以听见庭长在大声喊道：

"您是在戏弄法庭，被告，您竟敢当着您的同胞的面演这么一出伤天害理的丑剧？尽管如今世风日下，您的这种做法却也实在是太异乎寻常了。"

十来个人团团围住瘫软在座位上的检察官先生，安慰他，鼓励他，向他表示关切和同情。

整个大厅差不多都安静下来了，只剩一处还有为数不少的一群人在交头接耳地窃窃私语。

据说是有位女士刚才晕了过去；但旁边的人给她闻了嗅盐，她又清醒过来了。

在这场骚乱中，安德烈亚始终转过脸笑吟吟地朝着听众；过后，他以一种颇为优雅的姿势，把一只手撑在被告席的橡木栏杆上。

"诸位，"他说，"天主不容我起念侮辱法庭，并且当着诸位可敬的先生夫人的面无理取闹。法官先生问我年龄，我告诉他了；问我出生在哪里，我也回答了；问我名字，我没法回答，因为我从小就是被父母遗弃的。但是，虽说我因为没有名字所以无法回答，我却能告诉他我父亲的名字；所以，我再重复一遍，我的父亲名叫德·维尔福先生，而且我愿意来证明这一点。"

在这个年轻人的语气中，有一种叫人无法置疑的东西，一种确信，一种魄力；喧闹的大厅顿时安静了下来。无数道目光齐刷刷地向检察官射去，而他则像一具刚遭雷劈的尸体那样，木然不动地呆在座位上。

"诸位，"安德烈亚继续说道，一边用手势和声音要求大家安静，"我上面说的话，是应该向诸位提出证据并做出解释的。"

"可是，"庭长气急败坏地喊道，"您在预审中说过您叫贝内代托，是个孤儿，您还说您的家乡在科西嘉。"

"我在预审中说的都是应付预审的回答，因为我不愿意让人冲淡或者消除我的话所能引起的巨大反响，而这种事是随时都可能发生的。

"现在我向您重复一遍，我在一八一七年九月二十七日到二十八日的夜间出生于奥特伊，是检察官德·维尔福先生的儿子，现在，您是不是需要了解详情？我可以提供。

"我降生在方丹街二十八号二楼一个挂着红缎窗幔的房间里。我父亲抱起我，对我母亲说我已经死了，用一块绣有 H 和 N 字样的襁褓把我裹住，带到花园里活埋了。"

全场的人眼看被告愈说愈自信，而德·维尔福先生却愈听愈惊惶，都不由得打起了寒战。

"您是怎么知道这些详细情况的？"庭长问。

"请听我说，庭长先生。那天晚上，正好有个人潜入我父亲埋我的花园，这个人同我父亲有不共戴天之仇，长久以来一直伺机要按科西嘉人的方式向他报仇。这个人藏身在树丛里，看见我父亲在埋一只箱子，就趁机刺了他一刀；过后，他以为那只箱子里藏的是金银财宝，掘出来一看，发现我还没断气。这个人把我送到了育婴堂，我在那儿的登记号是五十七号。三个月以后，他的嫂子从罗利亚诺赶到巴黎来找我，她领养了我，把我当作养子带回了家。

"就因为这个缘故，所以我虽然出生在奥特伊，却在科西嘉长大。"

接下来是片刻的静默，这是一种绝对的静默，要不是成百上千张胸膛焦虑的呼吸仿佛造成了一种不安的气氛，真会使人觉得整个大厅是空荡荡的。

"请继续说下去。"庭长的声音响了起来。

"当然，"贝内代托继续说，"我在这些爱着我的好人中间，本来是可以过得很幸福的；但是我邪恶的本性摒弃了养母想浇灌进我心田的种种美德。我走上了歪道，滑到了犯罪的路上。于是有一天，我在诅咒天主把我造得这么坏，给我一个这么可憎的命运的时候，我的养父走过来对我说：

"'别说亵渎神明的话，可怜的孩子！因为天主造你时是并没有怨怒的！罪过是在你的父亲，而不是在你；是你父亲让你注定了要遭罪，要是你当初死了，你就得进地狱，而即使上天的奇迹让你活了下来，你也注定要受苦！'

"从那以后，我就不再诅咒天主，而是诅咒我的父亲；我之所以会说出那些受到您谴责的话来，原因就在于此，庭长先生；我之所以会做出让诸位到现在还在感到震惊的丢脸的举动，原因也在于此。如果这又是一桩罪名的话，那就惩罚我吧；但是，如果我已经说服了您，让您相信我从生下来那天起，就注定要遭受悲痛、苦涩、凄惨的命运，那就请您怜悯我吧！"

"那您的母亲呢？"庭长问。

"我母亲当时以为我死了；她是无罪的。我没有想去探究我母亲的名字；我不知道她的名字。"

这时，从我们刚才说过的那位女士周围的人群中，传来了一声尖叫，随后它又变成了一阵呜咽声。

这位女士由于神经所受刺激过重，晕了过去；她马上被抬出了法庭。在扶她起来的当口，遮在她脸上的那块厚厚的面纱掀了开来，大家认出了她是唐格拉尔夫人。

维尔福尽管情绪紧张而沮丧，尽管耳朵里的嗡嗡声颤个不停，尽管脑子昏乱得像要发疯，也还是认出了她；他立起身来。

"证据！证据！"庭长说，"被告，您得记住，这一连串骇人听闻的指控，是必须有最确凿的证据才能成立的。"

"证据？"贝内代托笑着说，"您想要证据吗？"

"是的。"

"好吧！请您瞧瞧德·维尔福先生，再来向我要证据吧。"

所有的人都转过头去望着检察官，他承受不了这么多双眼睛盯着他看的重负，摇摇晃晃地走到大厅中央，头发蓬乱，脸上布满指甲抓出的道道血痕。

全场响起一片持续很久的惊讶的低语声。

"他们问我要证据呢，父亲，"贝内代托说，"您说我要给他们吗？"

"不，不，"德·维尔福先生声音发哽，结结巴巴地说，"不，不用了。"

"什么，不用了？"庭长喊道，"您这是什么意思？"

"我的意思是说，"检察官喊道，"在这致命的打击下，我再怎么挣扎也是徒劳的，诸位；我看清了，我是落在复仇之神的手心里了。不用什么证据；没有那个必要。这个年轻人刚才说的全都是事实！"

一阵令人压抑的阴森森的静默，如同自然界的灾难来临前的寂静，把所有在场的人裹进它那铅一般沉重的帷幔里，使这些人一个个听得头发根都竖了起来。

"德·维尔福先生！"庭长大声说，"您不会听任幻觉控制自己吧？您没有失去理智吧？我们都能理解，一个如此奇特，如此意想不到，如此可怕的指控，一定是把您的脑子给搅糊涂了。嗨，请您恢复一下神志吧。"

检察官摇摇头。他像发高烧的人那样，上下牙齿咯咯地打战，脸色却是死一样的惨白。

"我没有丧失理智，先生，"他说，"我仅仅是机体出了毛病，这一点您是不难看出的。这个年轻人刚才指控我的罪名，我都承认。从现在起，我将待在家里听候新任检察官的处置。"

德·维尔福先生以一种沙哑的、几乎窒息的声音说出这些话的同时，摇摇晃晃地向大厅的门走去，站在门口的执达吏不由自主地为他打开了门。

全场的人听了那通指控，又听了这番供认，都惊愕得说不出话来。这样的指控和供认，为半个月来轰动巴黎上流社会的、一波三折的活剧，安排了一个可怕之至的结局。

"嗯！"博尚说，"现在还有谁会说这出戏不合情理呢！"

"啊，"夏托-勒诺说，"我宁可像德·莫尔塞夫先生那样收场：对准自己开一枪，也要比这么当众受尽折磨少受点罪。"

"再说他也还是要去死的。"博尚说。

"可我，有一阵还打算娶他的女儿哩，"德布雷说，"我的天主，亏得她死了，可怜的姑娘！"

"诸位，现在退庭，"庭长说，"本案将移交下一庭审理，并将另行委任检察官，重新进行预审。"

至于安德烈亚，他依然那么镇静自若，而且更加令人感兴趣了；他由法警押送着退出审判庭时，连这些法警也不由得对他刮目相看了。

"嗯！您对这事儿有什么看法，老兄？"德布雷问庭警，一边往他手里塞了一个路易。

"根据有些情节，可能会酌量减刑。"这个庭警回答说。

第 111 章
赎罪祭礼

德·维尔福先生看见稠密的人群在他面前闪开了一条路。极度的悲痛会使旁人产生一种敬畏，即使在历史上最不幸的时代，聚集在一起的人群的第一个反应，几乎从来就是对蒙受巨大灾难的人表示同情。许多人赏恨死于一场骚乱之中；但参加这场骚乱的歹徒，不管他们的罪行有多大，那些旁听他们的死刑宣判的群众，却几乎没有人会去侮辱他们。

于是，维尔福从听众、法警和法官的人篱中穿过，走远。他已经供认了自己有罪，但他的悲痛保护了他。

碰到这种情形，人们往往是凭直觉行事，而不是凭理智进行判断的；在这种情形下，最伟大的诗人就是喊得最有感情、最自然的人。大家能从这声叫喊中听出整整一段故事，他们有理由以此为满足，当这叫喊的感情是真挚的时候，他们更有理由认为它是崇高的。

然而，维尔福离开法院时的那种恍惚迷离的状态是难以言述的，一种极度的亢奋，使他的每条动脉都在搏动，每根神经都在绷紧，每根血管都像在胀裂，这具受尽折磨的痛苦的躯体中，每个部位都像在受着宰割，这一切也都是难以描绘的。

维尔福拖着身子沿着过道往外走，靠的仅仅是一种习惯；他从肩头往下拉那件法官长袍，这并不是因为他想舒服一些，而是因为肩头的这件长袍已经成了一种难以忍受的重负，成了一件让人受尽折磨的涅索斯毒袍[1]。

他跟跟跄跄地走到多菲内广场，看见他的马车停在那儿；他一边推醒车夫，一边自己打开车门，跌坐在车厢的靠垫上，只顾得上用手指了指圣奥诺雷区的方向。车夫驾车出发了。

厄运临头，所有的一切都在倒塌，都在向他的头上压下来；它们的重量

---

1 涅索斯是希腊神话中人头马腿的怪物，他将染上毒血的长袍送给德伊阿尼拉，德伊阿尼拉的丈夫赫拉克勒斯穿上这件长袍后，即中毒而死。

把他完全压垮了，他无从知道后果将会是怎样；他没有去称量它们有多重；他只是感觉到它们，他并未像冷酷的凶手评论一项熟知的法律条款那样，去对和他自己有关的法典进行思考。

他心里想到的是天主。

"天主啊！"他喃喃地说，却并不知道自己在说什么，"天主啊！天主啊！"在这场刚降临的灾难后面，他看到的是天主。

马车跑得很快；维尔福在靠垫上颠了一下，觉得有件什么东西顶在背上。

他伸手拿到了这件东西，是德·维尔福夫人忘在车厢座背和靠垫间的一把扇子；这把扇子犹如一道闪电掠过夜空，唤醒了他的记忆。

维尔福想到了妻子……

"喔！"他喊道，仿佛有一根烧红的铁针穿透了他的心窝。

诚然，在这一个小时里，他眼前看到的只是自己的苦难，而现在突然间，他的脑海里展现了另一幅苦难的情景，另一幅同样凄惨的情景。

这个女人，他刚严厉地审判过她，刚宣判过她的死刑；而她，这个受着恐惧的煎熬和内疚的噬啮，由于他义正词严、雄辩有力的呵斥而感到羞愧难当的可怜的女人，是没有力量进行自卫，去跟一种专横的、至高无上的权力进行抗衡的，所以此刻她或许已经准备去死了！

从他让她去死到这会儿，已经有一个小时过去了；也许此刻她正在回忆她的一桩桩罪行，正在祈求天主的宽恕，也许她正在写信哀求操行高洁的丈夫的宽恕，这是她用生命作代价乞求的宽恕。

维尔福又悲恸地狂吼一声。

"哦！"他在车厢的缎面靠垫上辗转反侧地喊道，"这个女人是因为跟我在一起，才变成罪犯的。是我，把罪孽传染给了她！她传染到了罪孽，就像有人传染到了斑疹伤寒，传染到了霍乱，传染到了鼠疫！……而我却去惩罚她！……我竟敢对她说：'忏悔吧，去死吧……'我！喔！不！不！她得活下去……她得跟我一起走……我们要逃走，要离开巴黎，要到天涯海角，有多远就走多远。我对她说到了断头台！……万能的主啊！我怎么竟敢说出这三个字啊！断头台在等着我自己呢！……我们要逃走……对，我要向她忏悔！对，我天天都要低首下心地告诉她，我也犯过一次罪……哦！老虎跟蛇配在了一起！

哦！像我这样的丈夫，配她这样的妻子，再般配不过了！……我得让她活下去，我得用我的耻辱去冲淡她的耻辱！"

维尔福几乎来不及把车厢前面的玻璃窗放下来，就迫不及待对车夫吼道："快，再快！"

听到这声大喊，车夫吓得在车座上跳了起来。

惊恐万分的辕马，飞也似的向宅邸奔去。

"对，对，"维尔福看着马车愈来愈驶近自己的家，反复地念叨着，"对，应该让这个女人活下去，应该让她忏悔，让她抚养我的儿子，这可怜的孩子，在这个遭到灭顶之灾的家里，他和那个生命力特别顽强的老人，就是仅有的幸存者了！她爱这孩子；她是为了他才做出那些事情来的。一个母亲只要还爱着她的孩子，就不应该对她感到绝望；她会忏悔的，没有人会知道她是有罪的；在我家里犯下的这些罪孽，尽管外面已经议论纷纷，但随着时间的消逝，很快就会被忘却的，或者，倘若有几个仇人非要记住不可，那好吧！就让我把他们列在我的杀人名单上吧。再多杀一个，两个，三个，那又有什么关系呢！我的妻子可以带着财产，带着她的儿子逃走，远远地离开这个我觉得整个世界都将跟我一起掉进去的深渊。她会活下去，她还会幸福的，既然她把全部的爱都倾注在了她的儿子身上，既然她跟儿子是永远不会分离的。我要来做一件好事；它可以让我的心头得到一些宽慰。"

检察官松了一口气，他感到已经有好久没有呼吸得这么顺畅了。

马车在宅邸的院子里停下。

维尔福从马车的踏脚跳上台阶；他发觉仆人们看见他这么快回家都脸露惊讶之色。但他从这些仆人脸上并没有看出别的什么表情；没有人对他说话；他们只是像平时那样立定，让他从面前经过。

他经过诺瓦蒂埃的房间，从半开的房门里瞥见两个人影，但他没有心思去过问跟他父亲在一起的是谁；他焦急不安要赶到另一个地方去。

"没事，"他走上那道小楼梯时对自己说，这道楼梯可以通到他妻子的套间和瓦朗蒂娜的空房间，"没事，一切都是老样子。"

他随手把楼梯门先关上。

"不能让任何人来打扰我们，"他说，"我一定要能够毫无顾忌地对她说话，在她面前认罪，把一切都和盘托出才行……"

他走到门前，用手搭在玻璃门的把手上，门却自行打开了。

"门没关！喔！好，很好。"他喃喃地说。

说着，他走进了小客厅，里面到了晚上就为爱德华放着一张床；因为，爱德华虽然在寄宿学校念书，但每天晚上都回家来睡：他母亲不肯让他离开自己的身边。

他用目光很快地在这个小客厅里扫了一遍。

"没人，"他说，"她一定是在卧室里。"

他疾步走到卧室房门跟前。这扇门是锁着的。他停在门外，浑身直打寒战。

"爱洛伊丝！"他喊道。

他好像听到有家具移动的声音。

"爱洛伊丝！"他又喊道。

"是谁？"他叫喊的这个女人问道。

他觉得这个声音比平时微弱得多。

"开门！开门！"维尔福喊道，"是我！"

可是，尽管他在命令，尽管他的声音里充满着焦虑，她仍然不开门。

维尔福一脚踹开了门。

在卧室通内客厅的门边，德·维尔福夫人站立着，脸色惨白，肌肉痉挛，目光吓人地凝视着他。

"爱洛伊丝！爱洛伊丝！"他说，"您怎么啦？您说话呀！"

这个少妇把她僵直发青的手朝他伸去。

"已经完事了，先生，"她声音嘶哑得像要把喉咙撕裂似的喘着气说，"您还想要怎么样呢？"

说完，她直挺挺地倒在了地毯上。

维尔福扑上前去，抓起她的手。这只手痉挛地捏紧着一只金盖的小玻璃瓶。

德·维尔福夫人死了。

维尔福恐怖至极地往后退去，一直退到了房门口，眼睛死死地盯在尸体上。

"我的儿子！"他猛然间喊道，"我的儿子在哪儿？爱德华！爱德华！"

他往房门外冲去，嘴里喊道：

"爱德华！爱德华！"

他呼喊这个名字的语气是如此恐慌，以至于仆人们都奔了上来。

"我的儿子！我的儿子在哪儿？"维尔福问，"快带他离开这座屋子，别让他看见……"

"爱德华少爷不在下面，先生。"贴身男仆回答说。

"他一定在花园里玩；快去瞧瞧！快去瞧瞧！"

"不，先生。大约半小时前夫人把他叫了上去；爱德华少爷进了夫人的房间，后来就一直没下来。"

维尔福额头上直冒冷汗，两条腿在打着哆嗦，各种念头在他的脑子里乱转，好似一只摔坏的挂表里乱了套的齿轮。

"夫人的房间！"他喃喃地说，"夫人的房间！"

他拖着脚步慢慢地往回走，一只手拭着前额，另一只手扶在护壁板上。

要回进那个房间去，就又得看到那不幸的女人的尸体。

要喊爱德华，就得在这个变成棺材的套间里引起回声；在这儿说话，就得打破这坟墓的静穆。

维尔福觉得自己的舌头在喉咙里僵住了。

"爱德华，爱德华，"他结结巴巴地说。

孩子没有回答；既然照仆人的说法，孩子进了母亲的房间以后就没出来过，那么他到底上哪儿去了呢？

维尔福往前走了一步。

德·维尔福夫人的尸体横在内客厅的门口，而爱德华一定是在内客厅里面；这具尸体就像是守护在门口，睁得大大的眼睛凝望着一个方向，嘴角带着一种可怖而神秘的嘲弄的表情。

在尸体后面，从掀起的门帘望进去，可以看见内客厅的一角，一架竖式钢琴和小半张蓝缎面长沙发。

维尔福往前走了三四步，看见他的孩子就躺在长沙发上。

孩子一定是睡着了。

这可怜的人感到一阵无法形容的喜悦涌上心头；一线光明，射向了他在其中苦苦挣扎的地狱。

现在只要跨过那具尸体，走进内客厅抱起孩子，带着他一起逃走，走得远远的就行了。

维尔福不再是那个由精致的堕落所造就的文明人的典型了；他是一头受了致命伤的老虎，在最后那次受伤时，它的牙齿都咬碎了。

他不再怕那个被他预判过的女人，而只怕鬼魂了。他连奔几步，从尸体上面跳了过去，就像是越过一盆烧得通红的炭火似的。

他抱起孩子，搂他，摇他，喊他；孩子没有一点反应。他把滚烫的嘴唇贴在孩子惨白冰凉的脸颊上；他抚摸着孩子僵直的四肢；他把手按在孩子的心口，这颗心已经不再跳动了。

孩子死了。

一张折成四折的纸片，从爱德华的胸口掉了下来。

维尔福犹如五雷轰顶，腿一软就跪倒了下来；孩子从他变得麻木的胳膊里滑落，滚到母亲的身边。

维尔福拾起纸片，认出妻子的笔迹，迫不及待地看起来。

纸上写道：

> 您知道，我是个好母亲，我是为了我的儿子才犯罪的！一个好母亲是不能撇下儿子走的！

维尔福没法相信自己的眼睛；他没法相信自己的理智。他用膝盖向爱德华的尸体爬去，再一次极其细心地检查了一遍，一头母狮望着它死去的幼狮时，用的就是这种神情。

从他的胸膛里迸发出一声令人撕心裂肺的叫喊。

"天主！"然后，他低声地说，"仍旧是天主！"

这两个死人使他感到惊恐极了，这两具尸体的存在形成了一种孤寂的氛围，他觉得这恐怖的氛围在向自己逼近过来。

刚才支撑着他的是狂热和绝望，狂热能使强壮的人变得力大无比，而绝望则能在极度苦恼的人身上产生一种异乎寻常的勇气：激励提坦攀登天界，驱使埃阿斯[1]对神祇伸出拳头的，正是狂热和绝望。

维尔福不堪痛苦的重负，低下了头；他从地上直起身来，甩了甩被汗水浸湿的头发，内心充满着恐惧。这个从来不曾怜悯过别人的人，现在要去找他的父亲，找那个老人，因为他感到自己是这么虚弱，需要找到一个人，可以向他诉说自己的不幸，可以在他身边痛哭一场。

他走下我们熟悉的那道楼梯，走进诺瓦蒂埃的房间。

当维尔福进屋时，诺瓦蒂埃似乎正以一个瘫痪老人所能表示出来的最亲热的态度，聚精会神地在听布索尼神甫说话，这位神甫仍然像平时一样镇静而冷漠。

维尔福瞧见神甫，不由得把一只手按在额头上。往事犹如起伏的波涛涌现在眼前，而愤怒更在这波涛上激起层层浪花。

他记起了奥特伊那次晚宴后第三天他对神甫的拜访，也记起了瓦朗蒂娜去世当天神甫的来访。

"您在这儿，先生！"他说，"可是您怎么好像总是伴随死神一起来的呢？"

布索尼挺起身子；看着检察官变了样的脸容和眼睛里露出的凶光，他知道，或者说他以为自己知道，庭审的那出戏已经收场了；但他当然想不到还有其他的情况。

"我曾经来为您女儿的遗体祈祷过。"布索尼回答说。

"那您今天又来做什么？"

"我来对您说，您已经把欠我的债还得差不多了。从现在起，我会向天主祈祷，祈求他也像我一样就此感到满足。"

"天哪！"维尔福说着往后退去，脸上露出惊恐万分的表情，"这不是布索尼神甫的声音！"

"没错。"

神甫脱下头套，摇了摇头，让那头压紧的黑发披散开来，垂到他的肩头，衬托着那张苍白的脸。

"这是基督山先生的脸！"维尔福神色惊慌地喊道。

"还不全对，检察官先生，再好好想想，往远处想想。"

1　希腊神话中特洛伊战争的英雄。

"这个声音！这个声音！我是在哪儿第一回听见这个声音的？"

"您是在马赛第一回听见这声音的，那是二十三年以前，在您和圣梅朗小姐订婚的那天。到您的记忆里去好好找找吧。"

"您不是布索尼？您不是基督山？天哪，您就是那个躲在暗处，毫不留情地非置我于死地不可的仇人！当年我在马赛一定做了什么得罪您的事，哦！该我倒霉哟！"

"是的，你说对了，正是这样，"伯爵把双臂交叉在宽阔的胸前说，"想想吧，再想想吧！"

"可是我到底做了什么事哪？"维尔福喊道，他的神志已经处于错乱的边缘，飘荡在半梦半醒的云雾中，"我到底做了什么事？说呀！告诉我呀！"

"你判了我一种缓慢而可怕的死刑，你害死了我的父亲，夺走了我的自由、爱情和幸福！"

"你是什么人？天哪！你是谁？"

"我是被你埋在伊夫堡地牢里的一个可怜的人的幽灵。这个终于从坟墓中爬了出来的幽灵，天主为他戴上了基督山伯爵的面罩，还给了他许多钻石和金子，为的就是让你直到今天才能认出他来。"

"啊！我认出你了，我认出你了！"检察官说，"你是……"

"我是埃德蒙·唐戴斯！"

"你是埃德蒙·唐戴斯！"检察官一把抓住伯爵的手腕喊道，"那么，你跟我走！"

说着，他拉着伯爵走下楼去。基督山惊讶地跟着他往下走，不知道检察官要把他带到什么地方去；但他预感到了某种新的灾难。

"瞧！埃德蒙·唐戴斯，"他边说边把妻子和儿子的尸体指给伯爵看，"瞧！你瞧呀，你的仇报了吧？……"

基督山看着这令人毛骨悚然的场景，脸色变得惨白；他明白，他刚才已经把报仇的权利用过头了；他明白他已经不能再说这句话了：

"天主是站在我的一边的，他和我同在。"

他带着一种无法形容的惊恐表情扑到孩子的尸体上，扒开他的眼睛，扪着他的脉搏，然后抱起他冲进瓦朗蒂娜的房间，把门从里面锁上……

"我的孩子！"维尔福喊道，"他把我孩子的尸体抢走了！哦！该死！坏蛋！你不得好死！"

他想跟在基督山后面冲进去；但是，他犹如置身于梦中，只觉得两只脚仿佛生了根，两只眼睛拼命睁大，就像要从眼眶里凸出来，手指在胸口往肉里抠，直到指甲渐渐地被血染红；太阳穴的血管里胀满了滚烫的体液，像是要把过于狭窄的颅盖顶起，把脑子融进一片烈火中去似的。

这种迟滞的状态持续了好几分钟，直到令人惊心动魄的神志错乱的过程完成为止。

这时，他大喊一声，爆发出一阵持续的大笑，径自往楼下冲去。

一刻钟以后，瓦朗蒂娜房间的门打开了，基督山伯爵走了出来。

他脸色惨白，眼神忧伤，胸口仿佛透不过气来；这张平时总是那么平静、那么高贵的脸，此刻由于悲痛而神色大变。

他的臂弯里抱着那个已经无法起死回生的孩子。

他弯下一条腿跪在地上，虔敬地把他放在他母亲身边，让他的头枕在她的胸前。

然后，他立起身，走出房间；在楼梯上，他遇到一个仆人。

"德·维尔福先生在哪儿？"他问这仆人。

仆人没有作声，用手向花园的方向指了指。

基督山走下台阶，朝那仆人指的方向走去，只见维尔福被仆人们团团围在中间，手里拿着一把锹，发狂地掘着地。

"这里也没有，"他说，"这里也没有。"

说着，他又往前面去掘。

基督山走近他，用一种几乎可以说是谦卑的语气，对他低声说：

"先生，您失去了一个儿子；可是……"

维尔福打断了伯爵的话；他既没有听，也听不懂。

"哦！我会找到他的，"他说，"你说他不在这儿也是白搭，我会找到他的，哪怕要找到末日审判来临，我也会找下去。"

基督山恐怖地往后退去。

"喔！"他说，"他疯了！"

说完，他像是害怕这座遭诅咒的宅子墙壁会塌下来压在他身上似的，急忙地往外面的街上跑去，这会儿，对于他是否有权做他所做过的这一切，他第一次感到了疑惑。

　　"喔！够了，这样就够了，"他说，"快去把那最后一个救回来吧。"

　　回到香榭丽舍大街府邸时，他遇到莫雷尔在客厅里来回踱着步，沉默得犹如一个幽灵，正在等待天主指定回坟墓去的时刻来临。

　　"您准备一下，马克西米利安，"他微笑着对年轻人说，"我们明天就离开巴黎。"

　　"您在这儿没有别的事要干了？"莫雷尔问。

　　"没有了，"基督山回答说，"天主希望我别做得太过分！"

第 112 章
启程

最近发生的一连串事件，成了整个巴黎议论的话题。埃马纽埃尔和他妻子，此刻就在梅斯莱街的小客厅里，以一种很自然的惊奇的心情谈论这些事情。他们正在对照议论莫尔塞夫、唐格拉尔和维尔福三户人家所遭遇的意想不到的、突如其来的灾难。

马克西米利安是来看他们的，他跟平常一样神情木然地听着他俩谈话，或者更确切地说，他仅仅是在这次谈话中在场而已。

"说真的，"朱丽说，"我简直觉得就像是这么一回事，埃马纽埃尔，所有这些昨天还那么快活的有钱人，他们靠自己的算计得到了好运气，得到了幸福和尊敬，可是他们在算计时却把那个邪恶的精灵给忘了，所以那个邪恶精灵就像佩罗[1]的故事里不曾被邀请参加婚礼或浸礼仪式的巫婆一样，突然一下子冒了出来，报复这要命的遗忘。你说是不是呢？"

"多么惨痛的灾难！"埃马纽埃尔说，他想到了莫尔塞夫和唐格拉尔。

"多么难以忍受的痛苦！"朱丽说，她想到了瓦朗蒂娜，但凭着女性的直觉，她没在哥哥面前说出这个名字。

"如果说这是天主在惩罚他们，"埃马纽埃尔说，"那一定是因为仁慈为怀的天主在他们过去的经历中找不到可以减轻惩罚的情由，所以他们都是些受诅咒的人。"

"你这样下结论岂不是太轻率了吗，埃马纽埃尔？"朱丽说，"当我的父亲手里握着枪准备自杀的时候，如果有人像你现在这样地说：'这个人是罪有应得。'这个人岂不是说错了吗？"

"对，可是天主没有让我们的父亲死去啊，正像他没有让亚伯拉罕[2]献出儿

---

1 佩罗（1628—1703）：法国童话故事作家。

2 犹太人的始祖，百岁时得子以撒，天主为考验他，命他将此子献为燔祭。但在亚伯拉罕举刀要杀儿子时，天使出现救下以撒。

子一样，不是吗？天主对那位百岁老人，就如对我们一样，派了天使在半道上斩断了正在飞来的死神的翅膀。"

他的话还没说完，只听见铃声响了起来。

这是看门人通知有客来访的信号。

几乎就在同时，客厅的门打开了，基督山伯爵出现在门口。

两个年轻人不约而同地发出一声欣喜的喊声。

马克西米利安抬起头来，又垂了下去。

"马克西米利安，"伯爵说，他装作没注意到自己的来访在主人身上引起的不同反应，"我是来找您的。"

"找我？"莫雷尔像仿佛从梦中惊醒似的。

"对，"基督山说，"不是说定了我带您一起走，我还提醒过您做好准备吗？"

"所以我来了，"马克西米利安说，"我来跟他们告别。"

"您要去哪儿呀，伯爵先生？"朱丽问。

"先去马赛，夫人。"

"去马赛？"两个年轻人齐声说。

"对，而且把你们的哥哥一起带去。"

"咳！伯爵先生，"朱丽说，"请把他治愈以后再还给我们吧！"

莫雷尔转过脸去，不想让人看到自己的脸红。

"这么说，你们也看出他很痛苦了？"伯爵说。

"是的，"少妇回答说，"我怕他跟我们在一块儿觉得腻烦了。"

"我会让他去散散心的。"伯爵说。

"我准备好了，先生，"马克西米利安说，"别了，我好心的朋友们！别了，埃马纽埃尔！别了，朱丽！"

"怎么！别了？"朱丽喊道，"您这么说走就走，什么都没准备，连护照都没有？"

"时间拖得久，只会增添离别的忧伤，"基督山说，"而马克西米利安，我相信他一定早就把东西都准备好了：我事先关照过他。"

"护照我有了，箱子也收拾好了。"莫雷尔表情平静而木然地说。

"很好，"基督山笑着说，"由此可见优秀的军人办事就是干脆利落。"

"你们这就要离开我们？"朱丽说，"马上就走？你们就不能再多待一天，哪怕再多待一个钟头吗？"

"我的马车等在门口，夫人；我得在五天内赶到罗马。"

"马克西米利安不去罗马吧？"埃马纽埃尔说。

"伯爵爱带我去哪儿，我就去哪儿，"莫雷尔带着忧郁的笑容说，"还有一个月，在这个期间我是属于他的。"

"哦！天哪！他怎么说这话呀，伯爵先生！"

"马克西米利安一路陪着我，"伯爵带着他那使人安心的亲切态度说，"所以你们不用为你们的哥哥担心。"

"别了，妹妹！"莫雷尔说，"别了，埃马纽埃尔！"

"瞧着他这么漫不经心的样子，我的心都要碎了，"朱丽说，"哦！马克西米利安，马克西米利安，你一定有事瞒着我们。"

"啊！"基督山说，"你们会看到他快快活活，高高兴兴地笑着回来的。"

马克西米利安对基督山瞥了一眼，那眼神几乎是蔑视的，而且几乎是愤怒的。

"我们走吧！"伯爵说。

"在您走之前，伯爵先生，"朱丽说，"请让我对您说，那一天您为我们所做的……"

"夫人，"伯爵拉住她的两只手，打断她的话说，"您要对我说的这些话，永远抵不上我从您眼睛里所看到的，您在心里所想的，以及我在我的心里所感觉到的那一切。作为传奇故事里的恩人，我本该不辞而别的；可这我没法做到，因为我是一个软弱的、有虚荣心的人，因为我的同类的湿润、欣悦而温柔的目光会使我感到温暖。现在我要走了，我的自私让我没法不对你们说一句：'请别忘了我，朋友们，因为你们恐怕再也见不到我了。'"

"再也见不到您了！"埃马纽埃尔喊道，而两颗大滴的眼泪则沿着朱丽的脸颊淌了下来，"再也见不到您了！这么说，离开我们而去的不是一个凡人，而是一位神祇，这位神祇是在降临尘世做了好事以后回到天上去吗？"

"别这么说，"基督山急切地说，"千万别这么说，朋友们；神祇是不会做错事的，他们想要做到什么份上就能做到什么份上，命运不如他们来得强，恰恰是他们，反过来掌握着命运。不，我是个凡人，埃马纽埃尔，正如您的话是亵渎神明一样，您的赞誉也是不公正的。"

说着，他拉着朱丽的手吻了一下，朱丽纵身扑进他的怀抱；他把另一只手伸给埃马纽埃尔。然后，他毅然决定离开这座房子，离开这个幸福温柔的窝，他做了个手势，把木讷寡言、垂头丧气的马克西米利安拉着一起往外走。自从瓦朗蒂娜去世以来，马克西米利安始终是这个模样。

"请让哥哥重新得到欢乐吧！"朱丽俯在基督山耳边说。

基督山握了一下她的手，就跟十一年前，在通往老莫雷尔书房的楼梯上握她的手时一模一样。

"您还能信得过水手辛巴德吗？"他笑吟吟地问她。

"哦！是的。"

"那好吧，您放心地安睡，把一切都托付给天主吧。"

正如我们说过的，马车等在门口；四匹强健的骏马竖起鬃毛，不耐烦地蹬踏着地面。

在台阶跟前，满头大汗的阿里等在那儿；他像是刚赶了长路回来。

"嗯，"伯爵用阿拉伯语问他，"你到那老人屋里去过了？"

阿里表示是的。

"你像我关照的那样，把信摊在他面前让他看了？"

阿里挪到光线下面，好让主人看清他的脸。然后，他惟妙惟肖地模仿老人的表情，像老人要说"对"时那样闭拢眼睛。

"好，他答应了。"基督山说，"我们走吧！"

他的话音刚落，马车已经往前滚动，马蹄在石子路上溅起夹着尘埃的火星。马克西米利安一声不吭地坐在车厢角落里。

半个小时过去了。旅行马车骤然停下；因为伯爵刚拉了一下系在阿里手腕上的那根细丝线。

努比亚黑奴跳下马车，打开车门。

星星在夜空中闪烁。他们此刻位于维勒瑞夫[1]的坡地高处，居高临下看下去，巴黎像一片黑沉沉的海，数以百万计的点点灯火犹如波涛上闪烁的磷光；那确

1　位于巴黎东南方的小城。

实是波涛，是比呼啸的海洋更喧闹、更奔放、更活跃、更狂暴、更贪婪的波涛，是跟浩瀚大海一样永远不知平息的波涛，是永远澎湃激荡，卷起浪花，吞噬一切的波涛！……

伯爵独自站立在那儿，阿里按他手势的意思，把车停在前面几步路远的地方。

这时伯爵叉起双臂，久久地凝视着这座大熔炉，那些从沸腾的深渊中冲出，要想把整个世界搅个天翻地覆的念头，就是在这里熔炼、压延和成形的啊。随后，他敏锐的目光在这座使多少信仰天主的诗人，像愤世嫉俗的唯物主义者一样凝思冥想的巴比伦城上，低头合拢双手，祈祷般地喃喃说道：

"雄伟的城市啊，我闯进你的大门还不到半年。我相信是天主的智慧指引我到这儿来的，他又胜利地把我从这儿带走；我进入你的城墙中来的秘密，我只向天主吐露过，因为只有他才能洞察我的心灵；只有他，知道我此刻离去时既无怨恨也不骄矜，但还是不无遗憾的；只有他，知道我从来不曾为一己的私欲或出于无谓的动机，滥用过他交给我的权力。喔，雄伟的城市啊！我在你跳动的胸膛里找到了我要寻找的东西；我像一个很有耐性的矿工，在你的胸膛里挖掘，为的是铲除那里面的毒瘤；现在我的事情做完了，我的使命完成了；现在，你已经不能再给我以欢乐或痛苦了。别了，巴黎！别了！"

他的目光，依然像夜间的精灵那样，在广袤的平原上流连着；而后，他把一只手按住额头，登上马车。车门随即关上，马车不一会儿就消失在坡地的另一侧，只留下一片飞扬的尘土和车轮的滚动声。

车子行驶了两里路，两个人一直没说一句话。莫雷尔在冥想，基督山在看他冥想。

"莫雷尔，"伯爵终于说道，"您后悔跟我出来吗？"

"不后悔，伯爵先生。可是离开巴黎……"

"倘若我觉得幸福在巴黎等着您的话，莫雷尔，我当然会让您留在那儿的。"

"瓦朗蒂娜安息在巴黎，离开巴黎，我就又一次失去了她。"

"马克西米利安，"伯爵说，"我们失去的朋友并没有安息在地下，他们珍藏在我们心间，天主这样安排，是为了让他们能永远陪伴着我们。我有两个像这样永远陪伴着我的朋友：其中一个给了我生命，另一个给了我智慧。他们两人的精神活在我的身上。我遇到疑难不决的事，就听听他们是怎么说的，如果我做过一些好事，那得归功于他们的劝告。听听您的心声是怎么说的吧，莫雷尔，问问这个声音您该不该老是把这张哭丧着的脸冲着我吧。"

"我的朋友，"马克西米利安说，"我的心声充满着忧伤，它只能给我带来不幸。"

"这是神经变得衰弱的缘故，这是您看所有的东西都像隔着一层黑纱；一个人看到的景象是随心境而变的；您的心境很阴郁，所以您看到的是个彤云密布的天空。"

"也许是这样吧。"马克西米利安说。

说完，他又陷入了沉思。

马车跑得飞也似的，让旅行如此神速，正是伯爵的一种能耐。一座座城镇，犹如幽灵似的落在道路的后方；在初起的秋风中摇曳的大树，像蓬头巨人般的向他们迎面扑来，刚接近他们便又急速往后掠去。第二天早晨，他们到了夏隆，伯爵的汽艇在那儿等着他们。马车即刻被拉上甲板；两位旅客也上了船。

这是艘造型轻巧的快艇，看上去就像印第安人的独木舟；两只叶轮宛如飞鸟掠过水面时的两只翅膀。莫雷尔也陶醉在由速度引起的快感中；海风不时拂起他的头发，像是要暂且驱散一下他额头的愁云。

至于伯爵，随着巴黎的渐渐远去，仿佛有一种几乎非常人所能有的安详从容的意蕴，光晕般地围在他的四周。这情形就像是一个流亡多年的游子回到了阔别多年的故乡。

不一会儿，耀眼的、温暖的、充满生机的马赛就呈现在了眼前；作为提尔[1]和迦太基[2]的妹妹的马赛，继她们之后承担了地中海的制辖权；马赛在他俩眼里，是一座随着时光的流逝而愈加显得年轻的城市。圆塔，圣尼古拉要塞，由皮热设计的市政厅，还有他们在孩提时代都曾在上面玩耍过的这座砖砌的码头，对他俩来说都是常年萦绕在记忆中的景象。

所以，来到卡讷比耶尔大道，两人不约而同地停住了脚步。

一艘海轮正要启航去阿尔及尔；行李、乘客挤满了甲板，前来送行的亲人、

1　历史上曾盛极一时的地中海沿海城市，今为黎巴嫩的苏尔。
2　古代最著名的城市之一，今为突尼斯市郊区。罗马时代的迦太基至今仍有很多遗迹可寻。

朋友在向远行的人告别，在叫嚷，在哭泣，离别总是一幕令人心恻的场景，即使对那些天天见到这种场景的人亦然如此。但马克西米利安从踏上码头宽阔的石板之时起，脑子里就始终由一个念头占据着，就连这喧闹熙攘的场面，也没能分散他的注意力。

"瞧，"他拉住基督山的胳膊说，"就在这儿，当年法老号进港时，我父亲就站在这儿；就在这儿，这个被您从死亡和耻辱中拯救出来的好人，一头扑进了我的怀里；我的脸上仿佛还能感觉到他的泪水，当时哭的不是他一个人，好多人见到我们也都哭了。"

基督山微微笑了笑。

"我当时在那儿。"他指给莫雷尔看一条街的转角。

正当伯爵这么说着的时候，在他所指的那个方向，我们听见了一声痛苦的呻吟，只见一个女人在向即将启航的海轮上的一个乘客挥手示意。基督山凝望着这个戴面纱的女人，莫雷尔这时正在往相反的方向望着海轮，否则他一定会觉察到伯爵激动的神情。

"喔！天哪！"莫雷尔喊道，"我没看错！那个挥着帽子跟人告别、穿着制服的年轻人就是阿尔贝·德·莫尔塞夫！"

"对，"基督山说，"我也认出他了。"

"怎么会呢？您不是在朝对面的方向看吗？"

伯爵笑了笑，每当他不想回答别人问题的时候，他总是这么笑笑。

他又往那个戴面纱的女人望去，但她已经在街角消失了。

这时，他转过身来。

"亲爱的朋友，"他对马克西米利安说，"您在这里没什么事要做吗？"

"我要到父亲的坟前去大哭一场。"莫雷尔声音喑哑地回答说。

"那好，您去了，就在那儿等我吧。我到那儿跟您碰头。"

"您要跟我分手？"

"是的……我，也有一个我心中的圣地要去。"

莫雷尔听凭伯爵伸手握了握他的手；随后，他带着一种无法描绘的忧郁的表情摇了摇头，跟伯爵分手，朝城东方向走去。

基督山目送马克西米利安远去，站在原地直到看不见他的人影，才朝梅朗巷的方向走去，他要去的那座小屋，读者在本书开头就已经很熟悉了。

这座小屋依然坐落在悠闲的马赛人常来散步的那条有名的小巷边上，掩映在椴树的浓荫里，墙上爬满了大片大片的葡萄藤，历尽沧桑、黝黑干裂的老枝，在被南方的骄阳晒得泛黄的石墙上攀缘虬结。两级因长年踩踏而磨光的石头台阶，通往一扇正门，这扇由三块木板拼成的门，尽管拼缝每年都要裂开一次，却从来没尝过油灰和油漆的滋味，总是静静地等到潮湿天气来临时才把这些缝隙涨拢。

这座小屋，虽然破旧却依然那么可爱，虽然看上去其貌不扬，却依然有它动人的风采，它就是唐戴斯老爹当年居住的小屋。不过，老人只住低矮的顶楼，而现在伯爵把整座屋子都给了梅塞苔丝。

基督山刚才看见从启航的海船前面离去的那个戴长面纱的女人，走进了这座小屋；但就在他走到街上转角的当口，她把院子的门关上了，所以他几乎刚瞥见她的身影，她便马上消失不见了。

对他来说，这磨光的石阶是当年的老相识；如何打开这扇旧木门，他比任何人都熟悉，只要用一根大头的铁钉挑开里面的门闩就行了。

于是他没有敲门，没有声张，就像一个老朋友，一个住在这儿的主人那样，悄悄进了院子的门。

一条砖头铺成的小径，通到一个暖意融融、阳光明媚的小花园，就在这座小花园的一个指定的地点，梅塞苔丝找到了伯爵精心保存了二十四年之久的那笔钱。从临街的正门望进去，就可以看见花园里前面的几排树。

基督山走到门口时，听见一声很像啜泣的叹气声，他循声望去，看见梅塞苔丝正坐在素馨花攀成的绿廊下面，低着头在哭泣，这些弗吉尼亚素馨长得枝繁叶茂，绽开着紫色细长的花朵。

她拨开面纱，把脸埋在双手中间；刚才在儿子面前压抑了很久的悲叹和抽泣，此刻当她独自面对苍天之际，都尽情地宣泄了出来。

基督山往前走了几步；细沙在他脚下簌簌作响。

梅塞苔丝抬起头来，瞥见面前站着一个男人，不由得惊恐地喊出声来。

"夫人，"伯爵说，"我已经不能给您带来幸福了，可是我想给您一些安慰：您肯把它们当作是一个朋友对您的安慰吗？"

"我确实非常不幸，"梅塞苔丝回答说，"孤零零地活在世上……我只有一个儿子，可是他也离开我走了。"

"他做得很对，夫人，"伯爵说，"他是个心地高尚的青年。他懂得，每个人都应该对国家尽自己的义务：有人贡献他们的才智，有人贡献他们的技艺；有的献出自己的勤勉，有的献出自己的热血。要是一直待在您的身边，他会感到自己虚度年华，会无法习惯在您的悲哀中生活的；他会为自己的无能而憎恨周围的一切。而在跟厄运的搏斗中，他会变得高大而强壮，他会战胜厄运，得到好运。让他去为你俩创造一个美好的未来吧，夫人；我敢向您保证，他会得到非常细心的照应的。"

"哦！"可怜的女人哀伤地摇着头说，"您说的这种好运，这种我从心底里祈求天主赐给他的好运，我，我是享受不到了。在我身上，在我周围，一切的一切都破灭了，我已经万念俱灰，离坟墓不远了。伯爵先生，承蒙您让我回到了这个曾经使我感到那么幸福的地方：一个人曾经有过幸福的地方，也应该是她最后的归宿。"

"唉！"基督山说，"您的这些话，夫人，让我的心感到苦涩和灼痛，尤其当我想到您是有理由恨我的，这时就更是如此；您的一切苦难，都是我造成的；您为什么要怜悯我，为什么不谴责我？您这样只有使我感到痛苦……"

"恨您，谴责您，对您埃德蒙？……您饶了我儿子的性命，您原先立过誓愿，下过狠心，要把德·莫尔塞夫引为骄傲的儿子置于死地，可是您没有这么做，难道我还能来恨您，谴责您吗？哦！瞧瞧我吧，难道您能从我的脸上看出半点责备的意思吗？"

伯爵抬起眼睛，注视着梅塞苔丝，梅塞苔丝半直起身子，把双手伸给他。

"哦！瞧瞧我吧，"她继续以一种无限忧伤的语气说道，"如今我的眼睛里已经不再有光彩了，当年埃德蒙·唐戴斯在他老父亲住的顶楼的窗口等我，望着我微笑地向他奔去的时光，已经一去不复返了……从那以后，多少痛苦的岁月流逝了过去，在我和那个美好时光中间挖出了一道鸿沟。让我谴责您，埃德蒙？让我恨您，我的朋友？不，我谴责我自己，我恨我自己！哦！我是一个坏女人！"她把双手合在胸前，抬眼望着上天喊道，"我受到了惩罚！……我曾经拥有虔诚、纯洁和爱情，那三样使人变成天使的幸福我都有过，而我却那么可耻，我居然对天主感到过怀疑！"

基督山走上一步，默默地向她伸出手去。

"不，"她轻轻地缩回自己的手说，"不，我的朋友，请别碰我。您宽恕了我，然而在您所惩罚过的那些人中间，我却是罪孽最深重的。他们或是出于仇恨，或是出于贪欲，或是出于自私；而我，却是出于怯懦。他们是各有所求，我却是由于害怕。不，请别来握我的手。埃德蒙，您想说一些亲切温情的话，我看得出，可是请您别说出来；留着它们对另一个人说吧，我，我不配听这些话。您瞧……（她完全把自己的脸对着伯爵）您瞧，不幸使我的头发变得花白了；流过那么多泪水的眼睛，四周有了发紫的黑圈；皱纹爬上了额头。而您，埃德蒙，却依然这么年轻，这么英俊，这么自信。这是因为您没有放弃过信仰，因为您没有丧失过毅力，因为您始终信赖着天主，而天主也一直在支持着您。我，我是个懦弱的女人，我背弃了天主，天主也抛弃了我，就是这样。"

梅塞苔丝泪如雨下；痛苦的回忆让这个女人心都碎了。

基督山拿起她的手，恭敬地吻了一下；可是她感觉到这是一个没有热情的吻，仿佛伯爵吻的是一位圣女的大理石雕像的手。

"有些人，"她继续说，"是命中注定只要做错一件事就得毁掉终生幸福的。我当时既然以为您死了，那我本来也该去死的；因为，把对您的哀悼永远藏在心里又有什么好处呢？那只能让一个三十九岁的女人就此变成五十岁啊。在所有的人中只有我认出了您，认出您以后，我单单只救出了我儿子，这又有什么用呢？难道我不该把尽管罪孽深重，而我已经同意做了他妻子的那个人也救出来吗？可是，我却让他死了；我还能说些什么呢？天主啊！我不记得，我不愿意去记得，他是为了我才犯下变节叛卖的罪行的，我用自己卑怯的冷漠，用自己的鄙视，促成了他的死！我陪着儿子来到这儿，又有什么用呢？既然我现在又失去了他，既然我还是让他独自离去了，既然我还是把他交给了非洲那片恐怖的土地。哦！我要对您说，我曾经是个怯懦的女人；我背弃了我的爱情，所以，就像所有的变节者一样，我给我周围的人都带来了不幸！"

"不，梅塞苔丝，"基督山说，"不，别把自己说得这么坏。不；您是位高尚而圣洁的女性，是您的悲痛使我的心变软了；可是在我后面，还有着我们肉眼看不见也认不出的愤怒的天主，是他派我来的，而且他不愿意让我已经进行的惩罚半途而废。哦！这十年来我天天匍伏在他脚下的这位天主啊，我恳求他为我做证，证明我曾经是要为您牺牲我的生命，牺牲跟我的生命维系在一起的全部计划的。但是，我可以自傲地告诉您，梅塞苔丝，天主需要我，我没有死去。请您审视我的过去和现在，请您努力去猜测一下我的未来，看看我究竟是不是天主的工具吧；最可怕的不幸，最巨大的痛苦，被那些爱我的人所遗弃，遭到那些不认识我的人的迫害，这就是我的人生的第一个阶段；然后，突然之间，在囚禁、孤独、受苦之后，来了空气，来了自由，来了那么光彩夺目、不可思议的巨大财富，假如我到这时还不能想到，这是天主派我来完成伟大的使命，那我一定是眼瞎了。从那时起，这笔财富对我来说就像一种神圣的托付；从那时起，我不曾再去想过生活的甘美，可那是一个即使像您这样可怜的女人有时也能品尝到的；我不曾有过一刻的安宁，一刻也没有，我觉得自己像飞在天上的一片火云，要去焚毁一座座遭诅咒的城市。我又像那些驾船去做危险航行，去做艰险远征的船长一样，备足粮食，枪炮上膛，拟订各种进攻和防守的方案，让肉体适应最剧烈的运动，让心灵适应最残酷的打击，训练手臂习惯于杀人，训练眼睛习惯于看人受折磨，训练嘴巴习惯于对着最可怕的场景微笑；曾经是善良纯洁，信任别人，豁达大度的我，终于变成有仇必报，城府很深，铁石心肠，或者说，变成跟又聋又瞎的命运一样的冷酷无情。这时，我就开始踏上展现在我面前的征途，我越过重重障碍，达到了目的：那些挡我道的人，活该他们倒霉！"

"别说了！"梅塞苔丝说，"别说了，埃德蒙！相信我，那个唯一能认出您的人，才是唯一能理解您的，所以，埃德蒙，这个认出了您，而且也能理解您的女人，即使她也曾挡过您的道，也曾像玻璃似的被您踩得粉碎，但她还是应该崇拜您的，埃德蒙！正像我和过去之间有了一道鸿沟一样，您和其他人之间也有了一道鸿沟。我承认，一直折磨着我，使我感到最痛苦的事，就是进行比较；因为这世上没有一个人能跟您相比，没有一个人能跟您相像。现在请跟我说声别了，埃德蒙，让我们就这样分手吧。"

"在我离开您以前，您有什么要求吗，梅塞苔丝？"基督山问。

"我只有一个要求，埃德蒙，那就是希望我的儿子能够幸福。"

"请向唯一掌握着人的生命的天主祈祷，请求他让您的儿子免于一死吧，除此之外，他的一切我都会负责。"

"谢谢，埃德蒙。"

"可是您呢，梅塞苔丝？"

"我嘛，我什么也不需要，我生活在两座坟墓中间：一座是埃德蒙·唐戴斯的，他早就已经死了；我爱过他！这句话现在从我褪色的嘴唇上说出来已经并不动听了，可是我的心里还保存着这个记忆，世界上的任何东西都不能让我忘掉心灵深处的这个记忆。另一座是一个被埃德蒙·唐戴斯杀死的男人的；我对他的死并不感到惋惜，但我应该为死者祈祷。"

"您的儿子会幸福的，夫人。"伯爵重说一遍。

"那就是我所能有的最大的幸福了。"

"可是……嗯……您怎么办呢？"

梅塞苔丝忧郁地笑了笑。

"要是我对您说，我在这里会像当年的梅塞苔丝一样地生活，也就是说靠自己的劳动来生活，您是不会相信的；我除了祈祷已经什么也不会做了，可是我也还不需要去劳作；我已经在您告诉我的地方找到了您埋下的那笔钱。别人会打听我是什么人，会探问我是做什么的，他们不知道我靠什么为生，但这些都没关系！只要有天主、您和我知道就够了。"

"梅塞苔丝，"伯爵说，"我可不是责备您，但您放弃德·莫尔塞夫先生积聚起来的全部家产，实在是一种过分的牺牲，因为其中有一半是靠您治家有方，精心操持那个家才得来的。"

"我知道您要向我建议什么；可是我不能接受。埃德蒙，我的儿子不会同意的。"

"那么，我在没有得到阿尔贝·德·莫尔塞夫先生的同意之前，是不会为您做什么事的。我将去征询他的意见，而且照他的意见去办。不过，要是他同意我的做法，您也会毫不勉强地仿效他的，是吗？"

"您知道，埃德蒙，我已经是一个没有思想的女人了；我除了决定永远不做决定以外，已经不能做出别的决定了，天主把我在暴风雨里颠簸摇晃得太厉害，我已经丧失了自由意志。我在他的掌心里，就像麻雀被老鹰抓在掌心里一样。可既然我还活着，那就是说他不愿意让我死。如果他给我送来援助，那就是说他愿意这么做，所以我会接受它们的。"

"您得当心哪，夫人，"基督山说，"我们崇拜天主，可不是像您这么做的哟！天主希望我们理解他，希望我们对他的权力提出异议；正因为这样，他才给了我们自由意志。"

"可怜的人啊！"梅塞苔丝喊道，"请别对我这么说吧；如果我相信了天主会给我自由意志，我还能靠什么从绝望中得救呢！"

基督山的脸色稍稍有些变白，他低下头去，感到被这强烈的悲痛压垮了。

"您不愿意和我说声再见吗？"他说着向她伸出手去。

"我当然要对您说再见，"梅塞苔丝说，她神色庄重地向他指了指天空，"我向您说这两个字，就是向您表明我还怀着希望。"

梅塞苔丝瑟瑟发抖地在伯爵的手上轻轻碰了一下，冲上楼梯，在伯爵眼里消失不见了。

基督山慢慢地走出这座屋子，向码头方向走去。

梅塞苔丝虽然站在唐戴斯父亲那间小屋的窗前，却并没有看到伯爵一步步远去。她的目光在向远处寻找那艘载着儿子驶向浩瀚大海的船。

可是她的嘴里，却不由自主地轻轻念叨着：

"埃德蒙，埃德蒙，埃德蒙！"

第113章

往事

伯爵离开这座小屋时心里很难过，他把梅塞苔丝留在了这里，今后天各一方，很可能他是不会再见到她了。

自从小爱德华去世以来，基督山的心情发生了很大的变化，当他沿着曲折的山坡缓缓爬上复仇的顶峰以后，他在山坡的另一侧看到了疑虑的深谷。

事情还不止于此；刚才和梅塞苔丝的谈话，唤醒了他心底里的回忆，他感到自己必须重新审视一下这些回忆。

一个像伯爵这样性格刚毅的人，不会长久地沉浸在那种忧郁的状态里，那种精神状态，在平庸的人身上，能使他们的生活看上去有一种与众不同的地方，而在一个出类拔萃的人身上，却会毁了他。伯爵在心里想，既然现在他几乎到了要责备自己的地步，那么一定是他的全盘计划中有了一个失误。

"我没把过去看清楚，"他在心里说，"可我不能让自己这样受骗。

"难道我所确定的目标竟是一个荒谬的目标！难道我这十年都走错了路！难道只要一个钟头的时间，就足以证明一个建筑师倾注了他全部希望的作品，竟然是一件无法实现，至少是亵渎神明的作品！

"我不想让这种想法缠住我，它会把我逼疯的。在我今天的推理中所缺少的，是对往事精确的评价，因为我是从地平线的另一端来回顾这些往事的。其实，往事就如同旅途的景色，随着岁月的流逝，是会在记忆中淡忘的。我现在的情形，就好比那些在梦中受伤的人，他们看到了伤口也感到了疼痛，可就是想不起自己曾经受过伤。

"那么好吧，你这获得重生的人，你这行为怪僻、终日梦游的阔佬，你这在幻觉中无所不能、无坚不摧的百万富翁，你再去重温一下那种饥饿痛苦的生活的悲惨情景吧；再去沿着当年厄运和不幸把你驱赶上去，而绝望又把你收留下来的那条道路走一遍吧；在基督山看唐戴斯的这面镜子的玻璃上，如今钻石、金子和幸运的光芒已经太耀眼了；收起这些钻石和金子；抹去这些光芒吧；你就从富人变回到穷人，从自由的人变回到囚犯，从获得重生的人变回到尸体去吧。"

基督山一边对自己说着这些话，一边沿着工场街往前走。就是在这条街上，二十四年前的一个晚上，一队默不作声的士兵在把他押送到监狱去；街道两旁这些赏心悦目、充满生气的房屋，在那个夜晚阴暗而沉寂，门窗都是紧闭的。

"可是，它们就是当年的那些房子啊，"基督山喃喃地说，"只是当时是在晚上，而今天是在阳光灿烂的白天；是阳光使这一切变得明亮，变得喜气洋洋的。"

他沿着圣洛朗街走上码头，朝行李寄存处走去；当年他就是在这个地方被带上船的。一条有遮阳布篷的游船正好驶过，基督山向船主人招呼了一下，船主人马上把船靠了过来，那种急切的神情，就好比渡船的船夫兜到一笔好生意时的模样。

阳光明媚，在这种好天气乘船航行真是赏心乐事。远处的海面上，通红透亮的太阳正在往下沉去，粼粼的波光在接近太阳时像火焰的燃烧；平滑如镜的水面，不时被蹿出水面的鱼儿激起一圈圈涟漪，这些鱼儿为了躲避敌人的追逐，冲出水面在向伙伴求援；在天水相接的远方，可以看见返回马尔提格的渔舟，或驶往科西嘉和西班牙的商船的白帆，悠然地驶过，犹如海鸥滑过海面。

尽管天空那么明朗，船影那么优美，尽管沐浴在金色光线中的景色那么迷人，伯爵却裹在披风里，一点一点地回忆那次可怕的航行的每个细节；加泰罗尼亚渔村里那盏凄迷而孤单的灯光，乍见伊夫堡猛然意识到自己被带到什么地方的印象，想纵身跳海时跟宪兵的搏斗，被制服后的绝望，以及冰凉的枪口犹如一只冰环似的顶在太阳穴上的感觉。

渐渐地，犹如夏日骄阳下干涸的泉水，当秋天的云层在高处聚敛之际又渐渐地变得湿润，一滴一滴地冒出来，基督山伯爵又感觉到当年浸透过埃德蒙·唐戴斯心田的苦汁，在从胸中往外渗出来。

于是，明朗的天空，优雅的船影，灿烂的阳光对他来说又都不复存在了；天空像蒙上了黑纱，被称作伊夫堡的那个黑黝黝的庞然大物使他感到胆战心惊，仿佛那是一个死敌的幽灵突然出现在他的眼前。

他们到了。

伯爵下意识地往后退去，一直退到船尾。船主人却在用柔和的声音对他说："我们登岸吧，先生。"

基督山记得，就是这个地方，就是在这块岩礁上，那队士兵把他粗暴地拖上岸，用刺刀顶着他的腰，推着他沿斜坡往上走。

当初在唐戴斯眼前那么漫长的这段路程，如今基督山觉得它很短很短；船桨每划一下，就激起一串水珠四溅的浪花，同时也激起千头万绪往事的记忆。

自从七月革命以后，伊夫堡不再关押囚犯了；只有缉私队在这里设立了一个哨站；一个看守城堡的人在门口迎接游客，领他们去参观这座业已变成旅游景点的阴森森的城堡。

然而，尽管伯爵事先听说过所有的情况，可是当他在拱顶下面进入城堡，走下黑黝黝的石梯，当那向导按照他的要求把他带到地牢里去的时候，他的脸还是变得冰凉而惨白，浑身都是冷汗了。

伯爵打听复辟时代的狱卒还有没有留下的；他们不是退休就是改行了。

带他参观的这个向导是在一八三〇年才来这儿的。

向导把他带到了他当年的牢房。

他重又见到了从窄小的气窗透进来的微弱的光线，重又见到了当年放床的地方，在这张已经搬走的床的背后，法里亚神甫掘的那条地道的洞口虽然已经堵上了，但依据看上去比较新的那几块石头，仍然可以判断出它的位置所在。

基督山觉得自己的腿在发软；他拉过一张木凳坐了下来。

"关于这座城堡，除了米拉波[1]给毒死的故事以外，还有些什么故事呢？"伯爵问，"这些悲惨的牢房，简直叫人不敢相信里面竟然关过活人，关于它们有没有什么传说呢？"

"有啊，先生，"向导说，"就说这间地牢吧，那位狱卒安托万老兄就给我说过一个故事。"

基督山打了个哆嗦。这个安托万狱卒就是以前看管他的狱卒。伯爵差不多已经忘记了他的名字和长相；可是，一听到这个名字，那张长满络腮胡子的脸，那件褐色的上衣，骤然间又栩栩如生地浮现在眼前，就连他的身上的那串钥匙，仿佛也还在耳边叮当作响。

---

1 米拉波（1749—1791）：法国资产阶级革命时期君主立宪派领袖之一。

伯爵转过头去，恍惚间觉得在过道的阴影里又看见了他，向导手里擎着的火把的亮光，使得过道里的阴影反而越发显得浓厚了。

"先生想听我讲这个故事吗？"向导问。

"是的，"基督山说，"请讲吧。"

说着，他把一只手放在胸前，想按住自己怦怦直跳的心；听人叙述自己的往事，真使他感到不寒而栗。

"请讲吧。"他又说了一遍。

"这间地牢里，"向导接着往下说，"很久以前关过一个囚犯，听说那是一个很危险的犯人，而且他特别有心计，所以就更加危险了。那时候，这城堡里还关着另一个犯人；那人可一点儿不凶狠，他是个可怜的神甫，是个疯子。"

"啊！是的，疯子，"基督山重复说，"他怎么个疯法？"

"他老是说，谁给他自由，他就把几百万财宝都给他。"

基督山抬起眼睛望向上天，可是他看不到天空：有一堵石壁隔在他和苍穹中间。伯爵心想，在法里亚神甫要把财宝给他们那些人和他要给他们的那些财宝中间，也隔着一堵同样厚的屏障啊。

"犯人彼此能看见吗？"基督山问。

"喔！不行，先生，这是明令禁止的；可是他们躲过了狱卒，在两间地牢之间挖了一条通道。"

"两人中间，是谁挖的这条通道？"

"喔！那当然是那个年轻人啰，"向导说，"那个年轻人有心计，人又强壮，而那个可怜的神甫年纪又老，身体又弱；再说他那么疯疯癫癫的，也没个准念头。"

"这些睁眼的瞎子啊！……"基督山喃喃地说。

"不管怎么说吧，"向导继续说，"那个年轻的犯人挖了一条通道；用什么东西挖呢？谁也不知道。可他硬是挖通了，证据就是现在还能看到的那个痕迹。喏，您看到了吗？"

说着，他把火把凑近墙壁。

"啊！真的没错。"伯爵说，他的声音由于激动而变得喑哑了。

"结果呢，两个犯人就可以来往了。他们来往了多久？谁也不知道。不过后来有一天那个年老的生病死掉了。您猜那个年轻的怎么着？"向导打住话头问。

"您说吧。"

"他把那个死人背到自己的牢房，让他脸朝墙躺在自己的床上，然后再回到那间空牢房，堵好洞口，钻进装尸体的麻袋，您可曾听到有谁想出过这样的主意吗？"

基督山闭上眼睛，顿时又感觉到了当时那粗麻袋（上面还留有他掉包的那具尸体冰凉的感觉）擦过脸颊时的全部印象。

向导继续说：

"您瞧，他的计划是这样的：他以为死人就埋在伊夫堡，心想他们是不会肯花钱为囚犯买棺材的，所以他盘算自己准能用肩膀顶开泥土爬出来。可是不幸的是，城堡有一条规矩打乱了他的计划，他们不把死人埋掉，而是就在死人脚上绑个铅球，干脆往海上一扔完事。对他也这么干了。我们的这位小伙子，给人从悬崖顶上抛进了海里。第二天，那个真正的死人在他的床上给发现了，于是事情露馅了。这时那两个抬死人的狱卒，也把一直不敢说的一件事说了出来，原来那个装尸袋扔到半空中的那会儿，他们听到过一声惨叫，但一落进海里，那声音马上就窒息在海水里了。"

伯爵困难地呼吸着，大颗大颗的汗珠沿着额头往下淌，焦虑和痛苦揪紧着他的心。

"不！"他喃喃地说，"不！我感觉到那种疑虑，意味着我在开始忘却过去；而现在，我的心又在流血，又变得渴望复仇了。"

"那么这个犯人，"他问，"你们就再没听到过他的下落吗？"

"没有听说过，压根儿没听到过；您也明白，他只有两种可能，一种是平躺着掉下去，那么，因为他是从五十尺的高处摔下去的，他肯定当场就死了。"

"您说过他们在他脚上绑上了个铅球，那他大概是竖着往下掉的。"

"另一种可能就是竖着掉下去，"向导接着说，"那么铅球的重量就会把他往海底拉，结果他就只能葬身海底喽，可怜的人！"

"您同情他？"

"可不，我挺同情他的，虽说他死在海里也算是得其所哉了。"

"您这是什么意思？"

"我的意思是，有风声说这个可怜的人当年是个海军军官，是当作波拿巴党人给关进来的。"

"的确，"伯爵喃喃地自语，"天主让你从波涛和烈火里逃了过来。所以还有讲故事的人想着那个可怜的水手；他们在温暖的家里讲着他的悲惨故事，人们听到他划破长空、栽进大海去的时候，都打起了寒战。"

"他们不知道他的名字吗？"伯爵提高嗓音问道。

"哦！可不是？"向导说，"他们就知道他叫三十四号。"

"维尔福呀，维尔福！"基督山轻轻地说，"当你被我的鬼魂缠得无法入睡的时候，你一定有许多次默念过我的名字吧。"

"先生还想继续参观吗？"向导问。

"是的，尤其想去看看那个可怜神甫的房间。"

"噢！那个二十七号？"

"对，那个二十七号。"基督山重复说。

他仿佛在耳边听到了当他问法里亚神甫名字时，对方隔着墙壁大声回答他这个号码的声音。

"请跟我来。"

"等一下，"基督山说，"我还想对这间牢房最后再好好地看一眼。"

"那好吧，"向导说，"我正好忘记带那间牢房的钥匙了。"

"您去拿吧。"

"火把我给您留下。"

"不用，请带走吧。"

"那您就一片漆黑了。"

"我在黑暗里也能看见东西。"

"嗨，就跟他一样。"

"哪个他？"

"那个三十四号呗。听人说啊，他在黑暗里待惯了，就连牢房最暗的旮旯里的一根针，也能看得清清楚楚。"

"他是花了十年工夫才练到那种地步的。"伯爵心里想道。

向导带着火把走开了。

伯爵没说错：他在黑暗里待了几秒钟，就能像在大白天一样地看清周围的东西了。

他向四周看了看，这时他才真正认清了自己的地牢。

"对，"他说，"这是我常坐的那块石头！这是我的肩膀在墙壁上磨出的痕迹！这是有一天我用头去撞墙留下的血迹！……哦！……这些数字……我记得它们……那是有一天我计算年龄时写的，我算父亲的年龄，为的是知道我能不能在他还活着的时候再见到他，我算梅塞苔丝的年龄，为的是知道我能不能在她还没嫁人的时候再见到她……算好以后，我曾经有过一阵子希望……可是我没有把饥饿和变心算进去！"

伯爵的嘴角不由得露出一丝苦笑。刚才就像在梦中一样，他依稀看到父亲在向墓地走去……而梅塞苔丝则在走向结婚的圣坛！

在另一面墙上，一行刻在石壁上的字映入他的眼帘。在暗绿色的墙壁上，这行字白蒙蒙地显现了出来：

"我的主啊！"基督山喃喃念道，"请让我保存记忆吧！"

"哦，是的，"他出声说道，"这是我在最后那段日子里唯一的祈愿。我已经不再祈求自由了，我只祈求保存记忆，我怕自己会发疯，会忘记那一切。我的天主！您保存了我的记忆，我什么都没忘记。谢谢，谢谢，我的天主！"

这时，墙壁上映出火把的光亮；那个向导往下走来。

基督山走到他的跟前。

"请跟我来吧。"那人说。

他带着伯爵，从一条地下走廊，无须返回地面，直接到达另一间牢房的门口。

到了这儿，千头万绪涌上了基督山的心头。

他第一眼看到的就是刻在墙上的子午线，那是法里亚长老用来计算时间的，随后他又看见了那可怜的囚犯死在上面的床的残骸。

见到这些东西，伯爵心中并没有涌起在自己的牢房里所感觉到的焦虑和愁苦的情绪，而只觉得心里充满温暖的感谢之情，两行热泪从眼眶里流了下来。

"那个疯神甫，"向导说，"就关在这里。那个年轻的囚犯，就是从这儿过来的。（他说着，指给基督山看那条出口并没封住的通道。）从石头的颜色，”他继续说，“一位有学问的先生推断出，这两个犯人彼此来往差不多有十年工夫。可怜的人哪，这十年里头他们的日子可不好过呀。”

唐戴斯从口袋里摸出几枚金路易，递给这个虽然不认识自己，却已经第二次对自己表示同情的人。

这个向导收下了，他还以为这是几枚普通的硬币。可是凑在火把的亮光下一看，他认出了对方给他的这几枚金币的价值。

“先生，”他说，“您弄错了。”

“怎么啦？”

“您给我的是金币。”

“这我知道。”

“什么！您知道？”

“是啊。”

“您的本意就是给我金币？”

“对。”

“那我真的可以收下，不必感到不安啰？”

“对。”

向导惊讶地望着基督山。

“您可以心安理得地收下。”伯爵就像哈姆雷特那样说 [1]。

“先生，”向导不敢相信自己的好运气，“先生，我实在不明白您为什么要这么慷慨大方。”

“这挺容易明白，我的朋友，”伯爵说，“我当过水手，我听了您的故事也许要比旁人更感动些。”

“先生，”向导说，“既然您这么慷慨，我也该回敬您一点东西才是。”

“你要给我什么呢，我的朋友？贝壳，草编工艺品？谢谢啦。”

“不，先生，不是的；是跟刚才的故事有关的一样东西。”

“是吗？！”伯爵急切地大声说道，“什么东西？”

“请听我说，”向导说，“是这么回事：我有一阵子在寻思，一个囚犯待了

---

1 《哈姆雷特》的主人公在剧中并没有这么说过，但莎士比亚《亨利四世》等剧中的人物说过这句话。

十五个年头的牢房里，总该能找到些什么吧，于是就沿着墙壁找了起来。"

"啊！"基督山出声喊道，他记起了神甫那两处藏东西的地方。

"找呀找呀，"向导继续说，"我发现床头旁边的墙壁和壁炉炉膛下面，敲上去里面都像是空的。"

"噢！"基督山说，"噢！"

"我撬开石头，发现……"

"一条绳梯和一些工具？"伯爵喊道。

"您怎么知道的？"向导惊讶地问。

"我并不知道，我是猜的，"伯爵说，"通常在犯人藏东西的地方找到的，往往是这种东西。"

"对，先生，"向导说，"是一条绳梯，还有些工具。"

"它们还在您这儿？"基督山喊道。

"不在了，先生；这几件东西挺稀罕的，我把它们卖给来参观的游客了。可是我还留着一样东西。"

"什么东西？"伯爵急不可耐地问道。

"那东西有点像本书，是写在布条上的。"

"喔！"基督山大声说，"你还留着这本书吗？"

"我不知道这是不是一本书，"向导说，"可这东西我确实留着。"

"快去给我拿来，朋友，快去，"伯爵说，"倘若这真是我心里想的那东西，你就放心吧。"

"我跑去拿，先生。"

说完，向导往外跑去。

这时，伯爵虔诚地走去跪在那张残破的床前，死者已使它变成了一个祭坛。

"啊，我的再生之父，"基督山说，"你给了我自由、知识和财富；你就跟那些比我优越的生灵一样，有分辨善恶的本领，倘若人死后灵魂还能留连在我们曾经在那儿深深爱过、受过苦难的地方，那么，你这高尚、深邃、超尘拔俗的灵魂啊，我恳求你，我凭着你给过我的父亲般的爱，以及我对你的儿子般的尊敬恳求你，请你告诉我一句话，让我看到一个征兆，或者给我一点启示，帮我把心底的最后这点疑虑也打消了吧。因为，倘若这种疑虑不能打消，心中始终没有明确的信念，疑虑是会变成悔恨和内疚的啊。"

伯爵低下头，合拢双手。

"拿来了，先生！"一个声音在背后说。

基督山吃了一惊，回过头来。

向导把凝聚着法里亚长老渊博学识的布片递给伯爵。这就是法里亚神甫关于意大利王国的那部巨著的手稿。

伯爵急忙拿了过来；他的目光首先落在题词上，那上面写道：

主说：你将拔去龙的牙齿，你将傲然地把狮子踩在脚下。

"啊！"他喊道，"这就是回答！谢谢，我的父亲，谢谢！"

他从衣袋里掏出一只小钱袋，里面有十张一千法郎的钞票。

"给，"他说，"请把这只钱袋收下吧。"

"您把它给我了？"

"是的，不过有个条件，要等我走了以后才能打开。"

说完，他把刚得到的这件对他来说比任何珍宝都更贵重的纪念品，放进胸口的衣袋里，疾步走出地牢，出城堡回到了游船上。

"回马赛！"他说。

游船离去时，他的目光凝视着那座阴森的监狱。

"那些把我关进这座监狱的人，"他说，"那些忘了我曾经被关在里面的人，让他们全都倒霉吧！"

游船驶过加泰罗尼亚渔村。伯爵回过头去，脸裹在披风里，嘴里轻轻地呼喊着一个女人的名字。

他已经完全战胜了自己，已经两次战胜了疑虑。

他以温柔的、几乎是爱恋的声音喊出的这个名字，是海黛。

上岸后，基督山向公墓走去，他知道在那儿能找到莫雷尔。

十年前，他怀着虔敬的心情到这儿来寻找过一座墓，结果没能找到。他成了百万富翁，重新踏上了法国的土地，依然没能找到饿死的父亲的墓。

老莫雷尔曾经在那座墓前竖过一个十字架，但那个十字架早已倒塌，被掘墓人付之一炬了。对横七竖八躺在公墓里的朽木，掘墓人都是照此办理的。

那位可敬的商人要幸运得多：他死在子女的怀里，由他们护送到公墓，安息在早他两年长眠于此的妻子身边。

两块宽宽的大理石墓碑，上面刻着两人的名字，并排竖在一块小小的墓地前面，墓地围在铁栏杆中，遮蔽在四棵柏树的浓荫下。

马克西米利安倚在一棵柏树上，眼神茫然地对两座坟墓望着。

他的心情是沉痛的，他几乎都要失去理智了。

"马克西米利安，"伯爵对他说，"您该看的不是这儿，而是那儿！"

说着，他向莫雷尔指指天空。

"死者是无所不在的，"莫雷尔说，"您带我离开巴黎时，不是这样对我说过吗？"

"马克西米利安，"伯爵说，"您在途中要求我让您在马赛待几天。您现在还希望这样吗？"

"对我，早就无所谓有没有希望了，伯爵；可是我觉得，在这儿等，要比在别处等好受些。"

"那也好，马克西米利安，我这就要跟您分手了，可我是记得您发过誓的，是吗？"

"喔！我会忘记的，伯爵，"莫雷尔说，"我会忘记的！"

"不！您不会忘记的，因为您是一个把名誉看得高于一切的男子汉，莫雷尔，因为您已经发过誓，也因为您还要重新发誓。"

"啊，伯爵，可怜可怜我吧！伯爵，我已经够不幸的了。"

"我认识一个比您更不幸的人，莫雷尔。"

"这不可能。"

"唉！"基督山说，"这就是人性中一种可怜的骄傲，每个人总以为自己比身边另一个在哭泣、呻吟的不幸的人更加不幸。"

"还有谁会比一个失去了他在这世上唯一心爱、期盼的人儿的男人更加不幸呢？"

"请您听我说，莫雷尔，"基督山说，"请把思想暂且集中在我要对您说的话上。我认识一个人，他跟您一样，曾经把全部幸福寄托在一个姑娘身上。这个人很年轻，他有一个他敬重的老父亲，有一个他心爱的未婚妻；就在他要娶她的时候，变化无常的命运——要不是天主后来给他以启示，让他明白了这一切都是为了把他引向一种无限和谐的境界，这种变化无常的命运是会让他怀疑天主的公正的——那变化无常的命运，夺去了他的自由、他的未婚妻以及他在想象中（因为他就像被蒙住了眼睛，只能看到眼前的东西）以为自己能拥有的未来，把他投进了地牢的深处。"

"哦！"莫雷尔说，"关在地牢里，过一个星期，过一个月，过一年，也就出来了。"

"他在里面关了十四年，莫雷尔。"伯爵把手按在年轻人的肩膀上说。

马克西米利安打了个激灵。

"十四年。"他低声地说。

"十四年，"伯爵重复说，"在这十四年里，他也有过绝望的时刻；他也像您一样，莫雷尔；以为自己在所有的人中间是最不幸的，他想自杀。"

"后来呢？"莫雷尔问。

"后来，在最后的时刻，天主通过一个凡人给了他启示，因为天主已经不再创造奇迹了；也许一开始（被泪水蒙住的眼睛，是要一些时间才能完全睁开的），他并没有理解天主无限的仁慈；但是最终他懂得了忍耐和等待。有一天，他奇迹般地从坟墓中出来时，已经改变了容貌，变得富有，变得有权势，俨然像个神祇了。他的第一声恸哭是为父亲而发的：他的父亲已经死了！"

"我的父亲也死了。"莫雷尔说。

"对，可是您的父亲死在您的怀抱里，是被人爱着的，幸福的，受尊敬的，有钱的，颐养过天年的。他的父亲却是贫穷、绝望，带着对天主的怀疑而死的；当他去世十年以后，他的儿子去寻找他的墓，但就连这墓也全无踪影了，谁也没法告诉他说：'那位曾经慈祥地爱过你的老人就在那儿，他安息在天主的怀抱里。'"

"哦！"莫雷尔说。

"所以他是一个比你更不幸的儿子，莫雷尔，他甚至都不知道自己父亲的墓在哪里。"

"可是，"莫雷尔说，"他至少还有那个他心爱的姑娘。"

"您错了，莫雷尔；这位姑娘……"

"她死了？"马克西米利安喊道。

"比这更糟：她变心了；她嫁给了一个迫害过她未婚夫的人。所以您瞧，莫雷尔，这个人是一个比您更不幸的情人。"

"这个人，"莫雷尔问，"天主可曾给他安慰？"

"天主至少给了他宁静。"

"这个人将来还能有幸福吗？"

"他这么希望，马克西米利安。"

年轻人的头又垂到了胸前。

"您保留我的诺言吧，"他在沉默片刻过后说，一边把手伸给基督山，"但您得记住……"

"十月五日，莫雷尔，我在基督山岛等您。四日那天会有条游艇在巴斯蒂亚港等着您，这条游艇叫欧洛斯[1]号，您把自己的名字告诉船长，他就会带您去见我。这事就这么说定了，是不是，马克西米利安？"

"说定了，伯爵，我会照做的；但您要记住十月五日……"

"孩子，您还不知道一个男子汉的许诺究竟意味着什么……我已经对您说过二十次了，到那一天，如果您还要想去死，那我是会帮您去死的，莫雷尔，再见了。"

"您要离开我了？"

"是的，我在意大利有点事情；我就让您一个人留在这儿，独自去跟不幸搏斗，去跟天主派来把选民带到他脚下去的神鹰周旋；该尼墨得斯[2]的故事并不是神话，马克西米利安，它是一个譬喻。"

"您什么时候动身？"

"即刻就走；汽艇在等我，一个钟头以后我就已经远远地离开您了；您愿意陪我到港口吗，莫雷尔？"

"我悉听您的吩咐，伯爵。"

"拥抱我吧。"

---

1 希腊神话中的东风神或东南风神。

2 希腊神话中俊美的牧羊少年，宙斯化为神鹰把他掠走，让他做众神的侍酒童子。

莫雷尔把伯爵一直送到港口；宛如巨大羽翎的白烟，已经从黑色的烟囱喷向半空中，不一会儿，汽艇启航了，一小时以后，正如基督山刚才所说，这缕羽翎般的淡淡的白烟已经飘浮在东方天水相接的地平线上方，融入了初起的夜雾之中。

第 114 章

佩皮诺

当伯爵的汽艇消失在莫尔季翁海岬后面的时候，一个人乘着驿车奔驰在从佛罗伦萨到罗马的大路上，刚驶过阿卡庞当特这座小城。这辆马车一路上速度很快，但还不至于快到使人生疑的地步。

此人身穿一件礼服，或者更确切地说，是一件大氅，穿这种衣服旅行实在是活受罪，不过它毕竟可以把一条荣誉勋位的绶带衬托得更加鲜艳夺目；从他的这两个标志，再加上他跟驿车夫说话时的口音，可以看出他是个法国人。还有一个证据，也可以证明他出生在全球通用语言的故土，那就是他除了几个音乐术语外对意大利语一窍不通，这几个音乐术语就如费加罗说的 goddam[1] 那样，可以代表某一种语言的全部精华。

"Allegro！"[2] 每次上坡时他都要对车夫喊一声。

"Moderato！"[3] 每次下坡时又要喊一声。

从佛罗伦萨出发，取道阿卡庞当特去罗马，这一路上究竟有多少次上坡和下坡，那就只有天晓得了！

不过，听他说这两个词儿的汉子们，没有一个不是放声大笑的。

当那座永恒的城市遥遥在望之际，也就是说当马车驶抵拉斯托尔塔，可以从那儿瞥见罗马时，这位旅客却并不像那些外国游客一样激动地从车厢座位上直起身，充满好奇地争着先看一眼圣彼得大教堂的圆顶。不，他只是从袋里掏出一只钱袋，从钱袋里抽出一张折成四折的纸，很当心地把它打开看一眼，又重新折好，那种小心翼翼的样子，颇有点近乎敬畏的味道。然后他说了句：

"好，它还在我身边哩。"

驿车驶过波波洛城门，往左拐进去，停在西班牙旅馆门前。

---

1 英文：该死。费加罗是法国剧作家博马舍 (1732—1799) 的喜剧《塞维尔的理发师》和《费加罗的婚礼》中的角色。

2 意大利文：音乐术语，快板。

3 意大利文：音乐术语，中板。

我们的老相识帕斯特里尼老板把帽子拿在手里，站在旅馆门口恭候这位旅客。

这位旅客下了车，吩咐准备一顿可口的晚餐，然后询问汤姆森—弗伦奇银行的地址，旅馆老板马上把地址告诉了他，因为这家银行是罗马最有名的银行之一。

它就坐落在圣彼得大教堂附近的银行街上。

在罗马，就像在随便哪个别的城市一样，一辆驿车的到达是件稀罕事儿。马略和格拉古兄弟[1]的十来个后代，赤脚光肘，一只手叉腰，另一只胳臂有模有样地弯过去搭在后脑勺上，打量着旅客、驿车和马匹；跟这座杰出城市里的这帮小淘气结伴的，还有教皇陛下治下的五十来个游手好闲的二流子——台伯河里有水的时候，他们通常聚集在圣天使桥上一边喷烟圈，一边朝台伯河里吐唾沫。

不过，罗马的顽童和二流子比巴黎的同行有个沾光的地方，那就是他们听得懂四面八方的语言，特别是听得懂法语，所以他们听明白了，这位旅客要了一个套间，订了一客晚饭，最后还问了汤姆森—弗伦奇银行的地址。

于是，当这位新来的旅客带着旅馆派给他的导游走出旅馆时，有一个人从看热闹的人群中抽身出来，稍稍隔开一段距离跟在这外国佬后面，这外国佬压根儿没注意他，那导游看上去像是也没注意他，此人就这么机灵得有如巴黎警探，尾随着他俩往前走。

这个法国佬心急火燎地想马上赶到汤姆森—弗伦奇银行去，就连给辕马套辔头的这点时间也等不及了；他吩咐车夫随后一路追上来，或者就在银行门口等他。

他走到银行时，马车还没赶上来。

法国佬进门后，把导游撇在前厅，这个导游马上就跟两三个二流子搭讪了起来，这些不干任何营生，或者说什么营生都干的小伙子，平时常在罗马街头的银行、教堂、古迹、博物馆或剧院门口转悠。

法国佬前脚进银行，那从看热闹的人群中抽身出来的人后脚跟进；法国

1　马略（约公元前157—前86）是古罗马统帅、政治家。格拉古兄弟，即提比留·格拉古（公元前162—前133）和盖约·格拉古（公元前153—前121），也都是古罗马政治家。

佬敲办公室门，走进第一个房间；他的影子也照样这么做。

"汤姆森先生和弗伦奇先生在吗？"法国佬问。

一个一本正经地占据着第一张写字桌的高级职员做了个手势，一个仆役模样的人马上立起身来。

"怎么通报？"那仆役问，一边做出为来客引路的姿势。

"唐格拉尔男爵先生。"这位旅客回答说。

"请随我来。"仆役说。

一扇门打开了，仆役和男爵消失在这扇门里面。尾随唐格拉尔进来的那个人，在长凳上坐下等着。

职员的那支笔，继续在纸上沙沙地响了大约五分钟之久；在这五分钟里，那个人一直保持沉默，纹丝不动地端坐着。

随后，职员手里的笔停了下来；他抬起头来，小心翼翼地四下望了一遍，确认房间里没有外人。

"嘿嘿！"他说，"你来啦，佩皮诺？"

"来了！"对方的回答非常简洁。

"你在这个胖子身上闻到油水的味儿啦？"

"对他我可没费这份劲儿，我们是预先得到情报的。"

"这么说，你是知道他上这儿来干吗的啰，你这机灵鬼。"

"没错，他是来提款的；不过，还得弄清楚提款的数额。"

"待会儿我会告诉你的，老弟。"

"很好；不过，你可别像上回那样，给我弄个假情报哦。"

"瞧你说的，你说的是哪一回啊？敢情是说前不久从这儿取走三千埃居的那个英国人？"

"不是，那家伙身上确实有三千埃居，我们都搜到了。我是说那个俄国亲王。"

"怎么啦？"

"怎么啦！你对我们说是三万利弗尔，可我们只搜到两万二。"

"也许搜得不够仔细。"

"是路易吉·万帕亲自动手搜的。"

"那么，他没准儿是还债了……"

"一个俄国人会还债？"

"要不就是花掉了。"

"这还差不离。"

"准是这样；现在我得去看一下，要不然，说不定没等我来得及弄清个准数，那法国佬就把事情办完了。"

佩皮诺点点头，接着从口袋里摸出一串念珠，嘴里念念有词地祷告了起来，而那个职员则消失在仆役和男爵经过的那扇门里。

约莫十分钟过后，那职员满脸兴奋地出来了。

"怎么样？"佩皮诺问他的朋友。

"好家伙，好家伙！"那职员说，"数额可大着呢。"

"五百万到六百万，对不对？"

"对呀；你知道这数额？"

"拿的是基督山伯爵大人的收据。"

"你认识这位伯爵？"

"银行划账到罗马、威尼斯和维也纳，让他作为贷方。"

"一点不错！"那职员喊道，"你怎么知道得这么清楚？"

"我告诉过你，我们事先得到情报了。"

"那么，你干吗还要来问我？"

"为的是确认一下他是不是就是我们要找的那个人。"

"就是他，没错……五百万，好大的一笔数目哎，佩皮诺？"

"对。"

"咱们一辈子也甭想有这么多钱哪。"

"不过至少，"佩皮诺冷静地回答说，"我们早晚也能有个零头吧。"

"嘘！他来了。"

职员又提起笔，佩皮诺拿起念珠；当门打开时，一个在纸上沙沙地写，另一个在喃喃地祷告。

唐格拉尔满面红光地出现在门口，银行经理亲自送他出来，一直送到大门口。

佩皮诺跟在唐格拉尔后面出了门。

照事先的约定，后面赶上来的那辆马车等在汤姆森—弗伦奇银行门前。导游给唐格拉尔打开车门：导游是个爱献殷勤的角色，什么事情都可以派到他的用场。

唐格拉尔纵身跳进车厢，动作轻捷得像二十岁的小伙子。

导游关好车门，爬上车，坐在车夫旁边。

佩皮诺跳上车，坐在车厢外的后座上。

"阁下想去看看圣彼得大教堂吗？"导游问。

"去干吗……？"男爵回答说。

"天哪！去观光呗。"

"我不是到罗马来观光的，"唐格拉尔大声说，随后他带着贪婪的笑容低声地对自己说，"我是来提款的。"

说着，他真的摸摸自己的钱袋，他刚把一份信用卡装在里面。

"那么阁下要去……？"

"旅馆。"

"Casa Pastrini."[1] 导游对车夫说。

这辆马车就像辆私家马车似的疾驶而去。

十分钟过后，男爵回到了旅馆的房间，佩皮诺跟我们在本章开头提到过的那伙马略和格拉古兄弟的后代中的一个小淘气咬了一阵耳朵以后，在旅馆正门旁边的长凳上坐了下来，而那个小淘气则拔腿往卡皮托利山丘拼命跑去。

唐格拉尔觉得疲乏而满足，倦意袭了上来。他上了床，把钱袋放在长枕头下面，不一会儿就睡着了。

佩皮诺闲着没事做；他跟那些 facchino[2] 玩 morra[3]，输了三个埃居，为了安慰一下自己，又喝了一小瓶奥维埃托酒。

第二天，唐格拉尔醒得很晚，虽说他昨晚睡得很早；一连有五六个晚上了，他就算躺在床上，也从没睡过一个好觉。

---

1 意大利文：帕斯特里尼旅馆。
2 意大利文：脚夫。
3 在意大利很流行的赌博游戏。玩时一人举起右手然后迅速放下，同时伸出一个或几个手指，另一人需猜出他伸出的是几个手指。

他美美地吃了一顿早饭，由于正如他说过的那样，他并不想去领略这座永恒的城市的景色，所以他吩咐驿车在中午备好马。

但是唐格拉尔没有想到，警方的手续居然如此烦琐，驿站的掌柜办事居然又如此磨蹭。

驿马到两点钟才来，而那份去办签证的护照，导游到三点钟才拿来。

格拉古兄弟和马略的后代们，却一个都没拉下。

男爵得意扬扬地穿过人群，小淘气们为了想得到几个 baiocco[1]，都管他叫大人。

我们知道，唐格拉尔是个很平民化的人，到现在为止只尝过听人称他男爵的滋味，可还从来没听人喊过他大人，这个头衔使他觉得大为过瘾，便撒了十几枚小钱给这群顽童，他在口袋里还另外摸好了十几枚小钱，准备等他们喊殿下时撒出去。

"走哪条路？"驿车夫用意大利话问。

"去安科纳的大路。"男爵回答说。

帕斯特里尼老板翻译了这一问一答，随即马车就疾驶而去。

唐格拉尔是想先到威尼斯提出一部分钱来，然后从威尼斯到维也纳把剩下的款项都取出来。

他盘算着在最后那个城市住下来，他听人说过那是个寻欢作乐的城市。

马车在罗马城郊刚驶过三里路程，夜色就开始降临了；唐格拉尔事先没想到会动身得这么迟，要不然他就不走了；他问车夫还有多少时间才能到下一个城镇。

"Non capisco."[2] 车夫回答说。

唐格拉尔点了点头，意思是说：

"很好！"

马车继续往前行驶。

"到前面的第一个驿站，"唐格拉尔思忖道，"我就停下休息。"

唐格拉尔因为昨晚睡了个好觉，现在还能感受到那种舒适惬意的余味。

1　教皇领地内使用的一种低值小硬币。

2　意大利文：听不懂你的话。

此刻他懒洋洋地躺在一辆双层弹簧坐垫的豪华英国马车里，感觉得到车子正由两匹骏马拉着往前行驶；他知道，每隔七里路才有一个驿站。谁叫他是个银行家，又碰巧是个破产的银行家呢？

唐格拉尔对留在巴黎的妻子想了十分钟，又对跟着阿尔米依小姐出逃的女儿想了十分钟；接着对他的那些债权人以及将来怎样花他们的钱也想了十分钟；然后，由于没有什么事情好想，就闭上眼睛入睡了。

不过有时候，随着一下特别猛烈的颠簸，唐格拉尔也会暂时睁开一下眼睛；这时，他感觉得到自己仍然在罗马的城郊飞速前进，沿途到处都是残存的高架引水渠[1]，宛如随着岁月流逝而石化成的花岗岩巨人，屹立在那儿。但夜晚是阴冷的，而且下着雨，在这种时候，能闭上眼睛缩在车厢里面，实在要比从车窗里探出头去问一个只会回答"Non capisco"的车夫舒服得多了。

所以，唐格拉尔琢磨着反正到下一个驿站总会醒的，就继续睡他的觉。

马车停下了；唐格拉尔心想，总算把驿站给盼来了。

他睁开眼睛从车窗望出去，满心以为是到了一个城镇，再不济总也是个村庄；不料看见的却是一座孤零零的破屋子，再有就是三四个像幽灵似的走来走去的人影。

唐格拉尔稍等了一会儿，心想驿车夫一定会来要车钱的；他想趁这个机会向新换的车夫问个讯；但是那两匹马卸下了套，新换上的马也配上了辔头，可就是没有人来跟乘客要钱。唐格拉尔惊讶之余，推开了车门；可是一只有力的手马上把它关上了，马车又往前滚动。

男爵目瞪口呆，完全清醒了。

"哎！"他对着车夫说，"哎！ mio caro[2]！"

这个抒情的意大利词儿，想必是男爵在女儿和卡瓦尔坎蒂亲王唱二重唱时听来的。

可是 mio caro 没有搭腔。

这回，唐格拉尔只敢打开车窗。

"喂，朋友！咱们这是去哪儿呀？"他把头探出去问道。

---

1 古罗马时代的城市供水设施，废弃不用后作为古迹保留下来。

2 意大利文：我亲爱的。

"Dentro la testa！"[1] 一个低沉而蛮横的声音喊道，伴着一个恫吓的手势。

唐格拉尔明白了，dentro la testa 的意思是：把头缩进去。由此可见，他的意大利语进步很快。

他服从了，但心里却不免七上八下起来；而且，由于这种不安变得愈来愈强烈，所以不出几分钟，他的头脑就不再像刚上路时我们所说的那样空空荡荡、昏昏欲睡了，他的头脑里，不妨这么说，此刻装满各种各样的念头，而这些念头，一个比一个更适宜于唤起旅客，尤其是处于唐格拉尔目前处境的旅客的想象。

他的目光在黑暗中变得非常敏锐，凡是在情绪异常激动的情况下，起初都会是这样，但随后由于东张西望看得太紧张，视觉就会变得迟钝起来。在尚未感到害怕的时候，一个人的视力是正常的；在刚受到惊吓的当口，看到的东西都有重影，但在已经吓慌了的时候，看出去就是一片模糊了。

唐格拉尔看见一个人裹着披风，在车厢右侧策马奔驰。

"一个宪兵，"他说，"难道法国方面已经把我的情况发急报给教皇当局了？"

他决定要消除一下这个疑团。

"你们把我带到哪儿去呀？"他问。

"Dentro la testa！"仍然是那同样的嗓音和同样的恫吓口气。

唐格拉尔朝车厢左边转过身去。

车厢左边也有一个人在骑马奔驰。

"完了，"唐格拉尔满脸是汗，暗自思忖道，"我准是被捕了。"

说着，他往后倒在车厢背垫上，但这一回不是为了睡觉，而是为了思索。

不一会儿，月亮升上来了。

他靠在车厢背垫上，望着窗外的原野；这时他又瞥见了曾经见到过的那些花岗岩幽灵似的引水渠架；不过，刚才看见时，它们是在右边，而现在是在左边了。

他明白了，那些人已经把马车掉了个头，这会儿是带着他回罗马去。

"啊！倒霉，"他喃喃地说，"他们准是弄到了引渡权！"

1　意大利文：把头缩进去。

马车继续以惊人的速度向前行驶。一个小时就是在这样的担惊受怕中度过的，沿途每看到一个景点，这个逃亡者都会觉得，他们确定无疑地是在往原路返回。最后，他见到了一座黑魆魆的庞然大物，而且只觉得马车像要撞上去似的。但马车拐了个弯，擦着它的边缘继续往前行驶，这座黑魆魆的庞然大物，原来就是围绕罗马的城墙。

"喔！喔！"唐格拉尔喃喃地说，"我们不是回城里去，这么说我没有落进司法部门的手里。仁慈的天主！且慢，要是他们是……"

他的头发竖了起来。

他想起了阿尔贝·德·莫尔塞夫，那位年轻的子爵，在他快要当唐格拉尔夫人的女婿、欧仁妮的丈夫的那会儿，对她们母女讲的那些关于罗马强盗的有趣的故事，当时在巴黎，是几乎没人把这些故事当真的。

"说不定他们就是强盗！"他喃喃地说。

骤然间，马车驶上了一条比碎石路面更坚硬的车道。唐格拉尔壮着胆子向路的两边望了望；他瞥见的是些奇形怪状的断垣残壁，莫尔塞夫讲的故事还在他的脑海里盘桓着，此刻，故事里的种种细节呈现在他眼前，他意识到他这会儿大概是在阿皮亚古道上。

马车左边，在一片峡谷模样的凹地里，可以看见一个圆形的洼陷。

这就是卡拉卡拉竞技场的遗迹。

骑马跑在马车右边的那个人一声令下，马车刹住了。

同时，左边的车门打开了。

"Scendi！"[1]一个声音命令说。

唐格拉尔立即下车；他仍不会说意大利语，但已能听懂了。

半死不活的男爵，往四下里望望。

四个人把他围在中间，这还没把那个车夫算进去。

"Di quà."[2]其中的一人说道，领头走下一条小路，这条小路从阿皮亚古道一直通往罗马城郊一片地面起伏不平的腹地。

唐格拉尔一声不吭地跟在那人后面往前走，不用回过头去，他也知道另

1　意大利文：下来！
2　意大利文：跟着走。

外那三个人跟在他后面。

但他似乎觉着，那三个人沿途分别按大致相等的距离站定下来，就像是布岗似的。

唐格拉尔一声不响地跟着那人走了大约十分钟以后，发现自己来到一座小山岗和一片杂草丛生的荆棘丛中间；三个人一声不吭地站在三个角上，把他围在中间。

他想开口说话；但是舌头像是不听使唤了。

"Avanti."[1] 那同一个嗓音短促而专横地喝道。

这一回唐格拉尔更加明白了：他不仅听懂了话，而且领会了动作的含意——走在他后面的人把他猛地往前一推，他差点儿撞在了前面带路的向导身上。

前面带路的向导，就是我们的朋友佩皮诺，他一头扎进高高的草丛，沿着想必是由榉貂和蜥蜴开出的窄路，蜿蜒曲折地往前走去。

到了一块掩映在茂密的荆棘之中的岩石跟前，佩皮诺停住脚步；这块岩石眼睑似的半开半掩，恰好可以容这个小伙子钻进去，就如梦幻剧中的那些妖精跌进了陷阱似的。

跟在唐格拉尔后面的那人，用声音和动作催促银行家也照样这么做。无可置疑，破产的法国银行家是落在罗马强盗手里了。

唐格拉尔就像一个身临险境进退维谷，却又被恐惧激起勇气的人那样，执行了这个命令。尽管他的大肚皮非常不适合钻罗马城郊的石头缝缝，他还是跟在佩皮诺后面钻了进去，而且闭紧眼睛听凭自己一路往下滑，直朝洞里栽去。

直到脚碰到地面，他才睁开眼睛。

洞里的通道挺宽敞，但黑黝黝的。佩皮诺现在到了家，不必再藏藏掖掖，他打着火镰，点亮了一支火把。

另外两个人也在唐格拉尔之后下来了，他们充当后卫，一看见他停步就从后面推他，就这么一路推着他，沿着一道缓坡来到了一个模样阴森可怕的岔道口。

四周的石壁层层叠叠凿了许多棺材模样的洞穴，映在灰白色的岩石上，

1　意大利文：往前走。

就像一个个骷髅头上黑咕隆咚的眼眶。

　　一个哨兵啪的一声把马枪枪箍握在左手里，问道：

　　"谁？"

　　"自己人，自己人！"佩皮诺说，"头儿在哪里？"

　　"在那里。"哨兵说着，指了指肩后一个大厅模样的岩洞，烛光正从那宽敞的拱形洞口透出来，照在过道的石壁上。

　　"一条大鱼，头儿，一条大鱼。"佩皮诺用意大利话说。

　　说着，他拎着唐格拉尔的外衣领子，把他带到那个类似于门的洞口，进了洞口就是那个首领作为起居室的大厅。

　　"就是这个人吗？"首领问，他刚才正在聚精会神地读普鲁塔克写的《亚历山大大帝[1]传》。

　　"就是他，头儿，就是他。"

　　"很好；让我瞧瞧。"

　　随着这声颇为无礼的命令，佩皮诺冷不丁地把火把举到唐格拉尔的脸前，唐格拉尔吓得直往后躲，生怕眉毛给烧掉。

　　这张惊慌失措的脸，已经吓得毫无血色，变得极为丑陋。

　　"这个人很累了，"首领说，"带他上床去睡吧。"

　　"喔！"唐格拉尔心想，"他说的床，大概就是凿在墙壁里躺死人的洞穴；他说的睡觉想必就是死亡了，这会儿我在黑暗中瞧见它们闪闪发亮的这些匕首，随便哪一把都能叫我没命的。"

　　果然，在这宽敞的大厅黑黝黝的深处，可以瞥见好些人在从他们的干草或狼皮的铺褥上坐起身来，他们都是这位当年莫尔塞夫看见他读《恺撒回忆录》，而这会儿唐格拉尔看见他读《亚历山大大帝传》的首领的伙伴。

　　银行家发出一声喑哑的呻吟，跟在那个向导后面；他既不想祈祷，也不想叫喊。他浑身没有一点力气，意志、精力和感觉，什么都没有了；他在往前走，只是因为有人带着他往前走。

　　他脚下碰到一级台阶，意识到面前有几级踏步，因为怕撞痛头，便本能地低下头，走下台阶来到一个在岩石中间凿出来的地牢跟前。

1　古代马其顿王国国王（公元前336—前323在位），亚历山大帝国的创立者。

这个地牢虽说光秃秃的，却挺干净，虽说是在深不可测的地层下面，却挺干燥。

墙角铺着（而不是搭着）一张用干草铺就，上面盖着山羊皮的床。唐格拉尔瞧见这张床，不啻瞧见了自己得救的曙光。

"哦！感谢天主；"他喃喃地说，"这是张真正的床！"

这是一小时来，他第二次提到天主；这种事在他已经有十年没发生过了。

"Ecco."[1] 向导说。

他把唐格拉尔往里面一推，关上门。

门闩嘎的一响；唐格拉尔成了囚徒。

其实，即便门没上闩，那也除非他是圣彼得[2]，而且有天使引路，才能从这伙在圣塞巴斯蒂安地下墓穴安营扎寨的强盗中间逃出去，这伙强盗的首领，我们的读者当然认得，他就是大名鼎鼎的路易吉·万帕。

唐格拉尔也认得了这个强盗，但当莫尔塞夫想在法国让他们相信这个强盗的存在的那会儿，他可是压根儿不相信的。他不仅认得了这个强盗，而且也认得了莫尔塞夫关过的地牢，这儿十有八九是专门给外国佬住的地方。

唐格拉尔想着想着不由得有些高兴起来，这些回忆使他放下了心。既然这伙强盗没有马上杀掉他，那么说不定他们根本就没想杀。

他们抓他来是为了敲诈钱财，而由于他身边的现金只有不多几枚路易，他们准会向他勒索赎金。

他记得莫尔塞夫的赎金好像是四千埃居；由于他自以为身价要比莫尔塞夫高得多，所以他在心里把自己的赎金定为八千埃居。

八千埃居，就是四万利弗尔。

他还有约莫五百零五万法郎。

谁要是有了这些钱，就能处处逢凶化吉，化险为夷。

所以，这一关他十拿九稳能逃过，因为从来没听说过有什么人的赎金会要到五百零五万的；唐格拉尔躺在床上，来回翻了两三个身以后，就像路易吉·万帕读的那本书中的主人公一样坦然地入睡了。

1　意大利文：到了。

2　《圣经》中耶稣的十二门徒之一。

第 115 章

路易吉·万帕的菜单

凡是睡眠，只要不是唐格拉尔曾经害怕过的那种睡眠，总有醒来的时候。唐格拉尔醒来了。

对于一个看惯丝绸的窗幔、光滑悦目的墙壁，闻惯从壁炉炉膛里袅袅升起的松木清香以及从绫缎床幔往下飘散的芳馨的巴黎人来说，在一个白垩质的岩洞里醒来不啻是场噩梦。

摸着山羊皮的床垫，唐格拉尔恍惚觉得自己成了萨穆瓦耶德人或拉普人[1]。

但在这种情况下，一个人哪怕是满腹狐疑，顷刻间也会变得确信无疑的。

"对，对，"他喃喃地说，"我是落在阿尔贝·德·莫尔塞夫对我们说过的那伙强盗手里了。"

他的第一个反应就是做深呼吸，以便确定自己没有受伤：他从《堂吉诃德》里学来了这一招，那是他虽说并没有看过，却能知道其中一些情节的唯一的一本书。

"噢，"他说，"他们没杀掉我，也没打伤我。莫非他们把我的钱抢走了？"

他急忙把手伸进衣袋。一切都安然无恙；从罗马到威尼斯的旅途费用一百路易，好端端的在裤袋里；装着五百零五万法郎信用卡的钱袋，也在外衣的插袋里待着。

"奇怪的强盗，"他暗自思忖，"我的钱和钱袋都没动过！还是像我昨晚临睡前说的，他们是要我付赎金。嘿！连表都没拿走！让我瞧瞧现在是什么时候了。"

唐格拉尔的怀表是布雷盖制作的精品，昨天上路前他刚上过发条，此刻指针正指着早晨五点半。要是没有这块表，唐格拉尔就全然没法知道时间了，因为阳光是透不进这个地牢里来的。

他是不是该要求这伙强盗来解释一下？还是就这么耐住性子等他们来问

1　萨穆瓦耶德人生活在西伯利亚冻土地带。拉普人生活在北欧沿海地带，靠游牧和渔猎为生。

他？后一种选择更保险。于是唐格拉尔等着。

他一直等到了中午。

从夜里起就有个岗哨在门口看守。早上八点换过一次岗。

当时，唐格拉尔很想看一眼，究竟是个什么样的人在看守他。

他早就注意到有光线，不是阳光，而是灯光，透过门板的罅缝照进来；他把眼睛凑近一道缝隙，刚好看到那个强盗正仰着脖子喝烧酒，由于这酒是装在羊皮袋里的，一股怪味儿让唐格拉尔闻着直恶心。

"呸！"他说着，往这间地牢的里面缩去。

到了中午，另一个岗哨换下了喝烧酒的家伙。唐格拉尔按捺不住好奇心，想瞧瞧自己的这个新看守；他又向那条缝隙凑近过去。

那是个体格魁梧的强盗，活像个大眼睛、厚嘴唇、塌鼻子的哥利亚[1]；红头发拧成一绺绺的披在肩头，像一条条游蛇。

"喔！喔！"唐格拉尔说，"这家伙不像是人，倒像是吃人妖魔；好在我老了，啃不大动；肉也粗，不好吃。"

我们看到，唐格拉尔这会儿还有心思开个玩笑哩。

正在这时，那个看守仿佛是要向他证明自己并非吃人妖魔，从褡裢里掏出黑面包、洋葱和奶酪，狼吞虎咽地吃了起来。

"见鬼，"唐格拉尔从门缝里瞥了一眼这个强盗的午餐，"见鬼，我真不明白这种垃圾东西怎么能吃。"

说着，他走过去坐在羊皮床垫上，这羊皮又使他想起了第一个岗哨的烧酒味道。

可是唐格拉尔再怎么着也不管用，大自然的奥秘真是不可思议，最粗劣的食物竟然也会对一个空荡荡的胃袋具有如此之大的诱惑力。

唐格拉尔突然觉得自己的胃袋此刻空空如也了：他看出去觉得这家伙不那么难看，面包不那么黑，奶酪也变得新鲜了。

最后，就连那些生洋葱，野蛮人的可怕食品，也使他联想起他的厨师用高超手艺做的罗贝尔调味汁和洋葱回锅牛肉来了，那会儿唐格拉尔总是这么对那厨师说的："德尼佐老弟，今儿给我做个乡下人的可口菜吧。"

---

1 《圣经》故事中的巨人。

他立起身，走去敲门。

那强盗抬起头来。

唐格拉尔看出他是听到了，就又敲了几下。

"Che cosa？[1]"那强盗问。

"喂！喂！朋友，"唐格拉尔用手指在门板上敲得咚咚直响，"我说，你们也该想到让我吃点东西了吧！"

可是，不知道是听不懂呢，还是没有接受过有关唐格拉尔伙食方面的命令，那个巨人又自管自大吃起来。

唐格拉尔觉得自尊心受了伤害，不高兴再去和这个野蛮人打交道，他往那块羊皮上一躺，闷着头不说话。

四个钟头过去了；另一个强盗换下了那个巨人。唐格拉尔觉得胃开始在痉挛，一阵阵地抽痛，他慢慢地爬起身来，把耳朵贴在门缝上细听，随后又用眼睛去张看，认出了先前的向导那张精明的脸。

果然，这是佩皮诺，他正坐在门对面，准备把这差事尽量弄得舒服些。只见他两腿中间放着个瓦盆，里面盛着一盆热气腾腾、香味扑鼻的肥肉烩鹰嘴豆。

在这盆烩豆子边上，佩皮诺还放好了一篮韦莱特里葡萄和一长颈瓶奥维埃托酒。

不用说，佩皮诺准是个美食家。

瞧着他为自己准备的这顿丰盛的晚餐，唐格拉尔直咽口水。

"啊！啊！"这个囚徒对自己说，"让我瞧瞧，他会不会比那个家伙好说话一些。"

于是他很斯文地敲了敲门。

"就来。"那强盗说，他常在帕斯特里尼老板的旅馆里进进出出，好歹学会了一些法语常用语。

他走来把门打开。

唐格拉尔认出他就是恶狠狠地冲他喊"把头缩进去"的那个人。不过这会儿不是计较这种事的时候。于是他做出一副最和蔼可亲的模样，嘴角挂着讨

---

1 意大利文：什么事？

好的微笑。

"对不起，先生，"他说，"难道不准备给我吃饭了吗？"

"怎么？"佩皮诺大声说，"阁下可是有点儿饿了？"

"只是有点儿倒也好了，"唐格拉尔嘟哝着说，"我都整整二十四个钟头没吃东西了。"

"是的，先生，"他提高声音说，"我饿了，饿得挺厉害呢。"

"这么说阁下是想吃东西喽？"

"最好马上就吃。"

"小事一桩，"佩皮诺说，"这儿要什么有什么，当然，得付现钱，就跟所有诚实的基督徒国家里一个样儿。"

"这没问题！"唐格拉尔喊道，"虽说他们既然把人抓来关在这儿，其实至少是该让人家吃饱的。"

"哎！阁下，"佩皮诺说，"这儿不兴这么做。"

"这不能成为理由，"唐格拉尔说，他想用和蔼的态度把这看守笼络住，"不过我也接受了。好吧，叫人给我拿吃的来吧。"

"马上，阁下；您想吃什么？"

说着，佩皮诺把手里的瓦盆放在一个位置上，让香味直接往唐格拉尔的鼻孔里钻。

"您吩咐吧。"他说。

"这么说，你们在这儿有厨房啰？"银行家问。

"瞧您说的！在这儿有厨房啰？呱呱叫的厨房哩！"

"还有厨师？"

"一流的！"

"好吧！来个鸡吧，或者鱼，野味，管他呢，什么都行。"

"阁下只管吩咐就是；刚才是说鸡来着，是吗？"

"对，来个鸡吧。"

佩皮诺立起身来，使足劲儿喊道：

"给阁下来个鸡喽！"

佩皮诺的声音还在岩洞的拱顶下面回荡，一个小伙子已经跑了出来，他长得挺俊，身材瘦削而匀称，像古代的送鱼人那样赤着膊；他手里托着一个银盘，一只烤鸡兀自坐在银盘里。

"简直像在巴黎咖啡馆。"唐格拉尔喃喃地说。

"鸡来了，阁下。"佩皮诺说着，从小强盗手里接过银盘，放在一张虫蛀的桌子上，这张桌子，再加上那张木凳和铺着羊皮的床，就是这间地牢里的全部家当。

唐格拉尔要一副刀叉。

"来了，阁下。"佩皮诺边说边把一把钝口的小刀和一把黄杨木的叉子递给他。

唐格拉尔一手拿刀，一手拿叉，准备把鸡切开。

"对不起，阁下，"佩皮诺说着，把一只手按在银行家的肩上，"这儿得先付后吃；要不吃完以后说声吃得不满意就……"

"嘿嘿！"唐格拉尔对自己说，"这可不像巴黎啰，再说他大概还想敲敲我竹杠；得，我干脆就做得漂亮些。唔，我常听人说意大利的东西便宜；一只鸡在罗马想必也就值十二个苏吧。"

"拿去吧。"他说，一边抛给佩皮诺一枚路易。

佩皮诺捡起那枚路易，唐格拉尔把刀向鸡伸过去。

"等一下，阁下，"佩皮诺直起身来说，"等一下，阁下还少我钱呢。"

"我早说过他要敲我一笔的。"唐格拉尔喃喃地说。

但他决定对这种敲诈逆来顺受。

"唔，就这么只瘦鸡，我还少您多少钱啊？"他问。

"阁下付过一个路易定洋了。"

"一个路易吃只鸡，还算是定洋？"

"可不是，定洋。"

"好……说吧！说吧！"

"阁下现在只少我四千九百九十九个路易了。"

唐格拉尔听到这个漫天要价的笑话，不由得睁圆了眼睛。

"啊！真有趣，"他喃喃地说，"确实很有趣。"

说完，他又想开始切鸡；可是佩皮诺用左手捏住他的右手，把自己的右手向他伸去。

"拿出来吧。"他说。

"什么！您不是开什么玩笑吧？"唐格拉尔说。

"我们从来不开玩笑，阁下。"佩皮诺说，神情严肃得像个公谊会教徒。

"什么，十万法郎吃只鸡！"

"阁下，您都想象不到，在这该死的岩洞里养鸡有多难哩。"

"行了！行了！"唐格拉尔说，"我真的觉得这挺滑稽，挺逗的；不过我饿了，快让我吃吧，喏，再给您一个路易，我的朋友。"

"那么只欠四千九百九十八个路易了，"佩皮诺仍然那么不动声色地说，"我们会耐心等您付清的。"

"哼！没门儿，"唐格拉尔说，他觉得对这种胡搅蛮缠的嘲讽忍无可忍，"没门儿，你们休想！你还不知道自己是在跟谁打交道呢。"

佩皮诺做个手势，那小强盗马上伸手把那盘鸡夺了过去。唐格拉尔往铺羊皮的床上一躺；佩皮诺关好门，又吃起他的肥肉片烩鹰嘴豆子来了。

唐格拉尔看不到佩皮诺在做什么，但那咀嚼声却明白无误地告诉他那个强盗在忙乎些什么。

事情很明白，他在吃东西，而且像所有没有教养的人一样，吃得声音很响。

"粗坯！"唐格拉尔说。

佩皮诺只作没听见，连头也不回，照样那么慢慢腾腾地吃他的东西。

唐格拉尔只觉得自己的胃穿了底，就像达那伊得斯[1]的无底桶；他简直不知道以后还能不能填满它。

然而，他还是耐住性子等了半个小时；要说这半个小时对他就像一个世纪，那也一点儿不过分。

他又起身走到门前。

"嗨，先生，"他说，"别再让我这么不死不活地等下去了，你们究竟要我怎么办，干脆就告诉我行不行？"

"不过，阁下，还是请您告诉我们，您究竟要我们怎么办吧……您只管吩咐，我们马上照办。"

---

1 希腊神话中埃及王达那俄斯的女儿，被罚永远不断地往一只无底桶里装酒。

"那么，先把门给我打开。"

佩皮诺打开门。

"我要，"唐格拉尔说，"见鬼！我要吃东西！"

"您饿了？"

"算了吧，这您早知道了。"

"阁下想吃什么呢？"

"来一块面包吧，既然在这该死的洞里鸡那么贵。"

"面包！好嘞。"佩皮诺说。

"嗨！上面包喽！"他喊道。

那小伙子端上来一小块面包。

"面包来了！"佩皮诺说。

"多少钱？"唐格拉尔问。

"四千九百九十八路易。已经预付过两个路易了。"

"什么，一块面包要十万法郎？"

"十万法郎。"佩皮诺说。

"可一只鸡也只收十万法郎呀！"

"我们这儿不兴按菜论价，价格全是一样的。不管吃多吃少，不管吃十个菜还是吃一个菜，全是一个价。"

"又是这种玩笑！亲爱的朋友，我告诉您吧，这种玩笑又荒唐，又愚蠢！您还是干脆说你们就是想饿死我吧，那样倒还省事。"

"不，阁下，是您自己在想找死。您只要付钱，就有您吃的。"

"你让我拿什么付钱，蠢货？"唐格拉尔愤怒地说，"难道你以为我会在口袋里装着十万法郎出门吗？"

"您口袋里有五百零五万法郎，阁下，"佩皮诺说，"够您吃五十只十万法郎的鸡，还有五万可以吃半只。"

唐格拉尔浑身打起哆嗦来。他终于拎清了：尽管还是个玩笑，但他毕竟懂得其中的含意了。

甚至可以说，他觉得这个玩笑不像先前那样无聊了。

"行了，"他说，"行了。要是我把这十万法郎给您，您就能说话算数，让我安安生生地吃鸡吗？"

"当然。"佩皮诺说。

"可我怎么个给法呢？"唐格拉尔稍稍松了口气说。

"容易极了；您在罗马银行街的汤姆森—弗伦奇银行有一个贷方账号；您给这家银行开一张四千九百九十八路易的取款凭单，交给我，我们的银行家会去取钱的。"

唐格拉尔心想还是乖乖地照办为好；他接过佩皮诺递给他的笔和纸，写了一张取款凭单，签了字。

"给您，"他说，"这是当场可以取款的凭单。"

"这是您的鸡，给您。"

唐格拉尔叹着气开始切那只鸡。付了那么一大笔款子以后，这只鸡看上去更瘦了。

至于佩皮诺，他把那张纸仔仔细细看了一遍，放进袋里，又继续吃他的肥肉片烩鹰嘴豆去了。

第 116 章

宽恕

第二天，唐格拉尔又觉得饿了；这岩洞的环境，也不知怎么会让人这么开胃的。但这囚犯心想今天可用不着破费了：他是个节俭的人，把半只鸡和半块面包藏在了地牢的角落里。

可是刚吃完东西，他就觉得口渴了：这是他不曾料到的。

他起先还竭力忍着，但到后来，只觉得舌头干得都跟上颌粘住了。

这时，他没法再跟这股要把他浑身烧干的内火耗下去了，他喊叫起来。

岗哨打开门；是张陌生面孔。

他想还是跟一个老相识打交道为好，于是就喊佩皮诺。

"我来了，阁下，"那个强盗一边说，一边急忙赶过来，这在唐格拉尔看来是个好兆头，"您有什么吩咐？"

"给我喝的。"这个囚徒说。

"阁下，"佩皮诺说，"您知道，在罗马附近酒可贵着呢。"

"那就给我喝水吧。"唐格拉尔说，他想避开对方的这一击。

"哦！阁下，水比酒更稀罕；这年头可是大旱呢！"

"得了，"唐格拉尔说，"看来咱们又要重新兜圈子了！"

说这话时，这倒霉家伙脸上带着笑，装着是在逗乐的样子，但额角上却已经汗水涔涔了。

"瞧，朋友，"唐格拉尔看见佩皮诺仍然无动于衷，就说，"我不过向您要杯酒，这您都拒绝吗？"

"我已经对您说过了，阁下，"佩皮诺神情严肃地回答说，"我们这儿是不零卖的。"

"嗯！那好，就来一瓶得了。"

"一瓶什么？"

"最便宜的。"

"这儿的两种酒，价钱是一样的。"

"什么价钱？"

"每瓶两万五千法郎。"

"什么！"唐格拉尔尖叫一声，人声的这个高音区，只有阿巴贡[1]才够得到，"您干脆就说你们是要剥我的皮吧，那还比这么一刀一刀地割我的肉痛快些。"

"没准儿，"佩皮诺说，"这正是头儿的意思呢。"

"头儿！谁是头儿？"

"就是前天我们领您去见过的那位呗。"

"他这会儿在哪儿？"

"就在这儿。"

"我要见他。"

"这容易。"

一会儿工夫，路易吉·万帕就站在唐格拉尔面前了。

"您叫我？"他问囚徒。

"您，先生，就是把我带到这儿来的那些人的头儿吗？"

"是的，阁下。"

"您要我付多少赎金？说吧。"

"您身上的那五百万就够了。"

唐格拉尔觉得心头起了一阵可怕的抽搐。

"我就只剩下这点钱了，先生，那么大的家产就只剩下这么一点了：如果您要夺走这笔钱，那就把我的命也搭上吧。"

"我们得到的命令是不准伤害您的性命，阁下。"

"谁给你们下的命令？"

"那个我们服从的人。"

"这么说，您也服从别人？"

"是的，服从头儿。"

"可我以为您就是头儿？"

"我是这些人的头儿，但是另外有个人是我的头儿。"

1　莫里哀喜剧《吝啬鬼》中的主人公，悭吝刻薄的典型。

"那个头儿也服从别人吗？"

"是的。"

"谁？"

"天主。"

唐格拉尔想了一会儿。

"我不明白您的意思。"他说。

"有可能。"

"是那个头儿让你们这样对待我的吗？"

"是的。"

"他的用意是什么？"

"我不知道。"

"可我的钱袋都要给掏空了。"

"多半会吧。"

"好，"唐格拉尔说，"给您一百万怎么样？"

"不行。"

"两百万？"

"不行。"

"三百万？……四百万？啊，四百万？条件是您放我走。"

"值五百万的东西，干吗只付四百万呢？"万帕说，"银行家阁下，您这算是砍价呢还是怎么的。"

"那就都拿去！统统都拿去，我在对您说呢！"唐格拉尔喊道，"再把我也杀了吧！"

"行啦，行啦，别发火，阁下，要不您的血液循环会加快，胃口会好得一天要吃掉一百万的；还是省着点用吧！"

"要是我不付你们又怎么样！"被激怒的唐格拉尔喊道。

"那么，您就得挨饿。"

"就得挨饿？"唐格拉尔脸色发白地问。

"多半是这样。"万帕冷冷地回答。

"可您说过你们不想杀我的？"

"是的。"

"那您怎么又想让我饿死呢？"

"那是另一回事。"

"喔！你们这些混蛋！"唐格拉尔喊道，"我绝不会让你们卑鄙的阴谋得逞的；反正总是一死，我宁可马上就死；你们就折磨我，拷打我，杀死我吧，可是你休想得到我的签字！"

"随您的便，阁下。"万帕说。

说完，他就退出了这间牢房。

唐格拉尔怒不可遏地往羊皮床垫上一躺。

这帮家伙是些什么人？那个幕后的头儿又是谁？他们到底打算把他怎么样？为什么别人都可以付了赎金就放人，唯独他不行呢？

喔！当然，干脆一死了之，既快当又干脆，对于这伙看来像是要在他身上进行一种不可思议的报复的死敌来说，这不失为一个让他们的如意算盘彻底落空的好办法。

对，一死了之。

在这漫长的一生中，唐格拉尔可能还是第一次这么又渴望又惧怕地考虑到死；不过紧接着，他的思绪就给心里那个毫不容情的精灵给缠住了，每个人的心里都有这么一个精灵，此刻这个精灵正随着一下下心跳，在一遍遍地对他说，"你要死了！"

唐格拉尔就像那些被围捕的猛兽，它们起初会被追逐所激怒，变得异常亢奋，但过后就会精疲力竭；而这种绝望的境地，有时却能使它们绝处逢生。

唐格拉尔寻思着逃跑的办法。

但是这儿的墙是岩壁本身，从这间牢房出去的唯一通道上，有个人在读书，而在此人身后又有好些拿着长枪的人影，在来来往往地走动。

拒不签名的决心持续了两天。两天以后，他拿出一百万要求吃东西。

他们给他送来了一顿丰盛的晚餐，拿走了他的一百万。

从那以后，这个倒霉囚徒的生活就沦为得过且过的苟且偷生了。他受罪已经受够，再也不想去招罪来受，所以任什么都肯答应了；到了第十二天的下午，他又像在家赀巨万的那会儿一样，美美地吃了一顿以后，算一算账，发觉自己只剩下五万法郎，其余的都已经签凭单签掉了。

这时，他身上起了一种很奇特的反应：刚把五百万都甩出手的他，这会儿一心想保住这剩下的五万法郎了。为了保住这五万法郎，他甚至宁愿再去受那份饥饿的折磨，因为他的眼前有一种近乎疯癫的希望之光在闪烁；多年以来早已把天主忘在脑后的他，这时又想起了天主，因为他要对自己说，天主有时是会创造奇迹的，这座洞穴说不定会坍陷，教皇的宪兵说不定会找到这个该诅咒的秘密地点，把他救出去，而那时候他身边还有五万法郎，凭这五万法郎他就饿不死了。他祈祷天主保住他的五万法郎，他一边祈祷，一边流下了眼泪。

就这样又过了三天，在这三天里，他即使不在心里，至少也在嘴上，不停地念叨着天主；有时他会处于一种谵妄的状态，觉得自己透过一扇窗子，看见一间陋室里有个老人奄奄一息地躺在床上。

这个老人，也是饿死的。

第四天，唐格拉尔已经完全不成人形，变成一具活尸了；他捡完了先前掉在地上的食物粒屑，开始嚼起铺在地上的干草来了。

这时，他哀求佩皮诺，就像哀求自己的守护神一样，要想讨点吃的东西；他拿出一千法郎想换一小块面包。

佩皮诺没搭理他。

第五天，他爬到牢房门口。

“您难道不是基督徒吗？”他支撑着跪起来说，“您忍心眼看一个在天主面前和您同是兄弟的人去死吗？

“哦！我当年的朋友，当年的朋友们啊！”他喃喃地说。

他的头往下沉去，脸贴在了地上。

随后，他神情绝望地直起身来。

“头儿！”他喊道，“我要见头儿！”

“我在这儿！”万帕即刻出现在他面前，“您还想要什么？”

“把我最后一个金币也拿去吧，”唐格拉尔把钱袋伸过去，含糊不清地说，“请您让我在这儿，在这个洞里活下去吧；我不想要自由了，我只要活下去。”

“这么说，您真的感到痛苦了？”万帕问。

“哦！是的，我痛苦，我痛苦极了！”

"但是还有人比您更加痛苦呢。"

"我不相信。"

"有的！想想那些活活饿死的人吧。"

唐格拉尔想起了那个老人；他在昏迷的幻觉中，从一间陋室的窗子里，看见老人在病床上痛苦地呻吟。

他发出一声呻吟，用头去撞地。

"是的，您说得不错，是有人比我更痛苦，可是他们，至少是殉道而死的哟。"

"那您忏悔了吗？"一个低沉而庄严的声音说，唐格拉尔听得头发根都竖了起来。

他竭力睁大昏花的眼睛，想看清眼前的东西。他看见在那个强盗后面，有个人裹着披风，站在石柱的阴影里。

"我该忏悔什么呢？"唐格拉尔嗫嚅着说。

"忏悔您做过的坏事。"那个声音说。

"哦！是的，我忏悔！我忏悔！"唐格拉尔喊道。

说着，他用瘦骨嶙峋的拳头捶击自己的胸口。

"那么我就宽恕你。"那人甩掉披风，往前走上一步置身于亮处。

"基督山伯爵！"唐格拉尔说，饥饿和痛苦已经使他变得脸色煞白，这会儿，恐惧更使他变得面如土色。

"你错了；我不是基督山伯爵。"

"那您是谁？"

"我就是那个被你诬陷、出卖和投进监狱的人，他的未婚妻被你害得过着屈辱的生活；我就是那个你踩在脚下爬上去发财的人，他的父亲被你害得活活地饿死；我，本来也要让你饿死，但现在我宽恕了你，因为我也需要被宽恕：我是埃德蒙·唐戴斯！"

唐格拉尔大喊一声，俯身合扑在地上。

"起来吧，"伯爵说，"你的生命是安全的；你的那两个同伙运气就没这么好了：他们一个疯了，另一个死了！你身边的那五万法郎就留给你，算是我送给你的吧。至于你从济贫院骗来的那五百万，它们已经通过匿名的方式归还给济贫院了。"

"现在，你可以好好地吃一顿；今晚你是我的客人。

"万帕，等这个人吃饱以后，就把他放了。"

伯爵已经走了，唐格拉尔仍匍伏在地上。唐格拉尔随后抬起头来时，只看见一个人影渐渐在通道里走远，他所过之处，两旁的强盗都对他躬身行礼。

一如伯爵的吩咐，万帕用最上等的葡萄酒和最新鲜的意大利水果款待了唐格拉尔，然后把他送上马车，驶到大路上把他放下，让他背靠在一棵大树上。

他在那儿待了一夜，全然不知自己身在何处。

天亮以后，他看见附近有条小溪。他觉得口渴，就一路爬过去，爬到小溪跟前，当他俯下身去饮水的时候，他发现自己的头发已经完全白了。

第 117 章
十月五日

傍晚六点左右，一缕灿烂的秋天的阳光，从乳白色的暮霭中穿过，把金色的光线射到蔚蓝的海面上。

白天的炎热渐渐消退了。轻轻拂过的微风，犹如大自然在热浪灼人的中午休憩了一阵醒来时呼出的气息；这清新的气息，给地中海沿岸送去凉爽，把掺和着海水腥味的森林的芳香从一片海滩送往另一片海滩。

在这片从直布罗陀海峡通达达尼尔海峡，从突尼斯通到威尼斯的辽阔的海面上，有一条精美而轻巧的游艇正在初起的暮霭中穿行。它的行驶，犹如一只天鹅迎风展翅在水面上滑行。它迅速而优美地掠过水面，在船尾留下一道粼光闪闪的水浪。

渐渐地，我们礼赞过的那片夕阳，消失在西边的地平线上；但是，仿佛要将希腊罗马神话中绚烂的梦境留待人们去遐想的、尚未尽的余晖，如同一朵朵火焰，跳动在涌起的浪尖上，好像是在告诉人们，安菲特里特[1]把火神藏进她的怀抱以后，并没能用她蔚蓝色的斗篷把自己的情人裹紧在里面。

游艇迅捷地向前驶去；尽管海面拂过的风，看上去似乎还不足以吹乱姑娘的鬌发。

一个身材高挑、皮肤黝黑的年轻男子站立在船头，睁大眼睛望着迎面而来的那片黑魆魆的岛礁，这片岛礁呈圆锥形，宛如从万顷波涛中涌上来的一顶巨大的加泰罗尼亚人的帽子。

"这就是基督山岛吗？"这位旅客用一种低沉的、内心充满忧伤的声音问道，这条游艇看上去完全在按他的吩咐行驶。

"是的，阁下，"艇长回答说，"我们到了。"

"我们到了！"那旅客以一种无法形容的忧郁的语调低声说。

---

1 希腊神话里的海中女神，海神波塞冬的妻子。火神赫菲斯托斯是宙斯和赫拉的儿子，因生下来时很丑陋，赫拉将他扔入海中。女神忒提斯把他救起来交给女神们抚养。他长大后爱恋过包括安菲特里特在内的好几个女神。

随后他轻轻地加上一句：

"是的，那就是港湾。"

说完，他又陷入沉思，露出一丝比泪水更忧伤的苦笑。

几分钟后，只见岛上闪过一道转瞬即逝的亮光，一声枪响也几乎同时传到游艇上。

"阁下，"艇长说，"岛上发信号，您要不要亲自回答？"

"什么信号？"他问。

艇长伸手指指岛上，只见岛的一侧有一缕白蒙蒙的孤烟正在袅袅地消散。

"噢！对，"他像刚从梦中醒来似的说，"给我吧。"

艇长递给他一支装好火药的马枪：他接过来，慢慢地举起，朝天开了一枪。

十分钟过后，水手收起船帆，在一个小港湾的五百米开外下了锚。

小划子已经放在海面上，里面有一个舵手和四个桨手，那位旅客也下艇上了划子，小划子的船尾特地为他铺着一块蓝色的毡毯，但他并不去坐在那儿，却兀自把手叉在胸前站着。

桨手在待命，手里的桨稍稍地翘起着，宛如海鸟在晾干它们的翅膀。

"走吧。"那旅客说。

八支桨一齐划入水面，没有溅起一点水花；小划子趁势迅速向前滑去。

不一会儿，他们就到了一个天然形成的小港湾里；船底触到了海滩的细沙。

"阁下，"舵手说，"请骑在这两个水手的肩膀上，让他们送您上岸。"

年轻人没有回答他，只是做了个完全不在乎的手势，跨出划子滑进齐腰深的海水里。

"喔！阁下，"舵手喃喃地说，"您不该这么做，主人要责怪我们的。"

两个水手蹚水在前面试探可以踏脚的地方，年轻人跟在后面蹚水往前走。

走了三十来步以后，他们上了岸；年轻人在干硬的地面上蹬蹬脚，使劲往四下里望着，像看着待会儿人家可能带他走哪条路，因为这时天色已经完全黑了。

在他转过头去的当口，有只手按在他的肩膀上，同时有个声音把他吓了一跳。

"您好，马克西米利安，"这个声音说，"您很准时，谢谢！"

"是您，伯爵。"年轻人喊道，带着一种可以说是喜悦的表情，同时用双手握住基督山的手。

"对，您看见了，我也跟您一样准时；可您身上还在淌水呢，亲爱的朋友，您得换换衣服，我说的这话，就像卡吕普索对忒勒玛科斯说的。来吧，那里有个专门为您准备的住处，您在那儿会忘掉疲劳和寒冷的。"

基督山看见莫雷尔回过头去，像在等什么人。

原来，这年轻人看到那些把他带到这里来的水手连一句话也没跟他说，没收他一分钱就走了，不由得大为惊奇。他甚至已经听到了小划子划回游艇的桨声。

"啊！对，"伯爵说，"您在找您的水手？"

"可不是，我还没付他们钱，他们就走了。"

"别去管这事了，马克西米利安，"基督山笑道，"我跟常年跑海上的那些人有个约定，凡是到我的岛上来的客人，一路乘坐的马车和航船一概免费，照文明国家的说法，我们是有君子协定的。"

莫雷尔惊讶地望着伯爵。

"伯爵，"他说，"您跟在巴黎时不一样了。"

"怎么啦？"

"是的，您在这儿笑了。"

基督山的脸色一下变得忧郁起来。

"您这么提醒我很对，马克西米利安，"他说，"见到您，对我来说是一种幸福，可我忘了，所有的幸福都是过眼云烟。"

"哦！不，不，伯爵！"莫雷尔又抓住他的朋友的双手，喊道，"您应该笑，您应该幸福，您在以您的谈笑自若向我表明，生活只有在受着折磨的人眼里才是个累赘。哦！您这么善良，这么仁慈，这么崇高，我的朋友，您是为了鼓励我才得这么快活的。"

"您错了，莫雷尔，"基督山说，"我确实很幸福。"

"这么说，您是把我给忘了；那样也好！"

"为什么这么说？"

"对，因为您知道，朋友，就像古罗马的斗士在走进竞技场时对至高无上的皇帝说的那样，我要对您说：'赴死的人来向您致敬了。'"

"您的痛苦还没有减轻吗？"基督山带着一种奇特的眼神问道。

"哦！"莫雷尔目光中充满苦涩地说，"难道您真的以为我能那样吗？"

"请听我说，"伯爵说，"您是明白我的意思的，是不是，马克西米利安？您不会把我看作一个庸俗无聊，喋喋不休尽说些不着边际的废话的人。当我问您有没有减轻痛苦的时候，我是作为一个洞悉人类心灵秘密的人在对您说话。嗯！莫雷尔，让我们一起深入到您的心灵，来对它做一番探索吧。充满在您内心的，难道仍然是那种让您全身都感到跳动不已的焦躁不安的痛苦，就像狮子被蚊子叮得乱蹦乱跳[1]那样吗？难道仍然是那种直到进坟墓方能停息的狂热的渴望吗？难道仍然是那种使人一心去想舍生求死的深深的悔恨吗？或者，也许那仅仅是一种丧失勇气的沮丧，一种遏抑住希望之光不让它闪耀的烦恼？也许那仅仅是一种使人欲哭无泪的丧失记忆？哦！亲爱的朋友，如果是这样，如果您已经哭不出来，如果您觉得那颗麻木的心已经死了，如果您已经只有最后那点祈望天主的力量，只有最后那道投向上天的目光，那么朋友，我们就什么也别说了，因为任何话语相对于我们灵魂所赋予它们的含义来说，都太狭隘了，马克西米利安，您的痛苦已经减轻了，别再抱怨了吧。"

"伯爵，"莫雷尔用轻柔而又坚决的声音说，"伯爵，请您听我说，请听一个用手指着大地，眼睛望着苍天的人对您说：我到您这儿来，是为了能死在一个朋友的怀里。是的，这世上还有我爱的人：我爱我的妹妹朱丽，我爱她的丈夫埃玛纽埃尔；可是我需要有人对我张开有力的臂膀，在我临终时微笑地对着我。我妹妹会哭成泪人儿似的晕厥过去；我瞧着她那么痛苦，也会感到痛苦。埃玛纽埃尔会夺下我手里的枪，嚷得整座屋子上下都知道。而您，是对我做过保证的，再说，您不是一个普通的人，要不是您也有凡人的躯体，我会以为您是一位神祇的。您会安静地、亲切地把我领向死神之门，对吗？"

"朋友，"伯爵说，"我还有一点疑虑；您是不是因为太软弱了，所以才如此骄傲地来炫耀自己的痛苦？"

"不，您瞧，我很正常，"莫雷尔伸手给伯爵说，"我的脉搏既不比平时快，也不比平时慢。不。我只是觉得我已经走到了路的尽头，没法再往前走了。您对我说要等待，要存有希望，可是您知道您让我付出了多大的代价吗，您这位

---

1 典出《伊索寓言》。

不幸的智者？我等了一个月，这就是说，我受了一个月的折磨！我希望过（人真是一种可怜而又可悲的动物），我希望过，可希望过些什么呢？我不知道，反正是一种不可知的、荒谬的、跟情理相悖的东西！也许我是在盼望一种奇迹……但那又是一种什么样的奇迹呢？这一切，只有天主才能知道，因为是他，把这种人称为希望的疯狂掺进了我的理智。是的，我等待过，是的，我希望过，伯爵，就在我们谈话的这一刻钟里，虽然您并没有意识到，但您已经一次又一次地刺痛了我的心，使它一次又一次地破碎，因为您的每句话都在向我表明我已经不会再有希望了。呵，伯爵！请让我静静地安息，愉快地走进死神的怀抱吧！"

莫雷尔说最后几句话时情绪非常激动，伯爵看了不觉打了个寒噤。

"我的朋友，"莫雷尔看见伯爵不作声，继续往下说，"您把十月五日定作要求我延缓的最后期限……我的朋友，今天就是十月五日……"

莫雷尔掏出怀表。

"现在是九点钟，我还有三个钟头要活。"

"那好吧，"基督山回答说，"您跟我来。"

莫雷尔机械地跟着伯爵往前走，就这么不知不觉地走进了一个岩洞。

他发觉脚下铺着地毯；一扇门开了，馥郁的香气在他的四周缭绕，一道强烈的光线照花了他的眼睛。

莫雷尔停住脚步，迟疑着不敢往前走；他怕逸乐会使自己的意志松懈下来。

基督山轻轻地拉拉他。

"我们何不就学学古代被尼禄皇帝判了死刑的罗马人，像他们那样来消磨这三个钟头呢？"他说，"那些死后连财产也得归皇帝的罗马人，是坐在盖满鲜花的桌子边上，吸着香水草和玫瑰的香气从容死去的。"

莫雷尔笑了笑。

"随您的便吧，"他说，"反正死总归是死，是忘却，是休憩，是生命的超脱，因此也就是痛苦的超脱。"

他坐了下来，基督山坐在他对面。

他们是在我们曾经描写过的那个富丽堂皇的餐厅里，大理石的雕像头上顶着篮筐，里面随时都装满着鲜花和水果。

莫雷尔神情茫然地望了望周围的这一切，多半是什么也没看见。

"让我们像男子汉那样地谈谈吧。"他说，目光停在伯爵的脸上。

"请说吧。"伯爵答道。

"伯爵，"莫雷尔说，"在您身上集中了人类的全部知识，您使我感到，您是从一个跑在我们这个星球前面，比它更进化的星球上来的。"

"您说的也有几分道理，莫雷尔，"伯爵带着那种使他变得非常美的忧郁的笑容说，"我是从一个叫作痛苦的星球上来的。"

"只要是您对我说的话，我都是相信的，甚至都不想去深究其中的含意，伯爵；证据就是，您对我说要活下来，我就活下来了，您对我说要抱有希望，我就几乎也抱有希望了。所以伯爵，我要把您当作一个已经死过一回的人，冒昧地问您一个问题：伯爵，死想必很痛苦吧？"

基督山以一种无法形容的温柔的表情，望着莫雷尔。

"是的，"他说，"是的，那当然是很痛苦的，如果您粗暴地让这执着地要求生存下去的躯体毁于一旦，如果您把匕首无情的尖刃捅进这哀号的肉体，如果您把一颗什么也不懂，只知道乱蹿的枪弹射进这稍受震动就会受伤的脑袋，那当然，您是会感到痛苦的。在即将可悲地结束生命的时候，您在绝望的弥留之际，会感到生命是比代价如此惨痛的休憩更可贵的。"

"是的，我明白，"莫雷尔说，"死亡就跟生命一样，也有它的苦与乐的秘密：关键是要知道这种秘密。"

"正是这样，马克西米利安，您刚才说的是个庄严的字眼。死亡，按照我们有没有很当心地跟它处好关系而定，有时会像一个朋友那样轻轻地摇我们入睡，犹如一个奶妈在摇晃她的宝宝，有时又会像一个冤家对头，粗暴地揍得我们魂灵出窍。将来有一天，当人类再生活上一千年，当人们能够主宰自然界中所有毁灭性的力量，把它们用来为人类造福的时候，当人们像您刚才说的那样，完全知道了死亡的秘密以后，死亡就会变得像安睡在心爱的人怀抱里一样甜蜜和愉快。"

"假如您想死的话，伯爵，您会像这样去死，是吗？"

"是的。"

莫雷尔向他伸出手去。

"我现在明白了，"他说，"您为什么选了这座大海中的孤岛，这座地下宫殿，这座会让埃及的法老羡慕不已的陵墓，让我到这儿来见您。这是因为您爱我，对不对，伯爵？这是因为您对我的爱，使您决意要让我能有您刚才说的那样一种死亡，一种没有临终痛苦的死亡，一种能握着您的手，呼唤着瓦朗蒂娜的名字慢慢离去的死亡，是这样吗？"

"对，您猜对了，莫雷尔，"伯爵很简捷地回答说，"我就是这个意思。"

"谢谢；想到明天我就不用再受苦受罪，我这可怜的心里感到甜滋滋的。"

"您什么都不留恋吗？"基督山问。

"是的。"莫雷尔回答说。

"连我也不再想到了？"伯爵很动感情地问。

莫雷尔顿住不说了；他那双明澈的眼眸刹那间黯淡下去，随后又放射出一种异样的光芒；两颗晶莹的泪珠夺眶而出，沿着脸颊淌下来，留下两道闪亮的泪痕。

"怎么！"伯爵说，"这世界上还有您留恋的东西，而您却要去死！"

"哦！我求求您，"莫雷尔以一种虚弱的声音喊道，"什么也别再说了，伯爵，别再让我继续痛苦下去了！"

伯爵以为莫雷尔的决心动摇了。

这么一想，当年曾在伊夫堡地牢里困惑过他的那种可怕的疑虑，又在脑海中闪过。

"我一心想把幸福归还给这个人，"他暗自想道，"我想借此在天平的另一端加上一个重量，来平衡我给他带来过的痛苦。可是，万一我是弄错了呢，万一这个人所遭到的不幸，还不值得让他接受这种幸福呢！唉！偏偏我又只有在给了他幸福以后才能忘怀我给他带来的痛苦，我可怎么办呢！"

"您听我说！莫雷尔，"他说，"我知道，您的痛苦是巨大的；可是您还相信天主，您不会拿灵魂的得救去冒险吧。"

莫雷尔忧郁地笑了笑。

"伯爵，"他说，"您知道我不会做出多愁善感的样子；而我可以向您发誓，我的灵魂早已不属于我了。"

"请听我说，莫雷尔，"基督山说，"您是知道的，我在这世上没有任何亲人，我一向把您看作我的儿子。那好吧！为了拯救自己的儿子，我连生命都能牺牲，更何况财产呢。"

"您想说什么呢？"

"我想说，莫雷尔，您愿意结束生活，是因为您还不知道巨大的财富能给生活带来多少享受。莫雷尔，我的财产差不多有一亿，我把它们都给您，您有了这笔财产，就能无往而不利。您雄心勃勃吗？条条道路都在您面前为您敞开着。您可以把这世界搅个天翻地覆，可以让它完全变样，您可以听凭自己想入非非地行事，必要时哪怕犯罪也行，可是，您得活下去。"

"伯爵，您是对我保证过的，"莫雷尔冷冷地说，一边掏出怀表，"现在已经十一点半了。"

"莫雷尔！您真要在我家里当着我的面去死吗？"

"那么，请您让我走吧，"马克西米利安变得很阴郁地说，"要不然，我就要认为您对我的爱不是为了我，而是为您自己了。"

说着，他立起身来。

"好吧，"基督山这么说的时候，脸上露出了喜悦的神情，"您执意要死，莫雷尔，什么也劝不住您；对！您的苦难是那么深重，您自己也说了，只有奇迹才能治愈您的痛苦；您请坐下，莫雷尔，再等一会儿。"

莫雷尔照他说的做了。基督山立起身走到一只仔细地上了锁的柜子跟前，从身上掏出一把悬在金链条上的钥匙，打开柜子取出一只精雕细刻的小银箱，银箱的四个角上雕镂着四个感情激越、仰面弯着身子的女人，她们象征着向往飞上天堂的天使。

基督山把这只小银箱放在桌子上。

他打开银箱，取出一只小小的金匣，在一个按钮上按了一下，匣盖就自动开启了。

金匣里盛着一种稠腻的胶冻，抛光的金子和镶嵌在上面的蓝宝石、红宝石、纯绿宝石的色泽交映生辉，以至于胶冻本身的颜色都看不出来了。

它像是一种天蓝、绯红和金色交织在一起的闪色。

伯爵用一把镀金的银匙舀起一小匙这种胶冻，递给莫雷尔，同时把目光久久地留在他身上。

这会儿，可以看清这胶冻是暗绿色的。

"这就是您要的东西，"基督山说，"也是我答应过给您的东西。"

"趁我这会儿还活着，"年轻人从基督山手里接过小匙说，"我要说我从心底里感谢您。"

伯爵另外拿了一只小匙，又在金匣里舀起一匙。

"您要干什么，朋友？"莫雷尔抓住他的手问道。

"噢，莫雷尔，"基督山微笑着对他说，"我觉得，愿天主宽恕我，我也同您一样地对生命感到厌倦了，既然有这个机会……"

"别动！"年轻人喊道，"哦！您，您爱着别人，别人也爱着您，您是相信能有希望的，哦！我要去做的事，您可不能去做；那对您是一种罪孽。别了，我高尚而慷慨的朋友，我会把您为我所做的一切，都告诉瓦朗蒂娜的。"

说完，他把伸向伯爵的左手按住对方的手，缓缓地，但毫不犹豫地吞下了基督山给他的这种神秘的胶冻。

这时，两人都沉默了。阿里悄没声儿地小心翼翼端上烟草和烟管，斟好咖啡，又退了下去。

擎在大理石雕像手中的灯渐渐地变得幽暗了，莫雷尔似乎觉得熏炉里的香气也不那么浓烈了。

基督山坐在他对面的阴影里看着他，而莫雷尔只看见伯爵的那双眼睛在闪闪发亮。

一阵巨大的忧伤向年轻人袭来；他觉得烟管从自己手里滑落了下去；所有的东西都莫名其妙地失去了原有的形状和色彩；眼睛里看出去，昏昏沉沉地似乎觉得墙壁里生出了门和门帘。

"朋友，"他说，"我觉着我在死了；谢谢。"

他竭力想最后一次把手伸给伯爵，但手无力地垂落在了身旁。

这时，他觉得基督山仿佛在微笑，但这不是曾经好几次让他隐约窥见这个深邃的心灵中的奥秘的那种奇特而吓人的笑，而是父亲在听孩子信口胡诌时那种慈爱宽容的笑。

与此同时，伯爵在他眼里变得高大起来，几乎增加了一倍的身量呈现在红色壁幔的背景上，他把黑发掠在后面，就像一位将在末日审判时惩办恶人的天使那样，傲然站立着。

莫雷尔衰弱而顺从地仰卧在长沙发上；一种惬意的麻木的感觉渗透到全身的每一根血管。他的脑子里，不妨这么说，变幻着成百上千个意念，就像万花筒里变幻着成百上千个图案。

莫雷尔平躺着，神情激动，气喘吁吁，除了还感觉得到在做梦外，浑身没有一点活力：他似乎很快进入了一种茫然的谵妄状态，继这种状态而来的就该是那种名叫死亡的从未体验过的状态了。

他又一次想把手伸给伯爵，但这一次，他的手根本动弹不了；他想对伯爵道一声永别，但舌头笨拙地堵在了喉咙口，就像一块石头堵在了坟墓的出口。

他那双倦怠的眼睛不由自主地闭了下来；然而，从垂下的眼睑的缝隙中望出去，他依稀看到了一个人影，而且尽管他觉得此刻周围是一片昏暗，还是认出了这个人影是谁。

这是伯爵，他刚去打开一扇门。

霎时间，一大片明晃晃的光亮从相邻的房间，或者不如说从一座金碧辉煌的宫殿，泻进了莫雷尔正在静静等待着甘美的临终时刻来到的这间大厅。

这时，他看见一个绝顶美丽的女人从那个房间走来，走到这间大厅的门口。

她脸色苍白，带着甜蜜的微笑，看上去就像一位来赶走复仇天使的仁慈天使。

"莫非天国的大门已经为我打开了？"这个临死的人想道，"这位天使真像我失去的那位姑娘啊。"

基督山对那位姑娘用手指了指莫雷尔躺着的这张长沙发。

她双手合在胸前，嘴边带着微笑向他走来。

"瓦朗蒂娜！瓦朗蒂娜！"莫雷尔从灵魂深处喊道。

但是他的嘴里没能发出一点声音；而且，仿佛他的全部力量都已经集中到这种内心的激情上去了，他呼出一口气，闭上了眼睛。

瓦朗蒂娜向他扑了过去。

莫雷尔的嘴唇还在翕动。

"他在叫您，"伯爵说，"他在昏睡中呼喊着您，您把自己的生命托付给了他，死神却曾经想把你们拆开。但幸亏我在那儿，战胜了死神！瓦朗蒂娜，从今以后，你们在人世间再也不会分离了。他为了找到您，曾经勇敢地迈进过坟墓。要是没有我，你俩都早已死了；是我使你们团聚的，天主是可以把我救下的这两条性命记在我的账上的！"

瓦朗蒂娜抓住基督山的手，在一种无法抑制的喜悦的冲动下，捧起它放在嘴唇上吻着。

"哦！您感谢我吧，"伯爵说，"哦！请您不厌其烦地再对我这么说，再告诉我是我使你们得到幸福的吧！您不知道我是那么需要能确信这一点啊。"

"哦！是的，是的，我从心底里感谢您，"瓦朗蒂娜说，"要是您还不能相信我的感激是真心诚意的，嗯！那您就去问海黛，去问我亲爱的海黛姐姐吧，自从我俩离开法国以后，她就一直和我在讲您，让我能耐心地等待今天这个幸福的日子。"

"这么说，您爱海黛？"基督山的语气中，有着一种无法掩饰的激动。

"哦！我从心底里爱她。"

"那好！请听我说，瓦朗蒂娜，"伯爵说，"我想求您做件事。"

"我！天哪！我能有这样的荣幸吗？……"

"是的，您刚才把海黛称作您的姐姐；让她真的做您的姐姐吧，瓦朗蒂娜，请把您觉得欠我的情都还给她吧；请您和莫雷尔好好保护她，因为（伯爵的声音发哽了），因为从今以后她在这世界上就是孤苦伶仃的一个人了……"

"孤苦伶仃的一个人！"一个声音在伯爵身后响起，"为什么？"

基督山转过身去。

海黛站在那儿，脸色苍白而冷峻，浑身僵直地望着伯爵。

"因为明天，我的女儿，你就自由了，"伯爵回答说，"因为你将在这世界上重新得到你应有的地位，因为我不愿让我的命运遮蔽你的前途。你是位公主！我要把财富和你父亲的姓氏，都还给你。"

海黛脸色惨白，像童贞女祈求天主帮助那样，伸出白皙的双手，含着热泪，声音沙哑地说：

"这么说，大人，你要离开我了？"

"海黛！海黛！你还年轻，你很美。忘掉我的名字，去过幸福的生活吧。"

"好的，"海黛说，"我会执行你的命令，大人；我会忘掉你的名字，去过幸福的生活的。"

说着，她往后退一步，准备离去。

"哦！天主啊！"瓦朗蒂娜喊道，她这时已经把昏迷不醒的莫雷尔的头枕在了她的肩上，"您难道没看见她的脸色这么白，您难道不明白她有多么痛苦吗？"

海黛带着一种令人心碎的表情对她说：

"你为什么要希望他能明白我痛不痛苦呢，我的妹妹？他是我的主人，而我是他的奴隶；他有权力什么都不看见。"

伯爵听着这拨动他最隐秘心弦的声音，不由得打了个寒战；他的目光与那年轻姑娘的目光相遇时，觉得自己承受不住那耀眼的光芒了。

"天主啊！天主！"基督山说，"你让我在心里隐隐约约猜想过的事情，难道竟是真的吗？！海黛，你真的觉得留在我身边很幸福吗？"

"我还年轻，"她温柔地回答说，"我爱这你永远为我安排得这么甜美的生活，我不想去死。"

"难道你是说，要是我离开你，海黛……"

"我就会去死，大人，是的！"

"难道说你爱我？"

"哦，瓦朗蒂娜，他竟问我是不是爱他！瓦朗蒂娜，就请你告诉他，你是不是爱马克西米利安吧！"

伯爵觉得自己的胸膛在胀开来，心也在胀开来；他张开双臂，海黛高叫一声，扑进他的怀抱。

"是的！是的，我爱你！"她说，"我爱你，就像爱父亲，爱兄弟，爱丈夫那样地爱你！我爱你，就像爱生命，爱天主那样地爱你，你在我眼里是天下最美、最好、最崇高的人！"

"但愿能像你想的这样，我亲爱的天使！"伯爵喃喃地说，"天主激励我去跟仇人搏斗，而且让我成了胜利者，现在我知道了，天主并不愿意让我在胜利后感到后悔；我曾想惩罚自己，是天主宽恕了我。爱我吧，海黛！有谁能知道，也许你的爱真能使我忘掉那些该忘掉的事呢。"

"你一个人在那儿说些什么呀，大人？"那年轻姑娘问。

"我在对自己说，海黛，凭我愚钝的悟性摸索二十年，竟比不上你的一句话，让我的心里变得这么亮堂。我在这世上只有你了，海黛；有了你，我就会重新生活，有了你，我就又能感到痛苦和幸福！"

伯爵静静地想了一会儿。

"莫非我已经瞥见人生的真谛了吗？"他说，"啊，我的天主！无论那是补偿还是惩罚，我都愿意接受这种命运。来吧，海黛，来吧……"

说着，他搂着那年轻姑娘的腰，跟瓦朗蒂娜握了握手，就走开了。

又过了大约一个小时。在这一个小时里，瓦朗蒂娜一直焦急地、默不作声地凝视着莫雷尔。终于，她觉得他的心脏开始搏动，嘴里也呼出了一丝极其微弱的气息，这丝颤悠悠的气息，显示着生命又回到了这个年轻人身上。

他的眼睛终于睁开了，但起先目光是呆滞的，犹如失去了理智一般；然后渐渐地恢复视觉，看到的影像变得清晰、真切起来；随着视觉的恢复，感觉也清醒了；随着感觉的清醒，痛苦也复苏了。

"哦！"他绝望地喊道，"我还活着！伯爵骗了我！"

说着，他把手伸到桌上，握住一把刀。

"我的朋友，"瓦朗蒂娜带着她那可爱的笑容说，"你快醒醒，朝我这儿看看吧。"

莫雷尔大叫一声。他如痴如狂，充满疑惑，像见到了天国的景象感到头晕目眩似的跪了下去。

第二天，莫雷尔和瓦朗蒂娜迎着晨曦，手挽手在海边散步。瓦朗蒂娜把所有的一切都向莫雷尔和盘托出；基督山怎么出现在她的房间里，怎么告诉了她事情的原委，怎么向她揭示她面临的险境，以及最后怎么奇迹般地把她从死亡中拯救出来，而让别人以为她真的死了。

他俩刚才是发现岩洞的门开着，才走了出来的。此刻，夜晚的最后几颗星星还在清晨淡蓝色的天空上闪烁着。

这时，莫雷尔瞥见一堆岩石的阴影里站着一个人，像在等着他俩招呼他过去；莫雷尔把这人指给瓦朗蒂娜看。

"啊！那是雅各布，"她说，"游艇的头儿。"

她做了个手势，招呼他过来。

"您有事要对我们说吗？"莫雷尔问。

"我这儿有封伯爵的信，要交给您。"

"伯爵的信！"两个年轻人同时轻轻地喊道。

"是的，请看吧。"

莫雷尔打开信，念道：

亲爱的马克西米利安：

岛边为你们停泊着一条小帆船。雅各布会把你们带到里窝那去，诺瓦蒂埃先生正在那儿等着他的孙女儿，希望能在您领她上圣坛以前先为她祝福。我的朋友，这座岩洞里的全部财宝，我在香榭丽舍林荫大道的宅邸以及在特雷波尔的城堡，都是埃德蒙·唐戴斯送给莫雷尔船主的儿子的结婚礼物。也请德·维尔福小姐俯允接受其中的一半，因为我想请她将她从已经发疯的父亲的名下，以及从已于九月份同她的继母一起去世的弟弟的名下继承的全部财产，都捐赠给巴黎的穷人。

莫雷尔，请告诉这位将终生眷顾您的天使，让她有时为这样一个人祈祷吧，他一度曾经像撒旦那样，自以为能跟天主匹敌，但后来终于怀着一个基督徒的谦卑心情认识到了，只有天主才拥有至高无上的权力和无穷无尽的智慧。她的祈祷，也许可以减轻一些他在心底里感到的愧疚。

至于您，莫雷尔，我要告诉您的秘密是：这个世界上无所谓幸福，也无所谓不幸，有的只是一种境况和另一种境况的比较，如此而已。只有体验过极度不幸的人，才能品尝到极度的幸福。只有下过死的决心的人，马克西米利安，才会知道活着有多好。

幸福地生活下去吧，我心爱的孩子们，请你们永远别忘记，直至天主垂允为人类揭示未来图景的那一天来到之前，人类的全部智慧就包含在这五个字里面：

等待和希望！

您的朋友　埃德蒙·唐戴斯
基督山伯爵

　　瓦朗蒂娜从这封信里才得知父亲发疯和弟弟去世，这些情况她以前是一无所知的，所以在念这封信的时候，她的脸色变得煞白，从胸口呼出一声悲痛的长叹，悄无声息但也同样令人心碎的热泪，沿着脸颊淌了下来；她的幸福是花了昂贵的代价才换来的。

　　莫雷尔焦急地朝四周望去。

　　“哦，”他说，“伯爵实在是太慷慨了；就算只有我那点微薄的财产，瓦朗蒂娜也会很满足的。伯爵在哪儿呢，我的朋友？请把我们带到他那儿去吧。”

　　雅各布伸手指着远方的地平线。

　　“怎么！您这是什么意思？”瓦朗蒂娜问，“伯爵在哪儿？海黛在哪儿？”

　　“瞧。”雅各布说。

　　两个年轻人沿着手指的方向望去，在深蓝色的大海与地中海的天空相接的远方，他们看见一片白帆，小得就像海鸥的翅膀。

　　“他走了！”莫雷尔喊道，“他走了！别了。我的朋友，我的父亲！”

　　“她走了！”瓦朗蒂娜喃喃地说，“别了，我的朋友！别了，我的姐姐！”

　　“谁知道我们还能不能再见到他们呢？”莫雷尔拭着眼泪说。

　　“我的朋友，”瓦朗蒂娜说，“伯爵不是告诉我们，人类的智慧就包含在这五个字里面吗：

　　等待和希望！”

ISBN 978-7-5447-7472-7

凤凰出版传媒网:www.ppm.cn

定价:138.00元(上、下册)